JENNIFER WEINER

# In den Schuhen meiner Schwester

*Buch*

Rose Feller ist eine erfolgreiche Anwältin in Philadelphia und hat, wie sie selbst findet, eigentlich nur zwei große Schwächen: Ihre völlig unrealistischen Träume von dem perfekten, reichen, gut aussehenden Mann und ihre kleine Schwester Maggie. Maggie nämlich hat sich noch nie an die Regeln gehalten: Wunderschön und immer zum Flirten aufgelegt, lebt sie von Gelegenheitsjobs und träumt von einer großen Filmkarriere. Außer ihrer einsamen Kindheit und den gemeinsamen Widerwillen gegen ihre Stiefmutter haben die beiden Schwestern nichts gemeinsamen. Aber auch wenn Maggie ihre große Schwester völlig langweilig findet, sie verlässt sich darauf, dass Rose sie aus jeder Patsche zieht, aus jeder Kneipe abholt oder ihr ein Bett zum Übernachten anbietet, wenn ein Mann Maggie mal wieder in die Wüste geschickt hat. Hemmungslos borgt sie sich alles von Rose, das Apartment, den Schmuck, selbst die Schuhe. Aber eines Tages geht Maggie zu weit: Sie "borgt" sich Rose' Freund. Verletzt und wütend macht Rose ihren beiden Schwächen gleichzeitig ein Ende, sie setzt ihre Schwester und ihren Geliebten auf die Straße und gibt ihrem Leben neuen Schwung. Mit mehr Erfolg als erwartet, denn Rose findet auch noch einen wunderbaren neuen Traummann, der zwar nicht perfekt, aber der einzig Richtige für sie ist. Das Glück scheint endlich perfekt, da meldet sich Maggie wieder, die inzwischen bei ihrer Großmutter in Florida untergeschlüpft ist. Sie möchte sich wieder mit ihrer Schwester versöhnen …

*Autorin*

Jennifer Weiner, 1970 in Louisiana geboren, ist in Connecticut aufgewachsen. Nach dem Studium arbeitete sie erst als freie Journalistin, dann als Reporterin beim »Philadelphia Inquirer«. Ihre Kurzgeschichten erschienen unter anderem in »Mademoiselle« und in »Time Out« (New York). »In den Schuhen meiner Schwester« ist der zweite von bisher drei Romanen der Autorin, der auch unter dem deutschen Titel »Zwei Schwestern und ein Hochzeitskleid« erschienen ist. Mehr Informationen zu Jennifer Weiner unter www.jenniferweiner.com.

*Von Jennifer Weiner außerdem bei Goldmann erschienen:*

Gut im Bett. Roman (45047)

Liebe à la carte. Roman (45939)

Jennifer Weiner

# In den Schuhen meiner Schwester

Roman

Aus dem Amerikanischen
von Manuela Thurner

GOLDMANN

Die Originalausgabe erschien 2002 unter dem Titel
»In Her Shoes« bei Atria Books, New York.

Dieser Roman ist erstmals unter dem Titel
»Zwei Schwestern und ein Hochzeitskleid« auf deutsch erschienen.

Der Verlag dankt Frau Christa Schuenke für die Übersetzung von Elisabeth Bishop »One Art« und Herrn Lars Vollert für die Übersetzung von e. e. cummings »i carry my heart«.
Der Abdruck von »Frühling und Herbst, an ein junges Kind« von Gerald Manley Hopkins in der Übersetzung von Stefan Döring erfolgte mit freundlicher Genehmigung und erschien erstmals in:
*Pied Beauty – Gescheckte Schönheit. Gedichte.*
Ausgewählt und übertragen von Stefan Döring, Gerhard Falkner, Henryk Gericke, Andreas Koziol. Edition Qwert zui opü im Druckhaus Galrev, Berlin, 1995.

FSC
Mix
Produktgruppe aus vorbildlich bewirtschafteten Wäldern und anderen kontrollierten Herkünften

Zert.-Nr. SGS-COC-1940
www.fsc.org
© 1996 Forest Stewardship Council

Verlagsgruppe Random House FSC-DEU-0100
Das FSC-zertifizierte Papier *München Super* für Taschenbücher aus dem Goldmann-Verlag liefert Mochenwangen Papier.

1. Auflage
Taschenbuchausgabe November 2005

Published by arrangement with Linda Michaels Ltd
Umschlaggestaltung: Design Team München
Umschlagfoto: © 2005 Twentieth Century Fox Film Corporation

JE · Herstellung: sc
Druck und Bindung: GGP Media GmbH, Pößneck
Printed in Germany
ISBN-10: 3-442-46123-5
ISBN-13: 978-3-442-46123-3

www.goldmann-verlag.de

*Für*
*Molly Beth*

ERSTER TEIL

# Auf wackligen Füßen

# 1

»Baby«, stöhnte der Typ – Ted? Tad? – etwas in der Art, presste seine Lippen auf ihren Hals, und drückte dabei ihren Kopf an die Wand der Toilettenkabine.

*Das ist lächerlich,* dachte Maggie, als er ihr das Kleid über die Hüften schob. Aber sie hatte in den letzten eineinhalb Stunden fünf Wodka Tonics getrunken und war momentan nicht unbedingt in der Lage, irgendetwas lächerlich zu nennen. Sie war sich nicht einmal sicher, ob sie das Wort richtig aussprechen konnte.

»Du bist so geil!«, rief Ted oder auch Tad, als er den String-Tanga entdeckte, den Maggie extra für den heutigen Abend gekauft hatte.

»Ich will diesen Tanga. In Rot«, hatte sie gesagt.

»Rotorange«, hatte die Verkäuferin bei Victoria's Secret geantwortet.

»Egal«, sagte Maggie. »In S«, fügte sie hinzu. »In XS, falls Sie ihn in der Größe dahaben.« Sie warf der Verkäuferin einen herablassenden Blick zu, der besagte, dass sie vielleicht Rot nicht von Rotorange unterscheiden konnte, aber dass sie, Maggie Feller, sich darüber nicht den Kopf zerbrach. Zugegeben, sie hatte vielleicht keinen Studienabschluss; sie hatte auch keinen tollen Job – nun, ehrlich gesagt, seit letztem Donnerstag hatte sie überhaupt keinen Job mehr. Ihre gesamte Leinwanderfahrung belief sich auf die drei Sekunden in Will Smiths vorvorletztem Video, in denen ein Stückchen Haut von ihrer linken Hüfte zu sehen gewesen war. Und sie wurstelte sich immer gerade mal so durch, während andere, genauer gesagt ihre Schwester Rose, an Elite-Unis Jura studierten, in Anwaltskanzleien tätig waren und in Luxusapartments am Rittenhouse Square wohnten, als wäre das Leben die einfachste Sache der Welt. Dennoch hatte sie, Maggie, etwas Wertvolles, etwas Seltenes und Kostbares, etwas, das nur wenige besaßen, aber viele wollten – eine traumhafte Figur. Fünfzig Kilo, verteilt auf einen Meter achtundsechzig, jeder Zentimeter davon solariumsgebräunt, gestrafft, gezupft, gewachst, gecremt, desodoriert, parfümiert, kurzum *perfekt*.

Über ihrem Po war ein Gänseblümchen eintätowiert, rings um ihren linken Fußknöchel die Worte »BORN TO BE BAD« und auf ihrem rechten Bizeps ein plumpes rotes, pfeildurchbohrtes Herz mit dem Schriftzug »MUTTER«. (Sie hatte mit dem Gedanken gespielt, auch noch den Todestag ihrer Mutter hinzufügen zu lassen, aber aus irgendeinem Grund war diese Tätowierung schmerzhafter gewesen als die anderen beiden zusammen.) Und Maggie hatte Brüste der Körbchengröße D. Besagte Brüste hatte sie vor zwei Jahren von ihrem damaligen Freund geschenkt bekommen, einem verheirateten Mann. Sie bestanden aus Salzlösung und Silikon, aber was machte das schon. »Die sind eine Investition in meine Zukunft«, hatte Maggie festgestellt, während ihr Vater verletzt und verwirrt dreingeblickt, Sydelle, das Stiefmonster, ihre Nasenlöcher aufgebläht und ihre große Schwester Rose in dem ihr eigenen altklugen Tonfall, der sie wie siebzig und nicht wie dreißig wirken ließ, gefragt hatte: »Und welche Zukunft wäre das?« Maggie hörte nicht auf sie. Maggie war es egal. Sie war achtundzwanzig Jahre alt, heute war ihr zehnjähriges Klassentreffen, und sie war die bestaussehende Frau im Saal.

Alle Augen waren auf sie gerichtet gewesen, als sie in ihrem engen schwarzen Cocktailkleid mit den Spaghettiträgern und den Christian-Louboutin-Stöckelschuhen, die sie am Wochenende zuvor aus dem Schrank ihrer Schwester stibitzt hatte, ins Cherry-Hill-Hilton stolziert war. Rose hatte sich zwar gehen lassen und war ein richtiger Fettkloß geworden – eine wahrhaft »große« Schwester –, aber sie beide hatten noch immer die gleiche Schuhgröße. Während sie mit gekonntem Hüftschwung und klirrenden Armreifen lächelnd an die Bar schritt, spürte sie, wie sie die Blicke der anderen auf sich zog. Sollten ihre ehemaligen Mitschüler und Mitschülerinnen nur sehen, was sie verpasst hatten – das Mädchen, das sie ignoriert oder als zurückgeblieben gehänselt oder über das sie sich sonst wie lustig gemacht hatten, das Mädchen, das in der übergroßen Armeejacke ihres Vaters durch die Gänge des Schulgebäudes geschlurft und sich die Spinde entlanggedrückt hatte. Tja, Maggie war aufgeblüht. Sollten sie es nur sehen! Sollte ihnen nur das Wasser im Mund zusammenlaufen! Marissa Nussbaum und Kim Pratt und vor allem Samantha Bailey, dieser Hexe, mit ihren spülwasserblonden Haaren und den fünfzehn Pfund, die sie seit der High School zugelegt hatte. All den Cheerleadern, die sie verachtet oder gar nicht beachtet hatten. Die durch sie hindurchgesehen hatten, als wäre sie Luft gewesen. Sollten ihnen jetzt nur die Augen ausfallen! Nein, noch besser, sollten ihren stirnglatzköpfigen Schlappschwänzen von Ehemännern die Augen ausfallen!

»O Gott!«, stöhnte Ted der Tapsige, während er an seinem Gürtel fummelte.

In der Kabine nebenan rauschte die Toilettenspülung.

Maggie stand wackelig auf ihren hohen Absätzen, während Ted-Schrägstrich-Tad zielte und ihren Oberschenkel traf und erneut zielte und ihren Hintern traf. So als wollte man jemanden mit einer Blindschleiche niederknüppeln, dachte sie und schnaubte, was Ted offenbar für ein leidenschaftliches Stöhnen hielt. »O ja, Baby! Das gefällt dir, hä?«, fragte er und stieß noch fester zu. Maggie unterdrückte ein Gähnen und sah an sich hinab. Zufrieden stellte sie fest, dass ihre Oberschenkel – durchtrainiert und fest von Stunden auf dem Laufband, die Haut dank einer kürzlichen Wachsbehandlung glatt wie Plastik – nicht die Spur wabbelten, egal, wie heftig Ted zustieß. Und ihre Pediküre war perfekt. Sie war sich nicht sicher gewesen, was den Rotton anging – sie hatte Bedenken gehabt, dass er vielleicht nicht dunkel genug sein würde –, aber als sie jetzt auf ihre glänzend lackierten Zehen hinabblickte, da wusste sie, dass sie die richtige Wahl getroffen hatte.

»GROSSER Gott!«, schrie Ted. Sein Tonfall, eine Mischung aus Ekstase und Frust, war der eines Mannes, der eine Vision hat und nicht so recht weiß, was sie bedeutet. Maggie hatte ihn an der Bar kennen gelernt, ungefähr eine halbe Stunde nachdem sie angekommen war, und er entsprach in jeder Hinsicht ihren Vorstellungen – groß, blond und gut gebaut, ohne Schmerbauch und angehende Glatze wie die anderen Typen, die in der High School als Footballstars und Prinzen der Abschlussbälle geglänzt hatten. Und er hatte Stil. Er steckte dem Barkeeper bei jeder Runde fünf Dollar Trinkgeld zu, und er sagte ihr genau das, was sie hören wollte.

»Was machst du?«, hatte er gefragt. Sie hatte ihn angelächelt und erwidert: »Ich bin Sängerin.« Was auch stimmte. Seit sechs Monaten war sie Background-Sängerin in einer Band namens Whiskered Biscuit, die Discoklassiker der siebziger Jahre im Thrash-Metal-Stil coverte. Bis jetzt hatten sie genau einen Gig gehabt, denn der Markt für Thrash-Metal-Coverversionen von »MacArthur Park« war nicht gerade überwältigend, und Maggie wusste, dass sie nur deshalb zur Band gehörte, weil der Leadsänger mit ihr schlafen wollte. Aber es war ein Anfang – der erste winzige Schritt auf dem Weg zur Verwirklichung ihres Traums, berühmt zu werden, ein Star zu werden.

»Du warst nie mit mir in einer Klasse«, hatte er gesagt und war ihr dabei mit dem Zeigefinger immer und immer wieder ums Handgelenk gefahren. »Ich würde mich mit Sicherheit an dich erinnern.« Maggie senkte den Blick und spielte mit einem Löckchen, während sie überlegte, ob sie ihren Fuß an seinem Schienbein hinaufwandern lassen oder ob sie einfach die Nadel aus ihrem Haar ziehen sollte, damit sich ihre Lockenmähne ihren Rücken hinab ergoss. Nein, sie waren nie in derselben Klasse gewesen. Sie hatte die »Förderkurse« besucht, die speziellen Nachhilfekurse für Lernschwache und Zurückgebliebene, die Kurse mit den Lehrbüchern in großer Druckschrift, die länglicher und dünner waren als die Bücher der anderen Kinder. Selbst wenn man sie in braunes Packpapier einschlug und in den Rucksack steckte, wussten die anderen Kinder sofort Bescheid. Zur Hölle mit ihnen! Zur Hölle mit den hübschen Cheerleadern! Zur Hölle mit den Typen, die nur allzu gern auf dem Beifahrersitz des elterlichen Wagens mit ihr herummachten, aber am darauf folgenden Montag in der Schule nicht einmal »Hallo« zu ihr sagten!

»Großer Gott!«, schrie Ted wieder. Maggie machte den Mund auf, um ihm zu sagen, er solle leiser sein, und musste kotzen – eine farblose Wodka-und-Tonic-Brühe, wie sie aus weiter Ferne bemerkte, dazu einige halb verdaute Nudeln. Sie hatte Pasta gegessen – wann? Gestern Abend? Sie versuchte sich zu erinnern, während er sie an den Hüften packte und unsanft umdrehte, sodass sie seitlich an den Toilettenpapierhalter stieß. »Aaah!«, verkündete Ted, während er auf ihrem Rücken kam.

Maggie wirbelte herum, so schnell das angesichts der Wodka-Nudel-Soße auf dem Boden möglich war. »Pass auf das Kleid auf!«, sagte sie. Ted stand nur da, die Hose bis auf die Knie heruntergelassen, seinen Schwanz in der Hand, und grinste sie dämlich an. »Das war toll!«, sagte er und blinzelte sie an. »Wie heißt du noch mal?«

Fünfzehn Meilen weiter hütete Rose Feller ein Geheimnis – ein Geheimnis, das in diesem Moment schnarchend und flach ausgestreckt auf dem Rücken lag und es irgendwie geschafft hatte, ihr Spannbetttuch völlig in Unordnung zu bringen und drei Kissen aus dem Bett zu werfen.

Rose stützte sich auf den Ellbogen und betrachtete ihren Lover im Schein der Straßenlaternen, der durch die Jalousien hereinfiel. Sie zog die Beine an, und ihr süßes, verschwiegenes

Lächeln hätte wohl keiner ihrer Kollegen in der Anwaltskanzlei Lewis, Dommel & Fenick wiedererkannt. Das war es, was sie sich immer gewünscht, wovon sie ihr ganzes Leben lang geträumt hatte – ein Mann, der sie ansah, als wäre sie die einzige Frau im Raum, die einzige Frau auf der Welt, die einzige Frau, die jemals existiert hatte. Und er sah so gut aus, nackt noch besser als angezogen. Vielleicht sollte sie ein Foto machen? Aber das Geräusch würde ihn aufwecken. Und wem könnte sie es schon zeigen?

Stattdessen ließ Rose ihren Blick über seinen Körper wandern – seine muskulösen Beine, seine breiten Schultern, seinen Mund, der halb geöffnet war, damit er besser schnarchen konnte. Rose drehte sich mit dem Rücken zu ihm, zog die Decke bis ans Kinn hoch und lächelte, als sie den Abend Revue passieren ließ.

Sie hatten noch bis in den späten Abend hinein an der Veeder-Sache gearbeitet, die so sterbenslangweilig war, dass sie Rose zum Weinen gebracht hätte, wäre da nicht Jim Danvers gewesen, der den Fall betreute. Sie war derart in ihn verliebt, dass sie die Unterlagen auch eine Woche lang mit ihm durchgeackert hätte, nur um in seiner Nähe zu sein, die teure Wolle seines Anzug und den Duft seines Eau de Cologne zu schnuppern. Es wurde acht, dann neun, sie tüteten die letzten Seiten für den Boten ein, und dann sah er sie mit seinem Filmstarlächeln an und sagte: »Gehen wir noch eine Kleinigkeit essen?«

Sie gingen in die Bar im Souterrain vom Le Bec-Fin, wo aus einem Glas Wein eine ganze Flasche wurde, die anderen Gäste immer weniger wurden und die Kerzen weiter hinabbrannten, bis sie um Mitternacht schließlich allein waren und ihnen nichts mehr einfiel, worüber sie sich noch unterhalten konnten. Während Rose noch überlegte, welches Thema sie als Nächstes anschneiden könnte – vielleicht etwas über Sport? –, nahm Jim ihre Hand und murmelte: »Weißt du eigentlich, wie schön du bist?« Rose schüttelte den Kopf, denn sie wusste es wirklich nicht. Es hatte ihr nie jemand gesagt, dass sie schön war, bis auf ihren Vater, ein einziges Mal, und das zählte nicht wirklich. Wenn sie in den Spiegel sah, sah sie nur eine gewöhnliche Frau, keine Schönheit, einen erwachsenen Bücherwurm mit einer akzeptablen Garderobe in Kleidergröße 42, braunen Haaren, braunen Augen, dicken geraden Augenbrauen und einem angriffslustig vorspringenden Kinn, in dem sich ihre Bereitschaft ausdrückte, es mit Gott und der ganzen Welt aufzunehmen.

Aber insgeheim hatte sie immer gehofft, dass ihr eines Tages jemand sagen würde, dass sie schön war, dass ihr ein Mann den Pferdeschwanz aufmachen, die Brille abnehmen und sie ansehen würde, als wäre sie die schöne Helena. Das war einer der Hauptgründe, warum sie sich nie Kontaktlinsen zugelegt hatte. Und folglich hatte sie sich vorgebeugt, jede Faser ihres Körpers vibrierend, Jim angestarrt und darauf gewartet, noch mehr dieser Worte zu hören, die sie immer hatte hören wollen. Stattdessen packte Jim Danvers sie bei der Hand, bezahlte die Rechnung und eh sie sich versah, war er mit ihr in ihrem Apartment, wo er ihr die Schuhe und den Rock auszog, sie von oben bis unten abküsste und eine Dreiviertelstunde lang Dinge mit ihr tat, die sie sich bisher nur erträumt (und einmal in einer Episode von *Sex and the City* gesehen) hatte.

Ein Wonneschauer überlief sie, und sie zog sich auch noch die Steppdecke unters Kinn. Sie ermahnte sich, dass das Probleme geben könnte. Mit einem Arbeitskollegen zu schlafen verstieß gegen ihren persönlichen Moralkodex (wobei ihr dieser Kodex zugegebenermaßen keine Opfer abverlangt hatte, weil noch kein Kollege mit ihr hatte schlafen wollen). Problematischer war, dass Beziehungen zwischen Partnern und Anwälten in ihrer Firma ausdrücklich verboten waren. Falls jemand dahinter kam, würde das für sie beide Folgen haben. Er würde Schwierigkeiten bekommen. Ihr würde man wahrscheinlich nahe legen, die Kanzlei zu verlassen. Sie würde sich einen neuen Job suchen und wieder von vorne anfangen müssen – Bewerbungsgespräche, langweilige halbe Tage, an denen man immer dieselben Antworten auf immer dieselben Fragen herunterspulte: *Wollten Sie schon immer Anwältin werden? Welche Bereiche sagen Ihnen am meisten zu? Welche Richtung wollen Sie einschlagen? Wie würden Sie zu dieser Kanzlei passen?*

Jim war anders gewesen. Er hatte das Bewerbungsgespräch bei Lewis, Dommel & Fenick mit ihr geführt. An einem herrlichen Septembernachmittag vor drei Monaten hatte sie in ihrem marineblauen Bewerbungskostüm, den Ordner voller Firmen-PR an die Brust gedrückt, das Besprechungszimmer betreten. Nach fünf Jahren bei Dillert McKeen wollte sie sich verändern – eine etwas kleinere Firma, die ihr mehr Verantwortung übertragen würde. Es war ihr drittes Bewerbungsgespräch in jener Woche, und ihre marineblauen Ferragamo-Pumps brachten sie schier um, aber ein einziger Blick auf Jim Danvers genügte, und alle Gedanken an schmerzende Füße und andere Firmen waren wie weggeblasen. Sie hatte den üblichen Nullachtfünfzehnpartner erwartet – einen Mann Mitte vierzig, mit beginnender Glatze und Brille, der sich seinen potenziellen Kolleginnen gegenüber bedacht onkelhaft verhielt. Aber Jim war anders. Er stand am Fenster, und als er sich umdrehte, um sie zu begrüßen, glänzte sein blondes Haar in der Spätnachmittagssonne wie eine goldene Krone. Er war weder Nullachtfünfzehn noch Mitte vierzig – vielleicht fünfunddreißig, ein Babypartner, fünf Jahre älter als sie, und einfach umwerfend attraktiv! Dieses Kinn! Diese Augen! Der verlockende Hauch von Eau de Cologne, der ihn umgab! Er war der Typ, der für Rose immer absolut unerreichbar gewesen war, während sie in der High School, am College und an der Uni die Nase in die Bücher gesteckt und stets nur die besten Noten eingeheimst hatte. Aber als er lächelte, blitzte etwas Silbernes in seinem Mund. Eine Retentionszahnspange, dachte sie, und ihre Zuversicht wuchs. Also war er vielleicht doch nicht perfekt. Vielleicht bestand Hoffnung.

»Ms. Feller?«, fragte er, und da sie ihrer Stimme nicht traute, nickte sie nur. Er lächelte sie an, kam mit drei großen Schritten auf sie zu und nahm ihre Hand.

Das war der Augenblick, in dem es – für sie – begann: hinter ihm die Sonne, ihre Hand in seiner, und das jagte ihr Stromstöße durch den Körper direkt zwischen ihre Beine. Es war ein Gefühl, von dem sie bisher nur gelesen hatte und sich nicht einmal sicher war, ob sie daran glaubte – Leidenschaft. Heiße, brennende Leidenschaft wie in den Liebesromanen, die sie las, Leidenschaft, die einem schier den Atem verschlug. Sie blickte auf die glatte Haut an Jim Danvers' Hals und wollte sie jetzt, auf der Stelle, küssen.

»Ich bin Jim Danvers«, sagte er.

Sie räusperte sich. Ihre Stimme klang heiser, rau, wollüstig, krächzend. »Ich bin Rose.« Mist! Wie hieß sie noch mal mit Nachnamen? »Feller. Rose Feller. Hi.«

Es hatte langsam angefangen – sein Blick, der am Lift eine Spur zu lange auf ihr ruhte, seine Hand, die eine Spur zu lange auf ihrem Rücken verweilte, die Art, wie er in einem Meeting ihre Augen suchte. In der Zwischenzeit hatte sie versucht, möglichst viel Klatsch über ihn zu erfahren. »Single«, meinte ihre Sekretärin. »Extrem single«, sagte eine Anwaltsgehilfin. »Ein notorischer Herzensbrecher«, flüsterte eine Junioranwältin, die seit knapp einem Jahr in der Kanzlei war, während sie auf der Damentoilette Lippenstift auftrug. »Ich habe gehört, er soll gut im Bett sein.« Rose war rot geworden, hatte sich schnell die Hände gewaschen und war geflüchtet. Sie wollte nicht, dass Jim ein Ruf vorauseilte. Sie wollte nicht, dass auf der Damentoilette über ihn getratscht wurde. Sie wollte, dass er nur ihr gehörte. Sie wollte, dass er ihr immer und immer wieder sagte, wie schön sie sei.

In dem Apartment über ihr rauschte die Toilettenspülung. Jim grunzte im Schlaf. Als er sich umdrehte, streifte sein Fuß ihr Schienbein. O Gott! Rose fuhr sich zum Test mit dem Zeh den Unterschenkel hinauf. Herrje! Sie hatte schon lange vor, ihre Beine zu rasieren, hatte sich fest vorgenommen, es vorm Aerobic zu tun, aber sie hatte den Kurs das letzte Mal vor drei Wochen besucht und im Büro trug sie jeden Tag Strumpfhosen und …

Jim drehte sich erneut um und schob Rose an den äußersten Rand der Matratze. Sie sah sich unglücklich in ihrem Schlafzimmer um, an dessen Tür genauso gut ein Schild mit der Aufschrift »Single, einsam, Ende neunziger Jahre« hätte hängen können. Auf dem Boden lagen neben einer grellgelben, fünf Pfund schweren Hantel und einer noch verschweißten Tae-Bo-Kassette seine und ihre Klamotten. Über ihrem Laufband, das sie sich vor drei Jahren am ersten Januar gekauft hatte, um ihre Fitnessvorsätze fürs neue Jahr in die Tat umzusetzen, hing die Wäsche aus der Reinigung. Auf einem Tischchen stand ein halb leerer Maracujapunsch, neben dem begehbaren Kleiderschrank stapelten sich vier Schuhschachteln von Saks und neben ihrem Bett ein halbes Dutzend Liebesromane. Eine Katastrophe, dachte Rose und überlegte, wie sie es bewerkstelligen könnte, dem Apartment noch vor Tagesanbruch den Anschein zu geben, dass es von einer Person bewohnt wurde, die ein interessantes Leben führte. Gab es denn kein Möbelhaus, in dem man rund um die Uhr Sofakissen und Bücherregale kaufen konnte? Und war es zu spät, um sich die Beine zu rasieren?

So leise wie möglich nahm sie das schnurlose Telefon und schlich ins Badezimmer. Amy hob nach dem ersten Klingelzeichen ab. »Wassis?«, fragte sie. Im Hintergrund konnte Rose Whitney Houstons gewaltige Stimme hören, was hieß, dass sich ihre beste Freundin zum hundertsten Mal *Warten auf Mr. Right* ansah. Amy war weiß, aber das hielt sie nicht davon ab, schwarz sein zu wollen.

»Du wirst es nicht glauben«, flüsterte Rose.

»Hast du Sex gehabt?«

»Amy!«

»Also hast du oder hast du nicht? Ich meine, warum würdest du mich sonst um diese Uhrzeit anrufen?«

»Naja«, sagte Rose, während sie das Licht anmachte und ihr glühendes Gesicht im Spiegel studierte. »Du hast ja Recht. Und es war …« – sie hielt inne und machte einen kleinen Luftsprung – »es war toll!«

Amy jauchzte. »So ist's recht, Mädchen! Also, wer ist der Glückliche?«

»Jim«, hauchte Rose.

Amy jauchzte noch lauter.

»Es war unglaublich!«, sagte Rose. »Es war … ich meine, er ist so …«

Sie hörte den Anklopfton ihres Telefons. Rose starrte ungläubig auf den Hörer.

»Wow, du bist aber gefragt heute«, sagte Amy. »Ruf mich zurück!«

Rose wechselte zum anderen Gespräch und sah auf ihre Uhr. Wer konnte das sein – kurz vor ein Uhr nachts? »Hallo?« Sie hörte laute Musik und Stimmen im Hintergrund – eine Bar, eine Party. Sie ließ sich gegen die Badezimmertür fallen. Maggie! Wer sonst?

Die Stimme am anderen Ende der Leitung war die eines ihr unbekannten jungen Mannes. »Sind Sie Rose Feller?«

»Ja. Wer spricht da, bitte?«

»Äh … also … ich heiße Todd.«

»Todd«, wiederholte Rose.

»Ja. Und, äh … also, wie es scheint, bin ich mit Ihrer Schwester hier. Maggie, richtig?«

Im Hintergrund hörte Rose die betrunkene Stimme ihrer Schwester: »Kleine Schwester!« Rose verzog das Gesicht, während sie nach einer Flasche Shampoo »speziell für dünnes, schlaffes und lebloses Haar« griff und sie in das Schränkchen unter dem Waschbecken stellte. Falls Jim noch dablieb, um zu duschen, musste er nicht unbedingt einen Beweis für ihre Problemhaare finden.

»Sie ist, äh, ihr ist schlecht, glaube ich. Sie hat einiges getrunken«, fuhr Todd fort, »und sie war, naja, ich weiß wirklich nicht, was sie sonst noch gemacht hat, aber ich fand sie auf der Toilette, und wir haben uns eine Weile unterhalten, und dann wurde sie ohnmächtig, und jetzt wird sie, äh, etwas laut. Sie hat aber noch gesagt, dass ich Sie anrufen soll«, fügte er hinzu. »Bevor sie ohnmächtig wurde.«

Rose hörte ihre Schwester schreien: »Ich bin der König der Welt!«

»Wie schön«, sagte Rose und ließ ihre Pickelcreme und eine Packung Slipeinlagen dem Shampoo folgen. »Warum bringen Sie sie nicht einfach nach Hause?«

»Ich will da wirklich in nichts hineingeraten …«

»Sagen Sie, Todd«, begann Rose in dem freundlichen Tonfall, den sie während des Jurastudiums eingeübt hatte und der ihr gegebenenfalls dazu dienen würde, Zeugen dazu zu bringen, ihr alles zu sagen, was sie wissen musste. »Als Sie sich mit meiner Schwester auf der Toilette unterhielten, was genau ging da vor sich?«

Stille am anderen Ende der Leitung.

»Sie müssen mir keine Einzelheiten erzählen«, fuhr Rose fort, »aber ich schließe aus Ihren Worten, dass Sie, um Ihren Ausdruck zu gebrauchen, bereits in etwas hineingeraten sind. Also warum verhalten Sie sich nicht wie ein anständiger Kerl und bringen sie nach Hause?«

»Hören Sie, ich glaube, dass sie Hilfe braucht, und ich muss wirklich los. Ich habe mir das Auto meines Bruders geliehen, ich muss es zurückbringen …«

»Todd …«

»Gibt es jemand anderen, den ich anrufen kann?«, fragte er. »Ihre Eltern? Ihre Mutter oder so?«

Rose fühlte, wie ihr Herz stehen blieb. Sie schloss die Augen. »Wo sind Sie?«

»Im Cherry-Hill-Hilton. Das Klassentreffen der High School.« Klick. Todd hatte aufgelegt.

Rose lehnte sich gegen die Badezimmertür. Hier war es – ihr wahres Leben, ihr wahres Ich, das wie ein Bus mit schlecht funktionierenden Bremsen auf sie zurollte. Hier war die Wahrheit: Sie war nicht die Art Mensch, in die Jim sich verlieben könnte. Sie war nicht das, wofür sie sich ausgab: eine fröhliche, unkomplizierte, normale junge Frau, die ein glückliches, geordnetes Leben führte, eine Frau, die hübsche Schuhe trug und sich über nichts den Kopf zerbrach außer darüber, ob die nächste Folge von *Emergency Room* eine Wiederholung war. Die Wahrheit war das Fitnessvideoband, das sie noch nicht einmal ausgepackt, geschweige denn benutzt hatte, die Wahrheit waren ihre unrasierten Beine und ihre scheußliche Unterwäsche. Aber vor allem war die Wahrheit ihre Schwester, ihre fabelhaft aussehende, verkorkste, absolut unglückliche und erstaunlich verantwortungslose Schwester. Aber warum nur heute Nacht? Warum konnte Maggie sie nicht einmal diese eine Nacht genießen lassen?

»Verdammt«, stöhnte sie leise. »Verdammt, verdammt, verdammt.« Dann tappte sie zurück in ihr Schlafzimmer und suchte ihre Brille, ihre Jogginghose, Stiefel und Autoschlüssel zusammen. Sie kritzelte hastig eine Notiz für Jim (»Familiärer Notfall, bin bald zurück«), eilte zum Lift und bereitete sich wieder einmal innerlich darauf vor, für ihre Schwester die Kastanien aus dem Feuer zu holen.

Vor der Eingangstür des Hotels hing noch immer ein Spruchband mit der Aufschrift »Willkommen! Jahrgang '89!«. Rose stapfte durch die Lobby – ganz in falschem Marmor und mit einem purpurroten Teppich – in die menschenleere, nach Zigaretten und Bier riechende Lounge. Die Tische waren mit billigen rotweißen Papiertischtüchern bedeckt und mit Plastikdahlien dekoriert. In einer Ecke lehnte ein betrunkenes Pärchen knutschend an der Wand. Rose sah kurz zu den beiden hinüber. Maggie war nicht dabei. Sie ging an die Bar, wo ein Typ in einem fleckigen weißen Hemd Gläser wegräumte und ihre Schwester in einem für den Monat November – beziehungsweise auch sonst für die Öffentlichkeit – völlig unpassenden, knapp sitzenden Kleid zusammengesackt auf einem Barhocker saß.

Rose blieb kurz stehen und überlegte sich, wie sie taktisch klug vorgehen sollte. Von weitem sah man Maggie nichts an. Erst als Rose näher kam, bemerkte sie das verschmierte Make-up und den Geruch von Alkohol und Erbrochenem, der Maggie wie eine dicke Wolke umgab.

Der Barkeeper sah Rose mitfühlend an. »Sie ist seit einer halben Stunde hier«, sagte er. »Ich habe auf sie aufgepasst. Sie hat nur Wasser getrunken.«

*Toll,* dachte Rose. *Und wo waren Sie, als man sie in der Toilette wahrscheinlich vergewaltigt hat?*

Stattdessen sagte sie »Danke« und rüttelte ihre Schwester unsanft an der Schulter. »Maggie?«

Maggie öffnete ein Auge und verzog das Gesicht. »Lass mich 'n Ruh.«

Rose packte ihre Schwester an den Trägern des schwarzen Kleidchens. Maggies Hintern hob sich fünfzehn Zentimeter vom Hocker. »Die Party ist vorbei.«

Maggie torkelte auf die Beine und stieß Rose dabei mit einer silbernen Sandale ans Schienbein. Genauer gesagt, mit einem silbernen Christian-Louboutin-Stöckelschuh, wie Rose bemerkte, einem Stöckelschuh, den sie drei Monate lang im Auge gehabt und sich erst vor zwei Wochen gekauft hatte und von dem sie angenommen hatte, dass er noch immer in der Schuhschachtel lag. Jetzt war er schmutzig und bekleckert mit den klebrigen Überresten von etwas, dessen Herkunft sie lieber nicht wissen wollte.

»Hey, das sind meine!«, sagte Rose und schüttelte ihre Schwester an den Spaghettiträgern. *Maggie*, dachte sie, während die vertraute Wut in ihr hochkochte. *Maggie nimmt sich alles.*

»Scheiß drauf!«, kreischte Maggie und wand sich hin und her, um sich aus Roses Griff zu befreien.

»Ich glaub's einfach nicht!«, fauchte Rose, ohne Maggie loszulassen, die um sich schlug und ihr mit den Spitzen ihrer Schuhe – *ihrer* Schuhe – gegen das Schienbein stieß. *Auch das noch,* dachte sie und stellte sich die blauen Flecken vor, die sie am Morgen haben würde. »Ich hab sie noch kein einziges Mal getragen!«

»Sachte, sachte!«, rief der Barkeeper, der offensichtlich eine Rauferei unter Schwestern befürchtete.

Rose beachtete ihn nicht, zerrte ihre Schwester aus dem Hotel und deponierte sie auf dem Beifahrersitz ihres Autos.

»Falls du dich übergeben musst«, warnte Rose, während sie Maggie den Sicherheitsgurt umschnallte, »sag mir vorher Bescheid.«

»Ich werd 'n Telegramm schicken«, murmelte Maggie und kramte in ihrer Handtasche nach einem Feuerzeug.

»O nein«, sagte Rose, »vergiss es! Hier drinnen wird nicht geraucht.« Sie schaltete die Scheinwerfer ein und verließ den leeren Parkplatz in Richtung Ben-Franklin-Brücke und Bella Vista, wo Maggie zuletzt gewohnt hatte.

»Nicht in die Richtung«, sagte Maggie.

»Okay«, sagte Rose. Ihre Hände krampften sich frustriert um das Lenkrad. »Wohin fahren wir dann?«

»Bring mich zu Sydelle«, murmelte Maggie.

»Warum?«

»Bring mich einfach hin, okay? Herrgott! Ich hab keine Lust, Frage-und-Antwort zu spielen.«

»Natürlich nicht«, sagte Rose schnippisch. »Ich bin ja nur dein Privatchauffeur. Mir muss man keine Erklärung geben. Ein Anruf und ich komme.«

»Miststück«, sagte Maggie mit belegter Zunge. Ihr Kopf lehnte an der Nackenstütze und rollte in jeder Kurve hin und her.

»Ob du's glaubst oder nicht«, sagte Rose in ihrer vernünftigsten Stimme, »man kann auf ein Klassentreffen gehen, ohne so viel Wodka zu trinken, dass man auf der Toilette ohnmächtig wird.«

»Was bist du, eine Suchtberaterin?«, fragte Maggie.

»Man kann«, fuhr Rose fort, »einfach hingehen, alte Freunde treffen, tanzen, essen, in Maßen trinken, Klamotten tragen, die man sich selbst gekauft hat, anstatt sie mir aus dem Schrank zu klauen …«

Maggie schlug die Augen auf und sah ihre Schwester an, wobei sie die große weiße Plastikhaarspange bemerkte. »Hey, 1994 lässt grüßen«, sagte sie. »Es will seine Haarspange zurück.«

»Was?«

»Weißt du nicht, dass man heutzutage solche Dinger nicht mehr trägt?«

»Dann sag mir doch, was die modebewussten Frauen von heute tragen, wenn sie ihre betrunkenen Schwestern mitten in der Nacht irgendwo auflesen müssen«, sagte Rose. »Ich würde es liebend gern wissen. Haben Nicky und Paris Hilton schon eine Kollektion für uns entworfen?«

»Jaja«, murmelte Maggie und starrte aus dem Fenster.

»Bist du glücklich mit deinem Leben?«, fuhr Rose fort. »Die Nächte durchzuzechen und sich mit weiß Gott wem herumzutreiben?«

Maggie rollte das Fenster herunter und achtete nicht auf sie.

»Du könntest wieder ans College gehen«, sagte Rose. »Du könntest dir einen besseren Job suchen.«

»Und so werden wie du«, sagte Maggie. »Das wäre toll! Kein Sex seit – wie lange ist's her, Rose? Drei Jahre? Vier Jahre? Wann hat dich das letzte Mal ein Mann angeschaut?«

»Mich würden eine Menge Männer anschauen, wenn ich deine Klamotten tragen würde.«

»Als ob die dir passen würden! In dieses Kleid würde nicht mal ein Bein von dir passen.«

»Ach ja, richtig, ich vergaß. Dünn zu sein ist das Wichtigste auf der Welt. Weil es dich ja offensichtlich so erfolgreich und glücklich macht.« Sie drückte länger als nötig auf die Hupe, um ihren Vordermann dazu zu bringen, sich in Bewegung zu setzen. »Du hast Probleme. Du brauchst Hilfe.«

Maggie warf den Kopf in den Nacken und lachte meckernd. »Und du bist perfekt, oder was?«

Rose schüttelte den Kopf und überlegte, was sie sagen könnte, um ihre Schwester zum Schweigen zu bringen, doch noch bevor sie sich eine Strategie zurechtlegen konnte, war Maggies Kopf bereits mit fest geschlossenen Augen seitlich an die Fensterscheibe gesunken.

Chanel, der Golden Retriever von Sydelle dem Stiefmonster, lief aufgeregt im Garten hin und her, als Rose in die Auffahrt einbog. Im ersten Stock ging das Licht im Schlafzimmer an, kurz darauf auch unten im Hausflur, während Rose ihre Schwester an den Trägern ihres Kleides aus dem Auto zerrte.

»Raus mit dir«, befahl sie.

Maggie stolperte die Auffahrt hinauf zu dem eigenartig aussehenden modernen Haus, in dem ihr Vater und ihre Stiefmutter wohnten. Die Hecken waren gemäß Sydelles Instruktionen zu dekorativen Gebilden zurechtgestutzt, und auf dem Fußabtreter stand: »Herzlich willkommen!« Rose war sich sicher, dass die Fußmatte zum Haus gehört haben musste, da ihre Stiefmutter weder herzlich noch besonders willkommen heißend war. Maggie stakste zur Tür und bückte sich. Rose dachte, dass sie sich übergeben würde, dann sah sie, dass Maggie eine der Steinplatten umdrehte und einen Schlüssel aufhob.

»Du kannst jetzt gehen«, sagte Maggie, während sie an die Tür gelehnt mit dem Schlüssel hantierte. Sie winkte, ohne sich umzudrehen. »Danke fürs Herbringen. Und jetzt verschwinde.«

Die Tür ging auf, und Sydelle Levine Feller trat mit spitzem Mund vor die Tür. Ihre ein Meter fünfzig große Gestalt war fest in einen Bademantel eingewickelt, und die Gesichtscreme glänzte auf ihrer Haut. Weder das jahrelange Fitnesstraining noch die Botox-Spritzen, in die sie tausende von Dollar investierte, oder der kürzlich neu hinzugekommene Permanent-

Make-up-Eyeliner hatten aus Sydelle Levine Feller eine attraktive Frau gemacht. Zum einen hatte sie winzige, leblose braune Augen, zum anderen riesige Nasenlöcher – die zu reparieren anscheinend kein Schönheitschirurg der Welt fähig war, dachte Rose, denn Sydelle musste doch bemerkt haben, dass in jedes ihrer Nasenlöcher locker eine Salami gepasst hätte.

»Sie ist betrunken«, sagte Sydelle und blähte ihre Nasenlöcher auf. »Wer hätte das gedacht?« Wie immer richtete sie ihre verletzenden Kommentare zehn Zentimeter links am Ohr des Empfängers vorbei, so als würde sie ihre Beobachtungen einem unsichtbaren Dritten mitteilen, der zweifelsohne ihre Sicht der Dinge teilte. Rose konnte sich an dutzende – nein, hunderte – solcher beiläufigen gehässigen Bemerkungen erinnern, die Sydelle an ihrem und Maggies linkem Ohr vorbeigeschickt hatte. *Maggie, du musst dir mehr Mühe mit deinen Schularbeiten geben. Rose, ich glaube nicht, dass du noch eine Portion brauchst.*

»Dir entgeht auch gar nichts, oder?«, sagte Maggie. Rose schnaubte unwillkürlich, und für einen kurzen Augenblick waren die beiden Schwestern wieder ein Team, vereint gegen einen gewaltigen gemeinsamen Feind.

»Sydelle, ich muss mit meinem Vater sprechen«, sagte Rose.

»Und ich«, verkündete Maggie, »muss auf die Toilette.«

Rose blickte nach oben zum Schlafzimmerfenster, wo die Brillengläser ihres Vaters aufblitzten. Seine große, hagere, leicht gebeugte Gestalt steckte in weiten Pyjamahosen und einem alten T-Shirt, und seine dünnen grauen Haare kräuselten sich über seiner Stirnglatze. *Wann ist er so alt geworden?*, dachte Rose. Er sah aus wie ein Geist. Während Sydelle seit ihrer Heirat regelrecht aufblühte – ihr Lippenstift wurde immer greller, ihre Strähnchen immer goldener –, wurde ihr Vater immer blasser, wie ein Foto, das zu lange in der Sonne gelegen hatte. »Hey, Dad!«, rief sie. Ihr Vater drehte sich zu ihr um und wollte das Fenster öffnen.

»Liebling, ich kümmere mich darum«, rief Sydelle zum Schlafzimmerfenster hinauf. Ihr eisiger Tonfall strafte ihre netten Worte Lügen. Michael Feller hielt, die Hände am Fenster, inne, und Rose stellte sich vor, wie sein Gesicht wieder in sich zusammenfiel und den üblichen traurigen, resignierten Ausdruck annahm. Kurz darauf ging das Licht aus, und sie konnte ihren Vater nicht mehr sehen. »Mist«, murmelte Rose, obwohl sie nicht überrascht war. Dann rief sie noch einmal verzweifelt: »Dad!«

Sydelle schüttelte den Kopf. »Nein«, sagte sie. »Nein, nein, nein.«

»Diese Sendung wird Ihnen präsentiert von dem Wörtchen ›Nein‹«, sagte Maggie. Rose musste lachen, dann wandte sie sich wieder ihrer Stiefmutter zu. Sie erinnerte sich an den Tag, an dem Sydelle zum ersten Mal zu ihnen nach Hause gekommen war. Sie und ihr Vater waren damals seit zwei Monaten zusammen, und er hatte sich extra für den Anlass fein gemacht. Rose erinnerte sich daran, wie er an den Ärmeln seines Sportsakkos und an seinem Krawattenknoten herumzupfte. »Sie ist sehr gespannt, euch kennen zu lernen«, sagte er zu Rose und Maggie, damals zwölf und zehn Jahre alt. Rose erschien Sydelle als die glamouröseste Frau, die sie je gesehen hatte. Sie trug goldene Armreifen und Ohrringe und glänzende goldene Sandaletten, ihre Haare waren von aschblonden und kupferfarbenen Strähnchen durchzogen und ihre Augenbrauen zu schmalen goldblonden Halbkreisen gezupft. Sogar ihr Lippenstift schimmerte golden. Rose war zunächst wie geblendet. Erst später bemerkte sie Sydelles weniger hübsche Züge – ihre permanent herabgezogenen Mundwinkel, ihre Augen, die die Farbe einer Schlammpfütze hatten, die Nasenlöcher, die sich wie zwei Tunnelöffnungen in ihrem Gesicht auftaten.

Beim Abendessen hatte Sydelle den Brotkorb so hingestellt, dass Rose ihn nicht erreichen konnte. »Nicht für uns!«, sagte sie mit einem gekünstelten Lächeln und einem Augenzwinkern, das vermutlich verschwörerisch wirken sollte. »Wir Mädchen müssen auf unsere Figur achten!« Das Gleiche tat sie mit der Butter. Als Rose den Fehler machte, sich noch mehr Kartoffeln nehmen zu wollen, spitzte Sydelle den Mund. »Es dauert zwanzig Minuten, bis der Magen eine Nachricht an das Gehirn sendet, dass er voll ist«, dozierte sie. »Warum wartest du nicht ein bisschen und schaust, ob du dann wirklich noch etwas magst?« Ihr Vater und Maggie bekamen Eis zum Nachtisch, Rose ein Schälchen Weintrauben, Sydelle nichts. »Ich mache mir nichts aus Süßigkeiten«, erklärte sie. Rose hatte den ganzen Auftritt zum Kotzen gefunden. Am liebsten hätte sie sich damals heimlich zum Kühlschrank geschlichen, um sich doch noch ein Schüsselchen Eiscreme zu holen. Was sie, wenn sie sich recht erinnerte, später auch getan hatte.

Jetzt starrte sie Sydelle flehentlich an, weil sie diese ganze Sache so schnell wie möglich hinter sich bringen und zu Jim zurückkehren wollte – falls er überhaupt noch da war.

»Es tut mir sehr Leid«, sagte Sydelle in einem Tonfall, der besagte, dass es ihr überhaupt nicht Leid tat. »Wenn sie getrunken hat, kommt sie hier nicht herein.«

»Nun, *ich* habe nicht getrunken«, sagte Rose. »Lass mich mit meinem Vater sprechen.«

Sydelle schüttelte wieder den Kopf. »Du bist nicht für Maggie verantwortlich«, rezitierte sie, zweifelsohne ein Satz, den sie in einem Beziehungsratgeber gelesen und auswendig gelernt hatte. Beziehungsweise in einer Ratgeberbroschüre. Sydelle war keine große Leserin.

»Lass mich mit ihm sprechen«, bat Rose erneut, obwohl sie wusste, dass es hoffnungslos war.

Sydelle postierte sich so, als wollte sie Rose und Maggie daran hindern, an ihr vorbei nach drinnen zu schlüpfen. Maggies Verhalten machte die Sache nicht besser.

»He, Sydelle!«, krächzte sie und schubste ihre Schwester beiseite. »Du siehst großartig aus!« Sie blinzelte ihre Stiefmutter an. »Du hast was Neues machen lassen, stimmt's? Ein Kinnlifting? Wangenimplantate? Ein bisschen Botox? Was ist dein Geheimnis?«

»Maggie«, flüsterte Rose, packte ihre Schwester an den Schultern und flehte sie innerlich an, den Mund zu halten. Was Maggie nicht tat.

»So unser Erbe zu verschleudern!«, schrie sie.

Sydelle sah sie endlich direkt an. Rose konnte förmlich hören, was sie dachte, nämlich dass ihre Tochter, die viel gerühmte Marcia, sich nie derartig aufführen würde. Marcia – oder Meine Marcia, wie sie üblicherweise genannt wurde – war achtzehn Jahre alt und Erstsemester an der Syracuse-Universität gewesen, als Sydelle und ihr Vater geheiratet hatten. Meine Marcia hatte, wie Sydelle Rose und Maggie immer und immer wieder unter die Nase rieb, die perfekte Kleidergröße 34. Meine Marcia war Mitglied der *National Honor Society* und des Homecoming Court gewesen. Meine Marcia hatte an der Uni der besten Studentinnenverbindung angehört, ihren Abschluss mit Auszeichnung gemacht und drei Jahre als Assistentin bei einem der besten Innenarchitekten in New York City gearbeitet, bevor sie einen Dot.com-Multimillionär geheiratet und sich als Ehefrau und Mutter in ein Vorzeigehaus mit sieben Schlafzimmern in Short Hills zurückgezogen hatte.

»Ihr müsst beide gehen«, sagte Sydelle. Dann schloss sie die Tür und ließ Maggie und Rose in der Kälte stehen.

Maggie starrte hinauf zum Schlafzimmerfenster, vielleicht in der Hoffnung, dass ihr Vater seinen Geldbeutel herabwerfen würde. Schließlich drehte sie sich um und stakste in Richtung Auffahrt, wobei sie einmal kurz stehen blieb, um eine von Sydelles geschniegelten Heckenpflanzen auszureißen und sie mitsamt der Erde vor die Haustür zu schleudern. Dann zog Maggie die hochhackigen Schuhe aus und warf sie Rose vor die Füße. »Da hast du sie!«

Rose ballte die Fäuste. Sie hätte daheim in ihrem Bett sein

können, mit Jim. Stattdessen stand sie mitten in der Nacht auf einem gefrorenen Rasen in New Jersey, um ihrer Schwester zu helfen, die sich nicht einmal helfen lassen wollte.

Maggie marschierte barfuß über den Rasen und humpelte die Straße hinab.

»Wo willst du hin?«, rief Rose.

»Irgendwohin. Mach dir um mich keine Sorgen. Mir passiert schon nichts.« Sie schaffte es fast bis zur Ecke, bevor Rose sie einholte.

»Jetzt komm schon«, sagte Rose grob. »Du kannst bei mir bleiben.« Noch während sie das aussprach, fingen ihre inneren Alarmglocken an zu läuten. Maggie zum Bleiben einzuladen war so, als würde man einen Hurrikan ins Haus hineinlassen. Das hatte sie vor fünf Jahren auf die harte Tour gelernt, als Maggie für drei schreckliche Wochen bei ihr eingezogen war. Maggie in der Wohnung zu haben bedeutete, dass nicht nur ihr bester Lippenstift, ihre Lieblingsohrringe und ihre teuersten Schuhe abhanden kommen würden, sondern auch Geld. Das Auto wäre tagelang weg, bevor es mit leerem Tank und überquellendem Aschenbecher wieder auftauchen würde. Hausschlüssel würden verloren gehen und Kleidungsstücke auf Nimmerwiedersehen von den Bügeln verschwinden. Mit Maggie zusammenzuwohnen bedeutete Chaos und Durcheinander, Drama, Tränen, Streit und verletzte Gefühle. Es bedeutete das Ende des ruhigen und friedlichen Lebens, das sie sich törichterweise erhofft hatte. Möglicherweise, dachte Rose schaudernd, bedeutete es sogar das Ende ihrer Beziehung zu Jim.

»Jetzt komm schon«, sagte Rose wieder.

Maggie schüttelte trotzig den Kopf.

Rose seufzte. »Es ist nur für eine Nacht«, sagte sie und berührte ihre Schwester an der Schulter.

Maggie wirbelte herum. »Nein, ist es nicht«, sagte sie.

»Was?«

»Weil man mich vor die Tür gesetzt hat, kapiert?«

»Was ist passiert?«, fragte Rose. Sie konnte sich gerade noch verkneifen, »dieses Mal« hinzuzufügen.

»Es ist was dumm gelaufen«, murmelte Maggie.

*Dumm gelaufen* war, wie Rose vor langer Zeit gelernt hatte, Maggies Kurzformel für alles, was sie überforderte, für ihre Lernschwierigkeiten, die sie behinderten und lähmten. Zahlen, Bruchrechnen, Wegbeschreibungen brachten sie zu Fall, und ein Scheckbuch zu bilanzieren war für Maggie ein Ding der Unmöglichkeit. Sie war unfähig, die Zutaten für ein Kochrezept zu verdoppeln. Bat man sie, den Weg von Punkt A nach Punkt B zu finden, gelangte Maggie in der Regel zu Punkt K, wo sie hundertprozentig eine Bar ausfindig gemacht und ein paar Kerle um sich geschart hatte, bevor Rose kam, um sie aufzulesen.

»In Ordnung«, sagte Rose. »Wir reden morgen früh darüber.«

Maggie schlang die Arme um ihre magere Taille und stand zitternd da. Sie hätte wirklich Schauspielerin werden sollen, dachte Rose. Es war eine Schande, dass sie dieses große theatralische Talent für nichts Besseres einzusetzen wusste, als ihrer Familie Bargeld, Schuhe und vorübergehendes Asyl zu entlocken.

»Schon okay«, sagte Maggie. »Ich bleibe einfach hier, bis es hell wird, und dann ...« Sie schniefte. Sie hatte an Armen und Schultern eine Gänsehaut. »Ich finde schon was, wo ich hingehen kann.«

»Komm schon«, sagte Rose.

»Du willst mich nicht«, wiederholte Maggie traurig. »Niemand will mich.«

»Steig einfach ein.« Rose drehte sich um und ging zur Auffahrt zurück. Sie war kein bisschen überrascht, als Maggie ihr kurz darauf folgte. Es gab ein paar Dinge im Leben, auf die man sich immer verlassen konnte, und eines davon war, dass Maggie Hilfe brauchte, dass Maggie Geld brauchte, dass Maggie *irgendetwas* brauchte.

Während der zwanzigminütigen Fahrt zurück nach Philadelphia blieb Maggie stumm, während Rose darüber nachdachte, wie sie es anstellen sollte, dass ihre Schwester den nackten Mann in ihrem Bett nicht bemerkte. »Du schläfst auf der Couch«, flüsterte sie, als sie die Wohnung betraten. Hastig hob sie Jims Anzug vom Boden auf, aber Maggie entging nichts.

»Sieh mal einer an«, sagte sie gedehnt. »Was haben wir denn da?« Ihre Hand fuhr in das Bündel Klamotten in Roses Armen und erschien Sekunden später triumphierend mit Jims Geldbeutel. Rose wollte ihn ihr entreißen, aber Maggie war schneller.

*Und los geht's,* dachte Rose. »Gib das her«, flüsterte sie.

Maggie klappte die Geldbörse auf. »James R. Danvers«, las sie laut. »Society Hill Towers, Philadelphia, Pennsylvania. Sehr nett.«

»Pscht!«, zischte Rose und warf einen besorgten Blick auf die Wand, hinter der James R. Danvers vermeintlich schlummerte.

»1964«, las Maggie mit einer Stentorstimme. Rose konnte förmlich Maggies Gehirn arbeiten hören, während sie sich mit den Zahlen abmühte. »Also ist er fünfunddreißig?«, fragte sie schließlich. Rose nahm Maggie die Geldbörse aus der Hand.

»Geh schlafen«, zischte sie.

Maggie nahm ein T-Shirt aus dem Klamottenhaufen auf Roses Laufband und zog sich ihr Kleid über den Kopf. »Sag's nicht«, warnte sie.

»Du bist zu dünn«, stieß Rose hervor, geschockt von dem Anblick des ausgemergelten Schlüsselbeins und der Rückenwirbel, die sich einzeln unter der Haut abzeichneten, was angesichts ihrer absurden Brüste aus dem Versandkatalog umso erschreckender wirkte.

»Und du benutzt den Bauchmuskeltrainer nicht, den ich dir gekauft habe«, gab Maggie zurück, während sie das T-Shirt anzog und es sich auf der Couch bequem machte.

Rose wollte etwas sagen, ließ es dann aber sein. *Bring sie einfach dazu zu schlafen*, sagte sie sich.

»Aber dein Freund sieht süß aus«, sagte Maggie und gähnte. »Könntest du mir bitte ein Glas Wasser und zwei Aspirin bringen?«

Zähneknirschend holte Rose die Tabletten und das Wasser und sah Maggie dabei zu, wie sie beides schluckte und dann die Augen zumachte, ohne auch nur »Danke« zu sagen.

In ihrem Schlafzimmer lag Jim noch immer leise schnarchend auf der Seite. Sie legte ihm sanft eine Hand auf den Arm. »Jim?«, flüsterte sie. Er rührte sich nicht. Rose dachte kurz daran, zu ihm ins Bett zu kriechen, sich die Decke über den Kopf zu ziehen und sich um alles Weitere am Morgen Gedanken zu machen. Sie sah zur Tür, dann wieder auf Jim und wusste, dass sie es nicht konnte. Sie konnte nicht mit einem nackten Mann im Bett liegen, während ihre Schwester nebenan war. Ihr Job war es, Maggie mit gutem Beispiel voranzugehen. Sich mit einem Mann einzulassen, der so etwas wie ihr Boss war, war dazu nicht geeignet. Und was, wenn er wieder mit ihr schlafen wollte? Maggie würde es hören oder, schlimmer noch, hereinkommen und gaffen. Und lachen.

Also nahm Rose eine Decke vom Fußende des Bettes, hob ein Kissen vom Boden auf und ging auf Zehenspitzen zurück ins Wohnzimmer. Während sie es sich auf dem Sessel einrichtete, dachte sie, dass es in den Annalen der Liebe wohl kaum eine schlimmere Art und Weise gab, eine Nacht wie diese zu Ende zu bringen. Sie schloss die Augen und lauschte auf Maggies Atem, so wie in all den Jahren, in denen sie mit ihr ein Zimmer geteilt hatte. Dann drehte sie sich um und versuchte, sich so gut wie möglich auszustrecken. Warum schlief nicht wenigstens sie auf der Couch? Warum hatte sie Maggie überhaupt eingeladen, bei ihr zu bleiben?

Genau in diesem Moment fing Maggie an zu reden. »Erinnerst du dich noch an Honey Bun?«

Rose schloss die Augen. »Natürlich erinnere ich mich«, sagte Rose.

In dem Frühjahr, in dem Honey Bun zu ihnen gekommen war, war Rose acht und Maggie sechs Jahre alt gewesen. Ihre Mutter Caroline hatte sie an einem Donnerstagmorgen früh aufgeweckt. »Pst, kein Wort!«, hatte sie geflüstert, sie in ihre besten Kleidchen gesteckt und ihnen gesagt, dass sie darüber noch Pullis und Mäntel anziehen sollten. »Es ist eine besondere Überraschung!« Sie hatten ihrem Vater, der noch immer bei einer Tasse Kaffee über dem Wirtschaftsteil saß, auf Wiedersehen zugerufen, und waren, an der Küche vorbei, in der sich das dreckige Geschirr im Ausguss stapelte und überall Pralinenschachteln herumlagen, nach draußen geeilt und in den Kombi geklettert. Doch anstatt sie, wie sonst, vor der Schule abzusetzen, fuhr Caroline daran vorbei.

»Mama, du hättest hier abbiegen müssen!«, rief Rose.

»Ihr müsst heute nicht in die Schule, Liebes«, trällerte ihre Mutter über die Schulter. »Heute ist ein besonderer Tag!«

»Hurra!«, rief Maggie, die vorne auf dem begehrten Beifahrersitz saß.

»Warum?«, fragte Rose, die sich auf die Schule gefreut hatte, weil heute Bibliothekstag war und sie sich wieder Bücher hätte aussuchen können.

»Weil etwas sehr Aufregendes passiert ist«, sagte ihre Mutter. Rose konnte sich noch genau daran erinnern, wie ihre Mutter an dem Tag ausgesehen hatte – an ihre leuchtenden braunen Augen und an den türkisfarbenen Gazeschal, den sie um den Hals geschlungen hatte. Caroline blickte über die Schulter, und ihre Stimme überschlug sich beinahe vor Aufregung, während sie Rose die Neuigkeiten mitteilte. »Bonbons«, sagte sie. »Das heißt, Karamellbonbons. Aber anders. Besser als Karamellbonbons. Einfach himmlisch. Habt ihr schon mal so etwas gegessen?«

Rose und Maggie schüttelten den Kopf.

»Ich habe in *Newsweek* von einer Frau gelesen, die Käsekuchen macht«, redete Caroline weiter, während sie um eine Kurve rauschte und das Auto an einer Ampel schlingernd zum Stehen brachte. »Alle ihre Freunde waren begeistert von ihrem Käsekuchen, und als Erstes hat sie einen Supermarkt in ihrer Nähe dazu gebracht, sie zu verkaufen, dann suchte sie sich einen Großhändler, und jetzt werden ihre Käsekuchen in elf Bundesstaaten verkauft. Elf!«

Hinter ihnen erhob sich ein Hupkonzert. »Mama«, sagte Rose. »Es ist grün.«

»Ach ja, richtig, richtig«, sagte Caroline und gab Gas. »Also dachte ich gestern Abend, nun, ich kann keinen Käsekuchen machen, dafür aber Karamellbonbons. Meine Mutter macht die besten Karamellbonbons der Welt, mit Walnüssen und Marshmallows, also habe ich sie wegen des Rezepts angerufen, und dann war ich die ganze Nacht auf und habe haufenweise Karamellbonbons gemacht, ich musste zweimal zum Supermarkt, um mir die Zutaten zu holen, aber hier!« Sie bog abrupt in eine Tankstelle ein. Rose bemerkte, dass die Fingernägel ihrer Mutter gebrochen und schwarzbraun waren, so als ob sie in der Erde gewühlt hätte. »Hier! Probiert mal!« Sie kramte zwei in Wachspapier eingewickelte quadratische Bonbons aus ihrer Tasche. »R & M« stand darauf; Rose erschien es wie mit Eyeliner geschrieben.

»Ich musste natürlich improvisieren, die Verpackung wird sich ändern, aber probiert sie und sagt mir, ob das nicht die besten Karamellbonbons sind, die ihr je gegessen habt!«

Rose und Maggie wickelten sie aus. »Lecker«, sagte Maggie mit vollem Mund.

»Hmm, köstlich«, sagte Rose und bemühte sich, den Karamellklumpen zu schlucken, der ihr im Hals stecken geblieben war.

»R & M für Rose und Maggie!«, sagte ihre Mutter und fuhr weiter.

»Warum nicht M & R?«, fragte Maggie.

»Wo fahren wir hin?«, fragte Rose.

»Zu Lord & Taylor«, sagte ihre Mutter fröhlich. »Ich dachte natürlich als Erstes an Supermärkte, aber ich finde, das sind wirklich Gourmetbonbons und deshalb sollten sie in Boutiquen und Kaufhäusern verkauft werden.«

»Weiß Dad darüber Bescheid?«, fragte Rose.

»Wir werden ihn überraschen«, sagte Caroline. »Zieht die Pullover aus und schaut, ob eure Gesichter sauber sind. Wir machen einen Verkaufsbesuch, Mädchen!«

Rose drehte sich auf die Seite und dachte an den Rest des Tages – das höfliche Lächeln des Managers, als ihre Mutter ihre Handtasche auf den Kopf gekippt und zwei Dutzend in Wachspapier verpackte R-&-M-Karamellbonbons (und zwei mit der Aufschrift »M & R«, die Maggie im Auto verändert hatte) auf dem Tresen der Modeschmuckabteilung ausgeleert hatte. Wie ihre Mutter sie in die Mädchenabteilung mit hinaufnahm und ihnen identische Muffs aus Kaninchenfell kaufte. Wie sie in der Teestube von Lord & Taylor zu Mittag aßen, Cream-Cheese-und-Oliven-Sandwiches ohne Rinde, winzige Pickles, die kaum länger waren als Roses kleiner Finger, Biskuitkuchen mit Erdbeeren und Schlagsahne. Wie schön ihre Mutter ausgesehen hatte, wie sie mit geröteten Wangen und glänzenden Augen ganz lebhaft und aufgeregt ihr eigenes Essen nicht anrührte und stattdessen ihre Verkaufs- und Marketingideen beschrieb und dass R-&-M-Karamellbonbons genauso erfolgreich sein würden wie Pralinen von Keebler oder Nabisco. »Wir fangen klein an, Mädchen, aber das muss jeder«, hatte sie gesagt. Maggie hatte genickt, Caroline bestätigt, wie lecker die Karamellbonbons schmeckten, und um ein weiteres Sandwich und Stück Kuchen gebeten, während Rose nur dasaß, sich zwang, ein paar Bissen zu essen und sich fragte, ob sie als Einzige die hochgezogene Augenbraue und das übertrieben höfliche Lächeln des Managers bemerkt hatte, als die ganzen Bonbons über den Tresen gepoltert waren.

Nach dem Mittagessen schlenderten sie durchs Einkaufszentrum. »Ihr könnt euch etwas wünschen«, sagte ihre Mutter. »Was ihr wollt. Egal, was!« Rose wollte ein Nancy-Drew-Buch. Maggie wollte ein Hundejunges. Ihre Mutter zögerte keine Sekunde.

»Natürlich, ein Hundejunges!«, rief sie mit schriller werdender Stimme. Rose bemerkte, wie andere Leute sie anstarrten – zwei kleine, fein herausgeputzte Mädchen, eine hoch gewachsene, schöne Frau in einem Rock mit roten Mohnblumen und mit einem türkisfarbenen Schal, die sechs Einkaufstüten in der Hand trug und viel zu laut sprach. »Wir hätten schon längst ein Hundejunges haben sollen!«

»Dad ist allergisch gegen Hunde«, sagte Rose. Ihre Mutter hörte sie entweder nicht oder beschloss, Roses Einwand nicht weiter zu beachten. Sie nahm ihre Töchter an der Hand und lief mit ihnen hinüber zur Tierhandlung, wo sich Maggie eine kleine gelbbraune Cockerspanielhündin aussuchte und sie auf den Namen Honey Bun taufte.

»Mama war verrückt, aber sie war klasse, nicht wahr?«, fragte Maggie mit schläfriger Stimme.

»Ja, das war sie.« Rose dachte daran, wie sie, bepackt mit Einkaufstüten und Honey Buns Tragetasche, nach Hause gekommen waren, wo ihr Vater, noch immer in Anzug und Krawatte, auf der Couch gesessen und auf sie gewartet hatte.

»Mädchen, geht auf euer Zimmer«, hatte er gesagt, Caroline bei der Hand genommen und sie in die Küche geführt. Rose und Maggie gingen mit Honey Bun leise nach oben, aber sogar durch die geschlossene Tür konnten sie die immer schriller werdende Stimme ihrer Mutter hören. *Michael, es war eine gute Idee, es war eine legitime Geschäftsidee, es gibt keinen Grund, warum es nicht funktionieren sollte. Ich wollte den Mädchen nur eine Freude machen. Ich bin ihre Mutter, ich kann tun, was ich will, sie können hin und wieder mal die Schule schwänzen, es spielt keine Rolle, wir hatten einen schönen Tag, Michael, einen besonderen Tag, einen Tag, an den sie sich immer erinnern werden, und es tut mir Leid, dass ich vergessen habe, in der Schule anzurufen, aber du hättest dir kei-*

*ne Sorgen machen sollen, sie waren bei mir und* ICH BIN IHRE MUTTER ICH BIN IHRE MUTTER ICH BIN IHRE MUTTER …

»O nein«, flüsterte Maggie, während Honey Bun zu winseln anfing. »Streiten sie? Ist es unsere Schuld?«

»Pscht!«, sagte Rose und nahm Honey Bun auf den Arm, während sich Maggie, den Daumen im Mund, an sie lehnte. Sie hörten ihre Mutter schreien, und dazwischen immer wieder das Klirren von Geschirr und das Murmeln ihres Vaters, der ständig nur das eine Wort zu sagen schien: *Bitte*.

»Wie lange haben wir Honey Bun gehabt?«, fragte Maggie. Rose wand sich im Sessel und dachte nach.

»Einen Tag, glaube ich.« Jetzt fiel es ihr wieder ein. Sie war am nächsten Morgen früh aufgestanden, um mit dem Hund Gassi zu gehen. Im Flur war es dunkel, die Schlafzimmertür ihrer Eltern war geschlossen. Ihr Vater saß allein am Küchentisch.

»Deine Mutter ruht sich aus«, sagte er. »Kannst du dich um den Hund kümmern? Kannst du für dich und Maggie Frühstück machen?«

»Sicher«, sagte Rose. Sie sah ihren Vater lange an. »Ist Mama … ist alles in Ordnung?«

Ihr Vater seufzte und faltete die Zeitung zusammen. »Sie ist nur müde, Rose. Sie ruht sich aus. Versucht leise zu sein, und lasst sie in Ruhe. Kümmere dich um deine Schwester.«

»Das werde ich«, versprach Rose. Als sie am Nachmittag von der Schule nach Hause kam, war der Hund weg und die Tür zum Schlafzimmer ihrer Eltern noch immer geschlossen. Und zweiundzwanzig Jahre später hielt sie ihr Versprechen immer noch.

»Es waren wirklich gute Karamellbonbons, nicht wahr?«, sagte Maggie. Im Dunkeln hörte sie sich an, als wäre sie wieder sechs Jahre alt – glücklich und hoffnungsvoll, ein fröhliches kleines Mädchen, das alles glauben wollte, was ihre Mutter ihr erzählte.

»Sie waren köstlich«, sagte Rose. »Gute Nacht, Maggie«,

sagte sie in einem Tonfall, der signalisierte, dass sie an keiner weiteren Diskussion interessiert war.

Als Jim Danvers am nächsten Morgen die Augen aufschlug, lag er allein im Bett. Er streckte und kratzte sich, dann stand er auf, schlang sich ein Handtuch um die Hüften und machte sich auf die Suche nach Rose und dem Badezimmer.

Die Badtür war geschlossen, aber er konnte Wasser laufen hören. Er klopfte sanft, zärtlich, verführerisch sogar, und stellte sich Rose in der dampfenden Dusche vor, ihre feuchte, gerötete Haut, ihre nackten Brüste …

Die Tür flog auf, und eine Frau, die nicht Rose war, stolzierte aus dem Bad.

»HalsindSie«, sagte Jim bei dem Versuch, eine Kombination aus »Hallo« und »Wer sind Sie« zu Stande zu bringen.

Die Unbekannte war schlank und hatte ihre langen rotbraunen Haare hochgesteckt. Sie hatte ein zierliches herzförmiges Gesicht und volle rosa Lippen, lackierte Fußnägel und gebräunte Beine bis ans Kinn, und harte Brustwarzen, die unter ihrem zerschlissenen T-Shirt einfach nicht zu übersehen waren. Sie blickte ihn schläfrig und mürrisch an. »Welche Sprache war denn das?«, fragte sie. Ihre großen, braunen Augen waren umrandet von Eyeliner und schlafverschmiertem Mascara – harte, aufmerksame Augen von der gleichen Farbe wie die von Rose, aber irgendwie ganz anders.

Jim versuchte es noch einmal. »Hallo«, sagte er. »Ist, äh, ist Rose da?«

Die Fremde deutete mit dem Daumen in Richtung Küche. »Da drin«, sagte sie und lehnte sich gegen die Wand. Jim wurde plötzlich bewusst, dass er bis auf das Handtuch nackt war. Die junge Frau stützte ein angewinkeltes Bein gegen die Wand und musterte ihn langsam von oben bis unten.

»Sind Sie Roses Mitbewohnerin?«, fragte er. Er konnte sich nicht erinnern, ob Rose etwas in der Richtung erwähnt hatte.

Die Frau schüttelte den Kopf, gerade als Rose, bereits geschminkt, angezogen und in Schuhen, mit zwei Tassen Kaffee in der Hand um die Ecke bog.

»Oh!«, sagte sie und blieb so abrupt stehen, dass der Kaffee überschwappte und auf ihre Handgelenke und ihre Bluse spritzte. »Oh, ihr habt euch also schon kennen gelernt?«

Jim schüttelte stumm den Kopf. Die Frau sagte nichts, sondern starrte ihn nur weiter mit diesem unmerklichen sphinxähnlichen Grinsen an.

»Maggie, das ist Jim. Jim, das ist Maggie Feller. Meine Schwester.«

»Hallo«, sagte Jim mit einem leichten Kopfnicken, während er krampfhaft das Handtuch umklammert hielt.

Maggie nickte kurz zurück. Für einen Moment standen sie alle drei einfach nur da – Jim, der sich lächerlich vorkam mit seinem Handtuch, Rose, von deren Handgelenk der Kaffee tropfte, und Maggie, die von einem zum anderen starrte.

»Sie ist letzte Nacht gekommen«, sagte Rose. »Sie war auf einem Klassentreffen ihrer High School und …«

»Ich glaube nicht, dass er die Einzelheiten wissen muss«, unterbrach Maggie. »Er kann auf die *E!-True-Hollywood-*Story warten wie alle anderen auch.«

»'tschuldige«, sagte Rose.

Maggie rümpfte die Nase, machte auf dem Absatz kehrt und stolzierte ins Wohnzimmer. Rose seufzte. »'tschuldige«, wiederholte sie. »Es ist immer ein Drama mit ihr.«

Jim nickte. »Hey«, sagte er leise. »Ich möchte alles darüber hören. Gib mir nur eine Minute.« Er deutete mit dem Kopf auf die Badezimmertür.

»Oh!«, sagte Rose. »Oh, 'tschuldige.«

»Schon in Ordnung«, flüsterte er und rieb seine Bartstoppeln an ihrer Wange und ihrem Hals. Ein Schauder überlief sie, und der noch verbliebene Kaffee wackelte in den Tassen.

Als Jim und Rose eine halbe Stunde später die Wohnung verließen, hatte sich Maggie wieder auf die Couch gelegt. Ein nackter Fuß und ein rasierter Unterschenkel ragten unter der

Decke hervor. Rose war sich sicher, dass Maggie nicht schlief. Sie war sich sicher, dass die ganze Sache – das braun gebrannte Bein, die scharlachrot lackierten Fußnägel – Berechnung war. Sie scheuchte Jim an der Couch vorbei nach draußen, während sie daran dachte, wie gerne sie das selbst gemacht hätte – den klassischen koketten Hollywood-Räkler am Morgen, verschmiert und glamourös und atemberaubend, mit verführerischem Augenaufschlag und einem zufriedenen Lächeln. Und jetzt war Maggie die sexy Glamouröse, während sie wie Betty Crocker umherwieselte und Leuten Kaffee anbot.

»Arbeitest du heute?«, fragte er. Sie nickte.

»Arbeit am Wochenende«, sagte er. »Ich habe vergessen, wie es am Anfang ist.« Er gab ihr an der Tür ein Abschiedsküsschen – ein flüchtiges, geschäftsmäßiges Küsschen auf die Wange – und kramte in seinem Geldbeutel nach seinem Parkschein. »Hm«, sagte er stirnrunzelnd. »Ich hätte schwören können, dass ich noch einhundert Dollar hier drinnen hatte.«

*Maggie*, dachte Rose und nahm einen Zwanzig-Dollar-Schein aus ihrer Geldbörse. Maggie, Maggie, Maggie! Immer kommt sie mich teuer zu stehen!

## 2

Montagmorgen. Ella Hirsch lag allein in der Mitte ihres Betts und taxierte ihre diversen Schmerzen, Zipperlein und Gebrechen. Von ihrem schwachen linken Fußgelenk über den ziehenden Schmerz in der rechten Hüfte, weiter über ihre Gedärme, die sich leer und verknotet zugleich anfühlten, hinauf zu ihren Brüsten, die mit jedem Jahr kleiner wurden, bis hin zu ihren Augen (sie hatte sich vor einem Monat erfolgreich einer Grauer-Star-Operation unterzogen) und ihren unmodern langen, kastanienbraun gefärbten Haaren – in dieser Hinsicht war sie eitel.

*Nicht übel, nicht übel,* dachte Ella, während sie zuerst das linke, dann das rechte Bein aus dem Bett schwang und ihre Füße sanft auf den kühlen Fliesenboden setzte. Ira, ihr Mann, hatte keine Fliesen gewollt. »Zu hart!«, hatte er gemeint. »Zu kalt!« Also hatten sie einen Teppichboden verlegt. In Beige. Die sieben Trauertage waren kaum vorbei gewesen, da hatte Ella schon den Anruf getätigt, und zwei Wochen später war der Teppich draußen, und sie hatte ihre cremeweißen Marmorfliesen, die sich unter ihren Füßen ganz weich anfühlten.

Ella legte die Hände auf ihre Oberschenkel, schaukelte vor und zurück, einmal, zweimal, und mühte sich dann leise stöhnend aus dem Doppelbett – Anschaffung Nummer zwei nach Iras Tod. Heute war der Montag nach dem Thanksgiving-Wochenende, und in Golden Acres, »der Seniorengemeinde für aktive Rentner«, herrschte ungewöhnliche Ruhe, denn die meisten dieser aktiven Rentner hatten das Wochenende bei ihren Kindern und Enkelkindern verbracht. Auch Ella hatte gefeiert, auf ihre Weise. Sie hatte ein Truthahn-Sandwich zu Abend gegessen.

Sie strich die Bettdecke glatt und dachte an den Tag, der vor ihr lag: zuerst das Frühstück und das Gedicht, das sie zu Ende schreiben musste, danach würde sie mit der Straßenbahn zur Bushaltestelle und mit dem Bus zum Tierheim fahren, in dem sie einmal in der Woche ehrenamtlich tätig war. Dann würde sie nach Hause kommen, zu Mittag essen, sich kurz hinlegen, vielleicht ein oder zwei Stündchen lesen – sie hatte bereits fast die Hälfte eines Kurzgeschichtenbandes von Margaret Atwood für Sehbehinderte auf Kassette gesprochen. Danach ein frühes Abendessen – »Hier gilt sechzehn Uhr schon als spätes Essen«, hatte sie jemanden witzeln gehört, aber es stimmte – und am Abend einen Film im Klubhaus. Wieder ein leerer Tag, voll gestopft mit so vielen Aktivitäten wie möglich.

Es war ein Fehler gewesen, hierher zu ziehen. Florida war Iras Idee gewesen. »Ein Neuanfang«, hatte er gesagt und die Prospekte auf dem Küchentisch ausgebreitet. Ella hatte kaum einen Blick auf die Hochglanzfotos mit den Sandstränden, der Brandung, den Palmen und den weißen Gebäuden mit Aufzügen, Rollstuhlrampen und Duschen mit eingebauten Haltegriffen aus rostfreiem Edelstahl geworfen. Sie hatte nur gedacht, dass sich Golden Acres oder eine andere der zahlreichen Seniorensiedlungen gut als Zufluchtsort eignen würde. Dort gäbe es keine ehemaligen Freunde oder Nachbarn, die sie auf der Post oder im Lebensmittelladen aufhielten, ihr wohlwollend die Hand auf den Arm legten und sie fragten: *Wie geht es euch? Wie lange ist es jetzt her?* Sie war fast glücklich, fast hoffnungsvoll gewesen, als sie ihr Haus in Michigan aufgegeben hatten.

Sie hatte nicht gewusst, konnte nicht ahnen, dass der ganze Sinn und Zweck einer Seniorenstadt Kinder waren. Das hatte nicht in den Prospekten gestanden, dachte sie bitter: dass, wo sie auch hinkam, in jedem Wohnzimmer Fotos von Kindern, Enkeln und Urenkeln herumstanden und an der Wand hingen; dass jede Unterhaltung früher oder später unweigerlich auf dieses wertvollste aller Besitztümer zurückkam. *Meine Tochter war ganz begeistert von diesem Film. Mein Sohn hat sich genau so ein Auto gekauft. Meine Enkelin bewirbt sich gerade um einen Studienplatz. Mein Enkel hat gesagt, dass man diesem Senator nicht über den Weg trauen kann.*

Ella hielt sich von den anderen Frauen fern. Sie suchte sich Beschäftigungen. Tierheim, Krankenhaus, Essen auf Rädern, Bücher in der Bibliothek in die Regale zurückstellen, Waren im Secondhandladen auszeichnen, eine Kolumne für die hiesige Wochenzeitung schreiben.

An diesem Montagmorgen setzte sie sich mit einer Tasse Tee an den Küchentisch und nahm ihr Notizbuch und einen Stift, während die Sonne durch das Fenster auf die Fliesen schien. Sie wollte das Gedicht vollenden, das sie letzte Woche begonnen hatte. Nicht dass sie eine große Dichterin gewesen wäre, aber Lewis Feldman, der Herausgeber der *Golden Acres Gazette*, hatte sie verzweifelt darum gebeten, nachdem sich die reguläre Dichterin die Hüfte gebrochen hatte. Abgabetermin war Mittwoch, aber sie wollte sich den Dienstag für Überarbeitungen freihalten.

»Nur weil ich alt bin«, war der Titel ihres Gedichts. »Nur weil ich alt bin«, begann es, »und etwas langsam auf den Beinen, weil meine Haare grau sind und ich jeden Tag ein Schläfchen mache …«

Bis dahin war sie gekommen. Sie schlürfte ihren Tee und dachte nach. Nur weil sie alt war … nun, was?

»BIN ICH NICHT UNSICHTBAR«, schrieb sie in fetten Großbuchstaben. Dann strich sie den Satz durch. Es stimmte nicht. Sie fühlte sich, als wäre sie an ihrem sechzigsten Geburtstag irgendwie ausradiert worden und die letzten sechzehn Jahre unsichtbar gewesen. Leute – junge Leute – sahen durch sie hindurch, als wäre sie gar nicht da. Aber auf »unsichtbar« würde sich nur schwer ein Reim finden lassen.

Sie beschloss, auf das »unsichtbar« später zurückzukommen und schrieb darunter »hat mein Leben einen Sinn«. »Sinn« wäre einfacher, aber was reimte sich darauf? »Und ich trage hoch mein Kinn?« »Auch wenn die Figur ist hin?«

Ja! »Auch wenn die Figur ist hin« war gut. Damit würde man sich hier in Golden Acres identifizieren können. Besonders, dachte sie lächelnd, ihre Beinahe-Freundin Dora, die mit ihr im Secondhandladen arbeitete. Doras Klamotten waren durchwegs mit einem Gummizug versehen, und zum Nachtisch bestellte sie sich immer Schlagsahne. »Ich habe siebzig Jahre lang auf meine Ernährung geachtet«, sagte sie stets, während sie ihren Schokoladenpudding oder Käsekuchen löffelte. »Mein Mortie lebt nicht mehr, also warum sollte ich mir jetzt noch darüber Gedanken machen?«

»Hat mein Leben einen Sinn. Auch wenn die Figur ist hin«, schrieb Ella. »Meine Ohren hören die Geräusche des Lebens um mich herum …«

Was stimmte, dachte sie. Nur dass sich die Geräusche des Lebens in Golden Acres, wenn sie ehrlich war, auf den stetigen Verkehrslärm, das gelegentliche Heulen der Krankenwagensirene und Streitereien, weil jemand seine Klamotten in dem Gemeinschaftstrockner am Ende des Gangs vergessen hatte, reduzierten. Nicht gerade der Stoff, aus dem sich Gedichte machen ließen.

»Das sanfte Rauschen des Meeres«, schrieb sie stattdessen. »Das Lachen der Kinder. Die Musik der Sonne und des Lächelns.«

Ja. Das war gut. Das mit dem Meeresrauschen war sogar realistisch – Golden Acres lag eine Meile von der Küste entfernt. Die Straßenbahn fuhr direkt dorthin. Und »die Musik der Sonne und des Lächelns«. Das würde Lewis gefallen. Bevor er nach Golden Acres gezogen war, hatte Lewis eine Eisenwarenladenkette in Utica, New York, betrieben. Die Redaktionsarbeit – »Zeitungsarbeit«, wie er es nannte – gefiel ihm viel besser. Jedes Mal, wenn sie ihn sah, hatte er einen roten Korrekturstift hinters Ohr geklemmt, jederzeit bereit, sich eine Schlagzeile auszudenken oder einen Text zu redigieren.

Ella klappte ihren Notizblock zu und trank einen Schluck Tee. Halb neun, und es wurde bereits heiß. Sie stand auf und dachte an den voll gepackten Tag, der vor ihr lag, die voll gepackte Woche. Nur dass sie jetzt genau das hören konnte, wovon sie geschrieben hatte – das Gelächter von Kindern. Es hörte sich nach Jungen an. Sie konnte ihr Geschrei und das Klappern ihrer Sandalen auf dem Gang vor ihrer Tür hören, wo sie wahrscheinlich Jagd machten auf die winzigen, blitzschnellen Chamäleons, die sich auf dem Sims sonnten. Mavis Golds Enkelsöhne, dachte sie. Mavis hatte erwähnt, dass sie Besuch erwartete.

»Ich hab eins! Ich hab eins!«, rief einer der Jungen mit aufgeregter Stimme. Ella schloss die Augen. Sie sollte hinausgehen und ihnen sagen, dass sie keine Angst zu haben brauchten, dass die Chamäleons mehr Grund hatten, sich vor ihren ungeschickten, schwitzigen Kinderhänden zu fürchten als umgekehrt. Sie sollte hinausgehen und sie bitten leise zu sein, bevor Mr. Boehr von 6-B herauskam und sie anbrüllte, weil er nicht schlafen konnte.

Stattdessen wandte sie ihren Blick vom Fenster ab, bevor sie die Jalousien hochzog. Kinder zu sehen tat weh ... obwohl es mehr als fünfzig Jahre her war, dass ihre Tochter ein Kind gewesen war, und mehr als zwanzig, seit sie ihre Enkeltöchter zuletzt gesehen hatte.

Ella kniff den Mund zusammen und ging entschlossen ins Bad. Sie wollte heute nicht weiter darüber nachdenken. Sie wollte nicht über ihre Tochter nachdenken, die nicht mehr am Leben war, nicht über ihre Enkelkinder, die sie nie kennen lernen würde, nicht über das Leben, das man ihr entrissen hatte, das man vollständig und sauber wie einen Tumor von ihr abgetrennt hatte, sodass nicht einmal eine Narbe zurückgeblieben war, die sie zur Erinnerung an dieses Leben noch hätte hegen und pflegen können.

## 3

Rose Feller kam immer mehr zu der Überzeugung, dass ihr Chef den Verstand verloren hatte.

Sicher, sie wusste, dass jeder so von seinem Boss dachte. All ihre Freunde – das heißt, Amy – verfügten über den üblichen Beschwerdekatalog: die übertriebenen Ansprüche, die rücksichtslose Behandlung, das Potätscheln unter Alkoholeinfluss auf Betriebsfesten.

Während sie wieder einmal zum freitagnachmittäglichen Motivationstraining in das Besprechungszimmer schlüpfte, sah sich Rose jedoch erneut mit der Möglichkeit konfrontiert, dass Don Dommel, einer der Gründer und Partner ihrer Anwaltsfirma, nicht nur exzentrisch oder seltsam war – oder eins der anderen Adjektive, die für Männer mit Macht reserviert waren –, sondern wirklich und wahrhaftig verrückt.

»Leute!«, brüllte der Mann der Stunde und schlug mit der Faust auf ein PowerPoint-Diagramm der abrechenbaren Stunden der Kanzlei. »Wir MÜSSEN noch BESSER werden als DAS HIER! DAS HIER«, fuhr er fort, »ist GUT, aber nicht SPITZE. Und bei den talentierten Mitarbeitern, die wir haben, ist sogar SPITZE nicht gut GENUG! Wir müssen das Geländer der Mittelmäßigkeit durchbrechen und einen Ollie zur Exzellenz machen!«

»Hä?«, brummte der Anwalt zu Roses Rechten. Er hatte krauses, rötlich gelbes Haar, und seine milchig weiße Haut war in dieser Kanzlei eine Auszeichnung, ein sicheres Zeichen dafür, dass er auf seine Mindeststunden und folglich nicht oft an die frische Luft kam. Simon Irgendwas, dachte Rose.

Rose zuckte die Achseln und versank tiefer in ihrem Stuhl. Wie viele Anwaltskanzleien bieten ihren Mitarbeitern schon Motivationstrainings?, dachte sie. Wie viele Anwälte hatten letztes Jahr an Stelle des Urlaubsgeldes Skateboard-Sonderanfertigungen mit der Aufschrift »ANWALTSKANZLEI DOMMEL« bekommen? Wie viele Geschäftsführer schwangen jede Woche Reden, in denen sie fast ausschließlich Sportmetaphern verwendeten, gefolgt von einer übersteuerten Wiedergabe von »I Believe I Can Fly«? Wie viele Anwaltsfirmen hatten überhaupt einen Erkennungssong? Nicht viele, dachte Rose säuerlich.

»Ist ein Ollie ein Mensch oder eine Sache?«, fragte Simon Irgendwas. Rose zuckte wieder die Achseln und hoffte, wie jede Woche, dass Dommels Xtremer Blick nicht auf sie fallen würde. Rose wusste, dass Don Dommel schon immer sportverrückt gewesen war. In den Siebzigern hatte er gejoggt, in den Achtzigern Krafttraining gemacht und sogar an einigen Triathlons teilgenommen, bevor er sich kopfüber in die schöne neue Welt der Extremsportarten gestürzt und dabei die Kanzlei mitgerissen hatte. Irgendwann nach seinem fünfzigsten Geburtstag hatte er beschlossen, dass konventioneller Sport, egal, wie anstrengend, einfach nicht mehr ausreichte.

Don Dommel wollte nicht nur fit sein, er wollte hip, radikal und cool sein. Don Dommel wollte ein dreiundfünfzigjähriger, Skateboard fahrender Anwalt sein. Don Dommel sah offenbar keinen Widerspruch darin.

Er kaufte zwei Skateboard-Sonderanfertigungen und trieb einen quasi-obdachlosen, scheinbar in Love Park hausenden Jungen auf, um bei ihm Unterricht zu nehmen. (Theoretisch arbeitete der Junge im Postraum, aber niemand hatte je auch nur eine Spitze seiner Rastalocken dort gesehen.) Er baute eine hölzerne Rampe in der Parkgarage der Anwaltskanzlei und verbrachte jede Mittagspause dort, sogar nachdem er sich das Handgelenk gebrochen und das Steißbein geprellt hatte und wie eine schlecht einstudierte Drag Queen durch die Gänge gehumpelt war.

Aber nicht genug damit, dass er selbst ein Stadtkrieger werden wollte. Don Dommel musste seine Vision auf die ganze Kanzlei ausdehnen. Eines Freitags war Rose ins Büro gekommen und hatte ein Nylontrikot in ihrem Fach vorgefunden, auf dessen Rückseite ihr Nachname und *Ich kann fliegen!* standen. »Ich bitte Sie«, hatte Rose zu ihrer Sekretärin gesagt. »Ich kann kaum gehen, bevor ich einen Kaffee getrunken habe.« Aber es half nichts. Ein E-Mail-Rundschreiben hielt alle Anwälte dazu an, freitags im Trikot zu erscheinen. Die Woche darauf hielt Rose, nachdem sie das Trikot widerwillig übergestreift hatte, ihre Tasse unter die Kaffeemaschine und stellte fest, dass sie, ebenso wie alle Wasserspender und Getränkeautomaten, nur Gatorade ausspuckte. Was, wenn Rose sich nicht irrte, kein Koffein enthielt. Was bedeutete, dass es ihr überhaupt nichts nützen würde.

Also saß sie jetzt schlecht gelaunt, das Trikot über ihrer Kostümjacke, in der Mitte der dritten Reihe, schlürfte ein warmes Sportgetränk und wünschte sich verzweifelt, es wäre Kaffee. »Das wird langsam lächerlich«, murmelte sie, als Dommel wieder einmal auf das für heute angekündigte Thema (»Effektive Zeugenaussagen«, wie Rose sich zu erinnern glaubte) verzichtete und stattdessen ein Video der Skating-Highlights von Tony Hawk zeigte.

»Psst«, sagte Simon aus dem Mundwinkel heraus, während Dommel eine verschreckte Junganwältin anbrüllte. (»HE, SIE! GLAUBEN SIE, DASS SIE SCHWEBEN KÖNNEN?«)

Rose sah ihn an. »Psst? Haben Sie tatsächlich gerade Psst gesagt? Sind wir in einem Detektivroman?«

Simon zog seine Augenbrauen auf eine übertrieben geheimnistuerische Art und Weise hoch und öffnete eine braune Papiertüte. Der Duft von Kaffee ließ Roses Nase zucken. Ihr lief das Wasser im Mund zusammen. »Wollen Sie einen Schluck?«, flüsterte er.

Sie zögerte, blickte sich um, erwägte, inwiefern es einen Verstoß gegen die Etikette darstellen würde, fremden Kaffee zu schlürfen und beschloss dann, dass sie ohne Koffein den Rest des Tages zu nichts zu gebrauchen wäre. Sie duckte sich und nahm einen Schluck.

»Danke«, flüsterte sie. Simon nickte. Genau in dem Moment fiel Don Dommels durchdringender Blick auf ihn.

»SIE!«, brüllte Dommel. »WOVON TRÄUMEN SIE?«

»Zwei Meter groß zu sein«, antwortete Simon ohne zu zögern. Von hinten war Gelächter zu hören. »Und für die Sixers zu spielen.« Das Gelächter schwoll an. Don Dommel stand mit verdutztem Gesicht auf dem Podium, als wäre seine aus loyalen Anwälten bestehende Zuhörerschaft plötzlich zu Eseln mutiert. »Vielleicht nicht als Center. Es würde mir schon reichen, in der Deckung zu spielen«, fuhr er fort. »Aber falls daraus nichts wird …« – er hielt inne und sah zu Don Dommel hinauf –, »gebe ich mich damit zufrieden, ein guter Anwalt zu sein.«

Rose kicherte. Don Dommel klappte den Mund auf und zu und schlurfte dann über das Podium. »DAS« – verkündete er schließlich –, »DAS ist die Einstellung, die ich suche! Ich will, dass JEDER EINZELNE von Ihnen hier rausgeht und sich diese Art von SIEGERMENTALITÄT durch den Kopf gehen lässt!« Er hatte kaum zu Ende gesprochen, da hatte sich Rose auch schon das Trikot über den Kopf gezogen und in ihre Tasche gestopft.

»Hier«, sagte Simon und bot ihr seinen Becher Kaffee an. »Ich hab noch einen in meinem Büro.«

»Oh, danke«, sagte Rose und nahm den Becher, während sie in der Menge nach Jim Ausschau hielt. Sie holte ihn am Empfangstresen ein.

»Was um Himmels willen sollte das denn sein?«, fragte sie.

»Warum kommen Sie nicht in mein Büro, wo wir uns weiter darüber unterhalten können«, sagte er für alle, die in Hörweite waren, während er ihr, ihr allein, ein ungezogenes Lächeln schenkte. Er schloss die Tür und wirbelte sie in seine Arme.

»Aha, entdecke ich da den Geruch von Kaffeebohnen?«, fragte er und küsste sie.

»Verpetz mich nicht«, sagte Rose und küsste ihn zurück.

»Niemals«, brummte er, packte sie an den Hüften (*O Gott,* dachte Rose, *mach, dass er sich nicht verhebt!*) und hievte sie auf den Schreibtisch. »Deine Geheimnisse«, sagte er und küsste sie auf den Hals, »sind bei mir« – seine Lippen glitten ihren Ausschnitt hinab, während er sich mit den Händen an ihren Knöpfen zu schaffen machte – »gut aufgehoben.«

## 4

Am darauf folgenden Montag schlug Maggie Feller um elf Uhr vormittags die Augen auf und streckte die Arme über den Kopf. Rose war schon weg. Maggie ging ins Bad, trank ungefähr einen Liter Wasser und setzte dann die gründliche Inspektion ihrer Umgebung fort. Sie begann mit dem Apothekerschränkchen, das so voll gestopft war, als erwartete ihre Schwester, dass Philadelphia von einer furchtbaren Katastrophe heimgesucht würde und sie für die gesamte Stadtbevölkerung Florence Nightingale spielen sollte.

Da waren Schmerztabletten und Mittel gegen Sodbrennen, eine Riesenpackung Hexoral, eine Familienpackung Heftpflaster und ein vom Roten Kreuz empfohlenes Erste-Hilfe-Köfferchen. Rose hatte Paracetamol, Ibuprofen und Aspirin, Wick DayMed und Wick MediNait, Hustensaft und Erkältungstabletten und Tampons. Rose ließ sich wohl kein Sonderangebot entgehen, dachte Maggie, während sie sich durch die Stützverbände und Multivitamine, die Kalziumtabletten und die Zahnseide, den Brennspiritus und das Wasserstoffsuperoxid, rezeptpflichtiges Benzoylperoxid und vier noch originalverpackte Zahnbürsten wühlte. Wo waren der Eyeliner, das Rouge und der Abdeckstift, die ihre Schwester so dringend brauchte? Maggie hatte außer einem einzigen, halb verbrauchten Lippenstift keine Kosmetika gefunden. Rose hatte Make-up-Entferner, aber kein Make-up. Was dachte sie sich bloß dabei? Dass jemand mitten in der Nacht bei ihr einbrechen, sie fesseln, ihr Make-up aufs Gesicht schmieren und dann wieder abhauen würde?

Außerdem hatte sie nicht ein einziges Kondom, keine Tube Spermizid, aber eine noch ungeöffnete Packung Canesten – für den Fall, dass sich ihre zölibatäre Schwester irgendwie eine Pilzinfektion einfangen sollte, war sie also gerüstet. Wahrscheinlich war's im Angebot, schnaubte Maggie, und schnappte sich das Paracetamol.

Sie bemerkte, dass es im Bad keine Waage gab. Was angesichts Roses Vorgeschichte mit Badezimmerwaagen wenig überraschend war. Als sie Teenager gewesen waren, hatte Sydelle eine mit Plastikfolie überzogene Tabelle an eine Wand des Mädchenbadezimmers geklebt. Jeden Samstagvormittag stand Rose mit geschlossenen Augen und unbewegtem Gesicht auf der Waage, während Sydelle das Gewicht notierte und sich dann auf den Klodeckel setzte, um Rose zu fragen, was sie in der vergangenen Woche gegessen hatte. Maggie konnte heute noch die süßliche Stimme ihrer Stiefmutter hören: *Du hast einen Salat gegessen? Mit welchem Dressing? War es fettfrei?*

*Bist du dir da sicher? Rose, ich tue das nur, um dir zu helfen. Ich will nur dein Bestes.*

Wer's glaubt, dachte Maggie. Als ob sich Sydelle für irgendjemanden außer sich selbst und ihre eigene Tochter interessierte. Im Schlafzimmer zog Maggie eine Jogginghose ihrer Schwester an und setzte ihre Bestandsaufnahme fort, indem sie, wie sie es nannte, Informationen sammelte.

»Du bist ein sehr kluges Mädchen«, hatte ihre alte Grundschullehrerin, Mrs. Fried, ihr immer gesagt. Mrs. Fried, mit ihren grauen Löckchen und dem beeindruckenden Vorbau, ihrer perlenverzierten Brillenkette und ihren Strickjacken, hatte Maggie von der ersten bis zur sechsten Klasse in den so genannten »Förderkursen« (oder »Sonderkursen«, wie es die Schüler nannten) unterrichtet. Sie war eine gütige, großmütterliche Frau, die sich im Laufe der Jahre zu Maggies Verbündeter entwickelt hatte, besonders während ihrer ersten Monate an der neuen Schule, in einem neuen Bundesstaat. »Klugheit besteht unter anderem darin, immer wieder neue Wege zu finden, um Probleme zu lösen. Also wenn du nicht weißt, was ein Wort bedeutet, was tust du dann?«

»Raten?«, riet Maggie.

Mrs. Fried lächelte. »Ich würde es ›aus dem Kontext heraus erschließen‹ nennen. Es geht immer darum, Lösungen zu finden. Lösungen, die für dich funktionieren.« Maggie nickte zufrieden und geschmeichelt – Gefühle, die sie im Unterricht normalerweise nicht kannte. »Also stell dir vor, du bist auf dem Weg zu einem Konzert im Veterans Stadium und gerätst in einen riesigen Stau. Würdest du umdrehen und das Konzert ausfallen lassen? Nein«, hatte Mrs. Fried gesagt, noch ehe Maggie die Gelegenheit hatte, sie zu fragen, wer bei diesem theoretischen Konzert auftreten würde, damit sie sich überlegen konnte, ob es die Mühe wert war. »Du würdest einfach einen anderen Weg finden, um hinzukommen. Und du bist klug genug, um das zu tun.« Außerdem brachte Mrs. Fried Maggie mit Hilfe ihrer Alternativstrategien bei, Zahlen zu addieren, wenn sie sie nicht multiplizieren konnte, und die Bedeutung eines Absatzes herauszufinden, indem man das Subjekt einkringelte und die Verben unterstrich. Seitdem hatte sich Maggie neue eigene Strategien ausgedacht, zum Beispiel die Beschaffung von Informationen. Informationen zu haben hieß, Dinge über Leute zu wissen, die man nicht wissen sollte, oder die zu wissen von einem nicht erwartet wurde. Informationen waren immer nützlich, und normalerweise kam man leicht an sie ran. Im Laufe der Jahre hatte Maggie heimlich Kreditkartenrechnungen und Tagebücher, Bankauszüge und alte Fotoalben unter die Lupe genommen. In der High School hatte sie ein abgenutztes Exemplar von *Forever* unter Roses Matratze gefunden. Rose hatte fast ein ganzes Schuljahr lang ihr Taschengeld herausgerückt, ehe sie beschloss, dass es ihr egal war, ob Maggie ihrem Vater erzählte, dass die Seiten mit den Sexszenen mit Eselsohren versehen waren.

Maggie durchsuchte den Schreibtisch ihrer Schwester. Dort lagen, fein säuberlich mit einer Büroklammer zusammengehalten, die Rechnungen für Gas, Strom, Telefon und Kabelfernsehen, dazu die bereits mit Briefmarken und Adressaufklebern versehenen Rückumschläge. Eine Quittung von Tower Records, laut derer sich Rose die Greatest-Hits-CD von George Michael gekauft hatte (zum vollen Preis!!). Maggie steckte die Quittung ein, in der Überzeugung, dass sie ihr irgendwann nützlich sein würde, auch wenn sie noch nicht wusste, wie. Eine Quittung von Saks über ein Paar Schuhe. Dreihundertundzwölf Dollar. Nicht schlecht. Ein Stundenplan des Fitnessstudios, der sechs Monate alt war. Wie sollte es auch anders sein? Maggie machte die Schublade zu und ging zu Roses Wandschrank, der, da war sie sich sicher, eine deprimierende Angelegenheit sein würde.

Maggie ging die Bügel durch und betrachtete kopfschüttelnd die Klamotten, im Farbspektrum von Schwarz bis Braun, dazwischen ab und zu ein grauer Pulli, um die Sache etwas aufzuheitern. Einfach trostlos. Langweilige Kostüme und fade Twinsets, ein halbes Dutzend Röcke, die bis zur Wadenmitte reichten, so als hätte sie sie extra ausgesucht, um ihre dicken Beine zu betonen. Maggie hätte ihr helfen können. Aber Rose wollte keine Hilfe. Rose dachte, dass ihr Leben in Ordnung war. Für Rose waren es immer die anderen, die Probleme hatten.

Es gab mal eine Zeit, als sie beide noch klein gewesen waren, in der man sie für Zwillinge gehalten hatte, mit ihren Zöpfchen und den braunen Augen und dem energischen Kinn. Nun, das war vorbei. Rose war vielleicht drei oder vier Zentimeter größer, aber mindestens fünfzig Pfund schwerer als ihre Schwester, und Maggie hatte bei Rose auch bereits die ersten Anzeichen des gefürchteten Doppelkinns entdeckt. Sie hatte Röcke von Lane Bryant in ihrem Schrank, die Maggie nicht einmal anzufassen wagte, obwohl sie wusste, dass Dickleibigkeit nicht ansteckend war. Rose machte sich einfach nichts aus ihrem Aussehen. Sie band ihre schulterlangen Haare in der Regel zu einem schlampigen Knoten oder Pferdeschwanz zusammen, oder steckte sie, was noch schlimmer war, mit einer dieser Plastikspangen hoch, die der Rest der Welt in stillem Einvernehmen schon seit fünf Jahren nicht mehr verwendete. Maggie fragte sich, wo Rose die überhaupt noch auftrieb – wahrscheinlich in Ramschläden –, aber irgendwie schien sie einen nicht enden wollenden Vorrat davon zu besitzen, obwohl es sich Maggie zur Aufgabe machte, jedes Mal, wenn sie zu Besuch war, einige davon in den Abfall zu werfen.

Maggie holte tief Luft, schob die letzte Kostümjacke zur Seite und richtete ihre Aufmerksamkeit auf das, was sie sich für zuletzt aufgehoben hatte – die Schuhe ihrer Schwester. Wie immer war sie schier geblendet von dem Anblick, der sich ihr bot. Ihr wurde fast übel, wie einem kleinen Kind, das sich an Halloween den Magen mit zu vielen Süßigkeiten voll gestopft hatte. Rose, die fette, faule, altbackene Rose, der es egal war, wie ihre Fingernägel aussahen, hatte es irgendwie geschafft,

Dutzende der absolut perfektesten Schuhe der Welt zusammenzutragen. Flache Schuhe, Stöckelschuhe, Mary Janes mit hohen Absätzen, Seidenslipper, die so butterweich waren, dass man die Wange an ihnen reiben wollte, ein Paar Chanel-Sandaletten, kaum mehr als eine dünne Ledersohle mit hauchfeinen Goldriemchen und -bändern daran. Kniehohe, schwarz glänzende Guccistiefel, knöchelhohe zimtfarbene Stefan-Kelian-Stiefeletten, purpurrote Cowgirlstiefel mit handgestickten Jalapenos an den Seiten, himbeer- und zitronenfarbene Hush Puppies zum Schnüren, flache Schuhe von Sigerson Morrison und Pumps von Manolo Blahnik. Sie hatte Halbschuhe von Steve Madden und, noch in der Saks-Schachtel, ein Paar weiße hochhackige spitze Pumps von Prada mit weißen und gelben Gänseblümchenapplikationen über den Zehen. Maggie hielt den Atem an und schlüpfte hinein. Wie immer – wie alle Schuhe von Rose – passten sie perfekt.

Es ist nicht fair, dachte sie, während sie in den Prada-Schuhen in die Küche stakste. Wann würde Rose jemals ein solches Paar Schuhe tragen? Was sollte das Ganze? Sie verzog das Gesicht zu einer Grimasse und öffnete ein Küchenschränkchen. Haferflocken. Vollkorncornflakes. Rosinen und brauner Reis. Himmel, dachte sie und zog die Nase kraus. War gerade Nationale Darmgesundheitswoche? Keine Flips, Chips oder Dips – rein gar nichts aus der so überaus wichtigen Ips-Nahrungsgruppe. Sie durchstöberte das Gefrierfach, bis sie endlich, hinter den vegetarischen Burgern und Naturfruchtsorbets, einen Volltreffer landete – eine braune Tüte mit einem Becher Ben & Jerry's New York Superfudge Chunk. Eiscreme war schon immer Roses Trostfutter, dachte Maggie, nahm sich einen Löffel und ging zur Couch. Auf dem Couchtisch lag ein Teil der Zeitung mit einem roten Stift daneben. Maggie nahm die Zeitung. Die aktuellen Stellenangebote. Wie aufmerksam von ihrer großen Schwester! War ja klar!

Das ist ja ein Ding, dachte sie. Das hatte Mrs. Fried immer gesagt. Immer, wenn im Unterricht etwas schief lief – wenn eine Farbdose umkippte oder ein Buch verloren ging –, verschränkte Mrs. Fried die Hände vor der Brust, schüttelte den Kopf, dass ihre Brillenkette klirrte, und sagte: »Das ist ja ein Ding!«

Aber sogar Mrs. Fried hätte das nicht vorhersehen können, dachte Maggie, während sie mit einer Hand Eiscreme löffelte und mit der anderen Stellenanzeigen einringelte. Nicht einmal Mrs. Fried hätte Maggies Untergang kommen sehen, der so abrupt vonstatten ging, dass Maggie sich bis heute fühlte, als wäre sie irgendwann zwischen ihrem vierzehnten und sechzehnten Lebensjahr in einen Abgrund gestürzt und seither immer noch am Fallen.

Grundschule und Junior High waren in Ordnung gewesen, erinnerte sie sich, während sie immer hastiger Eiscreme in den Mund löffelte (ohne dabei zu bemerken, dass eine Walnuss mit Schokoladenglasur auf einen Schuh klatschte). Sie hatte drei Tage die Woche in den Pausen den Förderunterricht besuchen müssen, aber das hatte ihr nicht viel ausgemacht, denn sie war noch immer das hübscheste, lustigste Mädchen in ihrer Klasse, das Mädchen mit den hübschesten Klamotten, den besten Halloween-Kostümen, die sie sich selbst schneiderte, den interessantesten Einfällen, was man in der Pause machen könnte. Nach dem Tod ihrer Mutter und dem Umzug nach New Jersey, wenn ihr Vater nachmittags auf Arbeit, Sydelle mit irgendeinem ihrer Ehrenämter beschäftigt und Rose natürlich im Schachklub oder im Debattierverein war, hatte sie das Haus und die unverschlossene Bar ganz für sich allein gehabt. Sie war beliebt gewesen. Rose war die Streberin, der Bücherwurm, der Jammerlappen, Rose war diejenige mit den schuppigen Haaren und der dicken Brille, die das halbe Gesicht verdeckte, diejenige, die von den anderen Mädchen ausgelacht wurde.

Wenn sie die Augen schloss, konnte sie sich an eine Nachmittagspause in der vierten Klasse erinnern. Rose war damals in der sechsten Klasse. Maggie wollte gerade mit Marissa

Nussbaum und Kim Pratt Himmel und Hölle spielen, als Rose völlig geistesabwesend, ein Buch vor der Nase, mitten durch ein Völkerballspiel marschierte.

»He, verzieh dich!«, hatte einer der älteren Jungs aus der sechsten Klasse gerufen, woraufhin Rose verdutzt aufblickte. *Na los, mach schon, Rose,* dachte Maggie mit aller Kraft, während Kim und Marissa zu kichern begannen. Als Rose im gleichen Tempo weiterging, nahm ein anderer der großen Jungs den Ball und warf ihn so fest er konnte in ihre Richtung. Er hatte auf Roses Körper gezielt, aber der Ball traf sie am Hinterkopf. Roses Brille und Bücher flogen in hohem Bogen durch die Luft, als sie stolperte und der Länge nach hinfiel.

Maggie blieb das Herz stehen. Sie stand wie angewurzelt da, so still wie die Jungs aus der sechsten Klasse, die sich unbehagliche Blicke zuwarfen und nicht so recht wussten, ob sie das noch lustig finden sollten oder ob sie dem Mädchen wirklich wehgetan hatten und Ärger bekommen würden. Dann fing einer von ihnen – wahrscheinlich Sean Perigini, der Größte der Sechstklässler – zu lachen an. Und dann lachten sie alle, die Jungs aus der sechsten Klasse und die anderen Kinder, die zugesehen hatten, während Rose natürlich in Tränen ausbrach, sich mit ihrer vom Sturz aufgeschrammten Hand den Rotz aus dem Gesicht wischte und nach ihrer Brille tastete.

Maggie stand einfach nur da. Ein Teil von ihr wusste, dass sie das nicht zulassen sollte, und der andere, grausame Teil dachte: *Soll Rose sich doch selbst aus der Klemme helfen! Sie ist die Versagerin. Sie hat sich das selbst eingebrockt.* Außerdem war sie, Maggie, nicht diejenige, die dafür zuständig war, die Dinge zu richten. Das war Roses Aufgabe. Also stand sie einfach nur da und sah zu, wie Rose nach ihrer Brille tastete. Als Rose sich aufrappelte, sah Maggie, dass eins der Brillengläser zerbrochen war und … o nein! Die Hose ihrer Schwester war aufgeplatzt, und alle konnten ihre Unterwäsche sehen, ihre Holly-Hobbie-Unterwäsche. Daraufhin zeigten alle mit dem Finger auf sie, und das Gelächter schwoll hysterisch an.

*O Gott,* dachte Maggie, der richtig übel war, *warum musste Rose die ausgerechnet heute tragen?*

»Das wirst du mir büßen!«, schrie Rose Sean Perigini an. Sie hielt ihre kaputte Brille in der Hand und hatte wahrscheinlich keine Ahnung, dass jeder ihre Unterwäsche sehen konnte. Das Lachen wurde noch lauter. Rose ließ ihren Blick über den Pausenhof schweifen – über das Kickball-Spiel, die Kinder auf der Schaukel und dem Klettergerüst und die Großen aus der fünften und sechsten Klasse, die sich kreischend vor Lachen aneinander klammerten –, bis sie Maggie sah, die zwischen Kim und Marissa auf dem kleinen Rasenstück neben dem Blumenbeet stand, das, wie durch eine stillschweigende Übereinkunft, den beliebtesten Mädchen vorbehalten war. Rose blinzelte Maggie an, und Maggie konnte den Hass und den Schmerz in den Augen ihrer Schwester so deutlich sehen, als ob Rose auf sie zugekommen wäre und ihr ins Gesicht geschrien hätte.

*Ich sollte ihr helfen,* flüsterte ihre innere Stimme. Stattdessen stand sie einfach nur da, während die anderen Kinder lachten, und dachte, dass dies wohl ein Teil jener finsteren Abmachung war, nach der sie eben die Hübschere war.

Ihr würde so etwas nie passieren, dachte sie fest, während sich Rose erneut das Gesicht abwischte, ihre Bücher aufsammelte und unter dem Gelächter und dem Spottgesang einiger Fünftklässlerinnen – »Hol-ly! Hob-bie!« – langsam auf den Eingang des Schulgebäudes zuging. Sie, Maggie, würde nie den Fehler machen, durch ein Völkerballspiel zu marschieren, und sie würde mit Sicherheit nie Unterwäsche mit Comicfiguren drauf tragen. Ich nicht, dachte sie, während Rose die Doppelglastür aufdrückte und nach drinnen ging – zweifelsohne geradewegs ins Büro des Schuldirektors. »Glaubst du, dass sie in Ordnung ist?«, hatte Kim gefragt. Maggie hatte nur verächtlich den Kopf geschüttelt und erwidert: »Ich glaube, dass sie adoptiert worden ist.« Kim und Marissa hatten gekichert, und Maggie hatte mitgelacht, obwohl es sich wie Blei in ihrer Brust angefühlt hatte.

Und dann, so plötzlich wie ein Ball, der einen aus heiterem Himmel am Kopf traf, hatte sich alles geändert. Wann genau? In ihrem vierzehnten Lebensjahr, am Ende der achten Klasse, zwischen der Junior High, als sie noch die unangefochtene Herrscherin gewesen war, und der High School, als alles auseinander fiel.

Angefangen hatte alles mit dem standardisierten Einstufungstest. »Keine Sorge!«, hatte Mrs. Frieds Nachfolgerin in der Junior High mit gekünstelter Freundlichkeit sie beruhigt. Die neue Nachhilfelehrerin war hässlich, trug viel zu viel Make-up und hatte eine Warze neben der Nase. Sie sagte Maggie, dass sie den Test auch ohne Stoppuhr machen könne. »Du wirst es schaffen!« Aber als Maggie auf die Seite mit den Ovalen starrte, die sie mit ihrem Bleistift ausmalen sollte, wusste sie, dass sie es nicht schaffen würde. *Du bist ein kluges Mädchen,* hatte ihr Mrs. Fried ein Dutzend Mal gesagt. Aber es gab keine Mrs. Fried, keine Grundschule mehr. Die High School war anders. Und dieser Test – »Nur für unsere Unterlagen! Die Ergebnisse werden vertraulich behandelt!« – hatte sie irgendwie ins Straucheln gebracht und alles kaputtgemacht. Sie hätte die Testergebnisse eigentlich nicht zu Gesicht bekommen sollen, aber ihre Lehrerin hatte eine Kopie auf dem Schreibtisch liegen lassen, und Maggie hatte einen Blick darauf geworfen. Als sie das Blatt seitenverkehrt nicht entziffern konnte, hatte sie es einfach umgedreht. Die Worte trafen sie wie ein Schlag. »Legasthenie«, stand da zu lesen. »Lese- und Rechtschreibschwäche.« Es hätte genauso gut »Du bist tot« dort stehen können, dachte Maggie, denn in Wirklichkeit bedeuteten diese Worte nichts anderes.

»Aber Maggie, das ist doch kein Grund zur Hysterie«, sagte Sydelle an dem Abend zu ihr, nachdem die Lehrerin angerufen hatte, um die »vertraulichen« Testergebnisse mitzuteilen. »Wir besorgen dir einen Privatlehrer!«

»Ich brauche keinen Privatlehrer«, antwortete Maggie wütend und den Tränen nahe.

Rose, die in einer Ecke von Sydelles ganz in weiß gehaltenem Wohnzimmer saß und *Unten am Fluss* las, sah von ihrem Buch auf und sagte: »Vielleicht hilft es aber.«

»Halt die Klappe!«, rutschte es Maggie heraus, obwohl sie wusste, dass sie diesen Ausdruck nicht gebrauchen sollte. »Ich bin nicht dumm, Rose, also halt die Klappe!«

»Maggie«, sagte ihr Vater, »niemand sagt, dass du dumm bist.«

»Der Test hat gesagt, dass ich dumm bin«, sagte Maggie. »Und wisst ihr was? Es ist mir egal. Und warum hast du es ihr überhaupt erzählt?«, fragte sie und zeigte mit dem Finger auf Sydelle. »Und ihr?«, fuhr Maggie fort und zeigte auf Rose. »Das geht sie nichts an!«

»Wir wollen dir alle helfen«, sagte Michael Feller, aber Maggie tobte, dass sie keine Hilfe brauchte, dass es ihr egal war, was der dumme Test sagte, dass sie genauso klug war, wie Mrs. Fried immer gesagt hatte. Nein, sie brauchte keinen Privatlehrer, nein, sie wollte nicht auf eine Privatschule gehen, sie hatte Freunde, im Gegensatz zu so manch anderer, sie hatte Freunde und sie war nicht dumm, egal, was der Test sagte, und überhaupt, selbst wenn, sie wäre lieber dumm als eine hässliche Brillenschlange, selbst wenn sie dumm wäre, dann wäre das in Ordnung, es wäre keine Schande, sie käme schon zurecht.

Aber sie kam nicht zurecht. Als das Schuljahr anfing, kamen ihre Freundinnen in die Begabtengruppen, während Maggie in den Förderunterricht geschickt wurde, wo es keine freundliche Mrs. Fried mehr gab, die ihr sagte, dass sie weder dumm noch zurückgeblieben sei, dass ihr Gehirn nur etwas anders funktionierte und sie sich ein paar Tricks einfallen lassen müssten, damit sie nicht durchfiel. Sie bekam die gleichgültigen Lehrer – die älteren, ausgebrannten Lehrer, die einfach ihre Ruhe haben wollten, wie beispielsweise Mrs. Cavetti, die schief sitzende Perücken trug und zu stark nach Parfüm roch, oder Mrs. Learey, die ihnen einfach einen Text zu lesen gab und dann die ganze Stunde damit verbrachte, ihren unerschöpflichen Vorrat an Bildern von ihren Enkelkindern in Fotoalben einzukleben.

Maggie kapierte es schnell: Die schlechtesten Lehrer bekamen die schlechtesten Schüler zur Strafe dafür, dass sie schlechte Lehrer waren. Die schlechtesten Schüler bekamen die schlechtesten Lehrer zur Strafe dafür, dass sie arm – oder dumm – waren. Was in dieser Stadt oft als das Gleiche angesehen wurde. Nun, dachte Maggie, wenn sie schon jemandes Strafe war, dann würde sie die Rolle auch spielen. Statt mit Büchern kam sie mit einem Schminkköfferchen von der Größe einer Werkzeugkiste in die Schule. Sie entfernte während des Unterrichts ihren Nagellack und lackierte ihre Fingernägel während der Stegreifaufgaben, nachdem sie bei allen Fragen den gleichen Buchstaben angekreuzt hatte – in der einen Stunde ein *A*, in der nächsten ein *B*. Multiple-Choice-Tests waren alles, was sich die Lehrer einfallen ließen. Wenn einer der lausigen Lehrer sie an die Tafel rief, schüttelte Maggie nur den Kopf, ohne von ihrem Schminkspiegel aufzublicken. »Tut mir Leid, kann nicht«, sagte sie und wedelte mit ihren Fingern. »Der Lack ist noch nicht trocken.«

Eigentlich hätte sie jede Klasse wiederholen müssen. Aber die Lehrer ließen sie durchkommen – wahrscheinlich, um sie im darauf folgenden Jahr nicht wiedersehen zu müssen. So rückten ihre Freunde mit jedem neuen Schuljahr in immer weitere Ferne. Eine Zeit lang gab sie sich Mühe, und Kim und Marissa gaben sich ebenfalls eine Zeit lang Mühe, aber schließlich wurde die Kluft zwischen ihnen zu groß. Kim und Marissa spielten Feldhockey, traten dem Schülerrat bei, lernten für die Uniaufnahmeprüfung und besichtigten Colleges, und sie blieb zurück.

In der zehnten Klasse fasste Maggie einen Entschluss: Wenn die Mädchen sie nicht beachteten, dann mussten die Jungs das noch lange nicht tun! Sie fing an, sich die Haare hochzustecken und mit Hilfe von Push-up-BHs ihre Brust zu betonen.

Zum ersten Schultag erschien sie in Hüftjeans, hochhackigen schwarzen Lederstiefeln, einem Spitzenbustier aus dem Secondhandladen und einer Armeejacke, die sie ihrem Vater geklaut hatte. Sie trug Lippenstift, Nagellack, so viel Lidschatten, dass man damit eine ganze Wand hätte streichen können, schwarze Lederarmbänder bis hinauf zum Ellbogen und große, weiche Stoffschleifen im Haar. Sie orientierte sich an Madonna, ihrem Idol, deren erste Videos zu diesem Zeitpunkt auf MTV liefen. Maggie sammelte jedes Fitzelchen an Information, das sie über die Sängerin finden konnte – jedes Zeitschrifteninterview, jeden Artikel –, und war überrascht, wie viele Gemeinsamkeiten sie entdeckte. Sie hatten beide keine Mutter mehr. Sie waren beide schön und talentierte Tänzerinnen, die von klein auf Stepp- und Jazztanz gelernt hatten. Sie waren beide nicht auf den Mund gefallen und hatten jede Menge Sexappeal. Die Jungs umschwirrten Maggie wie die Motten das Licht, spendierten ihr Zigaretten, luden sie auf Partys ein, sorgten dafür, dass ihr Glas nie leer war, hielten ihre Hand, und entführten sie zu später Stunde in ein leeres Schlafzimmer oder auf den Rücksitz eines Autos.

Maggie brauchte eine Weile, bis ihr auffiel, dass sie danach nicht mehr anriefen oder sie zum Tanzen einluden oder sie in der Schule grüßten. Sie hatte deswegen Tränen vergossen – spätnachts, wenn Rose schlief und keiner sie hörte –, aber dann beschloss sie, nicht mehr zu weinen. Keiner von ihnen war es wert. Außerdem würde es ihnen noch Leid tun, in zehn Jahren, wenn sie, Maggie, berühmt und etwas Besonderes war, während sie, fett und hässlich und unbekannt, noch immer in dieser beschissenen Kleinstadt festsaßen.

Das war also die High School gewesen. Wo sie sich bei den beliebten Schülern herumtrieb wie ein geprügelter Hund und sich in Gedanken noch an die Zeit klammerte, in der sie von allen hofiert und mit Komplimenten überschüttet worden war. Jedes Wochenende gab es eine Party mal hier, mal dort, je nachdem wessen Eltern gerade weg waren. Bier und Wein,

Joints und Pillen, alle waren ständig betrunken, und schließlich dachte sie sich, dass es einfacher wäre, wenn auch sie betrunken wäre und sich einbilden konnte, das zu sehen, was sie sehen wollte.

Und Rose ... Nun, Rose hatte nicht unbedingt eine hollywood-reife Wandlung durchgemacht, sich weder Kontaktlinsen noch eine tolle Frisur zugelegt oder sich beim Schulabschlussball den Kapitän des Footballteams geangelt. Aber sie veränderte sich in den kleinen Dingen. Zum einen hatte sie keine Schuppen mehr, dank Maggies nicht gerade subtilem Trick, große Flaschen Head & Shoulders-Shampoo in der Dusche zu platzieren. Sie trug nach wie vor eine Brille und kleidete sich fürchterlich, aber irgendwie hatte sie im Laufe der Zeit eine Freundin gefunden – Amy, die in Maggies Augen genauso verrückt war wie Rose –, und es schien ihr nichts auszumachen, dass die hübschen Mädchen sie immer noch auslachten und nichts mit ihr zu tun haben wollten und sie ab und zu Holly Hobbie nannten. Rose war in den Begabtenkursen und schrieb lauter Einser. Maggie hätte all das als zusätzliche Anzeichen der gesellschaftlichen Hoffnungslosigkeit ihrer Schwester abgetan, wenn diese Leistungen nicht angefangen hätten, etwas wert zu sein.

»Princeton!«, war Sydelle nicht müde geworden auszurufen, als Rose im Abschlussjahr der High School die schriftliche Zusage erhalten hatte. »Das ist wirklich eine Leistung, Rose!« Sie hatte tatsächlich Roses Lieblingsessen zum Abendessen gekocht – gebratenes Huhn und Backsodabrötchen und Honig –, und kein Wort gesagt, als Rose noch einen Nachschlag wollte. »Maggie, du musst sehr stolz auf deine Schwester sein!« Maggie hatte nur die Augen verdreht. Als ob Princeton so toll wäre! Als ob Rose die Einzige wäre, die es ohne Mutter zu etwas gebracht hatte! Nun, Maggies Mutter war auch tot, aber wurde ihr das angerechnet? Nein. Ihr stellte man nur dumme Fragen. »Können wir von dir was Großartiges erwarten?« Nun, offensichtlich nicht, dachte Maggie und kringelte eine Stellenanzeige für eine Bedienung in einem »gut besuchten, erfolgreichen Restaurant in der Innenstadt« rot ein. Sie hatte den Körper abbekommen, Rose den Kopf, und jetzt sah es so aus, als ob der Kopf wichtiger wäre.

Rose machte ihren Abschluss in Princeton, während Maggie einige halbherzige Semester am heimischen Community College studierte. Rose studierte Jura, während Maggie als Bedienung in einer Pizzeria, als Babysitterin und als Putzfrau arbeitete und die Barkeeperausbildung schmiss, nachdem der Dozent versucht hatte, ihr nach der Martini-Lektion seine Zunge ins Ohr zu stecken. Rose war unscheinbar, fett und ungepflegt, und bis vor ein paar Tagen hatte sie, soviel Maggie wusste, noch nie einen Freund gehabt – mit Ausnahme von vielleicht zehn Minuten während des Jurastudiums. Aber irgendwie war jetzt sie diejenige, die Geld, Freunde und eine tolle Wohnung hatte (das heißt, die Wohnung wäre toll gewesen, wenn Maggie sie eingerichtet hätte) und die von anderen mit Respekt behandelt wurde. Und dieser Typ, Jim Dingsdabums, war auf eine streberhafte Art und Weise richtig süß und, darauf mochte Maggie wetten, sicherlich auch reich.

Es war nicht fair, dachte Maggie und stakste wieder in die Küche. Es war nicht fair, dass ihre Mutter gestorben war. Es war nicht fair, dass sie ihre paar guten Jahre in der Junior High aufgebraucht hatte und jetzt im Schatten ihrer Schwester lebte, dazu verdammt, mit anzusehen, wie Rose alles bekam, was sie wollte, während sie, Maggie, leer ausging. Sie zerknüllte den leeren Eisbecher, raffte die Zeitung zusammen und wollte gerade beides wegwerfen, als ihr Auge auf das magische Wort *Casting* fiel. Maggie ließ den Eisbecher fallen und konzentrierte sich auf die Anzeige. »MTV sucht VJs«, las sie. Sie spürte sofort Aufregung, aber auch Panik in sich hochsteigen. Was, wenn sie den Termin bereits verpasst hatte? Sie überflog den Artikel so schnell sie konnte. *Erster Dezember. Offene Ausschreibung. In New York.* Sie könnte daran teilnehmen! Sie würde Rose sagen, dass sie ein Vorstellungsgespräch hatte, was ja eigentlich auch stimmte, und sich von ihr das Geld für die Busfahrkarte und neue Klamotten borgen. Sie bräuchte ein neues Outfit. Sie wusste sofort, dass sie nichts hatte, das sich auch nur im Entferntesten für diesen Anlass eignete. Maggie faltete die Zeitung behutsam zusammen und eilte zum Wandschrank ihrer Schwester, um zu sehen, welche Schuhe sie für den Trip nach New York tragen würde.

## 5

Lewis Feldman bat Mrs. Sobel in sein Büro – eine umgebaute Abstellkammer, auf deren Glastür *Golden Acres Gazette* stand – und schloss die Tür hinter ihr.

»Danke, dass Sie gekommen sind«, sagte er, während er den roten Korrekturstift hinter seinem Ohr hervornahm und auf den Schreibtisch legte. Mrs. Sobel setzte sich, schlug ihre Füße übereinander und faltete die Hände in ihrem Schoß. Sie war eine schmächtige Frau mit blauen Haaren, einer blauen Wollstrickjacke und blau geäderten Händen. Er bedachte sie mit einem, wie er hoffte, zuversichtlichen Lächeln. Sie antwortete mit einem zaghaften Nicken.

»Lassen Sie mich eingangs sagen, wie dankbar ich für Ihre Hilfe bin«, sagte er. »Es wurde wirklich eng.« Was stimmte. Nachdem der vorhergehende Restaurantkritiker der *Gazette*, der Mampfende Gourmet, nach einem Herzanfall vornüber in ein Omelett gekippt war, war Lewis nichts anderes übrig geblieben, als alte Kritiken aufzuwärmen. Aber die Leser waren langsam unruhig geworden – ganz zu schweigen davon, dass sie keine Lust mehr hatten, zum x-ten Mal über das Rascal House zu lesen.

»Das war ein sehr schöner erster Versuch«, sagte er und breitete den Belegbogen auf dem Schreibtisch aus, damit Mrs. Sobel sehen konnte, wie ihre Kritik gedruckt aussehen würde. »Italienisches Restaurant kitzelt den Gaumen« lautete die

Überschrift. »Ich hätte da nur ein paar Anmerkungen«, sagte Lewis, während Mrs. Sobel wieder leicht zittrig nickte. Er nahm all seinen Mut zusammen – Eisenwarenhandlungen zu leiten war nicht annähernd so schwierig gewesen wie alle zwei Wochen den fragilen Egos von Rentnerinnen zu schmeicheln – und fing an zu lesen.

»Mangiamo's befindet sich in dem Einkaufszentrum in der Powerline Road, neben der Stelle, wo früher einmal Marshall's gewesen war, und gegenüber von einem Frozen-Yogurt-Shop. Man könnte meinen, dass es leicht zu erreichen wäre, aber meinem Mann Irving fiel das Linksabbiegen sehr schwer.«

Mrs. Sobel nickte, dieses Mal etwas zuversichtlicher. Lewis las weiter.

»Das Restaurant ist mit einem roten Teppich ausgelegt, und auf den weißen Tischdecken stehen kleine Kerzen. Die Klimaanlage läuft auf Hochtouren, sodass man einen Pullover mitnehmen sollte, wenn man ins Mangiamo's geht. Die Minestrone war anders, als ich sie mache. Sie war mit Kidneybohnen gemacht, die weder ich noch Irving mögen. Der Caesar's Salad war gut, aber er ist mit Sardellen gemacht; wenn Sie also auf Fisch allergisch sind, sollten Sie stattdessen den Haussalat bestellen.« Jetzt beugte sich Mrs. Sobel vor, nickte eifrig und flüsterte den Text atemlos mit.

»Als Hauptspeise wollte Irving das Huhn mit Parmesan, obwohl er Käse nicht gut verträgt. Ich hatte die Spaghetti Bolognese, weil ich dachte, dass Irving sie essen würde. Und tatsächlich war das Huhn zu zäh für ihn, also aß er meine weichen Hackfleischbröckchen.« Lewis sah Mrs. Sobel an, die sich mit glänzenden Augen nach vorne beugte.

»Sehen Sie, hier liegt das Problem«, sagte er, während er sich fragte, ob legendäre Chefredakteure wie Ben Bradlee oder Wallace Shawn jemals derartige Probleme gehabt hatten. »Wir bemühen uns, objektiv zu sein.«

»Objektiv«, wiederholte Mrs. Sobel.

»Wir wollen einen Eindruck vermitteln, wie es ist, im Mangiamo's zu essen.«

Sie nickte wieder, allerdings jetzt eher verwirrt denn eifrig.

»Wenn Sie also darüber schreiben, wie schwer Ihrem Mann das Linksabbiegen gefallen ist, oder dass die Suppe im Mangiamo's nicht so ist wie Ihre eigene …« *Sei vorsichtig, Lewis,* ermahnte er sich, nahm seinen Stift und klemmte ihn sich wieder hinters Ohr. »Nun, das ist interessant und sehr nett geschrieben, aber vielleicht nicht so hilfreich für andere Leute, die diese Kritik lesen und überlegen, ob sie dorthin essen gehen sollen oder nicht.«

Mrs. Sobel richtete sich, zitternd vor Entrüstung, auf. »Aber diese Dinge sind wahr!«, sagte sie.

»Natürlich sind sie wahr«, beruhigte sie Lewis. »Ich frage mich nur, wie hilfreich sie sind. Wie zum Beispiel die Sache mit der Klimaanlage und der Rat, einen Pullover mitzunehmen: Das sind sehr, sehr nützliche Informationen. Aber der Abschnitt über die Suppe … nicht jeder Leser muss über Ihre Suppe Bescheid wissen.« Und dann lächelte er, in der Hoffnung, dass sein Lächeln wirken würde. Seine Frau Sharla – Gott hab sie selig, sie war vor zwei Jahren gestorben – hatte ihm immer gesagt, mit diesem Lächeln könnte er sich alles erlauben. Er wusste, dass er kein sonderlich gut aussehender Mann war. Er besaß einen Spiegel, und auch wenn seine Augen nachgelassen hatten, wusste er doch, dass er vom Typ her eher nach Walter Matthau als nach Paul Newman kam. Er hatte sogar an den Ohrläppchen Fältchen. Aber sein Lächeln funktionierte immer noch. »Ich bin mir sicher, dass jede Suppe schlecht abschneiden würde, wenn man sie mit Ihrer vergleicht.«

Mrs. Sobel schniefte, machte aber einen entschieden weniger beleidigten Eindruck.

»Warum nehmen Sie das nicht mit nach Hause, sehen es sich noch einmal an und fragen sich bei allem, was Sie schreiben, ob es …« – er überlegte kurz und schüttelte dann einen

Namen aus dem Ärmel –, »ob es Mr. und Mrs. Rabinowitz bei der Entscheidung, dort zu essen oder nicht, behilflich sein könnte.«

»Ach, die Rabinowitzes würden nie dorthin gehen«, sagte Mrs. Sobel. »Er ist ein alter Geizkragen.« Und während Lewis noch völlig verdutzt hinter seinem Schreibtisch saß, nahm sie ihre Tasche, die Strickjacke und die Kopie ihres Artikels und verließ erhobenen Hauptes das Büro, vorbei an Ella Hirsch, die in diesem Augenblick hereinkam.

Ella, bemerkte Lewis mit großer Erleichterung, zitterte nicht. Sie war nicht annähernd so tatterig oder gebrechlich wie Mrs. Sobel. Sie hatte klare braune Augen und rötliche Haare, die sie zu einem Haarknoten hochgesteckt trug, und er hatte sie noch kein einziges Mal in Polyesterhosen gesehen, dem bevorzugten Kleidungsstück der meisten anderen Einwohnerinnen von Golden Acres.

»Wie geht es Ihnen?«, fragte sie.

Lewis schüttelte den Kopf. »Ehrlich gesagt, ich weiß es nicht genau.«

»Das hört sich nicht gut an«, sagte sie und reichte ihm ihr fein säuberlich getipptes Gedicht. Ob er sich wohl auch dann in Ella verliebt hätte, wenn sie nicht die beste Autorin der *Golden Acres Gazette* gewesen wäre? Wahrscheinlich. Nur, dass sie offensichtlich nicht an ihm interessiert war. Er hatte sie ein paarmal zu einem Ideenaustausch für einen Artikel auf einen Kaffee eingeladen, und sie schien gern darauf eingegangen zu sein, aber sobald der Kaffee getrunken war, schien sie ebenso froh gewesen zu sein, sich von ihm zu verabschieden.

»Danke«, sagte er und legte das Gedicht in sein Eingangsfach. »Also, was haben Sie an diesem Wochenende vor?«, fragte er, und gab sich Mühe, es so beiläufig wie möglich klingen zu lassen.

»Morgen Abend arbeite ich in der Suppenküche und dann muss ich noch zwei Bücher auf Kassette sprechen«, sagte sie. Höflich, dachte Lewis, aber dennoch ein Korb. Hatte sie etwa auch das Buch gelesen, das die Frauen vor ein paar Jahren am Pool untereinander herumgereicht hatten und in dem es darum ging, so zu tun, als sei man schwer zu kriegen? Es hatte die sechsundachtzigjährige Mrs. Asher dazu veranlasst, mitten in einem Arbeitsgespräch den Hörer aufzulegen, nachdem sie erklärt hatte, dass sie anders als die anderen sei und es deshalb als ihre Pflicht ansehe, bei Telefonaten mit Männern als Erste aufzulegen.

»Nun denn, danke für das Gedicht. Sie sind wie immer die Einzige, die den Termin eingehalten hat«, sagte Lewis. Ella lächelte ihn matt an und ging. Vielleicht lag es an seinem Aussehen, dachte er bekümmert. Sharla hatte ihm, damals lebten sie schon in Florida, einen Bulldoggenkalender zum Hochzeitstag geschenkt, und er hatte ihr vorgeworfen, ihm damit durch die Blume etwas mitteilen zu wollen. Sie hatte ihm einen dicken Schmatz auf die Wange gegeben und ihm gesagt, dass sie ihn liebte, auch wenn er es als Model nie zu etwas bringen würde.

Lewis schüttelte den Kopf, um die Erinnerungen zu verscheuchen, und sah sich Ellas Gedicht an. »Nur weil ich alt bin«, las er und lächelte, als er zur Zeile »bin ich nicht unsichtbar« kam. Er beschloss, dass Ella noch einen Versuch wert war.

## 6

Rose Feller beugte sich über den Tisch. »Die üblichen Bedingungen, Herr Anwalt?«, fragte sie. Der Anwalt der gegnerischen Seite – ein käsiger Mann in einem unvorteilhaften grünlich grauen Anzug – nickte, aber Rose hätte wetten mögen, dass er genauso wenig wie sie wusste, was die »üblichen Bedingungen« waren. Aber jede eidesstattliche Zeugenaussage, bei der sie jemals dabei gewesen war, hatte damit begonnen, dass der Vertreter der Anklage »die üblichen Bedingungen« erwähnte, also tat sie es auch.

»In Ordnung, wenn also alle so weit sind, fangen wir an«, sagte sie forsch, als hätte sie das schon hundertmal – und nicht erst zweimal – gemacht. »Mein Name ist Rose Feller, und ich bin für die Anwaltskanzlei Lewis, Dommel & Fenick tätig. Ich vertrete heute die LKW-Transportfirma Veeder und Stanley Willet, den Rechnungsprüfer der Firma, der hier zu meiner Linken sitzt. Es geht um die Zeugenaussage von Wayne LeGros« – sie hielt inne und blickte über den Tisch zu dem Zeugen, in der Hoffnung, dass er ihre korrekte Aussprache seines Nachnamens bestätigen würde. Wayne LeGros sah ihr nicht in die Augen. »Wayne LeGros«, wiederholte sie, in der Annahme, dass er sie gegebenenfalls schon korrigieren würde, »Präsident der Baufirma Majestic. Mr. LeGros, würden Sie uns bitte Ihren Namen und Ihre Adresse nennen?«

Wayne LeGros, ein kleiner, grauhaariger Mittfünfziger mit einem militärischen Kurzhaarschnitt und einem protzigen Siegelring an seinem dicken Finger, schluckte und sagte dann laut: »Wayne LeGros. Ich wohne in der Tasker Street, Hausnummer 513. In Philadelphia.«

»Danke«, sagte Rose. In Wahrheit tat ihr der Kerl irgendwie Leid. Bis auf einen Scheinprozess während des Jurastudiums war sie noch nie als Zeugin vernommen worden, aber sie war sich sicher, dass es nicht sehr spaßig war. »Würden Sie uns bitte auch noch Ihre Berufsbezeichnung mitteilen?«

»Präsident. Majestic«, sagte der gesprächige Mr. LeGros.

»Danke. Wie Ihnen Ihr Anwalt sicherlich erklärt hat, sind wir heute hier, um Informationen zu sammeln. Mein Mandant behauptet, dass Sie ihm« – sie warf rasch einen Blick auf ihre Notizen – »achttausend Dollar an Leasinggebühren schulden.«

»Für Kipper«, steuerte LeGros freiwillig bei.

»Das ist richtig«, sagte Rose. »Können Sie uns sagen, wie viele Lastwagen Sie geleast haben?«

LeGros schloss die Augen. »Drei.«

Rose schob ein Blatt Papier über den Tisch. »Das ist eine

Kopie des von Ihnen unterschriebenen Leasingvertrags. Ich habe die Protokollführerin bereits gebeten, sie als Beweisstück 15A des Klägers zu kennzeichnen.« Die Protokollantin nickte. »Dürfte ich Sie bitten, die von mir markierten Passagen vorzulesen?«

LeGros holte tief Luft und warf einen kurzen Blick auf das Blatt Papier. »Darin steht, dass Majestic sich einverstanden erklärt, Veeder zweitausend Dollar die Woche für drei Kipper zu bezahlen.«

»Ist das Ihre Unterschrift?«

LeGros nahm sich etwas Zeit, um die Kopie zu studieren. »Ja«, sagte er schließlich, »das ist meine Unterschrift.« Sein Tonfall war jetzt leicht gereizt, und er hatte den Siegelring vom Finger gezogen und spielte damit auf dem Konferenztisch.

»Danke«, sagte Rose. »Ist dieses Projekt in Ryland abgeschlossen?«

»Die Schule? Ja.«

»Und ist die Baufirma Majestic für die Arbeit bezahlt worden?«

LeGros nickte. Sein Anwalt sah ihn mit hochgezogenen Augenbrauen an. »Ja«, sagte LeGros.

Rose schob ein weiteres Schriftstück über den Tisch. »Beweisstück 16A des Klägers – eine Kopie Ihrer Rechnung an die Schulbehörde von Ryland mit dem Vermerk ›bezahlt‹. Ist auf dieses Konto Geld eingegangen?«

»Ja.«

»Also sind Sie für die Arbeit, die Sie im Rahmen dieses Projekts geleistet haben, bezahlt worden?«

Wieder ein Nicken. Wieder ein böser Blick von seinem Anwalt. Wieder ein »Ja«.

Die nächste halbe Stunde ging Rose mit LeGros Stück für Stück einen Stapel abgestempelter Quittungen und Mahnungen durch. Kein Stoff für einen Grisham-Thriller, dachte sie, aber wenn sie Glück hatte, würde es seinen Zweck erfüllen.

»Also war der Auftrag in Ryland erledigt, und Sie haben Ihre Subunternehmer bezahlt?«, fasste Rose zusammen.

»Ja.«

»Mit Ausnahme der Firma Veeder.«

»Sie hat bekommen, was ihr zusteht«, murmelte er. »Sie schuldete mir noch andere Dinge.«

»Verzeihung?«, fragte Rose höflich.

»Andere Dinge«, wiederholte LeGros. Er senkte den Kopf und ließ seinen Ring kreisen. »Dinge, die sie anderen Firmen schuldeten. Dinge, die sie meinem Dispatcher schuldeten«, sagte er, wobei er jedes Wort einzeln betonte. »Warum fragen Sie den da neben Ihnen nicht danach?«

»Das werde ich«, versprach Rose. »Aber im Moment hören wir Ihre Zeugenaussage. Jetzt sind Sie an der Reihe, uns Ihre Version zu erzählen.«

LeGros starrte wieder auf den Ring und auf seine Hände.

»Nennen Sie mir bitte den Namen Ihres Dispatchers.«

»Lori Kimmel«, murmelte LeGros.

»Wohnhaft?«

Er hielt trotzig den Blick gesenkt. »Wo ich wohne. Fifth und Tasker.«

Rose fühlte, wie sich ihr Puls beschleunigte. »Sie ist Ihre …«

»Meine Freundin«, sagte LeGros mit einem Gesichtsausdruck nach dem Motto, *Na und? Wollen Sie mir einen Strick daraus drehen?* »Fragen Sie ihn«, wiederholte er und deutete mit dem Daumen auf Stanley Willet. »Er weiß alles über sie.«

LeGros' Anwalt legte ihm eine Hand auf den Unterarm, aber er war nicht zu bremsen.

»Fragen Sie ihn nach ihren Überstunden! Fragen Sie ihn, warum er sie nicht bezahlt hat! Fragen Sie ihn, warum er ihr gesagt hat, er würde ihr den Urlaub und die Krankheitstage auszahlen, als sie die Firma verließ, und es nie getan hat!«

»Könnten wir eine kurze Pause machen?«, fragte LeGros' Anwalt. Rose nickte. Die Protokollführerin zog die Augenbrauen hoch. »Sicher«, sagte Rose. »Fünfzehn Minuten.« Sie führte Willet in ihr Büro, während sich LeGros und sein Anwalt auf dem Gang unterhielten.

»Worum geht's hier?«

Willet zuckte die Achseln. »Der Name kommt mir bekannt vor. Ich müsste ein paar Anrufe machen.«

Rose zeigte mit einem Kopfnicken aufs Telefon. »Drücken Sie zuerst die Neun«, sagte sie. »Ich bin gleich wieder da.« Zeugenvernehmungen machten sie nervös, und wenn sie nervös war, musste sie auf die Toilette, und ...

»Ms. Feller?« Es war LeGros' Anwalt. »Könnte ich Sie kurz sprechen?« Er zog sie in das Besprechungszimmer. »Hören Sie«, sagte er, »wir würden die Sache gern durch einen Vergleich beilegen.«

»Was ist passiert?«

Der Anwalt schüttelte den Kopf. »Sie können es sich wahrscheinlich selbst denken. Seine Freundin hat mal für Veeder gearbeitet. So viel ich weiß, kündigte sie fristlos, glaubte aber, Anrecht auf ihre Urlaubstage und ihr Krankengeld zu haben. Veeder gab ihr zu verstehen, dass sie sich das abschminken könne. Mein Mandant dachte wohl, er könne Veeder den Betrag, den er seiner Freundin angeblich schuldete, in Rechnung stellen.«

»Sie wussten nichts davon?«

Der Anwalt zuckte die Achseln. »Ich habe diesen Fall erst vor zwei Wochen übernommen.«

»Also wird er ...« Rose sprach den Satz absichtlich nicht zu Ende.

»Das Geld zahlen. Alles.«

»Zuzüglich Zinsen. Das zieht sich schon drei Jahre hin«, sagte Rose.

LeGros' Anwalt zuckte zusammen. »Zinsen für ein Jahr«, schlug er vor. »Wir werden Ihnen unverzüglich einen Scheck ausstellen.«

»Lassen Sie mich das mit meinem Mandanten besprechen«,

erwiderte Rose. »Ich werde ihm raten, auf Ihr Angebot einzugehen.« Ihr Herz schlug wie wild, und das Blut raste in ihren Adern. Sieg! Sie hätte tanzen können vor Freude. Stattdessen ging sie wieder in ihr Büro, wo Stan Willet ihre Diplome anstarrte.

»Sie wollen einen Vergleich«, sagte sie.

»Gut«, antwortete er, ohne sich umzudrehen. Rose schluckte ihre Enttäuschung hinunter. Natürlich war er nicht so aufgeregt wie sie, für ihn waren achttausend Dollar ein Taschengeld. Aber trotzdem! Sie konnte es kaum erwarten, Jim zu erzählen, wie gut sie gewesen war! »Sie sind willens, uns noch heute einen Scheck auszustellen, was heißt, dass Sie keine Zeit mehr darauf verschwenden müssen, Ihrem Geld hinterherzurennen. Ich würde Ihnen empfehlen, auf den Vorschlag einzugehen.«

»In Ordnung«, sagte er, den Blick noch immer auf ihre gerahmten, in Latein verfassten Diplome gerichtet. »Machen Sie's schriftlich und schicken Sie's mir.« Endlich drehte er sich um. »Gute Arbeit da drinnen.« Er lächelte schmallippig. »Sieg im Papierkrieg, richtig?«

»Richtig«, sagte Rose. Es gab ihr einen Stich. Sie war brillant gewesen! Naja, vielleicht war brillant nicht der richtige Ausdruck. Aber kompetent. Äußerst kompetent. Verdammt noch mal, sie hatte jedes noch so kleine Memo, jede Rechnung, jedes Fitzelchen Papier, das ihr für ihren Mandanten wichtig erschienen war, ausgegraben! Sie brachte Stan Willet zum Aufzug, eilte in ihr Büro zurück und wählte Jims Nummer.

»Sie haben sich geeinigt«, sagte sie glücklich. »Achttausend plus ein Jahr Zinsen.«

»Gut gemacht.« Seine Stimme klang erfreut. Erfreut und abgelenkt. Sie konnte im Hintergrund das Klicken der Maus hören. »Können Sie mir ein Memo schreiben?«

Rose fühlte sich, als hätte man ihr einen Kübel Eiswasser über den Kopf gekippt. »Sicher«, sagte sie. »Ich hab's bis heute Nachmittag fertig.«

Jims Stimme wurde weicher. »Gratuliere. Sie waren sicher großartig!«

»Sieg im Papierkrieg«, sagte Rose. Sie konnte Jims Atmen und im Hintergrund andere Stimmen hören.

»Was?«

»Nichts.« Sie legte auf, ohne sich zu verabschieden. Prompt erschien eine Nachricht auf ihrem Bildschirm. Von Jim. Sie öffnete sie mit einem Mausklick.

»'tschuldige. Ich konnte nicht reden«, stand da, und – ihr Herz hüpfte, als sie es las: »Kann ich heute Abend vorbeikommen?«

Sie tippte als Antwort: »JA!« Dann lehnte sie sich zufrieden zurück und strahlte übers ganze Gesicht. Alles würde gut werden. Sie war beruflich erfolgreich. Sie würde den Freitagabend nicht allein verbringen. Sie hatte einen Mann, der sie liebte. Zugegeben, sie hatte auch eine kleine Schwester, die auf ihrer Couch campierte, aber das würde ja nicht ewig so bleiben, dachte sie und fing an, das Memo zu tippen.

Die Euphorie hielt bis vier Uhr nachmittags an, das Glücksgefühl bis sechs, aber als Jim um neun Uhr immer noch nicht aufgetaucht war, rutschte Roses Stimmung in den Keller. Sie ging ins Bad, wo ein Artikel aus einer Frauenzeitschrift am Spiegel prangte, den ihre stets hilfreiche kleine Schwester dorthin geklebt hatte. »Die besten Augenbrauen der Saison!«, lautete die Überschrift. Auf dem Waschbecken lag eine Pinzette.

»In Ordnung«, sagte Rose. »Ich verstehe den Wink.« Wenigstens würde Jim sie, falls – wenn – er noch kam, mit perfekt gezupften Augenbrauen vorfinden. Rose betrachtete sich im Spiegel und beschloss, dass ihr Leben einfacher wäre, wenn sie als ein anderer Typ auf die Welt gekommen wäre. Nicht wirklich anders, aber als eine bessere, hübschere, elegantere, etwas dünnere Version der Person, die sie war. Das Problem war nur, dass sie sich nicht vorstellen konnte, jemand anders zu sein als sie selbst. Es war ja nicht so, als hätte sie es nicht probiert.

Rose war dreizehn Jahre alt gewesen, als sie mit Maggie bei Sydelle einzog. »Es macht einfach Sinn!«, sagte Sydelle süßlich. »Ich habe Platz genug.« Das Haus mit den vier Schlafzimmern war eine moderne, in grellem Einheitsweiß gestrichene Monstrosität, die zwischen all den Gebäuden im Kolonialstil so fehl am Platz wirkte wie ein Raumschiff, das in ihrer Einbahnstraße eine Bruchlandung gemacht hatte. Sydelles Haus – und für Rose war es heute noch Sydelles Haus – hatte riesige Fenster, seltsame Schrägen und eigenartig geformte Zimmer (ein fast rechteckiges Esszimmer, ein nicht ganz quadratisches Schlafzimmer). In allen Räumen standen scharfkantige Glas- und Metallmöbel. Überall gab es Spiegel, einschließlich einer kompletten Spiegelwand in der Küche, auf der sich jeder Fingerabdruck und jeder Atemhauch abzeichnete – und der keine Kalorie, die man zu sich nahm, verborgen blieb. In jedem Badezimmer, auch in der Toilette im Erdgeschoss, befand sich eine Digitalwaage, und am Kühlschrank hafteten Magnete mit verschiedenen Diätslogans. Rose erinnerte sich vor allem an eine zufrieden weidende Kuh unter dem Schriftzug: »Heiliger Bimbam! Isst du schon wieder?« Jede reflektierende Fläche, jeder Magnet und jede Waage schienen sich mit Sydelle gegen sie verschworen zu haben, um ihr ständig zu signalisieren, dass sie unzulänglich, unweiblich, unattraktiv und viel zu dick war.

Noch in der Woche, in der sie bei Sydelle eingezogen waren, hatte Rose ihren Vater um Geld gebeten. Er hatte sie besorgt angesehen und gefragt: »Brauchst du es für etwas Bestimmtes?« Rose bekam fünf Dollar Taschengeld die Woche und hatte nie mehr verlangt. Maggie war diejenige, die ihn regelmäßig anbettelte – weil sie Barbiepuppen, eine neue Lunchbox, duftende Leuchtstifte, Glitzeraufkleber und ein Rick-Springfield-Poster für ihre Wand wollte.

»Schulsachen«, sagte Rose. Er gab ihr einen Zehn-Dollar-Schein. Sie ging in den Drogeriemarkt und kaufte sich ein kleines, lilafarbenes Notizbuch. Bis zum Ende des Schuljahres schrieb sie sorgfältig auf, was Frauen so alles zu tun pflegten. Es war ihr Geheimprojekt. Sie wusste, dass Sydelle ihr nur zu gern gesagt hätte, was Frauen tun oder nicht tun, was sie sagen, wie sie sich kleiden, und, vor allem, was sie essen, aber Rose wollte es selbst herausfinden. Im Nachhinein wurde ihr klar, dass sie damals dachte, dass sie irgendwann in ihrer Kindheit die entsprechenden Informationen auf wundersame Art und Weise hätte verinnerlichen sollen ... und dass die Tatsache, dass sie das nicht getan hatte und Sydelle sich folglich herausnahm, Hautpflege- und Diätverordnungen zu erlassen, einer Anklage ihrer toten Mutter gleichkam. Was Rose natürlich noch in ihrem Entschluss bestärkte, diesem Rätsel selbst auf die Spur zu kommen.

»Runde, keine eckigen Nägel!«, schrieb sie, oder: »Keine blöden Sprüche!« Sie überredete ihren Vater, ihr ein Jahresabo von *Seventeen* und *Young Miss* zu schenken, und sie sparte auf ein Taschenbuch mit dem Titel *Wie auch du beliebt werden kannst!*, für das in beiden Zeitschriften Werbung gemacht wurde. Sie studierte ihre Notizen so ernsthaft wie ein Talmudgelehrter die religiösen Schriften. Sie beobachtete ihre Lehrerinnen, Nachbarinnen, ihre Schwester, sogar die Damen mit den Haarnetzen in der Cafeteria, um herauszufinden, wie Mädchen und Frauen zu sein hatten. Sie stellte sich das Ganze wie ein Mathematikproblem vor, und wenn sie die Gleichung Schuhe plus Klamotten plus Frisur plus die richtige Persönlichkeit (die es zuvor noch zu bestimmen galt) erst einmal gelöst hatte, dann würden die anderen sie mögen. Dann wäre sie so beliebt wie Maggie.

Natürlich hatte es überhaupt nichts gebracht, dachte sie, während sie mit dem Handballen den beschlagenen Spiegel freiwischte und sich mit der Pinzette in der Hand vorbeugte. All ihr Pläneschmieden und Notizenmachen war umsonst gewesen. Beliebt zu sein war ein Code, den sie nicht knacken konnte. Egal, wie viele Seiten sie voll schrieb, egal, wie oft sie sich vorstellte, mit Missy Fox und Gail Wylie in der High-School-Cafeteria zu sitzen, ihr Handtäschchen über dem Stuhlrücken, ein Diet Coke und eine Tüte Karotten vor sich, es hatte nie funktioniert.

In der High School war ihr Interesse an Klamotten und Make-up, Frisuren und Nagelpflege erlahmt. Sie hörte auf, die Ratgeberkolumnen und Artikel in den Mädchenzeitschriften zu lesen, die einem alles vorschrieben, von der Art und Weise, wie man mit einem Jungen reden sollte, bis zum exakten Schwung der Augenbrauen. Sie gab die Hoffnung auf, jemals hübsch oder beliebt zu sein, und konzentrierte den gesamten Rest ihres Modebewusstseins auf ihre Schuhe. Mit Schuhen, dachte sie, kann man nichts falsch machen. Da gab es keine Variablen, keine Kragen, die man hoch- oder hinunterklappen konnte, keine Ärmel, die man aufkrempelte oder nicht, keinen Schmuck und keine Frisur, die das Outfit verbessern oder zerstören würden (in Roses Fall meistens Letzteres). Schuhe waren Schuhe waren Schuhe, und selbst wenn man sie zu den falschen Klamotten trug, konnte man sie nicht falsch tragen. Ihre Füße würden immer gut aussehen. Auch wenn sie von den Knöcheln aufwärts nach wie vor ein hoffnungsloser Fall war, von den Knöcheln abwärts würde sie es mit den beliebten Mädchen aufnehmen können.

Und so war es ganz natürlich, dass sie mit dreißig absolut keinen Schimmer hatte, von fast allem, was mit Stil zu tun hatte, es sei denn von den Vorzügen von Nubuk im Vergleich zu Veloursleder oder *der* Absatzform der Saison. Rose seufzte und blinzelte sich an. Schief. »Mist«, sagte sie und wollte gerade weiterzupfen, als es an der Tür klingelte.

»Ich komme«, trällerte Maggie.

»O nein«, sagte Rose. Sie eilte aus dem Badezimmer und schubste ihre Schwester aus dem Weg, die umgehend ihrerseits zurückschubste.

»Herrgott noch mal, was hast du denn?«, fragte Maggie und rieb sich die Schulter.

»Geh einfach!«, sagte Rose, zog ein paar Scheine aus ihrer Geldbörse und drückte sie Maggie in die Hand. »Geh aus! Geh ins Kino!«

»Es ist fast zehn Uhr«, bemerkte Maggie.

»Such dir eine Spätvorstellung!«, sagte Rose und öffnete schwungvoll die Tür. Da stand Jim, leicht nach Rasierwasser und stärker nach Scotch duftend, mit einem Dutzend roter Rosen im Arm. »Hallo, meine Damen«, sagte er.

»Oh, die sind aber hübsch«, sagte Maggie und nahm die Blumen. »Rose, stell sie ins Wasser«, sagte sie und reichte sie ihrer Schwester weiter. »Darf ich Ihnen den Mantel abnehmen?«

Herrgott noch mal!, dachte Rose und ging wortlos in die Küche. Als sie wieder ins Wohnzimmer kam, saß Maggie neben Jim auf der Couch und machte keinerlei Anstalten zu gehen … obwohl das Geld, das sie ihr gegeben hatte, auf wundersame Weise verschwunden war, wie Rose bemerkte. »Also, Jim!«, sagte Maggie fröhlich, während sie sich vorbeugte und ihm ihr üppiges Dekolleté präsentierte. »Wie geht es Ihnen?«

»Maggie«, sagte Rose, die auf der Armlehne der Couch das Gleichgewicht zu halten versuchte, da das der einzige freie Platz war. »Hattest du nicht was vor?«

Ihre Schwester lächelte sie scheinheilig an. »Überhaupt nicht, Rose. Ich wollte den heutigen Abend zu Hause verbringen.«

## 7

Am Montagvormittag hüpfte Maggie Feller aus dem Bus, warf sich ihren Rucksack über die Schulter und schlängelte sich durch den Port-Authority-Busbahnhof. Es war neun Uhr dreißig, das Casting hatte um neun Uhr angefangen, und sie wäre auch früher dran gewesen, wenn sie nicht so lange hin und her überlegt hätte, ob sie lieber die karamellfarbenen Nine-West-Lederstiefel (zu den Boot-Cut-Jeans) oder die

Stuart-Weitzman-Mary-Janes (zu einem engen Rock und Netzstrümpfen) anziehen sollte.

Als sie an der 42. Straße um die Ecke bog, verließ sie der Mut. Vor den Studiofenstern von MTV wimmelte es nur so von Menschen; das mussten gut tausend Leute sein, die sich auf dem Gehsteig und dem grünen Mittelstreifen des Broadway drängten.

Maggie hielt ein Mädchen mit einem Cowboyhut an. »Sind Sie auch zum Casting hier?«

Das Mädchen machte ein mürrisches Gesicht. »Ich war es. Aber sie haben nur die ersten dreitausend reingelassen und die anderen nach Hause geschickt.«

Maggie wurde noch mutloser. So ging das nicht. So ging das wirklich nicht! Sie drängelte sich, so schnell es ihre hochhackigen Schuhe zuließen, durch die Menge und entdeckte schließlich eine gestresst wirkende Frau mit einem Walkie-Talkie in der Hand und einem gelben MTV-Logo auf der Rückseite ihrer Jacke. *Nur Mut,* sagte sich Maggie und tippte der Frau auf die Schulter.

»Ich bin wegen des Castings hier«, verkündete sie.

Die Frau schüttelte den Kopf. »Tut mir Leid, Schätzchen«, sagte sie, ohne von ihrem Klemmbrett aufzusehen. »Wir lassen niemanden mehr rein.«

Maggie kramte das Paracetamol aus ihrer Handtasche, das sie bei Rose hatte mitgehen lassen, und hielt es der Frau unter die Nase. »Ich habe ein Leiden«, sagte sie.

Die Frau zog eine Augenbraue hoch. Maggie konnte ihre Finger nicht schnell genug über das Etikett legen. »Paracetamol?«

»Ich habe fürchterliche Krämpfe«, verkündete Maggie. »Und Sie haben doch sicher schon von dem Gleichstellungsgesetz für behinderte Menschen gehört.«

Jetzt starrte die Frau sie neugierig an.

»Sie können mich nicht auf Grund meiner Monatsbeschwerden diskriminieren«, sagte Maggie.

»Ist das Ihr Ernst?«, grummelte die Frau, aber Maggie konnte sehen, dass sie eher amüsiert war als genervt.

»Hören Sie, geben Sie mir einfach eine Chance«, flehte sie. »Ich bin extra aus Philadelphia angereist!«

»Hier sind Leute, die extra aus Idaho angereist sind.«

Maggie verdrehte die Augen. »Idaho! Gibt's dort überhaupt Kabelfernsehen? Hören Sie«, fuhr sie fort, »ich habe mich intensiv auf das hier vorbereitet.«

Die Frau zog ihre Augenbrauen hoch.

»Vielleicht interessiert es Sie zu erfahren«, fuhr Maggie fort, »dass ich mir das MTV-Logo in einen sehr intimen Teil meiner Anatomie rasieren habe lassen?«

Für den Bruchteil einer Sekunde dachte Maggie, dass die Frau sie bitten würde, es ihr zu zeigen. Stattdessen lachte sie, kritzelte etwas auf ihr Klemmbrett und nickte Maggie zu. »Ich bin Robin. Folgen Sie mir.« Als sie sich umdrehte, sprang Maggie vor Freude in die Luft und jubelte in sich hinein. Sie hatte es geschafft! Nun, sie hatte es ein Stückchen weit geschafft, dachte sie, und eilte Robin hinterher. Jetzt musste sie nur noch die Jury beeindrucken, dann war sie am Ziel.

Auf den Gängen drinnen herrschte ein noch größeres Gedränge als draußen auf der Straße. Jungs mit Cornrows und Bandanas und Baggy-Pants rappten leise vor sich hin, fantastisch aussehende Mädchen in Miniröcken und tief ausgeschnittenen Tops schminkten sich mit Hilfe von Handspiegeln. Maggie sah auf Anhieb, dass die meisten von ihnen Anfang zwanzig waren, und zog auf dem Formular, das ihr Robin zum Ausfüllen gab, fünf Jahre von ihrem Alter ab.

»Wo kommst du her?«, fragte das Mädchen vor ihr, ein großes, mageres Mädchen, das sich wie Ginger Spice hergerichtet hatte.

»Philadelphia«, sagte Maggie; sie hatte ja nichts zu verlieren, wenn sie freundlich war. »Ich heiße Maggie.«

»Ich bin Kristy. Bist du nervös?«, fragte das Mädchen.

Maggie setzte eine schwungvolle Unterschrift unter das Formular. »Nicht wirklich. Ich weiß nicht einmal, was wir tun müssen.«

»Dreißig Sekunden lang in die Kamera sprechen«, sagte Kristy und seufzte. »Ich wünschte, sie würden uns etwas vorführen lassen oder so. Ich nehme Tanzunterricht, seit ich vier bin. Ich kann Stepp- und Jazztanz, ich kann singen, ich habe einen Monolog auswendig gelernt …«

Maggie schluckte. Sie hatte auch Tanzunterricht gehabt – zwölf Jahre lang –, aber sie hatte nie Schauspielunterricht genommen, und das Einzige, was sie für den heutigen Tag auswendig gelernt hatte, war Roses Adresse, damit MTV wusste, wohin sie die Blumen schicken mussten, wenn sie gewonnen hatte. Kristy fuhr sich mit den Fingern durch die Haare. »Was meinst du?« Sie türmte die Haare auf dem Kopf und ließ sie dann wieder über die Schultern herabfallen. »Oben oder unten?«

Maggie musterte Kristy. »Was hältst du von einem hoch gesteckten Franzosenzopf? Hier«, sagte sie und kramte eine Haarbürste, Haarspray, Haarklemmen und Gummibändchen aus ihrem Rucksack hervor. Die Schlange bewegte sich ein kleines Stückchen vorwärts. Als Maggie an der Reihe war, waren drei Stunden vergangen; sie hatte Kristy noch einmal geschminkt und ihr die Haare gemacht, einer Achtzehnjährigen namens Kara goldglitzernden Lidschatten aufgetragen und Latisha, die hinter ihr in der Schlange stand, Roses Nine-West-Stiefel geliehen.

»Die Nächste!«, rief der gelangweilt dreinblickende Kameramann.

Sie holte tief Luft und trat in die winzige, mit blauem Teppich ausgekleidete Kabine unter den glühend heißen Lichtkegel. Sie war kein bisschen nervös, stattdessen verspürte sie höchste Zuversicht und Freude. Robin stand grinsend hinter dem Kameramann und reckte den Daumen nach oben.

»Nennen Sie uns bitte Ihren Namen«, sagte sie.

Maggie lächelte, dann sagte sie deutlich und mit tiefer Stimme: »Ich heiße Maggie May Feller.« Gott, sie war auf dem Monitor zu sehen, der über ihnen hing! Sie schielte hin. Da war sie! Im Fernsehen! Sie sah großartig aus!

»Maggie May?«, fragte Robin.

»Meine Mutter nannte mich nach dem Lied«, sagte Maggie. »Ich glaube, dass sie immer wusste, dass ich für eine Musikkarriere bestimmt war.«

Robin überflog Maggies Formular. »Hier steht, dass Sie als Bedienung gearbeitet haben.«

»Das stimmt«, sagte Maggie und fuhr sich mit der Zunge über die Lippen. »Und ich bin der Meinung, dass das die beste Vorbereitung auf die Arbeit mit Rockstars ist.«

»Wie meinen Sie das?«, fragte Robin.

»Naja, wer mit betrunkenen Studenten umgehen kann, die sich ihre Frühstückswaffeln um die Ohren werfen, der wird mit allem fertig«, sagte Maggie. »Außerdem lernt man als Bedienung alle möglichen Leute kennen. Mädchen auf Diät, die unter den seltsamsten Allergien leiden.« Sie hob ihre Stimme zu einem rotznäsigen Sopran. »›Sind da Erdnüsse drin?‹ Ist ja auch in Ordnung, nur dass sie bei allem und jedem fragen. Einschließlich Eistee. Wählerische Vegetarier, Veganer, solche, die eine Zone-Diät machen, Diabetiker, Makrobiotiker, makrobiotische Zone-Diätfanatiker mit Bluthochdruck, die kein Salz essen können …« Jetzt war sie nicht mehr zu bremsen. Sie vergaß die Lichter, die Konkurrenten, sogar Robin und den Kerl mit der Baseballkappe. Jetzt gab es nur noch sie und die Kamera. »Und wenn Sie jemals einem Typen Iced Coffee in den Schoß gekippt haben, weil er versucht hat, Ihnen das Trinkgeld in den Ausschnitt zu stecken, nun, dann fürchten Sie sich nicht vor Kid Rock.«

»Welche Art von Musik hören Sie gern?«, fragte Robin.

»Alles Mögliche«, sagte Maggie. Sie fuhr sich mit der Zunge über die Lippen und warf ihre Haare zurück. »Madonna ist mein Idol. Bis auf die ganze Sache mit dem Yoga. Das ist einfach nicht mein Ding. Ich bin selbst auch Sängerin, in einer Band namens Whiskered Biscuit.«

Der Kameramann lachte.

»Vielleicht kennen Sie unsere Hitsingle, ›Lick Me Where I'm Pink?‹«, fragte Maggie.

»Könnten Sie uns daraus vorsingen?«, fragte der Kameramann.

Maggie strahlte übers ganze Gesicht. Sie hatte nur darauf gewartet. Sie nahm ihre Haarbürste aus dem Rucksack und benutzte sie als Mikrofon, schüttelte ihre Haare und sang: »Lick me where I'm pink! Pour yourself a drink! Don't wanna hear your problems, what am I, your fucking shrink?« Sie überlegte kurz, ob es in Ordnung wäre, auf MTV »fuck« zu sagen, und kam dann zu dem Schluss, dass es jetzt sowieso nicht mehr zu ändern war.

»Gibt es noch etwas, was wir über Sie wissen sollten, Maggie?«, fragte Robin.

»Nur, dass ich bereit bin für die Hauptsendezeit«, sagte Maggie. »Und wenn Carson Daly jemals wieder Single ist, dann wissen Sie ja, wo Sie mich erreichen können.« Sie hauchte einen Kuss in die Kamera und streckte dann neckisch ihre gepiercte Zunge heraus.

»Das war klasse!«, flüsterte Kristy. Latisha applaudierte, Kara reckte die Daumen nach oben, und Robin kam aus der Kabine, tippte Maggie grinsend auf die Schulter und zog sie einen Gang entlang, wo ungefähr ein Dutzend Leute warteten. »Gratuliere«, flüsterte sie. »Sie haben es in die nächste Runde geschafft.«

»Du bist wo?«, fragte Rose.

»Ich bin in New York!«, schrie Maggie ins Telefon. »MTV hat ein Casting für VJs, und rate mal, wer in der nächsten Runde ist!«

Am anderen Ende der Leitung war es still. »Du hast gesagt, du hättest ein Vorstellungsgespräch«, sagte Rose schließlich.

»Was glaubst du, was das ist?«, fauchte Maggie.
»Die Jagd nach einem Phantom.«
»Herrgott, kannst du dich nicht einmal für mich freuen?« Das Mädchen neben ihr, eine ein Meter achtzig große Amazone in einem Leder-Catsuit, sah sie finster an. Maggie blickte finster zurück und ging in eine Ecke des Warteraums.
»Ich würde mich freuen, wenn du einen Job bekommst.«
»Ich werde einen Job bekommen.«
»Ach, du weißt also sicher, dass MTV dich nehmen wird? Und was bezahlen sie?«
»Viel«, sagte Maggie mürrisch. Ehrlich gesagt wusste sie nicht, wie viel sie bezahlten … aber es musste viel sein. Es war das Fernsehen, richtig? »Mehr als du verdienst. Weißt du, was ich glaube? Ich glaube, dass du neidisch bist.«
Rose seufzte. »Ich bin nicht neidisch. Ich will nur, dass du diese ganze Sache mit dem Berühmtwerden vergisst und dir einen Job besorgst, anstatt dein Geld für einen Ausflug nach New York aus dem Fenster zu werfen.«
»Und dass ich so werde wie du«, sagte Maggie. »Nein, danke!« Sie steckte das Handy wieder in ihre Tasche und starrte wütend zu Boden. Blöde Kuh! Wie hatte sie nur glauben können, dass sich ihre Schwester für sie freuen oder stolz auf sie sein würde, dass sie sich mit flotten Sprüchen ins Casting gemogelt und alle beeindruckt hatte? Nun, dachte sie und nahm ihren Lippenstift aus der Tasche, sie würde es ihr schon zeigen. Sie würde das Casting gewinnen, den Job bekommen, und das nächste Mal würde Rose sie im Fernsehen sehen, überlebensgroß und doppelt so hübsch.
»Maggie Feller?«
Maggie holte tief Luft, legte noch einmal Lippenstift auf und ging, um sich ihren Traumjob zu angeln. Dieses Mal wurde sie in einen größeren Raum geführt, wo drei grelle, auf einem rostfreien Stahlgerüst befestigte Scheinwerfer auf sie herabbrannten. Robin lächelte Maggie über ihr Klemmbrett hinweg an und zeigte auf einen Monitor.

»Haben Sie schon mal von einem Teleprompter abgelesen?«, fragte Robin.

Maggie schüttelte den Kopf.

»Nun, es ist ganz einfach«, sagte Robin und führte es vor. Sie stellte sich auf ein mit Abdeckband geklebtes X auf dem Boden und blickte auf den Bildschirm. »Und als Nächstes«, las sie mit lauter, enthusiastischer Stimme, »sehen Sie das fantastische neue Video der Spice Girls! Und Finger weg von der Fernbedienung, denn in der nächsten Stunde wartet noch Britney Spears auf Sie!«

Maggie stand da und starrte auf den Monitor. Die Wörter rollten den Bildschirm hinunter, und dann plötzlich so schnell wieder hinauf, dass ihr richtig schlecht wurde. Sie konnte lesen. Sie konnte gut lesen. Nur nicht so schnell wie andere Leute. Und nicht, wenn sich die Wörter so schnell bewegten!

Sie merkte, dass Robin sie anstarrte. »Alles in Ordnung?«

»Klar!«, sagte Maggie. Sie ging mit wackeligen Knien zu dem geklebten X. »Und als Nächstes«, flüsterte sie zu sich selbst. Sie schüttelte ihre Haare und fuhr sich mit der Zunge über die Lippen. Die Scheinwerfer brannten erbarmungslos auf sie herab. Sie fühlte, wie sich an ihrem Haaransatz Schweißperlen bildeten. »Wann immer Sie so weit sind«, rief der Kameramann.

»Und als Nächstes«, begann Maggie mit einer Zuversicht, die sie nicht hatte. Die Wörter rollten den Bildschirm hinab. »Sehen Sie …« Sie starrte auf den Bildschirm und die wackelnden Wörter. »Die Prämire des neuen Videos der Spice Girls! Und …« Scheiße. »Premiere«, flüsterte sie. »Premiere!«, sagte sie laut und fragte sich zum vielleicht millionsten Mal in ihrem Leben, warum Worte nicht so geschrieben wurden, wie man sie aussprach. Der Kameramann lachte, allerdings nicht auf eine freundliche Art und Weise. Sie sah angestrengt auf den Bildschirm und betete inbrünstig, dass sie in der Lage sei, den Text zu lesen. Ein *B*. Etwas mit einem *B* und einem *Y*. Aber was? »Boyz II Men?«, riet sie. »Ja, Motown Philly ist wieder da! Und …«

Der Kameramann und Robin sahen sie seltsam an. »Alles in Ordnung?«, fragte Robin. »Können Sie den Bildschirm gut sehen? Wollen Sie es noch einmal versuchen?«

»Und als Nächstes«, sagte Maggie viel zu laut. *Bitte, lieber Gott,* dachte sie. *Ich werde dich niemals wieder um etwas bitten, aber mach, dass ich das hier schaffe! Nur dieses eine Mal!* Sie starrte mit äußerster Konzentration auf den Bildschirm, während die *B*s zu *D*s wurden und sich die *W*s auf den Kopf stellten. »Gleich nach der Werbung, tolle Musik!« Jetzt hatten sich die Wörter in unverständliche Hieroglyphen aufgelöst, und Robin und der Kameramann starrten sie mit einem Gesichtsausdruck an, den sie nur allzu gut deuten konnte: Mitleid.

»Und als Nächstes sehen Sie denselben Mist, den wir auch schon gestern für Sie gespielt haben«, knurrte Maggie wütend, während sie auf dem Absatz – das heißt, Roses Absatz – kehrtmachte und mit Tränen in den Augen auf die Tür zuwankte. Sie lief durch den Warteraum, wo sie beinahe Miss Catsuit über den Haufen gerannt hätte, und war schon fast im Flur, als sie Robins Stimme hinter sich hörte: »Die Nächste! Beeilung, Leute, wir müssen uns noch einige von euch ansehen.«

## 8

Lewis Feldman stand auf dem Treppenabsatz, in der rechten Hand einen Strauß Tulpen und eine Schachtel Pralinen in der linken. Die Nervosität lag schwer wie ein Wintermantel auf seinen Schultern. Würde das denn nie leichter werden? Er atmete tief durch und starrte auf Ella Hirschs Wohnungstür.

»Das Schlimmste, was passieren kann, ist, dass sie Nein sagt«, sagte er sich. Er nahm die Tulpen in die linke und die

Pralinen in die rechte Hand und sah an seiner Hose hinab, die trotz all seiner Anstrengungen im Waschraum zerknittert war und unterhalb einer Tasche einen verdächtigen Fleck aufwies, der wie ausgelaufene Kugelschreibertinte aussah – was wohl, so dachte Lewis verdrossen, vermutlich der Wahrheit entsprach.

Ellas Nein würde ihn nicht umbringen, sagte er sich. Wenn ihn der leichte Herzanfall vor drei Jahren nicht hatte umbringen können, dann würde Ella Hirschs Zurückweisung das auch nicht schaffen. Außerdem gab es ja noch mehr Fische im Wasser, Fische, die einem direkt ins Boot sprangen, ohne dass man überhaupt einen Köder an die Angel gehängt hatte. Aber Lois Ziff, die zwei Wochen nach Sharlas Beerdigung in einer etwas zu tief aufgeknöpften Bluse, die in ein faltiges Dekolleté blicken ließ, mit einer Dampfnudel bei ihm aufgekreuzt war, interessierte ihn nicht. Nicht mehr als Bonnie Begelman, die letzten Monat einen Umschlag mit zwei Kinokarten unter seiner Tür hindurchgeschoben und ihm auf der Begleitkarte versichert hatte, dass sie jederzeit für ihn da wäre, »wenn du soweit bist«. In den Wochen nach Sharlas Tod, als er Tag für Tag die Besuche von der, wie er es nannte, Auflaufbrigade über sich ergehen lassen musste – dutzende betroffen dreinblickender Frauen mit Tupperware –, hätte er nicht gedacht, dass er jemals wieder so weit sein würde, obwohl ihm Sharla ihren Segen gegeben hatte.

»Such dir jemanden«, hatte sie ihm gesagt. Sie war zum letzten Mal im Krankenhaus, und das wussten sie beide, obwohl es keiner von ihnen aussprach. Er hielt ihre Hand, in der die Infusionsnadeln steckten, und beugte sich vor, um ihr die dünnen Haare aus der Stirn zu streichen.

»Sharla, lass uns nicht darüber reden.«

Sie schüttelte den Kopf und sah ihn mit diesem vertrauten Funkeln in ihren blauen Augen an – einem Funkeln, das er nicht oft gesehen hatte seit jenem Tag, an dem er nach Hause gekommen und sie ganz ruhig auf der Couch gesessen hatte.

Er hatte sie nur angesehen und es gewusst, noch ehe sie den Kopf hob, um es ihm zu sagen: *Er ist wieder da. Der Krebs ist zurückgekommen.*

»Ich will nicht, dass du allein bist«, sagte sie. »Ich will nicht, dass du einer von diesen verschrobenen Witwern wirst. Du würdest zu viel Salz essen.«

»Ist das alles, was dir Sorgen macht? Mein Salzkonsum?«

»Solche Männer werden unausstehlich«, sagte sie, während ihr die Augen zufielen. Er hielt ihr den Strohhalm an die Lippen, um ihr etwas Flüssigkeit einzuflößen. »Selbstgerecht und eigenbrötlerisch. Ich will nicht, dass du auch so wirst.« Ihre Stimme wurde leiser. »Ich will, dass du jemanden findest.«

»Hast du da an jemand Bestimmten gedacht?«, fragte er.

Sie antwortete nicht. Er dachte, dass sie eingeschlafen war – sie hatte die Augen geschlossen, und ihr magerer Brustkorb hob und senkte sich langsam unter dem frischen Verband –, aber dann sagte sie noch etwas. »Ich will, dass du glücklich bist«, sagte sie, wobei sie jedes einzelne Wort mühsam hervorstieß. Er hielt den Kopf gesenkt, aus Angst, dass er zu weinen anfangen und nicht mehr aufhören würde, wenn er sie ansah, seine Frau, mit der er dreiundfünfzig Jahre seines Lebens geteilt hatte. Also saß er an ihrem Bett und hielt ihre Hand und flüsterte ihr ins Ohr, wie sehr er sie liebte. Als sie gestorben war, konnte er sich nicht vorstellen, je wieder den Wunsch zu haben, eine andere Frau auch nur anzusehen, und keine der Nachbarinnen, mit ihren Dampfnudeln und Dekolletees, hätte ihn gereizt. Niemand hatte ihn gereizt – bis jetzt.

Es war nicht etwa, dass Ella ihn an Sharla erinnert hätte – zumindest nicht äußerlich. Sharla war klein gewesen und mit den Jahren immer kleiner geworden. Sie hatte große blaue Augen gehabt und eine blonde Bubikopffrisur, eine zu große Nase und einen dicken Hintern, der sie schier zur Verzweiflung gebracht hatte. Sie liebte korallenroten Lippenstift und Modeschmuck: bunte Glasperlenketten und Ohrgehänge, die funkelten und glitzerten, sobald sie sich bewegte. Sie hatte ihn an einen winzigen, exotischen Vogel mit bunt schillerndem Gefieder und hellem Gezwitscher erinnert. Ella war anders. Größer, mit feinen Gesichtszügen – einer spitzen Nase, einem festen Kinn –, und im Gegensatz zu all den anderen Damen in Golden Acres, die ihr Haar kurz geschnitten hatten, besaß sie lange kastanienbraune Locken, die sie zu einem Kranz hochsteckte. Ella erinnerte ihn ein bisschen an Katharine Hepburn – eine jüdische Katharine Hepburn, nicht ganz so majestätisch und Ehrfurcht gebietend, sondern eher geheimnisvoll-melancholisch.

»Hepburn«, murmelte er. Er schüttelte den Kopf über seine eigene Torheit und ging die Stufen hinauf. Er wünschte sich, dass seine Hose nicht zerknittert wäre. Er wünschte sich, dass er einen Hut aufgesetzt hätte.

»Na aber, hallo!«

Lewis machte vor lauter Schreck einen kleinen Satz und starrte auf die unbekannte Frau vor ihm.

»Mavis Gold«, sagte die Frau. »Wohin des Weges, so schick?«

»Och ... nur ...«

Mavis Gold klatschte in die Hände, woraufhin ihre gebräunten Oberarme freudig schwabbelten. »Ella!«, flüsterte sie so laut, dass es wahrscheinlich, dachte Lewis, auch noch in den Autos auf dem Damm zu hören war. Sie strich mit einer Fingerspitze anerkennend über eine Tulpenblüte. »Die sind wunderschön. Sie sind ein wahrer Gentleman.« Mavis strahlte ihn an, küsste ihn auf die Wange und wischte dann mit dem Daumen die Spuren des Lippenstifts ab. »Viel Glück!«

Er nickte, holte tief Luft, vertauschte seine Mitbringsel ein allerletztes Mal und drehte an der Türklingel. Er lauschte auf das Geräusch eines Radios oder eines Fernsehers, hörte aber nur Ellas Füße über den Fußboden tappen.

Sie öffnete die Tür und sah ihn verdutzt an. »Lewis?«

Er brachte plötzlich kein Wort heraus und nickte nur. Sie trug dreiviertellange Blue Jeans und ein weites weißes Hemd und war barfuß. Ihre Füße waren langgliedrig und blass und wunderschön geformt, und sie hatte ihre Fußnägel perlmuttfarben lackiert. Allein schon wegen dieser Füße hätte er sie küssen können! Stattdessen schluckte er nur schwer.

»Hallo«, sagte er. Na, das war doch ein Anfang!

Eine Furche erschien zwischen Ellas Augenbrauen. »War das Gedicht zu lang?«

»Nein, nein, das Gedicht war in Ordnung. Ich bin hier, weil … nun, ich habe mich gefragt, ob …« *Komm schon, Alter!*, spornte er sich an. Er war im Krieg gewesen, er hatte seine Frau beerdigt, er hatte zugesehen, wie sein ältester Sohn zum Republikaner geworden war und einen Rush-Limbaugh-Aufkleber auf seinem Minivan spazieren fuhr. Er hatte weit Schlimmeres überlebt. »Würden Sie mit mir zu Abend essen?«

Er konnte sehen, wie sie sich anschickte, den Kopf zu schütteln, noch bevor sie es tatsächlich tat. »Ich … ich glaube nicht.«

»Warum nicht?« Er sagte es lauter als beabsichtigt.

Ella seufzte. Lewis nutzte ihren Moment des Schweigens aus. »Darf ich reinkommen?«, fragte er.

Sie wirkte widerwillig, bat ihn aber doch herein. Ihre Wohnung war nicht voll gestopft wie so viele andere in Golden Acres, deren Bewohner versuchten, all ihr Hab und Gut, das sich im Laufe eines Lebens angesammelt hatte, in die dafür viel zu kleinen Zimmer zu zwängen. Ellas Wohnung hatte einen Fliesenboden, cremefarbene Wände und ein weißes Sofa, das, wie Lewis wusste, eher was fürs Auge als für den täglichen Gebrauch war, vor allem wenn man Enkelkinder hatte und die Enkelkinder gerne Traubensaft tranken.

Er setzte sich an das eine Ende der Couch, Ella an das andere. Sie wirkte nervös, als sie ihre nackten Füße unterschlug.

»Lewis«, begann sie.

Er stand auf.

»Bitte gehen Sie nicht! Ich möchte Ihnen etwas erklären«, sagte sie.

»Ich gehe nicht. Ich hole eine Vase«, sagte er.

»Warten Sie.« Der Gedanke, dass er ihre Schränke durchstöberte, schien sie zu beunruhigen. »Ich mach das schon.« Sie ging eilig in die Küche und nahm eine Vase aus einem Küchenschränkchen. Lewis füllte sie mit Wasser, stellte die Tulpen hinein, ging zurück ins Wohnzimmer und platzierte die Vase in der Mitte ihres Couchtischchens.

»Voilà«, sagte er. »Wenn Sie jetzt Nein sagen, müssen Sie jeden Tag diese Tulpen ansehen und ein schlechtes Gewissen haben.«

Einen Augenblick lang schien es so, als wollte sie lächeln … dann verschwand der Ausdruck aus ihrem Gesicht, und er war sich nicht sicher, ob er es sich nur eingebildet hatte.

»Die Sache ist die«, fing sie an.

»Warten Sie«, sagte er. Er machte die Schachtel Pralinen auf. »Sie zuerst.«

Sie winkte ab. »Wirklich, ich kann …«

Er setzte seine Brille auf und faltete die Inhaltsbeschreibung auseinander. »Die dunklen herzförmigen Pralinen sind mit Kirschlikörfüllung«, berichtete er. »Und diese runden Dinger da sind Nougat.«

»Lewis«, sagte sie bestimmt. »Sie sind ein wunderbarer Mensch und …«

»Aber«, sagte er. »Ich höre schon ein ›Aber‹.« Er stand erneut auf, ging in die Küche und setzte Wasser auf. »Wo ist Ihr gutes Geschirr?«, rief er.

»Oh«, sagte sie und lief ihm schnell hinterher.

»Keine Angst«, sagte er. »Ich mache uns nur eine Tasse Tee.«

Ella sah zuerst ihn, dann den Wasserkessel an. »In Ordnung«, sagte sie und nahm zwei Tassen mit dem Logo der Stadtbücherei von Broward County von einem Regal. Lewis tat Teebeutel in die Tassen, machte ihre Zuckerdose (die mit Süßstoffpäckchen gefüllt war) ausfindig und stellte sie zusammen mit einer Tüte laktosefreier Milch auf den Tisch.

»Haben Sie sich immer so nützlich gemacht?«, fragte sie.

»Früher nicht.« Er machte den Kühlschrank auf, fand in der

hintersten Ecke ihres Gemüsefachs eine Zitrone und schnitt sie in Scheiben. »Bis meine Frau krank wurde, und sie wusste … naja, sie wusste es. Also gab sie mir Unterricht.«

»Vermissen Sie sie?«, fragte Ella.

»Jeden Tag«, sagte er. »Ich vermisse sie jeden Tag.« Er stellte ihre Tasse auf eine Untertasse und trug beides hinüber zum Tisch. »Und Sie?«

»Nun, ich habe Ihre Frau nie kennen gelernt, also kann ich nicht behaupten, dass ich sie vermisse.«

»Ein Witz!« Er applaudierte, setzte sich neben sie und studierte den gedeckten Tisch. »Ich glaube, etwas fehlt noch.« Er öffnete Ellas Gefrierfach. »Darf ich?«

Sie nickte leicht benommen. Er suchte, bis er eine vertraute Form entdeckte, die er sofort als Früchtekuchen identifizierte. Eine von Sharlas Lieblingsspeisen. Mehr als einmal war er mitten in der Nacht aufgewacht und hatte sie dabei ertappt, wie sie vorm Fernseher saß, sich Werbesendungen anschaute und dabei ein Stück aufgetauten Früchtekuchen mampfte. Normalerweise signalisierten solche Nächte das Ende ihrer halbjährlichen Grapefruit-und-Thunfisch-Diät, und danach kam sie mit einem schuldbewussten Lächeln und einem Mund, der nach Butter schmeckte, ins Bett zurückgekrochen. *Küss mich,* flüsterte sie dann und zog sich ihr Nachthemd über die Schultern. *Lass uns ein paar von diesen fiesen Kalorien verbrennen.*

Er reichte Ella den Kuchen. »In Ordnung?«

Sie nickte und stellte den Kuchen in die Mikrowelle. Lewis nippte an seinem Tee und beobachtete ihre Bewegungen. Ihre Hüften sahen so aus, als wären es noch ihre eigenen, dachte er und lachte dann über sich selbst, weil er so etwas bemerkte. Adam, einer seiner Enkelsöhne, hatte ihm bei seinem letzten Besuch erzählt, er könne allein beim Hinsehen erkennen, ob die Brüste einer Frau echt waren oder nicht. Lewis war zu dem Schluss gekommen, dass er dasselbe Talent in Bezug auf Hüftgelenke hatte.

»Worüber lächeln Sie?«

Er zuckte leicht mit den Achseln. »Meinen Enkel.«

Ihr Gesicht fiel wie eine Papiertüte in sich zusammen. Sie strich es schnell wieder glatt, so schnell, dass er sich nicht sicher war, ob das, was er gesehen hatte – Verzweiflung –, nicht nur auf Einbildung beruhte. Er wollte ihre Hand nehmen und sie fragen, was los war, was ihr so wehtat, dass sie so ein Gesicht machte. Tatsächlich schob er seine Hände langsam über den Tisch, als er bemerkte, dass sie darauf starrte, als wäre plötzlich eine Küchenschabe aus dem Früchtekuchen gekrochen.

»Was?«

Sie zeigte auf seine Manschetten. An der einen fehlte ein Knopf, und die andere war ausgefranst und leicht bräunlich.

»Haben Sie die angesengt?«, fragte Ella.

»Muss wohl so sein«, antwortete Lewis. »Bügeln gehört nicht zu meinen Stärken.«

»Oh«, sagte Ella. »Ich könnte …« Sie hielt abrupt inne und strich sich nervös übers Haar. Lewis witterte seine Chance und griff danach wie ein Ertrinkender nach einem Strohhalm.

»Mir Unterricht geben?«, fragte er bescheiden. *Vergib mir, Sharla,* dachte er. Er würde all die Zettel, die sie ihm hinterlassen hatte, die Schachteln und Fläschchen wegräumen müssen, auf denen »für Buntwäsche«, »für Weißwäsche«, »in den Trockner« stand.

Ella zögerte. »Nun …« Die Mikrowelle klingelte. Lewis holte den Kuchen. Er schnitt zuerst für Ella und dann für sich selbst eine Scheibe ab.

»Ich weiß, dass es viel verlangt ist«, sagte er, »und ich weiß, wie viel Sie zu tun haben. Aber seit meine Frau gestorben ist, bin ich in der Hinsicht etwas unbeholfen. Letzte Woche habe ich mir ernsthaft überlegt, ob es nicht vielleicht einfacher wäre, jeden Monat neue Klamotten zu kaufen.«

»Aber nein, tun Sie das nicht!«, sagte Ella. »Ich werde Ihnen helfen.« Er bemerkte, dass ihre Zustimmung nur widerwillig kam, dass in ihrem Kopf eine Schlacht vonstatten ging, zwischen ihrem Pflicht- und Mitgefühl und ihrem heftigen

Verlangen, allein zu sein. »Lassen Sie mich nur meinen Kalender holen.«

Ihr Kalender entpuppte sich als ein zehn Zentimeter dickes Terminplanungswunder, ein schier undurchdringliches Labyrinth aus Kritzeleien und Pfeilen und Telefonnummern und Haftnotizen. »Mal sehen«, sagte Ella, während sie die Seiten studierte. »Am Mittwoch bin ich im Krankenhaus ...«

»Fehlt Ihnen was?«

»Ich schaukle Babys«, sagte Ella. »Am Donnerstag bin ich in der Suppenküche, danach im Hospiz, am Freitag ist Essen auf Rädern ...«

»Samstag?«, fragte Lewis. »Ich will Ihnen keine Angst machen, aber ich habe fast keine Unterwäsche mehr.«

Aus Ellas Kehle drang ein Geräusch, das sich beinahe wie ein Lachen anhörte.

»Samstag«, stimmte sie zu.

»Gut. Fünf Uhr? Ich lade Sie zum Essen ein, sobald wir fertig sind.«

Er war gegangen, noch ehe sie etwas entgegnen konnte. Als er pfeifend den Flur hinunterging, überraschte es ihn nicht, Mavis Gold zu begegnen, die behauptete, auf dem Weg zum Waschraum zu sein, obwohl sie eindeutig keine Wäschestücke bei sich hatte.

»Und, wie lief's?«, flüsterte sie. Er reckte den Daumen nach oben und musste lächeln, als sie in die Hände klatschte. Dann eilte er nach Hause, um seine Hosen mit Tinte zu beklecksen und ein paar Knöpfe von seinem Lieblingshemd abzureißen.

## 9

»Also«, sagte Rose, die vor ihrem Computer saß. »Name, hab ich. Adresse, du kannst meine angeben.« Ihre Finger flogen über die Tastatur. »Ziel?«

»Einen Job zu bekommen«, sagte Maggie, die lang ausgestreckt auf der Couch lag und ihr Gesicht unter einer zentimeterdicken Schlammmaske verbarg.

»Wie wär's mit ›eine Stellung im Einzelhandel‹?«, fragte Rose.

»Wie du meinst«, sagte Maggie und schaltete den Fernseher ein. Es war Samstagvormittag, fünf Tage nach dem schmachvollen Casting, und MTV präsentierte die Gewinnerin des VJ-Wettbewerbs – eine hübsche, quirlige Brünette mit einer gepiercten Augenbraue. »Und als Nächstes sehen wir die Premiere des neuesten Videos der Spice Girls!«, quasselte das Mädchen. Maggie schaltete schnell um.

»Hör zu«, sagte Rose. »Ich versuche, dir zu helfen. Könntest du bitte aufpassen?«

Maggie schnaubte und schaltete den Fernseher aus.

»Berufserfahrung«, sagte Rose.

»Hä?«

»Du weißt schon, andere Jobs, die du gehabt hast. Maggie, hast du denn noch nie einen Lebenslauf geschrieben?«

»Natürlich«, sagte Maggie. »Andauernd. So oft wie du ins Fitnessstudio gehst.«

»Andere Jobs«, wiederholte Rose.

Maggie starrte sehnsüchtig auf die Zigaretten in ihrer Handtasche, aber sie wusste, dass der Versuch, sich eine Zigarette anzuzünden, entweder in Roses Lungenkrebsvortrag oder ihrer In-meinem-Haus-machst-du-was-ich-sage-Leier resultieren würde. »Okay«, sagte sie und schloss die Augen. »T. J. Maxx. Sechs Wochen lang. Von Oktober bis kurz vor Thanksgiving.« Sie seufzte. Sie hatte diesen Job wirklich gemocht. Außerdem war sie gut darin gewesen. Sie hatte den Leuten nicht nur ein Plastikschildchen in die Hand gedrückt und auf die Umkleidekabine gezeigt. Sie nahm die Klamotten, begleitete die Kundinnen zu den Kabinen und hängte jedes Kleidungsstück fein säuberlich auf, so wie es in den eleganten Kaufhäusern und Boutiquen in der Innenstadt üblich war. Und wenn die Frauen herauskamen und sich vor dem Spiegel hin und her drehten, einen Gürtel enger schnallten oder an einer Bluse herumzupften, war Maggie mit Vorschlägen zur Stelle und sagte ihnen ehrlich (aber taktvoll), wenn ihnen ein Outfit nicht stand, eilte an die Stange zurück, um eine andere Größe oder Farbe oder etwas ganz anderes zu finden, an das die Frauen selbst nicht im Traum gedacht hätten, worin Maggie sie sich jedoch sehr gut vorstellen konnte. »Sie sind ein Juwel!«, hatte einmal eine Kundin gesagt, eine große, elegante, schwarzhaarige Frau, die in jeder Aufmachung toll ausgesehen hätte, aber besonders toll in dem von Maggie zusammengestellten Outfit – einem kurzen schwarzen Kleid mit einem Gürtel mit Goldschnallen, den sie aus dem Wühltisch gefischt hatte, und dazu eine perfekt passende schwarze Lederhandtasche und schwarze Slingpumps. »Ich werde dem Geschäftsführer sagen, welch große Hilfe Sie gewesen sind!«

»Was ist passiert?«, fragte Rose.

Maggie ließ die Augen geschlossen. »Ich habe gekündigt«, murmelte sie. Es war passiert, was ihr bei allen Jobs passierte: Alles lief so lange gut, bis das erste Problem auftauchte. Irgendetwas gab es immer. In diesem Fall war es die Kasse. Sie hatte versucht, einen Gutschein über zehn Prozent Rabatt einzuscannen, aber es hatte nicht funktioniert. »Können Sie es denn nicht einfach mit der Hand eingeben?«, hatte die Kundin gefragt. Maggie blickte sie finster an und starrte auf die Gesamtsumme. Einhundertundzweiundvierzig Dollar. Zehn Prozent davon waren ... Sie biss sich auf die Lippe. »Vierzehn Dollar«, sagte die Frau. »Kommen Sie schon!« Woraufhin sich Maggie langsam aufgerichtet, den Geschäftsführer angepiepst und sich mit einem süßen Lächeln der nächsten Kundin zugewandt hatte.

»Kann ich Ihnen helfen?«

»Hey!«, hatte die Zehn-Prozent-Frau gesagt. »Sie sind noch nicht fertig mit mir!«

Maggie ignorierte sie und machte eine Plastiktüte auf, während die nächste Kundin ihre Pullis und Jeans auf das Laufband legte. Sie wusste, was passieren würde. Die Frau würde sie als dumm bezeichnen. Und das würde sich Maggie auf keinen Fall gefallen lassen. Sie wollte ohnehin nicht hier stehen. Sie vergeudete an der Kasse nur ihr Talent. Ihre Zeit war viel sinnvoller im Ankleideraum angelegt, wo sie den Leuten wirklich helfen konnte, anstatt wie ein Roboter den Scanner zu bedienen.

Der Filialleiter kam herbeigeeilt, die Kassenschlüssel um den Hals. »Wo ist das Problem?«

Die Zehn-Prozent-Frau zeigte mit dem Finger auf Maggie. »Sie konnte meinen Gutschein nicht eingeben.«

»Maggie, wo ist das Problem?«

»Es hat nicht funktioniert«, murmelte Maggie.

»Nun, zehn Prozent«, sagte der Filialleiter. »Vierzehn Dollar!«

»Tut mir Leid«, murmelte Maggie und starrte auf den Boden, während die Kundin die Augen verdrehte. Am Ende ihrer Schicht, als der Filialleiter gerade anfangen wollte, sie darauf hinzuweisen, dass sie einen Taschenrechner benutzen beziehungsweise jederzeit um Hilfe bitten könnte, hatte Maggie ihre Polyesterschürze ausgezogen, ihr Namensschild auf den Boden fallen lassen und war gegangen.

»Okay«, sagte Rose. »Aber wenn sie dich danach fragen, dann sag, der Job sei keine große Herausforderung für dich gewesen.«

»In Ordnung«, sagte Maggie und starrte an die Decke, als wäre diese eine Einzelhandels- und Fastfood-Version der Sixtinischen Kapelle, in der die Höhepunkte ihrer beruflichen Vergangenheit verewigt waren. »Vor T. J. Maxx war ich bei Gap, davor bei Pomodoro Pizza, und davor bei Starbucks in der Walnut Street, und dann waren da noch Limited – nein, warte, stimmt nicht, zuerst war ich bei Urban Outfitters, und davor bei Limited, und ...«

Rose tippte wie wild.

»Banana Republic«, fuhr Maggie fort. »Macy's Accessoires,

Macy's Parfümabteilung, Cinnabon, Chik-fil-A, Baskin-Robbins …«

»Was ist mit dem Restaurant? Canal House?«

Maggie verzog das Gesicht. Es war gut gelaufen im Canal House, bis Conrad, der Sonntagsmanager, andauernd etwas auszusetzen hatte. MargarET, die Salzstreuer sind nicht aufgefüllt. MargarET, kannst du bitte helfen, die Tische abzuräumen? Sie hatte ihm immer und immer wieder gesagt, dass sie nicht Margaret hieß – nur Maggie –, aber als er es nach einem Monat noch immer nicht kapiert hatte, ließ sie sich einen Racheplan einfallen. Eines Spätnachts im Mai kletterte sie mit ihrem damaligen Macker aufs Dach, um das »C« aus der Leuchtreklame des Restaurants zu entfernen. Was hieß, dass dutzende von Damen mit Ansteckstäußchen zum Muttertagsbrunch ins »Anal House« kamen.

»Ich habe gekündigt«, sagte Maggie. *Bevor sie mich rausschmeißen konnten,* fügte sie in Gedanken hinzu.

»Gut«, sagte Rose und starrte auf den Bildschirm. »Wir werden den Lebenslauf noch überarbeiten müssen.«

»Wie du meinst«, sagte Maggie und stapfte ins Bad, um sich die Schlammmaske abzuwaschen. Ihre Jobs waren vielleicht nicht die tollsten gewesen. Na wenn schon! Das bedeutete nicht, dass sie nicht hart arbeiten konnte! Das bedeutete nicht, dass sie sich keine Mühe gab!

Ihre Schwester klopfte an die Tür. »Maggie, bist du bald fertig da drin? Ich muss noch duschen.«

Maggie trocknete sich das Gesicht ab, ging ins Wohnzimmer zurück, schaltete wieder den Fernseher ein und setzte sich vor den Computer. Während Rose duschte, speicherte Maggie ihren Lebenslauf, öffnete eine neue Datei und begann für Rose eine Liste zu tippen. *Treib regelmäßig Sport (Aerobic und Krafttraining). Geh regelmäßig zur Gesichtsbehandlung. Werde Mitglied bei Jenny Craig (sie haben gerade ein Angebot!).* Sie grinste und fügte dann noch einen hilfreichen Link zu einem Artikel über Carnie Wilsons Fettabsaugung dazu.

Sie druckte die Liste aus, legte sie auf Roses Stuhl und lud den Artikel (»Star verliert Hälfte ihres Gewichts!«) auf Roses Bildschirm, damit ihre Schwester ihn auch ja gleich sehen würde, sobald sie von der Arbeit nach Hause kam. Dann steckte sie sich eine Zigarette zwischen die Lippen und ging.

»Schließ die Tür ab!«, rief Rose aus dem Schlafzimmer. Maggie beachtete sie nicht. Soll sie doch selbst abschließen, wenn sie schon so klug ist, dachte sie und verließ die Wohnung.

»Anwältin?« Der Kerl mit dem Bart sah Rose schief an. »Hey, wie sagt man zu sechs Anwälten auf dem Meeresgrund?«

Rose zuckte leicht mit den Achseln und blickte sehnsüchtig zu Amys Wohnungstür, in der Hoffnung, dass Jim bald kommen würde.

»Ein guter Anfang!«, brüllte der Bärtige.

Rose blinzelte ihn an. »Kapier ich nicht.«

Er starrte sie an, unsicher, ob sie Spaß machte.

»Ich versteh's nicht. Ich meine, warum sind die Anwälte auf dem Meeresgrund? Schnorcheln sie oder was?«

Jetzt blickte der Kerl entschieden unbehaglich drein. Rose runzelte die Stirn. »Warte ... sind sie auf dem Meeresgrund, weil sie ertrunken sind?«

»Nun ja«, sagte der Kerl und kratzte mit dem Fingernagel das Etikett von seinem Bier.

»Okay«, sagte Rose langsam. »Also da sind sechs ertrunkene Anwälte auf dem Meeresgrund ...« Sie schwieg und sah den Kerl erwartungsvoll an.

»Es war nur ein Witz«, sagte er.

»Aber ich verstehe nicht, was daran lustig sein soll«, sagte sie.

Der Typ machte zwei Schritte nach hinten.

»Warte«, sagte Rose. »Warte! Zuerst möchte ich eine Erklärung!«

»Ich ... äh«, sagte der Kerl und schlich in Richtung Bar. Amy warf ihr quer durch den Raum einen bösen Blick zu und schüttelte den Kopf. *Böses Mädchen,* sagte Amy unhörbar und drohte mit dem Zeigefinger. Rose zuckte die Achseln. Sie war normalerweise nicht so gemein, aber Jims Unpünktlichkeit – in Kombination mit Maggies bereits dreiwöchigem-und-kein-Ende-in-Sicht-Aufenthalt – sorgten dafür, dass sie schlechte Laune hatte.

Rose starrte ihre beste Freundin an und dachte, dass sich wenigstens eine von ihnen seit der schrecklichen Schulzeit verändert hatte. In der neunten Klasse war Amy bei einem Gewicht von ungefähr fünfzig Kilo zu einem Meter achtzig aufgeschossen, und die Jungs in ihrer Klasse hatten sie nur noch Ichabod Crane, kurz Ick, gerufen. Aber mittlerweile fühlte sie sich ganz wohl mit ihrer schlaksigen Gestalt. Jetzt trug sie ihre knochigen Handgelenke wie teure Armreifen und ihre feinen Wangen- und Hüftknochen wie wahre Kleinodien zur Schau. Auf dem College hatte sie noch Rastalocken gehabt, doch nach der Abschlussfeier ließ sie sich die Haare abschneiden und dunkelrot färben. Sie trug hautenge schwarze Tops und lange schwarze Boot-Cut-Jeans und sah fabelhaft aus. Exotisch, geheimnisvoll und sexy, sogar wenn sie den Mund aufmachte und ihr kräftiger Jersey-Akzent zu hören war. Bei Amy standen immer mindestens ein halbes Dutzend Freunde, Exfreunde und Möchtegernfreunde Schlange, um sie zum Pizzaessen einzuladen und ihren Analysen zur Lage der amerikanischen Hip-Hop-Musik zu lauschen.

Darüber hinaus war Amy von Beruf Chemieingenieurin, was ihr auf Partys normalerweise zumindest einige interessierte Fragen einbrachte, wohingegen Roses Anwaltstätigkeit in der Regel eine von zwei Reaktionen nach sich zog: die erste verkörpert von Mr. Rechtsanwaltswitz, und die zweite, da war sich Rose ziemlich sicher, in Bälde von dem großen, bleichen Kerl mit der Brille, der sich neben sie auf die Couch gesetzt hatte und ihr Tête-à-Tête mit der Schüssel Erdnussflips störte.

»Amy sagt, Sie sind Anwältin«, begann er. »Wissen Sie, ich habe da ein kleines juristisches Problem.«

*Natürlich,* dachte Rose und setzte ein freundliches Lächeln auf. Sie sah auf die Uhr. Fast elf. Wo blieb Jim nur?

»Ich hab da einen Baum auf meinem Grundstück«, fuhr der Typ fort. »Aber die Blätter fallen hauptsächlich in den Garten meines Nachbarn …«

*Ja, ja, ja,* dachte Rose. Und ihr seid beide zu faul, die verdammten Blätter zusammenzurechen. Oder er hat den Baum ohne deine Erlaubnis gefällt. Und anstatt euch wie normale Leute über den Baum zu unterhalten oder, Gott bewahre, tatsächlich einen Anwalt einzuschalten, willst du es jetzt bei mir abladen.

»Entschuldigen Sie mich«, murmelte Rose, den Typ in seiner Saga unterbrechend, und quetschte sich durch die Menge, bis sie Amy in der Küche fand, die mit einem Glas Wein in der Hand am Kühlschrank lehnte und schallend über irgendetwas lachte, was der Typ, der vor ihr stand, gerade gesagt hatte.

»Hey, Dan«, sagte Amy gedehnt. »Das ist meine Freundin Rose.«

Dan war groß, dunkel und sah umwerfend aus. »Freut mich, dich kennen zu lernen«, sagte er. Rose lächelte ihn matt an und drückte ihre Handtasche – und ihr darin befindliches Handy – an sich. Sie musste mit Jim sprechen. Er war der Einzige, der sie beruhigen und zum Lächeln bringen konnte und der sie überzeugen konnte, dass das Leben nicht sinnlos und die Welt nicht voller Witze reißender Idioten und streitsüchtiger Baumbesitzer war. Wo war er bloß?

Sie machte ein paar Schritte zur Seite und kramte in ihrer Tasche, als Amy plötzlich hinter ihr stand.

»Vergiss es«, sagte sie streng. »Lauf ihm nicht nach! So was tut eine Dame nicht. Denk dran: Männer wollen jagen, nicht gejagt werden.« Amy nahm Rose das Handy weg und drückte ihr stattdessen einen Schaumlöffel in die Hand. »Klöße«, sagte sie und zeigte auf den Herd, auf dem ein Topf mit dampfendem Wasser stand.

»Was hast du eigentlich gegen Jim?«, fragte Rose.

Amy sah zur Decke und dann Rose in die Augen. »Nicht er ist es, sondern du. Ich mache mir Sorgen um dich.«

»Warum?«

»Ich mache mir Sorgen, dass du es ernster meinst als er. Ich will nicht, dass du verletzt wirst.«

Rose wollte etwas sagen, ließ es aber bleiben. Wie sollte sie auch Amy davon überzeugen, dass Jim es genauso ernst meinte wie sie, wenn er nicht einmal hier war? Und da war noch etwas, an das sie sich noch schwach erinnerte. In der Nacht, als er zu später Stunde mit einem Strauß Blumen aufgekreuzt war, hatte er nach Scotch und Rosenblüten, aber auch noch leicht nach etwas anderem gerochen. Parfüm?, hatte sie gedacht und dann den Gedanken nicht weiter zugelassen und eine Mauer darum herumgebaut, die großteils aus einem Wort zu bestehen schien – *Nein!*

»Außerdem: Ist er nicht dein Boss?«

»Nicht direkt«, sagte Rose. Jim war genauso wenig ihr Boss wie einer der anderen Partner. Was hieß, dass er zumindest irgendwie ihr Boss war. Rose schluckte schwer, verdrängte auch diesen Gedanken in sein übliches Versteck in ihrem Hinterkopf und ließ eine Hand voll Shrimpsklöße in das heiße Wasser gleiten. Kaum hatte Amy sich umgedreht, packte sie wieder ihre Tasche, eilte den mit afrikanischen Masken gesäumten Flur hinunter in Amys Badezimmer und wählte Jims Nummer im Büro. Keine Antwort. Sie wählte ihre eigene Nummer. Vielleicht hatte er sie falsch verstanden und war zu ihr nach Hause gefahren, anstatt direkt zu Amy zu kommen.

»Hallo?«

Verflucht. Maggie. »Hi«, sagte Rose. »Ich bin's. Hat Jim angerufen?«

»M-m«, verneinte Maggie.

»Nun, falls er anruft, dann sag ihm … sag ihm, dass wir uns dann später treffen.«

»Ich werde wahrscheinlich nicht da sein. Ich bin gerade am Gehen«, sagte Maggie.

»Oh«, sagte Rose. Wohin? Mit wem? Mit wessen Geld? Sie musste sich ein Dutzend Fragen verkneifen. Sie würden Maggie nur wütend machen, und eine wütende Maggie in die Welt hinauszuschicken war, als würde man einer Zweijährigen eine geladene Waffe in die Hand drücken.

»Schließ die Wohnungstür ab«, sagte sie.

»Mach ich.«

»Und zieh bitte meine Schuhe aus.«

Pause. »Ich hab deine Schuhe nicht an«, sagte Maggie.

*Natürlich nicht, weil du sie eben ausgezogen hast,* dachte Rose. Stattdessen sagte sie: »Viel Spaß.« Maggie versicherte ihr, dass sie den haben würde. Rose spritzte sich kühles Wasser ins Gesicht und über ihre Handgelenke und starrte sich im Spiegel an. Ihre Wimperntusche war verschmiert. Ihr Lippenstift hatte sich in Luft aufgelöst. Und sie saß allein auf dieser Party fest und dämpfte Klöße. Wo blieb er nur?

Rose öffnete die Tür und versuchte sich an Amy vorbeizudrücken, die mit verschränkten Armen im Türrahmen stand. »Hast du ihn angerufen?«, fragte sie.

»Wen?«, fragte Rose.

Amy lachte. »Du lügst noch genauso schlecht wie damals, als du in Hal Lindquist verknallt warst.« Sie nahm eine Cocktailserviette und wischte Rose die Wimperntusche ab.

»Ich war nicht in Hal Lindquist verknallt!«

»Ach? Du hast nur jeden Tag fein säuberlich in deinen Matheordner geschrieben, was er anhatte, damit zukünftige Generationen darüber Bescheid wissen, welche Klamotten Hal Lindquist im Jahr 1984 trug.«

Rose lächelte über sich selbst. »Also wer ist dein Date?«

Amy verzog das Gesicht. »Frag lieber nicht. Es sollte Trevor sein.«

Rose versuchte sich zu erinnern, was ihr Amy über den Kerl erzählt hatte. »Ist er hier?«

»Nein, ist er nicht«, sagte Amy. »Hör dir das an – also, wir sind im Restaurant.«

»In welchem?«, fragte Rose pflichtschuldig.

»Tangerine. Sehr nett. Wir sitzen also da bei gedämpftem Licht, Kerzenschein und einer Flasche gut gekühlten Wein, und ich habe mich noch nicht mit Couscous bekleckert, und da erzählt er mir, warum er mit seiner letzten Freundin Schluss gemacht hat. Offenbar hatte er gewisse Vorlieben entwickelt.«

»Welche Vorlieben?«

»Scheiße«, sagte Amy mit absolut unbeweglichem Gesicht.

»Was?«

»Du hast schon richtig gehört. Geschlechtsverkehr mit Defäkation.«

»Du machst Witze«, keuchte Rose.

»Denkst du, dass ich dich verscheißern will?«, sagte Amy trocken. »Ich sitze also da und bin absolut entsetzt. Ich habe natürlich keinen Bissen mehr hinuntergebracht. Außerdem musste ich aufpassen, dass ich nicht furze, sonst hätte er sich noch eingebildet, ich würde mit ihm flirten.«

Rose fing an zu lachen.

»Komm schon«, sagte Amy, steckte die Serviette ein und drückte Rose ein Bier in die Hand. »Auf ins Getümmel.«

Rose ging wieder in die Küche, wärmte den Artischockendip auf, füllte das Körbchen mit Crackers auf und machte Smalltalk mit einem von Amys Bewunderern, obwohl sie sich am Ende an kein einziges Wort von dem, was sie gesprochen hatten, erinnern konnte. Sie sehnte sich nach Jim – der sich, wie die momentane Beweislage nahe legte, nicht nach ihr sehnte.

## 10

Jim Danvers schlug die Augen auf und dachte das Gleiche wie jeden Morgen: Heute werde ich ein guter Junge sein. Beim Rasieren sah er sich streng im Badezimmerspiegel an und rezitierte: *Führe mich nicht in Versuchung.* Während er seine Hose anzog, sagte er sich: *Weiche von mir, Satan.*

Das Problem war nur, dass Satan allgegenwärtig war. Die Versuchung lauerte an jeder Straßenecke. Da lehnte sie zum Beispiel an einer Hauswand und wartete auf den Bus. Jim fuhr langsamer, um sich am Anblick einer Blondine in hautengen Jeans zu weiden. Er fragte sich, wie sie wohl unter dem unförmigen Wintermantel aussehen mochte, wie sie sich im Bett bewegte, wie sie roch, wie sie sich anhörte und was es bedurfte, um all das herauszufinden.

Stopp, befahl er sich, Schluss damit. Er schaltete das Radio ein. Howard Sterns gehässiger, allwissender Tonfall erfüllte den Innenraum des Lexus. »Sind die echt, Schätzchen?«, fragte er das Starlet des Tages. »Echt Silikon«, kicherte sie. Jim schluckte schwer und schaltete auf den Klassiksender um. Es war einfach nicht fair. Seit ihm als Zwölfjähriger ein feuchter Traum in der dritten Nacht im Pfadfinderlager den Beginn der Pubertät angekündigt hatte, träumte er von Frauen mit dem heftigen, abstrakten Verlangen eines Verhungernden, der mit alten Ausgaben von *Bon Appetit* auf einer einsamen Insel gestrandet ist. Blonde, Brünette, Rothaarige, gertenschlanke Frauen mit kleinen Brüsten und kleine quirlige kurvige Frauen, Schwarze, Weiße, Latinas, Asiatinnen, junge, alte und alles dazwischen und sogar, Gott stehe ihm bei, ein hübsches Mädchen mit einer Beinschiene, das er beim Jerry-Lewis-Telethon gesehen hatte – in Jim Danvers' Fantasiewelt waren alle Frauen gleich.

Er hatte sie nie haben können. Weder mit zwölf, als er klein und dicklich und häufig außer Atem gewesen war. Noch mit vierzehn, als er immer noch klein, aber nicht mehr dicklich, sondern fett war und die schlimmste Akne hatte, die Dr. Guberman nach eigenem Bekunden je gesehen hatte. Mit sechzehn schoss er um fünfzehn Zentimeter in die Höhe, aber der Schaden war getan, und sein Spitzname, Buckelwal, begleitete ihn ans College. Was folgte, war der klassische Teufelskreis:

Todunglücklich wegen seines Gewichts, versuchte er seinen Frust durch Pizza und Bier zu stillen, sodass er noch dicker wurde, was die Frauen noch mehr abschreckte. Im letzten Studienjahr verlor er seine Unschuld an eine Prostituierte, die ihn von oben bis unten taxierte, nachdenklich ihre Kaugummiblase zerplatzen ließ und dann darauf bestand, dass sie oben war. »Nimm's nicht persönlich, Schätzchen«, sagte sie, »aber ich glaube, das ist eine Frage der Haftung.«

Während des Jurastudiums hätte es anders laufen können, dachte er zu den beruhigenden Klängen von Bach. Er war weiter gewachsen, und nach den peinlichen zehn Minuten mit der Nutte begann er zu joggen und lief auf Rockys Strecke durch die Straßen von Philadelphia (obwohl er sich ziemlich sicher war, dass sogar Rocky am Anfang mehr als drei Blocks geschafft hatte, ohne stehen zu bleiben und nach Luft zu ringen). Er nahm ab. Seine Haut besserte sich – seine Akne hinterließ nur ein schwaches Spinnennetz an interessanten Narben –, und er ließ sich die Zähne richten. Was blieb, war seine Schüchternheit und sein lähmender Mangel an Selbstvertrauen. Während er in seinen Zwanzigern in der Kanzlei Lewis, Dommel & Fenick stetig die Karriereleiter nach oben kletterte, vermutete er jedes Mal, wenn er Frauen lachen hörte, dass sie über ihn lachten.

Und dann hatte sich plötzlich alles geändert. Er erinnerte sich an den Tag, an dem er zum Partner befördert worden war. Er war abends mit drei seiner ebenfalls frisch beförderten Kollegen in einen irischen Pub in der Walnut Street gegangen. »Heute ist Kindermädchen-Abend«, hatte einer von ihnen gesagt und Jim bedeutungsvoll zugezwinkert. Jim hatte keine Ahnung, was er damit meinte, fand es aber bald heraus. Der Pub war voller rothaariger Irinnen, blauäugiger Schwedinnen, zöpfchentragender Finninnen. Am Tresen, der in Messing und Mahagoniholz gehalten war, schwirrten ein halbes Dutzend ausländischer Akzente durch die Luft. Jim war sprachlos. Er stand wie angewurzelt in einer Ecke und schüttete, noch lange nachdem seine Kollegen nach Hause gegangen waren, Champagner und Stout und Lager in sich hinein und starrte hilflos die kichernden Mädchen an, die über ihre Schützlinge lästerten. Auf dem Weg zur Toilette stieß er mit einem rothaarigen sommersprossigen Mädchen mit funkelnden blauen Augen zusammen. »Sachte, sachte!«, lachte sie, während er eine Entschuldigung murmelte. Ihr Name war Maeve, wie er erfuhr, als sie ihn an ihren Tisch mitnahm. »Ein Partner in einer Anwaltskanzlei!«, krähte sie unter den zustimmenden Blicken ihrer Freundinnen. »Herzlichen Glückwunsch!« Und irgendwie landete er dann in ihrem Bett, wo er sechs erfreuliche Stunden lang ihre Sommersprossen kostete und mit ihren feuerroten Haaren spielte.

Seitdem war er eine Schlampe geworden. Anders konnte man es nicht bezeichnen. Er war kein Don Juan oder Romeo, kein toller Hengst oder Ladykiller. Er war eine Schlampe und lebte den ganzen Frust, die Fantasien seiner Jugend aus in einer Stadt, in der es plötzlich zu wimmeln schien von zuvorkommenden jungen Frauen, die genauso wild auf ein unverbindliches Abenteuer waren wie er. Er war um irgendeine magische Ecke gebogen, und plötzlich waren sein Beruf und sein Gehalt wichtiger als sein Aussehen. Oder Letzteres hatte sich vielleicht doch verbessert. Oder ein Satz wie »Ich bin Partner in einer Anwaltskanzlei« hörte sich in den Ohren einer Frau genauso an wie »Zieh dein Höschen aus«. Er konnte es nicht erklären, aber plötzlich gab es Kindermädchen, Studentinnen und Sekretärinnen, Barmädchen, Babysitterinnen und Kellnerinnen, und er brauchte nicht einmal in Bars zu gehen, um sie zu finden. Wozu auch? In der Kanzlei gab es eine Anwaltsgehilfin, die nur allzu gerne bereit war, bis in die Nacht hinein zu arbeiten, die Tür zu seinem Büro hinter sich abzuschließen, alles abzulegen bis auf ihren fliederfarbenen Spitzen-BH und ein Paar Schnürsandalen und …

Stopp, sagte sich Jim. Es ziemte sich nicht. Es war peinlich. Es musste aufhören. Er war fünfunddreißig Jahre alt und Partner in einer Anwaltskanzlei. Er hatte sich in den letzten anderthalb Jahren auf dem Fleischmarkt satt gegessen, und das sollte reichen. Denk an die Risiken!, ermahnte er sich. Ansteckungsgefahr! Gebrochene Herzen! Wütende Väter, Freunde und Ehemänner! Seine drei Kollegen, die mit ihm zum Partner befördert worden waren, waren bereits verheiratet, zwei von ihnen hatten Kinder, und obwohl es keiner explizit ausgesprochen hatte, war klar, dass das der Lebensstil war, der von den Kanzleioberen gewünscht wurde. Heim und Herd, hin und wieder ein diskreter Seitensprung – das war der richtige Weg, nicht diese wilden Wochenenden mit Mädchen, deren Familiennamen er nicht einmal immer richtig verstand. Die Ehrfurcht seiner Kollegen wandelte sich bereits zu ehrfürchtigem Spott. Bald würden sie ihn nur noch spöttisch ansehen. Und zum Schluss würde sich Ekel dazugesellen.

Außerdem war da noch Rose. Jim fühlte, wie er bei dem Gedanken an sie weich wurde. Rose war weder das hübscheste noch das verführerischste Mädchen, das er je gekannt hatte. Sie neigte dazu, sich wie eine verklemmte Bibliothekarin zu kleiden, und ihre Vorstellung von sexy Unterwäsche war es, wenn ihr Baumwollhöschen zu ihrem Baumwoll-BH passte, aber sie hatte etwas, was die heißen Leitungen unterhalb seines Gürtels umging und sein Herz berührte. Die Art, wie sie ihn ansah! Als sei er die Hauptfigur in einem Liebesroman, der seinen Schimmel an eine Parkuhr angebunden hatte und durch ein Dornendickicht gedrungen war, um sie zu retten. Es überraschte ihn, dass in der Firma noch keiner herausgefunden hatte, was zwischen ihnen lief, obwohl private Beziehungen zwischen Partnern und Junganwälten streng untersagt waren. Aber vielleicht war er auch nur blind. Vielleicht wussten ja schon alle Bescheid. Und in der Zwischenzeit geriet er hundert Mal am Tag in Versuchung, Rose das Herz zu brechen.

Süße Rose. Sie hatte etwas Besseres verdient, dachte Jim und lenkte seinen Wagen in die Garage der Kanzlei. Ihr zuliebe würde er versuchen, so anständig wie möglich zu sein. Er hatte seine fabelhaft aussehende Sekretärin bereits durch eine mütterliche Mittsechzigerin ersetzt, die nach Zitronenhustenbonbons roch, und er war seit drei Wochen in keiner Bar mehr gewesen, was ihm noch nie gelungen war. Sie ist gut für mich, sagte er sich und stieg in den Aufzug. Sie war intelligent und klug und gutherzig, sie war die Art Frau, mit der man alt werden und den Rest seines Lebens verbringen konnte. Für Rose würde er auf dem Pfad der Tugend wandeln, gelobte er und taxierte die drei schnatternden Sekretärinnen, die mit ihm eingestiegen waren. Er sog ein letztes Mal den Duft ihres Parfüms ein, dann schluckte er schwer und wandte den Blick ab.

## 11

»Warum noch mal müssen wir das tun?«, fragte Maggie und ließ sich in den Beifahrersitz plumpsen. Sie stellte diese Frage jedes Mal, wenn sie zu einem Footballmatch fuhren. Sie taten das seit zwanzig Jahren einmal im Jahr, dachte Rose, und die Antwort war immer die gleiche.

»Weil unserem Vater nichts Besseres einfällt«, sagte sie und setzte das Auto in Richtung Veterans Stadium in Bewegung. »Bist du auch warm genug angezogen? Du weißt: Wir spielen gegen Tampa, wir fahren nicht dorthin.« Maggie hatte einen schwarzen Catsuit, schwarze Stiefel mit klobigen Absätzen und eine kurze Lederjacke mit Kunstpelzkragen an. Rose dagegen trug Jeans und einen Pullover, eine Mütze, einen Schal, Handschuhe und einen gelben Daunenmantel in Übergröße.

Maggie sah Rose von der Seite an. »Du siehst aus wie eine bepinkelte Matratze.«

»Danke für die Information«, sagte Rose. »Schnall dich an.«

»Gleich«, antwortete Maggie und zog eine Taschenflasche aus einer ihrer winzigen Jackentaschen. Sie nahm einen Schluck und hielt die Flasche dann ihrer Schwester hin. »Aprikosenschnaps«, sagte sie.

»Ich fahre«, sagte Rose und presste die Lippen zusammen.

»Und ich trinke«, sagte Maggie und kicherte. Das Gekichere ihrer Schwester erinnerte Rose an jedes Footballmatch, das sie besucht hatten, seit ihr Vater in einem leicht fehlgeleiteten Anflug engagierter Elternschaft 1981 die ersten Saisonkarten gekauft hatte.

»Wir hassen Football«, hatte Maggie ihn mit der Chuzpe einer Zehnjährigen, die immer Recht hat, informiert. Michael Feller war blass geworden.

»Tun wir nicht!«, sagte Rose und kniff ihre Schwester in den Oberarm.

»Aua!«, sagte Maggie.

»Wirklich?«, fragte ihr Vater.

»Nun, wir sehen es uns nicht so gerne im Fernsehen an«, hatte Rose erklärt. »Aber wir würden gerne ein richtiges Match sehen!« Sie hatte ihre Schwester noch einmal gekniffen, damit sie nicht widersprach. Und damit war die Sache erledigt gewesen. Jedes Jahr gingen sie zu dritt – und nachdem Sydelle auf der Bildfläche aufgetaucht war, zu viert – zu den Heimspielen der Eagles. Maggie legte sich für gewöhnlich ihr Outfit schon Tage im Voraus zurecht: Handschuhe mit Kunstpelzbesatz und flauschige Pudelmützen, und einmal, wenn Rose sich recht erinnerte, ein Paar Miniatur-Cheerleader-Stiefel mit Troddeln. Rose machte Erdnussbutter-und-Marmelade-Sandwiches und eine Thermoskanne heiße Schokolade. An den kältesten Tagen nahmen sie Decken mit, unter denen sie sich aneinander drückten und Erdnussbutter von ihren tauben Fingern schleckten, während ihr Vater bei jedem Patzer und gegnerischem Angriff fluchte, die Mädchen daraufhin schuldbewusst ansah und sagte: »Entschuldigt meine Ausdrucksweise.«

»Entschuldigt meine Ausdrucksweise«, murmelte Rose. Maggie warf ihr einen seltsamen Blick zu, dann nahm sie noch einen Schluck Schnaps und rutschte tiefer in den Sitz.

Ihr Vater und Sydelle warteten beim Kartenschalter auf sie.

Michael Feller trug Jeans, ein Eagles-Sweatshirt und einen Daunenmantel in den Mannschaftsfarben Silber und Grün. Sydelle trug ihren üblichen eisigen unzufriedenen Blick, ein Gesicht voller Make-up und einen knöchellangen Nerzmantel zur Schau.

»Maggie! Rose!«, rief ihr Vater und gab ihnen ihre Karten.

»Mädchen«, sagte Sydelle und küsste die Luft sieben Zentimeter rechts von ihren Wangen, bevor sie wieder Lippenstift auftrug. Rose folgte ihrer Stiefmutter hinauf zu ihren Plätzen. Während sie dem Klicken von Sydelles Absätzen auf dem Beton lauschte, fragte sich Rose – nicht zum ersten Mal –, warum um alles in der Welt sie ihren Vater geheiratet hatte. Sydelle Levine hatte sich mit Mitte vierzig scheiden lassen, als ihr Ehemann, ein Börsenmakler, die schlechten Manieren gehabt hatte, sie wegen seiner Sekretärin zu verlassen. *Très cliché*, aber Sydelle hatte die Schmach überlebt, möglicherweise im Lot gehalten durch die großzügigen Unterhaltszahlungen, denen ihr Ehemann eilfertig zugestimmt hatte (Rose stellte sich vor, dass aus seiner Sicht sogar eine Million Dollar pro Jahr eine kleine Summe darstellte, wenn man damit Sydelle für immer loswerden konnte). Michael Feller war acht Jahre jünger und arbeitete im mittleren Management einer mittelgroßen Bank. Es ging ihm gut, aber reich würde er nie sein. Außerdem hatte er seine Bürde zu tragen – eine tote Frau, die Töchter.

Also worin hatte die Anziehung bestanden? In ihrer Jugend hatte Rose stundenlang versucht, es herauszufinden, in den Jahren, nachdem sich Michael Feller und Sydelle Levine in der Lobby von Beth Shalom kennen gelernt hatten (Sydelle war gerade auf dem Weg zu einer Wohltätigkeitsveranstaltung gewesen, bei der das Gedeck fünfhundert Dollar kostete, Michael kam von einem Treffen allein erziehender Eltern).

»Sex!«, hatte Maggie gackernd gesagt. Zugegeben, objektiv gesehen war ihr Vater ein attraktiver Mann. Aber Rose war sich nicht sicher. Sie dachte, dass Sydelle ihren Vater nicht nur als attraktiv oder als guten Fang betrachtet hatte, sondern als ihre wahre Liebe, ihre zweite Chance. Rose hatte immer geglaubt, dass Sydelle ihn wirklich geliebt hatte – wenigstens am Anfang. Ihr Vater hingegen, da hätte sie gewettet, suchte nichts weiter als eine Gefährtin – und, angesichts Sydelles Erfolg mit Meiner Marcia, natürlich eine Ersatzmutter für Maggie und Rose. Michael Feller hatte die Liebe seines Lebens bereits gefunden und sie in Connecticut beerdigt. Und mit jeder Woche schien Sydelle sich dessen mehr und mehr bewusst zu werden, und ihre Enttäuschung – sowie ihre Gemeinheiten Michael Fellers Töchtern gegenüber – nahmen immer mehr zu.

Es war traurig, dachte Rose, während sie sich setzte, die Mütze über die Ohren zog und sich den Schal fest um den Hals wickelte. Traurig, und wohl nicht mehr zu ändern. Sydelle und ihr Vater würden wohl bis an ihr Lebensende zusammenbleiben.

»Willst du?«

Rose schreckte aus ihren Gedanken auf und drehte sich zu ihrer Schwester um, die ihre Beine über den Vordersitz gelegt hatte und ihr die Taschenflasche unter die Nase hielt. »Nein, danke«, sagte Rose und wandte sich ihrem Vater zu. »Wie geht es dir?«, fragte sie.

»Naja«, sagte er. »Die Arbeit hält mich auf Trab. Mein Vanguard-500-Fonds hatte ein fürchterliches Quartal. Ich – LAUF, DU BASTARD!«

Rose beugte sich über ihre Schwester zu Sydelle. »Und was gibt's bei dir Neues?«, fragte sie, wie immer bemüht, an den Heimspieltagen nett zu ihrer Stiefmutter zu sein.

Sydelle plusterte sich auf. »Meine Marcia dekoriert gerade neu.«

»Das ist toll.« Rose versuchte, es enthusiastisch klingen zu lassen.

Sydelle nickte. »Wir fahren im Februar in ein Wellnesshotel«, sagte sie und warf einen bedeutungsvollen Blick auf Roses Taille. »Du weißt ja, als sie geheiratet hat, hat sich Meine Marcia ein Hochzeitskleid von Vera Wang in Größe 34 gekauft und …«

»… es enger machen lassen«, sagte Rose stumm vor sich hin, während Maggie dieselben Worte laut sagte.

Sydelle kniff die Augen zusammen. »Ich weiß nicht, warum du immer so unverschämt sein musst.«

Maggie ignorierte sie und streckte ihre Hand nach dem Fernglas ihres Vaters aus, als die Cheerleader aufs Feld kamen. »Fett, fett, alt, fett«, leierte sie herunter, während sie sie der Reihe nach durchging. »Miese Haartönung, puh, miese Titten, alt, fett, alt …«

Michael Feller winkte einem Bierverkäufer. Sydelle packte seine Hand und legte sie ihm wieder in den Schoß. »Ornish!«, zischte sie.

»Wie bitte?«, sagte Rose.

»Ornish«, sagte Sydelle. »Wir machen gerade die Dean-Ornish-Diät. Auf Pflanzenbasis.« Dieses Mal sah sie auf Roses Oberschenkel. »Du solltest sie vielleicht auch mal versuchen.«

*Ich bin in der Hölle,* dachte Rose düster. *Die Hölle ist ein Eagles-Spiel, auf der unüberdachten Tribüne ist es eiskalt, das Team verliert immer, und meine Familie ist verrückt.*

Ihr Vater tippte sie auf die Schulter und machte seinen Geldbeutel auf. »Würdest du uns heiße Schokolade holen?«, fragte er.

Maggie beugte sich herüber. »Kann ich auch etwas Geld haben?«, fragte sie. Dann warf sie einen Blick auf den Geldbeutel. »Wer ist das?«

»Oh«, sagte ihr Vater mit verlegenem Blick. »Es ist nur ein Artikel, den ich ausgeschnitten habe. Ich wollte ihn Rose geben …«

»Dad«, sagte Rose. »Das ist Lou Dobbs.«

»Richtig.«

»Du trägst ein Bild von Lou Dobbs mit dir im Geldbeutel herum?«

»Nicht sein Bild«, sagte Michael Feller. »Diesen Artikel. Darüber, wie man sich auf den Ruhestand vorbereitet. Er ist sehr gut.«

»Hast du auch Bilder von uns da drin?«, fragte Maggie und schnappte sich die Geldbörse. »Oder nur von diesem Lou Dingsdabums?« Sie ging die Bilder durch. Rose sah auch hin. Da waren Fotos von ihr und Maggie, als sie in der sechsten beziehungsweise vierten Klasse gewesen waren. Ein Bild von Michael und Caroline an ihrem Hochzeitstag – ein Schnappschuss, auf dem Caroline ihre Unterlippe vorschob, um sich den Schleier aus dem Gesicht zu pusten, und Michael sie ansah. Kein Foto von Michael und Sydelle. Rose fragte sich, ob Sydelle das auch bemerkt hatte. Aus ihrer eisigen Miene und ihrem starr nach vorn gerichteten Blick zu schließen, lautete die Antwort Ja.

»Auf geht's, Birds!«, plärrte Roses Hintermann in ihr Ohr und rülpste zum Abschluss. Rose sprang auf und strebte dem hallenden, zugigen überdachten Bereich zu, wo sie sich einen Becher wässriger heißer Schokolade und einen labberigen Hotdog kaufte, den sie mit vier Riesenbissen verschlang. Dann lehnte sie sich an das Geländer, zupfte Relish-Stückchen von ihrem Schal und zählte die Minuten bis zu ihrem Abendessen mit Jim um acht Uhr. *Durchhalten,* sagte sie sich. Sie kaufte noch drei Becher heiße Schokolade und ging zurück zu ihrem Platz.

## 12

»Mrs. Lefkowitz?« Ella klopfte fest an die Aluminiumtür, während sie ein Essenstablett auf ihrer Hüfte balancierte. »Hallo?«

»Fahren Sie zur Hölle!«, kam eine undeutliche Stimme von drinnen. Ella seufzte und klopfte weiter.

»Mittagessen!«, rief sie so fröhlich sie konnte.

»Verpiss dich!«, schrie Mrs. Lefkowitz. Mrs. Lefkowitz hatte einen Schlaganfall erlitten und sich just in der Woche davon erholt, als Golden Acres kostenlos den Fernsehsender HBO empfangen konnte. HBO hatte ein Stand-up-Comedy-Special mit Margaret Cho gebracht, und seitdem nannte Mrs. Lefkowitz Ella »Arschmeister« und lachte jedes Mal schallend, wenn sie es sagte.

»Es gibt Suppe«, rief Ella.

Schweigen auf der anderen Seite der Tür. »Pilzcremesuppe?«, fragte Mrs. Lefkowitz dann hoffnungsvoll.

»Erbsencremesuppe«, gestand Ella.

Wieder Schweigen, dann wurde die Tür weit aufgerissen, und Mrs. Lefkowitz, ein Meter fünfzig groß, mit zerzaustem weißem Haar, stand vor ihr. Sie trug ein pinkfarbenes Sweatshirt, eine pinkfarbene Jogginghose und pinkfarben-weiße Hüttenschuhe – die Art Outfit, die man einem Neugeborenen schenken würde, dachte Ella und versuchte, nicht zu lächeln, während ihre letzte Essen-auf-Rädern-Kundin des Tages sie wütend anstarrte.

»Ich hasse Erbsencremesuppe«, sagte Mrs. Lefkowitz. Ihr linker Mundwinkel hing leicht herab, und sie hielt ihren linken Arm seltsam angewinkelt an ihre Seite gedrückt. Sie sah Ella erwartungsvoll an. »Vielleicht könnten Sie eine Pilzcremesuppe machen?«

»Haben Sie welche zu Hause?«, fragte Ella.

»Aber sicher«, sagte Mrs. Lefkowitz, und ihre kleine rosa Gestalt schlurfte in die Küche. Ella folgte ihr und stellte das Tablett auf den Küchentisch. »Es tut mir Leid, dass ich Sie angeschrien habe. Ich dachte, Sie wären jemand anders.«

Wer?, wollte Ella fragen. Soweit sie es beurteilen konnte, war sie die Einzige, die Mrs. Lefkowitz zu Gesicht bekam, abgesehen von den Ärzten und der Pflegerin, die dreimal die Woche kam.

»Mein Sohn«, sagte Mrs. Lefkowitz. Sie drehte sich mit einer Suppenbüchse in der rechten Hand zu Ella um.

»Sie sagen Ihrem Sohn, dass er sich …« – Ella brachte es nicht über sich, das Wort zu wiederholen – »verziehen soll?«

»Die Jugend von heute«, sagte Mrs. Lefkowitz selbstgefällig.

»Nun, es ist schön, dass er Sie besuchen kommt«, sagte Ella und kippte die geronnene graue Masse in einen kleinen Topf.

»Ich habe ihm gesagt, dass er nicht kommen soll«, sagte Mrs. Lefkowitz. »Aber er sagte: ›Mama, du warst auf der Schwelle des Todes.‹ Woraufhin ich sagte: ›Ich bin siebenundachtzig Jahre alt. An welcher Schwelle sollte ich mich deiner Meinung nach befinden? An der vom Club Med?‹«

»Nun, es ist nett, dass er Sie besuchen kommt.«

»Papperlapapp«, sagte Mrs. Lefkowitz. »Er möchte einfach nur Sonne tanken. Meine Wohnung liegt günstig«, sagte sie mit zitternder Lippe. »Raten Sie mal, wo er jetzt ist. Am Strand. Wahrscheinlich hat er gerade ein Bier in der Hand und starrt den Mädchen in Bikinis hinterher. Ha. Er konnte gar nicht schnell genug von hier wegkommen.«

»Der Strand hört sich nett an«, sagte Ella, während sie umrührte.

Mrs. Lefkowitz zog einen Stuhl vom Tisch hervor, setzte sich behutsam und wartete, bis Ella sie wieder an den Tisch geschoben hatte. »Vermutlich«, sagte sie. Ella stellte die Suppenschale vor sie. Mrs. Lefkowitz tauchte ihren Löffel ein und führte ihn an ihre Lippen. Ihre Hand zitterte, und die Hälfte der Suppe landete auf ihrem Sweatshirt. »Mist«, sagte sie mit zittriger, frustrierter Stimme.

»Haben Sie schon Pläne fürs Abendessen?«, fragte Ella, während sie Mrs. Lefkowitz eine Serviette reichte und die Suppe in eine Kaffeetasse umschüttete.

»Ich habe ihm gesagt, ich koche«, sagte sie. »Truthahn. Er mag Truthahn.«

»Ich könnte Ihnen helfen«, sagte Ella. »Wir könnten eine Platte mit verschiedenen Sandwiches zusammenstellen. Das lässt sich leicht essen.« Sie stand auf und suchte einen Stift und ein Blatt Papier, um eine Einkaufsliste zu machen. »Wir können etwas Rinderbrust kaufen und Truthahn und Corned Beef, dazu Krautsalat und Kartoffelsalat, falls er das mag.«

Mrs. Lefkowitz lächelte mit einer Hälfte ihres Mundes. »Ich habe früher immer welchen mit Kümmel gekauft, und nach dem Essen fand ich immer ein Häuflein Kümmelkörner auf seinem Tellerrand. Er beschwerte sich nie. Er pickte sie nur alle heraus und ließ sie dort liegen.«

»Meine Tochter hat das Gleiche mit Rosinen gemacht. Sie pickte sie überall heraus«, sagte Ella. Mrs. Lefkowitz sah sie scharf an. Ella verstummte.

Mrs. Lefkowitz nahm einen Schluck Suppe und schien Ellas Schweigen nicht zu bemerken. »Also gehen wir einkaufen?«, fragte sie.

»Natürlich«, sagte Ella und wandte Mrs. Lefkowitz den Rücken zu, um die Geschirrspülmaschine einzuräumen. Lewis würde sie heute Abend abholen kommen. Sie wollten ins Kino gehen. Wie lange würde es dauern, bis er begann, Fragen zu stellen? *Haben Sie Kinder? Haben Sie Enkelkinder? Wo sind sie? Was ist passiert? Sie haben keinen Kontakt zu ihnen? Warum denn nicht?* »Natürlich.«

## 13

»Du bist zu Hause!«, sagte Maggie.

Rose betrat müde die Wohnung. Der Tag war schrecklich gewesen. Sie hatte dreizehn Stunden gearbeitet, und die Tür zu Jims Büro war die ganze Zeit geschlossen geblieben. Sie hatte jetzt wirklich keinen Nerv für Maggies Kapriolen.

In dem kleinen Wohnzimmer brannten alle Lichter, aus der Küche roch es verbrannt, und Maggie thronte in roten Pyjamarüschchenshorts und einem roten T-Shirt, auf dem in silbernen Lettern SEX KITTEN stand, auf der Couch und zappte durchs Fernsehprogramm. Auf dem Tisch stand eine Schüssel verkohlt aussehendes Mikrowellen-Popcorn neben einer Schüssel mit aufgetautem Mais, zwei Selleriestangen und einem Glas Erdnussbutter. In Maggies Welt ging das als ausgewogene Mahlzeit durch.

»Wie läuft's mit der Jobsuche?«, fragte Rose, als sie ihren Mantel aufhängte und ins Schlafzimmer ging, wo der gesamte Inhalt ihres Kleiderschranks über das Bett verstreut schien. »Was ist hier los? Was ist passiert?«

Maggie ließ sich auf den Klamottenhaufen plumpsen. »Ich habe beschlossen, deine Garderobe auszusortieren.«

Rose starrte auf das Durcheinander von Blusen, Jacken und Hosen, das jetzt ein ebensolches Chaos darstellte wie Maggies Sachen im Wohnzimmer. »Warum tust du das?«, sagte sie. »Lass die Finger von meinen Sachen!«

»Rose, ich versuche dir zu helfen«, sagte Maggie beleidigt. »Es ist das Mindeste, was ich tun kann, wenn du schon so großzügig bist.« Sie starrte auf den Boden. »Es tut mir Leid, wenn ich dich verärgert habe«, sagte sie. »Ich wollte nur helfen.«

Rose wollte etwas sagen, ließ es aber bleiben. Das gehörte zur besonderen Begabung ihrer Schwester: Genau in dem Moment, in dem du drauf und dran warst, sie umzubringen oder auf die Straße zu setzen oder dein Geld, deine Klamotten und deine Schuhe zurückzufordern, sagte sie etwas, das sich in deinem Herz verfing wie ein Angelhaken.

»In Ordnung«, murmelte sie. »Tu einfach wieder alles zurück, wenn du fertig bist.«

»Man soll alle sechs Monate seine Sachen aussortieren«, sagte Maggie. »Das habe ich in *Vogue* gelesen. Und du bist offensichtlich ziemlich im Rückstand. Ich habe Acid Wash Jeans gefunden«, fügte sie schaudernd hinzu. »Aber keine Angst. Ich hab sie weggeworfen.«

»Du hättest sie zur Altkleidersammlung geben sollen.«

»Nur weil jemand arm ist, heißt das nicht, dass er sich unmodisch kleiden muss.« Sie hielt ihrer Schwester die Schüssel mit dem Mais hin. »Magst du?«

Rose nahm sich einen Löffel voll. »Woher willst du wissen, was ich noch trage und was nicht?«

Maggie zuckte die Achseln. »Nun, manches ist offensichtlich. Zum Beispiel diese Ann-Taylor-Hose in Größe 40?«

Rose wusste, welche sie meinte. Sie hatte sie im Schlussverkauf gekauft und sich vor vier Jahren ein Mal hineingezwängt, nachdem sie eine Woche lang nur schwarzen Kaffee und Slim-Fast zu sich genommen hatte. Die Hose hatte seitdem als stummer Vorwurf im Schrank gehangen, eine Erinnerung daran, was möglich war, wenn sie sich nur Mühe geben und keine Pommes frites und Pizza und … nun, so ziemlich alles, was sie gern mochte, mehr essen würde. »Du kannst sie haben«, sagte sie.

»Sie ist mir viel zu groß. Aber ich könnte sie vielleicht enger machen lassen«, sagte Maggie und wandte ihre Aufmerksamkeit dem Fernseher zu.

»Wann wirst du das alles wieder zurückräumen?«, fragte Rose, die sich schwer vorstellen konnte, auf dem Klamottenhaufen zu schlafen.

»Pscht!«, zischte Maggie und deutete auf den Fernseher, wo ein kleines, mit Rädern bestücktes rotes Stück Metall ein bläuliches Objekt bedrohte, aus dessen Mitte ein Rotor herausragte.

»Was ist das?«

»Fernsehen«, antwortete Maggie, während sie ein Bein ausstreckte und es mal nach links, mal nach rechts drehte, um ihre Unterschenkel zu inspizieren. »Dieser Kasten mit Bildern, und die Bilder erzählen eine schöne Geschichte!«

Rose überlegte kurz, nach ihrer Geldbörse zu greifen. *Das ist ein Gehaltszettel,* würde sie sagen und ihrer Schwester besagtes Objekt unter die Nase halten. *Er repräsentiert Geld, welches du verdienst, indem du arbeiten gehst.* Maggie nahm einen Schluck aus der Champagnerflasche, die neben ihr stand. Rose wollte gerade fragen, wo sie den Champagner her hatte, da fiel ihr ein, dass die Flasche ein Geschenk zur bestandenen Anwaltsprüfung gewesen war und seitdem in der hintersten Ecke ihres Kühlschranks gelegen hatte.

»Wie ist der Champagner?«, fragte Rose.

Maggie nahm noch einen Schluck. »Köstlich. Jetzt schau zu und pass auf. In dieser Sendung, *BattleBots*, gibt's diese Kerle, die Roboter bauen …«

»Das ist ein nettes Hobby«, sagte Rose, die sich immer Mühe gab, Maggie bei der Suche nach akzeptablen Männern zu ermutigen.

Maggie winkte ab. »Alles Streber. Sie bauen diese Roboter, und die Roboter kämpfen gegeneinander, und der Sieger bekommt … irgendetwas. Ich bin mir nicht sicher, was. Schau, das da ist mein Lieblingsroboter«, sagte sie und zeigte auf etwas, das aussah wie ein Spielzeugmüllauto mit einem Eisenstachel in der Mitte. »Das ist der Philiminator«, sagte sie.

»Wie bitte?«, fragte Rose.

»Der Kerl, der ihn gebaut hat, heißt Phil, also heißt das Ding Philiminator.« Und tatsächlich schwenkte die Kamera auf einen bleichen, schlaksigen Kerl mit einer Baseballkappe, auf der »Philiminator« stand. »Er ist seit drei Runden ohne Niederlage«, sagte Maggie, während ein zweiter Roboter ins Bild rollte. Er war leuchtend grün und sah aus wie ein auffrisierter Handstaubsauger. »Grendel«, verkündete der Kommentator.

»Okay«, sagte Maggie. »Du feuerst Grendel an.«

»Warum?«, fragte Rose, aber da ging der Kampf schon los. Die zwei Roboter sausten wie zwei kleine, verrückt gewordene Hunde hintereinander her.

»Auf geht's, Philiminator!«, schrie Maggie und schwenkte ausgelassen die Champagnerflasche. Sie sah ihre Schwester an.

»Los, Grendel«, sagte Rose. Maggies Roboter sauste auf Grendel zu. Der Eisenstachel hob und hob sich, bis er plötzlich wie eine Guillotine herabkrachte, aber Grendel knapp verfehlte. Maggie klatschte und johlte vor Begeisterung.

»Uff! Das war knapp!«, sagte Rose.

Die Roboter wirbelten herum und standen sich wieder gegenüber.

»Komm schon, Philiminator! GIB'S IHM!«, schrie Maggie.

Rose fing zu lachen an, als an Grendels Vorderseite ein Rad mit Spikes zu rotieren begann. »Uh, pass auf … jetzt komme ich!«

Jetzt ging Grendel auf seinen Gegner los. Der Philiminator hob seinen Stachel und spießte Grendel auf.

»Hurra!«, rief Maggie.

Die beiden Roboter waren jetzt ineinander verkeilt. Grendel wand sich hin und her, konnte sich aber nicht befreien. »Komm schon … komm schon …«, murmelte Rose. Grendels Rad rotierte und Funken stoben vom Boden auf. Der Philiminator hob seinen Stachel zum Todesstoß, aber da riss sich Grendel los und zischte davon.

»LOS, GRENDEL!«, schrie Rose und sprang auf. »Ja! JA!«

Maggie zog eine Schnute, während Grendel auf seinen Gegner losging, seine Schnauze unter den viel größeren Philiminator steckte und ihn auf den Rücken warf.

»Nei-ein«, jammerte Maggie, als Roses Roboter einmal, dann noch einmal über den Philiminator fuhr, bis das Ding nur noch ein Haufen Schrott war.

»O ja! O JA!«, sagte Rose und riss die Faust hoch. »Genau so!«, rief sie, so wie es bei den Eagles-Spielen die Typen in der Reihe hinter ihr nach besonders wichtigen Touchdowns immer taten. Dann drehte sie sich zu ihrer Schwester um. Sie war überzeugt, dass Maggie sie blöd angrinsen und sich anmerken lassen würde, wie armselig sie Roses Begeisterung fand. Aber Maggie grinste nicht blöd. Maggie strahlte ihre Schwester mit geröteten Wangen an, gab ihr ein High Five und bot ihr lachend die Flasche Champagner an. Rose zögerte, dann nahm sie einen Schluck.

»Bestellen wir uns eine Pizza?«, fragte Rose. Sie stellte sich vor, wie sie den Rest des Abends im Pyjama mit Pizza und frischem Popcorn vor dem Fernseher verbringen würden.

Jetzt grinste Maggie blöd, aber nur ein bisschen, und ihre Stimme war fast gütig. »Jetzt bist du wirklich lebendig, nicht wahr? Du solltest öfter ausgehen.«

»Ich gehe oft genug aus«, sagte Rose. »Du solltest öfter zu Hause bleiben.«

»Ich bleibe oft genug zu Hause«, sagte Maggie und stand graziös auf. Sie tappte ins Bad und kam einige Minuten später in hautengen, ausgewaschenen Hüftjeans, einem roten Top, das eine Schulter freiließ, und Roses Ledercowboystiefeln wieder zurück. Roses handgenähte rote Ledercowboystiefel, die sie in New Mexico während eines Wochenendseminars über Versicherungsrecht gekauft hatte. »Du hast doch nichts dagegen, oder?«, fragte Maggie, während sie ihre Tasche und ihren Schlüssel nahm. »Ich hab sie in deinem Schrank gefunden. Sie sahen einsam aus.«

»Sicher«, sagte Rose. Sie starrte ihre Schwester an und fragte sich, wie es sein musste, wenn man so dünn und attraktiv durchs Leben ging und einen die Männer mit bedingungsloser Zustimmung, mit purem Verlangen ansahen. »Amüsier dich gut!«

»Tu ich immer«, sagte Maggie, schwebte aus der Tür und ließ Rose mit dem Popcorn, dem schalen Champagner und dem Berg Klamotten auf dem Bett zurück. Rose schaltete, wie üblich, den Fernseher aus und fing an aufzuräumen.

## 14

»Kann ich Ihnen helfen?«, fragte Ella. Es war ihr Nachmittag im Discountladen, wo sie normalerweise einige angenehme, meist ungestörte Stunden damit verbrachte, bergeweise Kleidung auszusortieren und Möbel und Geschirr mit Preisschildern zu versehen. Eine junge Frau in grellorangen Leggings und einem fleckigen T-Shirt kam den Gang herunter, der als Vorbereitung auf die bevorstehenden Feiertage mit künstlichen Kiefergirlanden und goldenem und silbernem Lametta geschmückt war.

»Spannbetttücher«, sagte die Frau und biss sich nervös auf die Lippen. Ella konnte die schwachen Überreste eines blauen Auges sehen. »Ich suche Spannbetttücher.«

»Nun, heute ist Ihr Glückstag«, sagte Ella. »Es ist zufällig gerade eine Lieferung hereingekommen. Natürlich mit kleinen Fehlern, aber in meinen Augen sind sie völlig in Ordnung, außer dass die Farben ein bisschen ... naja, Sie werden es ja sehen.«

Sie ging in ihrer schwarzen Hose und der weißen Bluse mit dem Namensschildchen flott den Gang hinunter. »Hier«, sagte Ella und deutete auf einige Dutzend Päckchen mit Spannbetttüchern für Doppel- und für Einzelbetten. Sie waren türkis und grellpink, aber sie waren neu. »Sie kosten fünf Dollar das Stück. Wie viele brauchen Sie?«

»Äh, zwei kleine.« Die Frau nahm die plastikverschweißten Päckchen in die Hand und drehte sie hin und her. »Kosten die Kissenbezüge extra?«

»Oh! Aber nein«, sagte Ella. »Fünf Dollar das Set.«

Die Frau wirkte erleichtert, nahm noch zwei Kissenbezüge und ging zur Kasse. Sie zog einen Fünf-Dollar-Schein und drei zerknitterte Ein-Dollar-Scheine aus ihrer Tasche. Während sie anfing, die Pennys auf dem Tresen auszubreiten und nach Kleingeld zu suchen, tütete Ella die Spannbetttücher ein.

»Schon in Ordnung«, sagte sie.

Die Frau sah sie an. »Sind Sie sicher?«

»Ja, kein Problem«, sagte Ella. »Passen Sie auf sich auf, und kommen Sie wieder. Wir bekommen laufend neue Sachen herein.«

Die Frau lächelte – höflich, dachte Ella – und verließ mit klappernden Flipflops den Laden. Ella starrte ihr hinterher und wünschte sich, sie hätte eine Möglichkeit gefunden, der Frau noch ein paar Handtücher in die Tüte zu schmuggeln. Sie seufzte frustriert. Mit Caroline war es genauso gewesen. Ella hatte immer noch mehr tun und alles für ihre Tochter richten wollen; sie war ständig hinter ihr her gewesen, mit Anrufen, Karten, Briefen, Geld, mit Urlaubs- und Reiseversprechen, um auf hundert verschiedene Arten das eine zu sagen: *Lass mich dir helfen.* Aber Caroline wollte keine Hilfe, denn Hilfe zu akzeptieren hieß zuzugeben, dass sie es nicht allein schaffen konnte. Aber man sah ja, wie es geendet hatte.

Die Tür ging auf, und Lewis kam mit einem Packen Zeitungen unterm Arm in den Laden.

»Druckfrisch!«, sagte er. Ella versuchte zu lächeln und sah auf ihr Gedicht. ICH BIN NICHT UNSICHTBAR, las sie. Nicht unsichtbar, dachte sie traurig. Nur vom Schicksal verdammt.

Lewis sah sie aufmerksam an. »Steht unsere Verabredung zum Mittagessen noch?« Sie nickte und schloss die Kasse ab. Er bot ihr seinen Arm an, und während sie hinausgingen in den dunstigen Sonnenschein, wünschte sie sich immer noch, die Sache anders angepackt zu haben. Sie wünschte sich, es wäre ihr gelungen, ein Gespräch mit der Frau anzufangen, sie vielleicht zu fragen, ob sie Hilfe brauchte, und dann herauszufinden, wie man ihr helfen könnte. Und sie wünschte sich, dass Lewis nie herausfinden würde, was für ein Mensch sie wirklich war. Sie hatte bisher noch nie etwas von Kindern erwähnt, und er hatte noch nicht gefragt … aber irgendwann, bald, würde er es tun, und was dann? Was würde sie sagen? Was konnte sie sagen, außer, dass sie einmal Mutter gewesen war und dass alles ihre Schuld war? Er würde sie anstarren und sich keinen Reim darauf machen können, und sie würde nicht in der Lage sein, es ihm richtig zu erklären, obwohl sie wusste, dass es der Wahrheit entsprach, der Brocken, den sie nicht schlucken, der Fluss, den sie nicht überqueren konnte. Es war ihre Schuld. Und egal, wie sehr sie sich auch bemühte, es wieder gutzumachen, egal, wie viele gute Taten sie vollbrachte, würde sie sich bis zu dem Tag, an dem sie starb, nicht von dieser Schuld befreien können.

# 15

»Sie haben Besuch«, sagte Roses Sekretärin. Rose blickte von ihrem Computer auf und sah ihre Schwester, eine strahlende Erscheinung in schwarzer Boot-Cut-Lederhose, kurzer Jeansjacke und roten Cowboystiefeln, ins Büro tanzen.

»Gute Neuigkeiten!«, sagte Maggie und strahlte.

*Bitte mach, dass es ein Job ist,* betete Rose. »Was gibt's?«

»Ich hatte ein Vorstellungsgespräch! In dieser tollen neuen Bar!«

»Großartig!«, sagte Rose und versuchte sich ebenso enthusiastisch anzuhören wie Maggie. »Das ist toll! Wann bekommst du Bescheid?«

»Ich weiß nicht genau«, sagte Maggie, während sie Bücher und Akten aus Roses Regal nahm, sie ansah und wieder zurückstellte. »Vielleicht nach den Feiertagen.«

»Aber sind die Feiertage nicht ihre geschäftigste Zeit?«

»Herrgott, Rose, ich weiß es nicht!« Maggie nahm die kleine Plastikfigur von Xena, der Kriegerprinzessin – ein Geburtstagsgeschenk von Amy –, und stellte sie auf den Kopf. »Könntest du vielleicht versuchen, dich für mich zu freuen?«

»Sicher«, sagte Rose. »Hast du schon meine Klamotten zurückgeräumt?« In den letzten Nächten war der Haufen vom Bett auf den Boden gewandert, aber noch nicht wieder zurück in ihren Schrank.

»Ich hab damit angefangen«, sagte Maggie und ließ sich in den Sessel vor Roses Schreibtisch plumpsen. »Ich kümmere mich schon drum! Das ist doch nicht so schlimm.«

»Natürlich, für dich nicht«, sagte Rose.

»Was soll das heißen?«

Rose stand auf. »Ich meine, du wohnst bei mir, ohne Miete zu zahlen, du hast noch keinen Job gefunden …«

»Ich habe dir doch gerade gesagt, dass ich gerade ein Vorstellungsgespräch hatte.«

»Ich glaube nicht, dass du wirklich ernsthaft suchst.«

»Und ob ich das tue!«, schrie Maggie. »Was weißt du schon darüber?«

»Nicht so laut!«

Maggie knallte die Tür zu und funkelte ihre Schwester an.

»Ich weiß, dass es nicht so schwierig sein kann, einen Job zu finden!«, entgegnete Rose. »Ich sehe überall ›Hilfe gesucht‹-Schilder! Jeder Laden, jedes Restaurant …«

»Ich will nicht wieder als Verkäuferin oder als Bedienung arbeiten.«

»Was willst du dann tun?«, fragte Rose. »Wie eine Prinzessin herumsitzen und darauf warten, dass dich MTV anruft?«

Maggies Gesicht wurde feuerrot, als hätte sie eine Ohrfeige erhalten. »Warum bist du so gemein?«

Rose biss sich auf die Lippe. Sie hatten diesen Tanz schon hundert Mal aufgeführt, das heißt, Maggie hatte das getan … mit ihrem Vater, mit Männern, die es gut mit ihr meinten, gelegentlich auch mit besorgten Lehrern oder Chefs. Wechselnde Partner, dieselben Schritte. Maggie konnte genau den Moment abschätzen, in dem Rose sich entschuldigen würde. Und eine Sekunde bevor Rose den Mund aufmachte, in dem Augenblick, in dem sie die Luft einatmete, aus der sie die Worte *Es tut mir Leid* formen würde, fing Maggie wieder zu reden an.

»Ich gebe mir Mühe«, sagte sie und wischte sich über die Augen. »Ich gebe mir wirklich Mühe. Es ist nicht einfach für mich. Nicht jeder hat es so leicht wie du.«

»Ich weiß«, erwiderte Rose sanft. »Ich weiß, dass du dir Mühe gibst.«

»Das tu ich, wirklich. Jeden Tag«, sagte Maggie. »Ich bin keine Schmarotzerin. Ich sitze nicht herum und zerfließe vor Selbstmitleid. Ich gehe hinaus und suche einen Job … jeden … Tag. Und ich weiß, dass ich nie Anwältin sein werde wie du.«

Rose gab ein Protestgeräusch von sich. Maggie weinte noch lauter. »Aber das heißt nicht, dass ich nur herumsitze und nichts tue. Ich geb mir Mühe, Rose, ich geb mir wirklich Müüü-he.«

Rose kam auf sie zu, um sie in den Arm zu nehmen. Maggie wandte sich ab.

»Schon gut«, sagte Rose. »Schon gut, mach dir keine Sorgen. Du findest schon einen Job.«

»Das tu ich immer«, sagte Maggie und schaffte nahtlos den Übergang von einer weinerlichen Renee Zellweger zu einer und-jetzt-erst-recht Sally Fields. Sie wischte sich die Augen trocken, putzte sich die Nase, richtete sich auf und sah ihre Schwester an.

»Es tut mir Leid«, sagte Rose. »Es tut mir aufrichtig Leid.« Noch während sie das sagte, fragte sie sich, wofür sie sich eigentlich entschuldigte. Es war jetzt mehr als ein Monat vergangen, und Maggie machte keine Anstalten auszuziehen. Ihre Klamotten und Kosmetikartikel, CD-Boxen und Feuerzeuge lagen überall in Roses Apartment verstreut, das täglich kleiner zu werden schien. Und am Vorabend hatte Rose sich den Finger verbrannt, als sie ihn in einen Topf mit, wie sie dachte, heißer Karamellsoße steckte, die sich aber als Maggies Augenbrauenwachs entpuppte. »Hör zu«, sagte sie hilflos, »hast du schon zu Abend gegessen? Wir könnten essen gehen und danach vielleicht ins Kino.«

Maggie wischte sich wieder über die Augen und blinzelte ihre Schwester an. »Weißt du, was wir tun sollten? Wir sollten ausgehen. Aber richtig. In einen Club oder so.«

»Ich weiß nicht«, sagte Rose. »Man muss immer ewig anstehen, bis man reinkommt. Und drinnen ist es dann total verraucht und laut.«

»Komm schon. Nur einmal. Ich helfe dir, ein Outfit aussuchen.«

»Na gut«, sagte Rose widerwillig. »Ich glaube, in einer der Bars auf der Delaware Avenue findet irgend so eine Kanzleisache statt.«

»Was für 'n Ding?«, fragte Maggie.

Rose wühlte in ihrer Post, bis sie die Einladung gefunden hatte. »›Eine vorweihnachtliche Cocktailparty‹«, las sie. »›Finger Food, kostenlose Spiele.‹ Vielleicht können wir dorthin gehen.«

»Für den Anfang«, sagte Maggie. Sie öffnete die Tür und stürmte aus dem Büro. »Los, gehen wir!«

In Roses Wohnung zog Maggie einen blauen Pullover und einen schwarzen Rock aus dem Stapel neben dem Bett. »Geh duschen«, sagte sie, »und creme dich ein.«

Als Rose aus der Dusche kam, hatte Maggie ihr mehrstöckiges Schminkköfferchen aufgeklappt und eine ganze Reihe von Sachen auf der Ablage ausgebreitet: zwei verschiedene Grundierungscremes, drei Abdeckstifte, ein halbes Dutzend Lidschatten- und Rougedöschen, Pinsel für Augen, Wangen, Lippen. Rose setzte sich auf die Toilette, starrte auf die Sachen und fühlte, wie ihr schwindlig wurde!

»Woher hast du das ganze Zeug?«, fragte sie.

»Von hier und da«, sagte Maggie und spitzte einen grauen Augenbrauenstift.

Rose studierte erneut das Köfferchen. »Und was, glaubst du, hat das alles gekostet?«

»Keine Ahnung«, sagte Maggie und strich ihrer Schwester mit flinken, gekonnten Bewegungen Lotion auf die Wangen. »Aber die Sachen sind ihr Geld wert. Wart's ab!«

Rose saß unbeweglich wie eine Schaufensterpuppe, während Maggie allein fünfzehn kitzlige Minuten auf ihre Augenlider verwandte. Sie wurde zappelig, als Maggie Grundierungscreme auf der Rückseite ihrer Hand mischte, sie auf ihrem Gesicht verrieb, ein paar Schritte zurücktrat, um ihr Werk zu begutachten, und danach Puder und Rouge auftrug. Als Maggie schließlich den Wimpernformer und den Konturenstift hervorholte, war sie vor Langeweile fast gestorben, aber sie musste zugeben, der Gesamteffekt war einfach umwerfend.

»Bin ich das?«, fragte sie und starrte sich im Spiegel an: die betonten Wangenknochen und ihre Augen, die unter dem gold- und cremefarbenen Lidschatten rauchgrau und geheimnisvoll schimmerten.

»Sieht das nicht toll aus? Ich könnte dich jeden Tag schminken«, sagte Maggie. »Du müsstest allerdings zuerst ein ernsthaftes Hautpflegeprogramm anfangen. Du musst unbedingt Rubbelcreme benutzen«, sagte sie in demselben Tonfall, in dem jemand anders gesagt hätte: »Verlassen Sie sofort das brennende Gebäude.« Sie hielt den schwarzen Rock und den blauen Pulli in der einen und ein Paar blaue hochhackige Sandaletten mit dünnen Riemchen in der anderen Hand. »Hier, probier das an.«

Rose zwängte sich in den Rock und das tief ausgeschnittene Oberteil. Beides war enger als die Sachen, die sie normalerweise trug, und zusammen …

»Ich weiß nicht«, sagte sie und zwang sich, ihren Körper anzusehen und sich nicht von ihrem Gesicht ablenken zu lassen. »Findest du nicht, dass ich ein bisschen …« Das Wort »billig« lag ihr auf der Zunge. In den blauen Schuhen sahen ihre Beine lang und schlank aus, und ihr Dekolletee machte wahrhaftig dem Grand Canyon Konkurrenz.

Maggie fand es klasse. »Du siehst toll aus!«, sagte sie und bespritzte ihre Schwester mit ein paar Tröpfchen aus ihrer geliebten Flasche Coco. Zwanzig Minuten später waren Roses Haare hochgesteckt, die Ohrringe an ihrem Platz, und los ging's.

»Diese Party ist ätzend«, sagte Maggie, während sie ihren Dirty Martini schlürfte.

Rose zupfte an ihrem Oberteil und blinzelte in die Menge. Ohne ihre Brille war sie praktisch blind, aber in der Frage hatte sich Maggie unerbittlich gezeigt. »Männer stehen nicht auf Brillenschlangen«, hatte sie behauptet und ihrer Schwester dann fünf Minuten lang damit in den Ohren gelegen, warum sie sich nicht schon längst einer Laserbehandlung unterzogen hatte wie all die Nachrichtensprecher und Supermodels.

Sie waren im Dave & Buster's, einer besseren Spielhalle für Erwachsene am beileibe nicht malerischen Ufer des Delaware-Flusses, wo die Anwaltskanzlei ihre halbjährliche Party für Junganwälte veranstaltete. Auf Roses Namensschild, das neben ihrem brandneuen, erstaunlichen Dekolletee prangte, stand »Ich bin Rose Feller«, und sie hatte in Klammern hinzugefügt: »Prozessanwältin.« Maggie hatte ursprünglich »Ich bin betrunken« auf ihr Namensschild geschrieben, bis Rose sie dazu gebracht hatte, es abzunehmen. Jetzt stand da »Ich bin Monique«. Rose hatte die Augen verdreht, aber beschlossen, dass es keinen Streit wert war.

Die Bar wimmelte von jungen kontaktfreudigen Anwälten, die hausgebrautes Bier tranken und Don Dommel und seinem rastagelockten Protegé dabei zusahen, wie sie auf der virtuellen Rampe ihre Tricks vorführten. An einer Wand war ein Buffet aufgebaut – sie konnte ein Tablett mit Gemüse und Dips und eine rostfreie Pfanne mit Frittiertem erkennen –, aber Maggie hatte sie weggezogen und gesagt: »Misch dich unter die Leute.«

Jetzt stupste Maggie ihre Schwester an und deutete auf einen männlichen Umriss neben dem Kickertisch. »Wer ist das?«, fragte sie.

Rose blinzelte in die Richtung. Alles, was sie sehen konnte, waren blonde Haare und breite Schultern. »Weiß nicht genau«, sagte sie.

Maggie warf ihre Haare zurück. Sie sah natürlich umwerfend aus. Sie trug pinkfarbene Sandaletten, eine schwarze Lederhose, von der Rose ganz sicher wusste, dass sie zweihundert Dollar gekostet hatte, weil sie die Quittung auf der Küchenablage gefunden hatte, und ein kleines, glitzerndes, silbernes, rückenfreies Spagettiträgertop, das um den Hals verschnürt war. Sie hatte ihre Löckchen herausgeföhnt – was fast eine Stunde gedauert hatte – und ihre schlanken Arme mit haufenweise silbernen Armreifen verziert. Maggie hatte sich die Lippen zartrosa geschminkt, tonnenweise Wimperntusche aufgetragen und ihre Augen mit einem Silberstift umrandet. Sie sah aus, als käme sie geradewegs von einem anderen Stern oder aus einer Fernsehshow.

»Nun, ich werde mit ihm reden«, verkündete sie. Sie fuhr sich mit den Fingern durch die Haare, schnitt eine Grimasse, fragte Rose, ob sie Lippenstift an den Zähnen hätte und stakste durch die Menge davon. Rose zupfte erneut an ihrem Top. Die Füße taten ihr weh, aber Maggie hatte in puncto Schuhe nicht mit sich reden lassen.

»Wer schön sein will, muss leiden«, hatte sie intoniert, zwei Schritte nach hinten gemacht, ihre Schwester sorgfältig gemustert und dann gefragt, ob Rose nicht eine straffere Miederhose hätte.

Rose spähte hinüber auf die andere Seite des Raums, wo ihre Schwester den ahnungslosen Rechtsanwalt mit gekonntem Haarschleudern und Armreifklingeln aufs Korn nahm. Dann schlich sie zum Buffet hinüber und lud sich mit einem schuldbewussten Blick über die Schulter Dips, Cracker, Babykarotten, Käsestückchen und eine Hand voll frittiertes Zeug auf einen kleinen Teller. Sie setzte sich an einen Tisch in der Ecke, streifte die Schuhe ab und fing an zu essen.

Ein anderer männlicher Umriss – klein, bleich, mit kräuseligem rotblondem Haar – kam auf sie zu. »Rose Feller?«

Rose schluckte hinunter, nickte und sah auf sein Namensschild.

»Simon Stein«, sagte der Mann. »Wir saßen beim Motivationstraining nebeneinander.«

»Ah«, sagte Rose und versuchte so zu nicken, als würde sie ihn erkennen.

»Ich habe Ihnen den Kaffee gegeben«, sagte er.

»Ach ja, richtig. Sie haben mir das Leben gerettet! Danke!«

Simon nickte bescheiden. »Wir werden also Reisegefährten sein«, sagte er.

Rose starrte ihn an. Die einzige Reise, die sie plante, war eine Dienstreise am Montag, um an der Jurafakultät der Universität von Chicago Bewerbungsgespräche zu führen. Nur sie und Jim.

»Ich werde Jim Danvers vertreten«, sagte Simon. Rose gab es einen Stich.

»Oh«, sagte sie.

»Er hat zu viel zu tun, also hat man mich gefragt.«

»Oh«, sagte Rose wieder.

»Wohnen Sie in der Innenstadt? Ich kann Sie zum Flughafen mitnehmen.«

»Oh«, sagte Rose zum dritten Mal und fügte dann zur Abwechslung ein Wort hinzu. »Sicher.«

Simon beugte sich weiter vor. »Hören Sie«, sagte er. »Sie spielen nicht zufällig Softball?«

Rose schüttelte den Kopf. Ihre einzige Erfahrung mit dem Spiel beschränkte sich auf den Sportunterricht im vorletzten High-School-Jahr, als sie in sechs Wochen und dutzenden von Versuchen am Schlagmal den Ball nicht einmal getroffen, aber außerhalb der Foullinien einen Ball auf die Brust bekommen hatte. Er war nicht gerade »soft« gewesen.

»Wir haben ein Team. Motion Denied«, sagte Simon, als habe er ihr Kopfschütteln nicht bemerkt. »Gemischt. Nur dass wir nicht genug Frauen haben. Wir verwirken unser Teilnahmerecht, falls wir nicht mehr Frauen finden.«

»Tut mir Leid«, sagte Rose.

»Es ist ein einfaches Spiel«, sagte Simon. Rose kam der Verdacht, dass er wahrscheinlich Prozessanwalt war. Die Männer unter ihnen neigten zu terrierhafter Hartnäckigkeit. »Etwas Bewegung, frische Luft …«

»Sehe ich aus, als bräuchte ich etwas Bewegung und frische Luft?«, fragte sie und sah dann kläglich an sich hinab. »Antworten Sie lieber nicht.«

Simon Stein rührte weiter die Werbetrommel. »Es macht Spaß. Sie werden viele neue Leute kennen lernen.«

Sie schüttelte den Kopf. »Im Ernst, Sie würden mich nicht wollen. Ich bin ein hoffnungsloser Fall.«

Eine Frau kam herüber, hakte sich bei Simon unter und krähte: »Schätzchen, komm und spiel Pool mit mir!« Rose zuckte zusammen. Insgeheim nannte sie die Frau nur Fünfundneunzig, weil sie 1995 ihren Abschluss an Harvard gemacht hatte, eine Tatsache, die sie noch in jedes Gespräch hatte einfließen lassen, das Rose und sie je miteinander geführt hatten.

»Rose, das ist Felice Russo«, sagte Simon.

»Wir kennen uns bereits«, sagte Rose. Felice strich Simon über die Haare, denen Roses Ansicht nach auch noch so viel Streicheln nichts nützen würde. Gerade in diesem Augenblick kam Maggie mit geröteten Wangen und einer Zigarette in der Hand zurück.

»Diese Party ist immer noch ätzend«, verkündete sie und sah sich um. »Stell mich vor.«

»Maggie, das sind Simon und Felice«, sagte Rose. »Arbeitskollegen.«

»Oh«, sagte Maggie und nahm einen tiefen Zug an ihrer Zigarette. »Großartig.«

»Was für ein schöner Armreif«, sagte Felice und deutete auf Maggies Handgelenk. »Ist das eine Eingeborenenarbeit?«

Maggie starrte sie an. »Was? Ich habe ihn in der South Street gekauft.«

»Ach so«, sagte Felice. »Es gibt nämlich in Boston eine kleine Boutique, die solche Sachen verkauft, und ich habe während meines Studiums manchmal dort eingekauft.«

*Jetzt kommt's,* dachte Rose.

»Ich bin nur einmal in Boston gewesen«, sagte Maggie. »Eine Freundin von mir studierte an der Northeastern University.«

*Drei … zwei … eins …*

»Ach, wirklich?«, sagte Felice. »Welches Jahr? Ich habe nämlich in Harvard studiert…«

Rose grinste. Und bildete sie es sich nur ein, oder grinste Simon Stein auch?

»Setzen wir uns«, schlug er vor, und zu viert ließen sie sich an einem Cocktailtischchen mit dünnen Beinen nieder. Felice jammerte noch immer, wie kalt Cambridge im Winter sei, Maggie kippte ihren Martini, und Rose sehnte sich zurück ans Buffet.

»Also werden Sie sich das mit Softball durch den Kopf gehen lassen?«, fragte Simon.

»Oh, äh … sicher«, sagte sie.

»Es macht wirklich Spaß.«

»Nicht wahr?«, sagte Felice. »Ich habe am College Squash gespielt. Es gibt natürlich nicht viele Unis, die das anbieten.«

Jetzt bildete sie es sich garantiert nicht ein. Simon Stein hatte eindeutig die Augen verdreht.

»Wir haben auch Happy Hours«, sagte er.

»Wirklich?«, fragte Rose aus reiner Höflichkeit. »Wo?«

Während Simon all die Bars aufzählte, in denen das Softballteam schon gewesen war, kamen Maggie und Felice irgendwie aufs Fernsehen zu sprechen.

»Oh, die Simpsons! Ich liebe die Simpsons!« Felice beugte sich vor, als würde sie ein wertvolles Geheimnis preisgeben: »Kennen Sie die Folge, in der Homers Mutter einen gefälschten Führerschein hat?«

»Nein«, sagte Simon.

»Nein«, sagte Rose.

»Ich mag keine Zeichentrickserien«, sagte Maggie.

Felice ignorierte sie. »Die Adresse auf dem Führerschein war 44 Bow Street, was tatsächlich die Adresse des *Harvard Lampoon* ist!«

Maggie starrte Felice einen Augenblick an und beugte sich dann zu ihrer Schwester. »Weißt du was?«, flüsterte sie laut. »Ich glaube, Felice hat in Harvard studiert.«

Simon fing zu husten an und trank einen kräftigen Schluck Bier. Rose murmelte: »Entschuldigt uns bitte«, packte ihre Schwester am Handgelenk und zerrte sie zum Ausgang.

»Das war nicht nett von dir«, sagte Rose.

»Ich bitte dich. Als ob sie netter gewesen wäre!«

»Du hast ja Recht«, sagte Rose. »Sie ist wirklich unausstehlich.«

»Unausstehlich!«, johlte Maggie. Sie zog ihre Schwester zum Ausgang. »Komm schon, verschwinden wir von all dieser Unausstehlichkeit hier.«

»Nach Hause?«, fragte Rose hoffnungsvoll.

Maggie schüttelte den Kopf. »Ich weiß was Besseres.«

Später – viel, viel später – saßen sich die Schwestern in einer Nische im International House of Pancakes gegenüber.

Sie waren in einem Club gewesen. Dann in einem Afterhours-Club. Und dann, falls Rose sich nicht total irrte oder an Wodka-induzierten Halluzinationen litt, beim Karaoke. Sie schüttelte den Kopf, um ihn freizubekommen, aber die Erinnerung blieb – sie auf der Bühne, ohne Schuhe, eine nicht gerade astreine Version von »Midnight Train to Georgia« jaulend, während die Menge ihren Namen brüllte und Maggie, ihr persönlicher Pips, hinter ihr tanzte.

»He's leaving …«, sang Rose versuchsweise.

»All aboard! All aboard! All aboard!«, rief Maggie.

O Gott, dachte Rose und sank in die Nische. Es stimmte also. *Kein Wodka mehr*, sagte sie sich streng. Sie biss sich auf die Lippe, als ihr der Grund für ihr Besäufnis einfiel: Jim, der die Dienstreise nach Chicago abgesagt und ihr stattdessen Simon Stein aufgehalst hatte. »Ich glaube, dir ist es ernster als ihm«, hatte Amy gesagt, und die Beweise dafür, dass Amy Recht hatte, häuften sich. Was hatte sie falsch gemacht? Wie konnte sie ihn zurückgewinnen?

»Haben Sie schon gewählt?«, fragte die gelangweilt dreinblickende Bedienung und zückte ihren Stift.

Rose fuhr mit den Fingerspitzen über die Speisekarte, als sei sie in Blindenschrift geschrieben. »Pfannkuchen«, entschied sie endlich.

»Welche?«, fragte die Bedienung.

»Sie nimmt die Buttermilch-Pfannkuchen«, sagte Maggie und nahm Rose die Speisekarte aus der Hand. »Für mich auch. Und zwei große Gläser Orangensaft und einen Liter Kaffee, bitte.«

Die Bedienung ging davon.

»Ich wusste gar nicht, dass du singen kannst!«, sagte Maggie, während Rose Schluckauf bekam.

»Ich singe nicht«, sagte Rose. »Ich prozessiere.«

Maggie schüttete vier Päckchen Süßstoff in den Kaffee, den die Bedienung vor sie hinstellte. »Das war doch lustig, oder?«

»Lustig«, wiederholte Rose. Sie hatte immer noch Schluckauf. Der Lidstrich und die von Maggie am Vorabend sorgfältig aufgetragene Wimperntusche waren zerlaufen und verschmiert. Sie sah aus wie ein Waschbär. »Also, was wirst du tun?«, fragte sie.

»Mit was?«

»Deinem Leben.«

Maggie verzog das Gesicht. »Jetzt fällt mir wieder ein, warum wir nie zusammen ausgehen. Du trinkst eine halbe Weinschorle und beschließt, mir einen Zehnpunkteplan vorzulegen, wie ich mich ändern soll.«

»Ich will dir nur helfen«, sagte Rose. »Du brauchst ein Ziel.«

Die Bedienung brachte die Pfannkuchen und eine Karaffe mit warmem Ahornsirup.

»Warten Sie«, fragte Rose. Sie blinzelte die Bedienung beschwipst an. »Stellen Sie ein?«

»Ich glaube schon«, sagte die Bedienung. »Ich bringe Ihnen ein Bewerbungsformular mit der Rechnung.«

»Denkst du nicht, dass du dafür ein bisschen überqualifiziert bist?«, fragte Maggie. »Ich meine, College, Jurastudium. Willst du wirklich Pfannkuchen servieren?«

»Nicht ich, du«, sagte Rose.

»Ach, du willst also, dass ich Pancakes serviere?«

»Ich will, dass du irgendetwas tust«, erwiderte Rose und

machte eine betrunkene ausladende Handbewegung. »Ich will, dass du deine Telefonrechnung bezahlst. Und mir vielleicht auch etwas Geld für Lebensmittel gibst.«

»Ich esse nichts!«, sagte Maggie, was nicht ganz stimmte. Aber sie aß nicht viel – einen English Muffin hier, etwas Milch und Müsli da. Es summierte sich kaum. Und es war auch nicht so, als hätte Rose das Geld nicht. Sie hatte die Bankauszüge ihrer Schwester gesehen, die diese in chronologischer Reihenfolge in einem Ordner mit der Aufschrift »Bankauszüge« aufbewahrte. Aber sie konnte sich vorstellen, wie Rose mit einem Notizblock durch die Küche ging und sich notierte: *Ein kalorienarmes Fertigmenü! Ein Glas Orangensaft! Zwei Päckchen Mikrowellen-Popcorn! Drei Teelöffel Salz!*

Maggie fühlte, wie ihr heiß im Gesicht wurde. »Ich geb dir Geld«, sagte sie, wobei sie jede Silbe wütend betonte.

»Du hast kein Geld«, sagte Rose.

»Dann besorg ich mir welches.«

»Wann? Wann mag dieses gesegnete Ereignis eintreten?«

»Ich hatte ein Vorstellungsgespräch.«

»Das ist toll, aber das ist noch kein Job.«

»Du kannst mich mal, ich gehe«, sagte Maggie und warf ihre Serviette auf den Tisch.

»Setz dich«, sagte Rose müde. »Iss dein Frühstück. Ich muss auf die Toilette.«

Rose stand auf und ging. Maggie setzte sich wieder und stocherte in ihrem Essen herum, ohne etwas zu essen. Als die Bedienung das Bewerbungsformular brachte, nahm Maggie einen Stift aus der Handtasche ihrer Schwester, außerdem zwanzig Dollar aus ihrem Geldbeutel, und füllte das Formular aus: Roses Name, ein Kreuzchen in jedem »verfügbare Zeit«-Kästchen und unter »Kommentare« fügte sie hinzu: »Ich tue alles!« Dann gab sie der Bedienung das Formular, übergoss die Pancakes ihrer Schwester mit Boysenbeersirup, von dem sie wusste, dass Rose ihn nicht mochte, und stapfte aus dem Restaurant.

Als Rose an den Tisch zurückkam, blickte sie verdutzt auf ihr verhunztes Frühstück.

»Ihre Freundin ist schon gegangen«, sagte die Bedienung.

Rose schüttelte langsam den Kopf. »Sie ist nicht meine Freundin, sie ist meine Schwester.« Dann zahlte sie, zog ihre Jacke an und humpelte mit schmerzverzerrtem Gesicht wegen der Blasen an ihren Füßen nach draußen.

## 16

»Für mich nichts mehr, danke«, sagte Ella und legte ihre Hand über das Weinglas. Es war ihr erstes offizielles Rendezvous, dem sie endlich nach wochenlangen Bemühungen von Lewis' Seite zugestimmt hatte, und sie hatte eingewilligt, eine Flasche Wein mit ihm zu trinken, was ein Fehler gewesen war. Sie hatte schon seit Jahren – vielleicht seit zehn Jahren – keinen Wein mehr getrunken, und er war ihr, wie zu erwarten, zu Kopf gestiegen.

Lewis stellte die Flasche ab. »Ich hasse die Feiertage«, sagte er so beiläufig, als würde er ihr mitteilen, dass er noch nie Artischocken gemocht hatte.

»Was?«

»Die Feiertage«, wiederholte er. »Ich kann sie nicht ausstehen. Schon seit Jahren nicht.«

»Warum?«

Er schenkte sich noch ein halbes Glas Wein ein. »Weil mein Sohn mich nicht besuchen kommt«, sagte er schroff. »Da geht's mir genau wie allen anderen.«

»Er kommt nie?«, fragte Ella. »Sind Sie … gibt es …?«

»Er verbringt die Feiertage bei seinen Schwiegereltern«, sagte Lewis, und Ella erkannte an der zögerlichen Art und Weise, wie er sprach, dass das ein sehr schmerzhaftes Thema für ihn war. »Sie besuchen mich im Februar, wenn die Kinder schulfrei haben.«

»Nun, das ist sicher sehr schön«, sagte Ella.

»Ist es auch«, sagte Lewis. »Ich verziehe sie nach Strich und Faden. Und ich freue mich darauf, aber die Weihnachtsfeiertage sind trotzdem nicht toll.« Er zuckte leicht mit den Achseln, als ob er sagen wollte, dass es Schlimmeres gab auf der Welt, aber Ella wusste, dass es schwer sein musste, allein zu sein.

»Und Sie?«, fragte Lewis. Sie hatte gewusst, dass diese Frage eines Tages kommen würde, denn so nett er war und so gut sie sich verstanden, sie konnte dieser Frage nicht für immer aus dem Weg gehen. »Erzählen Sie mir von Ihrer Familie.«

Ella zwang sich, nicht zu verkrampfen oder ihre Hände zu Fäusten zu ballen. Sie hatte gewusst, dass das kommen würde. Es war nur natürlich. »Nun«, begann sie, »mein Mann Ira war Collegeprofessor für Wirtschaftsgeschichte. Wir haben in Michigan gewohnt. Er ist vor fünfzehn Jahren gestorben. Schlaganfall.« Das war die in Golden Acres akzeptable Kurzversion für verstorbene Ehegatten: Name, Beruf, wann und woran sie verstorben waren, wobei man Letzteres in der Regel allgemein ausdrückte. (Die Damen zögerten beispielsweise nicht, das Wort »Krebs« zu flüstern, aber um nichts in der Welt hätten sie den Zusatz »Prostata« über die Lippen gebracht.)

»War es eine gute Ehe?«, fragte Lewis. »Ich weiß, das geht mich nichts an …« Er verstummte und sah Ella erwartungsvoll an.

»Es war …«, begann sie und spielte mit ihrem Buttermesser. »Es war vermutlich eine Ehe ihrer Zeit. Er arbeitete, und ich kümmerte mich um den Haushalt. Kochen, putzen, die Gäste bewirten …«

»Was für ein Mensch war Ira? Was hat er gern getan?«

Das Komische war, dass Ella sich kaum daran erinnern konnte. Und was ihr schließlich in den Sinn kam, war das Wort *genug*. Ira war nett und klug genug gewesen, er hatte genug Geld verdient, hatte sich genug um sie und Caroline gekümmert. Er war ein bisschen geizig gewesen (er nannte es sparsam) und sehr eitel (Ella zuckte unweigerlich zusammen, als sie daran dachte, wie oft er sich gekämmt hatte, auch nachdem der Punkt der Plausibilität schon längst überschritten war), aber im Großen und Ganzen war er ... genug gewesen.

»Er war in Ordnung«, sagte sie. Sie wusste, dass das bestenfalls eine halbherzige Feststellung war. »Er war ein guter Versorger.« Sie war sich bewusst, dass das altmodisch klang. »Er war ein guter Vater«, fügte sie hinzu, obwohl das nicht ganz stimmte. Ira, der seine Nase immer in seine Lehrbücher steckte und dem der Geruch von Kreide anhaftete, war Caroline ratlos gegenübergestanden – die schöne, zerbrechliche, seltsame, wütende Caroline, die darauf bestand, an ihrem ersten Tag im Kindergarten ein Ballettröckchen zu tragen und mit acht Jahren verkündete, dass sie nur Prinzessin Maple Magnolia Rechenschaft schuldig sei. Ira nahm sie mit zum Fischen und zum Baseball und wünschte sich wahrscheinlich insgeheim, dass ihr einziges Kind ein Junge oder wenigstens ein normaleres Mädchen wäre.

»Also haben Sie Kinder?«, fragte Lewis.

Ella holte tief Luft. »Ich hatte eine Tochter, Caroline. Sie ist gestorben.« Jetzt hatte sie sich nicht an das Protokoll gehalten. Sie hatte einen Namen und die Tatsache eines Todes genannt, aber nichts weiter: Was Caroline gemacht hatte, wann und woran sie gestorben war.

Lewis legte seine Hand sanft auf ihre. »Es tut mir Leid«, sagte er. »Ich kann mir nicht vorstellen, wie das sein muss.«

Ella sagte nichts, denn es gab keine Worte dafür. Ein Kind zu verlieren war schlimmer als alles, was man darüber sagte. Es war das Schlimmste, das es gab. Es war so schlimm, dass sie nur in Bruchstücken und Einzelbildern an Carolines Tod denken konnte, und auch die waren nicht zahlreich, eine Hand voll Erinnerungen, eine schmerzhafter als die andere. Sie erinnerte sich an den glatten, kühlen Mahagonisarg. Sie konnte die Gesichter von Carolines Mädchen vor sich sehen, ihre marineblauen Kleidchen, die dunkelbraunen Haare, die sie zu Pferdeschwänzen zusammengebunden trugen, und wie die Ältere die Jüngere an der Hand gehalten hatte, als sie an den Sarg getreten waren, und wie die Jüngere geweint hatte, die Ältere nicht. Ella erinnerte sich, dass die Ältere mit heiserer Stimme »Sag Lebewohl zu Mama« gesagt hatte und ihre kleine Schwester den Kopf geschüttelt und geweint hatte. Und sie, Ella, hatte einfach nur so dagestanden und sich absolut leer gefühlt, so als hätte man ihr die Eingeweide und das Herz herausgerissen. Äußerlich sah sie aus wie immer, aber innerlich war sie nicht mehr die Gleiche. Ira hatte sie am Ellbogen herumgeführt, als ob sie behindert oder blind wäre, und ihr beim Ein- und Aussteigen geholfen und sie die Stufen zum Bestattungsinstitut empor gestützt, vorbei an Maggie und Rose. Sie haben keine Mutter mehr, hatte sie gedacht, und der Gedanke hatte sie wie ein Blitz getroffen. Sie hatte ihre Tochter verloren, was eine schreckliche Tragödie war, aber diese Mädchen hatten ihre Mutter verloren. Und das war doch sicher schrecklicher.

»Wir sollten hierher ziehen«, hatte sie in jener Nacht zu Ira gesagt, nachdem er sie in ihrem Hotelzimmer zu einem Stuhl geleitet hatte. »Wir verkaufen das Haus, suchen uns hier eine Mietwohnung ...«

Er hatte neben dem Bett gestanden, seine Brille mit dem Krawattenzipfel gesäubert und sie mitleidig angesehen. »Denkst du nicht, dass das wäre, als würde man den Brunnen erst zudecken, wenn das Kind schon hineingefallen ist?«

»Brunnen! Hineingefallen!«, hatte sie geschrien. »Ira, unsere Tochter ist tot! Unsere Enkeltöchter haben keine Mutter mehr! Wir müssen helfen! Wir müssen hier sein!«

Er hatte sie angestarrt ... und dann in weiser Voraussicht, die er in dreißig Jahren Ehe sonst nie an den Tag gelegt hatte, gesagt: »Vielleicht will uns Michael nicht hier haben.«

»Ella?«, fragte Lewis.

Sie schluckte schwer und dachte an die Regennacht, in der

sie den Anruf erhalten hatten. Tage später, wieder zu Hause, hatte sie das Telefon auseinander genommen: das Mundstück abgeschraubt, die Schnur zwischen dem Hörer und dem Telefon abgestöpselt, die Wählscheibe abgerissen, die Unterseite abgeschraubt und die Drähte herausgerissen. Sie hatte das Telefon, das ihr die schreckliche Nachricht überbracht hatte, in seine Einzelteile zerlegt, es dann schwer atmend angestarrt und irrationalerweise gedacht, dass es ihr jetzt nicht mehr wehtun könne, jetzt nicht mehr. Sie könnte Lewis sagen, dass sie das ungefähr fünf Minuten lang beruhigt hatte, bis sie sich an Iras staubigem Werktisch im Keller wiederfand und mit einem Hammer die einzelnen Teile in Tausende winzige Splitter zerschlug, und dass sie ihre eigenen Hände hatte zerschmettern wollen, als Strafe dafür, dass sie geglaubt hatte, was sie hatte glauben wollen – dass Caroline ihr die Wahrheit sagte, dass sie ihre Medikamente nahm, dass alles in Ordnung war.

Lewis sah sie an. »Alles in Ordnung?«

Ella atmete tief durch. »Ja«, sagte sie leise. »Alles in Ordnung.«

Lewis musterte sie, dann stand er auf und half Ella beim Aufstehen. Er ließ seine warme Hand auf ihrem Ellbogen liegen und führte sie zum Ausgang. »Lassen Sie uns spazieren gehen«, sagte er.

## 17

Maggie Feller verbrachte den Sonntagnachmittag in Sydelles weißer Festung und spielte Informationen beschaffen.

Am Morgen hatte sie das schrille Klingeln des Telefons aus ihrem Kater gerissen. »Rose, Telefon!«, hatte sie gestöhnt, doch Rose reagierte nicht. Und Sydelle die Schreckliche rief immer und immer wieder an, bis Maggie endlich ans Telefon ging und einwilligte, ihre Sachen aus ihrem Zimmer zu entfernen. »Wir brauchen den Platz«, sagte Sydelle.

*Steck's dir sonstwohin. Ihr habt genug Platz,* dachte Maggie. Stattdessen fragte sie: »Und wo soll ich hin mit dem ganzen Zeug?«

Sydelle hatte nur geseufzt. Maggie konnte ihre Stiefmutter förmlich sehen – die dünnen, zu einem Strich zusammengepressten Lippen, die aufgeblähten Nasenlöcher, die frisch gefärbten Haare mit den aschblonden Strähnchen, die steif wackelten, wenn sie den Kopf schüttelte. »Du kannst deine Sachen in den Keller räumen«, sagte Sydelle, wobei ihr Ton andeutete, dass das ein Zugeständnis von der Größenordnung war, als hätte sie ihrer missratenen Stieftocher erlaubt, eine Achterbahn vor dem Haus aufzustellen.

»Das ist sehr großzügig von dir«, sagte Maggie sarkastisch. »Ich komme heute Nachmittag vorbei.«

»Wir werden auf einem Workshop sein«, hatte Sydelle geantwortet. »Makrobiotische Küche.« Als ob Maggie gefragt hätte. Maggie duschte heiß, schnappte sich Roses Autoschlüssel und fuhr nach New Jersey. Das Haus war leer bis auf Chanel, den dummen Köter, dem Rose den Spitznamen Rammler verpasst hatte und der wie üblich jaulte, als ob sie eine Einbrecherin wäre, und dann versuchte, ihr Bein zu begatten. Maggie schubste den Hund nach draußen und verbrachte eine halbe Stunde damit, Kisten in den Keller zu schleppen, was ihr eine ganze Stunde fürs Informationensammeln ließ.

Sie fing mit Sydelles Schreibtisch an, fand aber nichts Interessantes – einige Rechnungen, stapelweise Briefpapier, ein Haufen brieftaschengroßer Fotos von Meiner Marcia im Brautkleid, ein gerahmtes Foto der Zwillinge Meiner Marcia, Jason und Alexander. Also machte sie sich an den ergiebigeren Jagdgrund – den begehbaren Kleiderschrank im Schlafzimmer, in dem sie bereits früher einen ihrer besten Funde gemacht hatte: ein Schmuckkästchen aus geschnitztem Holz. Das Kästchen war bis auf ein Paar goldene Creolen und einen Armreif aus kleinen Goldgliedern leer gewesen. Hatten die

Sachen ihrer Mutter gehört? Vielleicht. Sie wusste, wo Sydelle ihre Sachen aufbewahrte. Sie hatte überlegt, den Armreif einzustecken, sich dann aber dagegen entschieden. Vielleicht sah ihr Vater den Schmuck hin und wieder an. Maggie mochte den Gedanken nicht, dass er das Schmuckkästchen in die Hand nahm und es leer vorfand.

Sie fing beim obersten Fach an. Da war ein mit einem Gummiband zusammengehaltener Stapel alter Steuererklärungen; sie nahm sie, blätterte sie durch und legte sie wieder zurück. Cheerleader-Trophäen von Meiner Marcia, Pullover von Sydelle, Sommerhemden ihres Vaters. Maggie stellte sich auf die Zehenspitzen, um mit den Fingerspitzen an der Oberkante des Fachs entlangzufahren. Da stieß sie an etwas, das sich wie eine Schuhschachtel anfühlte.

Maggie zog die Schachtel herunter – sie war pinkfarben, an den Ecken abgestoßen und sah alt aus. Sie wischte den Staub vom Deckel, nahm die Schachtel und setzte sich damit aufs Bett. Sydelle konnte sie nicht gehören, denn Sydelle versah ihre Schuhschachteln mit einer Beschreibung der Schuhe, die sie enthielten (und von denen die meisten sehr teuer und fürchterlich spitz waren). Außerdem hatte Sydelle Schuhgröße neununddreißig, und diese Schachtel hatte laut Etikett einmal ein Paar pinkfarbener Capezio-Ballettschuhe, Kindergröße vier, enthalten. Maggie öffnete die Schachtel.

Briefe. Sie war voller Briefe, mindestens zwei Dutzend. Vielmehr Karten in farbigen Umschlägen, und der Erste, den sie herausnahm, war an sie, Miss Maggie Feller, adressiert an ihre alte Dreizimmerwohnung, in der sie gewohnt hatten, bevor sie bei Sydelle eingezogen waren. Der Poststempel war vom 4. August 1980, also war die Karte kurz vor ihrem achten Geburtstag abgeschickt worden (der, wenn sie sich recht erinnerte, eine sehr glamouröse Angelegenheit in der lokalen Bowlingbahn gewesen war, mit Pizza und Eiscreme). In der linken oberen Ecke befand sich ein Adressaufkleber. Demnach stammte die Karte von einer Frau namens Ella Hirsch.

Hirsch, dachte Maggie und fühlte, wie ihr Herz schneller schlug. Hirsch war der Mädchenname ihrer Mutter gewesen.

Sie öffnete vorsichtig den Umschlag. Nach fast zwanzig Jahren klebte die Lasche nicht mehr fest. Es war eine Geburtstagskarte, eine Kinderkarte mit einem pinkfarbenen Geburtstagskuchen mit gelben Kerzen vorne drauf. »ALLES GUTE ZUM GEBURTSTAG!«, stand da. Und innen drin, unten dem vorgedruckten »ICH WÜNSCHE DIR EINEN WUNDERSCHÖNEN TAG!«, las sie: »Liebe Maggie, ich hoffe, dass es dir gut geht. Ich vermisse dich sehr und würde mich freuen, von dir zu hören.« Dann eine Telefonnummer und eine Unterschrift – »Oma« – und darunter in Klammern die Worte Ella Hirsch. Und ein Zehn-Dollar-Schein, den Maggie in ihre Tasche steckte.

*Interessant,* dachte Maggie. Sie stand auf und ging zum Schlafzimmerfenster, um nach Sydelles Auto Ausschau zu halten. Maggie wusste, dass sie eine Großmutter hatte. Sie erinnerte sich vage daran, auf ihrem Schoß gesessen, blumiges Parfüm eingeatmet und eine weiche Wange an ihrer gespürt zu haben, während ihre Mutter ein Foto machte. Sie erinnerte sich vage daran, dass dieselbe Frau auf der Beerdigung ihrer Mutter gewesen war. Was mit dem Foto passiert war, war kein Rätsel – nachdem sie bei Sydelle eingezogen waren, waren alle Spuren ihrer Mutter beseitigt worden. Aber was war mit ihrer Großmutter passiert? Ihr fiel ein, dass sie am ersten Geburtstag, den sie in New Jersey gefeiert hatte, ihren Vater gefragt hatte: »Wo ist Oma Ella? Hat sie mir etwas geschickt?« Über das Gesicht ihres Vaters war ein Schatten gehuscht. »Es tut mir Leid«, hatte er gesagt – oder zumindest hatte Maggie gedacht, dass er das gesagt hatte. »Sie kann nicht kommen.« Das Jahr darauf hatte sie dieselbe Frage gestellt, aber eine andere Antwort bekommen: »Oma Ella ist in einem Heim.«

»Das sind wir doch auch«, sagte Maggie, die nicht verstand, wo das Problem lag.

Aber Rose wusste es. »Nicht diese Art Heim«, sagte sie und

sah ihren Vater an, der ihr zunickte. »In einem Heim für alte Leute.« Und damit war die Sache erledigt gewesen. Aber Heim oder nicht Heim, ihre Oma hatte diese Karten geschickt. Also warum hatten Maggie und Rose sie nie erhalten?

Sie nahm eine andere Karte aus dem Stapel, eine von 1982, adressiert an Miss Rose Feller. Diese wünschte Rose ein Frohes Chanukkafest und war auf dieselbe Art unterschrieben: »Ich liebe dich, ich vermisse dich, ich hoffe, dass es dir gut geht, in Liebe, Oma (Ella).« Und wieder ein Schein, dieses Mal ein Zwanzig-Dollar-Schein, den Maggie ebenfalls einsteckte.

*Oma. Ella,* dachte sie. Was war passiert? Ihre Mutter war gestorben, und es hatte ein Begräbnis gegeben. Da war die Großmutter sicher dabei gewesen. Dann waren sie kaum einen Monat nach dem Tod ihrer Mutter von Connecticut nach New Jersey gezogen, und so angestrengt Maggie auch in ihrem Gedächtnis kramte, sie konnte sich nicht erinnern, ihre Großmutter jemals wieder gesehen oder von ihr gehört zu haben.

Sie saß noch immer mit geschlossenen Augen da, als sie hörte, wie das Garagentor aufging und Autotüren zugeknallt wurden. Sie steckte die Karte an Rose zu dem Geld in ihre Tasche und sprang auf.

»Maggie?«, rief Sydelle, deren Absätze über den Küchenboden klackten.

»Bin gleich fertig«, rief Maggie zurück. Sie stellte die Schachtel zurück in den Schrank und ging nach unten, wo ihr Vater und Sydelle Einkaufstüten voller Sprossen und Vollkorngetreide auspackten.

»Bleib doch zum Essen«, bot ihr Vater an und küsste sie auf die Wange, während sie in ihren Mantel schlüpfte. »Es gibt …« Er hielt inne und warf einen Blick auf eine der Tüten.

»Quinoa«, sagte Sydelle, wobei sie das Wort mit gekünstelter Latino-Verve – *kinwa* – aussprach.

»Nein, danke«, sagte Maggie, als sie langsam ihren Mantel zuknöpfte und ihrem Vater dabei zusah, wie er die Lebensmittel verstaute. Schwer zu glauben, dass er einmal ein gut aussehender Mann gewesen war. Aber sie hatte Bilder von ihm gesehen, als er jünger gewesen war, bevor er eine Stirnglatze bekommen und sein Gesicht diesen faltigen, frustrierten Ausdruck angenommen hatte. Und manchmal, von hinten oder wenn er sich auf eine bestimmte Art und Weise bewegte, sah sie seinen Schultern oder seiner Gesichtsform an, dass er attraktiv genug gewesen war, damit sich eine so schöne Frau wie ihre Mutter in ihn hatte verlieben können. Sie wollte ihren Vater wegen der Karten fragen, aber nicht vor Sydelle, denn sie wusste, Sydelle würde es schaffen, das Thema zu wechseln und Maggie zu fragen, was sie überhaupt in ihrem Schrank zu suchen hatte.

»Hey, Dad«, begann sie. Sydelle fegte mit Büchsen der gleichen ultrafaden, kontrolliert-biologisch, salz- und geschmacklosen Suppe, die sie in Roses Küche gefunden hatte, an ihr vorbei in die Speisekammer. »Willst du diese Woche mal mit mir zu Mittag essen?«

»Sicher«, sagte ihr Vater – im gleichen Augenblick, in dem Sydelle fragte: »Wie läuft's mit der Arbeitssuche, Maggie?«

»Gut!«, antwortete sie fröhlich, und dachte bei sich: *Alte Hexe.*

Sydelle arrangierte ihre korallenfarben geschminkten Lippen zu einem breiten, gekünstelten Lächeln. »Das freut mich«, sagte sie, drehte Maggie den Rücken zu und ging wieder in die Speisekammer. »Du weißt, dass wir nur das Beste für dich wollen, Maggie, und wir haben uns Sorgen gemacht …«

Maggie nahm ihre Tasche. »Ich muss los«, sagte sie. »Viel zu tun.«

»Ruf mich an!«, sagte ihr Vater. Maggie winkte kurz und stieg in Roses Auto, wo sie noch einmal die Karte und das Geld hervorholte, um sicherzugehen, dass sie es sich nicht eingebildet hatte. *Oma.* Rose würde wissen, was sie tun sollten.

Außer dass Rose am Packen war, als Maggie nach Hause kam. »Ich muss noch einmal ins Büro, um einen Schriftsatz fertig zu machen. Es wird spät werden, und morgen muss ich früh los. Dienstreise«, sagte sie in ihrer geschäftigen, wichtigtuerischen Art, während sie mit ihren Anzügen und ihrem Laptop herumrannte. Nun, wenn Rose wiederkam, würden sie sich zusammensetzen und dem Rätsel um die verschollene Großmutter auf den Grund gehen.

## 18

Am Montagvormittag stand Simon Stein in Khakihose, Turnschuhen, einem Poloshirt mit dem Logo der Anwaltsfirma und mit einer Lewis, Dommel & Fenick-Baseballkappe auf dem Kopf in der Lobby von Roses Apartmenthaus. Rose kam aus dem Lift und lief direkt an ihm vorbei.

»Hey«, sagte Simon und winkte.

»Oh«, sagte Rose und fuhr sich mit den Fingern durch ihre feuchten Haare. »Hi.« Der Morgen hatte furchtbar angefangen. Als sie unter dem Waschbecken nach einem Tampon gegriffen hatte, waren in der Schachtel nur noch leere Plastikhülsen und Überreste eines Applikators gewesen. »Maggie!«, hatte sie geschrien. Maggie, die noch im Halbschlaf gewesen war, hatte in ihrer Handtasche gekramt und ihr einen Minitampon zugeworfen. »Wo sind meine Maxitampons hin?«, hatte Rose gefragt. Maggie hatte nur die Achseln gezuckt. Rose würde am Flughafen welche kaufen müssen, vorausgesetzt sie konnte Simon Stein lang genug abschütteln und …

»… mich wirklich darauf«, sagte Simon, während er auf die Autobahn fuhr.

»Wie bitte?«

»Ich sagte, ich freue mich wirklich darauf«, sagte er. »Sie nicht?«

»Doch, doch«, sagte Rose. In Wahrheit freute sie sich kein

bisschen auf die Reise. Sie hatte wochenlang davon geträumt, mit Jim allein zu sein, in einer Stadt, wo niemand sie kannte, weit weg von der Firma. Sie hätten irgendwo romantisch zu Abend gegessen … oder vielleicht auch nur den Zimmerservice bestellt. Sie wären im Hotel geblieben. Sich wieder näher gekommen. Und jetzt saß sie hier mit Simon Stein, diesem großen Jungen.

»Glauben Sie, dass man uns ausgesucht hat, weil wir gute Nachwuchsanwälte sind, oder weil man uns loswerden wollte?«, fragte sie.

»Och«, sagte Simon und lenkte sein Auto auf den Parkplatz am Flughafen, »mich haben sie genommen, weil ich ein guter Nachwuchsanwalt bin. Sie, weil sie Sie loswerden wollen.«

»Was?«

»Ich mache nur Spaß«, sagte er und grinste sie schelmisch an. Widerlich, dachte Rose. Erwachsene Männer sollten nicht schelmisch grinsen.

Sie waren eine Dreiviertelstunde vor Boarding-Beginn am Flugsteig. *Perfekt,* dachte Rose, und ließ ihre Sachen auf einen Stuhl fallen. »Hören Sie«, sagte sie, »ich laufe nur schnell zum Kiosk.« Sie war erleichtert, als Simon nickte und ein Sportmagazin aufschlug. Sie wusste, dass es lächerlich war, aber sie hatte nie zu den Frauen gehört, die im Supermarkt einfach eine Packung Tampons auf ihren Salat und ihre Truthahnbrust legen und unbeteiligt danebenstehen konnten, während irgendein Jugendlicher die Sachen über den Scanner zog. Wirklich nicht. Sie kaufte ihre Tampons immer in demselben Drogeriemarkt und trieb sich so lange zwischen den Regalen umher, bis sie sich sicher war, dass keine Leute an der Kasse anstanden und diese von einer Frau bedient wurde. Sie wusste, dass es kein großes Drama war (Amy und Maggie hatten ihr das oft genug gesagt), aber aus irgendeinem Grund war es ihr peinlich, Tampons zu kaufen. Wahrscheinlich weil ihr Vater so total überfordert gewesen war, als sie ihre Periode bekommen hatte, dass er sie drei Stunden lang im Bad hatte sitzen und ins Klopapier hatte bluten lassen, bis Sydelle mit einer Schachtel Binden von ihrer Jazztanzklasse nach Hause gekommen war. In der Zwischenzeit hatte Maggie geduldig vor dem Bad gewartet und versucht, Informationen aus Rose herauszuquetschen.

»Was ist los?«, hatte sie gefragt.

»Ich bin eine Frau geworden«, hatte Rose vom Badewannenrand aus geantwortet. »Hurra.«

»Oh«, sagte Maggie. »Herzlichen Glückwunsch.« Maggie hatte versucht, eine Klatschzeitschrift unter der Tür hindurchzuschieben und ihr tatsächlich einen Kuchen mit dicker Schokoladenglasur gebacken und »Herzlichen Glükwunsch Rose« darauf geschrieben. Zugegeben, ihr Vater hatte keinen Bissen hinuntergebracht, und Sydelle hatte sich abwertend über die Kalorien und den Rechtschreibfehler ausgelassen, aber es war schön gewesen.

Im Flugzeug verstaute sie ihre Tasche über dem Sitz, schnallte sich an und starrte aus dem Fenster. Sie knabberte an den Nüssen und versuchte, ihren knurrenden Magen zu ignorieren. Wenn sie ihren Schriftsatz nicht so Jim-posant wie möglich hätte machen wollen oder sich ständig Gedanken darüber gemacht hätte, was Maggie wohl als Nächstes anstellen würde, hätte sie Zeit gehabt, sich einen Bagel zu kaufen. Unterdessen holte Simon unter seinem Sitz einen kleinen Nylonbeutel hervor und machte schwungvoll den Reißverschluss auf.

»Hier«, sagte er.

Rose sah, dass er ein Brötchen in der Hand hielt.

»Neunkorn«, sagte er. »Von Le Bus. Ich habe auch noch ein Elfkornbrötchen.«

»Falls neun Körner nicht genug sind?«, fragte Rose. Sie sah ihn unschlüssig an, dann akzeptierte sie das Brötchen, das noch warm und wirklich köstlich war. Eine Minute später tippte er sie auf den Arm und bot ihr ein Stück Käse an.

»Hat Ihnen etwa Ihre Mama ein Pausenbrot eingepackt?«

Simon schüttelte den Kopf. »Die Pausenbrote meiner Mutter waren bei weitem nicht wie das hier. Sie ist ein Morgenmuffel. Als wir noch Kinder waren, torkelte sie jeden Morgen die Treppe hinunter …«

»Torkelte?«, fragte Rose, und schickte sich bereits an, das notwendige Mitgefühl aufzubringen, falls Simon mit einer trübseligen Geschichte vom Alkoholproblem seiner Mutter aufwartete.

»Sie ist auch unter den besten Umständen nicht gerade graziös, besonders dann nicht, wenn sie noch halb schläft. Also torkelte sie die Treppe hinunter und griff sich die Familienpackung Weißbrot, die Wurst aus dem Sonderangebot und eine Großpackung Margarine.« Rose konnte seine Mutter förmlich sehen, wie sie barfuß und in einem zerschlissenen Nachthemd am Küchentisch stand und die ihr verhasste Aufgabe erledigte. »Dann klatschte sie sechs Scheiben Brot auf den Tisch und verstrich die Margarine, das heißt, sie versuchte es, denn die Margarine war so kalt, dass sie sich nicht gut verstreichen ließ, und das Brot riss und dann hatte man diese Sandwiches mit Margarineklumpen drin und darauf klatschte sie dann eine Scheibe Wurst …« – Simon machte die Klatschbewegung – »und darauf die andere Scheibe Brot und steckte die Sandwiches in einen Frühstücksbeutel und diesen in eine braune Papiertüte zusammen mit angeschlagenem Obst und einer Hand voll Erdnüsse. Das war unser Pausenbrot. Und das«, schloss er, während er Rose einen halben Brownie anbot, »erklärt, wer ich bin.«

»Wie das?«

»Wenn man in einem Haushalt aufwächst, wo sich keiner etwas aus Essen macht, dann wird man entweder jemand, der sich auch nicht viel aus Essen macht oder jemand, der sich zu viel aus Essen macht.« Er tätschelte liebevoll seinen Bauch. »Raten Sie mal, in welche Kategorie ich falle. Wie waren Ihre Pausenbrote?«

»Das kam drauf an«, sagte Rose.

»Worauf?«

Rose biss sich auf die Lippe. Für sie hatte es drei Arten von

Pausenbroten gegeben. Wenn es ihrer Mutter gut ging, machte sie wundervolle Pausenbrote: die Brotkrusten fein säuberlich abgetrennt, die Karotten geschält und in gleichlange Stückchen geschnitten, der Apfel gewaschen, eine gefaltete Papierserviette unten in der Tüte, die manchmal noch fünfzig Cent für ein Eiscremesandwich enthielt und einen Zettel, auf dem »Kauf dir davon was Leckeres« stand. Dann gab es die Pausenbrote, die doch sehr zu wünschen übrig ließen. Die Kruste blieb am Brot dran, die Karotten waren ungeschält – einmal hatte ihre Mutter eine ganze Karotte inklusive der grünen Blätter eingepackt. Sie vergaß die Serviette, das Extrapausengeld, manchmal sogar das Sandwich. Einmal hatte Maggie sie traurig an den Spinden abgefangen. »Schau«, sagte sie und zeigte Rose, dass ihr Lunchpaket nichts enthielt außer dem Scheckbuch ihrer Mutter. Rose hatte bei sich nachgeschaut und einen zerknitterten Lederhandschuh gefunden.

»Zum Mittagessen gab's meistens etwas Warmes«, sagte sie. Was stimmte. Sie hatten zwei Jahre lang die Pausenbrote ihrer Mutter bekommen, die guten und die schlechteren, und danach die dritte Kategorie – zehn Jahre lang aufgebackene Pizza und undefinierbares Fleisch und Sydelles fettarme Fertiggerichte und gehackten Salat, den Rose normalerweise ablehnte.

Simon seufzte. »Ich hätt was drum gegeben, wenn ich etwas Warmes zum Mittagessen bekommen hätte. Wie dem auch sei«, sagte er, und sein Gesicht hellte sich auf. »Denken Sie, dass es Spaß machen wird?«

»Erinnern Sie sich noch daran, wie Sie als Jurastudent im ersten Semester gewesen sind?«

Simon überlegte. »Unerträglich.«

»Genau. Ich auch. Also glaube ich, wir können mit ziemlicher Sicherheit davon ausgehen, dass die Mehrheit dieser Kids genauso abscheulich ist wie wir damals.«

»Ah«, sagte Simon und nahm einen Stapel Zeitschriften aus seinem Aktenkoffer. »Was zum Lesen?«

Rose wollte ein Exemplar von *Cook's Illustrated* nehmen,

sah dann aber eine Zeitschrift namens *The Green Bag*. »Was ist das?«

»Ein unterhaltsames Juristenmagazin«, sagte Simon.

»Als ob es so etwas geben würde.« Sie drehte sich wieder zum Fenster, schloss die Augen in der Hoffnung, dass Simon sie in Ruhe lassen würde, und war erleichtert, als er es tat.

Die erste Kandidatin blinzelte Rose und Simon an und wiederholte Simons letzte Frage. »Meine Ziele?«, fragte sie. Sie sah in ihrem schwarzen Anzug widerlich jung und unverbraucht aus und starrte Rose und Simon auf eine Art und Weise an, die wahrscheinlich Selbstsicherheit ausstrahlen sollte, sie stattdessen aber nur kurzsichtig erscheinen ließ. »Ich will in fünf Jahren dort sitzen, wo Sie jetzt sitzen.«

Nur mit besseren Tampons, dachte Rose. Seit zehn Minuten hatte sie das bestimmte Gefühl, dass der Flughafentampon seinem Job nicht gerecht wurde.

»Erzählen Sie uns, warum Sie sich für Lewis, Dommel & Fenick interessieren«, sagte Simon.

»Nun«, begann sie zuversichtlich. »Ich bin sehr beeindruckt von dem ehrenamtlichen Engagement Ihrer Firma.«

Simon warf Rose einen Blick zu und machte ein Häkchen auf ihrem Formular.

»... und ich schätze die Einstellung der Partner, dass zwischen Beruf und Privatleben ein Gleichgewicht existieren sollte ...«

Simon machte wieder ein Häkchen.

»Außerdem«, schloss die junge Frau, »glaube ich, dass es wundervoll wäre, in Boston zu arbeiten.«

Rose und Simon starrten einander an, die Hände schon zum nächsten Häkchen erhoben. *Boston?*

Die Kandidatin starrte sie unsicher an. »Dort wird so viel geboten! So viel Geschichte!«

»Stimmt«, sagte Simon, »aber unsere Kanzlei befindet sich in Philadelphia.«

Die junge Frau schluckte. »Oh.«

»Auch in Philadelphia wird viel geboten«, sagte Rose und erinnerte sich, dass sie als Jurastudentin das Gleiche getan hatte – die Gelegenheit zu so vielen Bewerbungsgesprächen zu nutzen, dass alle Firmen zu einem großen, familienfreundlichen, ehrenamtlichen Einheitsbrei geworden waren.

»Erzählen Sie uns von sich«, ermunterte Rose den rothaarigen jungen Mann, der ihr gegenübersaß.

Er seufzte. »Nun, ich habe letztes Jahr geheiratet.«

»Das ist großartig«, sagte Simon.

»Ja«, sagte der Mann bitter, »außer dass sie mir letzte Nacht erzählt hat, dass sie mich wegen unseres Strafrechtsprofessors verlässt.«

»Ach du liebe Güte«, murmelte Rose.

»›Er betreut meine Arbeit‹, hat sie gesagt. Ich war nicht misstrauisch. Wären Sie misstrauisch gewesen?«, fragte er und starrte Simon und Rose an.

»Äh«, sagte Simon. »Nun, ich bin nicht verheiratet.«

Der Jurastudent sackte in seinem Stuhl zusammen. »Hören Sie, Sie haben meinen Lebenslauf«, sagte er. »Falls Sie interessiert sind, wissen Sie ja, wo Sie mich finden können.«

»Ja«, flüsterte Simon, während der Typ den Raum verließ. »Im Gebüsch vor dem Haus des Professors mit Nachtsichtgläsern und einem Mayonnaiseglas zum Hineinpinkeln.«

»Ich fing an Jura zu studieren, weil ich angewidert war«, begann die dünnlippige Brünette. »Erinnern Sie sich an den Fall des heißen McNugget?«

»Nein«, sagte Rose.

»Nicht wirklich«, sagte Simon.

Die Studentin schüttelte den Kopf und starrte sie verächtlich an. »Eine Frau bestellt sich am Drive-through-Schalter von McDonald's McNuggets. Die McNuggets kommen, frisch aus der Fritteuse. Sie sind heiß. Die Frau beißt hinein, verbrennt sich die Lippe, verklagt McDonald's dafür, dass sie sie nicht informiert hatten, dass die McNuggets gefährlich heiß sein würden, und gewinnt Hunderttausende von Dollar. Ich war angewidert.« Zur Unterstreichung ihrer Angewidertheit funkelte sie sie böse an. »Urteile wie diese erzeugen den Krebs der Prozesswut, von dem Amerika infiziert ist.«

»Wissen Sie, mein Onkel hatte den«, sagte Simon traurig. »Krebs der Prozesswut. Leider kann man nicht viel dagegen tun.«

Die Frau funkelte sie wütend an. »Ich meine es ernst! Leichtfertige Anklagen sind ein schreckliches Problem für unseren Berufsstand.« Simon nickte aufmerksam und Rose unterdrückte ein Gähnen, während die Frau ihnen eine Viertelstunde lang relevante Beispiele, Fälle, Entscheidungen und Paragraphen rezitierte, bis sie plötzlich abrupt aufstand, sich ihren Rock glatt strich, »Guten Tag« sagte und ging.

Rose und Simon starrten sich an und brachen in schallendes Gelächter aus.

»Ach du liebe Güte«, sagte Rose.

»Ich glaube, wir haben einen Gewinner«, sagte Simon. »Den heißen McNugget. So nennen wir sie. Einverstanden?«

»Ich weiß nicht«, sagte Rose. »Was ist mit dem Kerl mit der nassen Aussprache? Oder Miss Boston?«

»Ich wollte ihr unbedingt sagen, dass ihr Boston nicht gefallen würde, weil es keine tolle Collegestadt ist, aber sie sah nicht aus wie jemand, der Spinal Tap mögen würde«, sagte er. »Und außerdem habe ich ein schlechtes Gewissen, weil wir unsere Kandidaten nicht gefragt haben, was sie von alternativen Sportarten halten.« Er schüttelte in gespielter Verzweiflung den Kopf. »Ich glaube nicht, dass wir nach Philadelphia zurückkönnen.«

»Der Typ mit der Exfrau sah so aus, als hätte er ein Snowboard in seiner Garage.«

»Ja«, sagte Simon, »direkt neben seiner Armbrust. Und wie steht's mit der Blondine?«

Rose biss sich auf die Lippe. »Die Blondine« war ihre vorletzte Kandidatin gewesen. Mittelmäßige Noten und keine nennenswerte Berufserfahrung, aber sie sah fabelhaft aus.

»Ich glaube, dass sie einigen der Partner gefallen hätte«, sagte Simon trocken. Rose zuckte zusammen. Meinte er Jim?

»Wie dem auch sei«, sagte Simon, während er seine Papiere zusammenraffte und in der unvermeidlichen Lewis, Dommel & Fenick-Mappe verstaute. »Wo würden Sie gerne essen gehen?«

»Zimmerservice«, sagte Rose und stand auf.

Simon blickte bestürzt drein. »Aber nein, auf keinen Fall, wir müssen in ein Restaurant gehen! Chicago hat großartige Restaurants!«

Rose sah ihn, wie sie hoffte, freundlich an. »Ich bin wirklich müde«, sagte sie. Was stimmte. Und sie hatte Krämpfe. Und sie wollte in ihrem Hotelzimmer sein, da Jim an Stelle seiner Präsenz als Trostpreis angeboten hatte, sie anzurufen. Ob Telefonsex wohl schwierig war?, fragte sie sich. Könnte sie es tun, ohne sich entweder wie eins dieser schlüpfrigen Models im Nachtprogramm eines Kabelfernsehsenders anzuhören oder wie jemand, der aus der Clinton-Lewinsky-Anklageschrift vorlas?

»Sie wissen nicht, was Sie versäumen«, sagte Simon. Er winkte zum Abschied, steckte seine Mappe in einen Lewis, Dommel & Fenick-Matchbeutel (erwachsene Männer, dachte Rose, sollten keine Matchbeutel mit sich herumtragen), und war weg, während Rose in ihr Hotelzimmer eilte, zum Telefon und zu Jim.

## 19

Maggie schloss eine Wette mit sich ab, dass sie sich einen Job angeln konnte, bevor Rose aus Chicago zurückkam. Rose würde sich freuen und sich daraufhin bestimmt auf den Fall der verschollenen Großmutter stürzen. Also verwarf sie alle Gedanken an die Barkeeperstelle und zog mit einem Stapel Lebensläufe los. Noch am selben Tag hatte sie einen Job bei der Eleganten Pfote, einem Schickimicki-Hundesalon um die Ecke von Roses Wohnung, in einer Straße, die zwei französische Bistros, eine Zigarrenbar, eine Damenboutique und einen Kosmetikladen namens Kiss and Make Up aufzuweisen hatte.

»Mögen Sie Hunde?«, fragte Bea, die Geschäftsführerin, die einen Overall trug und eine Marlboro ohne Filter rauchte, während sie das Fell eines Shitzu föhnte.

»Unbedingt!«, hatte Maggie gesagt.

»Und wie ich sehe, legen Sie Wert auf Ihr Äußeres«, sagte Bea und warf einen Blick auf Maggies enge Jeans und noch engeren Pulli. »Es wird schon funktionieren mit Ihnen. Sie waschen die Hunde, schneiden ihnen die Nägel und Barthaare, bringen ihr Fell in Form und föhnen sie. Acht Dollar die Stunde«, fügte sie hinzu, während sie den Shitzu am Schwanz und am Halsband packte und in eine Plastiktragebox verfrachtete.

»In Ordnung«, sagte Maggie.

Bea reichte ihr eine Schürze und eine Flasche Babyshampoo und deutete mit einem Kopfnicken auf einen kleinen, schmuddeligen Pudel. »Wissen Sie über Analdrüsen Bescheid?«

Maggie starrte sie an, in der Hoffnung, sich verhört zu haben. »Wie bitte?«

Bea lächelte. »Analdrüsen«, wiederholte sie. »Ich zeig es Ihnen.« Maggie sah angewidert zu, als Bea den Schwanz des Hundes anhob. »Sehen Sie hier?« Sie deutete auf die entsprechende Stelle. »Drücken.« Sie führte es vor. Der Geruch war widerlich. Maggie wurde speiübel. Sogar der Pudel sah aus, als wäre es ihm peinlich.

»Muss ich das bei jedem Hund machen?«, hatte sie gefragt.

»Nur bei denen, die es brauchen«, sagte Bea. Als ob das ein großer Trost gewesen wäre.

»Und woher weiß ich, welche es brauchen?«, fuhr Maggie fort.

Bea lachte. »Indem Sie nachsehen, ob sie geschwollen sind.« Maggie schluckte und näherte sich vorsichtig ihrem ersten Hund, dem die ganze Sache genauso wenig geheuer war wie ihr.

Nach acht Stunden hatte Maggie sechzehn Hunde gewaschen und sechzehn verschiedene Sorten Hundehaare an ihrem Pullover hängen.

»Gut gemacht«, sagte Bea mit einem anerkennenden Kopfnicken, während sie einem Collie ein bunt gestreiftes Tuch um das Halsband wickelte. »Tragen Sie das nächste Mal bequemere Schuhe! Flache oder Turnschuhe. Haben Sie so was?«

Nun, sie nicht, aber Rose. Humpelnd machte sich Maggie, ihre verschrumpelten Hände tief in den Taschen vergraben, auf den Heimweg. Sie freute sich darauf, die Wohnung heute Abend für sich allein zu haben. Sie konnte sich eine Schüssel Popcorn und einen Drink machen, und niemand würde sich über die laute Musik oder den aufdringlichen Parfümgeruch beschweren oder ihr blöde Fragen stellen, wo sie hinging und wann sie wieder zurück sein würde.

Maggie blickte zu der Stelle, wo Roses Auto gestanden hatte … und sah nichts außer einer zugefrorenen Pfütze und einigen braunen Blättern.

Maggies Herz begann wie wild zu schlagen. Okay, versuchte sie sich zu beruhigen, vielleicht war es nicht genau diese Stelle gewesen. Pine Street. Es war ganz sicher Pine Street gewesen. Sie ging bis zu dem Stoppschild neben einem der französischen Bistros, überquerte an der Kreuzung die Straße und ging auf der anderen Straßenseite wieder zurück, vorbei an der Zigarrenbar und Kiss and Make Up, die beide schon geschlossen hatten. Von dem Auto keine Spur.

Sie ging noch einmal unter den mit Weihnachtskränzen und goldenem Lametta geschmückten Straßenlaternen auf und ab, während die eisige Luft an ihrem Hals biss. Es war Pine Street gewesen, da war sie sich eigentlich sicher ... aber was, wenn sie sich doch irrte? Dann würde Rose die Nase gestrichen voll haben. Sie stellte sich vor, wie Rose aus Chicago zurückkam und erfuhr, dass ihr Auto verschwunden war. Sie würde Maggie vor die Tür setzen, noch ehe Maggie zu einer Erklärung ansetzen könnte. Und war ihr Leben nicht immer so verlaufen? Einen Schritt vorwärts, zwei Schritte zurück. An einem Casting bei MTV teilzunehmen und dann an einem Teleprompter zu scheitern. Einen Job zu bekommen und dann festzustellen, dass das Auto gestohlen worden war. Einen Fuß in die Tür zu kriegen und sich dann die Zehen einzuquetschen. Mist, dachte sie und drehte sich um die eigene Achse. Mist, Mist, Mist!

»Hat man Sie auch erwischt?« Ein Mann in einer Lederjacke kam auf sie zu. Er zeigte mit dem Daumen auf ein Schild, das Maggie bisher nicht bemerkt hatte. »Straßenreinigung«, sagte er kopfschüttelnd. »Früher hat man nur einen Strafzettel bekommen, aber weil das keinen gekümmert hat, fingen sie letzte Woche mit dem Abschleppen an.«

Mist. »Wohin bringen sie die Autos?«

»Zur Kfz-Verwahrstelle«, sagte er. »Ich würde Sie ja hinbringen, aber ...« Er zuckte die Achseln und sah mit einer solchen Leidensmiene auf die Stelle, an der vermutlich sein Auto gestanden hatte, dass Maggie lachen musste. »Kommen Sie«, sagte er. Sie sah ihn an und versuchte, seine Gesichtszüge zu erkunden, aber es war dunkel, und er hatte die Kapuze seiner Jacke übergezogen. »Ich trink nur noch schnell ein Bier, während ich auf meinen Freund warte, und dann kann er uns hinbringen. Haben Sie Ihr Scheckbuch dabei?«

»Äh«, sagte Maggie. »Ob die auch eine Kreditkarte akzeptieren?«

Der Mann zuckte die Achseln. »Wir werden's herausfinden.«

Der Mann hieß Grant, und sein Freund Tim, und aus einem Bier wurden drei und danach ein Irish Coffee, an dem Maggie langsam nippte, während sie ihre Schultern im Rhythmus der Musik bewegte. Sie versuchte, nicht auf die Uhr zu sehen, als sie ihr ganzes Repertoire herunterspulte: Sie schlug die Beine übereinander, fuhr sich mit der Zunge über die Lippen, wickelte eine Locke um den Finger. Sie blickte fasziniert, aber gleichzeitig geheimnisvoll drein, sah die Männer von unten herauf an, als ob sie das Interessanteste und Tollste wären, das sie je gesehen hatte, als ob das, was sie sagten, das Tollste wäre, das sie je gehört hatte. Sie schürzte die Lippen wie ein Unterwäsche-Model, spielte mit dem Sektquirl und sah sie mit gesenktem Blick schüchtern an. Maggie beherrschte all das im Schlaf. Und die Männer hatten natürlich keinen Schimmer. Das hatten sie nie.

»Hey, Monique, willst du mit uns auf eine Party kommen, sobald wir die Autos wieder haben?«

Sie nickte leicht, zuckte die Achseln und schlug wieder die Beine übereinander. Grant legte eine Hand auf ihr Knie und fuhr ihr langsam den Oberschenkel hinauf. »Du bist so weich«, sagte er. Sie beugte sich vor, wieder zurück. Vor, zurück.

»Lasst uns zuerst die Autos holen. Dann sehen wir weiter«, sagte sie. Sie wusste, dass sie auf direktem Weg nach Hause fahren würde. Sie war müde und wollte nur das Auto holen, duschen und ins Bett fallen.

Es war nach zehn Uhr, als sie endlich aufstanden und ihre Jacken anzogen. Maggie atmete insgeheim erleichtert auf und lächelte liebenswürdig, als ihr Grant vom Barhocker und dann beim Einsteigen in Tims Truck half. Sie fuhren immer wieder mal auf der Schnellstraße, irgendwo in Süd-Philadelphia. Maggie glaubte, im Dunkeln den Delaware-Fluss schimmern zu sehen. Endlich bog Tim ab und fuhr eine lange, kurvige, unbeleuchtete Straße entlang. Maggie fühlte eine eiskalte Fingerspitze auf ihre Brust tippen, während die Männer lachten und die Radiosongs grölten und über ihrem Kopf eine Flasche hin- und herreichten. Das könnte gefährlich werden, dachte sie. Wo war sie? Wer waren diese Typen? Wie hatte sie nur so dumm sein können?

Sie dachte gerade über einen Fluchtplan nach, als Tim das Lenkrad abrupt nach rechts riss und sie an einem Grundstück voller Autos entlangholperten, das ein gespenstisch bleicher Zaun umgab.

»Da sind wir«, sagte er. Maggie spähte hinaus in die Finsternis. Autos über Autos, Dutzende von Reihen, ausgebrannte Schrottautos und glänzende neue Modelle, und da, ganz vorne, stand Roses kleiner silberner Honda. Und auf der gegenüberliegenden Seite waren die Umrisse von Wachhunden zu erkennen – deutsche Schäferhunde, dachte Maggie –, die langsam am Zaun entlangschlichen.

Tim öffnete die Beifahrertür. »Zum Büro geht's hier lang«, sagte er, während er irgendetwas knirschend kaute, und deutete auf eine Baracke, in der Licht brannte. »Kommt ihr?«

Maggie sah sich um. Das Tor war offen. Sie könnte einfach zum Auto gehen, einsteigen und davonfahren. Sie ließ sich vom Lastwagensitz auf den Boden rutschen. »Ich hole mein Auto«, verkündete sie.

»Natürlich. Deswegen sind wir ja hier«, sagte Tim.

Maggie biss sich auf die Lippe. Die Wahrheit war, dass ihr Führerschein vor sechs Monaten abgelaufen war und sie vergessen hatte, ihn verlängern zu lassen. Und natürlich lief die Autoversicherung auch nicht auf sie, sondern auf Rose. Also würde man sie vielleicht nicht mit dem Auto wegfahren lassen, sogar falls man ihre Kreditkarte akzeptierte. Sie musste sich etwas anderes einfallen lassen.

Sie wippte auf den Fersen und suchte festen Halt. Es war so kalt, dass ihr die Wangen und die Nase wehtaten und Gänsehaut ihren ganzen Körper überzog. Und dann ging sie los, so als würde sie auf glühenden Kohlen gehen. Nicht zu langsam und nicht zu schnell.

»Hey!«, sagte Grant. »Hey!« Sie spürte mehr als dass sie sah, wie er sich bewegte, und sah so deutlich, was er vorhatte, als ob vor ihren Augen plötzlich eine Kinoleinwand heruntergelassen worden wäre. Zuerst würden sie die Autos holen, dann zurück in die Bar fahren, wo aus einem Drink drei oder vier oder fünf werden würden. Dann würden sie ihr sagen, dass sie nicht mehr in der Lage wäre, Auto zu fahren und sie fragen, ob sie nicht auf einen Kaffee mit zu ihnen kommen wolle? Die Wohnung würde nach schmutziger Wäsche und Achselschweiß riechen, in der Küche würden Pizzaschachteln herumliegen und im Ausguss würde sich das dreckige Geschirr stapeln. Sie würden sie fragen, ob sie einen Film ansehen mochte, der sich als Pornofilm entpuppen würde, und sie würden eine Flasche Alkoholisches herumreichen, und einer von ihnen würde sie mit glasigen Augen ansehen und *Hey, Süße* sagen und langsam grinsen, *Hey, Süße, hey, Baby, mach's dir doch bequem. Warum kommst du nicht hierher?*

Und da fing Maggie an zu rennen.

»Hey!«, schrie Grant noch einmal. Jetzt hörte er sich ernsthaft sauer an. Sie hörte ihn hinter sich keuchen. Ihr fiel eine Geschichte ein, die Geschichte von Atalanta, die nicht verheiratet werden wollte, die die Götter um den goldenen Apfel laufen ließen, die schneller rannte als alle Männer und die das Rennen gewonnen hätte, wenn man sie nicht reingelegt hätte. Nun, niemand würde *sie* reinlegen.

A-ta-lan-ta, A-ta-lan-ta, stampften ihre Füße, während sie silberne Atemwölkchen ausstieß. Sie war fast am Ziel, sie war so nahe, dass sie nur noch die Fingerspitzen ausstrecken hätte müssen, um den Türgriff auf der Fahrerseite zu berühren, als Grant sie um die Taille packte und hochhob.

»Nicht so schnell!«, keuchte er mit saurem, feuchtem Atem in ihr Ohr. »Wo willst du hin?« Er fuhr ihr mit einer Hand unter den Pulli.

»Hey!«, schrie sie und schlug mit den Beinen um sich. Er lachte nur. Sie hörte in der Ferne einen Hund jaulen. Tim kam auf sie zugerannt. »Komm schon, Mann, lass sie los«, sagte er.

»Lass mich los!«, kreischte Maggie.

»Noch nicht!«, sagte Grant und fuhr mit der Hand über ihre Brüste. »Willst du dich nicht zuerst ein bisschen mit uns amüsieren?«

*O Gott,* dachte Maggie. *O nein.* Sie erinnerte sich an eine Nacht vor langer Zeit in der High School, eine Gartenparty. Sie hatte Bier getrunken und Pot geraucht und dann hatte ihr jemand einen Becher mit klebrigem braunem Likör in die Hand gedrückt und sie hatte auch den hinuntergekippt, und danach war alles etwas unscharf. Sie freundete sich mit einem Typen an und legte sich mit ihm ins Gras unter einen Baum. Er hatte den Reißverschluss seiner Hose offen, sie ihren Pulli um den Hals, und als sie aufsah, standen zwei Typen mit Bierdosen in der Hand vor ihnen und starrten auf sie herab. Sie standen da und warteten, bis sie an der Reihe waren. In diesem Moment war Maggie bewusst geworden, wie schlüpfrig ihre Macht war, wie schnell sie ihr entgleiten konnte, wie ein Messer beim Abwasch, das einem plötzlich eine tiefe Schnittwunde zufügen konnte. Sie hatte sich aufgerappelt, so getan, als ob sie kotzen müsste und »Mir ist schlecht« gekeucht. Sie rannte mit der Hand vor dem Mund ins Haus und versteckte sich bis vier Uhr morgens im Badezimmer, bis alle entweder ohnmächtig geworden, eingeschlafen oder nach Hause gegangen waren. Aber was würde sie jetzt tun, da sie sich in keinem Badezimmer verstecken und in keiner Menschenmenge untertauchen konnte, und niemand da war, der sie retten konnte?

Maggie trat so fest sie konnte mit dem Absatz gegen Grants Oberschenkel. Er zog geräuschvoll die Luft ein, und es gelang ihr, sich loszureißen.

»Was soll das?«, schrie sie, während Grant sie wütend anfunkelte und Tim zu Boden starrte. »Was zum TEUFEL soll das!«

»Schlampe«, sagte Grant.

»Arschloch!«, schrie Maggie zurück. Ihre Hände zitterten so stark, dass sie die Schlüssel zweimal fallen ließ, bevor es ihr gelang, die Autotür aufzuschließen.

»Du musst erst zahlen«, sagte Tim, der mit erhobenen Händen langsam auf sie zuging. »Sie haben dein Kennzeichen. Sie werden dir einen Strafzettel schicken und dir noch alle möglichen Bußgelder aufbrummen.«

»Scheißkerle«, sagte Maggie. »Bleibt mir vom Leib! Meine Schwester ist Anwältin. Sie wird euch wegen tätlichen Angriffs verklagen.«

»Hör zu«, sagte Tim, »es tut mir Leid. Er hat zu viel zu trinken gehabt.«

»Scheißkerle«, sagte Maggie noch einmal. Sie ließ das Auto an und schaltete die Scheinwerfer ein. Grant riss geblendet den Arm vor die Augen. Maggie ließ den Motor aufheulen und überlegte kurz, wie es sein würde, Gas zu geben und ihn platt zu machen wie ein Eichhörnchen. Stattdessen atmete sie tief durch, versuchte, das Lenkrad ruhig zu halten, und brauste durch das Tor davon.

## 20

Wenn Maggie eine einfache Mitbewohnerin gewesen wäre, wäre die Telefonrechnung das Ende gewesen, der Tropfen, der das Fass zum Überlaufen brachte. Aber Maggie war keine einfache Mitbewohnerin, sagte sich Rose. Maggie war ihre Schwester. Normalerweise betrug die Telefonrechnung ungefähr vierzig Dollar im Monat. Aber als sie von ihrer zweitägigen Dienstreise nach Chicago nach Hause kam (der Flug hatte Verspätung gehabt, ihr Gepäck war verloren gegangen, der Flughafen war überheizt und voller Weihnachtsurlauber gewesen) und die Telefonrechnung auf der Ablage vorfand, stellte sie überrascht fest, dass sie sich auf über dreihundert Dollar belief. Schuld daran war ein zweihundertundsiebenundzwanzig Dollar teures Telefonat nach New Mexico.

Sie gelobte, ihre Schwester nicht sofort deswegen zur Rede zu stellen, wenn sie nach Hause kam. Sie würde sie zuerst ihren Mantel aufhängen und die Schuhe ausziehen lassen und dann beiläufig erwähnen, dass die Telefonrechnung gekommen sei, und sie fragen, ob sie sich mit jemandem in Albuquerque angefreundet hatte. Aber als sie ins Schlafzimmer kam, um ihre Sachen aufzuräumen, sah sie, dass ihre Klamotten noch immer auf dem Boden lagen und ihre Leintücher und Kissen obenauf. Was hieß, dass Maggie in ihrem Bett geschlafen hatte. Und ihre Schuhe getragen hatte, dachte Rose. Und ihren Haferbrei gegessen hatte, falls sie welchen gehabt hätte.

Rose saß kochend vor Wut bis nach Mitternacht auf der Couch, als Maggie, wie eine ganze Bar nach Rauch und Alkohol riechend und mit etwas Zuckendem unter ihrer Jacke, nach Hause kam.

»Du bist wieder da!«, sagte Maggie.

»Ja – und die Telefonrechnung auch«, sagte Rose, während Maggie ihre Schuhe in die Ecke schleuderte und ihre Handtasche auf die Couch fallen ließ.

»Ich hab dir was mitgebracht!«, sagte Maggie. Sie war ganz rot im Gesicht, hatte riesige Pupillen und roch nach Whiskey. »Eigentlich zwei Dinge«, sagte sie, hielt zwei Finger hoch und machte ihre Jacke schwungvoll auf. »Honey Bun Nr. Zwei!«, verkündete sie, während ein kleiner, fladenförmiger brauner Hund auf den Boden sprang. Er hatte feuchte braune Augen, ein braunes Lederhalsband und ein Gesicht, das aussah, als hätte man ihm eins mit einer Bratpfanne übergezogen.

Rose starrte auf den Hund. »Maggie ... was ist das?«

»Honey Bun Nr. Zwei!«, wiederholte Maggie und ging in die Küche. »Ein Geschenk für dich!«

»Ich kann hier in der Wohnung keine Hunde halten!«, schrie Rose. Inzwischen hatte sich der kleine braune Hund in Roses Wohnung umgesehen und stand jetzt mit dem Blick einer älteren Dame, die mit ihrem Hotelzimmer unzufrieden ist, vor dem Couchtisch.

»Du wirst ihn zurückbringen müssen«, sagte Rose.

»Schon gut, schon gut«, sagte Maggie und kam wieder ins Wohnzimmer. »Sie ist sowieso nur zu Besuch.«

»Von wo?«

»Meinem neuen Job«, sagte Maggie. »Ich bin jetzt Hundepflegerin in der Eleganten Pfote.« Sie grinste ihre Schwester triumphierend an. »Ich habe einen Job. Schon seit zwei Tagen. Freust du dich?«

»Wir müssen über die Telefonrechnung sprechen«, sagte Rose und vergaß ihren Vorsatz, ruhig und vernünftig zu sein. »Hast du nach New Mexico telefoniert?«

Maggie schüttelte den Kopf. »Ich glaube nicht.«

Rose hielt ihrer Schwester die Rechnung unter die Nase. Maggie studierte sie. »Ach, das.«

»Ach das was?«

»Ich habe mir Tarotkarten legen lassen. Aber es hat nur ungefähr eine halbe Stunde gedauert! Du lieber Himmel, ich dachte nicht, dass es so viel kosten würde.«

»Tarotkarten«, wiederholte Rose.

»Es war direkt vor dem Casting«, murmelte Maggie. »Ich musste herausfinden, ob es ein günstiger Tag für einen neuen Job war.«

»Unglaublich«, sagte Rose zur Decke.

»Rose, müssen wir jetzt darüber sprechen?«, fragte Maggie. »Ich bin wirklich müde. Ich habe einen schweren Abend gehabt.«

»Ja sicher«, sagte Rose. »Nach zwei Tagen Arbeit musst du erschöpft sein.«

»Jaja«, sagte Maggie. »Ich geb dir das Geld für die Telefonrechnung.«

Der kleine Hund sah sie an, schnaubte dann abfällig und hievte sich auf die Couch, wo er anfing, mit seinen Pfoten ein Kissen zu bearbeiten. »Hör auf!«, schrie Rose. Der Hund ignorierte sie und trampelte so lange auf dem Kissen herum, bis es zu seiner Zufriedenheit arrangiert war, dann rollte er sich darauf zusammen und schlief sofort ein.

»Maggie!«, schrie Rose. Keine Antwort. Sie konnte im Bad die Dusche rauschen hören, während der kleine Hund schnarchte. »Was ist die andere Überraschung?«, fragte Rose. Keine Antwort. Sie stand vor der geschlossenen Badezimmertür, die Telefonrechnung in der Hand, und drehte sich schließlich angewidert um. Morgen früh, gelobte sie sich.

Aber der nächste Morgen begann mit etwas, das in Roses Wohnung zur Routineangelegenheit geworden war – mit einem Anruf von einem Geldeintreiber.

»Hallo, ich hätte gern mit Maggie Feller gesprochen«, begannen die Anrufe. »Hier ist Lisa von Lord & Taylor.« Oder Karen von Macy's, oder Elaine von Victoria's Secret. Heute war es Bill von Gap. Wenn Rose abends nach Hause kam, fand sie für gewöhnlich haufenweise Nachrichten auf ihrem Anrufbeantworter vor: Strawbridge's, Bloomingdale's, Citibank, American Express.

»Maggie!«, rief Rose. Ihre Schwester lag auf dem Sofa, der Hund auf dem Boden auf einem Kissen – das, wie Rose sah, angesabbert war. »Telefon!«

Maggie drehte sich nicht um, sondern streckte nur mit geschlossenen Augen einen Arm nach dem Hörer aus. Rose drückte ihn ihr in die Hand und ging ins Bad, während Maggies Stimme immer schriller wurde: »Ja!«, »Nein!«, »Ich habe Ihnen bereits einen Scheck geschickt!« Als sie aus der Dusche kam, hing Maggie noch immer am Telefon, und der Hund kaute an einem von Roses roten Cowboystiefeln. »Herrgott!«, zischte sie und knallte die Haustür zu, so fest wie sie konnte.

Rose fuhr mit dem Aufzug hinunter in die Lobby und überquerte die Straße, in der Hoffnung, dass ihr Auto noch ungefähr dort stand, wo sie es vor drei Tagen geparkt hatte. Und da war es, fast an der gleichen Stelle. Gott sei Dank gab es noch die kleinen Freuden des Lebens, dachte sie, als sie sich hinters Steuer setzte. Da tippte ein alter Mann an die Scheibe. Rose stieß vor lauter Schreck einen leisen Schrei aus.

»Ich würde das nicht tun«, sagte der alte Mann.

»Was?«

»Kralle«, sagte er. »Sehen Sie selbst.«

Rose stieg aus und ging hinüber zur Beifahrerseite. Und tatsächlich, am Vorderreifen war eine hellgelbe Metallkralle angebracht, zusammen mit einem hellorangen Zettel. »Straffällig?«, las Rose. *Maggie,* dachte sie. *Das ist Maggies Schuld.* Sie sah auf ihre Uhr. Sie hatte noch Zeit, zurückzulaufen und sich einige Antworten von Miss Maggie zu besorgen. Sie stürmte zurück durch die Lobby (»Etwas vergessen?«, rief ihr der Portier hinterher), drückte den Aufzugknopf, starrte wütend auf die verspiegelte Liftdecke und rannte beinahe den Gang zu ihrer Wohnungstür hinunter. »Maggie!«, rief sie. Keine Antwort. Sie hörte die Dusche laufen. »Maggie!«, schrie Rose und schlug gegen die Badezimmertür. Keine Antwort. Rose drehte den Türknauf. Die Tür war nicht abgeschlossen. Sie stürmte ins Bad, um ohne Rücksicht auf ihre nackte Schwester den Duschvorhang zurückzureißen und sie zur Rede zu stellen. Sie machte einen Schritt in das dampfende Bad und blieb stehen. Sie konnte hinter dem Plastikduschvorhang die Umrisse ihrer Schwester sehen. Maggie stand mit dem Rücken zur Tür und presste ihre Stirn gegen die Fliesen. Rose konnte hören, was Maggie sagte. Ein Wort, immer und immer wieder.

»Dumm … dumm … dumm … dumm …«

Rose blieb wie angewurzelt stehen. Maggie erinnerte sie an eine Taube, die sie einmal gesehen hatte. Auf dem Weg zum Lebensmittelladen an der Ecke war sie fast über eine Taube gestolpert, doch anstatt einen verängstigten Eindruck zu machen, hatte der Vogel Rose aus winzigen, hasserfüllten roten Äuglein wütend angefunkelt. Sie war beinahe hingefallen und gerade als sie weitergehen wollte, sah sie, was das Problem war. Die Taube hatte eine schrecklich verstümmelte Kralle; sie hüpfte auf ihrem unverletzten Fuß und hielt den anderen fest an ihren Körper gepresst.

Rose hatte einen Augenblick lang überlegt, ihr zu helfen. »Oh«, hatte sie gesagt und ihre Hand ausgestreckt und gedacht, dass … ja was? Dass sie das schmutzige Ding aufklauben und zu einem Tierarzt bringen sollte? Der Vogel hatte sie nur noch wütender angesehen, bevor er schrecklich erbärmlich, in seiner Würde verletzt, weiterhüpfte.

Maggie war genauso, dachte Rose. Sie war auch verletzt, aber das konnte man ihr nicht sagen. Man konnte keine Hilfe anbieten oder andeuten, dass man von Maggies Verletztheit und Schmerz wusste, dass es Dinge gab, die sie nicht selbst herausfinden oder auf die Reihe kriegen konnte.

Rose ging leise aus dem Bad und zog die Tür hinter sich zu. *Maggie,* dachte sie, während sich in ihrem Herzen die vertraute Mischung aus Mitleid und Wut breit machte. Sie ging zurück zum Lift, dann durch die Lobby hinaus in die Sonne und hielt an der Ecke ein Taxi an. Das Auto, dachte sie. Die Telefonrechnung. Die Anrufe von den Geldeintreibern. Der Hund. Die Klamotten auf dem Boden. Die ganzen Kosmetiksachen im Bad. Die Mahnungen in ihrem Briefkasten. Rose schloss die Augen. Das musste aufhören. Aber wie?

## 21

Ella hatte Sand in den Schuhen. Sie zog sie aus und rieb sich die Fußsohlen sorgfältig am Boden des Autos sauber, bevor sie die Schuhe wieder anzog.

Lewis blieb an einer roten Ampel stehen und sah sie an. »Alles in Ordnung?«

»Ja«, sagte Ella und lächelte. Sie waren spät – das heißt, nach sieben Uhr – essen gewesen und danach in einem Konzert – und zwar nicht im Klubhaus von Golden Acres, sondern in einem »richtigen« Club in Miami, wohin Lewis sie in seinem großen Auto durch die feuchte, lieblich duftende Nachtluft chauffiert hatte.

Als Lewis jetzt durch die Einfahrt von Golden Acres fuhr, fragte sich Ella, was passieren würde. Wenn sie jünger wäre, würde sie ausrechnen, wie oft sie schon miteinander ausgegangen waren – bisher sechsmal – und zu dem Schluss kommen, dass Lewis wahrscheinlich etwas von ihr wollte. Vor sechzig Jahren hätte sie sich auf eine halbe Stunde schwitziges Fummeln und Begrabschen eingestellt, bevor ihr Ausgang vorüber war und das den Spaß beendete. Aber was konnte schon passieren, in ihrem Alter? Nach allem, was sie durchgemacht hatte? Sie hatte geglaubt, ihr Herz sei tot, ein verschrumpeltes Ding, zu keiner Gefühlsregung mehr fähig. Noch Jahre nach Carolines Tod hatte sie das geglaubt. Aber jetzt …

Lewis parkte vor dem Haus, in dem er wohnte. »Würdest du noch gern auf einen Kaffee mit hinaufkommen?«

»Dann werde ich die ganze Nacht nicht schlafen können«, sagte sie und kicherte wie ein albernes Schulmädchen. Sie fuhren schweigend im Aufzug nach oben. Ella überlegte, dass sie die Situation vielleicht falsch eingeschätzt hatte. Vielleicht wollte er ihr nur Tee anbieten und sie mit Bildern seiner Enkelkinder quälen. Oder er suchte nur ein offenes Ohr, jemanden, der sich die Geschichten über seine tote Frau anhörte. Sex kam nicht in Frage. Er nahm wahrscheinlich Medikamente, wie alle anderen, die Ella kannte. Aber was, wenn er Viagra hatte? Ella biss sich auf die Lippe. Wahrscheinlich war sie ein Dummchen. Sie war achtundsiebzig Jahre alt. Wer würde es schon eilig haben, sie ins Bett zu kriegen, wo bei ihr doch alles schwabbelig und faltig und von Altersflecken übersät war?

Lewis schloss die Tür auf und sah sie verwundert an. »Du siehst aus, als wärst du mit deinen Gedanken ganz woanders«, sagte er.

»Och, ich …«, setzte Ella an, aber sie wusste nicht genau, was sie sagen wollte. Sie betrat hinter ihm die Wohnung. Seine Wohnung war viel größer als ihre, und während ihre auf den Parkplatz und die Autobahn hinausging, blickte seine aufs Meer.

»Setz dich«, sagte er und ging in die Küche. Ella setzte sich auf die Couch und spürte ein Kribbeln. War es Angst? Aufregung? Er hatte kein Licht eingeschaltet.

Er kam zurück, setzte sich neben sie und reichte ihr eine warme Tasse Tee. Dann stand er wieder auf und zog die Jalousien hoch. Durch die riesigen Fenster sah Ella die Wellen an den bleichen Sandstrand rollen und das Wasser im Mondschein glitzern. Sie fühlte sich so nah am Wasser, es war wie …

»Es ist wie auf einem Schiff!«, sagte sie, obwohl sie seit Jahren auf keinem Schiff mehr gewesen war. Aber sie fühlte förmlich die Bewegung, das Schaukeln der Wellen, die sie aufs Meer hinaustrugen, weit weg von allem, was sie kannte, weit weg von sich selbst. Als Lewis ihre Hand nahm, fühlte es sich völlig richtig an, so richtig und natürlich wie die Bewegung der Wellen, die an den Strand spülten.

## 22

»Sie muss aus meiner Wohnung verschwinden«, sagte Rose. Sie und Amy saßen in einer Ecke von Amys Lieblingscafé, tranken Eistee und warteten auf ihr Mittagessen. Rose hatte den größten Teil des Vormittags damit verbracht, mit der Verkehrsbehörde von Philadelphia zu telefonieren, um herauszufinden, was mit ihrem Auto geschehen war und wie viel Maggies jüngstes Bravourstück sie kosten würde. Sie hatte auf die Uhr gesehen, gestöhnt, weil sie noch keine Arbeit erledigt hatte, und bei sich zu Hause angerufen. Maggie war nicht rangegangen. Rose hatte eine knappe Nachricht hinterlassen. »Maggie, ruf mich im Büro an, sobald du diese Nachricht abhörst.« Um ein Uhr hatte Maggie immer noch nicht zurückgerufen, also hatte sich Rose mit Amy zu Salat und Strategieplanung verabredet.

»Erinnerst du dich, als sie schon einmal drei Wochen bei mir gewohnt hat? Damals dachte ich schon, es sei die Hölle auf Erden. Weißt du noch, wie ich geschworen habe, dass das nie wieder vorkommen würde?«

Amy nickte mitfühlend. »Natürlich erinnere ich mich.«

Rose zuckte zusammen. Ihr fiel ein, dass Amy in der Zeit vorbeigekommen war, um sich einen Film anzusehen, und am nächsten Tag feststellte, dass zwei Lippenstifte und vierzig Dollar aus ihrer Handtasche fehlten.

»Hör zu«, sagte Amy. »Du bist ihr eine gute Schwester gewesen. Du bist überaus geduldig gewesen. Hat sie einen Job gefunden?«

»Sie sagt, dass sie einen hat.«

»Sie sagt es«, wiederholte Amy. »Und gibt sie dir Geld für die Miete? Für Lebensmittel? Für irgendwas?«

Rose schüttelte den Kopf. Die große, schwarze, blendend aussehende Bedienung kam mit ihrem Essen, stellte es auf den Tisch und schlenderte wieder davon, ohne Roses leeres Wasserglas bemerkt zu haben.

»Warum kommen wir eigentlich immer wieder hierher?«, fragte Rose und nahm ihre Gabel. »Der Service ist furchtbar.«

»Ich geb mein Geld gern unter meinen Brüdern und Schwestern aus«, sagte Amy.

»Amy«, sagte Rose geduldig. »Das sind nicht deine Brüder und Schwestern.« Sie aß ein paar Bissen von ihrem Salat und schob dann den Teller beiseite. »Was soll ich nur tun?«

»Sie auf die Straße setzen«, sagte Amy, den Mund voller Spinat. »Sag ihr, dass sie gehen muss.«

»Und wohin soll sie gehen?«

»Das ist nicht dein Problem«, sagte Amy. »Ich weiß, das hört sich kaltherzig an, aber Maggie wird nicht auf der Straße verhungern. Du bist nicht für sie verantwortlich. Du bist ihre Schwester, nicht ihre Mutter.«

Rose biss sich auf die Lippe. Amy seufzte. »Es tut mir Leid«, sagte sie. »Es tut mir Leid, dass Maggie so ein Wrack ist. Es tut mir Leid, dass Sydelle so ein Albtraum ist. Es tut mir Leid wegen deiner Mutter. Aber Rose, was du hier tust – es funktioniert nicht. Du kannst nicht ihre Mutter sein.«

»Ich weiß«, murmelte Rose. »Ich weiß nur nicht, was ich tun soll. Das heißt, ich weiß, *was* ich tun sollte, aber ich weiß nicht, *wie*.«

»Sprich mir nach: ›Maggie, du musst gehen‹«, sagte Amy. »Im Ernst, sie wird bei deinem Vater und Sydelle einziehen, und wenn das sie nicht überzeugt, ihr Leben auf die Reihe zu kriegen und genug Geld zu verdienen, um sich selbst eine Wohnung leisten zu können, dann ist sowieso Hopfen und Malz verloren. Du kannst ihr sogar etwas Geld geben – beachte, dass ich gesagt habe, ›geben‹ und nicht ›leihen‹. Ich helfe dir, wenn du willst.«

»Danke«, sagte Rose und stand auf. »Ich muss gehen.«

»Du bist genau wie Maggie«, sagte Amy. »Du musst dich endlich mal um dich selbst kümmern.« Rose nickte jämmerlich. »Ruf mich an, wenn du Hilfe brauchst, wenn du irgendetwas brauchst. Halt mich auf dem Laufenden.«

Rose versprach es ihr. Zurück im Büro hörte sie ihren Anrufbeantworter ab. Keine Nachricht von Maggie, dafür aber eine von Sydelle. »Rose, bitte ruf uns an! Sofort.«

Also vielleicht war ihre Schwester dort. Rose holte tief Luft und wählte. »Hier ist Rose.«

»Du musst etwas wegen deiner Schwester unternehmen«, sagte Sydelle und legte dann mit einer Aufzählung von Maggies neuesten Schandtaten los. »Weißt du, dass um acht Uhr morgens Geldeintreiber bei uns anrufen?«

»Bei mir auch«, sagte Rose.

»Kannst du denn nichts dagegen unternehmen?«, fragte Sydelle. »Du bist doch Anwältin. Kannst du ihnen nicht sagen, dass es illegal ist, hier anzurufen? Liebes, es ist nicht gut für deinen Vater …«

Rose wollte ihr sagen, dass es auch für sie nicht gut war – dass nichts, was Maggie je getan hatte, für irgendjemanden gut war außer für Maggie selbst – aber stattdessen versicherte sie nur, dass sie ihr Bestes tun würde, und legte auf. Dann rief sie wieder zu Hause an. Noch immer keine Antwort. Jetzt fing sie an sich Sorgen zu machen. Vielleicht war Maggie in der Arbeit. Sicher, dachte sie säuerlich. Und vielleicht würden bald die Preisrichter vorbeischauen, um sie zur Miss America zu krönen. Rose loggte sich in ihren Computer ein und checkte ihre E-Mail. Eine ziemlich kurz angebundene Nachricht von einem der Partner, der fragte, wann Rose mit dem Entwurf ihres Schriftsatzes fertig sein würde. Eine Gruppenmail von Simon Stein mit dem Betreff »Softball-Vorsaison-Treffen«, die Rose ungelesen löschte.

Sie stand auf und ging in ihrem Büro auf und ab. Sie musste Jim sehen, beschloss sie. Und zwar sofort. Sie sah an sich hinab und bemerkte entsetzt, dass sie zwei verschiedene schwarze Halbschuhe trug – was daher kam, dass ihre Schwester jeden Schuh, den sie besaß, aus dem Schrank auf den Boden geworfen hatte. *Maggie!*, dachte sie wütend und stürmte den Flur hinunter in Jims Büro, vorbei an seiner Sekretärin (»Hey! Er telefoniert gerade!«).

»Rose? Was ist los?« Er legte auf und schloss die Tür hinter ihr.

Rose starrte auf ihre Schuhe. Ihre Wohnung war ein Chaos, ihr Leben ein Desaster, sie schuldete der Verkehrsbehörde zweihundert Dollar, sie hielt unerlaubt einen Hund in ihrer Wohnung, und sie konnte sich offensichtlich nicht einmal mehr ordentlich anziehen. Sie sehnte sich danach, dass er sie in den Arm nahm, ihr über den Kopf strich und ihr sagte, dass sie erst am Anfang ihrer Beziehung standen und dass, auch wenn es wegen Maggies Allgegenwart vielleicht etwas holprig verlaufen war, sie bald wieder zusammen sein würden.

»Hey«, sagte Jim und führte sie zu dem Ledersessel vor seinem Schreibtisch, dem schrägen Eames-Sessel für Mandanten, in dem man so nach hinten rutschte, dass Jim immer größer war als sein Gegenüber.

Rose blieb stehen und holte tief Luft. *Bring's auf den Punkt*, ermahnte sie sich. »Du fehlst mir.«

Jim machte ein reumütiges Gesicht. »Es tut mir Leid, Rose«, sagte er, »aber hier war so viel los.«

Rose fühlte sich wie auf einer Berg- und Talfahrt, so als wäre sie gerade oben auf dem Berg, den sie nicht hatte kommen sehen, und würde jetzt den Boden unter den Füßen verlieren. Sah er nicht, dass sie ihn brauchte?

Er legte ihr die Arme um die Schultern, hielt sie aber auf Distanz. »Wie kann ich dir helfen?«, murmelte er.

»Komm heute Abend zu mir«, sagte sie und drückte ihre Lippen an seinen Hals. Sie war sich bewusst, dass sie genau das tat, was Frauen niemals, unter keinen Umständen, tun sollten – nämlich betteln. »Ich muss dich sehen. Bitte!«

»Es kann spät werden«, sagte er. »Zehn oder so.«

»Das ist in Ordnung. Ich warte auf dich.« *Für immer*, dachte sie und verließ sein Büro.

Die Sekretärin funkelte sie böse an. »Sie können nicht einfach so hineinstürmen«, sagte sie. »Sie müssen sich von mir ankündigen lassen.«

»Es tut mir Leid«, sagte Rose und kam sich vor, als ob sie heute den ganzen Tag nichts anderes tat, als sich zu entschuldigen. »Es tut mir wirklich Leid.«

## 23

Roses Telefon klingelte schon wieder. Maggie ignorierte es. Sie ließ ihr Handtuch auf den Wohnzimmerboden fallen und trat unter die Dusche. Sie duschte heute Vormittag schon das dritte Mal. Maggie hatte sich seit der hautnahen Begegnung mit dem dynamischen Duo Grant und Tim schon zig Male geduscht, sich zehn, zwanzig, dreißig Minuten mit ihrem Luffaschwamm abgerubbelt und ihre Haare gewaschen, bis sie quietschten. Trotzdem fühlte sie sich immer noch schmutzig.

Und sie war wütend. Sie campte seit Wochen auf Roses Couch, und was konnte sie vorzeigen? Kein Geld. Keinen Mann. Keine Modelfotos. Nichts, rein gar nichts. Nur Arschlöcher, die sie auf Parkplätzen begrabschten, als ob sie ein Nichts sei. Als ob sie nicht wirklich existieren würde.

Vom Anrufbeantworter hörte sie die Stimme ihrer Schwester: »Maggie, bist du zu Hause? Geh ran, wenn du da bist. Ich muss mit dir sprechen. Maggie!«

Sie wickelte sich ein Handtuch um den Körper, wischte den beschlagenen Spiegel ab und sah sich an. Waffe Nummer eins war, wie immer, ihr Körper. Er war besser als eine Pistole, schärfer als ein Messer. Sie würde diese Kerle finden. Sie würde die ganze Stadt absuchen, bis sie sie in einer Bar, einem Bus oder sonstwo wieder fand. Sie würde lächelnd und erhobenen Hauptes auf sie zugehen. Das Lächeln würde am schwierigsten sein, aber sie war sich sicher, dass sie es schaffen würde. Sie war Schauspielerin. Sie war ein Star. Sie würde lächeln und Tim die Hand auf den Rücken legen und ihn fragen, wie's ihm ging. Sie würde an ihrem Drink nippen, auf dem Glas Lippenstiftspuren hinterlassen und ihr Knie an seinem reiben. Sie würde sich vorbeugen und ihm zuflüstern, dass sie sich in jener Nacht großartig amüsiert hatte, dass es ihr Leid tat, dass sie davongelaufen war. Vielleicht könnten sie es wiederholen? Hatten sie heute Abend schon etwas vor? Dann würde sie mit ihnen in ihre Wohnung gehen. Und dann wäre Waffe Nummer zwei gefragt. Vielleicht ein Messer. Oder eine Pistole, falls sie eine auftreiben konnte. Etwas, womit sie ihnen für immer eine Lektion erteilen konnte, etwas, das ihnen zeigen würde, dass man sich mit ihr keinen Spaß erlauben durfte.

Wieder klingelte das Telefon. »Maggie, ich weiß, dass du da bist. Würdest du bitte abheben? Ich habe gerade noch einmal mit der Verkehrsbehörde telefoniert, und man hat mir gesagt, dass das Auto aus der Kfz-Verwahrstelle entwendet worden ist, und dass dafür ein Bußgeld fällig ist.«

Maggie drehte die Stereoanlage lauter – Axl Rose kreischte:

»Welcome to the Jungle. Do you know where you are?« – und schlüpfte in Roses neueste Errungenschaft, ein Paar kniehoher schwarzer Lederstiefel für zweihundertachtundsechzig Dollar. Ihre Schwester konnte sie kaufen, ohne mit der Wimper zu zucken, denn für Rose ging niemals etwas schief. O nein! Rose würde nicht an einem Teleprompter scheitern, Rose würde nie auf der falschen Straßenseite parken, Rose würde nicht von irgendwelchen Arschlöchern auf Parkplätzen begrabscht werden, und Rose würde mit Sicherheit niemals einen Job annehmen müssen, bei dem sie Hundeärsche drücken musste, nur um über die Runden zu kommen. Rose hatte alles, und Maggie hatte nichts. Nichts außer dem kleinen Hund, der vor einigen Monaten in der Eleganten Pfote abgegeben worden war.

Nackt, nur mit den Stiefeln bekleidet, ging sie in der Wohnung auf und ab. Sie hörte das Quietschen der Sohlen auf dem Parkett, sie roch das Leder und die Seife und ihre Haut und sah roten Nebel. Und das Messer. Als sie am Badezimmer vorbeiging, sah sie sich kurz im Spiegel, gerötet und nass und hübsch – eine clevere Verkleidung, eine Blume mit cremefarbenen Blüten auf langstängeligen Beinen. Niemand würde vermuten, was in ihr vorging.

Da ging der Türsummer. Der Hund winselte. »Schon gut«, sagte Maggie und zog sich ein T-Shirt über den Kopf. Sie überlegte kurz, einen Slip anzuziehen, dann dachte sie: Warum die Mühe? Es war acht Uhr – zu früh als dass Rose schon nach Hause kommen und ihr wieder Vorträge halten würde. Wahrscheinlich war es nur der Idiot von nebenan, der sich über die laute Musik beschweren wollte.

Sie schaltete das Licht aus und riss kampfeslustig die Tür auf. Vor ihr stand Roses Freund.

»Rose?«, sagte er und sah sie im Finstern blinzelnd an. Maggie lachte – es begann als ein Kichern, dann drang das Lachen plötzlich wie Gift aus ihrer Kehle. Sie war nicht Rose und würde es auch nie sein. Ihr fehlten die intellektuellen Fähigkeiten, die mühelos errungenen Erfolge ihrer Schwester.

Im Gegensatz zu Rose würde sie nie gute Ratschläge erteilen, sich überall einmischen und herumnörgeln und schimpfen und Regeln aufstellen und verlogene, mit Ungeduld gemischte Sympathie an den Tag legen. Rose. Ha! Sie warf den Kopf zurück und lachte schallend. »Nicht annähernd«, sagte sie endlich.

Er ließ seinen Blick von ihren Stiefeln über ihre Oberschenkel bis zu ihren Brüsten gleiten. »Ist Rose zu Hause?«

Maggie schüttelte den Kopf und lächelte ihn frech an. In ihrem Hirn formte sich ein Plan. Rache, dachte sie, während das Blut in ihren Schläfen pochte. *Rache.* »Möchten Sie hereinkommen und auf sie warten?«, fragte sie. Jim verschlang sie förmlich mit den Augen, sodass es für Maggie eine Leichtigkeit war, seine Gedanken zu lesen. Sie war Rose, nur in einer tausend Mal besseren, schöneren, sprich vollendeten Ausgabe.

Er schüttelte den Kopf. Maggie lehnte sich aufreizend an den Türrahmen.

»Lassen Sie mich raten«, sagte sie mit dunkler, verführerischer Stimme. »Sie wollen von Hackfleisch auf Filet umsteigen.«

Jim schüttelte erneut den Kopf, ohne den Blick von ihr abzuwenden.

»Vielleicht«, fuhr Maggie fort, »wollen Sie auch uns beide. Ist es das? Ein Schwesternsandwich?«

Er versuchte, entsetzt zu wirken, aber sie konnte ihm ansehen, wie verlockend er diese Vorstellung fand.

»Nun, da werden Sie sich gedulden müssen«, sagte Maggie. »Außer meiner Wenigkeit ist niemand zu Hause.« Sie packte ihr T-Shirt am Saum, zog es über den Kopf und hielt ihm ihre Brüste unter die Nase. Er stöhnte. Sie machte einen kleinen Schritt auf ihn zu. Er legte seine Hände auf ihre Brüste, und sie saugte gierig an seinem Hals.

»Nein«, flüsterte er, noch während er seine Arme um sie schlang.

»Tu's nicht«, sagte sie, während sie ein nacktes Bein um ihn schlang und sich an ihn presste.

»Was?«

Sie hob das andere Bein und wickelte sich wie eine Schlange um ihn. »Sag nicht Nein zu mir.« Stöhnend trug er sie nach innen.

Als Rose nach Hause kam, war es fast neun Uhr. Sie zwängte sich in den vollen Lift und versuchte, das aufdringliche Parfüm der Frau neben ihr zu ignorieren.

»Ich schwör's. Entweder bin ich verrückt, oder in diesem Haus gibt es einen Hund«, verkündete die Frau lautstark.

Rose starrte zu Boden.

»Ich weiß nicht, wer so rücksichtslos sein würde, hier ein Haustier zu halten«, sagte die Frau. »Manche Leute haben schreckliche Allergien.«

Rose sah verzweifelt auf die Stockwerkanzeige. Dritter Stock. Noch dreizehn Stockwerke.

»Manche Leute sind einfach unglaublich egoistisch«, fuhr die Frau fort. »Man erklärt ihnen die Regeln, und sie antworten nur: ›Nun, die Regeln gelten für die anderen. Nicht für mich. Weil ich etwas Besonderes bin.‹«

Endlich stieg die parfümierte Dame aus und Rose kam auf ihrem Stockwerk an. Während sie den Flur hinunterging, hoffte sie, dass ihre Schwester zu Hause sein würde, und bereitete in Gedanken schon ihre Rede vor. *Maggie, wir müssen uns unterhalten. Der Hund muss weg. Die Anrufe müssen aufhören. Ich will meine Wohnung zurück. Ich will meine Schuhe zurück. Ich will mein Leben zurück.*

Sie schloss die Tür auf und betrat eine stockfinstere Wohnung. Sie hörte Stimmen, Kichern, Hundewinseln.

»Maggie?«, rief sie. Über dem Sofa lag eine Krawatte. Großartig, dachte sie düster. Jetzt bringt sie schon Kerle mit in meine Wohnung. Und treibt weiß Gott was mit ihnen in meinem Bett. »Maggie!«, rief sie wieder und ging ins Schlafzimmer. Und da, auf dem Bett, lag ihre Schwester, splitterfasernackt bis auf Roses neue Via-Spiga-Stiefel, unter einem ebenfalls nackten Jim Danvers.

»O nein«, sagte Rose. Sie stand da, starrte und versuchte sich auf das Bild, das sich ihr bot, einen Reim zu machen. »Nein«, flüsterte sie. Maggie rollte unter Jim hervor und räkelte sich, wobei sie ihrer Schwester einen langen Blick auf ihren schlanken Rücken, ihren perfekten kleinen Hintern und ihre langen, glatten Beine gewährte. Dann hob sie Jims Hemd vom Boden auf, zog es an und stolzierte auf den Flur hinaus, als ob sie auf einem Laufsteg wäre und ein tausendköpfiges Publikum, mit Blitzlichtern und Notizblöcken, auf sie wartete. Jim sah Rose verzweifelt und beschämt an und zog die Bettdecke über sich.

Rose schlug die Hand vor den Mund, drehte sich um und lief ins Badezimmer, wo sie ins Waschbecken kotzte. Sie ließ das Wasser laufen, bis sie die Überreste ihres Mittagessens den Abfluss hinuntergespült hatte. Dann spritzte sie sich Wasser ins Gesicht, fuhr sich mit nassen, zitternden Händen durch die Haare und ging wieder ins Schlafzimmer. Jim hatte seine Boxershorts an und mühte sich in seine Klamotten. Rose sah seine Zahnspange auf ihrem Nachttisch aufblitzen.

»Raus!«

»Rose«, sagte er und griff nach ihren Händen.

»Raus! Du kannst sie gleich mitnehmen! Ich will keinen von euch beiden jemals wiedersehen.«

»Rose.«

»Raus! Raus! Raus!« Ihre Stimme wurde immer schriller. Sie wollte etwas nach ihm werfen – eine Lampe, eine Kerze, ein Buch. Ihre Hand fand eine Flasche Sandelholzmassageöl. Offen. Ohne Verschlusskappe. Zweifelsohne vor kurzem verwendet und mit Maggies Kreditkarte gekauft, wieder eine Rechnung, die ihre Schwester nie bezahlen würde. Sie warf so fest sie konnte und wünschte sich, dass die Flasche aus Glas wäre, damit sie brechen und ihn verletzen würde. Stattdessen prallte sie harmlos von seiner Schulter ab und rollte, Öltropfen absondernd, unter ihr Bett.

»Es tut mir Leid«, murmelte Jim, ohne ihr in die Augen zu sehen.

»Tut mir Leid, tut mir Leid«, äffte Rose ihn nach. »Dir tut's also Leid? Macht es das wieder gut?« Sie starrte ihn an, am ganzen Leib zitternd. »Wie konntest du? Wie konntest du nur?«

Sie lief durchs Wohnzimmer, wo Maggie auf der Couch saß und sich durchs Fernsehprogramm zappte. Sie holte einen Müllbeutel aus der Küche und warf alles hinein, was sie von den beiden finden konnte. Sie nahm Jims Aktentasche und schleuderte sie so fest sie nur konnte gegen die Wand. Mit Genugtuung hörte sie, dass irgendetwas darin krachend kaputtging. Sie ging ins Bad, nahm Maggies Strümpfe und BHs, hauchzarte schwarze und cremefarbene Dinger aus Kunstseide, von der Duschvorhangstange und stopfte sie in den Müllbeutel. Im Schlafzimmer zog Jim gerade seine Hose an. Rose ignorierte ihn und packte Maggies Bewerbungshandbuch. Maggies Nagellack und Nagellackentferner, ihre Tuben, Töpfe und Döschen Rouge, Grundierungscreme, Wimperntusche, Schaumfestiger, ihre engen Pullunder und hautengen Jeans und reduzierten Doc Martens von Payless. »Raus, raus, raus«, murmelte sie atemlos, während sie den Müllbeutel hinter sich herschleifte.

»Sprichst du mit dir selbst, Rosie Posey?«, rief Maggie. Die Worte waren eiskalt, aber Maggies Stimme zitterte. »Das solltest du bleiben lassen. Es hört sich an, als ob du verrückt wärst.«

Rose schleuderte einen Turnschuh nach Maggie. Maggie duckte sich. Der Schuh prallte an die Wand. »Verschwinde aus meiner Wohnung«, sagte Rose. »Du bist hier nicht mehr zu Hause.«

Maggie johlte. »Na und? Ich war hier nie zu Hause«, sagte sie und ging ins Bad.

Keuchend und schwitzend schleifte Rose den Müllsack ins Schlafzimmer. Jim war angezogen, aber noch immer barfuß.

»Es nützt wohl nichts, wenn ich sage, dass es mir Leid tut.« Jetzt sah er nicht mehr verzweifelt, sondern nur noch betreten aus.

»Heb's dir für jemanden auf, dem das nicht egal ist«, knurrte Rose.

»Ich möchte es trotzdem sagen.« Er räusperte sich. »Es tut mir Leid, Rose. Du verdienst jemand Besseren.«

»Arschloch«, sagte sie in einer tonlosen Stimme, die sie selbst überraschte und erschreckte. Es kam ihr vor, als ob das alles jemand anderem oder weit weg passierte. »Mit meiner Schwester«, sagte sie. »Meiner Schwester!«

»Es tut mir Leid«, sagte Jim wieder. Maggie, die jetzt in bemalten Jeans und einem Spaghettiträgertop, einen Arm in die Hüfte gestemmt, im Flur stand, sagte nichts.

»Weißt du, was wirklich armselig ist? Ich hätte dich lieben können. Aber Maggie wird sich nicht einmal an deinen Namen erinnern«, sagte sie zu Jim. Sie fühlte, wie Worte des Hasses in ihr hochkamen, Worte, die sie niemals zuvor ausgesprochen hatte. Aber warum eigentlich nicht? Schließlich hatten die beiden auch keine Rücksicht auf sie genommen. »Weißt du, Maggie sieht vielleicht toll aus, aber sie ist nicht sehr klug.« Sie drehte sich langsam um und strich sich die Haare hinter die Ohren. »Ehrlich gesagt, Jim, wenn ich eine Wette abschließen müsste, würde ich sagen, dass sie ihn nicht einmal buchstabieren kann. Drei Buchstaben«, sagte sie und reckte drei Finger in die Luft. »Und sie kann's nicht. Willst du sie fragen, hm? Hey, Maggie, willst du's versuchen?«

Hinter ihr stöhnte Maggie auf.

»Du bist ein Arschloch«, fuhr sie ruhig fort, während sie Jim fixierte. »Und du ...«, sagte sie und drehte sich zu ihrer Schwester um. Maggies Gesicht war blass, ihre Augen weit aufgerissen. »Ich habe immer gewusst, dass du kein Hirn hast. Jetzt weiß ich, dass du auch kein Herz hast.«

»Fettes Schwein«, murmelte Maggie.

Rose lachte. Sie ließ den Müllsack fallen und lachte. Sie wippte auf den Fersen und lachte, bis ihr die Tränen kamen.

»Sie ist verrückt«, sagte Maggie laut.

»Fettes … Schwein …«, keuchte Rose. »Mein Gott«, sagte sie und deutete auf Jim. »Du betrügst mich, und du …« – sie zeigte mit dem Finger auf Maggie und suchte nach dem richtigen Wort – »du bist meine Schwester. Meine *Schwester*! Und das Schlimmste, was du über mich sagen kannst, ist ›fettes Schwein‹?«

Sie hob den Müllsack auf, verknotete ihn und hievte ihn zur Tür. »Raus!«, sagte sie. »Ich will euch beide nie wiedersehen.«

Rose verbrachte den Großteil der Nacht putzend auf Händen und Knien, um jede Spur von Maggie und Jim in ihrer Wohnung zu tilgen. Sie riss die Leintücher und Kopfkissenbezüge und Decken vom Bett, schleppte sie in den Waschraum und tränkte sie mit zwei Bechern Flüssigwaschmittel. Sie schrubbte ihre Küchen- und Badezimmerböden mit Fußbodenreiniger und warmem Wasser und wischte die Parkettböden in ihrem Wohn- und Schlafzimmer und in der Diele mit einem Mopp. Sie schrubbte die Badewanne mit einer Scheuermilch und die Fliesen mit einem Antischimmelspray. Der kleine Hund tappte ihr eine Zeit lang von Zimmer zu Zimmer hinterher und beobachtete sie, so als ob Rose die neue Putzfrau und er die misstrauische Hausfrau sei, dann gähnte er und legte sich wieder aufs Sofa. Um vier Uhr morgens lief Roses Hirn noch immer auf Hochtouren, aber das Einzige, das sie klar sehen konnte, wenn sie die Augen schloss, war, wie es ihre Schwester, in ihren neuen Stiefeln, und Jim, selig lächelnd, in ihrem Bett miteinander trieben.

Sie zog ein frisches Nachthemd an, legte sich ins Bett und zog sich mit einer wütenden Handbewegung die Decke unters Kinn. Dann schloss sie die Augen und atmete schwer. Sie hatte gehofft, dass sie von der Putzerei so müde sein würde, dass sie gleich einschlafen könnte.

Stattdessen überkam sie eine Erinnerung, von der sie wusste, dass sie da war und nur auf ihre Gelegenheit lauerte. Die Erinnerung an die schlimmste Nacht ihres Lebens, in der Maggie ebenfalls eine Hauptrolle gespielt hatte.

Es war Ende Mai, und die Schule war bereits kurz nach Mittag zu Ende gewesen, weil die Lehrer einen Fortbildungstag hatten. Rose hatte ihre Bücher aus ihrem Spind geholt und sich mit Maggie vor dem Klassenzimmer der ersten Klasse verabredet, um sicherzugehen, dass ihre Schwester ihre Schultasche nicht vergaß. Maggie hatte an sie gedacht. Und außerdem hielt sie noch ein vertrautes rosa Blatt Papier in der Hand.

»Schon wieder?«, fragte Rose und streckte die Hand nach dem Zettel von Maggies Lehrerin aus. Sie las ihn, während Maggie voraus in Richtung des Weges ging, der hinter der Grundschule nach Hause führte.

»Maggie, du kannst andere nicht beißen«, sagte Rose.

»Sie hat angefangen«, rief ihre Schwester mürrisch zurück.

»Das ist egal«, sagte Rose. »Weißt du noch, was Mama gesagt hat? Du musst lernen, Worte zu gebrauchen.« Sie lief, um ihre Schwester einzuholen, und keuchte leicht unter dem Gewicht ihrer Schultasche. »Hat es geblutet?«

Maggie nickte. »Ich hätte sie abgebissen«, brüstete sie sich, »wenn Miss Burdick nicht genau in dem Moment hergesehen hätte.«

»Warum willst du jemand die Nase abbeißen?«

Maggie zog eine Schnute. »Sie hat mich genervt.«

Rose schüttelte den Kopf. »Maggie, Maggie, Maggie«, sagte sie, so wie sie es von ihrer Mutter gehört hatte. »Was machen wir bloß mit dir?«

Maggie verdrehte die Augen und sah dann ihre Schwester an. »Bekomme ich jetzt eine Strafe?«

»Ich weiß es nicht.«

Maggie schmollte. »Megan Sullivan hat heute ihre Pyjamaparty.«

Rose zuckte die Achseln. Sie wusste alles über die Pyjamaparty. Maggie hatte ihr pinkfarbenes Barbieköfferchen schon vor Tagen gepackt.

»Hast du dir Bücher aus der Bücherei geholt?«, fragte Rose. Maggie nickte und zog *Gute Nacht, Mond* aus ihrer Schultasche.

»Das ist ein Buch für Kleinkinder«, sagte Rose.

Maggie sah ihre Schwester wütend an. Und wenn schon, das war ihr egal. »Gute Nacht, Kätzchen mit dem Ball. Gute Nacht, liebe Leute überall«, flüsterte sie und hüpfte den Weg voran.

Der Weg endete hinter dem Garten der McIlheneys. Rose und Maggie gingen um den Swimmingpool und die Veranda herum durch den Vorgarten der McIlheneys und dann über die Straße zu ihrem Haus, das genauso aussah wie das der McIlheneys – genauer gesagt, wie alle Häuser in der Straße. Zwei Stockwerke, drei Schlafzimmer, roter Backstein, schwarze Fensterläden und quadratische grüne Rasenflächen, wie die Häuser in einem Malbuch.

»Warte!«, schrie Rose, während Maggie über die Straße hüpfte und die Kiesauffahrt zu ihrer Haustür hinauflief. »Du sollst doch nicht allein über die Straße gehen! Du sollst meine Hand nehmen!«

Maggie tat so, als würde sie sie nicht hören, und lief weiter. »Mama!« Sie legte ihren Schlüssel auf den Küchentisch und schnupperte, was es zum Mittagessen gab. »Mama! Wir sind zu Hause!«

Rose kam durch die Haustür und stellte ihre Schultasche ab. Im Haus war es still, und sie wusste, noch bevor Maggie es ihr sagte, dass ihre Mutter nicht da war.

»Ihr Auto ist nicht hier!«, berichtete Maggie außer Atem. »Aber unter dem Apfelmagneten ist kein Zettel.«

»Vielleicht hat sie vergessen, dass wir heute früher von der

Schule nach Hause kommen«, sagte Rose. Aber sie war heute früh in das düstere Schlafzimmer geschlichen und hatte ihre Mutter daran erinnert. Mama? *Hey, Mama?*, hatte sie geflüstert. Ihre Mutter hatte genickt, als Rose sagte, dass sie heute früher nach Hause kommen würden, aber sie hatte die Augen nicht aufgemacht. *Sei ein gutes Mädchen, Rose,* hatte sie gesagt. *Kümmere dich um deine Schwester.* Das sagte sie jeden Morgen – wenn sie überhaupt etwas sagte.

»Mach dir keine Sorgen«, sagte Rose zu Maggie. »Sie wird bis drei Uhr zurück sein.« Maggie sah besorgt aus. Rose nahm ihre Hand. »Komm schon«, sagte sie. »Ich mache uns was zu essen.«

Rose machte Eier, obwohl sie eigentlich keine Erlaubnis hatten, den Herd einzuschalten. »Keine Angst«, sagte Rose. »Du kannst aufpassen, dass ich ihn wieder ausschalte.«

Um halb zwei wollte Maggie zum Spielen zu ihrer Freundin Natalie hinüberlaufen, aber Rose dachte, dass es besser wäre, wenn sie zu Hause bleiben und auf ihre Mutter warten würden. Also setzten sie sich vor den Fernseher und schauten eine halbe Stunde lang Heckle-und-Jeckle-Cartoons (Maggies Wahl) und danach die Sesamstraße (Roses Wahl).

Um drei Uhr war ihre Mutter noch immer nicht zu Hause. »Sie hat es wahrscheinlich vergessen«, sagte Rose, aber jetzt machte auch sie sich langsam Sorgen. Am Tag zuvor hatte sie gehört, wie ihre Mutter telefonierte. »Ja!«, hatte sie geschrien. »Ja!« Rose hatte ihr Ohr an die geschlossene Schlafzimmertür gepresst. Es war Monate her, dass sie ihre Mutter nicht nur schläfrig murmeln gehört hatte. Aber jetzt schrie sie, jedes Wort hart und glasklar: »Ich. Nehme. Meine. Medikamente. Herrgott noch mal, hör endlich auf! Lass mich in Ruhe! Es geht mir gut! Es geht mir GUT!«

Rose schloss die Augen. Ihrer Mutter ging es nicht gut. Sie wusste es und ihr Vater wusste es, und wahrscheinlich wusste es auch die Person, die ihre Mutter angeschrien hatte.

»Es ist alles in Ordnung«, sagte sie ihrer Schwester. »Kannst du Mamas rotes Adressbüchlein suchen? Wir müssen Papa anrufen.«

»Warum?«

»Such's einfach, ja?«

Maggie kam mit dem Büchlein angelaufen. Rose suchte die Nummer ihres Vaters und wählte sie sorgfältig. »Kann ich bitte mit Mr. Feller sprechen?«, fragte sie in einer Stimme, die mindestens eine Oktave höher war als sonst. »Hier ist seine Tochter, Rose Feller.« Sie wartete mit ausdruckslosem Gesicht, den Telefonhörer ans Ohr gepresst. »Oh, ich verstehe. In Ordnung. Nein. Sagen Sie ihm nur, dass wir ihn dann später erwarten. Danke. In Ordnung. Auf Wiedersehen.« Sie legte auf.

»Was ist?«, fragte Maggie, die neben ihr stand. »Was ist?«

»Er ist nicht da«, sagte Rose. »Die Dame wusste nicht, wann er zurück sein würde.«

»Aber er wird doch zum Abendessen zurück sein, oder?« Maggie kreischte jetzt beinahe. Sie war ganz bleich im Gesicht und hatte riesengroße Augen, so als sei die Vorstellung, dass beide Eltern vermisst waren, mehr, als sie verkraften konnte. »Oder?«

»Natürlich«, sagte Rose und tat dann etwas, das Maggie signalisierte, dass es wirklich ernsthaft einen Grund gab, Angst zu haben – sie gab ihrer Schwester die Fernbedienung und verließ das Zimmer.

Maggie folgte ihr.

»Geh weg«, sagte Rose. »Ich muss nachdenken.«

»Ich kann auch nachdenken«, sagte Maggie. »Ich kann dir beim Nachdenken helfen.«

Rose nahm ihre Brille ab und wischte sie mit einem Zipfel ihres T-Shirts sauber. »Vielleicht sollten wir nachsehen, ob etwas fehlt.«

»Ein Koffer zum Beispiel?«

Rose nickte. »Zum Beispiel.«

Die Mädchen liefen nach oben in das Schlafzimmer ihrer Eltern. Rose wappnete sich für das übliche Chaos – zerknüllte Leintücher, auf dem Boden Kissen, auf dem Nachttisch halb leere Gläser und angebissene Toaststücke. Aber das Bett war ordentlich gemacht. Die Kommodenschubladen waren geschlossen. Auf dem Nachttisch fand Rose ein Paar Ohrringe, einen Armreif, eine Uhr und einen einfachen Goldring. Sie erschrak, dann steckte sie den Ring in ihre Hosentasche, bevor Maggie ihn sah und fragte, warum ihre Mutter das Zimmer sauber gemacht und ihren Ehering abgenommen hatte.

»Der Koffer ist hier!«, sagte Maggie und kam fröhlich aus dem Wandschrank gehüpft.

»Das ist gut«, sagte Rose, obwohl ihre Lippen eiskalt waren. Sobald sie ihre Schwester irgendwie beschäftigt hatte, müsste sie noch einmal ihren Vater anrufen und ihm sagen, was sie gefunden hatte. »Komm«, sagte sie und ging mit Maggie wieder die Treppe hinunter.

Maggie rollte mit dem Nudelholz über die Tüte Kartoffelchips. Rose sah zum dritten Mal innerhalb einer Minute auf die Uhr. Es war sechs Uhr. Rose versuchte so zu tun, als sei alles in Ordnung, obwohl gar nichts in Ordnung war. Ihr Vater war nicht zu erreichen gewesen, und ihre Mutter war noch immer nicht zu Hause. Sogar wenn sie vergessen hatte, dass die Schule heute früher aus war, hätte sie spätestens um halb vier Uhr zu Hause sein müssen.

Denk nach!, dachte Rose, während ihre Schwester die Kartoffelchips zu Krümeln zermalmte. Sie hatte bereits beschlossen, dass ihre Mutter wieder »weg« gegangen war. Sie und Maggie sollten nicht darüber Bescheid wissen – darüber, wo »weg« war oder dass ihre Mutter dort gewesen war. Aber Rose wusste es. Letzten Sommer, nachdem ihre Mutter »weg« gewesen und wieder nach Hause gekommen war, hatte Maggie einen zerknitterten Prospekt angeschleppt.

»Was steht hier?«, fragte sie.

Rose sah genau hin. »›Institut des Lebens‹«, las sie und starrte auf die Zeichnung – die Gesichter einer Frau, eines Mannes und eines Kindes in einer hohlen Handfläche.

»Was ist das?«, fragte Maggie.

»Ich weiß es nicht. Wo hast du das gefunden?«

»In Mamas Koffer.«

Rose hatte nicht einmal gefragt, was Maggie am Koffer ihrer Mutter zu suchen hatte – schon mit sechs Jahren war Maggie berüchtigt dafür, überall herumzuschnüffeln. Ein paar Wochen später war Rose mit den Schoens von einem Sonntagsschulausflug nach Hause gefahren. Sie waren an einigen Gebäuden mit einem Schild davor vorbeigekommen, und auf dem Schild war das gleiche Bild wie auf dem Prospekt gewesen – die Gesichter, die hohle Handfläche.

»Was ist das?«, hatte sie so beiläufig wie möglich gefragt, denn das Auto war zu schnell an dem Schild vorbeigefahren, als dass sie es hätte entziffern können.

Steven Schoen hatte gekichert: »Das Irrenhaus.« Seine Mutter hatte sich so schnell umgedreht, dass ihre Haare gegen ihre Wangen schlugen und Rose ihr Aqua-Net-Haarspray riechen konnte. »Steven!«, schimpfte sie und sagte dann mit sanfter, zuckersüßer Stimme zu Rose: »Das ist ein Ort namens Institut des Lebens«, hatte sie erklärt. »Es ist ein besonderes Krankenhaus für Leute, die Hilfe mit ihren Gefühlen brauchen.«

Aha. Also das war »weg«. Rose war nicht sehr überrascht gewesen, denn jeder konnte sehen, dass ihre Mutter Hilfe brauchte. Aber wo war sie jetzt? War sie wieder dort?

Rose sah erneut auf die Uhr. Fünf Minuten nach sechs. Sie rief noch einmal im Büro ihres Vaters an, aber es ging niemand ran. Sie legte auf und ging ins Wohnzimmer, wo Maggie auf der Couch saß und aus dem Fenster blickte. Sie setzte sich neben sie.

»Ist es meine Schuld?«, flüsterte Maggie.

»Was?«

»Dass sie weg ist? Ist sie wütend auf mich, weil ich in der Schule immer wieder Schwierigkeiten mache?«

»Nein, nein«, sagte Rose. »Es ist nicht deine Schuld. Sie ist nicht weg. Sie ist wahrscheinlich einfach nur verwirrt oder mit dem Auto stimmt was nicht. Es kann viele Gründe haben!« Aber noch während sie beruhigend auf Maggie einredete, fühlten Roses Finger den kalten goldenen Ehering in ihrer Tasche. »Mach dir keine Sorgen«, sagte sie.

»Ich habe Angst«, flüsterte Maggie.

»Ich weiß«, sagte Rose, »ich auch.« Sie saßen nebeneinander auf der Couch, während die Sonne unterging, und warteten.

Michael Feller bog kurz nach sieben Uhr in die Auffahrt ein. Rose und Maggie eilten ihm entgegen.

»Daddy, Daddy!«, rief Maggie und warf sich gegen die Beine ihres Vaters. »Mama ist weg! Sie ist nicht nach Hause gekommen!«

Michael wandte sich seiner ältesten Tochter zu. »Rose? Was ist los?«

»Wir sind heute früher von der Schule nach Hause gekommen. Heute war ein Lehrerfortbildungstag, ich habe die Benachrichtigung letzte Woche heimgebracht …«

»Hat sie keine Nachricht hinterlassen?«, fragte ihr Vater und ging so schnell in die Küche, dass Rose und Maggie laufen mussten, um mit ihm Schritt zu halten.

»Nein«, sagte Rose.

»Wo ist sie?«, fragte Maggie. »Weißt du es?«

Ihr Vater schüttelte den Kopf und nahm das rote Adressbüchlein und das Telefon. »Macht euch keine Sorgen! Ich bin mir sicher, dass alles in Ordnung ist.«

Mitternacht. Rose hatte Maggie dazu gebracht, ein paar Bissen von dem Thunfischnudelauflauf zu essen. Ihr Vater hatte abgelehnt und sich stattdessen neben das Telefon gesetzt und einen Anruf nach dem anderen gemacht. Um zehn Uhr war ihm aufgefallen, dass Rose und Maggie immer noch auf waren. Er hatte sie schleunigst in ihre Nachthemden gesteckt und ins Bett gebracht und dabei ganz vergessen, dass sie sich das Gesicht waschen und die Zähne putzen mussten. »Schlaft gut«, hatte er gesagt. Sie lagen seit zwei Stunden mit weit aufgerissenen Augen im Finstern nebeneinander in Roses Bett. Rose hatte Maggie Märchen erzählt – Rotkäppchen, Aschenputtel und die Geschichte von der Prinzessin mit den Zauberschuhen, die in einem fort tanzten.

Es klingelte an der Tür. Rose und Maggie setzten sich gleichzeitig auf.

»Wir sollten aufmachen«, sagte Maggie.

»Vielleicht ist es Mama«, sagte Rose.

Sie liefen Hand in Hand und barfuß die Treppe hinunter. Ihr Vater war bereits an der Tür, und auch ohne zu sehen, mit wem er sprach und ohne ein Wort von dem zu hören, was gesprochen wurde, wusste Rose, dass etwas sehr Schlimmes passiert war, dass ihre Mutter nicht in Ordnung war, dass nichts jemals wieder in Ordnung sein würde.

An der Tür war ein großer Mann in einer grünen Uniform und mit einem breitkrempigen braunen Hut. »Mr. Feller?«, fragte er. »Wohnt hier eine Mrs. Caroline Feller?«

Ihr Vater schluckte schwer und nickte. Vom Hut des großen Mannes tropfte es auf den Boden. »Ich fürchte, ich habe schlechte Nachrichten für Sie, Sir«, sagte er.

»Haben Sie unsere Mutter gefunden?«, hauchte Maggie.

Der Staatspolizist sah sie traurig an. Sein Ledergürtel knarzte, als er ihrem Vater die Hand auf die Schulter legte. Von seinem Hut tropfte es auf Maggies und Roses nackte Füße. Er sah zuerst sie, dann ihren Vater an.

»Ich glaube, wir sollten unter vier Augen reden, Sir«, sagte er. Michael Feller führte ihn mit gramgebeugten Schultern ins Wohnzimmer.

Und danach …

Danach setzte ihr Vater sein Stonehenge-Gesicht auf. Danach war der »Autounfall«. Danach zogen sie aus dem Haus in Connecticut aus, verließen die Schule, das Haus, ihre Freunde, ihre vertraute Straße. Ihr Vater gab die Sachen ihrer Mutter in die Altkleidersammlung, und Rose und Maggie und ihr Vater fuhren in einem Umzugslaster nach New Jersey. »Um noch einmal von vorne anzufangen«, hatte ihr Vater gesagt. Als ob das jemals gelingen konnte. Als ob die Vergangenheit etwas war, das man zurücklassen konnte wie ein Schokoriegelpapier oder ein Paar Schuhe, aus dem man herausgewachsen war.

Rose setzte sich in ihrem Bett in Philadelphia auf und wusste, dass sie heute Nacht kein Auge zumachen würde. Sie dachte an die Beerdigung. Sie erinnerte sich an das marineblaue Kleidchen, das sie das erste Mal neun Monate zuvor zum Schulanfang getragen hatte; es war bereits zu kurz, und die Gummibändchen an den bauschigen Ärmeln hatten rote Striemen auf ihren Armen hinterlassen. Sie erinnerte sich an den distanzierten, unnahbaren Gesichtsausdruck ihres Vaters und an eine ältere Frau mit kastanienbraunen Haaren, die im Beerdigungsinstitut in der letzten Reihe gesessen und leise in ein Taschentuch geweint hatte. Ihre Großmutter. Was war mit ihr geschehen? Rose wusste es nicht. Nach der Beerdigung hatten sie nur noch selten über ihre Großmutter oder ihre Mutter gesprochen. Sie wohnten weit weg von dem Polizisten mit dem regennassen Hut, der Auffahrt, in der er sein Auto geparkt hatte, dem Blaulicht, das stumm im Dunkeln geblinkt hatte, und der Straße, die ihn zu ihrem Haus geführt hatte. Der glatten nassen Straße mit den tückischen Kurven, ein schwarzes Band, wie eine lügende Zunge. Sie waren weit weggegangen von der Straße und dem Haus und dem Friedhof, wo ihre Mutter unter einem Erdhügel und einem Grabstein begraben lag, auf dem ihr Name, ihr Geburts- und Todesjahr und die Worte *Ehefrau und liebende Mutter* standen. Rose war seitdem nie wieder dort gewesen.

ZWEITER TEIL

# Weiterbildung

## 24

Was sie brauchte, dachte Maggie Feller, war ein Plan.

Sie saß auf einer Bank im Bahnhof an der 30. Straße, einem riesigen, gewölbten Raum, der mit alten Zeitungen und Fast-Food-Verpackungen übersät war und nach Fett, Schweiß und Wintermänteln roch. Es war kurz vor Mitternacht. Gestresste Mütter zogen ihre Kinder hinter sich her. Obdachlose schliefen lang ausgestreckt auf den Holzbänken. Ich könnte einer von ihnen sein, dachte Maggie und fühlte, wie Panik in ihr hoch stieg.

Denk nach!, ermahnte sie sich. Sie hatte einen Plastiksack voller Sachen, ihre Handtasche, ihren Rucksack und zwei druckfrische Hundertdollarscheine, die ihr Jim gegeben hatte, bevor er sie abgesetzt hatte. »Kann ich dir helfen?«, hatte er, nicht unfreundlich, gefragt, und sie hatte die Hand ausgestreckt, ohne ihm in die Augen zu sehen. »Gib mir zweihundert Dollar. Das ist der übliche Satz.« Er nahm die Scheine anstandslos aus seinem Geldbeutel. »Es tut mir Leid«, sagte er. Aber was tat ihm Leid? Und bei wem entschuldigte er sich? Sicherlich nicht bei ihr. Was sie jetzt brauchte, war eine Bleibe ... und danach möglichst bald wieder einen Job.

Rose kam nicht in Frage. Ihr Vater auch nicht. Maggie fröstelte und stellte sich vor, wie sie ihre Sachen über den Rasen zerrte und der idiotische Hund jaulte, während Sydelle mit geheucheltem Mitgefühl die Tür aufmachte, obwohl ihr Blick sagte: *Von dir haben wir auch nichts anderes erwartet.* Sydelle würde ganz genau wissen wollen, was passiert war. Sydelle würde sie mit dutzenden von Fragen löchern, während ihr Vater nur stumm dasitzen und sie nachsichtig und resigniert anstarren würde.

Was also sollte sie tun? Eine Obdachlosenunterkunft kam für Maggie nicht in Frage. All diese Frauen, all diese gescheiterten Existenzen. Sie war keine von denen. Sie war nicht gescheitert. O nein. Sie war ein Star. Wenn das nur endlich jemand sehen würde!

*Du bist kein Star*, flüsterte eine Stimme in ihrem Kopf, die sich anhörte wie Roses Stimme, nur kälter. *Du bist kein Star, du bist eine Schlampe, eine dumme Schlampe! Du kannst nicht einmal eine Kaufhauskasse bedienen! Du kannst nicht einmal ein Scheckbuch bilanzieren! Auf die Straße gesetzt! Praktisch obdachlos! Und du hast mit meinem Freund geschlafen!*

Denk nach, ermahnte sich Maggie fest, um diese Stimme zu übertönen. Was hatte sie? Ihren Körper. Das war doch was. Jim hatte die zweihundert Dollar leicht genug rausgerückt. Es gab Männer, die dafür bezahlen würden, um mit ihr zu schlafen oder ihr beim Strippen zuzusehen. Letzteres wäre immerhin Unterhaltung, Performance. Viele ihrer Vorgänger der Stars von morgen, hatten das als letzte Verzweiflungsmaßnahme, als Notlösung, getan.

Also gut, dachte Maggie und umklammerte ihren Müllbeutel, als zwei Reihen hinter ihr ein Obdachloser im Schlaf stöhnte. Strippen. In Ordnung. Es war nicht das Ende der Welt. Aber das löste nicht ihr Problem, wo sie schlafen würde. Es war Januar, mitten im tiefsten Winter. Ursprünglich hatte sie mit dem Zug zuerst nach Trenton und dann von dort nach New York fahren wollen. Aber sie würde erst um zwei Uhr morgens dort ankommen – und was dann? Wo sollte sie dann hingehen?

Sie stand auf, nahm ihre Sachen und blinzelte hinauf zur Anzeigentafel, um zu sehen, wohin die Züge fuhren: Rahway. Westfield. Matawan. Metuchen. Red Bank. Little Silver. Letzteres hörte sich ganz nett an, aber was, wenn es das nicht war?

Newark? Zu groß. Elizabeth. Die Zielscheibe aller Witze über New Jersey. Brick. Iih. Princeton.

Sie hatte Rose einige Male in Princeton besucht, als sie sechzehn, siebzehn Jahre alt gewesen war. Sie konnte sich noch gut daran erinnern – imposante graue, von Efeu umrankte Steingebäude mit Wasserspeiern an den Dachvorsprüngen. Sie erinnerte sich an Wohnheimzimmer mit Kaminen und Fensterbänken aus Holz, die man aufklappen konnte und in denen Decken und Wintermäntel lagen, und an die bleigefassten Fenster mit den vielen kleinen Fensterscheiben. Sie erinnerte sich an riesige Klassenzimmer mit schräg abfallenden Böden und harten Aulastühlen und an die riesige Bibliothek – drei Stockwerke über und drei Stockwerke unter der Erde, jedes so lang wie ein Footballfeld. Sie erinnerte sich an den Geruch von Herbstlaub und brennendem Holz, und daran, wie sie mit einem geliehenen roten Wollschal um den Hals auf einem der grauen Schieferpfade zu einer Party gegangen war, in einen Keller mit einem Fass Bier in der Ecke. Sie hatte Angst gehabt, nie wieder zurückzufinden, weil die Wege und Gebäude fast alle gleich aussahen. »Hier kann man sich leicht verlaufen«, hatte Rose gesagt, damit sie kein schlechtes Gewissen haben würde. »Im ersten Jahr ist mir das andauernd passiert.«

Vielleicht könnte sie jetzt dort untertauchen. Sie könnte mit dem Zug nach Trenton fahren, von dort weiter nach Princeton und dann erst einmal einige Tage dort bleiben, um sich zu sammeln. Ihr wurde andauernd gesagt, dass sie jünger aussah als sie war, und sie hatte einen Rucksack, das universelle Markenzeichen einer Studentin. »Princeton«, sagte sie laut und ging an den Schalter, wo sie sich für sieben Dollar eine Hinfahrkarte kaufte. Sie hatte immer zurück ans College gewollt, dachte sie, während sie die Rampe zu den Zügen hinaufging. Was soll's, dass sie nicht den normalen Weg einschlug. Wann war sie, Maggie Feller, jemals ein normales Mädchen gewesen?

Um zwei Uhr nachts ging Maggie über den dunklen Campus der Princeton-Universität. Ihre Schultern schmerzten vom Gewicht des Rucksacks, und ihre Hände waren vom Müllsackschleppen ganz taub, aber sie schritt flott und erhobenen Hauptes neben den anderen Studenten her, als wüsste sie genau, wohin sie ging.

Sie war in Princeton Junction ausgestiegen, inmitten eines riesigen Parkplatzes, auf dem Halogenlampen ihr kaltes Licht verbreiteten. In einem Anflug von Panik schaute sie sich um, aber da waren Studenten – zumindest sahen sie aus wie Studenten –, die in einem Tunnel unter der Plattform verschwanden. Sie folgte ihnen unter den Gleisen hindurch und auf der anderen Seite nach oben, wo ein kleinerer Zug wartete. Sie löste eine Fahrkarte im Zug, und zwei Minuten später war sie auf dem Campus.

Während sie den Hügel hinaufging, musterte Maggie ihre Mitreisenden – Studenten, die, aus ihren Gesprächen und ihrer Gepäckmenge zu schließen, aus den Weihnachtsferien zurückkamen. Anscheinend legten diese Frauen nicht viel Wert auf modischen Schick und kauften alle ihre Klamotten bei Abercrombie & Fitch. Sie trugen alle in der ein oder anderen Form ausgewaschene Jeans, Pullover oder Sweatshirts, kamelfarbene Mäntel, Mützen, Schals, Handschuhe und Winterstiefel und benutzten höchstens Lippenbalsam. Nun, das erklärt Rose, dachte Maggie und begann im Geiste ihre Garderobe auszusortieren. Kleines trägerloses Top, nein. Lederhose, wahrscheinlich auch nicht. Kaschmir-Twinset? Sicher, wenn sie eins hätte, dachte sie und fröstelte, als ihr der eisige Wind in den Nacken pfiff. Sie würde einen Schal brauchen. Sie hätte sich auch gerne eine Zigarette angesteckt, aber keines der Mädchen schien zu rauchen. Vielleicht war es ihnen zu kalt, aber wahrscheinlich rauchten sie nicht, weil es keine Raucher in den Anzeigen von Abercrombie & Fitch gab. Maggie seufzte und schloss so dicht wie möglich zu einer Gruppe schnatternder Mädchen auf, um mehr Informationen zu ergattern.

»Ich weiß nicht«, sagte eine von ihnen kichernd, als sie an einigen Anschlagbrettern vorbeigingen, auf denen alles Mögliche angepriesen wurde, von Film- und Konzertaufführungen bis hin zum Verkauf von gebrauchten Gitarren. »Ich glaube, er mag mich, und ich habe ihm meine Nummer gegeben, aber er hat sich bisher noch nicht gemeldet.«

*Dann mag er dich nicht, du Dummkopf,* dachte Maggie. Wenn sie einen mochten, dann riefen sie an. Ganz einfach. Und das hier sollten die schlauen Mädchen sein?

»Vielleicht solltest du ihn anrufen«, schlug eines der anderen Mädchen vor. *Sicher,* dachte Maggie, die keinen Mann mehr von sich aus angerufen hatte, seit sie mit dreizehn aufgehört hatte, Juxanrufe zu machen. *Und vielleicht solltest du noch eine Fahne vor seinem Fenster schwenken, für den Fall, dass er begriffsstutzig ist.*

Sie erreichten ein vierstöckiges Gebäude mit einer schweren Holztür. Eines der Mädchen zog ihre Handschuhe aus und gab einen Code in das Tastenfeld auf dem Türknauf ein. Die Tür öffnete sich und Maggie folgte ihnen nach drinnen.

Sie betrat eine Art Aufenthaltsraum. Darin standen ein halbes Dutzend Sofas, die mit einem unverwüstlichen, blauen Stoff überzogen waren, ein paar zerschrammte Couchtische, die mit Zeitungen und Zeitschriften übersät waren, und ein Fernseher, in dem *Ist das Leben nicht schön?* lief – was, wenn man Maggie fragte, nicht stimmte. Auf der gegenüberliegenden Seite war eine Treppe, die vermutlich zu den Wohnheimzimmern führte ... und in denen, dem Lärm nach zu urteilen, einige Partys im Gange waren. Maggie stellte ihren Rucksack und den Müllbeutel ab, und ihre Finger fingen an zu kribbeln, als das Blut wieder zirkulierte. *Ich bin drin,* dachte sie triumphierend. Aber wie sollte es jetzt weitergehen?

Der Trupp Mädchen stampfte in ihren schweren Stiefeln graziös wie eine Elefantenherde die Treppe hinauf. Maggie folgte ihnen auf die Toilette (»Aber falls ich ihn anrufe, was sage ich dann?«, fragte das Mädchen, das nicht angerufen worden war, wehleidig.) Maggie wartete, bis sie gegangen waren, dann spritzte sie sich warmes Wasser ins Gesicht und wischte sich ihr Make-up ab. Sie zurrte ihre Haare zu einem Pferdeschwanz à la Rose zusammen (die bevorzugte Princeton-Frisur, soweit sie bisher beurteilen konnte), legte Deo auf, tupfte sich etwas Parfüm hinter die Ohren und spülte ihren Mund mit Leitungswasser aus. Damit der nächste Teil ihres Plans funktionierte, musste sie so gut wie möglich aussehen, beziehungsweise so gut wie es ihr nach den Ereignissen der letzten Nacht möglich war.

Sie ging zurück in den Aufenthaltsraum und sah sich um. Ob sie den Müllsack wohl hinter der Couch deponieren konnte oder würde ihn jemand klauen? Nein, dachte sie. Hier hatten alle bereits alles, was sie sich nur wünschen konnten. Sie setzte sich in einen Sessel in der Ecke, schlang ihre Arme um die Beine und beobachtete und wartete.

Sie brauchte nicht lange zu warten. Ein Trupp Jungs – vielleicht vier oder fünf, in Sweatshirts und Khakihosen, laut redend und eine Bierfahne vor sich hertragend – drängelten sich an dem Wachmann und an Maggie vorbei in Richtung Treppe. Maggie folgte ihnen.

»Aber hallo«, sagte einer der Jungs und starrte sie an, als würde er sie durch ein Fernrohr betrachten. »Wohin des Weges?«

Maggie lächelte und antwortete: »Zur Party«, als wäre das offensichtlich. Er stützte sich mit einer Hand gegen die Wand, grinste sie mit verschleiertem Blick an und sagte ihr, dass heute sein Glückstag sein musste.

Die Party – denn auch wenn Princeton zur Ivy League zählte, war es ein College, und an einem College gab es immer Partys – fand im vierten Stock in einer Art Suite statt. Es gab ein Wohnzimmer mit einem Sofa und einer Stereoanlage, zwei Schlafzimmer mit Etagenbetten und dazwischen, im Badezimmer, das unvermeidliche Fass Bier in einer Badewanne voller Eis. »Willst du was trinken?«, fragte einer der Jungs, denen sich Maggie auf der Treppe angeschlossen hatte – vielleicht der, der gesagt hatte, dass heute sein Glückstag war, vielleicht aber auch ein anderer; bei dem schummrigen Licht, dem Lärm und dem Gedränge war sie sich nicht sicher. Sie nickte, beugte sich vor und hauchte ihm ein »Danke« ins Ohr.

Als er sich endlich erfolgreich seinen Weg durch die Menge zu ihr zurückgebahnt hatte, wobei die Hälfte des Biers auf dem Boden gelandet war, hatte sie sich auf der Armlehne der Couch niedergelassen und ihre langen Beine übereinander geschlagen.

»Wie heißt du?«, fragte er. Er war klein und feingliedrig und hatte blonde Locken, die besser zu einer dieser sechsjährigen Schönheitsköniginnen gepasst hätten als zu einem Collegestudenten, aber er hatte ein wachsames, listiges Gesicht.

Sie hatte mit der Frage gerechnet. »M«, sagte sie. Sie hatte im Zug beschlossen, nicht länger Maggie zu sein. Als Maggie war sie kläglich gescheitert und hatte es weder zu Ruhm noch Reichtum gebracht. Von jetzt ab würde sie sich einfach M nennen.

Der Junge blinzelte sie an. »Em? Wie Tantchen Em?«

Maggie runzelte die Stirn. Hatte sie eine Tante namens Em? Oder er? »Nur M«, sagte sie.

»Wie du meinst«, sagte der Junge achselzuckend. »Ich hab dich hier noch nie gesehen. Was ist dein Hauptfach?«

»Untertauchen«, sagte Maggie.

Der Student nickte, als sei das völlig einleuchtend. Wer weiß, dachte Maggie, vielleicht gibt's das ja hier als Hauptfach. Sie sollte das besser überprüfen. »Meins ist Politik«, sagte er und rülpste. »'tschuldige.«

»Kein Problem«, sagte Maggie, als wären Rülpsgeräusche die charmanteste Sache der Welt. »Wie heißt du?«

»Josh.«

»Josh«, wiederholte Maggie, als wäre auch das faszinierend.

»Willst du tanzen?«, fragte Josh. Maggie nahm einen damenhaften Schluck von ihrem Bier und reichte ihm dann den Becher, den er prompt in einem Zug austrank. Dann standen sie sich gegenüber und tanzten … das heißt, Josh bewegte sich ruckartig vor und zurück, als jagten schwache Stromstöße durch seinen Körper, während Maggie langsam ihre Hüften an ihm rieb.

»Wow«, sagte er anerkennend. Er legte ihr die Hände um die Taille und drückte sie an sich. »Du tanzt toll.«

Maggie hätte beinahe laut gelacht. Zwölf Jahre Tanzunterricht, Ballett, Jazz- und Stepptanz, und das hier ging als tolles Tanzen durch. Arschloch. Stattdessen neigte sie den Kopf, streifte mit den Lippen seinen Hals und hauchte ihm ins Ohr: »Können wir irgendwo hingehen, wo es ruhiger ist?« Es dauerte einen Augenblick, bis er kapierte, was sie gesagt hatte, aber dann leuchteten seine Augen auf.

»Sicher!«, sagte er. »Ich habe ein Einzelzimmer.«

Bingo, dachte Maggie. »Noch ein Bier vorher?«, fragte sie mit ihrer Kleinmädchenstimme. Er kam mit zwei Bier zurück und trank seins und den Großteil von Maggies Bier, bevor er ihr den Arm um die Taille legte, ihren Rucksack schulterte und sie zur Treppe geleitete, glückselig bei dem Gedanken an das, was ihn in seinem Einzelzimmer in einem Wohnheim namens Blair erwartete. *Blair,* wiederholte Maggie im Geiste. Sie würde sich eine Liste machen müssen – eine Liste der Orts- und Männernamen. Sie würde vorsichtig sein müssen. Und klug. Noch klüger als Rose. Hier zu bestehen, wenn man offiziell hierher gehörte, war das eine, aber es zu schaffen, wenn man das nicht tat, war eine Herausforderung, die all ihre Gerissenheit, Geschick und Intelligenz erforderte; und die hatte sie, egal, was die Tests sagten. Mrs. Fried hatte es ihr vor langer Zeit zugesichert.

Josh riss die Tür auf wie ein Kaiser, der Einlass in seinen prunkvollen Palast gewährt, und Maggie wusste, dass es jetzt heikel werden konnte. Sie würde sich darauf einstellen müssen, tatsächlich mit diesem Kerl zu schlafen. Zwei Kerle in einer Nacht, dachte sie düster. Eine Statistik, die sie nicht angestrebt hatte.

Das winzige Zimmer war mit Büchern, Turnschuhen und Wäsche übersät und roch nach verschwitzten Socken und alter Pizza. »Tritt ein in meine bescheidene Hütte«, sagte Josh, musterte sie von oben bis unten und warf sich dann aufs Bett, von dem er schnell ein Chemiebuch, eine Flasche Wasser, eine Fünf-Kilo-Hantel und die vertrockneten Überreste eines Sandwiches auf den Boden schob. Dann breitete er die Arme aus und grinste sie an wie ein Junge, der immer alles bekommen hatte, was er wollte, und es dann aus reiner Bosheit kaputtgemacht hatte. »Komm zu Papa«, sagte er.

Aber Maggie lächelte ihn nur langsam und kess an und blieb am Fußende des Bettes stehen. Sie fuhr mit einer Fingerspitze schüchtern über den Auschnitt ihres Pullunders. »Hast du was zu trinken?«, flüsterte sie. Josh deutete auf den Schreibtisch, auf dem eine flache braune Flasche stand. Pfirsichlikör. Iih, dachte sie. Sie nahm einen Schluck und musste sich anstrengen, angesichts des süßlichen Pfirsichgeschmacks in ihrem Mund nicht zusammenzuzucken. Dann sah sie Josh herausfordernd an. Er war im Nu neben ihr und drückte seine kalten, widerlichen Lippen auf ihre. Sie schlängelte ihre Zunge in seinen Mund und ließ den hochprozentigen Alkohol von ihrem Mund langsam in seinen gleiten, während sie im Geiste Cyndi Laupers »Girls Just Wanna Have Fun« sang.

»When the working day is done«, hörte sie in ihrem Kopf, während Josh sie im Suff erneut anerkennend ansah. Er schien eindeutig zu glauben, schon im Himmel oder zumindest in der Erwachsenenabteilung seiner Lieblingsvideothek zu sein.

Sie legte ihm eine Hand auf die Brust und gab ihm einen sanften Schubs. Wie ein Baum fiel er aufs Bett. Sie nahm noch einen Schluck Likör, setzte sich rittlings auf ihn und rieb lächelnd ihren Schritt an ihm. *Nur Mut,* ermunterte sie sich. Sie lehnte sich zurück und zog ihren Pullunder aus. Joshs Augen weiteten sich beim Anblick ihrer Brüste. Sie versuchte sich vorzustellen, was er in dem schwachen Laternenlicht sah, das von draußen durch das Fenster drang – ein geschmeidiges, halb nacktes Mädchen mit langen Haaren, schlanker Taille und harten braunen Brustwarzen auf weißer Haut.

Er wollte sie zu sich hinunterziehen. *Jetzt,* dachte sie, und kippte sich etwas Likör über die Brüste, der seine klebrige Bahn zum Bund ihrer Jeans hinunterzog. »O Gott!«, stöhnte Josh. »Du bist so geil!«

Er keuchte und gab unverständliche Laute von sich, während er den Duft ihrer Haut und des Alkohols einsog und an ihrem Gürtel herumfummelte. Sie hatte sich darauf verlassen, dass er zu betrunken war, um eine Button-Fly-Jeans aufzukriegen, und es sah ganz danach aus, als hätte sie sich nicht getäuscht.

»Warte«, flüsterte sie und legte sich neben ihn. »Ich kümmere mich um dich.«

»Du bist unglaublich«, sagte er und legte sich mit geschlossenen Augen hin. Maggie küsste ihn auf den Hals. Er seufzte. Sie hauchte zarte Küsschen von seinem Ohrläppchen bis zu seinem Schlüsselbein, wobei sie immer langsamer wurde. Er seufzte wieder und fuhr mit der Hand in seine Boxershorts. Maggie schlängelte ihre Zunge langsam Richtung Brust. Langsam, sagte sie sich, während sie ihre Küsse auf ihren Herzschlag abstimmte. Langsam …

Ihre Küsse wurden immer zarter und ließen immer länger auf sich warten. Sie hielt angespannt den Atem an, bis sie Joshs regelmäßiges Atmen und das erste Rasseln eines Schnarchtons hörte. Sie hob leicht den Kopf und sah ihm ins Gesicht. Er hatte die Augen geschlossen, den Mund offen, ein Speichelbläschen zwischen den Lippen. Josh war eingeschlafen.

Eingeschlafen oder ohnmächtig geworden. Es spielte keine Rolle. Bis jetzt funktionierte ihr Plan. Sie fuhr mit einer Hand vorsichtig in seine Hosentasche, wo sie eine Plastikkarte fand. Sein Studentenausweis. Perfekt. Dann rollte sie aus dem Bett und zog ihren Pullunder wieder an. Auf dem Boden lag ein Handtuch – es roch sauer und war starr vor Dreck, aber hier drinnen nach sauberer Wäsche zu suchen war sinnlos, dachte sie, während sie sich auch noch ein Plastikeimerchen mit Seife und Shampoo schnappte.

Sein Geldbeutel lag auf dem Schreibtisch. Sie betrachtete ihn nachdenklich, dann nahm sie ihn und klappte ihn auf. Darin waren ein halbes Dutzend Kreditkarten und ein stattliches Bündel Geldscheine. Sie würde sich den Geldbeutel später genauer ansehen, beschloss sie, und steckte ihn ein. Dann drehte sie sich zum Schrank um. Sollte sie? Sie schlich ganz langsam hin und öffnete die Tür millimeterweise. Josh besaß nicht nur eine, sondern zwei Lederjacken, dazu alle möglichen Hemden, Pullis und Khakihosen, Turn- und Wanderschuhe, Jeans und Polohemden, Windjacken, Wintermäntel und sogar einen Smoking, der noch in der Schutzhülle von der Reinigung steckte. Maggie nahm sich zwei Pullis und inspizierte dann die Ecken des Wandschranks. Bingo! Ein Daunenschlafsack und daneben eine elektrische Campinglampe! Es würde ihm nie auffallen, dass sie weg waren, und falls doch, würde ihm derjenige, der ihm all die anderen Sachen gekauft hatte, einfach wieder einen Scheck schicken. Da war sich Maggie sicher.

Josh stöhnte und drehte sich auf die Seite; dabei legte er einen Arm über das Kissen, wo Maggies Kopf gewesen war. Maggies Herz setzte aus. Sie zählte bis hundert, dann sammelte sie ihre Beutestücke ein und stopfte den Schlafsack und die Lampe in ihren Rucksack. Draußen war noch immer laute Musik und das Gejohle und Geplärre der Partygänger zu hören.

Die Waschräume befanden sich am anderen Ende des Flurs und man brauchte eigentlich eine Zahlenkombination für das Schloss, aber glücklicherweise stand die Tür zur Damentoilette offen, weil eine Studentin in der Tür zu den Duschen ohnmächtig geworden war. Maggie stieg über ihre Beine, zog sich aus und hängte ihre Klamotten und Joshs Handtuch fein säuberlich an einen Haken.

Sie stellte sich unter die warme Dusche und schloss die Augen. In Ordnung, dachte sie. So , so gut. Als Nächstes bräuchte sie etwas zu essen und einen Ort, wo sie in Ruhe nachdenken konnte. Sie dachte an die Bibliothek und daran, dass an keinem einzigen College, das sie kannte, das Aufsichtspersonal die Studentenausweise genau kontrollierte. Wenn man aussah, als würde man dazugehören, winkten sie einen einfach durch. Also würde sie als Erstes ihre Klamotten aus dem Aufenthaltsraum des ersten Wohnheims holen, und sich dann mit Hilfe von Joshs Ausweis in einen der Speisesäle schmuggeln, um etwas zu essen, und dann …

Maggies Blick fiel auf die Seifenschale, in der eine weiße Plastikhaarspange lag – das gleiche hässliche Ding, mit dem sich ihre Schwester die Haare zurücksteckte. *Rose,* dachte sie, und plötzlich überflutete sie eine Welle des Bedauerns, dass ihr schier der Atem stockte. *Rose, es tut mir Leid.* Und in diesem Augenblick, nackt und allein, fühlte sich Maggie so elend wie noch nie zuvor in ihrem Leben.

## 25

*Vielleicht fühlt es sich so an, wenn man verrückt wird,* dachte Rose, bevor sie sich umdrehte und wieder einschlief.

Im Traum hatte sie sich in einer Höhle verlaufen, und die Höhle wurde immer enger und immer niedriger, bis die feuchten Stalaktiten – oder waren es Stalagmiten? Rose hatte sie schon immer verwechselt – ihr Gesicht berührten.

Sie wachte auf. Der Hund, den Maggie zurückgelassen hatte, thronte neben ihr auf einem Kissen und leckte ihr die Wangen.

»Iih«, sagte Rose, vergrub ihr Gesicht in ihrem Kopfkissen und drehte sich um. Für einen Augenblick erinnerte sie sich an gar nichts. Dann fiel es ihr plötzlich wieder ein – Jim und Maggie. Im Bett. Miteinander. »O Gott!«, stöhnte sie. Der Hund legte eine Pfote auf ihre Stirn, als wollte er ihre Temperatur messen, und gab ein fragendes Winseln von sich.

»Geh weg«, sagte Rose. Stattdessen drehte sich der Hund auf dem Kissen dreimal um die eigene Achse, rollte sich zu einem knäckebrotfarbenen Knäuel zusammen und fing an zu schnarchen. Rose schloss die Augen und schlief ebenfalls wieder ein.

Als sie aufwachte, war es nach elf Uhr vormittags. Sie wankte ins Bad und rutschte beinahe in einer warmen Pfütze vor der Badezimmertür aus. Sie starrte verdattert auf ihren nassen Fuß, dann auf den Hund, der noch immer auf dem Bett lag.

»Warst du das?«, fragte sie. Der Hund sah sie nur an. Rose seufzte, holte ein Putzmittel und eine Rolle Papiertücher und wischte den Boden auf. Schließlich konnte sie dem Hund keine Schuld geben – der Arme war seit gestern nicht mehr draußen gewesen.

Sie schleppte sich in die Küche, setzte Kaffee auf, schüttete Cornflakes in eine Schüssel und stocherte lustlos darin herum, ohne auch nur einen Bissen zu essen. Sie wollte keine Cornflakes. Sie wollte gar nichts. Sie konnte sich nicht vorstellen, jemals wieder hungrig zu sein.

Sie starrte auf das Telefon. Was war heute für ein Tag? Samstag. Also hatte sie das ganze Wochenende Zeit, um sich zu sammeln. Oder vielleicht sollte sie gleich anrufen und sich krankmelden und eine Nachricht hinterlassen, dass sie nächste Woche nicht kommen würde. Aber wem? Maggie würde wissen, was sie sagen sollte. Maggie war die Königin der Notlügen, Halbwahrheiten und Fehltage, die sie sich ohne schlechtes Gewissen genehmigte. Maggie.

»O Gott«, stöhnte Rose erneut. Maggie war sicher bei ihrem Vater oder trieb sich irgendwo draußen im Gebüsch oder auf einer Bank herum, in der Gewissheit, dass Rose über

Nacht ihre Meinung geändert hätte. Vergiss es, dachte sie wütend und stellte die Schüssel mit den Cornflakes neben den Ausguss.

Der Hund schien offensichtlich weder ihre schlechte Laune noch ihre Appetitlosigkeit zu teilen, denn er stand neben ihren Füßen und starrte mit feuchten, hungrigen Augen zu den Cornflakes hinauf. Rose fiel ein, dass sie keine Ahnung hatte, was Maggie dem Hund zu fressen gegeben hatte. Sie hatte kein Hundefutter in der Wohnung bemerkt. Nicht, dass sie sonst viel bemerkt hätte. Außer Jim. Beziehungsweise seine Abwesenheit. Versuchsweise stellte sie die Schale mit den Cornflakes auf den Boden. Der Hund schnüffelte, leckte ein bisschen an der Milch, dann schnaubte er verächtlich und starrte Rose an.

»Nicht gut?«, fragte Rose. Sie durchstöberte ihre Küchenschränke. Erbsensuppe – wahrscheinlich nicht. Schwarze Bohnen – nein. Thunfisch! Oder war das für Katzen? Sie beschloss, es zu versuchen, verrührte den Thunfisch mit Mayonnaise und stellte es zusammen mit einer Tasse Wasser vor den Hund. Der Hund fraß gierig, gab leise grunzende Glückslaute von sich und schob die Schüssel mit der Schnauze quer über den ganzen Küchenboden, um auch noch den letzten Rest der Thunfischmayonnaise zu erwischen.

»Gut«, sagte Rose. Mittlerweile war es ein Uhr nachmittags – unglaublich! Ihre Wohnung war dank ihrer nächtlichen Reinigungsaktion makellos. Sie ging ins Bad und betrachtete sich eine Weile im Spiegel. Sie war eine gewöhnliche Frau, mit gewöhnlichen Haaren und gewöhnlichen braunen Augen, gewöhnlichen Lippen, Wangen und Augenbrauen.

»Was stimmt nicht mit mir?«, fragte sie ihr Spiegelbild. Der Hund saß vor der Badezimmertür und starrte sie an. Rose putzte sich die Zähne, wusch sich das Gesicht und machte das Bett, wobei sie sich bewegte, als hätte sie Beine aus Blei. Sollte sie ausgehen? Zu Hause bleiben? Sich wieder ins Bett legen?

Der Hund kratzte an der Wohnungstür.

»Hey, hör auf damit!« Sie sah sich um und fragte sich, ob

Maggie eine Leine dagelassen hatte. Dann nahm sie einen Schal, den sie sich eines Nachmittags gekauft hatte, als sie geglaubt hatte, tatsächlich eine Schal tragende Person werden zu können – die Art Frau, die Accessoires lässig trug, anstatt sie entweder in der Autotür einzuklemmen oder in die Suppe hängen zu lassen.

Sie bückte sich und machte den Schal am Halsband des Hundes fest. Der Hund sah unglücklich aus, so als wüsste er – sie?, dass der Schal aus Polyester und nicht aus echter Seide war. »Ich bitte tausend Mal um Entschuldigung«, sagte Rose sarkastisch. Sie nahm ihre Schlüssel, Sonnenbrille und Handschuhe und steckte einen Zwanzigdollarschein für Hundefutter ein. Dann ging sie zum Lift, versteckte den Hund unter ihrem Mantel und schlich am Portier vorbei nach draußen. Wenn sie sich recht erinnerte, gab es an der Ecke einen Grünstreifen. Der Hund könnte dort sein Geschäft verrichten, und dann würde sie zum Supermarkt auf der gegenüberliegenden Straßenseite gehen, den Hund an einer Parkuhr festbinden und Hundefutter und einen Doughnut kaufen. Einen Gelee-Doughnut. Möglicherweise zwei Gelee-Doughnuts und Kaffee mit Sahne und drei Tütchen Zucker. Sie würde zunehmen ... aber das war egal. Wer würde sie jetzt nackt sehen? Wen würde es kümmern? Sie konnte zunehmen, sie konnte die Haare an ihren Beinen wachsen lassen, bis sie sich zu Zöpfchen flechten ließen, sie konnte alle ihre zerrissenen, ausgeleierten, alten Unterhosen tragen. Es spielte keine Rolle mehr.

Der Hund warf Rose einen dankbaren Blick zu, sobald sie im Freien waren, trottete zum Rinnstein, kauerte sich hin und pinkelte eine halbe Ewigkeit.

»Tut mir Leid, dass ich dich hab warten lassen«, sagte Rose. Der Hund schnaubte. Rose war sich nicht sicher, was das bedeutete. Der Hund schnaubte viel. Vielleicht hatte es mit der Rasse zu tun. Vielleicht gehörte er zu den Vielschnaubern. Rose hatte nicht die leiseste Ahnung. Nach Honey Bun, ihrem Eintageshund, hatten sie und Maggie nie wieder auch nur einen Goldfisch besessen. Zu viel zusätzliche Verantwortung für ihren Vater, der offensichtlich schon mit den beiden Mädchen überfordert war. Aber nachdem sie und Maggie aus dem Haus waren, hatte Sydelle ihren Designerhund gekauft, einen Hund mit einem Stammbaum und Papieren, die das belegten. »Ich bin allergisch gegen Hunde«, hatte ihr Vater protestiert. »Stell dich nicht so an«, hatte Sydelle erwidert. Damit war die Diskussion beendet. Chanel, der blöde Golden Retriever, blieb. Und ihr Vater litt.

»Was für ein süßer kleiner Mops«, seufzte eine dunkelhaarige Frau und ging in die Hocke, um den Hund an ihrer Hand schnüffeln zu lassen. Mops, dachte Rose. Aha, der Hund war also ein Mops. Das war schon mal ein Anfang.

»Komm«, sagte Rose und wickelte sich den Schal um die Hand. Der Hund lief auf dem Weg zum Supermarkt gemächlich bei Fuß. »Sitz«, sagte Rose, während sie den Hund an einer Parkuhr festband. Der Hund – der Mops – sah sie an wie ein Dinnergast, der auf die Suppe wartete. »Ich komme wieder«, sagte Rose. Sie ging in den Laden und starrte zehn Minuten auf die verwirrende Vielfalt an Hundefutter, bevor sie eine Packung Trockenfutter für kleine Hunde kaufte. Sie kaufte auch einen Plastiknapf, zwei Gelee-Doughnuts, Kaffee, zwei Becher Eiscreme und eine Tüte Erdnussflips. Der Kassierer zog die Augenbrauen hoch. Rose kam oft hierher, aber sie kaufte sonst immer nur Zeitungen, schwarzen Kaffee und gelegentlich eine Dose Slim-Fast.

»Ich habe Urlaub«, erklärte sie und wunderte sich, warum sie das Bedürfnis hatte, einem Supermarktkassierer etwas zu erklären. Aber er bedachte sie mit einem netten Lächeln und legte zusammen mit der Quittung einen Bazooka-Kaugummi in ihre Einkaufstüte.

»Viel Spaß«, sagte er. Rose lächelte schwach zurück und ging nach draußen, wo der Hund brav neben der Parkuhr saß.

»Wie heißt du?«, fragte Rose laut.

Der Hund starrte sie an.

»Ich heiße Rose. Ich bin Anwältin.« Der Hund lief neben ihr her. Wie er den Kopf hielt und die Ohren hochstellte, sah es aus, als würde er tatsächlich zuhören. »Ich bin dreißig Jahre alt. Ich habe mein Studium an Princeton summa cum laude abgeschlossen, dann habe ich an der Universität von Pennsylvania Jura studiert und war dort Redakteurin der Jurazeitschrift, und ...«

Warum erzählte sie dem Hund ihren Lebenslauf? Das war albern. Der Hund würde ihr keinen neuen Job geben. Wahrscheinlich würde ihr nie wieder jemand einen Job geben. Ihre Affäre mit Jim würde sich herumsprechen. Wahrscheinlich macht es bereits die Runde, dachte Rose trübsinnig. Wahrscheinlich hatte es das schon getan, als sie noch in der Kanzlei gewesen war, und sie war nur zu dumm und zu verliebt gewesen, um es zu bemerken.

»Ich hatte eine Affäre«, sagte Rose, während sie und der Hund an der roten Ampel stehen blieben. Das Mädchen neben ihr mit dem goldenen Ringpiercing in der Lippe sah Rose befremdet an. »Da war dieser Kerl.« Sie hielt inne. »Ist nicht immer ein Kerl daran schuld? Er war irgendwie mein Boss, und er entpuppte sich als ...« Sie schluckte schwer. »Schlecht. Sehr, sehr schlecht.«

Der Hund bellte einmal kurz – vor Verzweiflung? Als Zustimmung? Rose hatte keine Ahnung. Sie wollte Amy anrufen, aber sie war sich nicht sicher, ob sie es fertig bringen würde, ihrer besten Freundin zu sagen, dass sie Recht gehabt hatte, dass Jim ein Arschloch war – und dass Maggie, ihre Schwester, die sie bei sich aufgenommen und der sie zu helfen versucht hatte, noch schlimmer gewesen war. Die Ampel schaltete auf Grün. Der Hund bellte noch einmal und zerrte leicht am Schal. »Es ist vorbei«, sagte Rose – nur um etwas zu sagen, nur um die Geschichte irgendwie zu beenden, auch wenn sie sie nur einem Hund erzählte und der Hund nicht zuhörte. »Vorbei«, wiederholte sie und ging über die Straße. Der Hund blickte zu ihr hoch, dann sah er wieder auf die Straße.

»Die Frau, die sich um dich gekümmert hat. Das war Maggie. Meine Schwester«, fuhr Rose fort. »Ich werde dich füttern und eine Leine besorgen und herausfinden, wem du gehörst. Ich werde dich zurückbringen müssen.« Sie blieb stehen und betrachtete den Hund – klein, kaffeebraun, harmlos, dachte sie. Der Hund sah zu ihr auf, bevor er wieder forsch und, in Roses Ohren, verächtlich schnaubte. »In Ordnung«, sagte sie. »Sei ruhig undankbar!« Sie überquerte die Straße und ging nach Hause.

## 26

Wer hat jemals die Wahrheit über seine Ehe erzählt? Ella mit Sicherheit nicht. Sie und ihre Freundinnen unterhielten sich über ihre Ehemänner, als wären sie Kinder oder Haustiere, eine irgendwie seltsame Spezies, die für schlechte Gerüche und seltsame Geräusche, Chaos und Unordnung verantwortlich war. Ihre Männer wurden Pointen. Sie sprachen von ihnen in einem Kode, der Augenrollen und Pronomen beinhaltete. Er. Ihn. Er isst kein Gemüse, wie also soll ich die Kinder dazu bringen? Ich würde liebend gern diese Kreuzfahrt machen, aber ich muss ihn natürlich zuerst fragen.

Ella hatte ihren eigenen Anekdotenvorrat, Geschichten, in denen Ira so simpel gestrickt war wie eine grob umrissene Comicfigur. Sie erzählte ihren Bridgepartnerinnen, die sich vor Lachen bogen, wie er nie Reisen über mehr als zwanzig Meilen ohne ein Mayonnaiseglas antrat, für den Fall, dass ihm die Tankstellentoiletten nicht zusagten, oder wie er achtzig Dollar für einen Do-it-yourself-Joghurtbereiter ausgegeben hatte. Nicht Eiscreme oder Bier, sagte sie, während die Damen Tränen lachten, nichts, was man tatsächlich haben wollte, sondern Joghurt. Ira, der Joghurtkönig.

Das waren die Geschichten, die sie erzählte, aber sie erzählte nie die Wahrheit über ihre Ehe. Sie erzählte den Damen nie, wie es sich anfühlte, mit jemandem zusammenzuleben, der mit der Zeit mehr ein Zimmergenosse als ein Ehemann war. Sie erzählte ihnen nie von der verletzenden Höflichkeit, der Art, wie Ira sich bedankte, wenn sie ihm Kaffee einschenkte oder wie er sie in der Öffentlichkeit, auf Hochzeiten oder Weihnachtsfeiern, am Arm führte oder wie er ihr aus dem Auto half, als sei sie zerbrechlich, als seien sie sich fremd. Und sie hatte mit Sicherheit nie erwähnt, dass sie in getrennten Betten geschlafen hatten, seitdem Caroline in die Schule gekommen war, und in getrennten Zimmern, nachdem sie aufs College gegangen war. Von solchen Dingen wurde nie gesprochen, und Ella hätte nicht einmal gewusst, wie man eine derartige Konversation beginnt.

Ein Klopfen an ihrer Wohnungstür holte sie aus ihren Tagträumen. »Arschmeister? Sind Sie da?« Ella machte schnell auf, und hoffte, dass die Nachbarn nichts gehört hatten. Mrs. Lefkowitz schlurfte in Ellas Küche, nahm ein Einmachglas aus ihrer riesigen, pinkfarbenen, gehäkelten Tasche und stellte es auf die Arbeitsfläche.

»Pickles«, verkündete sie. Ella verkniff sich ein Lächeln und leerte den Inhalt des Glases in eine Schale, während ihr Gast ins Wohnzimmer lugte. »Ist er schon da?«

»Noch nicht«, rief Ella und schaute in den Ofen. Sie war nie dahinter gekommen, was die einheimische Küche Floridas war, wenn es so etwas überhaupt gab, und die wenigen Male, die sie für jemand anders als sich selbst kochen musste, verließ sie sich auf die Hand voll Gerichte, die sie während ihrer Ehe immer zubereitet hatte. Heute Abend gab es Rinderbrust, Kartoffelpfannkuchen, ein Karotten- und Pflaumenzimmes, eine Challah vom Bäcker, Mrs. Lefkowitz' Pickles, zwei Kuchen und eine Obsttorte. Zu viel, dachte sie, viel zu viel für drei Personen und zu schwer für diese heißen Floridanächte, aber das Einkaufen und das Kochen in ihrer viel zu kleinen Küche hatten sie von ihrer Nervosität abgelenkt.

»Ich würde gerne deine Freunde kennen lernen«, hatte Lewis gesagt. Wie sollte Ella ihm sagen, dass sie hier nicht wirklich Freunde hatte? Er würde denken, dass mit ihr etwas nicht stimmte. Mrs. Lefkowitz war, insofern das möglich war, sogar noch hartnäckiger gewesen. »Ein Verehrer!«, hatte sie gekichert, nachdem Ella den Fehler gemacht hatte, sich von Lewis auf ihrer Essen-auf-Rädern-Runde bei ihr absetzen zu lassen. Sie war Ella mit ihrem Gehstock durch die Küche gefolgt. »Sieht er gut aus? Hat er eine gute Rente? Ist er verwitwet oder geschieden? Hat er ein Toupé? Einen Herzschrittmacher? Fährt er nachts Auto?«

»Genug!«, hatte Ella gelacht und sich mit erhobenen Armen ergeben.

»Dann ist es also abgemacht!«, sagte Mrs. Lefkowitz mit einem schiefen Grinsen.

»Was ist abgemacht?«, fragte Ella.

»Sie laden uns zum Essen ein. Es ist gut für mich, wenn ich mal rauskomme«, sagte Mrs. Lefkowitz. »Meint mein Arzt.« Sie nahm etwas vom Couchtisch, bei dem es sich, wie sie Ella erklärte, um einen PalmPilot handelte. »Sagen wir fünf Uhr?«

Das war vor drei Tagen gewesen. Ella sah auf ihre Uhr. Fünf nach fünf. »Er kommt zu spät!«, kommentierte Mrs. Lefkowitz von der Wohnzimmercouch. Da klopfte es an der Tür.

»Guten Tag, meine Damen.« Lewis hatte einen riesigen Tulpenstrauß und eine Flasche Wein in der Hand und eine viereckige Schachtel unterm Arm. »Es riecht köstlich!«

»Ich habe viel zu viel vorbereitet!«, sagte Ella leise.

»Dann hast du die nächsten Tage noch Reste«, sagte er und reichte Mrs. Lefkowitz die Hand. Ella sah, dass sie rosafarbenen Lippenstift aufgetragen hatte.

»Hallo, guten Tag!«, krähte sie und musterte ihn, während er ihr beim Aufstehen half.

»Sie müssen Mrs. Lefkowitz sein«, sagte er. In der Küche hielt Ella den Atem an, in der Hoffnung, endlich Mrs. Lefkowitz' Vornamen zu erfahren. Aber Mrs. Lefkowitz kicherte nur kokett und gestattete Lewis, sie an den Tisch zu geleiten.

Nach dem Dessert und dem Kaffee, die sie im Wohnzimmer zu sich nahmen, seufzte Mrs. Lefkowitz zufrieden und rülpste leise. »Meine Straßenbahn kommt«, verkündete sie und humpelte in die Nacht hinaus. Lewis und Ella lächelten sich an.

»Ich hab dir etwas mitgebracht«, sagte Lewis.

»Oh, das wäre doch nicht nötig gewesen«, sagte Ella automatisch, während Lewis die Schachtel hervorholte. Aber als sie sah, was er mitgebracht hatte, fühlte sie, wie ihr Herz zu einem Eisklumpen wurde. Ein Fotoalbum.

»Ich habe dir neulich von meiner Familie erzählt, also dachte ich, dass es dich vielleicht interessieren würde, ein paar Bilder zu sehen«, sagte Lewis und machte es sich auf der Couch bequem, so als wäre dies nichts Ungewöhnliches oder Schreckliches. Als könnte jeder einfach ein Fotoalbum aufschlagen und der Vergangenheit direkt in die Augen schauen. Ellas Gesicht fühlte sich wie versteinert an, aber sie zwang sich zu lächeln und setzte sich neben ihn.

Lewis schlug das Album auf. Da waren Bilder von seinen Eltern, in steifen, altmodischen Klamotten, und von Lewis und seinen Brüdern. Von Sharla, in Orange oder Grellpink oder Türkis (manchmal alle drei Farben zusammen), und ihrem Sohn. Da waren Aufnahmen von Lewis' und Sharlas Haus in Utica, einer Ranch mit Rosentöpfen vor der Tür. »Das hier war Johns Abschlussfeier an der High School – oder war es am College? Da sind wir am Grand Canyon, was du wahrscheinlich auch ohne mich erkannt hättest, das hier war mein Abschiedsessen.« Hochzeitsfotos, Bar-Mizwah-Feiern, Badeurlaub am Strand, Berge, Babys. Ella ertrug alles lächelnd und nickend und steuerte die richtigen Kommentare bei, bis Lewis endlich, Gott sei Dank, das Album zuklappte.

»Und du?«

»Und ich was?«, fragte sie.

»Könnte ich deine Fotos sehen?«

Sie schüttelte den Kopf. »Ich habe nicht viele.« Das war die

Wahrheit. Als sie und Ira ihr Haus in Michigan verkauft hatten und in den Süden gezogen waren, hatten sie alles Mögliche bei einer Spedition eingelagert: Möbel, Wintermäntel, kistenweise Bücher. Und alle ihre Fotos. Es tat zu weh, sie anzusehen. Aber vielleicht …

»Warte«, sagte Ella. Sie ging ins Schlafzimmer und tastete im begehbaren Wandschrank, hinter den Kisten mit Klamotten und Handtüchern, nach einer alten Handtasche, in der sie einen einfachen weißen Umschlag mit einer Hand voll Schnappschüsse aufbewahrte. Zurück auf der Couch zeigte sie Lewis das erste Foto: sie und Ira in den Flitterwochen, in der Gischt der Niagarafälle.

Lewis studierte das Foto sorgfältig und drehte es unter der Lampe auf dem Beistelltischchen hin und her.

»Du siehst ängstlich aus«, sagte er schließlich.

»Vielleicht war ich das auch«, sagte Ella und sah die Fotos durch: Ira neben dem »Verkauft«-Schild vor ihrem Haus in Michigan, Ira am Steuer ihres ersten Neuwagens. Und schließlich, ganz unten, ein Foto von Ella und Caroline.

»Hier«, sagte sie und reichte Lewis das Foto. Ihre Nachbarin hatte es an dem Tag gemacht, an dem sie vom Krankenhaus nach Hause gekommen waren. Ella stand mit ihrem kleinen Koffer im Hintergrund, während Ira in der Tür stand, die drei Tage alte Caroline auf dem Arm, die in eine pinkfarbene Decke gewickelt war und misstrauisch dreinblickte. »Meine Tochter«, sagte sie und wappnete sich für das, was als Nächstes kommen würde. »Caroline.«

»Sie war ein schönes Baby«, sagte Lewis.

»Sie hatte schwarze Haare. Den ganzen Kopf voll schwarzer Haare«, erinnerte sich Ella. »Und sie weinte fast ein Jahr lang ohne Ende.«

Sie sahen sich die letzten beiden Bilder an. Caroline und ihr Vater, in einem Ruderboot posierend, mit identischen Hüten und Fischerwesten. Und schließlich Caroline an ihrem Hochzeitstag, wie Ella gerade den Schleier richtete.

»Was für ein schönes Mädchen«, sagte Lewis.

Ella schwieg.

»Ich wollte monatelang nicht über Sharla reden«, sagte Lewis. »Also verstehe ich, wenn du es nicht möchtest. Aber manchmal ist es schön zu reden und sich an die guten Zeiten zu erinnern.«

Hatte es mit Caroline gute Zeiten gegeben? Ihr war, als könne sie sich nur an die endlosen sorgenvollen Nächte erinnern, in denen sie im Dunkeln wach gelegen und auf das Knarren der Tür (oder, falls Caroline Hausarrest hatte, des Fensters) gelauscht hatte. Sie erinnerte sich daran, wie sie auf dem unbequemen goldenen Samtsofa im Wohnzimmer gewartet hatte, dass ihre Tochter nach Hause kam.

»Sie war«, begann Ella, »sie war wunderschön. Groß, braune Haare, samtweiche Haut, und sie war … so lebhaft. Und lustig.« *Verrückt,* flüsterte ihr Verstand. »Psychisch krank«, sagte sie stattdessen. »Sie war manisch-depressiv. Heutzutage nennt man das bipolar. Wir haben es herausgefunden, als sie in der High School war. Es waren ein paar Dinge vorgefallen.« Ella schloss die Augen, als sie daran denken musste, wie Caroline sich drei Tage lang in ihrem Zimmer eingeschlossen und sich geweigert hatte, etwas zu essen, und geschrien hatte, dass ihre Haare voller Ameisen wären und sie sie im Schlaf spüren könnte.

Lewis gab einen leisen, mitfühlenden Ton von sich. Ella redete weiter; jetzt sprudelten die Worte nur so aus ihr hervor, als wären sie zu lange aufgestaut gewesen.

»Wir waren bei allen möglichen Ärzten. Sie gaben ihr Medikamente, die ein wenig halfen, sie aber auch müde machten. Sie sagte, dass ihr damit das Denken schwer fiel.« Sie erinnerte sich daran, wie Caroline ausgesehen hatte, als sie Lithium genommen hatte, wie ihr Gesicht und ihre Hände angeschwollen waren, wie sie den ganzen Tag lang gegähnt hatte. »Manchmal nahm sie die Medikamente und dann wieder nicht, obwohl sie behauptete, dass sie sie nahm. Sie ging aufs

College und eine Zeit lang war alles in Ordnung, und dann« – Ella atmete zittrig ein – »heiratete sie, und es schien ihr gut zu gehen. Sie hatte zwei Töchter. Sie starb, als sie neunundzwanzig war.«

»Was ist passiert?«, fragte Lewis mit sanfter Stimme.

»Ein Autounfall«, sagte Ella. Was die Wahrheit war. Beziehungsweise *eine* Wahrheit. Caroline hatte in einem Auto gesessen. Das Auto hatte einen Unfall gehabt. Sie war gestorben. Aber was davor passiert war, war ebenfalls die Wahrheit, nämlich, dass Ella nicht eingegriffen hatte, als sie es hätte tun sollen. Sie hatte sich den wiederholten Aufforderungen ihrer Tochter gefügt, sie in Ruhe zu lassen, sie ihr Leben leben zu lassen. Es frustrierte sie und machte sie traurig, aber sie war auch zutiefst erleichtert. Sie schämte sich dafür und sprach mit niemandem darüber, auch nicht mit Ira. Sie rief Caroline jede Woche an, besuchte sie aber nur zweimal im Jahr für ein Wochenende. An Stelle der Fakten schuf sie sich Fiktionen. Sie präsentierte ihre Schnappschüsse wie ein gutes Blatt beim Poker: Caroline und ihr Ehemann Michael, Caroline und Rose, Caroline und Maggie. Ihre Freundinnen sagten Oh und Ah, aber Ella kannte die Wahrheit – die Bilder waren hübsch, aber die Wirklichkeit sah anders aus. Sie war ein Riff, das sich unter dem gekräuselten Wasser verbarg, sie war das tückische schwarze Eis auf dem Gehsteig.

»Ein Autounfall«, wiederholte sie, obwohl Lewis nichts gesagt hatte. »Ein Autounfall« war Wahrheit genug. Es tat nichts zur Sache, dass sie einen Tag nach der Beerdigung einen Briefumschlag erhalten hatte, in Hartford an dem Tag abgeschickt, an dem Caroline gestorben war; ein Briefumschlag mit einem linierten Blatt Papier aus einem Zweitklässlerblock, zwei Zeilen in schwacher, zittriger Schrift: »Ich kann nicht mehr. Kümmere dich um meine Mädchen.«

»Und deine Enkelinnen?«, fragte Lewis sanft.

Ella presste die Hände vor die Augen. »Ich kenne sie nicht«, sagte sie.

Lewis fuhr ihr in sanft kreisenden Bewegungen mit der Hand über den Rücken. »Wir müssen nicht weiter darüber reden«, sagte er. Aber er wusste doch noch gar nichts, und sie konnte es ihm nicht erklären. Wie könnte er auch Carolines letzten Wunsch verstehen, und dass es im Laufe der Jahre immer einfacher geworden war, der Sache aus dem Weg zu gehen? Caroline hatte gesagt: »Lass mich in Ruhe«, also hatte sie sie in Ruhe gelassen, und Michael Feller hatte gesagt: »Wir sind ohne dich besser dran«, und Ella hatte sich wegschubsen lassen, traurig, aber auch insgeheim auf beschämende Art und Weise erleichtert. Und jetzt kannte sie nicht einmal ihre eigenen Enkeltöchter. Aber sie hatte es nicht anders verdient.

## 27

Rose wachte am Montagmorgen auf, dann am Dienstag, am Mittwoch, am Donnerstag, und jeden Tag dachte sie, dass es so weit war – dass sie duschen, Zähne putzen, den Hund zum Gassigehen aus dem Haus schmuggeln, wieder nach Hause kommen, ein Kostüm und eine Feinstrumpfhose anziehen, ihre Aktentasche aus dem Schrank im Flur nehmen und wie der Rest der Welt zur Arbeit gehen würde.

Jeden Morgen erwachte sie voller Energie und guter Absichten. Sie hielt sich in der Dusche Vorträge darüber, dass das chinesische Symbol für Krise und Chance identisch waren. Aber dann ging sie mit dem Hund zum Rittenhouse-Square-Park, von wo aus sie gen Süden die glänzende Glasfassade des Hochhauses, in dem sich die Anwaltskanzlei Dommel, Lewis & Fenick befand, wie einen zweiundfünfzigstöckigen Vorwurf sehen konnte, und sie dachte nur: »Nein, ich kann nicht«, oder »Heute noch nicht.«

Also ging sie wieder nach Hause und rief Lisa, ihre Sekretärin, an, um ihr zu sagen, dass sie immer noch krank war. »Ich glaube, es ist eine Grippe«, krächzte sie am Montag.

»Kein Problem«, sagte Lisa, die nie einen ganzen Satz auf Rose verschwendete, wenn es auch ein Halbsatz tat. Aber gegen Ende der Woche hörte sich Lisa nicht mehr ganz so tolerant an und fing tatsächlich an, in ganzen Sätzen zu sprechen. »Aber am Montag werden Sie doch wieder hier sein, oder?«

»Natürlich«, sagte Rose und versuchte, sich forsch und selbstsicher anzuhören. »Gewiss.« Dann ließ sie sich auf die Couch plumpsen und sah sich *A Wedding Story* an. In der Woche zu Hause war Rose absolut süchtig nach der Sendung geworden. *A Wedding Story* dauerte eine halbe Stunde und war so sorgfältig konstruiert wie ein Sonett oder ein geometrischer Beweis. Erster Abschnitt: Wir lernen die Braut und den Bräutigam kennen (in der gestrigen Sendung war die Braut, Fern, eine Drogerieangestellte und der Bräutigam, Dave, ein um zwanzig Jahre älterer bärtiger Fernfahrer gewesen). Zweiter Abschnitt: Wie sie sich kennen lernten (»Ich wollte mir Magentabletten kaufen«, hatte Dave gegrummelt, »und da stand sie an der Theke. Das hübscheste Mädchen, das ich je gesehen hatte.«). Teil drei: Hochzeitspläne (Trauung im Radisson-Hotel, Daves zwei Söhne aus zwei früheren Ehen fungierten als Trauzeugen, danach Hochzeitsessen und Tanz). Letzter Teil: der große Tag (Fern kam den Mittelgang herunter, ein Traum in gebrochenem Weiß. Dave hatte geweint. Rose auch).

So ging es seit vier Tagen. Sie aß Doughnuts und heulte bei jeder Braut, jedem Bräutigam, jedem Kleid, jeder Mutter und Schwiegermutter, jedem ersten Kuss und ersten Tanz. Sie vergoss Tränen über pummelige Sozialarbeiter aus Alabama, Lehrer aus New Jersey, schnauzbärtige technische Assistenten aus San José, junge Frauen mit schlechter Haut und schlechten Dauerwellen und schlechtem Englisch. Alle anderen auf der Welt schaffen es, dachte sie, während der Hund auf ihren Schoß kletterte und ihr die Tränen ableckte. Alle außer mir.

Am Samstagvormittag fing das Telefon an zu läuten. Rose

beachtete es nicht, nahm den Hund an die Leine, die sie endlich gekauft hatte, und verließ hastig die Wohnung, und bemerkte erst danach, dass sie noch ihre Hausschuhe trug. Ihre flauschigen Häschenhausschuhe. Und wenn schon. Ein Obdachloser musterte sie anerkennend. »Du siehst gut aus, Baby!«, rief er. Nun, das war aufmunternd, dachte Rose. »Vielleicht ein bisschen dick, aber du siehst dennoch gut aus!« Na ja, korrigierte sie, vielleicht doch nicht so aufmunternd. Sie ließ den Hund zwanzig Minuten lang an Hecken, Hydranten, Parkuhren und den Hinterteilen anderer Hunde schnüffeln, und als sie nach Hause kam, läutete das Telefon immer noch, so als hätte es nie aufgehört. Es läutete, während sie stocksteif unter der Dusche stand und versuchte, die Energie zum Haarewaschen aufzubringen. Um zwei Uhr hob Rose endlich ab.

»Was?«

»Wo zum Teufel steckst du?«, fragte Amy. »Ich habe dir vierzehn Nachrichten auf deiner Voice-Mail im Büro hinterlassen, sechs E-Mails geschickt, gestern Nacht bei dir vorbeigeschaut …«

Rose erinnerte sich vage an ein Klopfen und daran, sich das Kissen über den Kopf gezogen zu haben, bis es aufgehört hatte.

»Deine Sekretärin sagt, dass du krank bist, und meine Freundin Karen sagt, dass sie dich im Schlafanzug und Hausschuhen um den Rittenhouse Square hat wandern sehen.«

»Ich bin nicht gewandert. Und ich habe keinen Schlafanzug angehabt«, sagte Rose hochmütig und ging fürs Erste nicht weiter auf die Sache mit den Hausschuhen ein. »Es war eine Jogginghose.«

»Egal«, sagte Amy. »Was ist los? Bist du krank?«

Rose blickte sehnsüchtig auf den Fernseher, dann zwang sie sich wegzusehen. »Ich muss mit dir reden«, sagte sie endlich.

»Wir treffen uns in einer Viertelstunde im La Cigale«, sagte Amy. »Nein, in einer halben Stunde. Du musst erst ordentliche Klamotten finden. Ich glaube nicht, dass sie dich dort im Schlafanzug reinlassen.«

»Es war kein Schlafanzug!«, wiederholte Rose, aber Amy hatte schon aufgelegt. Rose legte den Hörer auf und machte sich auf die Suche nach einem Paar Schuhe.

»Also«, begann Amy, die bereits Kaffee und zwei Scones bestellt hatte, die so groß waren wie Baseballhandschuhe. »Was hat er getan?«

»Was?«

»Jim«, sagte Amy ungeduldig. »Ich weiß, dass an allem dieser Scheißkerl schuld ist. Sag mir, was er getan hat, und dann lassen wir uns etwas einfallen, wie wir's ihm heimzahlen können.«

Rose musste lächeln. Amy hatte nach jahrelanger Erfahrung eine ausgefeilte Philosophie, wie man sich nach gescheiterten Beziehungen verhielt. Schritt eins: Trauere einen Monat (zwei Wochen, falls die Beziehung keinen Sex beinhaltet hatte). Schritt zwei: Wenn er dich sitzen hat lassen oder dich betrogen hat, dann gönne dir einen skandalösen Racheakt. (Ihr letzter Freund, ein eingefleischter Veganer, war zweifellos schockiert und entsetzt gewesen, als er entdeckte, dass er eingetragenes Mitglied des Organfleisch-des-Monats-Clubs war.) Schritt drei: Komm drüber hinweg! Schluss mit dem Selbstmitleid, dem Trübsalblasen, den spätnächtlichen Fahrten zu seiner Wohnung oder den Anrufen unter Alkoholeinfluss. Auf zum nächsten Abenteuer!

»Also, was hat er getan?«

»Er hat mich betrogen«, sagte Rose.

Amy schüttelte den Kopf. »Ich wusste es.« Ihre Augen verengten sich zu Schlitzen. »Also, wie wollen wir's ihm heimzahlen? Demütigung am Arbeitsplatz? Ein anonymer Brief an die Kanzlei? Oder wollen wir was Ekliges mit seinem Auto anstellen?«

»Was denn zum Beispiel?«, fragte Rose.

»Sardellenpaste«, sagte Amy. »Einige Spritzer ins Handschuhfach, und sein Lexus wird nie wieder der alte sein.«

»Naja, es ist nicht allein er«, sagte Rose.

»Was meinst du damit?«

»Maggie.«

Amy spuckte einen Bissen ihres Scone aus. »Was?«

»Maggie«, wiederholte Rose. »Ich habe sie zusammen im Bett erwischt.« Sie hatte es so oft zu sich selbst und zu dem kleinen Hund gesagt, dass es sich jetzt anfühlte, als würde sie ein Gedicht aufsagen, das sie vor Jahren auswendig gelernt hatte. »Ich bin nach Hause gekommen, und da waren sie in meinem Bett. Und Maggie hatte meine neuen Stiefel an.«

»Die Via Spigas?« Amy hörte sich noch entsetzter an. »Oh, Rose, es tut mir so Leid.«

*Aber es überrascht dich nicht,* dachte Rose.

»O Gott«, sagte Amy und machte ein bestürztes Gesicht. »Dieses Miststück!«

Rose nickte.

»Wie konnte sie nur?«

Rose zuckte die Achseln.

»Nachdem du sie bei dir wohnen hast lassen und ihr wahrscheinlich auch noch Geld gegeben hast und versucht hast, ihr zu helfen!« Amy verdrehte die Augen zur Decke. »Was werden wir tun?«

»Sie nie wiedersehen«, sagte Rose.

»Ja«, sagte Amy. »Ich kann mir vorstellen, dass das Thanksgiving etwas ungemütlich macht. Also, wo steckt die kleine Schlampe?«

»Ich weiß es nicht«, sagte Rose düster. »Vermutlich bei meinem Vater und Sydelle.«

»Nun, dann leidet sie eh schon«, sagte Amy. »Und was ist mit dir?«

»Ich leide jede Menge«, sagte Rose mit einem Seufzer und krümelte an ihrem Scone herum.

»Kann ich irgendetwas tun?«, fragte Amy.

Rose zuckte die Achseln. »Wahrscheinlich nichts, außer Gras über die Sache wachsen zu lassen.«

»Und mit dir einkaufen zu gehen«, sagte Amy und zog Rose hoch. »Shopping-Therapie. Das wird dir gut tun. Komm mit!«

Amy und Rose verbrachten den ganzen Nachmittag im King-of-Prussia-Einkaufszentrum. Am Ende hatte Rose es geschafft, drei Einkaufstüten mit Sachen zu füllen, die sie entweder nicht brauchte oder die ihr ins Auge gefallen und ihr eine Sekunde lang Hoffnung gemacht hatten, dass ihr Leben – dass sie selbst – wieder werden könnte wie früher. Sie kaufte Rubbel- und Feuchtigkeitscremes, Lavendelduftkerzen, einen Rohlederknochen und eine perlenbestickte Handtasche für zweihundert Dollar. Sie kaufte Lippenstifte und Lippenbalsams und Lippenkonturstifte, drei Paar Schuhe und einen roten, knöchellangen Kaschmirrock, von dem sie sich nicht vorstellen konnte, ihn jemals zu tragen. Als Letztes gingen sie in den Buchladen.

»Ratgeber?«, fragte Amy. »*Besseren Sex durch Yoga?* oder *Wie angele ich mir den Mann meiner Träume? Zehn hinterhältige Erfolgsrezepte*.« Rose lachte, schüttelte den Kopf und ging in die Belletristikabteilung. Zehn Minuten später hatte sie einen Stapel Bücher angehäuft – zehn Taschenbücher über Frauen, die geliebt, die Liebe verloren und sie dann wieder gefunden hatten.

»Denk dran, ich habe Sardellenpaste, für den Fall, dass du es dir anders überlegst«, sagte Amy auf dem Weg zum Auto. »Und falls du eine unparteiische Dritte brauchst, die Miss Maggie May die Leviten liest.«

»Du bist nicht unparteiisch«, sagte Rose.

»Das stimmt«, sagte Amy. »Aber ich kann so tun als ob.« Sie sah auf ihre Uhr. »Soll ich mit zu dir kommen? Oder willst du mit zu meiner Mutter kommen? Ich bin heute Abend bei ihr zum Essen eingeladen.«

Rose schüttelte den Kopf. »Schon gut.« Sie konnte gut auf einen Abend bei Amys Mutter verzichten – die unvermeidlichen Nudeln, gefolgt von einigen Stunden, in denen Amys Mutter ihrer Leidenschaft für die Puppen und den Schmuck des Home-Shopping-Senders frönte.

»Ruf mich an«, sagte Amy. »Im Ernst.«

Rose versprach es ihr. Als ersten Schritt zurück in die Normalität gab sie dem Mops den Rohlederknochen und zwang sich, alle dreiundvierzig Nachrichten auf ihrem Anrufbeantworter abzuhören. Sechzehn von Amy, ein Dutzend von der Kanzlei, drei von ihrem Vater, eine Hand voll von irgendwelchen Telemarketingfritzen, ein halbes Dutzend von Geldeintreibern und ein unerklärlicher Anruf vom Geschäftsführer des International House of Pancakes, der Rose informierte, dass sie jederzeit zu einem Bewerbungsgespräch vorbeikommen könne. Sie sprach ihrem Vater auf Band, dass sie am Leben und wohlauf sei, löschte die Nachrichten und schlief geschlagene achtzehn Stunden. Am Sonntagvormittag – ihrem, so hatte sie beschlossen, absolut letzten Tag des Trübsalblasens – rief sie Amy an, um ihr zu sagen, dass sie zwar noch am Leben, aber nicht so wohlauf sei. Sie trug Lippenstift auf, zog den roten Kaschmirrock an, steckte eins der Taschenbücher in ihre Tasche, nahm den Hund an die Leine und ging zu ihrer gewohnten Bank im Park. Es war Zeit für eine Entscheidung.

»Pro«, flüsterte sie. »Ich bin Anwältin, und es ist ein guter Job. Contra«, sagte sie, während der Hund zu ihren Füßen herumschnupperte. »Allein bei dem Gedanken, dort wieder hinzugehen, wird mir schlecht.«

Sie schlug ihr Buch auf, nahm einen Kugelschreiber aus der Tasche und machte sich neben den atemlosen Kritiken auf den Anfangsseiten des Buches (»Eine witzige, sexy Tollerei!«) Notizen. »Pro«, schrieb sie auf die Innenseite des Einbands, »wenn ich arbeite, werde ich Geld haben. Contra ...« Der Mops bellte kurz. Rose blickte auf und sah, dass ein anderer Hund, ein seltsames, geflecktes, zittriges Ding von der Größe einer Katze, neben ihr auf der Bank saß und sie aus furchtlosen schwarzen Augen anblickte.

»Hallo«, sagte sie und ließ den Hund an ihrem Handschuh schnuppern. »Wer bist du denn?« Sie warf einen Blick auf das Namensschild am Halsband des Hundes: Nifkin. Hm. Wahrscheinlich was Ausländisches. »Geh nach Hause!«, befahl sie dem gefleckten Hund, dessen Barthaare bei jedem Atemzug zitterten. »Geh zu Herrchen oder Frauchen!« Der Hund starrte Rose einfach nur an und rührte sich nicht vom Fleck. Rose beschloss, ihn nicht weiter zu beachten.

»Contra«, fuhr sie fort. Sie schloss die Augen. Ihr wurde ganz schlecht bei dem Gedanken, in die Lobby zu marschieren, in den Lift zu steigen und den Gang der Kanzlei hinunterzugehen, wo sie sich in Jim verliebt und sich eingebildet hatte, dass auch er sich in sie verliebt hätte.

»Contra«, wiederholte sie und schlug die Augen auf. Nifkin saß noch immer neben ihr auf der Bank, doch jetzt stand zudem ein kleines Mädchen in einem roten Mäntelchen vor ihr. Sie trug rote Handschuhe und rote Gummistiefel und hatte ihre ahornsirupfarbenen Haare zu einem dünnen, karottenförmigen Pferdeschwanz zusammengebunden. Himmel, dachte Rose, und wer bin ich? Schneeweißchen?

»Wauwau«, sagte das kleine Mädchen und zeigte mit einer behandschuhten Hand auf den Mops.

»Richtig«, sagte Rose, während der Mops aufgeregt schnaubte.

Das Mädchen bückte sich und streichelte dem Mops über den Kopf. Der Mops wackelte freudig mit dem Hinterteil. In der Zwischenzeit war der zitternde kleine Nifkin von der Bank gesprungen und hatte sich neben das kleine Mädchen gesetzt, sodass sie jetzt beide zu Rose hochblickten. »Ich bin Joy«, verkündete das kleine Mädchen.

»Hallo«, sagte Rose mit lauter, fröhlicher Stimme. »Und das ist …« O je, sie wusste noch immer nicht, wie der Hund hieß. »Das ist der Hund, den ich Gassi führe.«

Das kleine Mädchen nickte, als sei das völlig einleuchtend, zog an Nifkins Leine und watschelte durch den Park davon.

Unterdessen hatte eine weißhaarige Frau mit Sonnenbrille begonnen, sie zu mustern. »Petunia?«, rief sie. »Ist das Petunia?«

*Petunia,* dachte Rose. Der Mops sah sie an. Rose glaubte, eine Spur Scham auf seinem Knautschgesicht zu entdecken.

»Ja hallo, Petunia!«, sagte die Frau, während Petunia königlich schnaubte. »Also ist Shirley schon aus Europa zurück?«, fragte die Frau.

»Äh«, sagte Rose kleinlaut. Sie hatte nicht damit gerechnet, jemandem zu begegnen, der den Hund kannte.

»Ich dachte, sie hätte sie bis nächsten Monat in Pension gegeben«, fuhr die Frau fort.

Rose witterte ihre Chance.

»Das stimmt«, sagte sie. »Das ist ein neuer Service ... ein täglicher Spaziergang. Damit die Hunde an die frische Luft kommen, ihr Viertel und ihre Freunde sehen ...«

»Was für eine großartige Idee!«, sagte die Frau, während zwei andere Hunde – ein großer schokoladenbrauner Hund mit einem langen, breiten Schwanz und ein tänzelnder schwarzer Pudel mit roter Zunge – herüberkamen. »Also arbeiten Sie für die Hundepension?«

»Äh, eigentlich bin ich selbstständig«, sagte Rose. Sie musste an das Märchen von der verwunschenen Prinzessin denken, aus deren Mund jedes Mal, wenn sie etwas sagte, Frösche und Kröten heraussprangen. Rose beschloss, dass sie von einem ähnlichen Unglück befallen war – nur dass bei ihr keine warzigen Amphibien, sondern Lügen herauskamen. »Ich arbeite für die Hundepension, aber ich, äh, ich übernehme auch Privatkunden.«

»Haben Sie eine Visitenkarte?«, fragte der Besitzer des Pudels, ein älterer Herr.

Rose kramte demonstrativ in ihren Taschen und zeigte dann ihre leeren Hände her. »Tut mir Leid«, sagte sie. »Ich muss sie zu Hause vergessen haben.«

Der Mann nahm einen Kugelschreiber und ein Blatt Papier

aus seiner Tasche, und Rose schrieb ihre Telefonnummer auf und darunter *Rose Feller, Hundepflege*. Bald war sie umringt von Hunden und Hundeleinen und schwatzenden Hundebesitzern, die, so schien es, alle auf der Suche nach verantwortungsvollen Hütern ihrer Haustiere waren.

Ja, sie würde auch auf Katzen aufpassen. Nein, sie machte kein Hundeschuletraining, aber sie würde die Hunde gern dorthin bringen.

»He, Tiersitter!«, rief eine Frau in einem ausgeleierten grünen Pulli. Ihr Hund war nicht größer als Petunia, aber fast doppelt so schwer; er hatte ein extrem zerknautschtes Gesicht, und der Speichel tropfte ihm von den riesigen Lefzen. »Memorial-Day-Wochenende?«, sagte sie.

»Da bin ich hier«, sagte Rose. Petunia und der faltige Hund beschnüffelten sich ernsthaft und feierlich, als würden sie demselben Club angehören und sich mit dem geheimen Handschlag begrüßen.

»Lizenz?«, fragte die Frau in dem Stakkatotonfall eines Feldwebels. »Lizenz? Bürgschaft? Versicherung?«

»Äh ...«, sagte Rose. Die Menge hielt den Atem an. »Ich mache gerade den Papierkram fertig. Nächste Woche bin ich so weit.« Sie nahm sich vor herauszufinden, welche Lizenzen und Versicherungen sie als Gassigeherin brauchen würde.

»Und Ihre Preise?«

*Preise,* dachte Rose. »Äh ... zehn Dollar pro Spaziergang, fünfundzwanzig Dollar für den ganzen Tag.« Nach dem Gesichtsausdruck der Tierbesitzer zu urteilen, hatte ihnen Rose gerade ein Schnäppchen angeboten. »Das ist mein Sonderpreis für neue Kunden«, fügte sie hinzu. »Und wenn Sie Ihre Hunde lieber in der Hundepension lassen wollen, kann ich sie jeden Tag dort abholen und mit ihnen in den Park gehen. So genießen Sie die Vorteile beider Seiten. Rufen Sie mich einfach an!« Sie winkte beschwingt zum Abschied und verließ schnell den Park. »Wer ist Shirley?«, fragte sie den Mops. »Und heißt du wirklich Petunia?« Der Mops beachtete sie nicht, während

Rose in Richtung Elegante Pfote ging. Als sie den Hundesalon betrat, bimmelten die Türglocken, und die Frau hinter dem Tresen sprang auf.

»Petunia!«, rief sie und drückte ihre Zigarette aus. Petunia bellte einmal und wackelte nicht nur mit ihrem Schwanzstummel, sondern mit ihrem ganzen Hinterteil. »Gott sei Dank! Wir haben uns schon solche Sorgen gemacht!«

»Hi«, sagte Rose, während die Frau hinter dem Tresen hervorgelaufen kam, sich hinkniete und Petunia rubbelnd den Rücken streichelte.

»Wo haben Sie sie gefunden?«, fragte die Frau. »Gott, wir sind total aus dem Häuschen gewesen! Ihre Besitzerin kommt erst in drei Wochen zurück, aber wir wollten sie nicht anrufen. Ich meine, können Sie sich das vorstellen? Sie geben Ihren Hund in der Hundepension ab und fliegen nach Europa, und dann ruft Sie jemand an, um Ihnen zu sagen, dass Ihr Hund vermisst wird?« Die Frau stand auf, strich sich ihren Jeansoverall glatt und fixierte Rose durch ihre krausen grauen Locken. »Also, wo haben Sie sie gefunden?«, fragte sie wieder.

»Im Park«, sagte Rose, die beschlossen hatte, dass sie ihre komplette Lügenration für diesen Monat – nein, dieses Jahr – am heutigen Tag in Anspruch nehmen würde. »Sie hat nicht ausgesehen, als ob sie sich verlaufen hätte, aber ich kenne sie … Ich meine, ich kenne sie nicht, aber ich habe sie schon mal im Park gesehen, und ich habe mir gedacht, dass Sie vielleicht wissen, wem sie gehört.«

»Gott sei Dank«, sagte die Frau wieder und nahm Petunia auf den Arm. »Wir haben uns solche Sorgen gemacht! Möpse sind sehr sensibel, müssen Sie wissen. Sie bekommen alle möglichen Erkältungen, Atemwegsentzündungen, alles, was die Runde macht. Ich weiß nicht, wer sich die letzten Wochen um sie gekümmert hat, aber es sieht so aus, als ob der- oder diejenige es gut gemacht hat.« Sie sah wieder Rose an. »Sie bekommen natürlich eine Belohnung.«

»Nein, nein«, sagte Rose. »Ich bin schon glücklich, dass sie wieder da ist, wo sie hingehört.«

»Ich bestehe darauf«, sagte die Frau. Sie eilte hinter den Tresen und machte die Kasse auf. »Wie heißen Sie? Wohnen Sie in der Nähe?«

»Ich, äh«, sagte Rose. »Ja, ich wohne im Dorchester, und ich bin Anwältin in der Kanzlei Lewis, Dommel & Fenick. Aber ich mache mich gerade selbstständig. Als Gassigeherin.«

»Nun, davon gibt es in der Stadt schon einige«, sagte die Frau und warf Petunia einen Keks hin, den der Mops in der Luft auffing und dann lautstark zerkaute.

»Ich weiß«, sagte Rose. »Aber ich führe Hunde Gassi, die in Pension gegeben wurden. Damit sie an die frische Luft kommen und etwas Bewegung haben.«

Jetzt zeigte sich die Frau interessiert. »Wie viel?«

»Ich verlange zehn Dollar pro Gassigehen«, sagte sie. Als die Frau die Stirn runzelte, fügte sie hinzu: »Die ich mit Ihnen teilen würde. Weil ich über Sie Kunden gewinnen würde.«

»Also Sie würden zehn Dollar pro Gassigehen bekommen und davon fünf an mich abgeben?«

»Genau«, sagte Rose. »Im ersten Monat. Dann sehen wir weiter.« Sie fing bereits an, sich die Zahlen durch den Kopf gehen zu lassen – fünf Dollar pro Gassigehen bei, sagen wir, zehn Hunden aus der Pension, dazu vielleicht drei oder vier Hunde für zehn Dollar …

»Ich mache auch Botengänge für die Besitzer«, sagte Rose und dachte an all die Dinge, für die sie in ihrem früheren Leben als Anwältin immer zu wenig Zeit gehabt hatte. »Reinigung, Einkäufe, Arzttermine, Post. Wenn Sie mich testen wollen, werde ich Petunia umsonst Gassi führen.«

»Ich mache Ihnen einen Vorschlag«, sagte die Frau. »Ich probier's, so lange Petunias kleines Abenteuer unter uns bleibt.«

»Abgemacht«, sagte Rose

Die Frau kam hinter dem Tresen hervor, um ihr die Hand zu schütteln. »Bea Maddox.«

»Rose Feller.«

Die Frau sah sie schief an. »Verwandt mit Maggie Feller?«

Roses Lächeln gefror. »Maggie ist meine Schwester. Aber ich bin nicht wie sie«, sagte sie. Sie fühlte Beas Blick auf sich. Rose straffte ihre Schultern und versuchte, einen verantwortungsbewussten, zuverlässigen, reifen Eindruck zu machen – kurzum, anders als Maggie.

»Sie hat noch immer meine Schlüssel«, sagte Bea.

»Ich weiß nicht, wo sie momentan steckt«, sagte Rose. »Ich werde Ihnen die Schlüssel bezahlen.«

Die Frau sah sie an und zuckte die Achseln. »Wir können es ja versuchen. Scheint mir, als hätte ich nichts zu verlieren. Und Sie haben unsere Kleine hier gefunden.« Sie gab Rose ihre Karte und instruierte sie, zu dem Kopierladen an der Ecke zu gehen und ein paar Handzettel mit ihrem Namen, ihrem Serviceangebot und ihren Preisen drucken zu lassen.

Rose ging in den Kopierladen, lieferte einen druckfrischen Flyer in der Eleganten Pfote ab und eilte dann nach Hause, um ihre Ansage auf dem Anrufbeantworter zu ändern. »Hier ist Rose Feller von Roses Haustierpflege. Bitte hinterlassen Sie mir eine Nachricht und Ihren Namen, Ihre Nummer, den Namen Ihres Haustiers und die Tage, an denen Sie meine Dienste in Anspruch nehmen wollen, und ich rufe Sie so schnell wie möglich zurück.« *Ich nehme eine Auszeit,* sagte sie sich, während sie sich die Nachricht noch einmal anhörte. Es kam ihr vor, als hätte sich ihr Leben in einen Film verwandelt, in dem eine Fremde ihre Rolle spielte. Ich nehme eine Auszeit, wiederholte sie streng. Sie hatte sich nie auch nur länger als eine Woche freigenommen. Sie hatte sofort nach dem College mit dem Jurastudium begonnen und kaum Zeit gehabt, dazwischen auch nur ihre Wäsche zu waschen. Höchste Zeit für eine Pause!

Nächster Stopp, die Kanzlei. Am Montagmorgen setzte sich Rose als Erstes auf die Couch und rief nicht Lisa, sondern Don Dommel höchstpersönlich an. Seine Sekretärin stellte sie sofort durch. Rose war sich nicht sicher, ob das ein gutes oder ein sehr schlechtes Zeichen war. Sie wappnete sich für seine großspurige Art und die Ratschläge, die er zweifelsohne parat haben würde: Trinken Sie Weizengras! Spielen Sie mit einem Medizinball! Kaufen Sie sich ein BMX-Rad!

»Rose!«, sagte Don herzlich. »Wie geht es Ihnen?«

»Viel besser.« Sie schob den Stapel Hundezeitschriften und *Dogs for Dummies* beiseite und merkte, wie leer sich die Wohnung ohne Petunia anfühlte. »Hören Sie, ich habe mich gefragt ... es ist momentan eine etwas schwierige Phase für mich ...«

»Würden Sie sich gerne beurlauben lassen?«, fragte Don so hastig, dass sich Rose sicher war, dass er seit dem ersten Tag, an dem Jim wie normal zur Arbeit erschienen war und sie nicht, darüber nachgedacht hatte. »Die Kanzlei ist da sehr flexibel. Unbezahlten Urlaub, versteht sich, aber Sie behalten alle Ihre Versicherungsansprüche, und es steht Ihnen frei, jederzeit wieder dort einzusteigen, wo Sie aufgehört haben. Natürlich erst, wenn Sie wieder so weit sind. Und falls nicht ...« Er verstummte. Sein Schweigen sprach Bände. Sie konnte förmlich hören, wie er dachte: *Gehen Sie! Sie sind ein Problem, ein Skandal, Sie sind ein Stück saftigen Klatsches, Sie sind das Ei auf unserer Kanzleikrawatte. Gehen Sie und kommen Sie nie wieder!*

»Sechs Monate?«, fragte sie. Sechs Monate sollten genügen, um einen klaren Kopf zu bekommen und dort weiterzumachen, wo sie aufgehört hatte.

»Ausgezeichnet!«, stimmte Don zu. »Sie können uns natürlich jederzeit anrufen, falls Sie Empfehlungsschreiben brauchen.«

»Natürlich«, sagte Rose. Sie war erstaunt, wie einfach es war, loszulassen, wenn man sich einmal entschieden hatte. All die Arbeit, von der sie so besessen gewesen war ... und die jetzt vermutlich einer anderen ehrgeizigen jungen Anwältin aufs Auge gedrückt wurde. Es war total ungerecht. Jim traf genauso viel Schuld wie sie. Das wusste sie. Aber Jim würde bleiben und seine Dividendenausschüttungen, seine Gehaltserhöhungen, sein Urlaubsgeld, sein Eckbüro mit Blick aufs Rathaus bekommen. Sie hingegen erhielt unbezahlten Urlaub und Pro-Forma-Empfehlungsschreiben. Egal, dachte sie. Es war in Ordnung. Sie würde schon zurechtkommen. Irgendwie.

»... schon mal vor«, sagte Don, der offensichtlich noch nicht fertig war mit ihr.

»Verzeihung?«

»So etwas kommt schon mal vor«, wiederholte Don mit einer Stimme, die sich tatsächlich freundlich anhörte. »Nicht jede Kanzlei passt zu einem.«

»Da haben Sie Recht«, sagte Rose ernst.

»Lassen Sie von sich hören«, sagte Don. Rose versprach, dass sie das tun würde, und legte auf. Dann lehnte sie sich zurück und dachte nach. Keine Juristerei mehr. »Wenigstens fürs Erste nicht«, sagte sie laut und stellte fest, dass sie der Gedanke kein bisschen unglücklich machte. »Haustiere«, sagte sie mit einem kurzen Lachen, denn es war seltsam, so von sich zu denken – Rose Feller, die ehrgeizige, strebsame Rose Feller, die von der Karriereleiter absprang, um Hundescheiße aufzusammeln. »Ich nehme nur eine Auszeit«, sagte sie sich. Dann setzte sie Teewasser auf, legte sich auf die Couch, schloss die Augen und fragte sich, was in aller Welt sie bloß getan hatte.

## 28

Maggie erinnerte sich an etwas, das sie ihre Schwester einmal am Telefon hatte sagen hören, als Rose über Thanksgiving vom College nach Hause gekommen war. »Ich wohne praktisch in der Bibliothek«, hatte sie melodramatisch verkündet. Da sollte sie jetzt erst ihre Schwester sehen!

In der ersten Woche in Princeton schlief Maggie an verschiedenen Orten – auf der Couch in einem Aufenthaltsraum eines Wohnheims, auf der Bank in einem Waschraum im Keller – während sie sorgfältig die unterirdischen Stockwerke der Firestone-Bibliothek nach einer dauerhafteren Bleibe auskundschaftete. Sie fand sie schließlich auf Stockwerk C, dem dritten Stockwerk unter der Erde, im äußersten südöstlichen Winkel, in einem Raum, den Maggie als den Verletzte-Bücher-Raum bezeichnete. Darin befanden sich Bücher mit zerrissenen Seiten und kaputten Einbänden, Bücher mit gebrochenen Rücken oder auseinander fallender Klebebindung, ein Stoß uralter *National Geographic*-Zeitschriften, ein Stapel Bücher in einem schnörkeligen Alphabet, das sie noch nie zuvor gesehen hatte, und drei veraltete Chemielehrbücher. Einen Nachmittag lang ließ Maggie die Tür nicht aus den Augen. Soweit sie beurteilen konnte, verließ kein Buch den Verletzte-Bücher-Raum … und es kamen auch keine neuen Bücher hinein. Was noch besser war, um die Ecke lag eine kaum benutzte Damentoilette, die nicht nur über Toiletten und Waschbecken, sondern auch über eine Dusche verfügte. Die Marmorfliesen waren mit einer Staubschicht überzogen, aber als Maggie die Wasserhähne aufdrehte, floss das Wasser sauber und klar.

Und so machte Maggie an ihrem siebten Tag auf dem Campus den fensterlosen Raum der vergessenen Bücher zu ihrem Stützpunkt. Sie versteckte sich in der Behindertentoilette, bis alle Studenten hinausgescheucht und die Bibliothekstüren abgeschlossen worden waren. Dann schlich sie in den Raum, breitete ihren Schlafsack zwischen zwei hohen Regalen mit alten, verstaubten Büchern aus, schaltete die Campinglaterne ein und legte sich auf den Schlafsack. Na, wer sagt's denn? Es war richtig gemütlich. Und sicher, denn die Tür war abgeschlossen und alle ihre Sachen fein säuberlich unter einem Bücherregal verstaut. Wer nur zufällig vorbeikam, würde gar nicht bemerken, dass sich hier drinnen jemand aufhielt. Es war genau, was Maggie suchte. Da, aber nicht wirklich da zu sein, anwesend und gleichzeitig unsichtbar zu sein.

Sie griff in die Hosentasche ihrer Jeans, die sie seit dem Tag ihrer Ankunft trug. Da war der Packen Geldscheine, drei Studentenausweise, die sie beim Herumstöbern in der Bibliothek erbeutet hatte, Joshs Kreditkarten, eine Kreditkarte von Rose und ein Schlüssel, den sie gefunden und behalten hatte, obwohl sie wahrscheinlich nie erfahren würde, zu welcher Tür er gehörte. Und eine alte Geburtstagskarte, auf der *Ich wünsche dir einen wunderschönen Tag* stand. Sie stellte die Karte auf ein Regal, wo sie sie sehen konnte.

Sie verschränkte die Arme über der Brust und atmete im Dunkeln. Es war ruhig hier unten, drei Stockwerke unter der Erde, unter dem Gewicht von Tausenden von Büchern, so still, dachte sie, wie in einer Gruft. Sie konnte jede Bewegung ihrer Zunge und bei jeder Bewegung ihres Körpers das Rascheln des Schlafsacks hören.

Nun, dachte sie, hier würde sie wenigstens gut schlafen können. Aber sie war noch nicht müde. Sie kramte in ihrem Rucksack, bis sie das Taschenbuch fand, das jemand aufgeschlagen auf einem Sessel hatte liegen lassen. Es hieß *Und ihre Augen schauten Gott*, aber nach der Umschlagszeichnung zu urteilen, war es kein religiöses Buch. Auf dem Einband abgebildet war eine schwarze Frau (das heißt, sie war lila gezeichnet, aber Maggie vermutete, dass sie schwarz sein sollte), die auf dem Rücken unter einem Baum lag und zufrieden und verträumt in das grüne Blätterdach hinaufschaute. Nicht so gut wie die Klatschmagazine, aber besser als Roses Fachzeitschriften oder die veralteten Medizinlehrbücher auf dem Regal neben ihr. Maggie schlug das Buch auf und begann zu lesen.

## 29

»Ella?«, fragte Lewis. »Ist alles in Ordnung?«

»Sicher«, sagte sie und nickte bestätigend.

»Du bist plötzlich so schweigsam«, sagte er.

»Es geht mir gut.« Sie lächelte ihn an. Sie saßen zusammen

in Ellas Wintergarten und lauschten dem Zirpen der Grillen, dem Quaken der Frösche und Mavis Golds Kommentaren zur gestrigen Folge von *Alle lieben Raymond.*

»Also sag mir«, begann Lewis. »Was bedauerst du?«

»Das ist eine seltsame Frage«, sagte Ella.

»Das ist keine Antwort«, entgegnete Lewis.

Ella dachte nach. Wo sollte sie anfangen? Jedenfalls nicht bei den Dingen, die sie wirklich bedauerte. »Weißt du, was ich bedauere? Ich bin nie im Meer geschwommen.«

»Wirklich? Noch nie?«

»Nicht seit ich hierher gezogen bin. Nicht seit ich ein kleines Mädchen war. Ich wollte es einmal tun, ich hatte schon alles eingepackt, aber es schien einfach zu …« Sie hatte eine halbe Stunde gebraucht, um einen Parkplatz zu finden, und am Strand hatte es von Frauen in schockierend knappen Bikinis und Männern in grellbunten Badehosen nur so gewimmelt. Aus einem Dutzend Radios tönten ein Dutzend verschiedene Sender, und das Geschrei und der Lärm der Teenager waren zu laut, und die Sonne schien zu grell und das Meer war zu groß, und so hatte sie sich umgedreht und war wieder ins Auto gestiegen, noch ehe sie ihren Fuß auf den Sandstrand gesetzt hatte. »Ich glaube, ich bin zu alt dafür«, sagte sie.

Er stand auf und schüttelte den Kopf. »Man ist nie zu alt. Gehen wir.«

»Lewis! Jetzt? Aber es ist schon spät!«

»So viel ich weiß, hat der Strand keine Öffnungszeiten.«

Sie starrte ihn an und ihr schwirrten eine Million Gründe, die dagegen sprachen, durch den Kopf. Es war spät, sie musste am nächsten Morgen früh aufstehen, es war dunkel, wer weiß, wer sich da draußen herumtrieb? Mitternächtliche Ausflüge an den Strand waren etwas für Teenager oder Jungverheiratete, nicht für Rentner mit Arthritis und Hörgeräten.

»Komm schon«, sagte er und zerrte an ihren Händen. »Es wird dir gefallen.«

»Ich weiß nicht recht«, sagte sie. »Vielleicht ein andermal.«

Aber irgendwie stand sie plötzlich und dann waren sie draußen und schlichen wie geheime Verschwörer oder Kinder bei einer Mutprobe auf Zehenspitzen an Mavis Golds Apartment vorbei.

Bis zum Strand waren es nur zehn Minuten. Lewis parkte direkt neben dem Sandstrand und half ihr beim Aussteigen. »Lass deine Schuhe hier«, sagte er.

Und da war es – das Meer, das sie schon Hunderte Male gesehen hatte, beim Vorbeifahren, durch Lewis' hohe Fenster, auf den Postkarten und in den Hochglanzprospekten, die sie überhaupt erst nach Golden Acres gelockt hatten. Da war es, das rastlose Meer, die Wellen, die sich aufbäumten, um dann schäumend auf den Sand zu laufen, weit genug, um ihre nackten Füße zu kitzeln.

»Huch«, sagte sie und machte einen Satz. »Es ist kalt!«

Lewis bückte sich und krempelte zuerst seine, dann ihre Hosenbeine hoch. Dann nahm er sie an der Hand und watete mit ihr hinaus, bis sie fast bis zu den Knien im Wasser standen. Ella fühlte den Sog der Wellen, die den Sand neu ordneten. Sie hörte das Rauschen des Meeres und roch den Rauch vom Feuer eines Fischers weiter unten am Strand. Sie ließ Lewis' Hand los.

»Ella?«

Sie watete weiter hinaus, zwei Schritte, drei, bis ihr das Wasser über die Knie, dann über die Oberschenkel ging. Ihr weites Baumwollhemd lag trichterförmig auf dem Wasser und blähte sich bei jeder hereinrollenden Welle auf. Das Wasser war fürchterlich kalt, kälter als die Seen, in denen sie als Kind geschwommen war, und sie klapperte mit den Zähnen, bis sich ihr Körper an die Temperatur gewöhnt hatte.

»Sei vorsichtig!«, rief Lewis.

»Bin ich!«, rief sie zurück. Plötzlich hatte sie Angst. Konnte sie überhaupt noch schwimmen? War das etwas, das man verlernen konnte? Sie hätte warten sollen, bis es hell war, oder wenigstens ein Handtuch mitbringen sollen.

*Genug*, dachte sie. Schluss damit. Sie hatte zwanzig Jahre lang Angst gehabt – sogar länger, wenn man die schrecklichen Nächte mitzählte, in denen Caroline nicht nach Hause gekommen war und sie nicht wusste, wo sie steckte. Sie wollte keine Angst mehr haben. Nicht hier, nicht jetzt. Außerdem war sie als Mädchen, als junge Frau so gern geschwommen, es war ihre Lieblingsbeschäftigung gewesen. Im Wasser hatte sie sich unsichtbar und frei gefühlt, so als könne sie alles tun, als könne sie immer weiterschwimmen, bis nach China. *Genug*, dachte sie wieder und ließ sich nach vorne ins Wasser fallen. Eine Welle traf sie voll im Gesicht. Sie ruderte mit allen vieren und spuckte Salzwasser, aber dann bewegte sie sich immer sicherer im Wasser, bis sie ihren Rhythmus gefunden hatte. Und da geschah es. Das Wasser trug sie, und sie schwamm wieder.

»Hey!«, rief Lewis. Ella erwartete halb, dass, wenn sie sich umdrehte, ihre kleine Schwester Emily, bleich und schlotternd vor Kälte, am Ufer stand und ihr zurief: »Ella! Du bist zu weit draußen! Ella, komm zurück!«

Sie drehte sich um und musste fast lachen, als sie sah, wie Lewis mit zusammengebissenen Zähnen und erhobenem Kopf (wahrscheinlich um sein Hörgerät zu schützen), hinter ihr herpaddelte. Sie ließ sich auf dem Rücken treiben, bis er sie eingeholt hatte, dann griff sie nach ihm, streifte seine Hand mit den Fingerspitzen und setzte die Füße wieder auf den Boden.

»Wenn ich gewusst hätte, dass wir tatsächlich schwimmen gehen«, keuchte er, »dann hätte ich meine Badehose angezogen.«

»Ich wusste es auch nicht!«, sagte sie. »Es war eine plötzliche Eingebung!«

»Hast du für heute genug?«

Sie zog die Beine an die Brust und ließ sich vom Wasser tragen. Sie fühlte sich wie ein Ei in einem Topf mit warmem Wasser. »Ja«, sagte sie schließlich und paddelte mit den Armen, bis sie wieder in Bauchlage war, dann schwamm sie neben Lewis zurück ans Ufer.

Später, als sie, eingewickelt in eine muffige Decke, die Lewis im Kofferraum seines Autos gefunden hatte, auf einem Picknicktisch am Strand saßen, sagte sie: »Du hast mich vorhin gefragt, was ich bedauere.«

»War das vor unserem kurzen Bad?«, fragte er, als hätte das Salzwasser sein Gedächtnis ausgelöscht.

»Ja«, sagte Ella. »Ich möchte dir jetzt die Wahrheit sagen.« Sie atmete tief und dachte an das wohlige Gefühl des Wassers, das sie trug und ihr Mut machte. Sie erinnerte sich daran, wie sie als kleines Mädchen weiter hinausgeschwommen war als die anderen Kinder, weiter als die Erwachsenen, so weit, dass Emily schwor, dass sie nur noch ein kleiner Fleck im Wasser gewesen war. »Ich bedauere, dass ich meine Enkelinnen verloren habe.«

»Verloren? Warum?«

»Als Caroline starb, zog ihr Vater mit ihnen weg. Sie zogen nach New Jersey, und er wollte nicht, dass ich den Kontakt zu ihnen aufrechterhalte. Er war sehr wütend. Auf mich, auf Ira, auf jeden. Auch auf Caroline, aber sie war ja nicht mehr da. Aber wir waren es. Ich war es.« Sie wickelte die Decke fester um sich. »Ich gebe ihm keine Schuld.« Sie sah auf ihre Hände hinab. »Ein Teil von mir war …« – sie atmete wieder – »vermutlich erleichtert. Es war nicht einfach mit Caroline gewesen, und Michael war so wütend, und es fühlte sich einfach sicherer an, mit keinem von ihnen mehr Kontakt zu haben. Also wählte ich den einfachen Weg. Ich habe es nicht mehr versucht und deshalb habe ich sie verloren.«

»Vielleicht solltest du es wieder versuchen«, sagte Lewis. »Vielleicht würden sie sich freuen, von dir zu hören. Wie alt sind sie jetzt?«

Ella antwortete nicht, obwohl sie es wusste. Maggie war achtundzwanzig, Rose dreißig. Vielleicht waren sie inzwischen verheiratet und hatten Kinder und andere Familiennamen und keinen Verwendungszweck für eine alte Frau, eine Fremde, die mit einem Herz voller trauriger Erinnerungen und dem Namen ihrer toten Mutter auf den Lippen in ihr Leben platzte. »Vielleicht«, wiederholte sie, weil Lewis, der im Schneidersitz und mit nassen Haaren auf dem Picknicktisch saß, sie weiter musterte. Lewis nickte und lächelte sie an, und da wusste sie, dass sie heute Nacht keine Fragen mehr beantworten musste.

## 30

Princeton würde nicht das Problem sein, sondern das Geld. Auch wenn Maggie kein Mathegenie war, wusste sie, dass zweihundert Dollar – abzüglich der zwanzig, die sie für Essen ausgegeben hatte an den Tagen, an denen sie es nicht geschafft hatte, in einen Speisesaal zu schlüpfen oder eine Seminarpause zu finden, in der es kostenlose Pizza und Eiscreme gab – zuzüglich der gestohlenen Kreditkarten, die sie sich aber nicht zu benützen traute, nicht ausreichten, um ein neues Leben zu finanzieren. Es würde nicht einmal für ein Flugticket nach Kalifornien reichen, geschweige denn für die Kaution für eine Wohnung und Modelfotos.

*Es muss mehr Geld geben,* flüsterte Maggie zu sich selbst. Es war ein Satz aus einer Kurzgeschichte, die sie in einem anderen herrenlosen Buch gelesen hatte, eine Geschichte über einen kleinen Jungen, der auf seinem Schaukelpferd die Sieger tatsächlicher Pferderennen ausmachen konnte; und je heftiger er sein Schaukelpferd anspornte, desto lauter schien das Haus, in dem er aufwuchs, zu flüstern: *Es muss mehr Geld geben.*

Sie überschlug ihre Optionen, während sie im Studenten-Center saß und an einem Becher Tee für neunzig Cent nippte. Sie brauchte einen Job, der ihr Bargeld einbrachte, und das Einzige, was sie bisher in der Richtung gesehen hatte, war ein Zettel, den sie in der Bibliothek vom schwarzen Brett genommen hatte. Sie stellte ihren Becher ab und faltete sorgfältig das vergilbte Blatt Papier auseinander. »Haushaltshilfe gesucht«, stand da. »Leichte Reinigungsarbeiten, Botengänge, einmal die Woche.« Und eine Telefonnummer mit der örtlichen Vorwahl.

Maggie holte ihr Handy hervor – das sie von ihrem Vater bekommen hatte, der auch die Rechnungen bezahlte – und wählte die Nummer. Ja, informierte sie eine Stimme, die sich nach der einer alten Dame anhörte, der Job ist noch zu haben. Einmal die Woche, leichte Arbeit, aber Maggie würde sich selbst darum kümmern müssen, wie sie dorthin kam. »Sie könnten den Bus nehmen«, sagte die Frau. »Direkt von der Haltestelle in der Nassau Street.«

»Würde es Ihnen etwas ausmachen, mich bar zu bezahlen?«, fragte Maggie. »Es ist nur, weil ich hier noch kein Bankkonto habe. Ich habe zu Hause ein Konto …« Sie verstummte.

»In Ordnung«, sagte die Frau kurz angebunden. »Vorausgesetzt, es klappt mit Ihnen.«

Also stand Maggie am Donnerstagmorgen extra früh auf und huschte wie ein Mäuschen durch die stille, noch dunkle Bibliothek, nachdem sie sich vergewissert hatte, dass ihre Sachen sicher verstaut und für niemanden zu sehen waren. Sie versteckte sich in der Behindertentoilette im Erdgeschoss und hörte, wie das Sicherheitspersonal die Türen aufschloss. Zehn Minuten später verließ sie die Bibliothek und machte sich auf den Weg in Richtung Nassau Street.

»Hallo«, sagte die Frau auf der Veranda. Sie war klein und dünn und hatte weißes, schulterlanges Haar; sie trug Leggings und ein Hemd, das wie ein Oxford-Herrenhemd aussah, sowie eine Sonnenbrille, obwohl es bewölkt war.

»Sie müssen Maggie sein«, sagte sie und neigte den Kopf in Maggies Richtung. Sie stützte sich mit einer Hand auf das Geländer und streckte Maggie die andere entgegen. »Ich bin Corinne. Kommen Sie herein.« Maggie folgte ihr in ein großes viktorianisches Haus, das einen absolut makellosen und ordentlichen Eindruck machte. In der Eingangshalle stand auf der rechten Seite eine schlichte Holzbank und darüber hing ein Regal mit Fächern, in denen jeweils ein Paar Schuhe steckte. Ein Regen- und ein Wintermantel hingen nebeneinander an Haken, und ein Schirm, eine Mütze und Handschuhe lagen fein säuberlich darüber auf einer Konsole. Neben dem leeren Kleiderständer lehnte ein weißer Stock.

»Ich glaube nicht, dass Ihnen die Arbeit zu schwer sein wird«, sagte Corinne, während sie aus einer zitronengelben Tasse Kaffee schlürfte. »Die Böden müssen gewischt und geschrubbt werden«, begann sie, und zählte dann die Arbeiten an den Fingern ab. »Ich hätte gerne, dass Sie den Müll trennen, vor allem Glas und Papier. Die Wäsche muss sortiert werden, der Geschirrspüler geleert, und …«

Maggie wartete. »Ja?«, fragte sie schließlich.

»Blumen«, sagte Corinne und reckte trotzig ihr Kinn in die Luft. »Ich hätte gerne, dass Sie ein paar Blumen kaufen.«

»In Ordnung«, sagte Maggie.

»Sie wundern sich sicher, warum ich Blumen möchte«, sagte Corinne.

Maggie, die sich nicht gewundert hatte, antwortete nicht.

»Ich kann sie nicht sehen«, sagte Corinne. »Aber ich weiß, wie sie aussehen. Und ich kann sie riechen.«

»Oh«, sagte Maggie. Und, weil »Oh« irgendwie ungenügend schien: »Wow.«

»Das letzte Mädchen, das für mich gearbeitet hat, hat behauptet, sie hätte Blumen mitgebracht«, sagte Corinne und schürzte verächtlich die Lippen. »Aber es waren keine echten Blumen, sondern Plastikblumen. Sie dachte, es würde keine Rolle spielen.«

»Ich werde Ihnen echte Blumen besorgen«, sagte Maggie.

Corinne nickte. »Das wäre sehr nett von Ihnen.«

Maggie brauchte weniger als vier Stunden für alles, worum Corinne sie gebeten hatte. Sie war keine erfahrene Haushälterin, weil Sydelle den Mädchen nie zugetraut hatte, etwas richtig zu machen, und stattdessen ein Heer anonymer Haushälterinnen angestellt hatte, um ihre Räume voller Glas- und Metallmöbel in Schuss zu halten. Aber Maggie machte ihre Arbeit ordentlich, wischte den Boden blitzblank, legte die Wäsche zusammen und räumte die Geschirrspülmaschine aus.

»Ich habe das Haus von meinen Eltern geerbt«, sagte Corinne, während Maggie arbeitete. »Ich bin hier aufgewachsen.«

»Es ist wunderschön«, sagte Maggie. Was stimmte. Aber es war auch traurig. Sechs Schlafzimmer, drei Badezimmer, eine großzügige Treppe, die in der Mitte des Hauses nach oben führte, und als einzige Bewohnerin eine blinde Frau, die in einem schmalen Einzelbett schlief und die nie zu schätzen wissen würde, wie viel Platz sie hatte oder wie es aussah, wenn die Sonne durch die großen Fenster auf die Parkettböden schien.

»Haben Sie so weit alles erledigt, dass Sie jetzt einkaufen gehen können?«, fragte Corinne.

Maggie nickte, dann fiel ihr ein, dass Corinne ihr Nicken ja nicht sehen konnte. »Ja, alles erledigt!«, sagte sie.

Corinne fingerte einen Geldschein aus ihrer Geldbörse. »Sind das zwanzig Dollar?«, fragte sie.

Maggie inspizierte den Schein und bejahte.

»Der Bankautomat gibt keine anderen Scheine aus«, sagte Corinne. *Warum fragen Sie dann?*, dachte Maggie. Dann wurde ihr bewusst, dass es womöglich ein Test gewesen war. Ausnahmsweise einer, den sie beim ersten Mal bestanden hatte. »Sie können zum Davidson-Markt gehen. Einfach nur hier die Straße hinunter.«

»Wollen Sie stark duftende Blumen?«, fragte Maggie. »Flieder oder so etwas?«

Corinne schüttelte den Kopf. »Das ist nicht nötig«, sagte sie. »Ich überlasse es Ihnen.«

»Soll ich Ihnen sonst noch etwas mitbringen, wenn ich schon mal dort bin?«

Corinne schien zu überlegen. »Ja, überraschen Sie mich mit etwas«, sagte sie.

Auf dem Weg zum Markt überlegte Maggie, was sie kaufen könnte. Auf alle Fälle Margeriten. Zum Glück standen einige Sträuße davon in einem grünen Plastikbottich vor dem Eingang. Dann wanderte sie zwischen den Regalen auf und ab, besah sich Pflaumen, Erdbeeren, einen Spinatkopf, einen Liter Milch in einer schweren Glasflasche. Was würde Corinne mögen? Etwas Duftendes war zu offensichtlich, vor allem, da sie sich so schnell gegen duftende Blumen ausgesprochen hatte, aber Maggie wollte etwas – sie suchte nach dem richtigen Wort und grinste, als sie es gefunden hatte – Sinnliches. Etwas, das man fühlen, anfassen, hochheben konnte, wie die gläserne Milchflasche oder die samtigen Margeritenblüten. Und plötzlich stand es direkt vor ihr – ein leuchtend bernsteinfarbenes Glas Honig. »Orangenblütenhonig. Aus heimischer Produktion«, stand auf dem Etikett. Und obwohl sogar das kleinste Glas $6.99 kostete, legte es Maggie zusammen mit einem rustikalen Laib Zwölfkornbrot in den Einkaufskorb. Später, als sie und Corinne sich in dem großen, sauberen Haus am Küchentisch gegenüber saßen und Corinne genüsslich an dem getoasteten, dick mit Honig bestrichenen Brot kaute und es als perfekt bezeichnete, wusste Maggie, dass das kein leeres Kompliment war. Sie hatte genau das Richtige gefunden und damit den zweiten Test des Tages bestanden.

## 31

»Ich mache mir Sorgen um deine Schwester«, sagte Michael Feller ohne Einleitung. Rose seufzte und starrte in ihren Kaffee, als würde Maggies Gesicht darin erscheinen. Was gab's sonst Neues?

»Sie ist jetzt schon seit acht Wochen verschwunden«, fuhr ihr Vater fort, als wäre Rose das Zeitgefühl abhanden gekommen. Sein Gesicht mit der hohen, breiten Stirn und den traurigen kleinen Augen über seinem grauen Bankierseinheitsanzug und seiner gedämpften, kastanienbraunen Krawatte sah so bleich und verletzlich aus wie ein geschältes hart gekochtes Ei. »Wir haben nichts von ihr gehört. Du hast nichts von ihr gehört«, sagte er, wobei seine Stimme am Ende des letzten Satzes zu einer Frage anstieg.

»Nein, Dad, hab ich nicht«, sagte Rose.

Ihr Vater seufzte – ein typisches Michael-Feller-Seufzen – und stocherte in seiner Eiscreme herum. »Was sollen wir deiner Meinung nach tun?«

*Das heißt, was soll ich deiner Meinung nach tun,* dachte Rose. »Hast du es schon bei all ihren Ex-Liebhabern probiert? Das sollte ein oder zwei Wochen gedauert haben.« Ihr Vater antwortete nicht, aber Rose hörte den Vorwurf in seinem Schweigen heraus.

»Hast du sie auf ihrem Handy angerufen?«, fragte sie.

»Natürlich. Es meldet sich nur ihre Mailbox. Ich habe ihr bereits einige Nachrichten hinterlassen, aber sie ruft nie zurück.«

Rose verdrehte die Augen. Ihr Vater tat, als hätte er es nicht bemerkt.

»Ich mache mir wirklich Sorgen«, fuhr Michael fort. »Es ist eine lange Zeit, um gar nichts von ihr zu hören. Ich frage mich ...« Er verstummte.

»Ob sie tot ist?«, ergänzte Rose. »Ich glaube nicht, dass wir so viel Glück haben werden.«

»Rose!«

»Es tut mir Leid«, sagte sie, ohne es wirklich aufrichtig zu meinen. Es war ihr egal, ob Maggie tot war. Naja – Rose nahm eine Hand voll Servietten aus dem Serviettenspender –, das stimmte nicht. Sie wollte nicht, dass ihre schreckliche kleine Schwester tot war, aber sie dachte, dass es ihr nichts ausmachen würde, niemals wieder von ihrer Schwester zu hören oder sie zu Gesicht zu bekommen.

»Und, Rose, ich mach mir auch Sorgen um dich.«

»Das brauchst du nicht«, sagte Rose und fing an, aus einer Serviette einen Fächer zu falten. »Mir geht's gut.«

Ihr Vater zog eine graue Augenbraue hoch und fragte misstrauisch: »Bist du sicher? Ist alles in Ordnung? Hast du vielleicht ...«

»Was?«

Ihr Vater schwieg. Rose wartete. »Was?«, fragte sie wieder.

»Irgendwelche Probleme? Willst du, äh, willst du vielleicht mit jemandem reden oder so?«

»Ich bin nicht verrückt«, sagte Rose geradeheraus. »Mach dir darüber keine Sorgen.«

Ihr Vater hob hilflos die Hände. »Rose, so habe ich das nicht gemeint.«

Natürlich hast du das, dachte Rose, genau so. Ihr Vater sprach nie darüber, aber sie wusste, was ihm durch den Kopf ging, während er seinen Töchtern – vor allem Maggie – beim Erwachsenwerden zusah. *Schnappst du über, verlierst du den Verstand, melden sich diese schlechten DNA-Stränge zu Wort, bist du drauf und dran, zu schnell um eine tückische Kurve zu fahren?* »Es geht mir gut«, sagte Rose. »Ich war nur nicht sonderlich glücklich in dieser Kanzlei, also nehme ich eine Auszeit, um herauszufinden, was ich als Nächstes tun will. Das tun viele Leute. Es ist völlig normal.«

»Na ja, wie du meinst«, sagte ihr Vater und wandte sich wieder der Eiscreme zu – ein Festessen, wie Rose wusste, denn Sydelle erlaubte seit den frühen 1990er Jahren nichts Kalorienreicheres als Eismilch und Tofutti im Haus.

»Es geht mir gut«, wiederholte Rose. »Um mich brauchst du dir keine Sorgen zu machen.« Wobei sie das *mich* betonte, um klar zu machen, um wen sich ihr Vater durchaus Sorgen machen musste.

»Könntest du sie anrufen?«, fragte Michael.

»Und was soll ich ihr sagen?«

»Sie redet nicht mit mir«, sagte er traurig. »Vielleicht redet sie mit dir.«

»Ich hab ihr nichts zu sagen.«

»Rose. Bitte.«

»In Ordnung«, grummelte Rose. Noch am selben Abend stellte sie ihren Wecker auf ein Uhr. Als er klingelte, tastete sie im Dunkeln nach dem Telefon und wählte Maggies Handynummer.

Ein Klingelzeichen. Zwei. Und dann die laute, fröhliche Stimme ihrer Schwester. »Hallo?«

Herrgott! Rose gab einen angeekelten Ton von sich. Sie konnte im Hintergrund Partygeräusche hören – Musik, Stimmen. »Hal-lo!«, trällerte Maggie wieder. »Wer ist da?«

Rose legte auf. Ihre Schwester war wie ein verdammtes Stehaufmännchen. Sie strauchelte, sie baute Mist, sie klaute deine Schuhe und dein Geld und schlief mit der Liebe deines Lebens, aber sie kam nie zu Fall.

Am nächsten Morgen, nach ihrer ersten Runde mit den Hunden, rief sie ihren Vater im Büro an. »Sie lebt.«

»Gott sei Dank!«, sagte ihr Vater erleichtert. »Wo ist sie? Was hat sie gesagt?«

»Ich habe nicht mit ihr gesprochen«, sagte Rose. »Ich habe nur ihre Stimme gehört. Deine verschollene Tochter lebt, es geht ihr gut, und sie feiert weiter Partys.«

Ihr Vater schwieg. »Wir sollten versuchen, sie zu finden«, sagte er.

»Tu dir keinen Zwang an«, sagte Rose. »Richte ihr schöne Grüße aus, wenn du sie findest.« Sie legte auf. Sollte ihr Vater ruhig versuchen, seine missratene Tochter ausfindig zu machen! Sollten Michael und Sydelle ihr doch schöntun, bis sie wieder nach Hause kam! Sollte Maggie Feller ausnahmsweise mal jemand anderes Problem sein!

Sie verließ ihre Wohnung und ging hinaus in eine Welt, die sie erst entdeckt hatte, seit sie ihren Vollzeitjob aufgegeben hatte und nun ihre Tage damit verbrachte, durch die Straßen der Stadt zu wandern, oft mit einem Bündel Hundeleinen in der Hand. Rose hatte entdeckt, dass die Stadt von neun bis siebzehn Uhr beileibe nicht die Geisterstadt war, als die sie sie sich immer vorgestellt hatte. Es existierte noch eine gänzlich andere Bevölkerung, eine geheime Stadt der Mütter und Babys, der Schichtarbeiter, Studenten und Lieferanten, Rentner und Arbeitslosen, es gab Straßen und Ecken, wo sie noch nie zuvor gewesen war, obwohl sie schon seit Jahren hier lebte. Warum auch sollte eine unverheiratete, kinderlose Anwältin den Three Bears Park kennen, einen winzigen Spielplatz zwischen der Spruce und der Pine Street? Und woher sollte eine Frau, die jeden Tag den gleichen Weg zur Arbeit nahm, wissen, dass in einem Straßenzug der Delancey Street jedes Haus eine andere Flagge draußen hängen hatte? Wie hätte sie ahnen können, dass die Läden und Supermärkte um ein Uhr nachmittags voller Menschen waren, die Khakihosen und Pullis trugen anstatt Anzüge und Kostüme und Aktenkoffer? Wie hätte sie wissen können, dass sie mühelos Stunden auf Dinge verwenden konnte, die sie früher in den wenigen Minuten ihrer Freizeit erledigt hatte?

Ihr Tag begann mit Hunden. Sie hatte einen Schlüssel zur Eleganten Pfote, und so schloss sie jeden Morgen um die Uhrzeit, zu der sie sich normalerweise einen großen schwarzen Kaffee gekauft und auf den Weg in die Kanzlei gemacht hätte, die Tür der Hundepension auf, nahm zwei oder drei oder vier Hunde an die Leine, steckte Kekse und Plastikbeutel ein und ging zum Rittenhouse-Square-Park, der von Bekleidungs- und Buchläden, eleganten Restaurants und Hochhäusern umgeben war. Sie blieb eine Dreiviertelstunde dort und ließ ihre Zöglinge an Büschen und Hecken und anderen Hunden schnüffeln. Dann verbrachte sie den Vormittag damit, Botengänge für ihre Kundschaft zu erledigen: Sie holte etwas aus der Apotheke, brachte Sachen in die Reinigung, ließ, die Taschen voller Schlüssel, Inneneinrichter, Landschaftsgärtner, Kammerjäger, Privatköche, und sogar Kaminkehrer in die Wohnungen und Häuser ihrer Kunden.

Nachmittags ging sie noch einmal mit den Hunden in den

Rittenhouse-Square-Park, wo sie jeden Tag das kleine Mädchen und den gefleckten Hund in Begleitung einer Frau sah.

In den acht Wochen, seitdem sie Hunde Gassi führte, begannen sie das kleine Mädchen Joy, der Hund Nifkin und die Frau, die vermutlich die Mutter des kleinen Mädchens war, immer mehr zu faszinieren. Sie kamen jeden Nachmittag zwischen vier und halb fünf in den Park. Während der Stunde, in der Rose für ihre Hunde Tennisbälle warf, dachte sie sich ein Leben für die Frau und das Mädchen und den Hund aus. Den Ehemann stellte sie sich auf normale Art gut aussehend vor. Sie gab ihnen ein großes Haus mit einem Kamin und hellen Webteppichen und einer Holztruhe voller Spielzeug und Stofftiere für das kleine Mädchen. Sie schickte sie auf Ausflüge ans Meer oder zum Wandern in die Poconos. Sie stellte sich vor, wie sie aus einem Flugzeug stiegen – der Vater mit einem großen Koffer auf Rädern, die Mutter mit einem mittleren, das kleine Mädchen mit einer kleinen Tasche. Mama Bär, Papa Bär, Baby Bär, und, flott hinter ihnen hertrottend, der Hund. In ihrer Fantasie führten sie ein ruhiges, glückliches Leben – gute Jobs, genug Geld, und unter der Woche saßen sie zu dritt beim Abendessen, bei dem die Eltern darauf bestanden, dass das kleine Mädchen seine Milch trank, und das kleine Mädchen dem Hund namens Nifkin heimlich sein Gemüse zusteckte.

Sie hatten es bereits von einem Nicken zu einem Winken zu einem tatsächlichen »Hallo« gebracht. Mit der Zeit, dachte Rose, würde sich vielleicht sogar ein Gespräch ergeben. Jetzt sah sie zu, wie das kleine Mädchen den gefleckten Hund zum Brunnen jagte, und die Mutter, die groß und kräftig gebaut war, auf ihrem Handy telefonierte.

»Nein, ich mag keine Leberwurst«, hörte sie die Frau sagen. »Du verwechselt mich mit Lucy. Erinnerst du dich? Deine andere Tochter?« Sie sah Rose an, verdrehte die Augen und formte mit den Lippen die Worte *Meine Mutter*. Rose nickte, wie sie hoffte, verständnisvoll und winkte leicht. »Nein, ich glaube, Joy mag auch keine Leberwurst, Mama.« Die Frau schwieg, hörte zu und schüttelte dann den Kopf. »Nein, Peter mag auch keine Leberwurst. Ehrlich gesagt glaube ich, dass kein Mensch Leberwurst mag. Ich weiß nicht einmal, warum sie noch hergestellt wird.« Rose lachte. Die Frau lächelte sie an und lauschte wieder der Person am anderen Ende der Leitung. »Nifkin mag Leberwurst«, sagte sie. »Wir können sie ihm geben!« Wieder eine Pause. »Wie gesagt, ich weiß nicht, was du damit machen sollst. Das war mein Vorschlag. Beleg Crackers damit. Sag deinem Buchclub, dass es Pastete ist. Okay. In Ordnung. Bis später. Okay. Tschüss.«

Sie schaltete das Handy aus und steckte es in ihre Tasche. »Meine Mutter denkt, dass ich arbeitslos bin.«

»Oh«, sagte Rose und verfluchte ihre eingerosteten Konversationsfähigkeiten.

»Bin ich nicht«, sagte die Frau. »Aber ich arbeite zu Hause. Was in den Augen meiner Mutter heißt, dass ich nichts arbeite, und sie mich jederzeit, wenn ihr danach ist, anrufen und mich über Leberwurst ausfragen kann.«

Rose lachte. »Ich bin Rose Feller«, sagte sie.

Die Frau streckte ihr die Hand entgegen. »Ich bin Candace Shapiro. Cannie.«

»Mama!« Das kleine Mädchen war plötzlich neben ihnen aufgetaucht, mit Nifkin an der Leine.

Cannie lachte. »Entschuldigung«, sagte sie. »Ich bin Candace Shapiro, in Kürze Candace Shapiro Krushelevansky.« Sie schnitt eine Grimasse. »Versuchen Sie mal, das auf eine Visitenkarte zu schreiben.«

»Also sind Sie verheiratet?«, fragte Rose. Sie zuckte zusammen und fragte sich, was aus ihr geworden war. Zwei Monate nicht mehr im Büro, zwei Monate, in denen sie hauptsächlich mit Hunden und Lieferanten zu tun gehabt hatte, und schon hatte sie vergessen, wie man sich mit Menschen unterhielt.

Aber Cannie schien nichts Ungewöhnliches bemerkt zu haben. »Verlobt«, sagte sie. »Die Hochzeit ist im Juni.«

Hm, dachte Rose. Nun, wenn Hollywood-Stars zuerst

Kinder kriegen und dann heiraten konnten, konnten normale Menschen aus Philadelphia das auch. »Planen Sie eine große Hochzeitsfeier?«

Cannie schüttelte den Kopf. »Nein. Eine kleine. In unserem Wohnzimmer. Eine Rabbinerin, Familie, ein paar Freunde, meine Mutter, ihre Lebensgefährtin, deren Softball-Mannschaft. Nifkin und Joy werden Trauzeugen sein.«

»Oh«, sagte Rose. »Äh ...« Das hörte sich gar nicht an wie die Hochzeiten, die sie vom Fernsehen kannte. »Wie«, begann Rose und zögerte, bevor sie die banalste aller Cocktailparty-Fragen stellte: »Wie haben Sie Ihren zukünftigen Mann denn kennen gelernt?«

Cannie lachte und strich sich die Haare hinter die Schultern. »Das«, sagte sie, »ist eine lange und komplizierte Geschichte. Es fing mit einer Diät an.«

Rose schielte auf Cannie und kam zu dem Schluss, dass es keine sehr erfolgreiche Diät gewesen sein konnte.

»Als ich Peter kennen lernte, war ich schon schwanger, aber ich wusste es noch nicht. Er leitete eine Gewichtsverluststudie, und ich dachte, dass der Kerl, mit dem ich Schluss gemacht hatte, zu mir zurückkommen würde, wenn ich schlanker wäre.« Sie lächelte Rose an. »Aber Sie wissen ja, wie das ist. Man jagt die ganze Zeit über dem Falschen hinterher und findet dann heraus, dass der Richtige schon immer da war und auf einen gewartet hat. Die Wege der Liebe sind unergründlich. Oder ist es ›des Herrn‹? Das bring ich immer durcheinander.«

»Des Herrn, glaube ich«, sagte Rose.

»Wenn Sie das sagen. Und Sie? Sind Sie verheiratet?«

»Nein!«, sagte Rose energisch, bevor sie etwas gedämpfter sagte: »Ich meine, nein. Es ist nur ... nun, ich habe gerade eine Beziehung beendet. Na ja, ich habe sie nicht direkt beendet. Meine Schwester ... ist ja egal. Lange Geschichte.« Sie sah auf ihre Hände hinab, dann auf Petunia, die sich zu ihren Füßen zusammengerollt hatte, dann hinüber zu Joy und Nifkin, die mit einem roten Handschuh Apportieren spielten, und schließlich zu einem halben Dutzend Hunde auf einem Rasendreieck. »Ich versuche gerade herauszufinden, wie es weitergehen soll.«

»Gefällt Ihnen Ihre jetzige Beschäftigung?«, fragte Cannie.

Rose sah auf Petunia, die anderen Hunde im Park, den grauen Tennisball in ihrer Hand und den Berg Plastikbeutel neben sich. »Ja«, sagte sie. Und es stimmte. Sie mochte alle ihre Hunde – die hochmütig schnaubende Petunia, den Golden Retriever, der vor lauter Freude im Kreis herumwirbelte, wenn er ihren Schlüssel im Türschloss hörte, die majestätischen Bulldoggen, die störrischen Schnauzer, den narkoleptischen Cockerspaniel namens Sport, der hin und wieder an einer roten Ampel einschlief.

»Und was mögen Sie sonst noch?«, fragte Cannie.

Rose schüttelte den Kopf und lächelte reumütig. Sie wusste, was ihre Schwester glücklich machte – Lederhosen in Größe 34, französische Hautcreme für sechzig Dollar, wenn ihr Männer sagten, dass sie schön war. Sie wusste, was ihren Vater glücklich machte – eine Baisse am Aktienmarkt, Dividendenausschüttungen, ein druckfrisches Exemplar des *Wall Street Journal*, wenn Maggie es schaffte, einen Job zu behalten, was selten genug der Fall war. Und sie wusste, was Amy glücklich machte – Jill-Scott-Platten, Sean-Jean-Hosen und den Film *Fear of a Black Hat – Schieß auf die Weißen*. Sie wusste sogar, was Sydelle Feller mochte – Meine Marcia, kontrolliert-biologisches Getreide, Botox-Spritzen und der vierzehnjährigen Rose Diätwackelpudding zum Nachtisch zu servieren, wenn alle anderen Eiscreme bekamen. Vor langer Zeit hatte sie auch gewusst, was ihre Mutter glücklich machte – saubere Bettwäsche und hellroter Lippenstift und die Modeschmuckanstecknadeln, die sie sich von ihr und Maggie zum Geburtstag schenken ließ. Aber was mochte *sie*, abgesehen von Schuhen und Jim und Nahrungsmittel, die ihr schadeten?

Cannie lächelte sie an und stand auf. »Sie werden es herausfinden«, sagte sie fröhlich und pfiff dem Hund. Nifkin kam angelaufen, Joy, mit geröteten Wangen und aufgelöstem Pferdeschwanz, hinterher. »Werden Sie morgen wieder hier sein?«

»Sicher«, sagte Rose. Sie steckte den Tennisball ein und fing an, ihre Zöglinge einzusammeln, fünf Hundeleinen in der linken und die Leine eines abtrünnigen Greyhounds in der rechten Hand. Sie lieferte die Hunde zu Hause ab, bis nur noch Petunia übrig war. Der Mops trottete ein paar Schritte vor ihr dahin wie ein plumpes Croissant mit Beinen. Petunia machte sie glücklich, obwohl sie sie wieder an ihre Besitzerin hatte abtreten müssen, eine kühl-sachliche Zweiundsiebzigjährige namens Shirley, die im Zentrum wohnte und Rose zum Glück erlaubt hatte, den Mops jeden Tag Gassi zu führen. Was noch? Klamotten nicht. Geld auch nicht, denn alles, was sie je mit ihrem maßlosen sechsstelligen Jahresgehalt gemacht hatte, war, ihre Miete zu bezahlen, ihr Studiendarlehen zurückzuzahlen, einen vernünftigen Anteil für die Rente beiseite zu legen und den Rest, auf ausdrückliche Anweisung von Michael Feller, auf einem Geldmarktkonto Zinsen ansammeln zu lassen.

Also, was dann?

»Vorsicht!«, rief ein Fahrradbote. Rose schnappte Petunia und sprang zur Seite, während das Fahrrad an ihnen vorbeisauste. Der Fahrradfahrer hatte eine Botentasche über der Schulter und ein knisterndes Walkie-Talkie an der Hüfte. Rose sah ihm nach und erinnerte sich daran, dass sie als Mädchen auch ein Fahrrad gehabt hatte. Ein blaues Schwinn, mit einem blau-weißen Sitz, einem weißen Strohkorb und pinkweißen Plastikquasten an den Griffen. Hinter ihrem Haus in Connecticut hatte es einen Fahrradweg gegeben, der zum städtischen Golfplatz und den Fußballplätzen führte. Der Weg verlief durch einen Holzapfelgarten, und im Herbst fuhr Rose mit ihrem Fahrrad über die Falläpfel und das rotgoldene Laub. Manchmal kam ihre Mutter mit, die die Erwachsenenversion von Roses Fahrrad hatte, ein Dreigangrad mit einem

Kindersitz auf dem Gepäckträger, in dem Rose und Maggie als Babys gesessen hatten.

Rose versuchte sich zu erinnern, was mit ihrem Fahrrad passiert war. Als sie nach New Jersey gezogen waren, hatten sie in einer Mietwohnung in der Nähe der Autobahn gewohnt, was hieß, dass es dort nur Parkplätze und Straßen ohne Gehsteige oder Seitenstreifen gab. Sie war in der Zeit wahrscheinlich zu groß für das Fahrrad geworden, und nachdem sie bei Sydelle eingezogen waren, hatte sie nie ein neues bekommen. Stattdessen hatte sie drei Tage nach ihrem sechzehnten Geburtstag den Führerschein gemacht. Anfangs war sie ganz aufgeregt gewesen bei der Aussicht auf die große Freiheit, bis sie merkte, dass sie meistens nur zum Einkaufen fuhr oder ihre Schwester zu Partys oder zum Tanzunterricht chauffierte.

Sie lieferte Petunia bei Shirley ab und beschloss, dass sie sich am Wochenende ein Fahrrad kaufen würde – erst einmal ein gebrauchtes, um zu sehen, ob ihr das Fahrradfahren überhaupt Spaß machte. Vielleicht würde sie ein Körbchen für Petunia am Lenker anbringen und dann einfach drauflosfahren … irgendwohin. Sie hatte gehört, dass es im Fairmount-Park Radwege gab und einen Treidelpfad, die ganze Strecke vom Kunstmuseum bis nach Valley Forge. Ja, sie würde sich ein Fahrrad kaufen. Rose lächelte und ging beschwingt weiter. Sie würde sich ein Fahrrad kaufen, sich einen Stadtplan besorgen und ein Picknick aus Brot und Käse, Weintrauben und Brownies und einer Dose Gourmethundefutter für Petunia zusammenstellen. Sie würde zu einem Abenteuer aufbrechen.

## 32

Mrs. Lefkowitz hatte heute keine Lust auf ihren wöchentlichen Spaziergang. »Ich bleibe auch hier drinnen fit«, sagte sie und schwenkte ihren Stock über ihr drei-mal-fünf-Meter großes Wohnzimmer, in das sie eine Couch, zwei Plaudersofas, einen Sessel mit Zierdeckchen über den Armlehnen und einen riesigen Breitwandfernseher gezwängt hatte.

»Nicht so fit, wie Sie es brauchen«, sagte Ella geduldig.

»›Der Ausblick‹ läuft gerade«, sagte sie und zeigte auf den Fernseher, wo sich vier Frauen gegenseitig anschrien. »Mögen Sie den ›Ausblick‹ nicht?«

»Sie meinen den Ausblick aufs Meer?«, fragte Ella unschuldig. »Ich liebe den Ausblick aufs Meer. Kommen Sie, geh'n wir hinaus.«

»Außerdem habe ich einen Vorschlag«, sagte Mrs. Lefkowitz, ihren letzten Trumpf ausspielend. »Ich habe nachgedacht. Über Ihr Dilemma.«

»Später«, sagte Ella bestimmt.

»Herrje, ich gebe auf«, sagte Mrs. Lefkowitz. Sie setzte eine riesige Sonnenbrille mit quadratischen Gläsern auf, schmierte sich Zinksalbe auf die Nase und schnürte sich ihre Nike-Turnschuhe. »Dann los, Sie Fitnessguru. Bringen wir's hinter uns!«

Sie gingen den Weg hinunter zu den Tennisplätzen, wo letzten Monat jemand an Stelle des Rückwärtsgangs den Vorwärtsgang eingelegt hatte und durch den Zaun und das Netz eine unglückselige Frau namens Frieda Mandell angefahren hatte, die gerade ein zwangloses Doppel gespielt hatte, als sie sich plötzlich, den Schläger noch in der Hand, auf der Kühlerhaube eines Cadillac wiederfand. Das, hatte Mrs. Lefkowitz sarkastisch verkündet, war ein klarer Beweis dafür, dass Fitnesstraining und Sport – insbesondere Tennis – einen umbringen konnten, wenn man nicht aufpasste.

Aber ihr Arzt bestand darauf, dass sie spazieren ging, und so gingen Ella und ihr Zögling jeden Dienstagvormittag um zehn Uhr langsam zum Clubhaus, aßen dort zu Mittag und fuhren mit der Straßenbahn wieder nach Hause. Irgendwann hatte Ella angefangen, die Gesellschaft der älteren Frau zu genießen.

Mrs. Lefkowitz' Gang hatte einen Rhythmus. Sie setzte den

Stock auf, seufzte, rückte den rechten Fuß vor und zog dann den linken nach. Stock, seufz, stampf, schlurf. Es hatte was Beruhigendes, dachte Ella.

»Also, was gibt's Neues?«, fragte Mrs. Lefkowitz. »Treffen Sie sich noch immer mit diesem Kerl?«

»Lewis«, sagte Ella.

Mrs. Lefkowitz nickte. »Er ist in Ordnung. Erinnert mich an meinen ersten Mann.«

Ella war verblüfft. »Ihren ersten Mann? Waren Sie zweimal verheiratet?«

Stock, seufz, stampf, schlurf. »Aber nein. Ich nenne Leonard nur meinen ersten Mann. Das hört sich mondäner an.«

Ella verkniff sich ein Lachen und stützte Mrs. Lefkowitz am Ellbogen, während sie einen Riss im Gehsteigpflaster umgingen.

»Hat Lewis Geld?«

»Ich denke schon«, sagte Ella.

»Denken, denken!«, sagte Mrs. Lefkowitz. »Denken Sie nicht! Finden Sie's heraus! Sie könnten leer ausgehen! Wie dieser Charles Kuralt!«

Ella war verwirrt. »Er ging leer aus?«

»Nein, nein, nicht er. Aber seine Freundin. Erinnern Sie sich? Sie bekam gar nichts.«

»Nicht einmal seinen Wohnwagen?«

»Machen Sie sich nur lustig«, sagte Mrs. Lefkowitz düster. »Ihnen wird das Lachen schon noch vergehen, wenn Sie erst einmal den Käse essen müssen, den uns die Regierung vorsetzt.«

»Nicht stehen bleiben!«, sagte Ella.

»Und seine Kinder?«, fragte Mrs. Lefkowitz. »Wissen sie von Ihnen?«

»Ich glaube schon.«

»Vergewissern Sie sich. Sie kennen doch die Geschichte von Florence Goodstein, oder?«

Ella schüttelte den Kopf.

»Nun«, sagte Mrs. Lefkowitz. »Sie war mit Abe Meltzer befreundet. Sie gingen zusammen essen und ins Kino, und Flo fuhr Abe zu seinen Arztterminen. Eines Tages riefen seine Kinder an, um zu fragen, wie es ihrem Vater ging, und Flo erwähnte nur so nebenbei, dass sie müde wäre. Nun, sie hörten ›müde‹ und dachten, dass sie sich nicht mehr um ihn kümmern wollte. Und am nächsten Tag«, sagte Mrs. Lefkowitz und pausierte vor dem Höhepunkt ihrer Geschichte, »kamen sie eingeflogen, packten seine Sachen und verfrachteten ihn in ein Pflegeheim in New York.«

»Ach du liebe Güte«, sagte Ella.

»Flo war außer sich«, sagte Mrs. Lefkowitz. »Es war wie der Überfall auf Entebbe.«

»Da kann sie einem richtig Leid tun. Nicht stehen bleiben!«

Mrs. Lefkowitz lupfte ihre Sonnenbrille und schaute Ella an. »Wollen Sie sich jetzt meinen Vorschlag anhören?«

»Sicher«, sagte Ella. »Worum geht's?«

»Ihre Enkeltöchter«, sagte Mrs. Lefkowitz und schlurfte weiter.

Ella stöhnte insgeheim. Sie konnte nicht glauben, dass sie Mrs. Lefkowitz von ihren Enkelinnen erzählt hatte. Noch vor einem Jahr hatte sie gedacht, dass sie niemals davon sprechen könnte, und jetzt schien sie es jedem auf die Nase zu binden.

»Haben Ihre Enkelinnen Emil?«, fragte Mrs. Lefkowitz.

»Emil?«

»Emil, Emil«, wiederholte Mrs. Lefkowitz ungeduldig. »Im Computer.«

»Ach so, E-Mail.«

»Sag ich doch«, sagte Mrs. Lefkowitz mit einem leidgeprüften Seufzer.

»Ich weiß es nicht.«

»Nun, wir können es herausfinden. Im Internet. Wir könnten alles Mögliche über sie herausfinden.«

Ellas Herz machte einen Satz. »Haben Sie denn einen Computer?«, fragte sie. Sie wagte kaum zu hoffen.

Mrs. Lefkowitz winkte abschätzig mit ihrer gesunden Hand. »Natürlich, wer hat das nicht? Mein Sohn hat mir einen iMac zum Geburtstag geschenkt. Orangerot. Schuldgefühle«, fügte sie hinzu, vermutlich als Antwort auf Ellas unausgesprochene Fragen *Welche Farbe?* und *Warum?* »Er kommt mich nicht oft besuchen, also schickt er mir Bilder meiner Enkel per E-Mail. Sollen wir zurückgehen und Ihre Enkeltöchter suchen?«, fragte sie hoffnungsvoll.

Ella biss sich auf die Lippe. In ihrem Kopf bekriegte sich die Stimme, die rief: *Such sie!*, mit der vertrauteren, nachdrücklicheren Stimme, die da sagte: *Lass sie in Ruhe!* Vorfreude und leise Hoffnung vermischten sich mit purer Angst. »Lassen Sie mich darüber nachdenken«, sagte sie schließlich.

»Denken Sie nicht!«, sagte Mrs. Lefkowitz. Sie richtete sich zu ihren ganzen ein Meter fünfzig auf, stampfte mit ihrem Stock auf den Boden und verpasste nur knapp Ellas linken Fuß. »Es gibt nur Tun oder Nicht-Tun.«

»Was?«

»Yoda«, sagte Mrs. Lefkowitz und begann den langwierigen Prozess, sich umzudrehen. »Gehen wir.«

## 33

»Tritt aus der Tür wie ein Geist in den Nebel«, sagte ein Kerl in einem zerknitterten weißen Leinenhemd, als Maggie um zehn Uhr vormittags an einem ganz und gar nicht nebligen Tag aus der Firestone-Bibliothek ins Freie trat.

Maggie sah den Kerl an, der neben ihr in Gleichschritt fiel. Seinen Rucksack hatte er sich lässig – irgendwie elegant – über die Schulter geworfen. Er hatte ein langes, blasses Gesicht, braune lockige Haare, und sein Outfit – das Leinenhemd und dazu eine gebügelte graubeige Leinenhose – wich merklich von der inoffiziellen Campusuniform Jeans und T-Shirt ab.

»Es ist nicht neblig«, sagte sie. »Und ist das nicht aus einem Song?«

»Wie dem auch sei«, sagte er und zeigte auf das Buch, das Maggie unter dem Arm hatte, *Meine Ántonia.* »Frauen in der Literatur?«

Maggie zuckte die Achseln, was entweder Ja oder Nein bedeuten konnte. Je weniger sie sagte, desto besser. In den Wochen, die sie bereits auf dem Campus war, hatte sie außer auf der Party in der ersten Nacht nicht viel mehr als »Danke« und »'tschuldigung« zu den anderen Studenten gesagt. Es machte ihr nichts aus. Sie konnte sich mit Corinne unterhalten. Sie hatte Bücher. Sie verbrachte ihre Zeit in einem bequemen Sessel in dem sonnigen Lesesaal der Bibliothek oder, wenn ihr nach einem Ortswechsel zu Mute war, an einem kleinen Tisch im Studenten-Center. Sie hatte *Und ihre Augen schauten Gott* von Zora Neale Hurston und danach Dickens' *Große Erwartungen* gelesen. Im Moment las sie *Eine Geschichte aus zwei Städten*, Willa Cathers *Meine Ántonia* bereits zum zweiten Mal und mühte sich durch *Romeo und Julia*, das viel schwerer zu lesen war als der Baz-Luhrmann-Film den Anschein erweckt hatte. Wenn sie sich mit Studenten unterhielt, würden sie nur Fragen stellen, und Fragen würden nur Schwierigkeiten nach sich ziehen.

»Ich begleite dich«, sagte der Junge.

»Schon in Ordnung«, sagte Maggie und versuchte ihn abzuhängen.

»Kein Problem«, sagte der Typ fröhlich. »Die Vorlesung ist in McCosh, richtig?«

Maggie hatte keine Ahnung, wo die Vorlesung stattfand oder wo McCosh war, aber sie nickte und ging schneller. Der Typ hielt mühelos mit ihr Schritt. Lange Beine, bemerkte Maggie bestürzt.

»Ich heiße Charles«, sagte der Kerl.

»Es tut mir Leid«, sagte sie endlich. »Ich bin nicht interessiert, okay?«

Charles blieb stehen und lächelte sie an. Er sah ein bisschen aus wie Lord Byron auf dem Bild, das Maggie in einem ihrer geklauten Bücher gesehen hatte – eine lange, markante Nase, ein amüsiertes Lächeln um die Lippen. Kein Waschbrettbauch, kein Bizeps, an den man sich klammern konnte – da war sie sich sicher. Nicht ihr Typ. »Du hast dir ja noch nicht einmal meine Masche angehört«, sagte er.

»Du hast eine Masche?«, fragte Maggie unglücklich.

»Natürlich«, sagte Charles. »Ich äh, das ist mir etwas peinlich. Aber es ist nun einmal so, dass ich einer Frau bedarf.«

»Tut ihr das nicht alle?«, sagte Maggie und ging jetzt so langsam, dass sie praktisch schlurfte. Wenn sie schon nicht vor ihm davonrennen konnte, dann konnte sie ihn vielleicht so weit bringen, dass er davoneilte, damit er noch rechtzeitig zu seinem Seminar kam.

»Nein, nein, nicht was du denkst«, sagte er lächelnd und passte seinen Schritt erneut dem ihren an. »Ich belege ein Dramaturgieseminar, und wir müssen Szenen vorstellen, und ich brauche eine Frau – vom Typ Naive –, die meine Szene spielt.«

Maggie sah ihn an. »Du meinst, schauspielert?« Sie blieb stehen und starrte ihn an. Er war groß. Und hatte schöne graue Augen.

Charles nickte. »Genau das. Ich hoffe«, sagte er, während sie weitergingen, »im Frühjahr einen Einakter im *Theatre Intime* aufzuführen.« Er sprach es *Ahntim* aus, und einen Augenblick lang war sich Maggie nicht sicher, was er meinte. Sie war schon hundert Mal an dem Gebäude vorbeigegangen und hatte immer gedacht, dass man es aussprach, wie es geschrieben wurde: *In Time*. Das machte ihr Angst – wie viele andere Dinge hatte sie schon falsch aufgefasst, und wenn es nur in ihren Gedanken passiert war? »Und wenn es gut läuft, dann ist das ein guter erster Schritt. Also«, schloss er, »willst du einem Bruder aushelfen?«

»Du bist nicht mein Bruder«, sagte Maggie. »Und woher weißt du überhaupt, dass ich schauspielern kann?«

»Du kannst es doch, nicht wahr? Du hast diesen Look.«

»Und welcher Look wäre das?«

»Diesen theatralischen Look«, sagte er prompt. »Aber eins nach dem anderen. Ich weiß nicht einmal deinen Namen.«

»Maggie«, sagte Maggie, die ganz vergaß, dass sie nur als M bekannt sein wollte.

»Ich bin Charles Vilinch. Und ich habe Recht, nicht wahr?«, sagte er. »Du bist doch Schauspielerin, oder?«

Maggie nickte in der Hoffnung, dass er sie nicht nach Einzelheiten fragen würde, denn sie glaubte nicht, dass ihre Zeit als Backgroundsängerin für Whiskered Biscuit oder der Auftritt ihrer Hüfte in Will Smiths Video ihn großartig beeindrucken würden. »Hör mal, ich würde dir gerne helfen, aber ich … ich glaube, ich kann nicht«, sagte Maggie mit echtem Bedauern, schließlich war eine Rolle in einem Stück – selbst wenn es nur ein lausiger Studenteneinakter war – äußerst verlockend. Es könnte, dachte sie, ein Anfang sein. Princeton war nicht so weit weg von New York. Vielleicht würde man in New York von dem Stück und seinem Star hören. Vielleicht würde sich ein Agent oder Regisseur in den Zug setzen und hierher kommen, um es sich anzusehen. Vielleicht …

»Warum denkst du nicht bis heute Abend darüber nach?«, sagte Charles. »Ich ruf dich dann an.«

»Nein«, sagte Maggie. Sie musste sich schnell etwas einfallen lassen. »Nein, äh, unser Telefon funktioniert nicht.«

»Dann treffen wir uns auf einen Kaffee«, sagte er.

»Ich kann nicht …«

»Kräutertee«, sagte Charles. »Neun Uhr im Studenten-Center. Bis dann.« Damit ließ er Maggie vor dem Eingang zum Hörsaal stehen, in den hauptsächlich Studentinnen an ihr vorbeiströmten, von denen die meisten auch *Meine Ántonia* in der Hand hatten. Maggie stand einen Augenblick lang unschlüssig da, dann dachte sie: *Warum nicht?* Sich umzudrehen, würde mehr Aufwand erfordern, als einfach der Menge zu folgen. Sie würde sich ganz hinten hinsetzen. Es würde niemandem auffallen. Außerdem war sie neugierig, was der Professor oder die Professorin über das Buch sagen würde. Vielleicht würde sie ja sogar etwas lernen.

## 34

»Geht's dir gut?«, fragte Amy Rose eines Morgens, während sie im Morning Glory Diner Blaubeerpfannkuchen aßen. Amy, die eine maßgeschneiderte schwarze Hose und eine mitternachtsblaue Bluse trug, war auf dem Weg zum Flughafen, um eine Dienstreise ins ländliche Georgia und tiefste Kentucky anzutreten, wo sie Vorträge über Kläranlagen halten würde (»und die«, hatte sie Rose gesagt, »riechen ziemlich genau so, wie du es dir vorstellst«). Rose, die ihre mittlerweile übliche weite Khakihose trug, war auf dem Weg zum Antiquariat, um zehn kürzlich gelesene Liebesromane gegen zehn neue einzutauschen und dann einen Spitz namens Skip Gassi zu führen.

Rose kaute und dachte nach. »Mir geht's okay«, antwortete sie langsam, während Amy mit ihren spindeldürren Fingern ein Stück Speck von ihrem Teller stibitzte.

»Fehlt dir die Arbeit nicht?«

»Mir fehlt Maggie«, murmelte Rose mit vollem Mund. Es war die Wahrheit. Der Morning Glory Diner war gleich um die Ecke von Maggies früherem Apartment, aus dem man sie hinausgeschmissen hatte, bevor sie bei Rose eingezogen war. Als Rose noch im College und an der Uni gewesen war, hatte Maggie sie ein- oder zweimal pro Semester übers Wochenende besucht, aber nachdem Rose zu arbeiten angefangen hatte, war sie regelmäßig nach South Philadelphia gefahren, um sich mit Maggie zum Brunch oder auf einen Drink zu treffen oder sie zu einem Einkaufsbummel im King-of-Prussia-Einkaufszentrum abzuholen. Rose erinnerte sich gern an Maggies Wohnungen. Egal, wo sie wohnte, sie strich die Wände immer pink, fand ein Plätzchen für ihren vorsintflutlichen Föhn und richtete in irgendeiner Ecke eine provisorische Bar ein, wo ein Martinishaker vom Flohmarkt in ständiger Bereitschaft stand.

»Also, wo steckt sie?«, fragte Amy, die ihr Buttermesser mit der Serviette blank polierte, um darin ihren Lippenstift zu inspizieren.

Rose schüttelte den Kopf und fühlte, wie beim Gedanken an Maggie der vertraute Gefühlscocktail an Wut, Frust, Ärger und Mitleid in ihr hochkam. »Ich weiß es nicht«, sagte sie. »Ich weiß nicht einmal, ob ich es wissen will.«

»Nun, wie wir Maggie kennen, wird sie schon wieder auftauchen«, sagte Amy. »Sie wird Geld oder ein Auto oder ein Auto voller Geld brauchen. Dein Telefon wird klingeln, und sie wird wieder da sein.«

»Ich weiß«, sagte Rose und seufzte. Sie vermisste ihre Schwester ... außer dass *vermissen* nicht ganz das richtige Wort war. Sicher, sie vermisste, jemanden zu haben, mit dem man frühstücken, sich die Nägel lackieren oder zum Einkaufen gehen konnte. Sie vermisste sogar Maggies Lärm, ihre Unordnung, ihre Angewohnheit, den Thermostat auf sechsundzwanzig Grad hochzudrehen, bis sich ihr Apartment wie eine tropische Insel anfühlte, und sie vermisste Maggies Art, noch aus der banalsten Geschichte einen abenteuerlichen Dreiakter zu machen. Sie erinnerte sich daran, wie Maggie versucht hatte, in Roses Bad einen Haufen makeupverschmierter Kleenextücher die Toilette hinunterzuspülen und die Toilettenschüssel angeschrien hatte: »Nun nimm's schon, du Miststück!«, wie Maggie vor dem Shampoo-und-Seifen-Regal in der Drogerie ausgeflippt war, weil genau die Haarspülung für ihre Haarfarbe nicht vorrätig war, wie sie mit den Fingern schnippte, damit ihr Rose auf der Couch Platz machte, sie erinnerte sich an das Lied, das ihre Schwester immer unter der Dusche sang: »It had to be me ... it had to be me ...«

Amy klopfte mit ihrem Messer ungeduldig auf den Tellerrand. »Erde an Rose.«

»Hier«, sagte Rose und winkte schwach. Später am Vormittag hielt sie mit ihrem Fahrrad an einem Münzfernsprecher, kramte eine Hand voll Münzen aus ihrer Tasche und wählte wieder die Handynummer ihrer Schwester. Ein Klingeln, zwei. »Hallo?«, sagte Maggie mit kecker, energischer Stimme. »Hallo, wer ist da?«

Rose legte auf. Sie fragte sich, ob Maggie die Vorwahl sehen konnte und sich wunderte, ob der Anruf von Rose kam. Sie fragte sich, ob es ihr gleichgültig war.

## 35

Wenn Maggie Feller in den vierzehn Jahren, in denen sie es mit dem männlichen Geschlecht zu tun gehabt hatte, etwas gelernt hatte, dann das: Deine Dummheiten holen dich früher oder später immer ein. Es konnte ein Kerl sein, den man noch nie zuvor im Leben gesehen hatte, und alles, was man tun musste, um sicherzugehen, dass man ihm immer wieder über den Weg lief, war, einige intime Minuten mit ihm auf dem Rücksitz eines Autos, in einem Schlafzimmer oder einer verschlossenen Toilettenkabine zu verbringen. Dann tauchte er garantiert in der Cafeteria, auf dem Flur, in dem Diner, in dem man seit kurzem arbeitete, oder an der Hand eines anderen Mädchens, das er auf der nächsten Freitagnachtparty kennen gelernt hatte, wieder auf. Es war das ungeschriebene Gesetz der Beziehungen – der Kerl, den du nie wieder sehen wolltest, war der Kerl, dem du nicht aus dem Weg gehen konntest. Und Josh stellte leider keine Ausnahme von der Regel dar.

Sie war sich nicht sicher, ob er sie wiedererkennen würde – es war spät, und er war stockbesoffen gewesen, sie war gerade in Princeton angekommen und hatte ihre Tarnung noch nicht perfektioniert. Aber Josh war überall und machte immer den Eindruck, als wäre er drauf und dran, ihr Gesicht mit dem fehlenden Geld, dem Schlafsack, der Campinglaterne und den Klamotten in Verbindung zu bringen.

Sie sah in der Bibliothek von einem Buch auf und erhaschte einen Blick auf sein Sweatshirt und sein Profil. Sie holte sich im Speisesaal einen Kaffee, und da stand er neben der Salatbar und sah sie komisch an. Eines Nachts sprach er sie tatsächlich an, als sie einen gestohlenen Kissenbezug voller Wäsche in den Waschraum schleppte, fälschlicherweise davon ausgehend, dass außer ihr niemand auf die Idee käme, samstagnachts Wäsche zu waschen.

»Hey«, sagte er beiläufig, während er ihr dabei zusah, wie sie ihre BHs und Slips in die Waschmaschine stopfte.

»Hi«, sagte sie mit gesenktem Kopf.

»Wie geht's?«

Maggie zuckte leicht mit den Achseln und kippte den Inhalt des Waschmittelpäckchens, das sie aus dem Automaten herausgelassen hatte, auf die Wäsche.

»Brauchst du Weichspüler?« Er hielt ihr lächelnd seine Plastikflasche hin. Aber seine Augen lächelten nicht. Stattdessen musterte er sie eingehend von oben bis unten.

»Nein, danke. Es geht schon«, sagte sie und steckte die Münzen in den Schlitz. Genau in dem Moment klingelte ihr Handy. Wahrscheinlich ihr Vater, dachte sie. Er hatte schon mal angerufen, und sie hatte nicht zurückgerufen, aber jetzt packte sie das Telefon, als ob es eine Rettungsboje und sie am Ertrinken wäre. »Hallo!«, sagte sie fröhlich und wandte Josh den Rücken zu.

Keine Antwort, nur Atmen. »Hallo!«, sagte Maggie wieder und eilte die Treppe hinauf, vorbei an einer Gruppe Studenten, die eine Flasche Champagner herumreichten und eine Art Footballsong sangen. »Wer ist da?« Keine Antwort. Nur ein Klicken, und dann Stille. Sie zuckte die Achseln, steckte das Handy wieder ein und eilte hinaus in die kühle Frühlingsnacht. Die Wege waren in regelmäßigen Abständen von Laternen beleuchtet und mit Holzbänken gesäumt. Maggie suchte sich eine Bank, die im Dunkeln lag, und setzte sich. Es ist Zeit zu gehen, dachte sie. Es ist kein großer Campus, und du siehst diesen Kerl überall. Es ist nur eine Frage der Zeit, bis er dahinter kommt, wer du bist, wenn er das nicht ohnehin schon getan hatte. Zeit, deine Chips einzulösen, die Karten auf den Tisch zu legen und dich mit dem nächsten Bus aus dem Staub zu machen.

Aber das Komische war: Sie wollte nicht gehen. Sie hatte ... ja, was? Maggie zog ihre Beine an die Brust und starrte hinauf in die ausschlagenden Äste und den sternenübersäten Nachthimmel. Spaß. Nun, nicht direkt Spaß wie auf einer Party oder wenn man sich schick anzog und großartig aussah und die neidischen Blicke der anderen auf sich fühlte. Es war eine Herausforderung – die Art Herausforderung, die ihr ihre Minimallohnjobs ohne Aufstiegschancen nie geboten hatten. Es war, als wäre man der Star seiner eigenen Krimiserie.

Aber es war nicht nur, weil niemand etwas mitbekam. Das hier waren die schlauen Kids, die Kids aus den Begabtengruppen, die Creme de la Creme, die Besten der Besten. Wenn Maggie hier nicht negativ auffiel, war das nicht ein Beweis für das, was Mrs. Fried ihr immer gesagt hatte? Wenn sie in Princeton zurechtkam, wenn sie sich in einem Dutzend Seminare hinten reinsetzen und tatsächlich dem Unterricht folgen konnte, hieß das nicht, dass sie auch klug war?

Maggie stand auf und wischte sich die Hose ab. Außerdem war da noch Charles' Stück, sein Regiedebüt, ein Beckett-Einakter am Theatre Intime. Und sie war der Star. Sie traf sich mit ihm alle paar Tage zu den Proben und studierte ihren Text im Studenten-Center oder in einem leeren Klassenzimmer im Kunstgebäude drüben in der Nassau Street ein.

»Ich wohne im Lockhart-Gebäude«, hatte er das letzte Mal gesagt, als sie zusammen nach Hause gegangen waren. »Ich bin normalerweise bis spät in die Nacht hinein auf. Ich habe zwei Mitbewohner«, fügte er hinzu, noch ehe Maggie eine Augenbraue hochziehen konnte. »Ich garantiere dir, dass deine Tugend bei mir sicher ist.«

Nun, jetzt war es spät in der Nacht. Ob er noch wach war?

Sie fröstelte und fragte sich, ob er ihr ein Sweatshirt leihen würde. Sie lief über den Campus. Wenn sie sich recht erinnerte, war Lockhart direkt neben dem Uniladen. Charles' Zimmer war im Erdgeschoss, und als Maggie ans Fenster klopfte, zog er die Jalousie hoch, lächelte und kam ihr entgegen, um ihr aufzumachen.

So etwas wie Charles' Zimmer hatte sie noch nie gesehen. Es war, als würde man ein anderes Land betreten. Jeder Zentimeter an der Wand und der Decke war mit indianischen Wandteppichen und Dutzenden von silbergerahmten Spiegeln bedeckt. Auf dem Boden lag ein purpur-, gold- und blaufarbener Orientteppich, und an Stelle eines Couchtisches stand mittendrin eine alte, ramponierte Truhe – eine Schatztruhe, dachte Maggie. Er und seine Mitbewohner hatten ihre Schreibtische an die Wände geschoben und Kissen um die Truhe gelegt – ein rotes Kissen mit Goldfransen, ein rosafarbenes mit roten Fransen, ein salbeigrünes mit goldener Perlenstickerei.

»Setz dich«, sagte Charles und deutete auf die Kissen. »Willst du was trinken?« In einer Ecke stand ein winziger Kühlschrank und darauf eine Espressomaschine.

»Wow«, sagte Maggie. »Führt ihr hier einen Harem?«

Charles lachte und schüttelte den Kopf. »Nein«, sagte er. »Wir probieren nur gerne was aus. Letztes Semester war Jasper in Afrika, und eine Zeit lang hatten wir auf Safari dekoriert, aber die Tierschädel an den Wänden waren nichts für mich. Das ist besser.«

»Sehr nett«, sagte Maggie, die langsam im Zimmer herumging und sich alles ansah. In einer Ecke stand eine kleine, teuer aussehende Stereoanlage und eine CD-Sammlung, die nach Genre – Jazz, Rock, Weltmusik, Klassik – und innerhalb des Genres alphabetisch sortiert war. In einer anderen Ecke stand ein kleiner, hoher Tisch, auf dem sich Reisebücher stapelten – Tibet, Senegal, Machu Picchu. Wenn sie tief einatmete, roch sie Weihrauch und Eau de Toilette und Zigaretten. Der kleine Kühlschrank enthielt Mineralwasser, Zitronen, Äpfel und

Aprikosenmarmelade. Keine einzige Flasche Bier oder Ketchup.

Schwul, entschied Maggie und schloss die Kühlschranktür mit einer gewissen Erleichterung. Zweifelsohne schwul. Sie nahm ein gerahmtes Foto von Charles' Schreibtisch. Darauf hatte er den Arm um die Schultern eines lachenden Mädchens gelegt.

»Deine Schwester?«, fragte sie.

»Exfreundin.«

*Hm?*, dachte Maggie.

»Ich bin nicht schwul«, sagte Charles und lachte. »Aber alle, die hierher kommen, denken das. Und dann muss ich mich drei Monate lang so hetero wie möglich verhalten.«

»Na und? Kratzt du dich dann alle fünf Minuten anstatt alle zehn? Das ist doch nicht schwer«, sagte Maggie, ließ sich auf die Kissen plumpsen und blätterte in einem Buch über Mexiko. Weiß getünchte Häuser vor einem strahlend blauen Himmel, weinende Madonnen in gefliesten Innenhöfen, schaumgekrönte Wellen auf goldenem Sand. Sie war enttäuscht. Sie hatte in ihrem Leben nur drei Sorten Männer kennen gelernt: Schwule, Alte und – die dritte Kategorie, Hunderte Male zahlreicher – Männer, die etwas von ihr wollten. Wenn Charles nicht schwul war – er war mit Sicherheit nicht alt –, dann wollte er wahrscheinlich was von ihr. Was Maggie traurig stimmte und wodurch sie sich ein bisschen betrogen vorkam. Sie war noch nie mit einem Mann nur befreundet gewesen, aber sie und Charles hatten genug Zeit miteinander verbracht, sodass er sie wegen ihres Köpfchens, ihrer schnellen Auffassungsgabe und ihrer Kreativität mochte, und nicht auf Grund der einen Sache, für die sie jeder andere Kerl auf der Welt normalerweise mochte.

»Nun, ich bin froh, dass das geklärt ist. Und ich bin froh, dass du hier bist. Ich habe ein Gedicht für dich.«

»Für mich? Hast du es geschrieben?«

»Nein. Wir haben es letzte Woche in meinem Lyrikseminar

durchgenommen. G.M. Hopkins.« Er schlug ein Buch auf und las:

> Margaret, bist du traurig
> über Goldgrund, sich entlaubend?
> Laub, gleichwie Menschendinge,
> Kann rühren deine frischen Sinne?
> Ah! Wie das Herz wird älter,
> Nimmt es solchen Anblick kälter
> Nach und nach, nicht seufzt es drum,
> Ob Welkwald-Welten sterben stumm;
> Und weinst doch einst und weißt, warum.
> Wie man's nennt, Kind, ist egal:
> Gleich der Quell aller Qual.
> Mund nie sprach, nicht maß Verstand,
> Was Geist ergriff, Fühlen fand:
> Es ist der Moder Menschenschicksal,
> Margaret ist deine Trübsal.

Er klappte das Buch zu. Gänsehaut überzog Maggies Arme. Sie atmete tief durch. »Brr«, sagte sie. »Dunkel. Aber ich bin nicht Margaret.«

»Ach nein?«

»Nein«, sagte sie. »Nur Maggie. Das heißt, eigentlich Maggie Mae.« Sie lachte etwas verlegen. »Nach dem bekannten Dichter Rod Stewart. Meiner Mutter hat der Song gefallen.«

»Wie ist deine Mutter so?«, fragte Charles.

Maggie sah ihn an, dann wandte sie sich ab. Normalerweise erfand sie an dieser Stelle eine tragische Geschichte vom Tod ihrer Mutter, um sie dem jeweiligen Kerl wie ein bunt verpacktes Päckchen in den Schoß zu legen. Manchmal starb ihre Mutter an Brustkrebs, manchmal blieb sie beim Autounfall, schmückte die Geschichte aber immer mit dramatischen Elementen aus. Die Chemotherapie! Der Polizist an der Tür! Die Beerdigung, bei der die zwei kleinen Mädchen am Sarg geweint hatten! Aber ihr war nicht danach, Charles eine solche Geschichte aufzutischen. Ihr war danach, ihm eine wahrheitsgetreuere Version zu erzählen, und das machte ihr Angst, denn wenn sie ihm darüber die Wahrheit erzählte, womit würde sie dann sonst noch rausrücken?

»Da gibt es nicht viel zu sagen«, sagte sie leichthin.

»Ich weiß, dass das nicht stimmt«, sagte er. Sie fühlte seinen Blick auf sich. Sie wusste, was jetzt kam. *Warum kommst du nicht ein bisschen näher?* Oder: *Kann ich dir einen Drink einschenken?* Und bald würde sie seine Lippen auf ihrem Hals oder seinen Arm um ihre Schultern fühlen und seine Hand würde sich in Richtung ihrer Brüste vortasten. Es war ein Tanz, den sie nur allzu gut kannte.

Nur, dass dieses Mal die Worte nicht kamen, und die Lippen auch nicht. Stattdessen blieb Charles dort sitzen, wo er war. »In Ordnung. Spann mich auf die Folter«, sagte er und lächelte sie an. Ein freundliches Lächeln, dachte sie erleichtert. Maggie sah auf die antik aussehende Uhr auf seinem Schreibtisch. Es war nach ein Uhr. »Ich sollte gehen«, sagte sie. »Ich muss meine Wäsche holen.«

»Ich begleite dich«, sagte Charles.

»Nein, ist schon in Ordnung.«

Aber er schüttelte den Kopf und nahm seinen Rucksack. »Es ist nicht sicher, nachts allein herumzulaufen.«

Maggie hätte ihn beinahe ausgelacht. Princeton war der sicherste Ort, den sie kannte. Er war sicherer als ein Kinderplanschbecken, sicherer als ein Kindersitz im Auto. Das Schlimmste, was hier passierte, war, dass jemand im Speisesaal sein Tablett fallen ließ.

»Im Ernst. Außerdem habe ich Hunger. Bist du schon im P. J. gewesen?«

Maggie schüttelte den Kopf. Charles tat so, als sei er absolut entsetzt. »Es ist eine Princeton-Tradition. Hervorragende Chocolate-Chip-Pfannkuchen. Komm«, sagte er und hielt ihr die Tür auf. »Ich lad dich ein.«

# 36

Rose Feller wusste, dass der Tag kommen würde.

Nachdem sie drei Monate lang Hunde Gassi geführt und Botengänge erledigt hatte, wusste sie, dass es höchste Zeit war, einem bekannten Gesicht aus ihren weniger glücklichen Tagen bei Lewis, Dommel & Fenick über den Weg zu laufen. Als ihr also an einem sonnigen, sechzehn Grad warmen Apriltag Petunias Frauchen Shirley einen Umschlag an die vertraute Adresse mit den Worten »Könnten Sie das bitte ins Büro meines Anwalts bringen?«, in die Hand drückte, schluckte Rose nur kräftig, steckte den Umschlag in ihre Schultertasche, schwang sich aufs Fahrrad und setzte sich in Richtung des glitzernden Hochhauses, in dem sie einmal gearbeitet hatte, in Bewegung.

Auf dem Weg dorthin sagte sie sich, dass es immerhin sein könnte, dass man sie nicht erkannte. Sie war bei Lewis, Dommel & Fenick in Hosenanzügen und Pumps (*und verliebt*, erinnerte ihre sentimentale Gehirnhälfte sie) herumgelaufen. Heute dagegen trug sie Shorts, ein Paar knöchelhohe, mit Bratpfannen, Spiegeleiern und Kaffeetassen bedruckte Socken (die Maggie zurückgelassen hatte), und Fahrradschuhe. Ihre schulterlangen Haare hatte sie zu zwei Zöpfchen geflochten – Rose hatte durch die Trial-and-Error-Methode herausgefunden, dass das eine der wenigen Frisuren war, die unter einem Fahrradhelm funktionierten. Und obwohl sie seit ihrem unglücklichen Abgang aus der Anwaltswelt kein Gewicht verloren hatte, wirkte ihr Körper jetzt anders. Durch das Fahrradfahren und Spazierengehen hatte sie Muskeln bekommen, und ihre Büroblässe war einem gebräunten Teint gewichen. Ihre Wangen glühten, und ihre Haare glänzten. Also wenigstens das sprach für sie. *Da musst du durch,* sagte sie sich, als sie mit nackten, braun gebrannten Waden und klackenden Schuhen aus dem Aufzug stieg und zum Empfangstisch ging. *Da musst du durch.* Es würde nicht schwer sein. Sie würde den Umschlag abgeben, sich eine Unterschrift geben lassen, und …

»Rose?«

Sie hielt den Atem an, halb in der Hoffnung, dass sie sich verhört hatte. Sie drehte sich um, und da stand Simon Stein, der Softball-Initiator, vor seinem Büro auf der gegenüberliegenden Seite der Lobby. Sein rötliches Haar leuchtete grell im Licht der Deckenlampen, und seine gedämpft rotgoldene Krawatte unterstrich sein leichtes Bäuchlein.

»Rose Feller?«

Na ja, dachte sie, während sie ihn anlächelte und ihm kurz zuwinkte. Es könnte schlimmer sein. Es könnte Jim sein. Sie musste jetzt nur schnell ihren Umschlag loswerden und von hier verschwinden …

»Wie geht es Ihnen?«, fragte Simon, der durch die Lobby geeilt war und jetzt neben ihr stand und sie von oben bis unten musterte, als wäre sie zu einer bis dato unbekannten Spezies mutiert. Vielleicht war sie das, dachte sie grimmig. Die Ex-Anwältin. Wie viele davon kannte Simon Stein?

»Es geht mir gut«, sagte sie ruhig, während sie den Umschlag der Empfangsdame reichte, die Rose mit unverhohlener Neugier ansah, um die gebräunte Frau in Shorts in Einklang zu bringen mit ihrer Erinnerung an die ernste junge Frau in Anzügen und Kostümen.

»Man hat uns gesagt, dass Sie eine Auszeit nehmen«, sagte Simon.

»Das stimmt«, sagte sie kurz angebunden, nahm die Quittung von der Empfangsdame entgegen und wandte sich zum Gehen. Simon folgte ihr, obwohl Rose betete, dass er verschwinden möge.

»Hey«, sagte er, »haben Sie schon zu Mittag gegessen?«

»Ich muss wirklich los«, sagte sie, als einer der Aufzüge aufging und einige Partner heraustraten. Rose hielt den Atem an, bis sie sah, dass Jim nicht darunter war.

»Kostenloses Essen«, sagte Simon Stein und grinste sie charmant an. »Kommen Sie! Sie müssen sowieso etwas essen. Wir gehen irgendwo hin, wo's schick ist und tun so, als ob wir wichtig wären.«

Rose lachte. »Das wird nicht funktionieren, so wie ich angezogen bin.«

»Machen Sie sich keine Gedanken«, sagte Simon und folgte Rose in den Aufzug, als wäre er einer der Hunde, die sie jeden Tag Gassi führte. »Kein Mensch wird etwas sagen.«

Zehn Minuten später saßen sie an einem Tisch für zwei in der Sansom-Street-Austernbar, wo Rose, wie befürchtet, die einzige Frau war, die keine Strumpfhosen und hochhackige Schuhe trug. »Zweimal Eistee«, sagte Simon Stein, lockerte seine Krawatte und rollte seine Ärmel über seine sommersprossigen Unterarme hoch. »Mögen Sie Chowder? Essen Sie Frittiertes?«

»Sicher und manchmal«, sagte Rose, die ihre Zöpfchen aufgemacht hatte und versuchte, ihre Haare leger zurechtzumachen.

»Zweimal New England Clam Chowder und die Platte mit den gemischten Meeresfrüchten«, sagte er zu der Bedienung, die anerkennend nickte.

»Bestellen Sie immer für andere?«, fragte Rose, die beschlossen hatte, dass eine Frisur verlorene Liebesmüh war, und jetzt versuchte, ihre Shorts über ihr zerschürftes rechtes Knie zu ziehen.

Simon Stein nickte selbstgefällig. »Wann immer ich kann«, sagte er. »Haben Sie jemals Futterneid gehabt?«

»Was ist das?«

»Wenn Sie in einem Restaurant etwas bestellen und dann sehen, dass das Essen am Nebentisch zehnmal besser aussieht als das, was Sie bestellt haben?«

Rose nickte. »Natürlich. Das passiert mir ständig.«

Simon blickte blasiert drein. Mit seinen roten Löckchen

und seinem Grinsen sah er ein bisschen aus wie Ronald McDonald. »Sehen Sie, mir passiert das nie«, sagte er.

Rose starrte ihn an. »Nie?«

»Nun, fast nie. Ich wähle immer das Richtige. Ich bin ein Meister der Speisekarte.«

»Meister der Speisekarte«, wiederholte Rose. »Sie sollten im Fernsehen auftreten. Mindestens im Kabelfernsehen.«

»Ich weiß, dass es sich verrückt anhört«, sagte Simon, »aber es stimmt. Fragen Sie alle, mit denen ich jemals aus war. Ich irre mich nie.«

»In Ordnung«, sagte Rose. Jetzt wollte sie es genau wissen. Sie dachte an das beste Restaurant, in dem sie in letzter Zeit gewesen war, wobei sie »in letzter Zeit« als »vor sechs Monaten« definierte, als sie mit Jim spät nach der Arbeit ausgegangen war und sie sich beide sicher waren, niemandem zu begegnen, den er kannte. »London.«

»Die Stadt oder das Restaurant?«

Rose widerstand der Versuchung, die Augen zu verdrehen. »Das Restaurant. In der Nähe des Kunstmuseums.«

»Natürlich«, sagte Simon. »Dort bestellt man am besten den Salz-und-Pfeffer-Tintenfisch, gebratene Ente mit süßem Ingwer und zum Nachtisch den weißen Schokoladekäsekuchen.«

»Unglaublich«, sagte Rose, nur halb sarkastisch.

Simon zuckte die Achseln und hob die Hände. »Hören Sie, Lady, es ist nicht meine Schuld, wenn Sie immer nur Ofenkartoffeln und gegrillten Fisch essen.«

»Woher wissen Sie das?«, fragte Rose, die, soviel sie sich erinnerte, im London tatsächlich den gegrillten Lachs bestellt hatte.

»Gut geraten«, sagte Simon. »Außerdem essen die meisten Frauen nichts anderes. Was jammerschade ist. Los, versuchen Sie es noch einmal.«

»Brunch im Striped Bass«, sagte Rose. Das Striped Bass war eins der besten Restaurants der Stadt. Ihr Vater hatte sie und Maggie einmal als besondere Überraschung dorthin eingeladen. Rose hatte den Steinbutt bekommen, Maggie drei Cola Rum und zu guter Letzt die Telefonnummer des Sommeliers.

Simon Stein schloss die Augen. »Ist das dort, wo es Eier Benedict mit poschiertem Hummer gibt?«

»Ich weiß es nicht. Ich bin noch nie zum Brunch dort gewesen.«

»Dann sollten wir hingehen«, sagte Simon.

Wir?, dachte Rose.

»Denn dann bekommen Sie Folgendes: zuerst Austern, falls Sie Austern mögen ... Sie mögen doch Austern, oder?«

»Sicher«, sagte Rose, die noch nie Austern gegessen hatte.

»Und dann die Eier Benedict mit poschiertem Hummer. Sie sind wirklich gut.« Er lächelte sie an. »Nächste Frage.«

»Penang«, sagte Rose. Penang war ein neues, angesagtes malaysisches Lokal, das gerade in Chinatown eröffnet hatte. Sie hatte nur darüber gelesen, aber das konnte Simon Stein ja nicht wissen.

»Reis in Kokosnussmilch, gebratene Chicken Wings, Rind Rendang und die Frühlingsrollen mit frischen Shrimps.«

»Wow«, sagte Rose, während die Bedienung die Suppe servierte. Sie kostete sie mit geschlossenen Augen und ließ die dicke Sahne und den leicht salzigen Geschmack des Meeres, der frischen Muscheln und der Kartoffeln auf der Zunge zergehen. »Meine Fettration für diese Woche«, sagte sie, als sie sich wieder erholt hatte.

»Wenn jemand anders zahlt, zählt es nicht«, sagte Simon Stein und bot Rose die Austerncracker an. »Versuchen Sie die.«

Rose löffelte die halbe Suppentasse aus, bevor sie wieder sprach. »Köstlich.«

Simon nickte, als hätte er nichts anderes erwartet. »Also, können Sie mir ein bisschen mehr über Ihre Beurlaubung erzählen?«

Rose verschluckte sich beinahe an einer Muschel und einem Stückchen Kartoffel. »Ich … äh …«

Simon Stein sah sie fragend an. »Sind Sie krank?«, fragte er. »Denn das war eins der Gerüchte.«

»Eins der Gerüchte?«, wiederholte Rose.

Simon nickte und schob seine leere Suppentasse beiseite. »Gerücht Nummer eins war eine rätselhafte Krankheit. Gerücht Nummer zwei, dass Sie von Pepper, Hamilton abgeworben worden sind. Gerücht Nummer drei …«

In dem Moment kam die Bedienung mit einer Platte goldbraun frittierter Meeresfrüchte zurück. Simon träufelte Zitronensaft darüber und sprenkelte etwas Salz über die Pommes frites.

»Was war Gerücht Nummer drei?«, fragte Rose.

Simon Stein stopfte sich zwei frittierte Jakobsmuscheln in den Mund und sah sie aus großen blauen Augen unter seinen langen, erdbeerblonden Wimpern heraus naiv an. »Mms iih mm hmfere hasfen.«

»Was?«, sagte Rose.

Simon schluckte. »Dass Sie eine Affäre hatten«, sagte er. »Mit einem der Partner.«

Roses Kinnlade klappte nach unten. »Ich …«

Simon hob eine Hand. »Sie müssen nichts sagen. Ich hätte es nicht mal erwähnen sollen.«

»Denken das etwa alle?«, fragte Rose und versuchte, sich nicht geschockt anzuhören.

Simon nahm sich etwas Remouladensoße und schüttelte den Kopf. »Nein. Die meisten wetten auf Lupus oder Bandscheibenprobleme.«

Rose aß ein paar frittierte Muscheln und gab sich Mühe, unbeteiligt zu wirken und sich nicht lächerlich vorzukommen. Aber natürlich war sie lächerlich. Sie hatte ihren Job hingeworfen, ihr Freund hatte sie betrogen, sie zog sich wie ein großes Schulmädchen an und jetzt ließ sie sich auch noch von einem Kerl, den sie praktisch gar nicht kannte, ihre Pommes frites salzen. Und was das Schlimmste war, jeder wusste über sie und Jim Bescheid. Und sie hatte gedacht, dass es niemand mitbekommen hätte! Wie hatte sie bloß so dumm sein können? »Hat man einen bestimmten Partner mit dem Gerücht in Verbindung gebracht?«, fragte sie so beiläufig wie möglich, während sie einen Shrimp in die Remoulade eintauchte und verzweifelt hoffte, dass wenigstens ein Teil ihres Geheimnisses noch sicher war.

Simon Stein zuckte die Achseln. »Ich habe nicht hingehört«, sagte er. »Es war nur Klatsch und Tratsch, das ist alles. Sie wissen ja, wie Anwälte sind. Sie wollen für alles eine Erklärung, auch wenn jemand so plötzlich verschwindet.«

»Ich bin nicht verschwunden. Ich habe mich beurlauben lassen. Wie Sie wissen«, sagte Rose störrisch, schluckte ein wirklich ganz köstliches Stück Flunder hinunter und räusperte sich. »Also, äh, was gibt's sonst Neues in der Kanzlei? Wie geht es Ihnen?«

Er zuckte wieder die Achseln. »Alles beim Alten. Ich habe jetzt meinen eigenen Fall. Leider ist es der blöde Bentley-Fall.«

Rose nickte mitfühlend. Der »blöde Bentley-Fall« betraf einen Mandanten, der von seinem Vater zwar die Millionen, aber offensichtlich nicht das Köpfchen geerbt hatte. Der Mandant hatte vor zwei Jahren einen gebrauchten Bentley gekauft und versuchte seitdem, sein Geld von dem Autohändler zurückzufordern. Er behauptete, dass das Auto eine ölig schwarze Rauchwolke absonderte, seit er es das erste Mal auf der Autobahn gefahren hatte. Nach Ansicht des Händlers – die zum Leidwesen des Mandanten von seiner eigenen Frau, das heißt, jetzigen Exfrau geteilt wurde – rührte der Rauch daher, dass er den Bentley mit angezogener Handbremse gefahren hatte. Während ihr Simon einige Details erzählte, versuchte er, gelangweilt und zynisch zu klingen – voller Abscheu dafür, dass der Mandant der Kanzlei so ein Trottel war, voller Widerwillen gegen ein System, das den Fall überhaupt so weit hatte kommen lassen –, aber sein Enthusiasmus für seine Arbeit war dahinter doch ganz deutlich spürbar. Sicher, der Fall würde keinen Präzedenzfall beschreiben, und sein Mandant war ein Arschloch, aber dennoch sah sie an seiner Gestik und dem Funkeln in seinen Augen, dass es ihm Spaß machte, die Zeugenaussagen, die Entwicklungen, die Vorladung des nur begrenzt des Lesens und Schreibens kundigen Automechanikers namens Vitale zu beschreiben. Rose seufzte und wünschte sich, wieder diese Begeisterung für den Anwaltsberuf aufbringen zu können, und fragte sich, ob sie es jemals getan hatte.

»Aber genug von dem Bentley«, schloss Simon, steckte den vorletzten frittierten Shrimp in den Mund und gab Rose den letzten. »Sie sehen übrigens toll aus. Richtig erholt.«

Rose sah reumütig an sich hinab. Sie trug ein leicht verschwitztes T-Shirt und an ihren Unterschenkeln war Schmiere von der Fahrradkette. »Sie sind zu freundlich.«

»Würden Sie am Freitag mit mir zu Abend essen?«, fragte Simon.

Rose starrte ihn an.

»Ich weiß, das war jetzt etwas abrupt«, sagte Simon. »Das kommt wahrscheinlich davon, wenn man nach Stunden bezahlt wird. Man platzt dann einfach heraus mit dem, was man sagen will. Schließlich tickt die Uhr.«

»Ich dachte, Sie hätten eine Freundin?«, fragte Rose. »Und hat sie nicht in Harvard studiert?«

»Das ist aus«, sagte Simon. »Es hat nicht funktioniert.«

»Warum nicht?«

Simon ließ sich etwas Zeit mit der Antwort. »Sie hatte wenig Sinn für Humor, und die ganze Harvard-Sache … nun, ich konnte mir einfach nicht vorstellen, meine Zukunft mit einer Frau zu verbringen, die ihre Periode als die ›Purpurrote Flut‹ bezeichnet.«

Rose schnaubte. Die Kellnerin nahm ihre Teller und legte Dessertkarten auf den Tisch. Simon würdigte sie kaum eines Blickes. »Warmer Apfelstrudel«, sagte er. »Teilen wir uns eine Portion?«

Er lächelte sie an, und auch wenn er klein und leicht eiförmig war und sich von Jim, was das Äußere anging, in etwa so sehr unterschied wie Saks Fifth Avenue von Kmart, musste sie zugeben, dass er witzig war. Und nett. Irgendwie attraktiv. Natürlich nicht für sie, dachte sie hastig, aber …

Simon sah sie erwartungsvoll an und summte den Refrain von »Lawyers in Love«. »Also, wie sieht's aus?«

»Warum nicht?«, sagte Rose.

»Ich hatte eine enthusiastischere Antwort erhofft«, sagte Simon Stein trocken.

Rose lächelte ihn an. »Also gut: Ja.«

»Sie lächelt!«, sagte Simon, und als die Bedienung den Apfelstrudel brachte, sagte er: »Bringen Sie uns dazu noch Vanilleeis, bitte. Wir haben etwas zu feiern.«

## 37

Ella saß vor Mrs. Lefkowitz' Computer, atmete tief durch und starrte auf den leeren Bildschirm. »Ich glaube, ich kann das nicht«, sagte sie.

»Was?«, rief Mrs. Lefkowitz aus der Küche. »Ist er schon wieder abgestürzt? Starten Sie ihn einfach neu. Dann geht es wieder.«

Ella schüttelte den Kopf. Sie dachte nicht, dass es gehen würde. Sie war in Mrs. Lefkowitz' Gästezimmer, das als eine Art Büro und Abstellraum in einem diente. Der orangerote iMac stand unter einem ausgestopften Elchschädel auf einem schweren Walnussschreibtisch mit Klauenfüßen neben einer roten Samtcouch, aus der die Füllung quoll, und einem Schirmständer aus Kupfer und Bambus, in dem Mrs. Lefkowitz' Stock steckte. »Ich glaube, ich kann das nicht«, sagte Ella wieder, aber niemand hörte sie. Lewis und Mrs. Lefkowitz waren in der Küche und schnipselten Muffins und Obst, und aus dem Fernseher im Wohnzimmer dröhnte eine Soap.

Ella kniff die Augen zu, tippte ROSE FELLER und drückte auf die Eingabetaste, bevor sie es sich anders überlegte.

Als sie die Augen wieder öffnete, standen Mrs. Lefkowitz und Lewis hinter ihr, und der Bildschirm war voller Text.

»Wow«, sagte Lewis.

»Gängiger Name«, kommentierte Mrs. Lefkowitz.

»Woher weiß ich, welche die Richtige ist?«, fragte Ella.

»Versuch einfach einen Eintrag«, sagte Lewis. Ella klickte auf einen der Links und landete beim Feller-Blumenladen in Tucson, Arizona. Sie seufzte, kehrte zur Ausgangsseite zurück und klickte auf einen anderen Link. Dabei handelte es sich um eine Heiratsurkunde aus Wellville, New York, für eine 1957 geborene Rose Feller. Nicht ihre Rose. Sie ging wieder zurück und klickte noch einen Link an, und da erschien plötzlich das Gesicht ihrer Enkelin, zweiundzwanzig Jahre älter als Ella sie in Erinnerung hatte, auf dem Bildschirm.

»Oh!«, stieß sie hervor und las den Text auf der Seite so schnell sie konnte. »Sie ist Anwältin«, sagte sie mit einer Stimme, die ihr selbst fremd vorkam.

»Nun, es gibt Schlimmeres«, sagte Mrs. Lefkowitz und kicherte. »Wenigstens ist sie nicht im Gefängnis!«

Ella starrte auf den Bildschirm. Es war Rose. Es musste Rose sein. Sie hatte dieselben Augen, denselben ernsten Gesichtsausdruck, dieselben geraden Augenbrauen, an die sie sich erinnerte. Ella stand auf und ließ sich auf Mrs. Lefkowitz' Plaudersofa fallen. Lewis nahm ihren Platz vor dem Computer ein und scrollte den Text hinunter. »Princeton-Universität ... Jurastudium an der Universität von Pennsylvania ... Spezialgebiet: Wirtschaftsrecht ... wohnt in Philadelphia ...«

»Sie war schon immer so intelligent«, murmelte Ella.

»Du kannst ihr eine E-Mail schicken«, sagte Lewis.

Ella vergrub ihr Gesicht in ihren Händen. »Das kann ich nicht«, sagte sie. »Noch nicht. Ich bin noch nicht so weit. Was würde ich sagen?«

»Als Erstes ›Hallo‹«, sagte Mrs. Lefkowitz und lachte über ihren eigenen Witz.

»Wo ist ihre Schwester?«, fragte Ella. »Wo ist Maggie?«

Lewis sah sie beruhigend an. »Ich bin gerade am Suchen«, sagte er. »Ich habe noch nichts gefunden.«

Aber das würde er. Da war sich Ella ganz sicher. Die Mädchen existierten und führten ein Leben, von dem sie keine Ahnung hatte. Und sie waren erwachsen. Sie konnten selbst entscheiden, ob sie sie in ihr Leben hineinlassen wollten oder nicht. Sie könnte ihnen schreiben. Oder sie anrufen. Aber was würde sie sagen?

Mrs. Lefkowitz ließ sich neben sie plumpsen. »Sie schaffen das!«, sagte sie. »Kommen Sie, Ella. Was haben Sie schon zu verlieren?«

*Nichts*, dachte Ella. *Alles.* Sie schüttelte den Kopf und schloss die Augen. »Nicht heute«, sagte sie. »Noch nicht.«

## 38

Zu ihrer großen Überraschung stellte Maggie Feller fest, dass sie in Princeton tatsächlich auf ungewöhnliche Art und Weise etwas lernte.

Damit hatte sie beileibe nicht gerechnet, dachte sie, während sie, den Arm voller Bücher, über den Campus lief. Aber die Wahrheit war, dass sie diese eine Vorlesung faszinierte. Und Charles faszinierte sie ebenfalls, mit seinen Büchern voller Monologe, seinen Gesprächen über Dinge, über die sich noch kein Mann mit ihr unterhalten wollte – Figurenentwicklungen, Stimmungen und Beweggründe, das Verhältnis von Büchern und wirklichem Leben. Sogar Josh, der zu ihrem Leidwesen plötzlich allgegenwärtig schien, war mehr ein Störfaktor als eine tatsächliche Gefahr. Sie war gerne Studentin, dachte sie reumütig. Sie hätte sich vor zehn Jahren mehr Mühe geben sollen.

Zum Beispiel Gedichte. Für Maggie war das Lesen des einfachsten Satzes eine Art Detektivarbeit. Zuerst musste sie jeden einzelnen Buchstaben jedes Wortes sondieren und entziffern. Danach musste sie die einzelnen Wörter, Hauptwörter, Verben und die protzigen Adjektive aneinander reihen und sie immer und immer wieder lesen, bis sie die Bedeutung herausziehen konnte, wie ein Stück Walnuss, das in der Schale festsaß. Sie wusste, dass es den meisten Leuten nicht so ging. Sie wusste, dass Rose nur einen Blick auf einen Absatz oder eine Seite werfen musste, um zu wissen, was darin stand, so als würde sie den Text durch ihre Haut aufsaugen. Deswegen konnte sie auch dicke Schmöker verschlingen, während Maggie lieber Zeitschriften las. Aber Gedichte, entdeckte Maggie, waren der große Gleichmacher. Gedichte waren nicht gemacht, um auf den ersten Blick offensichtlich zu sein, und jeder Leser, ob Princeton-Klugscheißer oder Studienabbrecher, musste die Worte, dann die Sätze, dann die Verse entziffern, das Gedicht auseinander nehmen und es wieder zusammensetzen, damit es seine Bedeutung preisgab.

Maggie war jetzt seit dreieinhalb Monaten auf dem Campus und besuchte regelmäßig ein Seminar über moderne Lyrik. Auch heute setzte sie sich wie immer in die letzte Reihe, wobei sie sicherging, dass die Plätze links und rechts von ihr unbesetzt waren. Die meisten Studenten saßen vorne, hingen atemlos an Professorin Claphams Lippen und kugelten sich schier die Schulter aus, wenn sie sich per Handzeichen meldeten, was bedeutete, dass Maggie in der letzten Reihe gut aufgehoben war. Sie schlug ihren Notizblock auf und schrieb das heutige Gedicht von der Tafel ab, wobei sie jedes Wort mitflüsterte.

## *Eine Kunst*

Die Kunst, was zu verlieren, ist nicht schwer,
Und vieles scheint nur dazu auf der Welt
dass man's verliert. Verlust ist kein Malheur.

Verlier was jeden Tag und klag nachher
nicht drum, sein's Schlüssel, Stunden oder Geld.
Die Kunst, was zu verlieren, ist nicht schwer.

Dann üb dich, schneller zu verlier'n und mehr.
Wie Namen, Orte, wo dein Eilzug hält.
Und nichts von alledem ist ein Malheur.

Schau, ich verlor schon Mutters Uhr; und wer
sein Haus verlor, schläft unterm Himmelszelt.
Die Kunst, was zu verlieren, ist nicht schwer.

Verlor zwei Städte schon, die mocht ich sehr,
drei Reiche, Flüsse zwei, die halbe Welt.
Das schmerzt mich zwar, doch es ist kein Malheur.

– Selbst wenn ich dich, dein Lachen, einst verlör
Und alles, was mir so an dir gefällt,
Die Kunst, was zu verlier'n, ist gar nicht schwer,
erscheint es auch (*Schreib's* hin!) uns als Malheur.

»Ich verlor schon Mutters Uhr«, flüsterte Maggie. Die Kunst, was zu verlieren. Sie könnte ein Buch darüber schreiben. Es verblüffte sie immer noch, was sie in den verschiedenen Fundschachteln der Uni fand. Mit ihren Büchern und Sweatshirts, Mützen und Handschuhen von J. Crew oder Gap sah sie aus wie eine leibhaftige Princeton-Studentin. Sie fing langsam an, ihre eigene Fiktion zu glauben. Das Semester ging dem Ende zu, und Maggie fühlte sich schon beinahe wie eine waschechte Studentin. Allerdings stand der Sommer vor der Tür. Und was taten Studenten im Sommer? Sie fuhren nach Hause. Aber das konnte sie nicht. Noch nicht.

»Die Kunst, was zu verlier'n, ist gar nicht schwer«, schrieb sie, während Professorin Clapham, blond, Ende dreißig und hochschwanger, zum Pult watschelte.

»Das ist eine Villanelle«, sagte Professorin Clapham, legte ihre Bücher auf den Schreibtisch, setzte sich behutsam auf einen Stuhl und schaltete ihren Laserzeigestift ein. »Eins der schwierigsten Reimschemata. Was denken Sie? Warum benutzte Elizabeth Bishop genau diese Form für ihr Thema? Warum hat es gut gepasst?«

Schweigen.

Professorin Clapham seufzte. »In Ordnung«, sagte sie freundlich, »fangen wir von vorne an. Wer kann mir sagen, worum es in dem Gedicht geht?«

Hände schossen nach oben.

»Um Verlust?«, sagte ein schickes blondes Mädchen in der ersten Reihe.

*Was du nicht sagst,* dachte Maggie.

»Natürlich«, sagte die Professorin in einem Ton, der kaum freundlicher war als Maggies gedachter Kommentar. »Aber den Verlust von was?«

»Den Verlust von Liebe«, riskierte ein Junge in Shorts und einem fleckigen Sweatshirt, dem man ansah, dass sein Besitzer nicht gewöhnt war, seine Wäsche selbst zu waschen.

»Wessen Liebe?«, fragte Professorin Clapham. Sie stützte ihre Hände ins Kreuz und dehnte sich, als hätte sie Rückenschmerzen – oder aber als bereite ihr die Unwissenheit ihrer Studenten physische Schmerzen. »Und ist die Liebe bereits verloren oder ist ihr Verlust, im Vergleich zum Verlust der anderen Sachen, etwas, das die Dichterin in den Bereich des Theoretischen verlegt? Stellt sie diesen Verlust als eine Möglichkeit dar? Oder als Wahrscheinlichkeit?«

Ausdruckslose Gesichter und gesenkte Köpfe.

»Als Wahrscheinlichkeit«, stieß Maggie hervor und wurde dann so feuerrot im Gesicht, als hätte sie einen fahren lassen.

Aber die Professorin blickte sie ermutigend an. »Warum?«

Maggies Hände und Knie zitterten. »Äh«, sagte sie mit leiser Stimme. Und dann dachte sie an Mrs. Fried, wie sie sich mit ihrer Brille an der Perlenkette über sie beugte und flüsterte: *Versuch's einfach, Maggie. Es macht nichts, wenn es falsch ist. Versuch's einfach.*

»Nun«, fing Maggie an. »Am Anfang redet sie über tatsächliche Dinge, Sachen, die jeder mal verliert oder vergisst, wie zum Beispiel Schlüssel oder Namen.«

»Und was passiert dann?«, fragte die Professorin. Maggie begriff es plötzlich, so als würde sie einen Drachen einholen.

»Es wechselt vom Materiellen zum Immateriellen«, sagte sie, wobei ihr die schwierigen Worte über die Lippen kamen, als hätte sie sie schon ihr ganzes Leben lang gesagt. »Und dann wird die Dichterin …« Mist. Es gab ein Wort dafür. Wie hieß es bloß? »Schwülstig«, sagte sie schließlich. »Sie hat ein Haus verloren, na gut, viele Leute ziehen um, aber dann sagt sie, dass sie die halbe Welt verloren hat …«

»Die sie, das ist anzunehmen, gar nicht verlieren kann«, sagte Professorin Clapham trocken. »Also sehen wir wieder einen Wechsel.«

»Genau«, stimmte Maggie bei, die jetzt so schnell sprach, dass sie sich beinahe verhaspelte. »Und so wie sie darüber schreibt, als würde es keine große Rolle spielen …«

»Sie reden über Bishops Ton«, sagte die Professorin. »Würden Sie ihn ironisch nennen? Distanziert?«

Maggie überlegte, während zwei Mädchen in der ersten Reihe die Hand hoben. Professorin Clapham ignorierte sie. »Ich glaube«, sagte Maggie langsam und starrte auf die Worte in ihrem Notizblock, »ich glaube, sie möchte sich distanziert anhören. Als ob es ihr egal wäre, richtig? Wie zum Beispiel die Worte, die sie verwendet. *Klag nicht drum.* So als wäre es keine große Sache. Oder die Zeile, die sie wiederholt, dass die Kunst, was zu verlieren, nicht schwer ist. Es ist, als würde sie sich selbst auf die Schippe nehmen, indem sie es eine Kunst nennt.« Ehrlich gesagt erinnerte sie der Tonfall des Gedichts daran, wie ihre Schwester über sich sprach. Ihr fiel ein, wie sie sich mit Rose den Miss-America-Wettbewerb angeschaut hatte und Rose gefragt hatte, was ihr besonderes Talent sein würde. Rose hatte nachgedacht und dann sehr nachdenklich gesagt: »Rückwärts einparken.«

»Also versucht sie, einen Witz darüber zu machen. Aber dann, am Ende ...«

»Schauen wir uns noch einmal die Struktur an«, sagte die Professorin, und obwohl ihre Worte an die ganze Klasse gerichtet waren, blickte sie weiter Maggie an. »A B A. A B A. Verse mit drei Zeilen, bis wir am Ende einen Vierzeiler haben, und was passiert da?« Sie nickte Maggie zu.

»Nun, es sind vier Zeilen, nicht drei, also ist es anders. Und da ist dieser Einschub – *Schreib's hin!* –, so als ob sie distanziert sein und darüber stehen will, aber sie denkt daran, was passiert, wenn sie es verliert.«

»Wenn sie was verliert?«, fragte Professorin Clapham. »Oder wen? Was meinen Sie? Wer ist der Adressat dieses Gedichts? Ist es ein Gedicht über einen Liebhaber?«

Maggie biss sich auf die Lippe. »Ich glaube nicht«, sagte sie. »Aber ich weiß nicht warum. Ich glaube, das Gedicht handelt von dem Verlust ...« – *einer Schwester,* dachte sie, *einer Mutter* – »einer Freundin, vielleicht«, sagte sie laut.

»Sehr gut«, sagte die Professorin, während Maggie wieder feuerrot wurde, dieses Mal nicht vor Scham, sondern vor Freude. »Sehr gut«, wiederholte Professorin Clapham, bevor sie sich wieder der Tafel, der Klasse, dem Reimschema und den formalen Anforderungen einer Villanelle zuwandte. Maggie hörte kaum noch hin. Sie war noch immer ganz rot im Gesicht. Sie, die nie rot wurde, die nicht einmal rot geworden war, als sie sich als singendes Telegrammmädchen einmal drei Tage lang als Gorilla verkleiden musste, war so rot im Gesicht wie eine reife Tomate.

In der Nacht rollte sie sich auf ihrem Schlafsack zusammen und dachte an ihre Schwester. Sie fragte sich, ob Rose auch dieses Lyrikseminar belegt und dieses Gedicht gelesen hatte und ob Rose ihr jemals glauben würde, dass sie von allen das Gedicht am besten verstanden hatte. Wann würde sie Rose davon erzählen können? Sie wälzte sich unruhig im Dunkeln hin und her und überlegte, was sie tun musste, damit ihre Schwester wieder mit ihr sprechen und ihr verzeihen würde.

Als sie am nächsten Vormittag in der hellen Frühjahrssonne mit dem Bus zu Corinne fuhr, verspürte sie Bedauern. Sinn und Zweck ihres Aufenthalts in Princeton war – wie lautete das Wort? –, eine *Überbrückung* zu finden. Sie hatte das Wort nicht auf dem Campus gelernt, sondern von Rose. Wenn sie die Augen schloss, sah sie, wie Rose auf die Werbung deutete, die auf einer Hälfte des Fernsehbildschirms zu sehen war, während auf der anderen Seite der Abspann einer Show oder eines Film zu sehen war. *Überbrückung* bedeutete im Prinzip etwas zwischen zwei Sachen – etwas, das neben dem Hauptprogramm passierte, etwas, worauf man gar nicht so sehr Acht gab.

Und jetzt hatte sie sich in dem Seminar zu Wort gemeldet. Was hatte sie sich bloß dabei gedacht? Jemand würde auf sie aufmerksam werden, jemand würde sich an sie erinnern, man würde sich fragen, wo sie wohnte, was sie studierte, in welchem Semester sie war, was sie hier tat.

Während sie Corinnes ohnehin glänzenden Boden wischte, fragte sie sich, ob sie vielleicht entdeckt werden *wollte*, ob sie vielleicht genug davon hatte, unsichtbar zu sein. Sie tat etwas … nun, nichts Wichtiges, aber etwas, wozu es eines gewissen Grades an Mut, List und Talent bedurfte, und sie wünschte sich Anerkennung dafür. Sie wollte Charles oder Rose oder irgendjemandem alles erzählen. Dass sie gelernt hatte, nicht in erkennbare Gewohnheiten zu verfallen. Dass sie nicht weniger als sechs Orte entdeckt hatte, wo man sich duschen konnte (in der Dillon-Sporthalle, in der Dusche im Untergeschoss der Bibliothek, und in vier Wohnheimen, in denen die Schlösser kaputt waren), dass sie die einzige Waschmaschine gefunden hatte, die auch ohne Münzen funktionierte, und den einzigen Getränkeautomaten, der eine Dose Cola ausspuckte, wenn man ihn nur richtig trat.

Sie wollte ihnen erzählen, dass sie die Speisesäle ausgekundschaftet hatte – wie jeder davon ausging, dass man dort arbeitete und sich nur schnell vor der Arbeit etwas zu essen holte, wenn man sich in den frühen Morgenstunden in speckigen Turnschuhen, Jeans und Sweatshirt durch den dampfenden Geschirrspülraum hineinschmuggelte. Sie wollte ihnen erzählen, wie leicht es war, Essen – Erdnussbuttersandwiches und Obst – in Servietten einzuwickeln und im Rucksack verschwinden zu lassen.

Sie wollte ihnen vom Internationalen Studentenzentrum erzählen, wo sie donnerstagmittags für zwei Dollar einen riesigen Teller mit Reis und gebratenem Gemüse und Curryhuhn in Kokosmilch bekommen konnte. Manchmal dachte sie, dass es das beste Essen war, das sie je gegessen hatte. Dazu gab es Tee, der nach Zimt schmeckte, und von dem sie mehrere Tassen mit Honig trank, um die Schärfe aus ihrem Mund zu vertreiben. Keiner stellte irgendwelche Fragen, weil die anderen größtenteils Magistranden oder Doktoranden waren und nicht so gut Englisch sprachen, sodass sie bestenfalls ein scheues Lächeln, ein Kopfnicken und Wechselgeld für ihren Fünfdollarschein kassierte.

Während sie Corinnes Vitrinen putzte, stellte sie sich vor, wie sie ihrer Schwester Charles vorstellen würde und wie Rose anerkennend nicken würde. »Mir geht's gut«, würde sie Rose sagen. »Du hättest dir keine Sorgen um mich machen müssen.« Und dann würde sie sagen, dass es ihr Leid tat … und, danach, nun, wer weiß? Vielleicht würde Rose einen Weg finden, damit Maggie die Seminare, die sie besucht hatte, anerkannt wurden. Vielleicht könnte sie eines Tages sogar einen Abschluss machen, wenn sie sich weiter Mühe gab, denn sie hatte herausgefunden, dass auch die dicksten Bücher nicht so furchtbar waren, wenn man sich Zeit für sie nahm. Und sie würde in allen von Charles' Stücken die Hauptrolle spielen und ihrer Schwester Premierenkarten und etwas Tolles zum Anziehen besorgen, denn wenn man das Rose selbst überließ, würde sie am Ende noch in einem ihrer Pullover mit Schulterpolster auftauchen, in denen sie wie ein kleiner Bär aussah. Und …

»Hallo?«, sagte Corinne.

Maggie fiel vor lauter Schreck beinahe von der Trittleiter. »Hallo«, sagte sie. »Ich bin hier oben. Ich habe Sie gar nicht kommen hören.«

»Ich komme auf Katzenpfötchen. Wie der Nebel.«

»Carl Sandburg«, sagte Maggie.

»Sehr gut!«, sagte Corinne. Sie fuhr mit dem Finger über die Möbel und setzte sich dann auf einen Esszimmerstuhl, den Maggie sauber gewischt hatte. »Wie gefällt's Ihnen an der Uni?«

»Sehr gut«, sagte Maggie. Sie hüpfte von der Trittleiter, klappte sie zusammen und verstaute sie an einem Haken in der Abstellkammer. Es gefiel ihr wirklich gut. Bis auf die Tatsache, dass sie nicht wirklich dorthin gehörte. Bis auf die Tatsache, dass sie Rose etwas Schreckliches angetan hatte und dass ihr ihr Gefühl sagte, dass nichts, was sie an der Uni lernte, ihr dabei helfen würde herauszufinden, wie sie es wieder gutmachen könnte.

## 39

In der Woche seit ihrem Spaziergang mit Mrs. Lefkowitz hatte Ella einiges über Rose in Erfahrung gebracht, aber fast nichts über Maggie.

»Die eine, Rose«, hatte Mrs. Lefkowitz gesagt, »ist überall zu finden!«

In der Tat war der Cyberspace voll mit Querverweisen auf Rose, von der Namensliste der National Honor Society ihrer High School bis zu einem Artikel im *Daily Princetonian* über Berufsberatungen auf dem Campus. Ella fand heraus, wo Rose studiert hatte und was ihr Spezialgebiet als Anwältin war, und mit Hilfe einer Online-Suchmaschine konnte sie sogar ihre Telefonnummer ermitteln.

»Sie hat was aus sich gemacht«, sagte Mrs. Lefkowitz, während sie an den Tennisplätzen vorbeistapften.

»Irgendwo stand, dass sie beurlaubt ist«, sagte Ella und dachte an das ernste Gesicht ihrer Enkeltochter auf dem Bildschirm. »Das hört sich nicht gut an.«

»Ach was«, sagte Mrs. Lefkowitz. »Sie macht wahrscheinlich nur Ferien.«

Maggie dagegen war viel schwerer zu finden. Mrs. Lefkowitz, Ella und Lewis hatten alle möglichen Kombinationen probiert – MAGGIE FELLER, MAGGIE MAY FELLER und sogar MARGARET FELLER, obwohl das nicht korrekt war –, aber sie hatten nicht eine Verweisstelle, nicht eine Erwähnung, nicht einmal eine Telefonnummer gefunden. »Es ist, als würde sie nicht existieren«, sagte Ella stirnrunzelnd. »Vielleicht ...« Sie verstummte, weil sie den schrecklichen Gedanken, der ihr durch den Kopf geschossen war, nicht aussprechen wollte.

Mrs. Lefkowitz schüttelte den Kopf. »Wenn sie tot wäre, gäbe es eine Todesanzeige.«

»Sind Sie sich da sicher?«, fragte Ella.

»Wie, meinen Sie, halte ich mich sonst über meine Freunde auf dem Laufenden?«, entgegnete Mrs. Lefkowitz. Sie zog ein orangefarbenes Handy aus ihrem pinkfarbenen Gürteltäschchen. »Hier. Sie sollten Rose anrufen. Jetzt gleich, bevor Sie es sich anders überlegen.«

Ella sah das Gesicht ihrer Enkelin vor sich und schüttelte den Kopf. »Ich weiß nicht«, sagte sie. »Ich möchte es, aber ... ich muss darüber nachdenken. Ich will nichts falsch machen.«

»Denken, denken«, sagte Mrs. Lefkowitz. »Sie brauchen zu lange. Tun Sie's einfach! Manche von uns haben nicht vor, ewig zu leben.«

Ella lag die ganze Nacht wach auf ihrer Decke, während draußen die Frösche quakten und die Autos hupten und es schließlich wieder hell wurde. Als sie sich aus dem Bett wälzte, zwang sie sich, es laut zu sagen. »Heute«, verkündete sie ihrer Wohnung, »heute werde ich sie anrufen.«

An diesem Vormittag eilte Ella, nachdem sie im Krankenhaus ein schlafendes Baby wieder in den Brutkasten gelegt hatte, den Flur hinunter. Gegenüber des Warteraums vor dem Operationssaal gab es mehrere Münzfernsprecher. Ella ging zu dem Apparat, der am weitesten von den Türen entfernt war, und holte ihre Telefonkarte heraus. Sie wählte ihre Kartennummer, dann Roses Nummer in der Kanzlei. Bitte, lieber Gott, mach, dass sich ihre Voice-Mail einschaltet!, betete sie inbrünstig, sie, die das letzte Mal in jener Nacht gebetet hatte, als ihre Tochter vermisst wurde.

Es schaltete sich in der Tat eine Voice-Mail ein, aber die Ansage war nicht die, die sie erwartet hatte. »Die von Ihnen gewählte Durchwahl der Anwaltskanzlei Lewis, Dommel & Fenick ist nicht länger in Betrieb«, sagte eine Computerstimme. »Bitte drücken Sie die Null, um mit der Telefonzentrale verbunden zu werden.« Ella drückte die Null und kurz darauf meldete sich eine Frau mit den Worten: »Ein weiterer unglaublicher Tag bei Lewis, Dommel & Fenick!«

»Wie bitte?«, sagte Ella.

»Wir sollen das an Stelle von ›Hallo‹ sagen«, flüsterte die Telefonistin. »Wie kann ich Ihnen helfen?«

»Ich versuche, Rose Feller zu erreichen«, sagte Ella.

»Einen Moment, ich verbinde.«

Ellas Herz machte einen Satz ... aber am anderen Ende der Leitung meldete sich nicht Rose, sondern eine Frau mit gelangweiltem Tonfall, die sich als Roses Sekretärin Lisa vorstellte.

»Sie ist beurlaubt«, sagte Lisa.

»Ich weiß«, sagte Ella. »Ich habe nur gedacht, dass ich vielleicht eine Nachricht hinterlassen könnte. Ich bin ihre Großmutter.« Noch während sie die Worte *ihre Großmutter* sprach, empfand sie Angst und Stolz zugleich.

»Es tut mir Leid«, sagte Lisa. »Sie hat sich schon seit Monaten nicht mehr bei uns gemeldet.«

»Oh«, sagte Ella. »Nun, ich habe ihre Privatnummer, dann versuche ich es dort.«

»In Ordnung«, sagte Lisa.

»Danke.« Ella legte auf und sank auf einen Stuhl. Sie war aufgeregt und hatte gleichzeitig schreckliche Angst. Sie hatte den ersten Schritt gemacht, und wie lautete noch einmal dieser kitschige Satz, den ausgerechnet Ira immer zitiert hatte? *Die größte Reise beginnt mit einem kleinen Schritt.* Zugegeben, er hatte das immer gesagt, bevor er eine neue Portion Joghurt machte, aber dennoch, es stimmte, und sie hatte es getan. Ich bin nicht feige gewesen, dachte sie und griff wieder nach dem Telefon, um Lewis anzurufen und ihm die wunderbaren Neuigkeiten mitzuteilen. Sie war ins kalte Wasser gesprungen. Sie hatte einen Anfang gemacht.

## 40

Eines musste Rose Simon Stein lassen – er war wirklich hartnäckig.

Am Tag, nachdem sie zusammen zu Mittag gegessen hatten, hatte sie ein Dutzend rote Rosen erhalten, zusammen mit einer Karte, auf der stand: »Ich freue mich darauf, Sie wiederzusehen. P.S. Essen Sie nicht zu viel zu Mittag.« Sie verdrehte die Augen und hoffte, dass er sich keine falschen Hoffnungen machte, während sie die Rosen in eine zu kleine Vase stellte und auf dem Küchentisch platzierte, woraufhin prompt all ihre anderen Sachen schäbig und unromantisch aussahen. Er war ein netter Kerl, zugegeben, aber niemand, zu dem sie sich je hingezogen fühlen würde. Außerdem, dachte sie, als sie sich auf den Sattel schwang und die Pine Street hinunterradelte, um ihre vormittäglichen Botengänge zu erledigen, habe ich mit der Liebe nichts mehr am Hut, und es benötigt schon mehr als einen wandelnden Guide Michelin, um mich vom Gegenteil zu überzeugen.

»Ich nehme eine Auszeit von der Liebe«, sagte sie zu Petunia, als sie in der Vormittagssonne spazieren gingen. Obwohl sie alle Hunde mochte, die sie Gassi führte, hatte es ihr der mürrisch dreinblickende kleine Mops besonders angetan.

Petunia kauerte sich hin, pinkelte in den Rinnstein, schnaubte einige Male und begann dann ihre Jagd nach Straßensushi – Pizzakrusten, Pfützenbier, weggeworfene Hühnchenknochen. »Ich glaube, dass es eine gute Idee ist, hin und wieder eine Auszeit zu nehmen«, sagte Rose. »Also tu ich das hiermit.«

An diesem Abend rasierte Rose sorgfältig ihre Beine und begutachtete die Outfits, die sie auf dem Bett ausgebreitet hatte. Natürlich schien keins davon das Richtige zu sein. Der rote Rock, der im Laden absolut fantastisch ausgesehen hatte, bauschte sich eigenartig um die Hüften. Das grüne Sommerkleid war hoffnungslos verknittert, dem Jeansrock fehlte ein Knopf, und in dem langen schwarzen Rock sah sie aus, als käme sie entweder direkt vom Büro oder von einer Beerdigung oder von einer Beerdigung im Büro. Wo war Maggie, wenn man sie brauchte?

»Mist!«, sagte Rose. Sie schwitzte trotz ihres gerade aufgetragenen Deos und war bereits fünf Minuten zu spät dran. »Mist, Mist, Mist!« Sie zog den roten Rock und ein weißes T-Shirt an und suchte im Schrank nach ihren Schlangenhautpantoletten. Auch wenn das Outfit praktisch eine Katastrophe war, würden ihre Schuhe, wie immer, tadellos sein.

Sie durchwühlte ihren Schrank. Stiefel, Stiefel, Slipper, Stöckelschuhe, pinkfarbene Pantoletten, schwarze Pantoletten, das Paar Tevas, das sie sich in der Woche gekauft hatte, in der sie gedacht hatte, sie könnte eins dieser jugendlich frischen, rotwangigen L.-L.-Bean-Mädchen werden, die in den Frühlingsferien den Appalachian Trail abwanderten … wo zum Teufel waren die Schuhe, die sie suchte?

»Maggie«, stöhnte sie, während ihre Hände noch immer das Wirrwarr an Riemen und Schnallen durchwühlten. »Maggie, falls du meine Schuhe genommen hast, schwöre ich bei Gott ...« Doch noch ehe sie sich entschließen konnte, was sie mit ihrer Schwester anstellen würde, falls sie sie jemals wieder zu Gesicht bekam, streiften ihre Fingerspitzen die fraglichen Pantoletten. Sie nahm sie vom Regal, schlüpfte hinein, schnappte sich ihre Handtasche und verließ die Wohnung. Während sie auf den Aufzug wartete, stieg sie von einem Bein aufs andere, vergewisserte sich, dass sie ihre Schlüssel hatte, und versuchte, ihr Spiegelbild in den Aufzugtüren zu ignorieren, da sie sich sicher war, dass es ihr nicht gefallen würde. Die Ex-Anwältin, dachte sie mit einem reumütigen Blick auf ihre frisch rasierten, aber nach wie vor aufgeschürften Beine.

Simon Stein wartete vor dem Haus auf sie. Er trug ein blaues Button-down-Hemd, eine Khakihose und braune Halbschuhe, die Kanzleiuniform an den Tagen, an denen kein Mannschaftstrikot vorgeschrieben war. Leider war er seit dem letzten Mal, als sie ihn gesehen hatte, nicht um zwanzig Zentimeter gewachsen und attraktiv und breitschultrig geworden. Aber er hielt ihr sehr höflich die Taxitür auf. »Hallo«, sagte er und sah sie anerkennend an. »Hübsches Kleid.«

»Es ist ein Rock«, sagte Rose. »Wohin fahren wir?«

»Überraschung«, sagte Simon und nickte ihr zu. Ein einstudiertes forsches *Alles-im-Griff*-Juristen-Nicken. Ein Nicken, das Rose selbst einmal sehr erfolgreich angewandt hatte. »Keine Angst. Ich werde Sie nicht kidnappen oder so.«

»Oder so«, wiederholte Rose, die noch immer schockiert war, ihr Nicken von Simon Stein vorgeführt zu bekommen. Das Taxi hielt in einem wenig vertrauenswürdig wirkenden Straßenzug der South Street. Auf einer Seite befand sich ein verwildertes Grundstück, das ein Maschendrahtzaun umgab, auf der anderen ein abgebrannt aussehendes Haus mit verbarrikadierten Fenstern, und an der Ecke eine kleine, grün gestrichene Betonfassade mit der Leuchtschrift *Jerk Hut* über dem Fenster.

»Hier also sind alle meine Exfreunde hergekommen!«, sagte Rose. Simon Stein gab zu seiner Ehre ein petuniaähnliches Schnauben von sich und hielt Rose die Tür auf. Seine blauen Augen funkelten belustigt – vielleicht aber auch nur aus Vorfreude auf das Essen, dachte Rose. Sie bemerkte, dass er eine braune Papiertüte unterm Arm trug. Sie blickte sich nervös um. An dem verbarrikadierten Haus lehnten ein paar Männer und reichten eine Flasche herum, und auf dem Gehsteig lagen Scherben.

»Keine Angst«, sagte Simon und führte sie am Ellbogen auf die grüne Betonfassade zu ... und dann daran vorbei zu einer bemalten Holztür mitten auf dem Gehsteig, auf deren beiden Seiten nichts als das verwucherte, verlassene Grundstück zu erkennen war. Er legte seine Hand auf die Tür und sah Rose an. »Mögen Sie jamaikanisches Essen?«

»Habe ich eine Wahl?«, fragte Rose und blickte über die Schulter zu den Männern, während das Taxi davonfuhr.

Wenn da nicht die quadratischen glitzernden grauen Glimmersteine gewesen wären, die einen Weg durch das urbane Dickicht – leere Flaschen, halb verfaulte Zeitungen, etwas, das sehr nach einem gebrauchten Kondom aussah – bahnten, wäre Rose überzeugt gewesen, dass sie auf ein anderes verlassenes Grundstück zugingen. Das kniehohe Gras wurde scheinbar nie gemäht, aber sie konnte in der Ferne Steeldrums hören.

Dann bogen sie um eine Ecke, und Rose sah eine mehrstufige Terrasse mit einem orangefarbenen Zeltdach, die von winzigen weißen Lichtern gesäumt war, die wie Sterne funkelten. Die Begrenzung der Terrasse war durch brennende Fackeln abgesteckt, und auf einem der Podeste spielte eine dreiköpfige Band. Sie roch Gewürznelken und Chilis und Holzrauch vom Grill, und der Himmel über ihnen war sogar in diesem heruntergekommenen Straßenzug der South Street sternenübersät.

Simon führte Rose zu einem Holztisch auf der Terrasse und rückte ihr einen Stuhl zurecht. »Ist das nicht großartig?«, fragte er zufrieden mit sich selbst. »Man würde nie vermuten, hier so etwas zu finden.«

»Wie haben Sie es gefunden?«, fragte Rose leise. Sie blickte noch immer zum Himmel hinauf.

»Instinkt«, sagte Simon. »Und in der Zeitung stand eine Kritik darüber.« Er nahm einen Sechserpack Bier aus der braunen Papiertüte und bombardierte sie mit Fragen. Mochte sie scharfes Essen? War sie allergisch gegen Nüsse oder Schalentiere? Hatte sie philosophische oder gastronomische Einwände gegen den Verzehr von Ziegenfleisch? Es war, als müsse man seine Krankheitsgeschichte preisgeben, nur dass sie sich ausschließlich ums Essen drehte, dachte Rose lächelnd, während sie ihn informierte, dass sie scharfes Essen mochte, nicht allergisch war und dass sie Ziegenfleisch wohl mal probieren könnte.

»Gut«, sagte Simon und klappte die Speisekarte zu. Rose war erleichtert, so als hätte sie eine Art Test bestanden. Das ist lächerlich, dachte sie. Mit welchem Recht stellte sie Simon Stein auf die Probe, und was spielte es für eine Rolle, ob sie sie bestand?

Nachdem sie das Ziegencurry und die scharfen Shrimps, die Rindfleischpastetchen und die Chicken Wings mit Kokosnussreis gegessen hatten, und nachdem Rose – was noch nie vorgekommen war – drei Dosen Bier und einen Schluck aus der vierten getrunken hatte, stellte ihr Simon eine Frage.

»Nennen Sie mir etwas, das Sie mögen«, sagte er.

Rose hickste. »Eine Person?«, fragte sie kokett. »Oder eine Sache?« Sie erwartete, dass er sagen würde: »Eine Person«, woraufhin sie antworten würde: »Sie«, woraufhin er vermutlich beschließen würde, dass es in Ordnung wäre, sie zu küssen. Sie hatte irgendwann nach dem dritten Bier angefangen, dieses Szenario in ihrem Kopf durchzuspielen und beschlossen, dass es in Ordnung wäre, falls der Abend mit einem Kuss von Simon Stein endete. Es gab Schlimmeres, als in einer lauen Frühlingsnacht unterm Sternenhimmel zu sitzen und von einem Mann geküsst zu werden, auch wenn der Mann gut sieben Zentimeter kleiner war als sie und fixiert auf Essen und das Softballteam der Anwaltskanzlei. Er war nett. Wirklich nett. Also würde sie ihn küssen.

Aber Simon Stein überraschte sie. »Eine Sache«, sagte er. »Eine Sache, die Sie mögen.«

Rose überdachte ihre Optionen. Dein Lächeln? Dieses Restaurant? Das Bier? Stattdessen kramte sie aus ihrer Handtasche einen Schlüsselanhänger hervor, den sie sich in dem Ramschladen in der Chestnut Street gekauft hatte, nachdem sie immer mehr Schlüssel erhalten hatte. »Das hier«, sagte sie und zeigte ihm an einem Ende des Schlüsselanhängers eine Taschenlampe, die nicht größer war als ein Weinkorken. Sie brauchte einige Anläufe, da ihre Finger nach all dem Bier etwas tapsig und ungelenk waren, aber es gelang ihr, die Lampe einzuschalten und ihm damit ins Gesicht zu leuchten. »Das hat einen Dollar gekostet.«

»Ein Schnäppchen«, sagte Simon Stein. Rose runzelte die Stirn. Machte er sich über sie lustig? Sie nahm noch einen Schluck Bier und warf ihre Haare nach hinten.

»Manchmal«, sagte sie, »überlege ich, ob ich nicht mit dem Fahrrad quer durchs Land fahren soll.«

»Ganz allein?«

Rose nickte. Sie konnte es sich sogar schon vorstellen: Sie würde sich ein paar Satteltaschen und einen kleinen Anhänger, ein Einmannzelt und einen Schlafsack besorgen, dann würde sie Petunia in den Anhänger setzen und einfach drauflosfahren. Sie würde den ganzen Vormittag radeln, irgendwo in einem Diner oder Café zu Mittag essen, danach noch ein paar Stunden in die Pedale treten, dann ihr Zelt an einem Fluss oder Bach aufschlagen, Tagebuch schreiben (was sie noch nie getan hatte), einen Liebesroman lesen und unterm Sternenhimmel einschlafen.

Es war wie der Traum, den sie in den Jahren nach dem Tod ihrer Mutter gehabt hatte. Damals träumte sie von einem Wohnmobil, einem dieser anderthalb Fahrspuren breiten Winnebagos mit allem möglichen Schnickschnack und Komfort. Sie musste irgendwo ein Bild davon gesehen haben oder vielleicht mal in einem drin gewesen sein. Sie erinnerte sich daran, dass sie wie kleine in sich geschlossene Welten wirkten: Betten, die von den Wänden heruntergeklappt wurden, ein winziger Herd mit zwei Kochplatten, eine Duschkabine, in die man gerade noch hineinpasste, ein Fernsehapparat, der in die Decke eingelassen war. Sie hatte davon geträumt, mit ihrem Vater und Maggie einfach wegzufahren. Sie würden New Jersey verlassen und irgendwohin fahren, wo es wärmer war, irgendwohin, wo es keine regennasse Straße, keinen grauen Grabstein, keinen Polizisten an der Tür gab. Phoenix, Arizona; San Diego, Kalifornien; Albuquerque, New Mexico. Irgendwohin, wo es immer Sommer war und nach Orangen roch.

Sie hatte wach im Bett gelegen und sich die Namen auf der Zunge zergehen lassen. Sie stellte sich vor, dass Maggie im unteren Etagenbett schlafen würde, während sie selbst mutig genug wäre, oben zu liegen. Ihr Vater würde am Steuer sitzen und im Schein des Armaturenbretts attraktiv und glücklich aussehen. Er würde nicht mehr allergisch gegen Hunde sein, und sie würden Honey Bun zurückbekommen, die auf einem Kissen auf dem Beifahrersitz schlafen würde, und ihr Vater würde nicht mehr weinen. Sie würden immer weiter fahren, weit weg, weit weg von der Erinnerung an ihre Mutter, von den Kindern, die sie in der Pause triezten, und den Lehrern, die über Maggie den Kopf schüttelten. Sie würden irgendwo am Meer wohnen. Sie und Maggie würden die engsten Freundinnen sein. Sie würden jeden Tag schwimmen gehen und sich ihr Essen am Lagerfeuer zubereiten und es sich jede Nacht in dem Wohnwagen gemütlich machen.

»Danke«, würde ihr Vater sagen. »Das war eine wunderbare Idee, Rose. Du hast uns gerettet.« Rose würde spüren, dass er die Wahrheit sagte, so wie sie den Sonnenschein, ihre Haut, das Gewicht ihres Knochengerüsts spürte. Sie würde sie alle drei retten, dachte sie, bevor sie einschlief und von Etagenbetten und dem Wohnmobil und dem Meer, das sie noch nie gesehen hatte, träumte.

»Würden Sie nicht einsam sein?«, fragte Simon.

»Einsam?«, wiederholte Rose. Einen Augenblick lang wusste sie nicht, was er meinte. Sie war noch immer bei ihrem Wohnmobiltraum, den sie im Laufe der Jahre immer weiter ausgeschmückt hatte, sogar als sie wusste, dass er nie Wirklichkeit werden würde. Als sie einmal im lokalen Anzeigenblatt eine Verkaufsannonce für einen gebrauchten Winnebago gefunden und sie zögerlich ihrem Vater gezeigt hatte, hatte er sie angesehen, als käme sie von einem anderen Stern, und dann freundlich gesagt: »Ich glaube, daraus wird nichts.«

»Glauben Sie nicht, dass Ihnen Menschen fehlen würden?«, fragte Simon.

Rose schüttelte unverzüglich den Kopf. »Ich brauche keine …« Sie atmete tief durch und konnte sich gerade noch zurückhalten, es zu sagen. Ihr war plötzlich unwohl und unerträglich heiß. Die Musik war zu laut, sie war rot im Gesicht, und das scharfe Essen lag ihr wie ein Klumpen im Magen. Sie trank hastig von ihrem Glas Wasser und fing wieder von vorne an. »Ich bin sehr unabhängig«, sagte sie. »Ich bin gern allein.«

»Was ist los?«, fragte er. »Alles in Ordnung? Möchten Sie ein Ginger Ale? Es ist hausgemacht; es hilft gegen Magenverstimmung.«

Rose winkte ab und vergrub ihr Gesicht in den Händen. Bei geschlossenen Augen konnte sie noch immer das Wohnmobil vor sich sehen und wie sie zu dritt unter dem Vorzelt saßen und am Strand Hotdogs übers Feuer hielten, bevor sie sich in ihre Schlafsäcke einwickelten, sicher und gemütlich in ihrem perfekten kleinen Heim wie Raupen im Kokon. Sie hatte es sich so sehr gewünscht, und stattdessen hatte sie ihren Vater an Sydelle und seine Welt voller Sportberichte und Börsenticker verloren, in der die einzigen Themen, über die man gefahrlos reden konnte, Freiwurfstatistiken und die Stabilität des Aktienmarktes waren, in der er nur Emotionen zeigte, wenn die Eagles gewannen oder seine Investitionen Verluste machten. Und Maggie …

»O Gott«, stöhnte sie. Wahrscheinlich jagte sie Simon Stein Angst ein, aber sie konnte nicht anders. Maggie. Sie hatte geglaubt, Maggie retten zu können. Und was war daraus geworden? Sie wusste nicht einmal, wo ihre Schwester steckte. Ihre eigene Schwester.

»O Gott«, sagte sie wieder leise.

Simon Stein legte einen Arm um ihre Schulter. »Was ist?«, fragte er. »Glauben Sie, dass Sie eine Lebensmittelvergiftung haben?« Er hörte sich so besorgt an, dass Rose lachen musste. »Können Sie etwas Wasser trinken?« Er griff in seine Tasche. »Ich habe Alka-Seltzer …«

Rose hob den Kopf. »Passiert Ihnen das oft bei Rendezvous?«

Simon Stein schürzte die Lippen. »Ich würde nicht sagen, oft«, sagte er schließlich. »Aber gelegentlich.« Er sah sie aufmerksam an. »Geht es Ihnen gut?«

»Insofern als ich keine Lebensmittelvergiftung habe, ja«, sagte Rose.

»Was ist es dann?«, fragte er.

»Ich … ich habe nur an jemanden gedacht.«

»An wen?«

Rose stieß das Erste hervor, was ihr in den Kopf kam. »Petunia. Der Hund, um den ich mich kümmere.« Zu seiner großen Ehre lachte Simon Stein nicht, er kicherte auch nicht oder sah sie an, als ob sie verrückt wäre. Er stand einfach auf, faltete seine Serviette zusammen, legte zehn Dollar Trinkgeld auf den Tisch und sagte: »Dann gehen wir sie holen.«

»Das ist verrückt«, flüsterte Rose.

»Pscht!«, sagte Simon Stein.

»Wir könnten Schwierigkeiten bekommen«, insistierte Rose.

»Warum?«, fragte Simon. »Sie sollen am Samstag mit dem Hund Gassi gehen. Nun, es ist Samstag.«

»Es ist Freitagnacht.«

»Es ist«, sagte Simon mit einem Blick auf die Uhr, »fünf Minuten nach Mitternacht.«

Rose verdrehte die Augen. Sie waren allein im Aufzug des Hauses, in dem Petunia wohnte. »Müssen Sie immer Recht haben?«

»Ich bevorzuge es«, sagte Simon, was Rose entsetzlich komisch fand. Sie brach in Gelächter aus. Simon legte ihr die Hand über den Mund.

»Pscht!«, zischte er leise. Rose fummelte an ihrer Schlüsselkette mit der Taschenlampe herum, fand den Schlüssel, auf dessen Klebeband »Petunia« stand, und reichte ihn Simon.

»Also«, sagte Simon, »wir gehen folgendermaßen vor: Ich schließe die Tür auf. Sie schalten den Alarm aus. Ich packe den Hund. Wo wird sie Ihrer Meinung nach wohl sein?«

Rose dachte nach. Ihr Gehirn fühlte sich vernebelt an. Nach all dem Bier im *Jerk Hut* waren sie in eine Bar gegangen, um Operation Petunia bis ins Detail zu planen, und dabei hatte Wodka eine Rolle gespielt. »Ich weiß es nicht«, antwortete sie schließlich. »Sonst liegt sie meistens auf der Couch, aber ich weiß nicht, wo sie schläft, wenn ihr Frauchen zu Hause ist.«

»Nun, überlassen Sie das mir«, sagte er. Rose war geneigt, genau das zu tun. Sie hatte nicht mitgezählt, aber sie war sich fast sicher, dass er nicht so viel Wodka getrunken hatte wie sie.

»Leine?«, fragte Simon. Rose holte die Schnürsenkel aus ihrer Tasche, die sie in der Bar aus Simons Schuhen gezogen und zusammengebunden hatten. »Köder?« Rose zog eine in eine Serviette eingewickelte Rinderpastete aus ihrer Handtasche. »Zettel?«, Rose holte eine andere Serviette hervor. Nach drei Entwürfen hatten sie sich auf »Liebe Shirley, ich war gerade in der Gegend und dachte, ich würde heute früher mit Petunia Gassi gehen« als plausibelste Version geeinigt.

»Sind Sie so weit?«, fragte Simon, packte Rose an den

Schultern, sah ihr tief in die Augen und lächelte sie an. »Kann's losgehen?« Rose nickte. Simon beugte sich vor und küsste sie auf den Mund. »Dann los«, sagte er, aber Rose war von der Intensität des Kusses so geschockt, dass sie wie angewurzelt dastand, während Simon die Tür aufschloss und die Alarmanlage zu heulen anfing.

»Rose!«, zischte er. Sie eilte in die Wohnung und tippte wie wild auf das Tastenfeld ein, während Petunia laut bellend ins Wohnzimmmer geflitzt kam, bevor sie schwanzwedelnd auf dem rutschigen Parkettboden zum Stehen kam.

Shirley, ihr schnurloses Telefon in der Hand, kam dem Hund hinterhergeeilt. »Oh«, sagte sie und starrte die beiden an. »Simon. Weißt du nicht mehr, wie man anklopft?«

Rose starrte mit offenem Mund von Simon zu Shirley zu Petunia, die gerade versuchte, Simon in die Arme zu hüpfen. Simon lächelte sie an. »Rose«, sagte er. »Das ist meine Großmutter. Nanna, du kennst Rose, richtig?«

»Natürlich kenne ich Rose«, sagte Shirley ungeduldig. »Petunia, hör auf damit!« Die gescholtene Petunia ließ das Hüpfen sein und setzte sich hechelnd und mit heftig kreisendem Schwanzstummel auf den Boden. Rose stand wie versteinert da und versuchte sich einen Reim auf all das zu machen, aber es gelang ihr nicht.

»Sie … du kennst Petunia?«, fragte sie endlich.

Simon nickte. »Ich kenne Petunia, seit sie so klein war«, sagte er und deutete mit seinen Händen ungefähr die Größe einer Teetasse an.

»Und Sie kennen Simon«, sagte Shirley.

»Wir waren mal Kollegen«, sagte Rose.

»Großartig«, sagte Shirley. »Kann ich jetzt, da jeder jeden kennt, wieder schlafen gehen?«

Simon ging zu seiner Großmutter und küsste sie auf die Stirn. »Danke, Nanna«, sagte er liebevoll. »Entschuldige, dass wir dich aufgeweckt haben.«

Shirley nickte, sagte etwas, das Rose nicht hören konnte,

und ließ sie dann allein im Flur zurück. Petunia, die noch immer auf ihren Hinterbeinen saß und glücklich mit dem Schwanz wedelte, sah von Simon zu Rose und wieder zu Simon.

»Was hat sie gesagt?«, fragte Rose leise.

Simon lächelte sie an. »Ich glaube, sie hat gesagt: ›Du hast lange genug gebraucht.‹«

»Was hat sie ...? Wie ...?«

Simon nahm Petunias Leine aus der Kommode, in der Shirley sie aufbewahrte, und lächelte Rose an. »Lass uns spazieren gehen«, sagte er. Er hielt Petunias Leine in der einen und Roses Hand in der anderen Hand und führte sie hinauf zu seiner Wohnung, wo sich Petunia am Fußende des Bettes zusammenrollte und Rose und Simon sich auf seine blaue Bettdecke legten und flüsterten und sich küssten und manchmal so laut lachten, dass Petunia wach wurde und sie anschnaubte, bis es draußen hell wurde.

## 41

Maggie stieg aus der Dusche, trocknete sich schnell ab und zog hastig frische Klamotten an. Sie band ihre Haare zu einem Pferdeschwanz zusammen, blickte sich noch einmal um und zog dann die Tür hinter sich zu, bevor sie es sich anders überlegen konnte. Sie würde Charles ihre Geschichte erzählen. Sie würde es ihm als ein Stück präsentieren, das sie schreiben wollte. *Es war einmal ein Mädchen, das an die Uni weglief.* Sie würde sich seine Meinung anhören, sie würde sein Gesicht beobachten, und falls es ihm gefiel, würde sie ihm sagen, dass es die Wahrheit war. Sie drückte die Tür auf und stieß im Dunkeln gegen einen Mann. Josh! Josh, der Kerl von ihrer ersten Nacht in Princeton, stand vor ihr, ihren Rucksack in der Hand, und starrte sie an.

Ihr stockte der Atem, während sie rückwärts gegen die

Wand taumelte. Josh wirkte weder betrunken noch bekifft noch sah er aus, als ob er mit ihr flirten oder sich von ihr zum Narren halten lassen wollte. Vielmehr sah er sie an, als wollte er sie umbringen, sich aber vielleicht damit zufrieden geben, ihr nur ein bisschen wehzutun. Es rächt sich immer, sich mit dem Falschen einzulassen, dachte Maggie und bewegte sich zentimeterweise rückwärts. Sie fragte sich, was er wollte und wie er überhaupt hier hereingekommen war, denn die Bibliothek war geschlossen. Er musste auf sie gewartet haben, was hieß, dass sie beide allein waren im Untergeschoss der Bibliothek.

O Gott, dachte Maggie und drückte sich gegen die Wand. Das war nicht gut. Das war gar nicht gut.

»Aber hallo«, sagte er leise und fuhr ihr mit dem Daumen über die Tätowierung mit dem Schriftzug »Mutter«, an die er sich anscheinend erinnerte. »Kleine M. Ich glaube, du schuldest mir etwas.«

»Ich geb dir das Geld zurück«, flüsterte Maggie, während er sich so nah an sie drückte, dass sich ihre Nasenspitzen berührten. »Es ist in meiner Tasche, ich habe es nicht angerührt, ich geb es dir auf der Stelle zurück.« Sie schauderte, als er sie packte, und unterdrückte einen Schrei. *Ein Malheur,* dachte sie düster. Genau wie es im Gedicht geheißen hatte. *Ein Malheur.* Sie wand sich, und es schoss ihr durch den Kopf, dass sie vielleicht eine Chance hätte, falls es ihr gelang davonzulaufen, aber er hielt sie zu fest.

»Was machst du hier?«, zischte er sie an. »Du gehörst nicht hierher. Du hast kein Recht, hier zu sein. Also was willst du hier?«

»Ich gebe dir dein Geld. Lass mich los«, sagte Maggie und versuchte sich loszureißen, aber er drückte sie gegen die eiskalte Mauer und redete weiter auf sie ein, wobei er ihr die Worte regelrecht ins Gesicht stieß. Während er sprach, wechselte jedoch sein Tonfall, und aus schikanierend und schimpfend wurde schmeichelnd und schleimig.

»Vielleicht sollte ich es dich auf andere Art und Weise zurückzahlen lassen«, sagte er und ließ seinen Blick über ihren Körper wandern, bis sie sich fühlte, als hätte man ihr Säure in den Ausschnitt gekippt. »Ich erinnere mich nicht mehr genau daran, was in jener Nacht passiert ist, aber ich glaube, wir haben nicht beendet, was wir angefangen haben. Wir sind ganz allein hier. Wir könnten es jetzt nachholen.«

Maggie stöhnte und wand sich verzweifelt. »Lass mich gehen«, flehte sie.

»Warum sollte ich?«, fragte Josh. Sein Gesicht war gerötet, seine blonden Haare hingen ihm in die Stirn, und er spuckte sie beim Reden an. »Du hast ein Problem. Ein großes Problem. Ich habe mir deinen Rucksack angesehen. Drei Studentenausweise, meine Kreditkarten und einen Haufen Bargeld. Wo kommt das her? Von wie vielen anderen Kerlen? Und wohnst du hier unten? Hast du eine Ahnung, was passieren würde, wenn ich das dem Sicherheitsdienst melde? Oder der Polizei?«

Maggie senkte den Kopf und begann, leise zu weinen. Sie konnte nicht anders. Sein Gerede, seine Hände, die ihre Handgelenke umklammerten – es war genauso schlimm wie damals, als die Kerle auf der Autoverwahrstelle sie begrabscht hatten … und sie hatte genauso viel Angst wie damals. Die Schande, und seine Worte, die wie Hagel auf sie einprasselten! Es war nicht fair. Was hatte sie denn verbrochen? Was hatte sie genommen? Etwas Essen, von dem es hier mehr als genug gab. Einige Bücher, deren Besitzer zu dumm, zu faul oder zu reich waren, um besser auf sie aufzupassen. Einige Klamotten aus den Fundkörben, einen Platz im Hörsaal, in denen Professoren ohnehin ihre Vorlesungen und Seminare halten würden.

Maggie reckte das Kinn und sah ihn mit großen Augen an. »Okay«, sagte sie. »Genug.« Sie zwang sich zu lächeln und ihren Pferdeschwanz aufzumachen und ihre Haare über die Schultern zu werfen. »Du hast mich«, murmelte sie. »Du hast mich genau da, wo du mich haben willst.« Sie bot jedes Fünkchen Charme auf, das sie hatte, all ihren Sexappeal, den sie im

Laufe des Semesters unter den Sweatshirts versteckt hatte, und lächelte ihn so verführerisch und einladend an wie ein Karamellklecks auf einer Kugel Vanilleeis. »Möchtest du auf Erkundungstour gehen?«, fragte sie und betete, dass er nicht hörte, wie ihre Stimme zitterte.

Josh wischte sich die Hände an seiner Jeans ab. Das war die Gelegenheit, auf die Maggie gewartet hatte. Sie packte ihren Rucksack an einem Riemen und schlug ihm damit ins Gesicht. Er torkelte nach hinten. Dann trat sie ihm so fest sie konnte gegen das Schienbein. Er stöhnte und ging in die Knie, und Maggie rannte davon.

Sie rannte die drei Treppenabsätze hinauf und durch die schwere Glastür und hörte, wie die Alarmanlage hinter ihr losging. Sie rannte über den Hof und hielt dabei ihren Rucksack fest an dem Riemen gepackt, der bei ihrer Attacke gerissen war. Ihr Kopf war leer, ihre Füße flogen dahin, in ihren Adern rauschte das Adrenalin. Es war eine herrliche Frühlingsnacht. Studenten in Shorts und T-Shirts schlenderten die Wege entlang, lagen unter den Weiden, grüßten aus offenen Fenstern ihre Kommilitonen. Maggie kam sich vor, als sei sie nackt oder als trüge sie ein Schild um den Hals, auf dem stand: »ICH GEHÖRE NICHT HIERHER«. Sie bekam Seitenstechen, aber sie lief immer schneller, weg vom Campus, hinüber zur Bushaltestelle in der Nassau Street. *Bitte, lieber Gott, bitte,* betete sie, und tatsächlich kam genau in dem Augenblick ein Bus angefahren. Sie stieg ein, warf Kleingeld in die Kasse, setzte sich und schlang ihre Arme um den Rucksack. Ihr Herz schlug wie wild in ihrer Brust.

Fahr zu Corinne, dachte sie. Fahr zu Corinne, und lass dir etwas einfallen, damit sie dich mitten in der Nacht einlässt, obwohl sie dich erst am Vormittag wieder erwartet. Sie lehnte sich zurück, kniff die Augen zu und dachte, dass sie wieder einmal in der Klemme saß und sich wieder einmal etwas einfallen lassen musste. Sie zog ihr Handy aus der Hosentasche, schluckte schwer und wählte die Nummer ihrer Schwester. Es war spät. Es war ein Wochentag. Rose würde zu Hause sein. Sie würde wissen, was zu tun war.

Aber Rose war nicht zu Hause. »Hier ist Rose Feller von Feller-Haustierpflege«, sagte der Anrufbeantworter. Was? »Bitte hinterlassen Sie mir eine Nachricht und Ihren Namen, Ihre Nummer, den Namen Ihres Haustiers und die Tage, an denen Sie meine Dienste in Anspruch nehmen wollen, und ich rufe Sie so bald wie möglich zurück.« Falsche Nummer, dachte Maggie. Eindeutig. Sie wählte erneut und bekam dieselbe Nachricht, nur dass sie dieses Mal nach dem Signalton tatsächlich etwas sagte. »Rose«, krächzte sie. »Ich bin …« Ich bin was? Ich bin wieder einmal in Schwierigkeiten? Ich brauche wieder einmal deine Hilfe? Maggie schloss die Augen und klappte das Handy zu. Dieses Mal würde sie selbst eine Lösung finden.

»Maggie?«, fragte Corinne verwirrt, als sie die Tür öffnete. »Wie spät ist es? Was tun Sie hier?«

»Es ist spät«, sagte Maggie. »Es … ich …« Sie holte tief Luft. »Könnte ich vielleicht einige Tage bei Ihnen bleiben? Ich zahle Ihnen auch Miete oder putze umsonst.«

Corinne hielt die Tür mit der Hüfte auf. »Was ist passiert?«

Maggie dachte nach. Konnte sie erzählen, dass sie sich mit einer Mitbewohnerin gestritten hatte? Hatte sie Corinne gegenüber Mitbewohnerinnen erwähnt? Sie konnte sich nicht erinnern. Und was, wenn ihr Josh gefolgt war? Wenn er wusste, dass sie in der Bibliothek übernachtete, wusste er vielleicht auch, wo sie arbeitete.

»Maggie?« Corinne runzelte die Stirn. Sie hatte ihre Brille nicht auf, und Maggie konnte ihre blauen Augen wie orientierungslose Fische hin und her flitzen sehen.

»Es ist was passiert«, sagte Maggie.

»Ich glaube, so weit waren wir schon«, sagte Corinne. Sie ließ Maggie ein und tastete sich mit den Fingerspitzen die Wand entlang in die Küche. Maggie setzte sich an den Tisch, während Corinne den Wasserkessel aufsetzte, den Gasherd anmachte und zwei Tassen und zwei Teebeutel vom Regal neben dem Herd nahm. »Können Sie mir sagen, was?«

Maggie senkte den Kopf. »Nicht wirklich«, flüsterte sie.

»Drogen?«, fragte Corinne scharf.

Maggie erschrak so, dass sie unwillkürlich lachte. »Nein«, sagte sie. »Keine Drogen. Ich muss mich nur für eine Weile verstecken.« Ihr wurde bewusst, dass sich das anhörte, als wäre sie eine Schwerverbrecherin, aber ihr war spontan nichts anderes eingefallen. »Ich bin einfach nur gestresst«, fügte sie lahm hinzu. »Und hier ist es so friedlich.«

Offensichtlich hatte sie die Zauberworte gesprochen. Corinne strahlte übers ganze Gesicht. Sie löffelte Zucker in den Tee und kam mit den Tassen an den Tisch. »Die Klausuren sind schwer, nicht wahr?«, sagte sie. »Ich erinnere mich noch daran, wie es bei mir war. Die Wohnheime waren furchtbar laut, und in der Bibliothek war es so voll! Machen Sie sich keine Sorgen«, sagte sie. »Sie können eins der Zimmer im zweiten Stock haben. Sie sind doch alle sauber, oder?«

»Ja«, sagte Maggie. Sie hatte sie selbst geputzt. Sie nippte an ihrem Tee und versuchte, sich zu beruhigen. Plan. Sie brauchte einen Plan. Sie würde ein paar Tage hier bleiben. Sie würde sich neue Klamotten kaufen müssen; sie hatte noch ein paar Sachen und etwas Unterwäsche in ihrem Rucksack, aber der Rest war in der Bibliothek und sie konnte nicht mehr dorthin zurück. Aber was dann? Konnte sie zurück zu ihrem Vater, zurück zu Rose? Würden sie sie bei sich aufnehmen? Würde sie das wollen?

Sie schloss die Augen und sah sich selbst, wie sie in der letzten Reihe in dem Lyrikseminar saß und der Professorin erzählte, was das Gedicht von Elizabeth Bishop bedeutete. Sie sah Charles' Gesicht vor sich und wie ihm die Haare in die Stirn fielen, wenn er über Shakespeare und Strindberg redete und ihr erzählte, dass er einmal John Malkovich auf der Bühne gesehen hatte. Niemand in Princeton hatte gewusst, dass sie eine Versagerin war, eine Niete, das schwarze Schaf in ihrer Familie. Niemand in Princeton hatte gewusst, dass sie anders war als sie. Bis auf Josh. Bis zu diesem Moment.

Sie blinzelte. Sie würde nicht weinen. Sie würde das Problem lösen. Ich versteck mich erst einmal, dachte sie. Dann hau ich ab. Sie konnte nicht hier bleiben, solange der Typ auf dem Campus war, und wenn die Studenten erst einmal nach Hause gefahren waren, würde sie nicht bleiben können, denn dann würde sie auffallen. Also, was dann?

»Maggie?«, sagte Corinne. Maggie starrte sie an. »Haben Sie Familie? Soll ich jemanden anrufen?«

Maggie schniefte und biss sich auf die Lippe. Ihr war zum Heulen zu Mute, aber was würde das nützen? »Nein«, sagte sie mit zitternder Stimme. »Hab ich nicht. Ich habe niemanden.«

Corinne legte den Kopf schief. »Sind Sie sicher?«

Maggie dachte an ihren Rucksack, das Geld, das sie mit einem Gummiband zusammengebunden und in einer der Reißverschlusstaschen verstaut hatte. Sie hörte Joshs Stimme: *Ich habe mir deinen Rucksack angesehen.* Sie griff nach dem Rucksack und riss ihn auf. Das Geld war weg. Die Ausweise und Kreditkarten waren weg. Sie hatte nur noch die Klamotten und die Bücher und ... ihre Finger fuhren über das weiche Papier der Geburtstagskarte. Sie nahm sie heraus, klappte sie auf und las zum hundertsten Mal die Geburtstagswünsche, die Unterschrift und die Telefonnummer.

»Eine Großmutter«, sagte sie mit zittriger Stimme. »Ich habe eine Großmutter.«

Corinne nickte, als wollte sie sagen: *Nun, dann ist ja alles in Ordnung.* »Gehen Sie schlafen«, sagte sie. »Suchen Sie sich ein Zimmer aus. Sie können sie morgen Vormittag anrufen.«

Und so stand Maggie am nächsten Vormittag in Corinnes sonnendurchfluteter Küche und wählte auf ihrem Handy die Nummer, die ihre Großmutter vor fast zwanzig Jahren auf die Karte geschrieben hatte. Es klingelte und klingelte. Maggie hielt sich beide Daumen. *Bitte,* dachte sie, obwohl sie nicht wusste, was sie sich wünschte, außer, dass jemand rangehen würde.

Und es ging jemand ran.

Rose Feller wachte um fünf Uhr morgens mit klopfendem Herzen in einem fremden Bett auf. *Maggie,* dachte sie. Sie hatte von Maggie geträumt.

»Maggie«, sagte sie laut, aber noch während sie das sagte und langsam aus dem Schlaf auftauchte, war sie sich nicht sicher, dass sie tatsächlich von Maggie geträumt hatte. Eine Frau war durch einen Wald gelaufen. Das war alles gewesen. Eine Frau mit angsterfüllten Augen, den Mund zu einem Schrei verzogen, rannte durch grüne Äste, die wie Arme nach ihr griffen, um sie festzuhalten.

»Maggie«, sagte sie wieder. Petunia starrte zu Rose hoch, bevor sie beschloss, dass dies weder ein Notfall noch Essenszeit war, und wieder die Augen schloss. Rose schwang ihre Beine aus dem Bett. Simon legte seine Hand auf ihre Hüfte.

»Sch«, sagte er und zog sie wieder an sich, schmiegte sich an sie und küsste sie auf den Nacken. »Was ist?« Er rieb seine Nase an ihr, und sie konnte seine krausen Haare in ihrem Nacken spüren. »Hast du schlecht geträumt?«

»Ich habe von meiner Mutter geträumt«, sagte Rose mit einer tiefen Stimme, die langsamer und tiefer war als ihre eigene, eine Unterwasserschlafstimme. Aber stimmte das? Ihre Mutter. Maggie. Oder vielleicht war sie es, die durch den Wald gelaufen, über Wurzeln gestolpert, hingefallen, aufgestanden und weitergerannt war. Aber vor wem rannte sie davon? Und auf was rannte sie zu? »Meine Mutter ist tot. Ich weiß nicht, ob ich dir das schon erzählt habe. Sie starb, als ich klein war.«

»Ich bin gleich wieder da«, flüsterte Simon und stand auf. Sie hörte ihn in der Küche herumtapsen, bis er kurz darauf in seinem albernen gestreiften Pyjama mit einem Glas Wasser in der Hand zurückkam. Sie trank es dankbar, während er sich wieder ins Bett legte und das Licht ausmachte. Dann schmiegte er sich wieder an sie und legte eine Hand über ihre Stirn und die andere in ihren Nacken, so als sei sie etwas Seltenes und Zerbrechliches.

»Das tut mir Leid«, sagte er. »Willst du darüber reden?«

Rose schüttelte den Kopf.

»Du kannst mir alles sagen«, sagte Simon. »Ich kümmere mich um dich. Das verspreche ich dir.« Aber Rose erzählte ihm in dieser Nacht nichts. Sie schloss die Augen, schmiegte sich an ihn und schlief wieder ein.

Ella saß an ihrem Tisch und starrte auf ihr Notizbuch. Sie war gerade dabei, eine Liste der gebührenfreien ärztlichen Vorsorgeuntersuchungen für die nächste Ausgabe der *Golden Acres Gazette* zu erstellen, als das Telefon klingelte.

»Hallo?«, sagte sie.

Keine Antwort ... nur Atmen.

»Hallo«, wiederholte sie. »Mrs. Lefkowitz, sind Sie das? Ist alles in Ordnung?«

Stattdessen hörte sie die Stimme einer jungen Frau: »Spricht da Ella Hirsch?«

*Telemarketing,* dachte Ella. »Ja, am Apparat.«

Die Stimme zögerte. »Hatten Sie eine Tochter namens Caroline?«

Ella holte tief Luft. »Ja«, sagte sie ohne nachzudenken. »Ja, hatte ich.«

»Ähm«, sagte die junge Frau. »Sie kennen mich vermutlich nicht. Mein Name ist Maggie Feller.«

»Maggie«, sagte Ella sofort. Sie fühlte, wie die vertraute Mischung aus Hoffnung, Erleichterung, freudiger Erregung und Angst sie durchflutete, als sie den Namen ihrer Enkeltochter wiederholte. »Maggie. Ich habe angerufen. Das heißt, ich habe deine Schwester angerufen. Hat sie meine Nachricht bekommen? Hat sie es dir erzählt?«

»Nein«, sagte Maggie und schwieg. »Hören Sie, Sie kennen

mich nicht, und Sie haben keinen Grund, mir zu helfen, aber ich stecke gerade in Schwierigkeiten, großen Schwierigkeiten …«

»Ich helfe dir«, antwortete Ella sofort und presste fest die Augen zusammen, während Maggie ihr erzählte, wie sie das tun könnte.

DRITTER TEIL

# Ich trage dein Herz

# 42

Rose Feller hatte sich nie stärker nach einer Mutter gesehnt als während ihrer Verlobungszeit mit Simon Stein. Ihr erstes Date hatte im April stattgefunden. Im Mai trafen sie sich schon vier- oder fünfmal die Woche. Im Juli zog Simon praktisch bei ihr ein. Und im September lud er sie wieder ins *Jerk Hut* ein, bückte sich unter den Tisch, scheinbar um eine Serviette aufzuheben, und tauchte mit einem schwarzen Samtkästchen in der Hand wieder auf. »Es ist zu früh«, sagte Rose, die das Ganze noch immer nicht recht glauben konnte, aber Simon sah sie fest an und sagte: »Ich bin mir sicher.«

Sie setzten die Hochzeit für den darauf folgenden Mai an, und nun war es bereits Oktober, was bedeutete – so gaben es jedenfalls die Verkäuferinnen Rose an diesem Nachmittag schnell zu verstehen –, dass Rose bereits spät dran war mit der Suche nach einem Hochzeitskleid. »Wissen Sie, wie lange es dauert, bis wir die Kleider bekommen?«, hatte die Frau im ersten Brautmodengeschäft gefragt. Rose hätte beinahe geantwortet: »Wissen Sie, wie lange es gedauert hat, bis ich jemanden zum Heiraten gefunden habe?« Aber sie hatte den Mund gehalten.

»Das ist die reinste Folter«, sagte sie und mühte sich in eine Feinstrumpfhose, die im selben Augenblick, in dem sie mit dem Fuß hineingeschlüpft war, eine zweieinhalb Zentimeter breite Laufmasche bekommen hatte.

»Soll ich Amnesty International anrufen?«, fragte Amy. Rose schüttelte den Kopf und schleuderte ihre Turnschuhe in eine Ecke der pfirsichfarben gestrichenen, mit einem Spitzenvorhang versehenen Ankleidekabine der Brautmodenboutique, die nach Lavendelpotpourri roch und aus deren Lautsprechern nur Liebeslieder ertönten. Sie war in ein Bustier eingeschnürt, das ihre Brüste praktisch bis ans Kinn hochdrückte und, wie sie später entdeckte, scheußliche Striemen an ihrer Taille hinterließ. Dazu trug sie eine Miederhose – nach Auskunft der Verkäuferin war es eine »formgebende Unterhose«–, aber Rose wusste, wie eine Miederhose aussah. Sie schnitt ihr schier die Luft ab, aber die Verkäuferin hatte darauf bestanden. »Die richtige Unterwäsche ist das A und O«, sagte sie und sah Rose dabei an, als wollte sie sagen: *Und alle anderen meiner zukünftigen Bräute haben das bereits herausgefunden.*

»Du hast ja keine Ahnung, was ich durchmache«, stöhnte Rose. Die Verkäuferin raffte ein Kleid in ihren Armen und hielt es für Rose auf. »Schlüpfen Sie hinein«, befahl sie. Rose legte die Arme an die Seite, beugte sich vor, wobei die doppelt verstärkte Miederhose sie arg zwickte, und steckte ihren Kopf durch die Öffnung. Der weite Rock fiel bis auf die Knöchel hinab, während Rose in die Ärmel schlüpfte und die Verkäuferin versuchte, den Reißverschluss auf dem Rücken zuzuziehen.

»Was machst du denn durch?«, fragte Amy.

Rose schloss die Augen und sprach den Namen der Person aus, die sie in den letzten zwei Monaten schier verrückt gemacht hatte und die ihr, da war sie sich sicher, auch weiterhin das Leben zur Hölle machen würde, je näher der Hochzeitstermin rückte. »Sydelle«, sagte sie.

»Oje«, sagte Amy.

»Nichts oje, viel schlimmer«, sagte Rose. »Meine böse Stiefmutter hat neuerdings beschlossen, dass sie meine beste Freundin sein will.« Und es stimmte. Als sie und Simon nach New Jersey gefahren waren, um Michael Feller und seiner Frau die Neuigkeiten mitzuteilen, hatte Michael seine Tochter umarmt und Simon auf den Rücken geklopft, während Sydelle mit bestürztem Gesicht auf der Couch sitzen geblieben war.

»Wie wundervoll«, hatte sie endlich durch ihre dünnen, perfekt geschminkten Lippen hervorgequetscht, wobei sich ihre riesigen Nasenlöcher so stark aufblähten, als würden sie den Couchtisch einatmen wollen. »Wie wunderbar für euch beide!« Am nächsten Tag hatte sie Rose angerufen, darauf bestanden, dass sie zur Feier des Tages zusammen einen Tee tranken, und ihre Dienste als Hochzeitsplanerin angeboten. »Ich will mich nicht selbst loben, Liebes, aber über die Hochzeit Meiner Marcia reden die Leute heute noch«, hatte sie gesagt. Rose fand das nur allzu verständlich angesichts Sydelles Tendenz, Marcias Hochzeit in jedem Gespräch zur Sprache zu bringen, aber sie war so überrumpelt davon, dass Sydelle irgendetwas tat, was keine Kritik an ihrer Kleidung, Frisur oder ihrer Ernährungsweise beinhaltete, dass sie einwilligte. Also hatte sie sich, ihren brandneuen, nach wie vor gewöhnungsbedürftigen Ring am Finger, mit Sydelle im Ritz-Carlton zum Tee getroffen.

»Es war furchtbar«, sagte sie, während Amy nickte und die ellbogenlangen Spitzenhandschuhe glatt strich, die sie gerade anprobierte. Rose hatte ihre Stiefmutter sofort entdeckt. Sydelle saß alleine an einem Tisch, auf dem eine Teekanne und zwei Tassen mit Goldrändern standen. Sie sah so Furcht einflößend aus wie immer. Ihre Haare waren bis zur Unbeweglichkeit geföhnt, und ihre Haut wirkte so glänzend und straff wie Zellophan. Sie war makellos geschminkt, trug imposanten Goldschmuck und die braune Lederjacke, die Rose auf dem Weg ins Hotel im Schaufenster von Joan Shepp bestaunt hatte.

»Rose«, gurrte sie, »du siehst wunderbar aus.« Der Blick, mit dem sie Roses Khakirock und Pferdeschwanz bedachte, besagte das Gegenteil. »Also«, sagte sie, nachdem sie ein paar Minuten Smalltalk gemacht hatten, »lass uns über die Details reden. Schwebt dir ein bestimmtes Farbschema vor?«

»Äh«, sagte Rose. Was genau die Antwort war, auf die Sydelle Feller gewartet hatte.

»Marineblau«, verfügte sie. »Marineblau ist momentan der letzte Schrei. Sehr, sehr chic. Absolut ›in‹. Ich denke da an …« – sie schloss die Augen, was Rose die Gelegenheit gab, ihren grauschattierten Lidschatten zu bewundern – »Brautjungfern in einfachen marineblauen Etuikleidern.«

»Ich werde keine Brautjungfern haben. Nur Amy«, sagte Rose. Sydelle zog eine perfekt gezupfte Augenbraue nach oben.

»Was ist mit Maggie?«

Rose starrte auf die rosafarbene Leinentischdecke. Sie hatte vor Monaten eine sehr seltsame Nachricht von Maggie erhalten. Nur ihr Name und dann die Worte *Ich bin*. Seitdem hatte sie nichts mehr von ihr gehört, obwohl Rose alle paar Wochen die Handynummer ihrer Schwester anrief, aber wieder auflegte, sobald sich Maggie mit »Hallo« meldete. »Ich weiß es nicht«, sagte sie.

Sydelle seufzte. »Lass uns über die Tische reden. Ich denke da an marineblaue Tischdecken mit weißen Servietten, sehr nautisch, sehr frisch, und als Dekoration natürlich Rittersporn und diese fantastischen Gerbera … oder, nein. Nein!«, sagte Sydelle und schüttelte den Kopf, als hätte Rose ihr widersprochen. »Rosa Rosen. Siehst du es auch? Haufenweise rosa Rosen in Silberschalen!« Sie lächelte selbstzufrieden. »Rosen für Rose! Natürlich!«

»Hört sich wunderbar an«, sagte Rose. »Aber, äh, was die Sache mit den Brautjungfern angeht …«

»Und selbstverständlich«, fuhr Sydelle fort, als hätte Rose nichts gesagt, »wirst du auch Meine Marcia dabeihaben wollen.«

Rose schluckte. Sie wollte Meine Marcia nicht als Brautjungfer haben. Sie wollte sie am liebsten überhaupt nicht dabeihaben.

»Ich weiß, dass es ihr eine Ehre wäre«, sagte Sydelle zuckersüß.

Rose biss sich auf die Lippe. »Äh«, begann sie. »Ich … ich denke …« *Komm schon!*, spornte sie sich an. »Nur Amy. Im Ernst. Ich will nicht mehr Brautjungfern.«

Sydelle spitzte den Mund und blähte ihre Nasenlöcher auf.

»Vielleicht könnte Marcia etwas lesen«, sagte Rose, verzweifelt bemüht, mit diesem Angebot ihre Stiefmutter zu besänftigen.

»Wie du meinst, Liebes«, sagte Sydelle mit eisiger Stimme. »Es ist deine Hochzeit.« Was Rose an jenem Abend auch zu Simon gesagt hatte.

»Es ist unsere Hochzeit«, sagte sie und vergrub ihr Gesicht in den Händen. »Ich habe nur diese schreckliche Vorahnung, dass mich Meine Marcia und fünf ihrer besten Freundinnen in identischen marineblauen Futteralkleidern den Mittelgang hinuntergeleiten werden.«

»Du willst Meine Marcia nicht dabeihaben?«, fragte Simon unschuldig. »Wo sie doch so viel Stil hat! Ich habe gehört, dass sie zu ihrer Hochzeit ein Kleid von Vera Wang in Größe 34 gekauft hat und es enger machen ließ.«

»Das Gerücht habe ich auch gehört«, murmelte Rose.

Simon nahm ihre Hand. »Meine Liebste«, sagte er. »Es ist unsere Hochzeit. Es wird genauso sein, wie wir es wollen. So viele Brautjungfern, wie du willst. Oder überhaupt keine.«

An jenem Abend machten Rose und Simon eine kurze Liste der Sachen, die sie wollten (großartiges Essen, eine fantastische Band) und was sie nicht wollten (eine prunkvolle Zeremonie, das Strumpfband versteigern, Meine Marcia).

»Und keinen Ententanz!«, sagte Simon am nächsten Morgen.

»Wir werden Rosen haben!«, rief ihm Rose hinterher. »Silberschalen voller rosa Rosen! Ist das nicht wunderbar?«

Simon rief etwas, das sich beunruhigend nach »allergisch« anhörte, über die Schulter und eilte davon, um seinen Bus zu erwischen. Rose seufzte und rief Sydelle an. Am Ende des Telefonats hatte sie eingewilligt, ihre Hochzeitsgesellschaft marineblau einzukleiden, die Tische weiß zu dekorieren, Meine Marcia ein Gedicht ihrer Wahl vortragen zu lassen und sich in der darauf folgenden Woche mit Sydelles Floristen zu treffen.

»Was sind das für Frauen, die von ›meinem Floristen‹ sprechen?«, fragte Rose, während Amy sich die Vitrinen mit dem Kopfschmuck besah und sich eine perlenbesetzte Haarrolle aufsetzte.

»Snobs«, sagte Amy und steckte einen knöchellangen, dank winziger Kristalle glitzernden Schleier an Roses Haar fest. »Oh, das sieht aber hübsch aus!« Sie fand einen dazu passenden Schleier und stülpte ihn sich selbst über. »Komm«, sagte sie und zog Rose vor einen Spiegel.

Rose betrachtete sich in dem siebten und letzten der ausgewählten Kleider. Meterweise Spitze wirbelte um ihre Beine. Das glitzernde, mit funkelnden Kristallen besetzte Mieder war so eng, dass es sich nicht verschließen ließ. Ihre Arme bekamen in den steifen, bestickten Ärmeln keine Luft. Rose starrte sich an. »Du lieber Gott!«, sagte sie jämmerlich. »Ich sehe aus wie ein Karnevalswagen!«

Amy lachte hellauf. Die Verkäuferin starrte sie beide an. »Würden Schuhe helfen?«, fragte sie.

»Ich glaube, ein Feuerzeug würde helfen«, murmelte Amy.

»Ich glaube ...«, begann Rose. Gott, sie brauchte eine Mutter. Eine Mutter würde die Situation im Griff haben, sich das Kleid ansehen und es mit einem kurzen, entschiedenen Kopfschütteln ablehnen. Eine Mutter würde sagen: »Meine Tochter mag lieber etwas Einfacheres«, oder: »Ihr steht am besten ein ausgestelltes Kleid« – oder ein Ballkleid, eine Schößchenjacke, oder wie auch immer diese verwirrenden Kleidertypen hießen. Rose konnte sie auch nach wochenlangem Studium noch nicht auseinander halten geschweige denn sagen, welches ihr am besten stand. Eine Mutter würde sie aus diesem juckenden Kleid befreien, aus dem luftabschnürenden Mieder und den Tee- und Cocktail- und Dinnerpartys, die Rose ungefähr ebenso gut bewältigte wie eine einhändige Paddeltour den Schuylkill hinauf. Und mit Sicherheit würde eine Mutter wissen, wie man Sydelle Feller höflich sagte, dass sie ihre zwei Dutzend Vorschläge nehmen und sich in ihren winzigen, spitzen Arsch schieben solle.

»Es ist schrecklich«, stieß Rose schließlich hervor.

»Das tut mir Leid«, sagte die Verkäuferin, deren Gefühle Rose offensichtlich verletzt hatte.

»Vielleicht etwas weniger Verspieltes?«, schlug Amy vor. Die Verkäuferin schürzte die Lippen und verschwand im Hinterzimmer der Boutique. Rose ließ sich in einen Sessel fallen, wobei die Luft hörbar aus dem Kleid wich.

»Wir sollten durchbrennen«, sagte sie.

»Du weißt, ich habe dich immer geliebt, aber nicht auf diese Weise«, sagte Amy. »Und ich lasse dich auf keinen Fall durchbrennen. Du würdest mich um meine Gesäßschleife bringen.« Einen Tag, nachdem Rose ihrer besten Freundin von der bevorstehenden Hochzeit erzählt hatte – bevor Sydelle marineblau angeordnet hatte –, hatte Amy Philadelphias besten Secondhandladen aufgesucht und sich ein luftiges, lachsfarbenes Kleid mit drei Lagen Tüll, übergroßen Strassspangen auf den Schultern und einer Gesäßschleife von der Breite eines Busses besorgt. Als Verlobungsgeschenk hatte sie eine fünfzehn Zentimeter dicke, elfenbeinfarbene Kerze mit Plastikperlen und der Aufschrift *Heute verheirate ich meine beste Freundin* erstanden. »Das ist nicht dein Ernst«, hatte Rose geantwortet, worauf Amy mit den Achseln gezuckt und gesagt hatte, dass sie sehr wohl verstand, welche Rolle ihr als Brautjungfer zukam, dass an diesem Tag die Braut im Mittelpunkt stehen sollte und dass sie mit diesem Kleid (und dazu passenden lachsfarbenen Schuhen) todsicher die Gewinnerin von Philadelphias jährlichem Brautjungfernball sein würde, bei dem die Frauen wetteiferten, wer das scheußlichste Kleid trug. »Außerdem«, hatte sie hinzugefügt, »sehe ich in einer Gesäßschleife nun mal absolut scharf aus.«

Jetzt legte sie ihren Arm um Roses Schultern. »Mach dir keine Sorgen«, sagte sie. »Wir werden etwas finden. Wir fangen gerade erst an! Wenn es einfach wäre, wozu bräuchte es dann dreißig Millionen Zeitschriften, die einem sagen, wie man das richtige Kleid findet?«

Rose seufzte und stand auf. Aus den Augenwinkeln sah sie die Verkäuferin mit einem anderen Kleid im Arm zurückkommen. »Vielleicht ist dieses Kleid hier gar nicht so schlecht«, murmelte sie.

»Nein«, sagte Amy und musterte sie von oben bis unten. »Nein, es ist ganz und gar furchtbar.«

»Hier herein, bitte«, sagte die Verkäuferin kurz angebunden. Rose hob den Rock und zog ihre Schleppe hinter sich her.

## 43

Ella Hirsch hatte den ganzen Sommer über das Schweigen ihrer Enkelin ertragen, bevor sie beschloss, dass sie es nicht eine Minute länger dulden würde.

Maggie war im Mai angekommen, einen Tag nach ihrem ersten schleppenden Telefonat, bei dem Ella sie ständig bitten musste, alles zu wiederholen, damit sie die Geschichte auch wirklich verstand, die ihr ihre Enkeltochter erzählte. Sie sagte, dass sie Maggie, nicht Rose sei, dass sie in Princeton sei, aber nicht wirklich dort studiere. Ja, Rose und ihrem Vater ginge es gut, aber sie könnte sie nicht anrufen. Nein, sie war nicht verletzt oder krank, aber sie brauchte eine Bleibe. Sie hatte momentan keinen Job, aber sie konnte hart arbeiten und sie würde etwas finden. Ella müsse sich keine Sorgen machen, dass sie ihr auf der Tasche liegen würde. Ella wollte ihr noch tausend Fragen stellen, aber sie beschränkte sich aufs Wesentliche – wer, was und wo, und wie sie Maggie vom Parkplatz eines Einkaufszentrums in New Jersey am besten nach Florida brächte. »Schaffst du es bis nach Newark?«, fragte sie, als es ihr gelang, sich an den Namen von New Jerseys größtem Flughafen zu erinnern. »Ruf mich an, sobald du dort bist. Ich werde inzwischen herausfinden, ob es einen Direktflug gibt, und für dich am Flugsteig ein Ticket hinterlegen lassen.«

Acht Stunden später waren Ella und Lewis zum Fort-Lauderdale-Flughafen gefahren, und da stand sie – Caroline. Sie umklammerte einen Rucksack und machte einen müden, zerzausten und ängstlichen Eindruck.

Ella schnappte nach Luft und kniff die Augen zu, und als sie sie wieder öffnete, sah sie, dass sie sich geirrt hatte. Die junge Frau war nicht Caroline, nicht wirklich ... aber die Ähnlichkeit war verblüffend. Die braunen Augen, die Art, wie ihr die Haare ins Gesicht fielen, die Wangen und Hände und sogar das Schlüsselbein waren genau wie Carolines. Aber der entschlossene Gesichtsausdruck, das kämpferische Kinn, die Art, wie sie sie ansah und musterte, erzählten eine andere Geschichte. Dieses Mädchen, das sah man, würde nicht der Versuchung einer regennassen Fahrbahn erliegen. Dieses Mädchen würde ihre Hände nicht vom Lenkrad nehmen.

Den ersten unbehaglichen Moment – würden sie sich umarmen? – löste Maggie, indem sie ihren Rucksack wie ein Baby im Arm behielt, während Ella stotternd sich und Lewis vorstellte. Maggie sagte auf dem Weg zum Auto nicht viel. Sie lehnte Ellas Angebot, vorne Platz zu nehmen, ab und saß aufrecht auf dem Rücksitz, während Lewis fuhr und Ella sich zusammenriss, um sie nicht mit Fragen zu bombardieren. Aber sie musste es wissen, um ihrer eigenen Sicherheit, ihres eigenen Seelenfriedens willen: »Wenn du mir sagst, welche Schwierigkeiten du hast, dann fällt uns sicher etwas ein, wie wir dir helfen können«, sagte sie.

Maggie seufzte. »Ich war ...« Sie schwieg. Ella starrte sie im Rückspiegel an, während Maggie nach einem Wort für ihre Missetat suchte. »Ich habe bei Rose gewohnt, aber das hat nicht funktioniert, und dann habe ich einige Monate auf dem Campus gewohnt ...«

»Bei Freunden?«, fragte Lewis.

»In der Bibliothek«, sagte Maggie. »Ich war ...« Sie starrte aus dem Fenster. »Ich war so etwas wie ein blinder Passagier. Ein blinder Passagier«, wiederholte sie in einem Tonfall, als hätte sie ein großes Abenteuer auf hoher See erlebt. »Aber da war jemand, der mich beobachtet hat und der mich in große Schwierigkeiten hätte bringen können. Also musste ich gehen.«

»Willst du zurück nach Philadelphia?«, fragte Ella. »Zurück zu Rose?«

»Nein!«, sagte Maggie so vehement, dass Ella zusammenzuckte und Lewis aus Versehen auf die Hupe drückte. »Nein«, wiederholte sie. »Ich weiß nicht, wo ich hin will. Ich habe keine Wohnung in Philadelphia. Ich hatte eine, aber man hat mich auf die Straße gesetzt, und ich kann nicht zurück zu meinem Vater, denn seine Frau hasst mich, und ich kann auch nicht zurück zu Rose …« Sie gab ein Mitleid erregendes Seufzen von sich, schlang die Arme um ihre Knie und setzte aus reiner Effekthascherei noch ein Schaudern obendrauf. »Vielleicht gehe ich nach New York. Ich werde mir einen Job suchen und Geld sparen und nach New York ziehen. In eine WG oder so«, schloss sie.

»Du kannst so lange wie nötig bei mir bleiben«, sagte Ella, ohne sich vorher zu überlegen, ob das eine gute Idee war oder nicht. Nach Lewis' Gesichtsausdruck zu urteilen, war es das wahrscheinlich nicht. Maggie war auf die Straße gesetzt worden. Dann hatte sie bei ihrer Schwester gewohnt, was aus irgendeinem Grund nicht gut gegangen war. Im Haus ihres Vaters fühlte sie sich nicht willkommen. Sie versteckte sich – was immer das hieß – an einer Uni, an der sie nicht eingeschrieben war, und hauste in der Bibliothek. Das konnte doch nur Schwierigkeiten bedeuten!

Während Lewis sein Auto durch den Flughafenverkehr lotste, stützte Maggie seufzend ihr Kinn auf die Hand und starrte hinaus auf die Palmen und den Verkehr. »Florida«, sagte sie. »Ich bin noch nie hier gewesen.«

»Wie geht's …«, begann Ella. »Kannst du mir von deiner Schwester erzählen?«

Maggie schwieg. Ella ließ nicht locker. »Ich habe Rose im Internet gefunden, unter der Adresse ihrer Anwaltskanzlei.«

Maggie schüttelte den Kopf und starrte durch die Fensterscheibe, als wäre darin das Gesicht ihrer Schwester zu sehen. »Ist das Foto nicht schrecklich? Ich habe ihr gesagt, dass sie ein anderes nehmen soll, aber sie sagt immer nur: ›Es spielt keine Rolle, Maggie. Sei nicht so oberflächlich.‹ Ich habe gesagt: ›Die ganze Welt kann dieses Foto sehen, und es ist nicht oberflächlich, wenn man so gut wie möglich aussehen will‹, aber natürlich hört sie nicht auf mich. Sie hört nie auf mich«, sagte Maggie und verstummte, als hätte sie bereits zu viel gesagt. »Wohin fahren wir? Wo wohnst du?«

»Wir wohnen in Golden Acres. Es ist …«

»… eine Seniorengemeinde für aktive Rentner«, rezitierten sie und Lewis gemeinsam.

Im Rückspiegel konnten sie sehen, wie Maggie entsetzt die Augen aufriss. »Ein Altersheim?«

»Nein, nein«, sagte Lewis. »Keine Angst. Es ist nur ein Viertel, in dem ältere Leute wohnen.«

»Eigentumswohnungen«, fügte Ella hinzu. »Und es gibt Läden und ein Klubhaus und eine Straßenbahn für Leute, die nicht mehr Auto fahren.«

»Hört sich toll an«, sagte Maggie in einem Tonfall, der das Gegenteil ausdrückte. »Also, was tut ihr so den ganzen Tag?«

»Ich mache viele ehrenamtliche Sachen«, sagte Ella.

»Was denn?«

»Ach, einiges. Ich helfe im Krankenhaus, im Tierheim, im Secondhandladen, bei Essen auf Rädern, und ich helfe einer Frau, die letztes Jahr einen Schlaganfall erlitten hat. Ich bin gut beschäftigt.«

»Glaubst du, dass ich dort einen Job finden kann?«

»Welche Art von Job?«, fragte Ella.

»Ich habe schon alles Mögliche getan«, sagte Maggie. »Ich war Kellnerin, Hundepflegerin, Hostesse …«

Hostesse? Ella fragte sich, was das bedeutete.

»Barista, Barkeeperin«, fuhr Maggie fort, »Babysitterin, ich habe in einer Eisdiele gearbeitet, in einer Krapfenbude …«

»Wow«, sagte Ella.

Maggie war noch nicht fertig. »Eine Zeit lang habe ich in einer Band gesungen.« Maggie dachte, dass es besser wäre, ihrer Großmutter den Namen der Band nicht zu sagen, für den unwahrscheinlichen Fall, dass sie wusste, was ein Whiskered Biscuit war. »Telemarketing, Leute mit Parfüm einsprühen, T. J. Maxx, Gap, the Limited …« Maggie hielt inne und gähnte herzhaft. »Und in Princeton habe ich einer blinden Frau geholfen, ihr Haus geputzt und für sie eingekauft.«

»Das ist …« Ella fehlten die Worte.

»Also denke ich, dass ich schon etwas finden werde«, sagte Maggie. Sie gähnte wieder, band ihren Pferdeschwanz neu, dann rollte sie sich auf dem Rücksitz zusammen und schlief sofort ein. An der nächsten Ampel sah Lewis Ella an.

»Alles in Ordnung?«, fragte er.

Ella zuckte leicht die Achseln und lächelte. Egal, was sich als die Wahrheit herausstellen würde, Maggie war hier und das war ein Anfang.

Als Lewis das Auto parkte, schlief Maggie immer noch. An ihrer verschwitzten Wange klebte eine Locke ihres braunen Haars, und ihre zerkauten Fingernägel waren denen von Caroline so ähnlich, dass Ella das Herz bis zum Hals schlug. Maggie machte die Augen auf, reckte sich, nahm ihren Rucksack und stieg blinzelnd aus. Ella folgte ihrem Blick. Da war Irene Siegel, die ihre Gehhilfe vor sich herschob, und Albert Gantz, der langsam eine Sauerstoffflasche aus dem Kofferraum seines Autos hievte.

»Es ist der Moder Menschenschicksal«, sagte Maggie mit leiser, deprimierter Stimme.

»Was war das, Liebes?«, fragte Lewis.

»Nichts«, sagte Maggie. Sie warf sich den Rucksack über die Schulter und folgte Ella nach drinnen.

Wie versprochen, fand Maggie einen Job in einem Bagelshop eine halbe Meile außerhalb von Golden Acres. Sie schlich um fünf Uhr morgens aus der Wohnung und arbeitete die

Frühschicht bis nach dem Mittagessen. Was tust du danach?, hatte Ella gefragt, denn Maggie kam selten vor acht oder neun Uhr zurück. Ihre Enkeltochter hatte die Achseln gezuckt. »Ich gehe an den Strand«, sagte sie. »Oder ins Kino. Oder in die Bibliothek.« Wochenlang hatte Ella Maggie angeboten, mit ihr zu Abend zu essen, aber Maggie hatte jedes Mal abgelehnt. »Ich habe schon gegessen«, sagte sie normalerweise – obwohl sich Ella manchmal fragte, ob Maggie, so dünn wie sie war, überhaupt etwas aß. Sie schlug Ellas Angebote aus, zusammen fernzusehen, ins Kino oder zum Bingo ins Klubhaus zu gehen. Das Einzige, wofür sie einen Funken Interesse gezeigt hatte, war, als Ella anbot, ihr einen Büchereiausweis zu besorgen. Maggie hatte ihre Großmutter in die kleine, einstöckige Bücherei begleitet, das Anmeldeformular ausgefüllt und war dann in der Literaturabteilung verschwunden und eine Stunde später mit einem Arm voller Gedichtbände wieder aufgetaucht.

Und so ging das im Mai. Im Juni. Im Juli und im August. Abends kam Maggie nach Hause, nickte zur Begrüßung und verschwand in ihr Zimmer. Wenn sie duschte, trug sie ihr Handtuch, ihr Shampoo, ihre Zahnbürste und Zahncreme wie ein Gast mit sich herum, obwohl Ella ihr gesagt hatte, sie solle sich wie zu Hause fühlen. In Maggies Zimmer stand ein kleiner Fernseher, aber Ella hörte nie, dass er eingeschaltet war. Dort war auch ein Telefon, aber Maggie rief nie jemanden an. Ella wusste, dass sie las – alle drei, vier Tage bemerkte sie ein neues Buch aus der Bücherei in Maggies Tasche, dicke Romane, Biographien, Gedichtbände, die Art seltsamer, abgehackter, reimloser Gedichte, die Ella noch nie verstanden hatte –, aber Maggie schien mit niemandem zu sprechen, und Ella fing an, sich Sorgen zu machen.

»Ich weiß nicht, was ich tun soll«, sagte sie. Es war acht Uhr morgens und schon fast dreißig Grad heiß, und sie war zu Lewis geflüchtet, nachdem Maggie wieder einmal wortlos das Haus verlassen hatte.

»Was das Wetter angeht? Warten. Es kann nicht immer so bleiben.«

»Was Maggie angeht«, sagte Ella. »Sie redet nicht mit mir! Sie sieht mich nicht einmal an. Sie tappt barfuß herum ... ich höre sie nicht einmal kommen. Sie ist bis spät in die Nacht hinein unterwegs, und wenn ich aufwache, ist sie schon weg.« Ella schwieg, holte tief Luft und schüttelte den Kopf.

»Nun, normalerweise würde ich sagen, gib ihr Zeit ...«

»Lewis, das geht jetzt seit Monaten so, und ich kenne noch nicht einmal die Geschichte mit ihrer Schwester oder ihrem Vater. Ich weiß nicht einmal, was sie gerne isst! Du hast auch Enkelkinder ...«

»Enkelsöhne«, sagte Lewis. »Aber du hast Recht. Hier helfen nur noch drastische Maßnahmen.« Er nickte und stand auf. »Wir müssen uns Rat vom Experten holen.«

Glücklicherweise war Mrs. Lefkowitz zu Hause. »Zuerst ein paar Fragen«, sagte sie, während sie in ihrem voll gestopften Wohnzimmer auf und ab stock-seufz-stampf-schlurfte. »Haben Sie Backpflaumen im Kühlschrank?«

Ella starrte sie an.

»Backpflaumen«, wiederholte Mrs. Lefkowitz.

»Ja«, sagte Ella.

Mrs. Lefkowitz nickte. »Abführtee auf der Küchenablage?«

Ella nickte. Hatte das nicht jeder?

»Welche Zeitschriften haben Sie abonniert?«

Ella überlegte. »Die Apothekerrundschau, dann dieses Blatt vom amerikanischen Seniorenverband ...«

»Empfangen Sie HBO und MTV?«

Ella schüttelte den Kopf. »Ich habe kein Kabel.«

Mrs. Lefkowitz verdrehte die Augen und ließ sich in einen Polstersessel auf ein besticktes Kissen mit der Aufschrift *Ich bin die Prinzessin* plumpsen. »Junge Leute haben ihre eigenen Sachen. Ihre eigene Musik, ihre eigenen Fernsehprogramme, ihre eigene ...«

»Kultur?«, sagte Lewis.

Mrs. Lefkowitz nickte. »Sie hat hier niemanden. Niemanden in ihrem Alter. Wie würde es Ihnen gefallen, achtundzwanzig Jahre alt zu sein und an einem Ort wie diesem festzusitzen?«

»Sie konnte nirgendwo anders hin«, sagte Ella.

»Das können Häftlinge auch nicht«, sagte Mrs. Lefkowitz. »Das heißt aber nicht, dass sie gerne im Gefängnis sitzen.«

»Also, was sollen wir tun?«, fragte Ella.

Mrs. Lefkowitz stand mühsam auf. »Haben Sie Geld?«, fragte sie.

Ella nickte.

»Dann los. Sie fahren«, sagte sie und zeigte mit dem Kinn auf Lewis. »Wir gehen einkaufen.«

Maggie aus ihrem Zimmer zu locken entpuppte sich als kostspielige Angelegenheit. Da waren die Zeitschriften für fast fünfzig Dollar, eine dicker und glänzender und mit mehr Parfümproben und Abokarten versehen als die andere. »Woher wissen Sie über so etwas Bescheid?«, fragte Ella, während Mrs. Lefkowitz eine Filmzeitschrift auf die letzte Ausgabe von *Vanity Fair* legte. Ihre Freundin winkte mit ihrem gesunden Arm ab. »Was muss man da schon wissen?«, fragte sie.

Als Nächstes fuhren sie zu einem riesigen Elektrogeschäft. »Flachbildschirm, Flachbildschirm«, rezitierte Mrs. Lefkowitz, während sie auf dem Motorroller, den sie für ihre Einkaufsexpeditionen benutzte, zwischen den Regalen umherflitzte. Zwei Stunden später und um einige Tausend Dollar ärmer, bepackten sie Lewis' Auto mit einem Flachbildschirm-Fernseher, einem DVD-Player und einem Dutzend DVDs, einschließlich der ersten Staffel von *Sex and the City*, wonach laut Mrs. Lefkowitz alle jungen Frauen verrückt waren. »Ich habe in *Time* darüber gelesen«, prahlte sie, während sie sich auf den Beifahrersitz hievte. »Hier jetzt links abbiegen«, sagte sie zu Lewis und lächelte. »Wir fahren zum Supermarkt und zum Spirituosenladen. Wir werden eine Party veranstalten.« Im Spirituosenladen sprach sie einen pickligen Angestellten in einer Polyesterschürze an. »Wissen Sie, wie man einen Cosmopolitan macht?«, fragte sie.

»Cointreau …«, fing er an aufzuzählen.

Mrs. Lefkowitz zeigte auf Lewis. »Sie haben den Mann gehört!«

Später, die Arme voller Cointreau und Wodka, Erdnussflips und Tortillachips, Minihotdogs und tiefgefrorenen Frühlingsrollen, zwei Fläschchen Nagellack (rot und pink) und den Kartons mit den Elektrogeräten, zwängten sich Ella, Lewis und Mrs. Lefkowitz in den Aufzug zu Ellas Wohnung.

»Glauben Sie wirklich, das funktioniert?«, fragte sie, während Lewis die Tiefkühlkost im Gefrierfach verstaute.

Mrs. Lefkowitz setzte sich an den Küchentisch und schüttelte den Kopf. »Keine Garantie!« Sie nahm ein pinkfarbenes Blatt Papier aus ihrer Handtasche, auf dem in silbernen Lettern »Einladung!«, stand.

»Wo haben Sie das her?«, fragte Ella und schaute ihr über die Schulter.

»Aus meinem Computer«, sagte Mrs. Lefkowitz und hielt die Einladung so, dass Ella lesen konnte, dass Miss Maggie Feller am Freitagabend zu einer *Sex-and-the-City*-Party in Ellas Wohnung eingeladen war. »Damit kann ich alles machen: Einladungen, Kalender, Parkausweise …«

»Wie bitte?«, fragte Lewis, der gerade das Knabbergebäck einräumte.

Mrs. Lefkowitz interessierte sich plötzlich sehr für den Inhalt ihrer Handtasche. »Ach, nichts. Schon gut.«

Lewis starrte sie an. »Wissen Sie, einer meiner Reporter sagte mir, dass es Leute gibt, die gefälschte Parkausweise drucken. Er will einen Artikel darüber schreiben.«

Mrs. Lefkowitz reckte aufmüpfig ihr Kinn. »Sie werden mich doch nicht verpfeifen, oder?«

»Nicht, wenn Ihr Plan funktioniert«, versprach er.

Mrs. Lefkowitz nickte und reichte Ella die Einladung. »Schieben Sie sie unter Maggies Tür hindurch, wenn sie weg ist.«

»Aber wenn es eine Party ist … wer kommt dann noch?«

Mrs. Lefkowitz sah sie an. »Nun, Ihre Freunde natürlich.«

Ella schaute Hilfe suchend zu Lewis. Mrs. Lefkowitz sah sie schief an. »Sie haben doch Freunde, nicht wahr?«

»Ich«, begann Ella, »ich habe Kollegen.«

»Kollegen«, sagte Mrs. Lefkowitz mit einem Blick an die Decke. »Nun denn, dann halt nur wir drei.« Sie stand auf. »Bis Freitag!«, sagte sie und ging.

»Ich komme mir vor wie die Hexe in *Hänsel und Gretel*«, sagte Ella und schob ein Blech mit Minifrühlingsrollen in den Ofen. Es war Freitagabend, kurz nach neun Uhr, was hieß, dass Maggie jeden Augenblick nach Hause kommen musste. »Hast du die Einladung bekommen?«, hatte Ella Maggie hinterhergerufen, als diese am Morgen in die Arbeit gegangen war. Das Mädchen hatte mit einem Grunzen, das sich vage nach einem Ja anhörte, geantwortet, während die Tür hinter ihr ins Schloss gefallen war.

»Warum?«, fragte Lewis. Ella deutete auf die Köder – die Zeitschriften, die Schüsseln voller Chips und Dips, die Platten mit Teufelseiern und Chicken Wings und einem halben Dutzend Köstlichkeiten, von denen sie Sodbrennen bekommen würde, wenn sie auch nur einen Bissen riskierte.

Mrs. Lefkowitz zog sie am Ärmel. »Noch was«, sagte sie. »Die Geheimwaffe.«

»Was?«, fragte Ella und sah auf ihre Uhr.

»Ihre Tochter«, sagte Mrs. Lefkowitz.

Ella starrte sie an. »Was?«

»Ihre Tochter. Caroline, richtig?«, sagte Mrs. Lefkowitz. »All das hier« – sie zeigte mit einer ausschweifenden Handbewegung auf Ellas Wohnzimmer, wo Lewis an dem DVD-Player herumspielte und sich an dem Teller mit den Spinatblätterteigtäschchen gütlich tat – »wird wahrscheinlich funktionieren. Aber falls nicht, was ist dann das Einzige, das Sie Maggie zu bieten haben?«

»Geld?«, riet Ella.

»Nun, ja, vielleicht«, sagte Mrs. Lefkowitz. »Aber es gibt viele Leute, von denen sie sich Geld besorgen kann. Aber wie viele Leute können ihr die Geschichte ihrer Mutter geben?«

*Die Geschichte ihrer Mutter*, dachte Ella und wünschte sich von ganzem Herzen, dass es eine längere, glücklichere Geschichte wäre.

»Informationen«, sagte Mrs. Lefkowitz. »Das ist es, was wir haben und was die jungen Leute wollen. Informationen.« Sie dachte nach. »Und in meinem Fall, einige Microsoft-Aktien. Aber in Ihrem Fall sollten Informationen ausreichen.« Sie nickte, als der Schlüssel im Schloss umgedreht wurde. »Showtime!«, flüsterte sie. Ella hielt den Atem an. Maggie betrat die Wohnung, als trüge sie Scheuklappen. Sie sah weder nach links in die Küche, wo all die verlockenden Sachen standen, noch nach rechts, wo auf dem neuen Fernseher eine Frau darüber sprach, dass sie … nein! Ich muss mich verhört haben, dachte Ella, während die Schauspielerin weiterplapperte: »Ich will nicht in den Hintern gefickt werden!«, und Mrs. Lefkowitz in ihren Cosmopolitan lachte. Auf halbem Weg zu ihrem Zimmer blieb Maggie stehen.

»Maggie?«, rief Ella. Sie fühlte förmlich, wie unentschlossen ihre Enkeltochter war – bleiben oder gehen. *Bitte mach, dass ich es nicht vermassle,* betete Ella. Maggie drehte sich um. »Willst du …?« Was? Was konnte sie diesem misstrauischen Mädchen mit den aufmerksamen braunen Augen, die denen ihrer verstorbenen Tochter so ähnlich und doch so unähnlich waren, anbieten? Sie streckte den Arm aus und hielt ihr einen Drink hin. »Einen Cosmopolitan. Das ist Wodka und Preiselbeersaft …«

»Ich weiß, was in einem Cosmopolitan drin ist«, sagte Maggie herablassend. Es war einer der längeren Sätze, die Ella bisher aus dem Mund ihrer Enkeltochter gehört hatte. Maggie nahm den Drink und trank die Hälfte davon in einem Zug. »Nicht schlecht«, sagte sie, drehte sich um und schlenderte ins Wohnzimmer. Mrs. Lefkowitz reichte ihr die Schüssel mit den Tortillachips. Maggie ließ sich auf die Couch plumpsen, trank die andere Hälfte des Drinks und nahm ein *Entertainment-Weekly*-Exemplar in die Hand. »Diese Folge habe ich schon gesehen«, sagte sie.

»Oh«, sagte Ella. Einerseits waren das schlechte Neuigkeiten. Andererseits war es der zweite unaufgeforderte Satz aus dem Mund ihrer Enkeltochter. Und Maggie war da, auf der Couch. Das war doch was, oder?

»Aber sie ist ganz gut«, sagte Maggie. Sie warf die Zeitschrift zurück auf den Couchtisch und sah sich um. Ella blickte verzweifelt zu Lewis, der mit dem Krug Cosmopolitan aus der Küche geeilt kam und Maggie nachschenkte. Maggie nahm mit spitzen Fingern einen Chicken Wing vom Teller und lehnte sich zurück, die Augen auf den Fernseher gerichtet. Ella fühlte, wie sie sich allmählich entspannte. Es war noch kein Sieg, sagte sie sich, während sie sich vier Folgen einer Serie ansahen, in der sich Frauen über Dinge unterhielten, für die man vor sechzig Jahren den Mund mit Seife ausgewaschen bekommen hätte. Aber es war ein Anfang. Sie sah zu ihrer Enkeltochter hinüber. Maggie waren die Augen zugefallen. Ihre langen Wimpern lagen wie ein fransiger Pony auf ihren Wangen. Auf ihrem Kinn war ein Krümel von einem Tortillachip. Und sie hatte den Mund gespitzt, so als erwarte sie im Traum einen Kuss.

Nach vier Cosmopolitans, drei Chicken Wings und einer Hand voll Chips sagte Maggie Ella und den anderen Gute Nacht. Sie legte sich auf die dünne Matratze der ausziehbaren Couch, schloss die Augen und dachte, dass sie eventuell ihren Florida-Plan überdenken musste.

Anfangs hatte sie beschlossen, einfach abzuwarten, zu beobachten und sich so rar wie möglich zu machen, bis sie wusste, wie es weitergehen sollte. Das konnte zugegebenermaßen etwas dauern. Alles, was sie über alte Leute wusste, hatte sie aus dem Fernsehen, großteils aus der Werbung, von der man erfuhr, dass sie hohen Blutzucker und Blasenprobleme hatten und Notfallsender brauchten, wenn sie gestürzt waren und nicht mehr von alleine aufstehen konnten. Sie hatte über ihre Großmutter nachgedacht, die offensichtlich Geld hatte. Und Schuldgefühle. Was auch immer Ella Hirsch getan oder nicht getan hatte, es bestand kein Zweifel, dass sie sich deswegen mehr als schrecklich fühlte. Was hieß, dass sie, Maggie, wenn sie nur genügend Geduld aufbrächte, in der Lage wäre, diese Schuldgefühle in Bargeld zu verwandeln – Bargeld, das sie dem Häufchen Gespartem hinzufügen konnte, das langsam in der Schachtel unter ihrem Bett heranwuchs. Sie verdiente nur den Mindestlohn bei Bagel Bay, aber Maggie spekulierte, dass sie sich mit ein paar tränenreichen Szenen, einigen traurigen Geschichten darüber, wie sehr sie ihre Mutter vermisste und wie sehr sie sich immer nach einer Großmutter, oder überhaupt einer Frau, in ihrem kurzen, aber schwierigen Leben gesehnt hatte, mit genug Geld aus dem Wartezimmer des Todes – alias Golden Acres – verdrücken könnte, um sich alles zu kaufen, was sie wollte.

Das Problem war, dass es sich fast als zu einfach entpuppte, Ella auf diese Weise zu schröpfen. Nach allem, was Maggie hinter sich hatte, stellte es keine große Herausforderung dar. Es würde irgendwie enttäuschend sein. Als ob man sich dafür wappnete, mit der Faust durch die Wand zu schlagen und es stattdessen mit Styropor zu tun bekam. Die Großmutter gab eine so armselige Figur ab, dass Maggie, die nicht oft ein schlechtes Gewissen hatte, sich ein kleines bisschen schäbig dabei fühlte, ihr Geld abzuluchsen. Sie hungerte nach Maggies Gesellschaft, Maggies Aufmerksamkeit, jedem Wort, das Maggie von sich gab, so als wäre sie nah am Verhungern und Maggie ein Becher Eiscreme. Jetzt waren da der neue Fernseher, der DVD-Player, all das Essen, dazu Ellas ständige Einladungen zum Essen, ins Kino oder zu Ausflügen nach Miami oder an den Strand. Ella gab sich so viel Mühe, dass sich Maggie schier der Magen umdrehte. Und das Einzige, um das Ella gebeten hatte, war, dass Maggie ihren Vater anrief und ihm sagte, dass es ihr gut ging. Sie wollte kein Geld für Miete, Benzin, Autoversicherung, Lebensmittel, für nichts. Also, warum sollte sie es eilig haben, hier wegzukommen?

Abwarten und Tee trinken, dachte sie und klopfte sich ihr Kopfkissen zurecht. Vielleicht würde sie Ella dazu bringen, mit ihr nach Disney World zu fahren. Sie würde in den Teetassen fahren und eine Postkarte nach Hause schicken. *Wünschte, du wärst hier.*

## 44

»Sag mir noch einmal, warum wir das machen?«, flüsterte Rose.

»Weil es, wenn zwei Leute heiraten, allgemein üblich ist, dass sich ihre Eltern kennen lernen«, flüsterte Simon zurück. »Keine Angst«, sagte er. »Meine Eltern lieben dich, und ich bin mir sicher, dass sie deinen Vater auch mögen werden, und was Sydelle angeht ... was kann schon Schlimmes passieren?«

In der Küche studierte Simons Mutter, Elizabeth, mit finsterem Gesicht ein Kochbuch. Sie war eine kleine, plumpe Frau mit silbrigblondem Haar und der gleichen milchigen Haut wie ihr Sohn. In ihrem langen, blumengemusterten Rock, ihrer weißen Rüschchenbluse und ihrer gelben Schürze, deren große Taschen mit Stoffrosen verziert waren, sah sie aus wie eine jüdische Hausfrauenversion von Tammy Faye Baker, abzüglich der exaltierten Wimpern. Doch das Äußere täuschte. Mrs. Stein unterrichtete in den gleichen blumigen Röcken und Kaschmirstrickjacken, die sie zu Hause trug, Philosophie am Bryn Mawr College. Sie war liebenswürdig, lustig und ungezwungen ... doch woher auch immer Simon seine Kochkünste und seine Vorliebe für gutes Essen hatte, von ihr hatte er sie nicht geerbt. »Schalotte«, murmelte sie. »Ich glaube nicht, dass ich das habe. Ehrlich gesagt«, sagte sie lächelnd, als ihr Sohn in die Küche kam und sie auf die Wange küsste, »bin ich mir nicht einmal sicher, was das ist.«

»Es ist eine Art Kreuzung zwischen einer Zwiebel und einer Knoblauchzehe«, sagte Simon. »Warum? Kam es in deinem Kreuzworträtsel vor?«

»Simon«, sagte sie bestimmt. »Ich koche. Ich kann nämlich kochen«, fuhr sie leicht beleidigt fort. »Ich bin eine sehr gute Köchin, wenn ich koche. Nur koche ich normalerweise nicht.«

»Aber du hast beschlossen, es heute Abend zu versuchen?«

»Es ist das Mindeste, was ich tun kam, um die Mischpoke willkommen zu heißen«, sagte sie und strahlte Rose an, die zurücklächelte und sich entspannt an die Arbeitsfläche lehnte.

Mittlerweile reckte Simon fragend die Nase in die Luft. »Was machst du?«

Sie hielt das Kochbuch so, dass er es lesen konnte.

»Gebratenes Huhn mit Wildreis und Aprikosenfüllung«, las Simon beeindruckt. »Hast du die Hühner auch sauber gemacht?«

»Sie sind aus dem Bioladen«, sagte sie. »Ich bin mir sicher, dass sie in Ordnung sind.«

»Ja, aber hast du die Eingeweide herausgenommen? Den Hals und die Leber und das ganze Zeug, das sie in eine Plastiktüte tun und wieder reinstecken?«

Jetzt schnüffelte auch Rose und bemerkte, dass es stark nach verbranntem Plastik roch. Mrs. Stein sah besorgt aus. »Sie wirkten tatsächlich etwas voll, als ich sie füllte«, sagte sie und bückte sich, um den Ofen aufzumachen.

»Keine Sorge«, sagte Simon und zog flink die Kasserolle mit den rauchenden, roh aussehenden Hühnern aus dem Ofen.

»Das Geschirrtuch brennt«, bemerkte Simons Vater, der in die Küche marschiert kam.

»Was?«, fragte Simon, dessen Aufmerksamkeit dem Huhn galt. Mr. Stein war groß, dünn, und hatte die gleichen Haare wie Simon. Jetzt schluckte er seelenruhig Käse und Crackers hinunter und zeigte auf den Herd, auf dem in der Tat ein Geschirrtuch Feuer gefangen hatte.

»Geschirrtuch«, sagte er. »Feuer.« Er ging zum Herd, schnippte das brennende Geschirrtuch elegant in den Ausguss, wo es zischte und qualmte, drückte seine Frau kurz an sich und sagte liebevoll: »Calamity Jane.« Sie schlug nach ihm, den Blick nach wie vor auf die Seiten des Kochbuchs gerichtet.

»Du isst doch nicht etwa den Käse und die Crackers?«

»Aber nein«, sagte Mr. Stein. »Ich bin schon bei den Cashewnüssen.« Er drehte sich zu Rose und bot ihr die Platte mit dem Käse und den Crackers an. »Wenn ich dir einen Rat geben darf«, flüsterte er in einem verschwörerischen Tonfall, »dann iss dich hier dran satt.«

Rose lächelte ihn an. »Danke.«

Simons Mutter verdrehte die Augen und wischte sich die Hände ab. »Ist deine, äh, ist Sydelle eine gute Köchin?«

»Sie und mein Vater befolgen in der Regel immer irgendeine Diät«, sagte Rose. »Viele Kohlenhydrate, wenig Fett, viele Proteine, vegetarisch …«

»Oh.« Elizabeth runzelte die Stirn. »Denkst du, dass das hier in Ordnung sein wird? Ich hätte wahrscheinlich zuerst fragen sollen.«

»Mach dir keine Sorgen.« Rose wusste, dass Essen das Letzte war, woran Sydelle denken würde. Wie sich herausstellte, wohnten die Steins in einer großen, ausladenden, etwas unordentlichen Villa auf einem zwei Morgen großen, verwahrlosten Rasengrundstück in einer Straße mit ähnlich beeindruckenden Häusern. Mr. Stein war Ingenieur, der Bauteile für Flugzeuge erfand. Simon hatte ihr erzählt, dass er vor einigen Jahren zwei davon hatte patentieren lassen, woher ein Großteil des Geldes stammte. Jetzt war er beinahe siebzig, mehr oder weniger im Ruhestand und verbrachte viel Zeit zu Hause auf der Suche nach seiner Brille, dem schnurlosen Telefon, der Fernbedienung und den Autoschlüsseln. Was wahrscheinlich damit zusammenhing, dass Mrs. Stein viel Zeit damit verbrachte, Sachen von einem Stapel auf den nächsten zu räumen, wenn sie nicht gerade in ihrem verwilderten Gemüsegärtchen arbeitete oder die Art von Schmachtfetzen las, die Rose immer nur heimlich gelesen hatte, Bücher, deren Titel immer aus zwei Worten bestanden. Momentan lag *Verbotenes Verlangen* auf dem Mikrowellenherd, und auf dem Wohnzimmersofa hatte Rose *Sündige Leidenschaft* aufgeschlagen liegen sehen. Simon hatte ihr erzählt, dass er seiner Mutter als Junge einen Geschenkgutschein für ein fiktives Buch mit dem Titel *Feuchte Liebe* gegeben hatte. »Und? Hat sie sich aufgeregt?«, hatte Rose gefragt. Simon hatte kurz überlegt. »Ich glaube, sie war enttäuscht, dass es das Buch nicht gab.«

Jetzt schnüffelte Simon wieder mit besorgtem Gesichtsausdruck. »Mama, die Walnüsse.«

»Alles im Griff«, sagte Elizabeth Stein ruhig und schüttete aus einer Papiertüte Brötchen in einen mit einer Serviette ausgelegten Korb, der auf einer Seite eine Delle hatte. »Ach herrje«, sagte sie. »Schief.«

Auch das war typisch. Simons Eltern neigten dazu, sich nicht mit Formalitäten aufzuhalten, wenn es um Geschirr ging. Rose überraschte es nicht, dass auf der handgewebten Leinentischdecke unterschiedliche Gedecke standen. Drei Teller waren von dem guten Goldrandporzellan und drei Teller von der Sorte, die man bei Ikea stapelweise kaufen konnte. Fürs Wasser gab es vier Wassergläser und zwei Kaffeetassen, für den Wein drei Weingläser, zwei Kognakschwenker und eine Champagnerflöte, und neben jedem Teller lag eine andere Serviette, darunter eine, auf der »Alles Gute zum Hochzeitstag« stand. Sydelle würde ausflippen, dachte Rose und lächelte. Ihr sollte es recht sein.

Simon trat mit einem Krug voller Eiswasser und zwei Flaschen Wein hinter sie. »Mein Rat«, sagte er und reichte ihr ein Glas. »Fang gleich mit dem Trinken an.«

Ein Auto bog in die Auffahrt ein. Rose sah das Gesicht ihres Vaters, seine vertraute Stirnglatze, und daneben Sydelle in voller Lippenstift- und Perlenpracht. Sie packte Simons Hand und flüsterte: »Ich liebe dich.«

Simon sah sie verwundert an. »Ich weiß.«

Die Autotüren wurden zugeknallt. Rose hörte die höflichen »Hallos« und das Klappern von Sydelles Absätzen auf dem verkratzten Parkettboden der Steins. Familie, dachte sie. Sie schluckte schwer, drückte Simons Hand und sehnte sich nach etwas, das sie nicht in Worte fassen konnte. Sie sehnte sich nach Lockerheit und Unbeschwertheit, ein paar witzigen Sprüchen und dem absolut perfekten Outfit. Mit anderen Worten, nach Maggie. Einen Abend lang Maggie zu sein oder wenigstens von dem Rat und der Anwesenheit ihrer Schwester zu profitieren. Das hier war ihre Familie, die alte und die neue, und Maggie sollte dabei sein.

Simon sah sie wieder seltsam an. »Alles in Ordnung?«

Rose schenkte sich ein halbes Glas Rotwein ein und trank es auf einen Zug leer. »Ja«, sagte sie und folgte ihm in die Küche. »Alles in Ordnung.«

## 45

»Rosenfarb!«, rief Maggie dem Wachmann zu. Der Wachmann nickte langsam (was sie nicht überraschte – Maggie hatte schnell herausgefunden, dass in Golden Acres alle alles langsam taten), und sie drückte aufs Gas, während der Balken aufging. Seit sie in Golden Acres war, hatte Maggie ein Experiment durchgeführt, um zu sehen, ob es ausreichen würde, den Wachleuten einen jüdisch klingenden Namen zuzurufen. Bis jetzt hatte sie es mit *Rosen*, *Rosenstein*, *Rosenblum*, *Rosenfeld*, *Rosenbluth* und, einmal, spätnachts, in einer Hommage an Fletch, mit *Rosenpenis* probiert. Die Wachmänner (falls man diese alten Herren in ihren alten Polyesteruniformen überhaupt so nennen konnte) hatten sie ohne mit der Wimper zu zucken durchgewinkt.

Maggie parkte Lewis' schulbusgroßen Lincoln vor dem Haus, in dem ihre Großmutter wohnte, und ging die Treppe hinauf zu Ellas Wohnung. Das Zimmer, das sie darin bewohnte, hatte kahle Wände und eine beige Schlafcouch, die fast die gleiche war wie in Roses Wohnung. Der Raum war so sauber und spartanisch möbliert, dass Maggie sich fragte, ob er jemals zuvor benutzt worden war.

Es war drei Uhr nachmittags. Sie überlegte, ob sie vor dem Essen noch an den Strand gehen sollte. Vielleicht würde sie mit Ella zu Abend essen. Vielleicht würden sie sich wieder eine der DVDs ansehen, die Ella letzte Woche mit nach Hause gebracht hatte. Aber als sie die Wohnung betrat, saß ihre Großmutter mit gefalteten Händen am Küchentisch, so als hätte sie auf sie gewartet.

»Hi«, sagte Maggie. »Solltest du nicht im Hospital sein? Oder im Hospiz? Oder einem anderen Ort, der mit ›Hosp‹ anfängt?«

Ella schüttelte den Kopf und lächelte schwach. In ihrer schwarzen Hose und weißen Bluse, die Haare wie immer um den Kopf geflochten, sah ihre Großmutter schäbig und klein aus, wie eine graue, ängstliche Maus.

»Wir müssen reden«, sagte Ella.

O je, dachte Maggie. Jetzt ist es so weit. Sie hatte das schon Hunderte Male von Mitbewohnern und Freunden gehört, ganz zu schweigen von Sydelle. *Maggie, du nutzt uns aus. Maggie, du musst etwas beisteuern. Maggie, dein Vater sollte sich nicht sein ganzes Leben um dich kümmern müssen.*

Aber Ella lag etwas anderes auf dem Herzen. »Ich schulde dir eine Erklärung. Ich wollte schon länger mit dir reden, aber ...« Sie hielt inne. »Ich weiß, dass du dich wahrscheinlich wunderst, wo ich all die Jahre gesteckt habe.«

Ach so, dachte Maggie. Darauf also wollte Ella hinaus. Nicht Maggies Unselbstständigkeit, sondern ihre eigenen Schuldgefühle. »Du hast uns Karten geschickt«, sagte sie.

»Das stimmt«, sagte Ella und nickte. »Und ich habe auch angerufen. Wusstest du das nicht?«, fragte sie, obwohl sie die Antwort kannte. »Dein Vater war sehr wütend auf uns. Auf mich und meinen Mann. Und nachdem Ira starb, nur auf mich.«

Maggie zog einen Stuhl heran und setzte sich zu Ella an den Tisch. »Warum wütend?«

»Er dachte, dass ich ihm etwas Schreckliches angetan habe«, sagte Ella. »Er war der Meinung, dass ich, das heißt, mein Mann und ich, ihm mehr über Caroline – deine Mutter – hätten erzählen sollen.«

»Ich weiß, wie sie heißt«, sagte Maggie gereizt. Die Angelegenheit ihrer Mutter – der Name ihrer Mutter im Mund dieser alten Frau – war wie eine Wunde, die nicht verheilen wollte. Sie war nicht bereit dafür. Sie wollte nichts über ihre Mutter hören, sie wollte nicht an ihre Mutter denken, sie wollte die Wahrheit beziehungsweise die Wahrheit ihrer Großmutter nicht wissen. Ihre Mutter war tot, der erste Verlust in ihrem Leben, und das war Wahrheit genug. Mehr konnte sie nicht ertragen.

Ella redete weiter. »Ich hätte deinem Vater sagen sollen, dass sie ...« – Ella stockte – »psychisch krank war.«

»Du lügst«, sagte Maggie scharf. »Sie war nicht verrückt. Sie war ganz normal. Es ging ihr gut. Ich erinnere mich.«

»Aber es ging ihr nicht immer gut, richtig?«, fragte Ella. Maggie schloss die Augen und hörte nur Bruchstücke dessen, was ihre Großmutter sagte: *manische Phasen, klinische Depression, Medikamente, Schockbehandlung.*

»Warum habt ihr sie dann heiraten lassen, wenn ihr wusstet, dass sie krank war?«, fragte Maggie. »Warum habt ihr sie Kinder kriegen lassen?«

Ella seufzte. »Wir konnten sie nicht daran hindern. Caroline war eine erwachsene Frau. Sie traf ihre eigenen Entscheidungen.«

»Wahrscheinlich wart ihr froh, sie loszuhaben«, murmelte Maggie. Sie sprach damit eine ihrer größten Ängste aus, denn sie konnte sich leicht vorstellen, wie glücklich ihr Vater, Sydelle und Rose sein würden, sie loszuhaben, sie auf einen ahnungslosen liebestollen Kerl abzuwälzen, damit sie nicht länger ihr Problem, sondern seines war.

Ella wirkte geschockt. »Natürlich nicht! Ich war nie froh, sie loszuhaben! Und als ich sie verloren hatte ...« Sie schluckte schwer. »Es war das Schlimmste, was ich mir vorstellen konnte. Weil ich nicht nur sie verloren habe, sondern auch dich und Rose.« Sie sah auf ihre gefalteten Hände hinab, die auf dem Tisch lagen. »Ich habe alles verloren.« Sie sah Maggie mit Tränen in den Augen an. »Aber jetzt bist du hier. Und ich hoffe ...« Sie bückte sich und hob etwas vom Boden auf. »Hier«, sagte sie und schob eine Schachtel über den Tisch. »Die hier waren in der Spedition in Michigan eingelagert. Ich hab sie mir schicken lassen. Ich dachte, du möchtest sie vielleicht sehen.«

Maggie griff in die Schachtel. Sie war voller alter Fotoalben. Sie öffnete das oberste, und da war sie – Caroline. Caroline als Teenager, in einem engen schwarzen Pulli und mit schwarz geschminkten Augen. Caroline an ihrem Hochzeitstag, in einem taillierten Spitzenkleid und einem langen Schleier. Caroline am Strand in einem blauen Badeanzug, in die Sonne blinzelnd, Maggie auf dem Arm, während Rose sich an ihr Bein klammerte.

Maggie blätterte immer schneller um, sah, wie ihre Mutter älter wurde, sah, wie sie selbst größer wurde. Sie wusste, dass es bald keine Bilder mehr geben würde, dass ihre Mutter nicht älter als dreißig geworden war, dass sie und Rose in dieser Welt für immer als kleine Mädchen festgehalten waren. *Die Kunst, was zu verlieren, ist nicht schwer.* Ihre Großmutter starrte sie erwartungsvoll an. *Nein,* dachte Maggie. *Nicht das.* Das konnte sie nicht ertragen. Sie wollte nicht jemandes Hoffnung sein.

Sie wollte kein Ersatz für eine tote Tochter sein. Sie wollte nichts, gar nichts außer etwas Geld und ein Flugticket, um hier wegzukommen. Sie wollte ihre Großmutter rein als Mittel zum Zweck ansehen, als Geldesel. Sie wollte nicht bemitleidet werden, und sie wollte ganz sicher kein Mitleid für jemand anderen empfinden.

Sie klappte das Album zu und rieb die Hände an ihren Shorts, als ob sie dreckig wären. »Ich gehe spazieren«, sagte sie, drückte sich an Ella vorbei, ging in ihr Zimmer, packte den altmodischen Badeanzug, den sie in Ellas Schrank gefunden hatte, ihr Handtuch, Sonnencreme und einen leeren Notizblock ein und eilte aus der Wohnung.

»Maggie, warte«, rief Ella. Maggie blieb nicht stehen. »Maggie, bitte!« Aber da war Maggie schon weg.

Maggie ging durch Golden Acres, vorbei an Crestwood und Farmington und Lawndale, vorbei an den Straßen mit den pseudoenglischen Dorfnamen und den Häusern, die alle gleich aussahen. *Das soll sie teuer zu stehen kommen,* flüsterte sie zu sich selbst.

Man war ihr etwas schuldig – alle, die sie in der High School aufgezogen hatten, alle, die sie kleiner gemacht hatten als sie war, die sich gegen sie verschworen hatten, damit sie unsichtbar und unbemerkt blieb. Sie war verdammt noch mal fast dreißig und konnte noch immer keine Schauspielrolle vorweisen, und in die Nähe einer 90210-Adresse kam sie nur, wenn sie sich die Wiederholungen von *Beverly Hills* im Fernsehen ansah.

*Das soll sie teuer zu stehen kommen,* sagte sie sich. Am Swimmingpool waren nur eine Hand voll alter Leute, die sich sonnten, lasen und leise Karten spielten. Maggie zog sich in der Umkleidekabine um, rückte einen der Liegestühle in eine gute Bräunungsposition, breitete ihr Handtuch über den Stuhl, legte sich hin und starrte auf ihren Notizblock. Wie viel Geld würde sie brauchen, um hier wegzukommen? Fünfhundert Dollar für das Flugticket, schrieb sie. Zweitausend Dollar für die Kaution, die erste und letzte Monatsmiete. Das war bereits mehr Geld, als sie bisher gespart hatte. Maggie stöhnte, riss die Seite aus dem Block, zerknüllte sie und ließ sie neben den Stuhl fallen.

»Hey!«, rief ein alter Mann, unter dessen aufgeknöpftem Hemd buschige weiße Brusthaare hervorlugten. »Abfall wegwerfen verboten!«

Maggie funkelte ihn wütend an, schob das zerknüllte Papier unter ihre Shorts und machte weiter.

»Modelfotos«, schrieb sie. Wie viel würden die kosten?

»Fräulein!«, rief eine fremde Stimme. »Fräulein!«

Maggie sah auf. Dieses Mal war es eine alte Frau mit einer gefransten pinkfarbenen Badekappe.

»Entschuldigen Sie bitte die Störung«, sagte sie und kam näher. Ihre Oberschenkel und Oberarme wabbelten bei jedem Schritt. »Aber Sie werden sich einen schlimmen Sonnenbrand holen, wenn Sie sich nicht einreiben.«

Maggie zeigte der Frau wortlos ihre Tube Sonnencreme, doch schien sie das in keinster Weise zu beeindrucken. Und bildete sie es sich nur ein, oder kamen die anderen alten Leute jedes Mal, wenn sie die Augen schloss, näher an sie heran, wie eine Art Rentnerversion von *Dawn of the Dead*? »Ah ja, ich sehe schon«, sagte die Frau. »Sonnenschutzfaktor 15, das ist gut, sehr gut, 30 oder sogar 45 wäre natürlich noch besser, und es sollte wirklich wasserfest sein.« Sie schwieg und wartete auf eine Antwort. Maggie beachtete sie nicht weiter. Die Frau fuhr fort. »Wie ich sehe, haben Sie sich den Rücken nicht eingecremt. Brauchen Sie Hilfe?«, fragte sie und beugte sich vor. Allein bei dem Gedanken, dass diese alte schlaffe Kreatur sie berührte, zuckte Maggie zurück. Sie schüttelte den Kopf. »Nein, danke, es geht schon.«

»Nun, wenn Sie mich brauchen«, sagte die alte Frau fröhlich und wabbelte zurück zu ihrem Stuhl. »Ich bin hier. Ich heiße Dora. Und wie heißen Sie, Liebes?«

Maggie seufzte. »Maggie«, sagte sie, da es ihr zu umständlich schien, sich einen falschen Namen auszudenken. Zurück zu Maggie, dachte sie grimmig und konzentrierte sich wieder auf ihren Notizblock. Sie unterstrich das Wort »Modelfotos«. Sie würde ihrer Großmutter erklären, was das war und warum sie sie brauchte, wie sehr sie schon immer Schauspielerin werden wollte und wie sie sich ohne eine liebende Mutter, die ihr diesen Traum erfüllt hätte, nur auf ihren Grips und ihr Glück verlassen musste, nur dass jetzt …

»Entschuldigung!«

*Herrgott noch mal,* dachte Maggie und blinzelte zwei alte Männer an, die zu ihren Shorts Sandalen trugen. Und Socken.

»Wir hatten gehofft, dass Sie uns helfen könnten, einen Streit beizulegen«, begann der Wortführer der beiden, ein großer, dünner, glatzköpfiger Mann mit einem Sonnenbrand.

»Ich habe zu tun«, sagte Maggie und zeigte auf ihren Block, in der Hoffnung, dass sie sie in Ruhe lassen würden.

»Lass das Mädchen in Ruhe, Jack«, sagte der andere Mann – klein und fassförmig, mit einem weißen Haarkranz und scheußlichen schwarz-rot karierten Shorts.

»Es ist nur eine kurze Frage«, sagte der Mann, bei dem es sich wahrscheinlich um Jack handelte. »Ich habe mich gefragt – das heißt, wir haben uns gefragt ….« Maggie starrte ihn ungeduldig an. »Sie kommen uns so bekannt vor. Sind Sie Schauspielerin?«

Maggie warf sich die Haare über die Schultern und bedachte die alten Knaben mit ihrem blendendsten Lächeln. »Ich war mal in einem Musikvideo«, sagte sie. »Will Smith.«

Der große Dünne starrte sie mit großen Augen an. »Wirklich? Haben Sie ihn kennen gelernt?«

»Nun, nicht direkt«, sagte Maggie und stützte sich auf den Ellbogen. »Aber ich habe ihn beim Mittagessen in der Kantine gesehen«, sagte sie und schüttelte ihre kastanienbraunen Locken. Und plötzlich standen vier alte Leute um sie herum, Jack und sein Freund, die plappernde Dora und der Kerl, der sie wegen des Abfalls angeschnauzt hatte. Maggie sah Leberflecken und Sonnencreme, Shorts, die nach Mottenkugeln rochen, Falten, Barthaare und flatternde weiße Haare.

»Eine Schauspielerin. Du meine Güte«, sagte Jack.

»Wow«, sagte der fassförmige Kerl.

»Zu wem gehören Sie?«, fragte Dora. »Ihre Großeltern müssen sehr stolz auf Sie sein!«

»Wohnen Sie in Hollywood?«

»Haben Sie einen Agenten?«

»Hat diese Tätowierung wehgetan?«, fragte Jacks fassförmiger Freund mit krächzender Stimme.

Dora warf ihm einen scharfen Blick zu. »Herman, wen interessiert das?«

»Mich«, entgegnete Herman trotzig.

Jack rüttelte ungeduldig an Maggies Stuhl und sprach die Zauberworte: »Erzählen Sie uns von sich. Wir wollen alles wissen.«

## 46

Simon stellte seine Aktentasche ab, breitete die Arme aus und rief: »Erwählte Braut!« Er hatte den Begriff in einer Kleinstadtzeitung in Central Pennsylvania gelesen, als er wegen einer eidesstattlichen Zeugenaussage dorthin fahren musste, und seitdem nannte er Rose so.

»Eine Sekunde!«, rief Rose aus der Küche, wo sie die Prospekte von drei verschiedenen Cateringdiensten durchblätterte, die am Vormittag mit der Post gekommen waren. Simon schlang seine Arme um sie. »Wie ernst ist es dir mit Babylammkoteletts?«, murmelte sie in seinen Hals. »Denn ich muss dir sagen, sie sind teuer.«

»Geld spielt keine Rolle«, verkündete Simon großspurig. »Unsere Liebe muss mit Glanz und Gloria gefeiert werden. Und mit Lammkoteletts.«

Rose stellte eine in Geschenkpapier verpackte Schachtel vor ihn. »Das ist heute gekommen, und ich habe keine Ahnung, was es ist.«

»Ein Verlobungsgeschenk«, sagte Simon, rieb sich die Hände und sah auf den Absender. »Von Tante Melissa und Onkel Steve!« Er öffnete die Schachtel. Zusammen starrten sie auf das Geschenk. Nach einer Weile sah Simon Rose an und räusperte sich. »Ich glaube, es ist ein Kerzenständer.«

Rose nahm den Glasklumpen aus dem Seidenpapier und hielt ihn ins Licht. »Ich sehe keine Kerze.«

»Na ja, aber hier kann man eine Kerze reinstecken«, sagte Simon und deutete auf eine seichte Kerbe auf einer Seite.

»Ich glaube nicht, dass das tief genug für eine Kerze ist«, sagte Rose. »Und falls es ein Kerzenhalter wäre, hätten sie dann nicht eine Kerze mitgeschickt, damit wir Bescheid wissen?«

»Es muss ein Kerzenständer sein«, sagte Simon, ohne sich besonders überzeugt anzuhören. »Was sollte es sonst sein?«

Rose starrte weiter auf den Glasklumpen. »Vielleicht irgendein Servierteil?«

»Für Miniportionen?«

»Nein, nein, für Nüsse oder Süßigkeiten oder so.«

»Das Loch ist nicht groß genug für Nüsse oder Süßigkeiten.«

»Ach, aber für eine Kerze schon?«

Sie sahen sich eine Weile an. Dann nahm Simon eine Danksagungskarte und schrieb: »Liebe Tante Melissa, lieber Onkel Steve. Danke für das hübsche Geschenk. Es wird …« – er hielt inne und starrte zur Decke – »sich hübsch machen?«

»Du hast gerade ›hübsch‹ geschrieben.«

»Wunderbar!«, sagte Simon. »Es wird sich wunderbar in unserer Wohnung machen und uns stundenlang bei Laune halten, während wir versuchen herauszufinden, was in Gottes Namen es ist. Danke, dass ihr an uns gedacht habt. Wir freuen uns, euch bald zu sehen.« Simon setzte ihre Namen darunter, steckte die Kappe auf den Kugelschreiber und drehte sich freudestrahlend zu Rose. »Geschafft!«

»Das hast du doch nicht wirklich geschrieben?«, fragte Rose.

»Nein, hab ich nicht. Wie viele Karten müssen noch geschrieben werden?«

Rose sah auf die Liste. »Einundfünfzig.«

»Machst du Witze?«

»Es ist deine Schuld«, sagte Rose. »Ganz allein deine Schuld.«

»Nur weil uns meine Familie Geschenke kauft …«

»Nur weil meine Familie nicht so irrsinnig groß ist …«

Simon stand auf, packte Rose um die Taille und prustete ihr in den Nacken. »Nimm das zurück«, sagte er.

»Irrsinnig groß.«

»Nimm das zurück«, flüsterte er in ihr Ohr. »Oder du tust alles, was ich sage.«

Rose wandte sich zu ihm um und sah ihm ins Gesicht. »Ich werde diese Dankesschreiben nicht alle alleine schreiben!«, sagte sie atemlos.

Simon zog sie an sich, küsste sie und fuhr ihr mit den Fingern durchs Haar. »Die Dankesschreiben können warten.«

Später, als sie nackt unter der warmen Daunendecke lagen, drehte sich Rose auf die Seite und redete endlich über das, was ihr auf dem Herzen lag, seit er nach Hause gekommen war. »Da ist noch etwas«, sagte sie. »Mein Vater hat heute angerufen. Wegen Maggie.«

Simon blickte unbeteiligt drein. »Ach ja?«

Rose legte sich auf den Rücken und starrte zur Decke hinauf. »Sie ist wieder aufgetaucht«, sagte sie. »Mein Vater hat mir nur gesagt, dass es ihr gut geht. Er sagt, dass er mich sehen will. Um mir den Rest zu erzählen.«

»Okay«, sagte Simon.

Rose schloss die Augen und schüttelte den Kopf. »Ich bin

mir nicht sicher, ob ich den Rest hören will. Was immer der Rest ist. Es ist …« Sie schwieg. »Maggie ist schrecklich.«

»Was meinst du damit?«

»Sie ist … Ich meine, sie …« Rose verzog das Gesicht. Wie sollte sie dem Mann, den sie liebte, ihre Schwester erklären? Ihre Schwester, die sich ihr Geld und ihre Schuhe und ihre Männer unter den Nagel riss und dann monatelang unauffindbar war? »Glaub mir einfach. Sie macht nur Schwierigkeiten. Sie hat Lernschwierigkeiten …« Sie hielt inne. Die Lernschwierigkeiten waren schließlich nur die Spitze des Eisbergs. Es sah ihrer Schwester doch ähnlich, kurz vor Roses Hochzeit wieder aufzutauchen, gerade wenn es so aussah, als würde ausnahmsweise einmal Rose im Mittelpunkt stehen? »Sie wird uns unsere Hochzeit verderben«, sagte sie.

»Ich dachte, Sydelle würde uns unsere Hochzeit verderben«, erwiderte Simon.

Rose musste lächeln. »Na ja, Maggie wird sie noch mehr verderben.« Großer Gott, dachte sie. Es war so ruhig gewesen, seit Maggie weg war. Keine Geldeintreiber, die in aller Herrgottsfrüh anriefen, keine Ex- oder potenziellen Freunde, die Roses und Simons Schlaf störten. Die Sachen blieben dort, wo Rose sie hinstellte. Sie vermisste keine Schuhe, keine Klamotten, kein Geld. Das Auto stand dort, wo sie es geparkt hatte. »Aber eines sag ich dir«, fuhr Rose fort. »Sie wird keine Brautjungfer werden. Sie hat Glück, wenn sie überhaupt eine Einladung bekommt.«

»In Ordnung«, sagte Simon.

»Sie darf von Glück reden, wenn sie was zu essen bekommt«, sagte Rose.

»Dann bleibt mehr für mich übrig«, sagte Simon.

Rose starrte weiter zur Decke. »Ich glaube noch immer, dass das Glasding irgendein Servierteil ist.«

»Ich hab den Umschlag bereits zugeklebt«, sagte Simon. »Gib endlich Ruhe.«

»Bäh«, antwortete Rose und schloss die Augen. Sie

wünschte sich eine normale Familie, wie die von Simon. Keine tote Mutter, keine verschollene kleine Schwester, keinen Vater, der sich nur für die morgendlichen Börsenberichte interessierte, und mit Sicherheit keine Sydelle.

Sie stand auf, ging ins Wohnzimmer und nahm eine Danksagungskarte – eine Karte aus schwerem, cremefarbenem Papier, auf dem zu beiden Seiten eines riesigen S, für *Stein*, ihre Namen, *Rose* und *Simon*, standen. Rose würde ihren Familiennamen behalten, und obwohl sie das dem Stiefmonster gesagt hatte, hatte Sydelle einfach Karten drucken lassen, die suggerierten, dass Rose Rose Stein heißen würde.

*Liebe Maggie*, dachte Rose. *Wie konntest du mir das antun? Und wann kommst du wieder nach Hause?*

## 47

Ella drückte ihr Gesicht gegen den Zaun des Swimmingpools. »Da«, sagte sie und legte in dieses eine kleine Wörtchen all ihre Traurigkeit und Enttäuschung. »Da ist sie.«

Lewis trat neben sie, und Mrs. Lefkowitz flitzte in ihrem neuen Motorroller herbei. Zu dritt blickten sie durch die rautenförmigen Maschen. Auf Maggie.

Ihre Enkelin lag auf einem Liegestuhl am tiefen Ende des Beckens. Sie trug einen brandneuen pinkfarbenen Bikini und ein fadendünnes Silberkettchen um den Bauch. Ihre Haut glänzte von der Sonnencreme. Sie trug ihre weichen, lockigen Haare hochgesteckt und verbarg ihre Augen hinter einer kleinen runden Sonnenbrille. Um sie herum saßen vier Gestalten – eine alte Frau mit einer ausgeblichenen pinkfarbenen Gummibadekappe und drei alte Männer in Shorts. Einer der alten Männer beugte sich vor, als schiene er Maggie eine Frage zu stellen. Ihre Enkelin stützte sich auf einen Ellbogen und machte einen nachdenklichen Eindruck. Als sie ihre Lippen bewegte, fing ihr Publikum zu lachen an.

»Sieht aus, als hätte sie neue Freunde gefunden«, sagte Lewis.

Ella gab es einen Stich, als Maggie fortfuhr, ihre neuen Bekannten zu unterhalten, während die Wasserbabys-Aerobics-Gruppe kraftvoll zu einem leiernden Band von »Runaround Sue« herumplanschte. Ella hatte sie noch nie so entspannt gesehen. Seit dem Tag, an dem sie versucht hatte, Maggie von ihrer Mutter zu erzählen, verlief jeder Tag nach dem gleichen Schema: Maggie kam von der Arbeit nach Hause, lief in ihr Schlafzimmer, tauschte ihre Bagel-Bay-Uniform gegen ihren Bikini und Shorts ein und kam hierher. »Ich gehe schwimmen«, sagte sie. Sie fragte Ella nie, ob sie mitkommen wollte. Ella wusste, worauf das hinauslief. Maggie würde ausziehen – in eine eigene Wohnung oder vielleicht zu einem ihrer neuen Freunde, einer netten alten Frau, die ihr all die Vorteile einer Großmutter ohne unerfreuliche Komplikationen oder schmerzhafte Vergangenheit bot. Es war nicht fair!, dachte sie. Sie hatte so lange gewartet, sie hatte sich so viel erhofft! Nur um jetzt dabei zuzusehen, wie Maggie ihr entglitt!

»Was soll ich tun?«, flüsterte sie.

Mrs. Lefkowitz stieß mit ihrem Motorroller zurück und fuhr dann mit Höchstgeschwindigkeit auf den Eingang zum Swimmingpool zu.

»Warten Sie!«, schrie Ella. »Wo wollen Sie hin?«

Mrs. Lefkowitz fuhr einfach weiter. Ella warf Lewis einen Hilfe suchenden Blick zu.

»Ich werde …«, begann er.

»Wir …«, sagte sie.

Ellas Herz schlug bis zum Hals, als sie Mrs. Lefkowitz hinterhereilte, die schnurstracks auf Maggie zuraste.

»Hey!«, rief einer der alten Kerle, als Mrs. Lefkowitz an ihm vorbeiflitzte und dabei gegen den Tisch stieß, auf dem er seine Karten ausgebreitet hatte. Sie achtete nicht auf ihn und fuhr bis direkt vor Maggies Liegestuhl. Maggie senkte leicht den Kopf und starrte sie über den Rand ihrer Sonnenbrille hinweg an. Ella und Lewis kamen schwer atmend hinter Mrs. Lefkowitz hergeeilt, und einen Augenblick lang erinnerte Ella die Szene an einen der vielen Spaghettiwestern, in denen sich die Guten und die Bösen immer auf einer praktischerweise ausgestorbenen Straße oder in einem leeren Korral gegenüberstanden. Jetzt fehlte nur noch, dass an Mrs. Lefkowitz' Motorroller einer dieser Steppenläufer vorbeiwirbelte. Sogar die Wasserbabys hatten aufgehört herumzuplanschen und standen ruhig im seichten Ende des Pools, gespannt, wie es weitergehen würde.

Maggie starrte Mrs. Lefkowitz an, Maggies neue Freunde ließen Ella und Lewis nicht aus den Augen, und Ella studierte eingehend das gesprungene Pflaster unter ihren Füßen und wünschte sich verzweifelt einen Cowboyhut und, noch verzweifelter, ein Drehbuch. Gehörte sie zu den Guten oder zu den Bösen? War sie der Held, der einer in Not befindlichen Dame zu Hilfe eilte, oder der Bösewicht, der sich anschickte, sie aufs Eisenbahngleis zu binden?

Held, beschloss sie, während Mrs. Lefkowitz zehn Zentimeter vorrollte, bis sie Maggies Stuhl berührte. Es erinnerte Ella an einen Welpen, der mit der Nase an eine geschlossene Tür stupste.

»Maggie, Liebes«, sagte Mrs. Lefkowitz. »Es gibt etwas, wobei Sie mir vielleicht helfen können.«

Maggie zog die Augenbrauen hoch, während einer der alten Männer Mrs. Lefkowitz böse anfunkelte.

»Sie ist müde«, sagte er streitlustig und packte seinen Gehstock mit beiden Händen. »Sie hat einen sehr langen Tag gehabt. Und sie war gerade dabei, uns zu erzählen, wie sie beinahe bei MTV gelandet wäre.«

Mrs. Lefkowitz rührte sich nicht vom Fleck. »Na, dann los. Erzählen Sie!«

Maggie wandte sich über Mrs. Lefkowitz' Kopf hinweg an Ella. »Was willst du?«

*Ich will, dass du mich liebst. Ich will, dass du mich magst.*

*Ich will, dass du nicht mehr wegläufst.* Es hätte nicht viel gefehlt, und die Worte wären ihr einfach so herausgerutscht. »Ich …«, brachte sie hervor.

»Sie hat zu tun« sagte der kleine, runde, fassförmige Mann und stellte sich schützend vor Maggies Liegestuhl.

»Sind Sie Maggies Großmutter?«, fragte die Frau mit der pinkfarbenen Badekappe. »Sie müssen so stolz auf sie sein! So ein schönes Mädchen und so erfolgreich …«

Maggie biss sich auf die Lippe, und der alte Mann mit dem Stock gab einen nicht gerade erfreuten Ton von sich, als Lewis leise zwei Stühle heranzog und Ella bedeutete, sich zu setzen.

»MTV?«, fragte Mrs. Lefkowitz und nickte wissend, als hätte sie den Sender erfunden. »Als Kandidatin in einer der Gameshows?«

»Als Ansagerin«, murmelte Maggie.

»Wie dieser Carson Daly«, sagte Mrs. Lefkowitz, verschränkte die Hände über ihrer plumpen Taille und reckte ihre quadratische Sonnenbrille in die Sonne. »So ein attraktiver junger Mann!«

Die zwei Gruppen formierten sich zögerlich zu einem Halbkreis um Maggies Stuhl, Ella, Lewis und Mrs. Lefkowitz auf der einen, Maggies neue Freunde auf der anderen Seite. Maggie starrte zuerst die eine, dann die andere Gruppe an. Dann zuckte sie fast unmerklich die Achseln und holte aus ihrem Rucksack einen Notizblock hervor. Ella entspannte sich ein ganz klein wenig. Es war nicht direkt ein Fortschritt, aber wenigstens war Maggie nicht davongelaufen oder hatte sie gebeten zu gehen.

»Jack, nicht wahr?«, fragte Lewis den Mann mit dem Stock. Der Mann gab ein bejahendes Grunzen von sich. Lewis gab ihm die Hand. Die redselige Frau begann Mrs. Lefkowitz über den Motorroller auszufragen. Die beiden anderen Männer setzten ihr Kartenspiel fort. Ella schloss die Augen und atmete ruhig und hoffte.

Maggie hatte ebenfalls die Augen geschlossen und dachte darüber nach, was sie tun sollte und wie sie die Dinge wieder einrenken könnte, auch wenn ein Teil von ihr protestierte, dass das nicht ihre Aufgabe war. Nur wusste hier in Florida keiner, was ihre Aufgabe war und was nicht. Niemand hier wusste, dass sie ihr Leben vermasselt hatte. Niemand hier kannte Rose und wusste, dass sie diejenige war, die sich immer um alles kümmerte, und Maggie diejenige, die man retten oder der man helfen musste. Sie hatte Arbeit, eine Bleibe, Leute, denen sie nicht egal war. Es war an der Zeit, dass sie anfing, den Schaden wieder gutzumachen, und zwar angefangen bei dem Menschen, dem sie am meisten wehgetan hatte – bei Rose.

Sie kniff die Augen zu. Sie hatte Angst. Ein Teil von ihr wollte aufspringen, durch das Tor laufen, in Lewis' großes Auto springen und davonfahren, irgendwohin, wo niemand sie kannte, wo niemand wusste, wer sie war oder was sie getan hatte oder wo sie herkam. Aber sie war bereits einmal davongelaufen, nach Princeton, und dann hierher. Sie wollte nicht mehr davonlaufen.

Im seichten Ende des Beckens setzten die Wasserbabys ihre Übungen fort. In dem Stuhl neben ihr räusperte sich ihre Großmutter. »Ich wette, dass du Leute in deinem Alter vermisst«, sagte Ella. »Es muss schwer für dich sein, der einzige junge Mensch hier zu sein.«

»Mir geht's gut«, sagte Maggie.

»Ihr geht's gut«, knurrte Jack.

Maggie öffnete die Augen und klappte ihr Notizbuch auf. »*Liebe Rose*«, schrieb sie. Ella schielte auf die Seite, und blickte dann schnell wieder weg. Aber Dora, die Frau mit der pinkfarbenen Badekappe, hatte keine solchen Bedenken.

»Wer ist Rose?«, fragte sie.

»Meine Schwester«, sagte Maggie.

»Sie haben eine Schwester? Wie ist sie?« Jack legte seine Karten auf den Tisch und Herman legte sein *Mother-Jones*-Heft beiseite. »Sie hat eine Schwester!«

»Sie ist Anwältin in Philadelphia«, sagte Ella, dann verstummte sie und sah Maggie Hilfe suchend an. Maggie ignorierte sie, klappte ihren Notizblock zu, stand auf, ging durch die Rentnerschar zum Beckenrand und ließ einen Fuß im Wasser baumeln.

»Ist sie verheiratet?«, fragte Dora.

»Was ist ihr Spezialgebiet?«, fragte Jack. »Kennt sie sich zufällig auch mit Testamenten aus?«

»Kommt sie Sie besuchen?«, fragte Herman. »Sieht sie aus wie Sie? Ist sie auch tätowiert?«

»Sie ist nicht verheiratet«, sagte Maggie. »Sie hat einen Freund ...« Oder wenigstens hatte sie das, bis ich es vermasselt habe. Maggie starrte unglücklich in das gechlorte Wasser des Beckens.

»Erzählen Sie uns mehr von ihr!«, drängte Dora.

»Hat sie Piercings?«, fragte Herman.

Maggie lächelte und schüttelte den Kopf. »Sie sieht nicht aus wie ich. Na ja, vielleicht ein bisschen. Wir haben die gleiche Augen- und Haarfarbe, aber sie ist dicker als ich. Und sie hat auch keine Tätowierungen. Sie ist sehr konservativ. Sie trägt ihre Haare immer hochgesteckt.«

»Wie du!«, sagte Ella.

Maggie wollte gerade protestieren, dann fasste sie sich an den Pferdeschwanz und merkte, dass es stimmte. Sie hüpfte ins Wasser, drehte sich auf den Rücken und ließ sich treiben.

»Rose kann witzig sein«, sagte sie. Ella eilte an den Beckenrand, um sie besser verstehen zu können. Die anderen folgten ihr und wetteiferten um den besten Platz. »Und manchmal gemein. Als wir klein waren, mussten wir uns ein Zimmer teilen. Zwischen unseren Betten war ein Zwischenraum, in dem lag sie und las, während ich immer über sie gesprungen bin.« Bei dem Gedanken daran musste Maggie lächeln. »Sie lag da, und ich sprang von einem Bett zum anderen, immer hin und her und hin und her, und sagte: ›Der schnelle braune Fuchs sprang über den faulen Hund!‹«

»Also du warst der schnelle braune Fuchs«, sagte Ella.

Maggie warf ihr einen Aber-das-hab-ich-doch-gerade-gesagt-Blick zu, den umgehend auch Jack, Dora und Herman aufsetzten. »Ich hab's so lange getan, bis sie mich geschlagen hat«, sagte sie.

»Sie hat dich geschlagen?«, fragte Ella.

»Ich merkte, dass sie meine Hin- und Herspringerei immer mehr nervte, aber trotzdem sprang ich weiter, bis sie ihren Arm einfach nach oben streckte und mich mitten im Sprung runterholte.« Maggie nickte und zog sich am Beckenrand hoch. Sie wirkte eigenartig fröhlich bei dem Gedanken daran, von ihrer Schwester so unsanft abgefangen worden zu sein.

»Erzählen Sie uns mehr von Rose«, sagte Dora, während ihr Jack ein Handtuch und ihre Sonnencreme reichte.

»Sie macht sich nicht viel aus ihrem Aussehen oder aus materiellen Dingen«, sagte Maggie und legte sich wieder auf den Liegestuhl. Sie dachte daran, wie Rose sich nur schnell im Spiegel ansah oder Mascara auf ihre Augenlider schmierte und dann mit schwarzen Halbmonden auf den Wangen die Wohnung verließ.

»Oh, ich würde sie gerne kennen lernen«, sagte Dora.

»Laden Sie sie ein!«, sagte Jack und warf Ella einen Blick zu. »Ich bin mir sicher, Ihre Großmutter würde sich freuen, Sie beide hier zu haben.«

Maggie wusste, dass er Recht hatte. Ella würde Rose liebend gern kennen lernen. Welche Großmutter würde das nicht? Eine kluge, erfolgreiche Enkeltochter mit einem Universitätsabschluss in Jura. Aber Maggie war sich nicht sicher, ob sie schon bereit war, Rose wiederzusehen, oder ob Rose schon bereit war, ihr zu verzeihen. Für sie lief es besser denn je, seit sie in jener schrecklichen Nacht Philadelphia verlassen hatte. Zum ersten Mal in ihrem Leben stand sie nicht in Roses Schatten, zum ersten Mal war sie nicht die kleine, dumme, erfolglose Schwester, die nur gut aussah. Corinne und Charles hatten nichts von ihrer Vergangenheit gewusst, von ihren

Schwierigkeiten, ihren Nachhilfestunden, all den Jobs, die sie gekündigt oder verloren hatte, von den Mädchen, die einmal ihre Freundinnen gewesen waren. Dora, Jack und Herman dachten nicht, dass sie dumm oder eine Schlampe war. Sie mochten sie. Sie bewunderten sie. Sie hörten ihr zu. Wenn Rose aufkreuzte, würde sie alles kaputtmachen. »In einem Bagel-Shop?«, würde sie fragen, wobei ihr Tonfall suggerieren würde, dass für Maggie einfach nicht mehr drin war – ein Bagel-Shop, ein Gästezimmer, ein geliehenes Auto, Gefälligkeiten von Fremden.

Maggie klappte ihren Notizblock wieder auf. »Liebe Rose«, begann sie noch einmal und hielt dann inne. Sie wusste nicht, wie sie anfangen, wie sie die richtigen Worte finden sollte.

»Ich bin's, Maggie, für den Fall, dass du meine Handschrift nicht erkennst«, schrieb sie. »Ich bin in Florida bei unserer Großmutter. Sie heißt Ella Hirsch, und sie war …« Herrje, das war schwer. Es gab ein Wort für das, was sie sagen wollte. Es lag Maggie auf der Zunge, und sie fühlte, wie ihr Puls schneller ging, so wie in den Seminaren von Princeton, als sie in der letzten Reihe gesessen und immer drauf und dran gewesen war, mit den richtigen Antworten herauszuplatzen. »Wie lautet das Wort, wenn zwei Leute zusammen sein wollen, es aber nicht sind, weil sie sich gestritten haben oder so?«, rief sie.

»Das jiddische Wort?«, fragte Jack.

»Wem sollte sie denn auf Jiddisch schreiben?«, fragte Herman, und konzentrierte sich wieder auf sein *Mother-Jones*-Heft.

»Nicht jiddisch«, sagte Maggie. »Das Wort, wenn sich zwei Verwandte oder so nicht sehen, weil sie oder andere Familienmitglieder über irgendetwas wütend sind.«

»Entzweit«, sagte Lewis. Jack funkelte ihn böse an.

Maggie schien es nicht zu bemerken. »Danke«, sagte sie.

»Ich bin froh, auf meine alten Tage noch zu etwas nützlich zu sein«, sagte Lewis.

»Ihr Name ist Ella Hirsch, und sie und unser Vater hatten

sich entzweit«, schrieb Maggie und starrte dann auf die Seite. Jetzt kam der schwierige Teil … aber sie hatte in Princeton geübt, wie man mit Worten umging und die Besten heraussuchte, so wie ein gewissenhafter Koch die besten Äpfel aus dem Korb oder das fetteste Huhn aus der Metzgervitrine auswählte.

»Es tut mir Leid, was letzten Winter passiert ist«, schrieb sie und beschloss, dass das wahrscheinlich der beste Weg war – offen und direkt. »Es tut mir Leid, dass ich dir wehgetan habe. Ich will …« Sie hielt wieder inne, bewusst, dass alle sie anstarrten, als wäre sie ein seltenes Tier, das erst kürzlich in Gefangenschaft geraten war oder das gerade einen amüsanten neuen Trick gelernt hatte.

»Wie lautet das Wort, wenn man etwas wieder gutmachen will?«

»*Versöhnung*«, sagte Ella ruhig und buchstabierte es, und Maggie schrieb es zweimal, um sicherzugehen, dass sie keinen Fehler machte.

## 48

»In Ordnung«, sagte Rose, als sie ins Auto stieg. »Du schwörst also unter Androhung einer Strafe für Meineid, wie sie das Strafgesetzbuch von Pennsylvania vorschreibt, dass absolut niemand von Lewis, Dommel & Fenick auf dieser Hochzeit sein wird?« Das war eine wichtige Information. Sie hatte mit Simon bereits über vieles gesprochen – tote Mutter, verschwundene Schwester, unsägliche Stiefmutter –, aber das Thema Mr. Jim Danvers hatte sie bisher noch nicht angeschnitten. Und sie wollte es auch auf der Hochzeit zweier ehemaliger Kommilitonen von Simon, die einige Monate vor ihnen heirateten, nicht tun.

»Nicht dass ich wüsste«, sagte Simon, zupfte an seiner Krawatte und ließ den Motor an.

»Nicht dass du wüsstest«, wiederholte Rose. Sie klappte den Spiegel herunter, inspizierte ihr Make-up und begann, die etwas zu dick aufgetragene Abdeckcreme unter ihrem rechten Auge zu verwischen. »Also muss ich wohl nach Skateboards Ausschau halten.«

»Habe ich dir das nicht erzählt?«, fragte Simon unschuldig. »Don Dommel ist vom Skateboard gefallen, mit dem Kopf gegen ein Geländer geprallt und hat Gott gesehen. Kein Extremsport mehr. Jetzt fährt er voll auf Meditation ab. Jeden Tag zur Mittagszeit ist Yoga angesagt. Die ganze Kanzlei riecht nach Weihrauch, und die Sekretärinnen müssen sich am Telefon mit *Namasté* melden.«

»Ha«, sagte Rose.

»Rose«, sagte Simon. »Es ist eine Hochzeit, kein Hinterhalt der Mafia. Beruhige dich.«

Rose kramte in ihrer Tasche nach einem Lippenstift und dachte, dass Simon leicht reden hatte. Er war ja nicht derjenige, der Erklärungen abgeben müsste. Langsam verstand sie, warum Maggie so abweisend gewesen war. Wenn man mit einer Berufsbezeichnung – Doktor, Anwalt, Studentin – durchs Leben ging, hatte man eine Rüstung. Wenn man aber andauernd einen Weg finden musste, Leuten zu erzählen, wer man war – was hieß, dass man erzählen musste, was man tat –, und nicht in eine der netten kleinen Schubladen passte, die die Welt parat hielt, hatte man es schwer. *Nun, ich will Schauspielerin werden, aber momentan bin ich Kellnerin,* oder: *Ich war mal Anwältin, aber die letzten zehn Monate habe ich Hunde Gassi geführt.*

»Keine Angst«, sagte Simon. »Du musst dich nur für meine Freunde freuen und Champagner trinken und mit mir tanzen …«

»Von Tanzen hast du nichts gesagt«, sagte Rose und sah unglücklich auf ihre Füße, die zum ersten Mal seit ihrem Abschied aus dem Anwaltsleben wieder in hochhackigen Schuhen steckten. *Nur Mut,* sagte sie sich. »Ich bin sicher, dass es toll wird!« Sie schluckte schwer. Sie war sich sicher, dass es schrecklich werden würde. Großveranstaltungen lagen ihr nicht, was einer der Gründe war, warum ihr vor ihrer eigenen Hochzeit graute. Sie hatte zu viele negative Erinnerungen an Bar- und Bat-Mizwah-Feiern, Nachmittagen wie diesen in Synagogen und Country-Club-Ballsälen, an denen sie sich stets als das größte und hässlichste Mädchen fühlte und sich in einer Ecke postierte, mit dem Argument, dass es ihr, wenn niemand sie sah, auch nichts ausmachen würde, nicht zum Tanzen aufgefordert zu werden. Also hatte sie sich stundenlang allein durch die gehackte Leber und die Minihotdogs in Blätterteig gefuttert und dabei zugesehen, wie Maggie den Limbo-Wettbewerb gewann.

Achtzehn Jahre später, verlobt, und trotzdem noch immer das gleiche Gefühl, dachte sie, während sie Simon durch die mit riesigen Liliensträußen und weißen Seidenbändern geschmückte Kirchentür folgte. Nur dass es hier anstelle von gehackter Leber und winzigen Häppchen Crudités und Champagner gab und keine limbotanzende Schwester, die für Abwechslung sorgte. Rose nahm ein Programm. »Die Braut heißt Penelope?«

»Wir nennen sie Lopey«, sagte Simon.

»Lopey. Aha«, sagte Rose.

»Komm, ich stelle dir ein paar Leute vor«, sagte Simon. Und schon lernte Rose James und Aidan, Leslie und Heather kennen. James und Aidan hatten beide mit Simon Jura studiert. Leslie arbeitete im PR-Bereich, Heather als Einkäuferin bei Macy's. Beide waren klein und zierlich, trugen Etuikleider aus Leinen (Heather ein cremefarbenes, Leslie ein gelbes) und dazu Kaschmirschals, die sie locker über die Schultern geworfen hatten. Rose sah sich um und bemerkte entsetzt, dass alle anderen Frauen – wirklich alle! – ein einfach geschnittenes Kleid, einen Schal und zierliche Sandalen trugen, wohingegen sie das falsche Outfit in der falschen Farbe anhatte: Pumps anstelle von Sandalen und klobige Holzperlen anstatt echter Perlen, und ihre Haare waren wahrscheinlich ein wirres Durcheinander und sträubten sich gegen die Schildpattkämme, die sie sich vor einer Stunde sorgfältig ins Haar gesteckt hatte. Mist. Maggie hätte gewusst, was sie hätte anziehen sollen, dachte Rose kläglich. Wo war ihre Schwester, wenn man sie brauchte?

»Und was machen Sie?«, fragte Heather. Oder vielleicht war es auch Leslie. Sie waren beide blond, nur dass die eine einen Pagenkopf trug, während die andere ihre Haare zu einem eleganten Haarknoten hochgesteckt hatte, und beide besaßen sie die vornehme Blässe, die daher rührte, wenn man aus gutem Hause kam und sich regelmäßig der Luft in den Ankleidekabinen von Talbot's aussetzte.

Rose befingerte ihre Holzperlen und fragte sich, ob es wohl jemandem auffiele, wenn sie sie während des Gottesdienstes in ihrer Tasche verschwinden lassen würde. »Ich bin Anwältin.«

»Oh!«, sagte Leslie. Oder möglicherweise Heather. »Also sind Sie und Simon Kollegen?«

»Ich … äh … ich …« Rose warf Simon einen verzweifelten Blick zu, aber er unterhielt sich gerade angeregt mit den Jungs. Sie wischte sich über die feuchte Stirn, als ihr bewusst wurde, dass sie sich wahrscheinlich gerade ihr Make-up abgewischt hatte. »Ich habe bei Lewis, Dommel & Fenick gearbeitet, aber ich nehme momentan eine Auszeit.«

»Oh«, sagte Leslie.

»Wie nett«, meinte Heather. »Und Sie heiraten demnächst, richtig?«

»Richtig!«, bestätigte Rose, zu laut, und legte ihre Hand auf Simons Unterarm, wobei sie sicherstellte, dass ihr Verlobungsring gut sichtbar war.

»Ich hatte mich drei Monate beurlauben lassen, um meine Hochzeit zu planen«, sagte Heather. »Oh, ich erinnere mich noch gut daran. All die Termine … die Speisekarten, die Blumen …«

»Ich habe damals nur Teilzeit gearbeitet«, warf Leslie ein. »Ich war natürlich auch noch in der Junior League aktiv, aber die meiste Zeit drehte sich alles nur um die Hochzeit.«

»Würden Sie mich bitte entschuldigen?«, murmelte Rose. Sie wusste, dass die beiden jeden Augenblick anfangen würden, sich über Hochzeitskleider zu unterhalten, und sie dann gezwungen wäre, die Wahrheit zu enthüllen, die da lautete, dass sie seit jenem schrecklichen Nachmittag mit Amy nicht mehr gesucht hatte. *Kein Kleid, kein Job,* würden ihre Blicke sagen, *und kein Ehrenamt in der Junior League. Was sind Sie denn für eine Braut?*

Rose eilte durch den Mittelgang und durchs Foyer hinaus ins Freie, wo ein großer Mann im Anzug stand und auf sie zu warten schien. Rose blieb stehen und starrte auf das steife weiße Hemd, die rotgold gemusterte Krawatte, das kantige Kinn, die gebräunte Haut und die funkelnden blauen Augen. Jim Danvers.

»Hallo, Rose«, sagte er.

Er sah genauso aus wie früher. Aber was hatte sie erwartet? Dass er dahinsiechen und sterben würde? Dass er eine Glatze oder Pickel bekommen und ihm Haare aus den Ohren wachsen würden?

Was das anging, sah sie, dass ihm tatsächlich Haare in den Ohren wuchsen. Nicht viel, nicht die ekligen Büschel, die andere Männer hatten, aber immerhin. Haare in den Ohren. Der eindeutige Beweis, dass er nicht perfekt war. Nun ja, man konnte auch die Tatsache, dass er mit ihrer Schwester geschlafen hatte, als Beweis seiner Nichtperfektion deuten, dennoch fand sie die Ohrenhaare tröstlich.

Rose nickte ihm zu, in der Hoffnung, dass er nicht sah, wie sehr ihre Knie und ihre Hände – ja, sogar ihr Hals – zitterten.

»Was bringt dich hierher?«, fragte er. Seine Stimme hörte sich höher an, als sie in Erinnerung hatte. Konnte es sein, dass Jim Danvers nervös war?

Rose warf ihre Haare zurück. »Ach, Lopey und ich sind alte

Freunde. Wir sind zusammen ausgeritten, und am College waren wir beide in der A-capella-Gesangsgruppe und in der gleichen Studentinnenverbindung. Wir sind sogar zusammen auf Dates gegangen …«

Jim schüttelte den Kopf. »Lopey ist Vegetarierin und hält Reiten, glaube ich, für Tierquälerei. Außerdem war sie am College eine ziemlich eingefleischte Lesbe, also wären alle Doppel-Dates von der rein weiblichen Sorte gewesen.«

»Ah«, sagte Rose. »Dann muss ich es mit dem Bräutigam verwechselt haben.«

Jim lachte kurz und unbehaglich. »Rose«, begann er, »ich wollte schon länger mit dir reden.«

»Ich Glückliche«, sagte Rose.

»Ich habe dich vermisst«, sagte er.

»Natürlich«, sagte sie und wandte sich halb um. »Komm. Ich stell dich meinem Verlobten vor.«

Seine Augen weiteten sich fast unmerklich. »Geh zuerst mit mir spazieren«, sagte er.

»Das werde ich nicht tun.«

»Komm schon. Es ist ein wunderschöner Tag.«

Sie schüttelte den Kopf.

»Du siehst wunderschön aus«, murmelte er.

Sie wirbelte herum und funkelte ihn wütend an. »Hör zu, Jim. Du hast deinen Spaß mit mir gehabt, also warum belässt du es nicht dabei? Ich bin mir sicher, dass es hier genug andere Frauen gibt, die von deinen Talenten beeindruckt wären.«

Jetzt sah Jim wirklich verzweifelt aus. »Rose, es tut mir Leid. Es tut mir Leid, wenn ich dich gekränkt habe.«

»Du hast mit meiner Schwester geschlafen«, sagte sie. »Das ist ein bisschen mehr als Kränkung.«

Er nahm sie am Arm und zog sie auf eine Holzbank, setzte sich neben sie und sah ihr ernst in die Augen. »Ich habe schon länger mit dir reden wollen. Wie es endete … was ich getan habe.« Er nahm ihre Hände. »Ich wollte mich bessern für dich«, sagte er mit erstickter Stimme. »Ich war schwach.

Ich war ein Idiot. Ich habe alles kaputtgemacht, und ich fühle mich seit Monaten schrecklich.«

»Verschone mich«, sagte sie. »Ich fühle mich praktisch schon mein ganzes Leben lang schrecklich. Glaubst du etwa, dass ich Mitleid mit dir habe?«

»Ich möchte es wieder gutmachen«, sagte er. »Ich möchte es richten.«

»Vergiss es«, sagte sie. »Es ist vorbei. Das Leben geht weiter. Ich bin jetzt verlobt.«

»Herzlichen Glückwunsch«, sagte er traurig.

»Jetzt komm schon«, sagte sie. »Erzähl mir nicht, dass du auch nur eine Sekunde lang gedacht hast, dass du und ich … dass wir …«

Er blinzelte. Waren das Tränen in seinen Augen? *Unglaublich,* dachte Rose, die sich vorkam, als würde sie einen fremdartigen Gegenstand unter dem Mikroskop betrachten. Ob er wohl auf Kommando weinen konnte?

Er nahm ihre Hände, und sie wusste genau, was er als Nächstes tun und sagen würde.

»Rose, es tut mir Leid.« Sie nickte, weil sie geahnt hatte, dass das seine Einleitung sein würde. »Was ich getan habe, war unverzeihlich, und falls es irgendetwas gibt, um es wieder gutzumachen …«

Sie schüttelte den Kopf und stand auf. »Gibt es nicht«, sagte sie. »Es tut dir Leid, was passiert ist. Mir tut es auch Leid. Nicht nur, weil du dich als solch mieser Kerl entpuppt hast, sondern …« – plötzlich fühlte sie, wie sich ihre Kehle zuschnürte – »weil du …« *Mein Leben ruiniert hast?*, dachte sie. Nein, das stimmte nicht. Ihr Leben war gut, oder würde es wahrscheinlich sein, wenn sie erst einmal beruflich wieder in die Gänge gekommen war, und sie hatte Simon, der sie zum Lachen brachte und mit seiner Herzensgüte auch das Gute in ihr hervorbrachte. Die kurze, so spektakulär gescheiterte Romanze mit Jim erschien ihr nur noch wie ein lange zurückliegender schlechter Traum. Er hatte nicht ihr Leben ruiniert, aber er hatte etwas anderes beschädigt, möglicherweise irreparabel. »Wegen Maggie«, sagte sie schließlich.

Er zog sie wieder auf die Bank und redete mit ihr über ihre Zukunft, wie schrecklich er sich gefühlt hatte, als sie Lewis, Dommel & Fenick verlassen hatte, und dass das unnötig gewesen sei, ja, er war ein Lump, er gab es zu, aber er war wenigstens diskret, und niemand in der Kanzlei hätte davon gewusst – aber wo war sie jetzt gelandet? Brauchte sie Hilfe? Er könnte ihr helfen, es wäre das Mindeste, was er tun konnte, angesichts dessen, was passiert war, und …

»Hör auf! Bitte!«, sagte Rose. Sie konnte die Klänge eines Streichquartetts hören und das Knarren der Kirchentüren, als diese geschlossen wurden. »Wir müssen zurück.«

»Es tut mir Leid«, sagte er.

»Ich nehme deine Entschuldigung an«, sagte Rose förmlich. Und weil er so traurig aussah – und weil sie, trotz ihrer abwesenden Schwester, bösen Stiefmutter und fehlenden Anwaltskarriere so glücklich war –, beugte sie sich vor und küsste ihn auf die Wange. »Es ist alles in Ordnung«, sagte sie. »Ich wünsche dir, dass du glücklich wirst.«

»O Rose«, stöhnte er und schlang seine Arme um sie.

Und plötzlich stand Simon vor ihnen, geschockt und die Augen weit aufgerissen. »Sie fangen an«, sagte er ruhig. »Wir sollten gehen.«

Rose sah ihn an. Sein Gesicht war noch blasser als gewöhnlich. »Simon«, sagte sie. O Gott!

»Komm schon«, sagte er mit leiser, tonloser Stimme und geleitete sie in die Kirche, wo die Blumenmädchen bereits den Mittelgang hinuntergingen und pfirsichfarbene Rosenblüten verstreuten.

Simon blieb während des ganzen Gottesdienstes still und ebenso während des Essens. Als die Band zu spielen anfing, ging er schnurstracks an die Bar, blieb dort stehen und trank Bier, bis Rose ihn endlich überzeugen konnte, dass sie miteinander reden sollten, und zwar unter vier Augen. Er hielt ihr die Autotür auf – eine Geste, die sonst liebenswürdig, jetzt aber ironisch, sogar grausam wirkte.

»Nun«, begann er, »interessanter Nachmittag.« Er blickte starr geradeaus, und auf seinen blassen Wangen zeichneten sich hektische rote Flecken ab.

»Simon, es tut mir Leid, dass du das gesehen hast«, sagte Rose.

»Leid, dass es passiert ist oder Leid, dass ich es gesehen habe?«, fragte Simon.

»Lass es mich erklären«, sagte sie. »Ich wollte es dir schon länger erzählen.«

»Du hast ihn geküsst.«

»Es war ein Abschiedskuss.«

»Abschied von was?«, fragte Simon. »Was war zwischen euch?«

Rose seufzte. »Wir hatten mal was miteinander.«

»Ein Partner und eine Anwältin? Wie verwegen!«

Rose kniff die Augen zu. »Ich weiß. Es war dumm. Wir haben beide einen großen Fehler gemacht.«

»Wann hat eure Verbindung angefangen?«

»Unsere Verbindung?«, wiederholte Rose. »Simon, es war keine geschäftliche Fusion!«

»Offensichtlich nicht«, sagte er. »Warum hat es nicht funktioniert?«

»Untreue«, sagte Rose ruhig.

»Deine oder seine?«, gab Simon zurück.

»Seine! Natürlich seine! Komm schon, Simon, du kennst mich doch!« Rose sah ihn an. Er ignorierte sie. »Oder?«

Simon sagte nichts. Rose starrte aus dem Fenster auf die vorbeigleitenden Bäume und Häuser und auf die anderen Autos. Sie fragte sich, wie viele Paare in wie vielen Autos gerade miteinander stritten. Und wie viele Frauen schafften es besser als sie, sich zu rechtfertigen?

»Hör zu, die Hauptsache ist, dass es vorbei ist«, sagte sie, als er vor ihrer Wohnung parkte. »Es ist wirklich, wahrhaftig, absolut vorbei, und es tut mir Leid, dass du gesehen hast, was du gesehen hast, aber es bedeutet nichts. Glaub mir, Jim Danvers ist das Letzte, was ich will. Und das habe ich ihm gerade gesagt, als du gekommen bist.«

Simon atmete aus. »Ich glaube dir«, sagte er. »Aber ich möchte wissen, was passiert ist. Ich will es verstehen.«

»Warum? Ich will auch nichts über deine Exfreundinnen wissen.«

»Das ist etwas anderes.«

»Warum?« Rose folgte ihm ins Schlafzimmer und nahm endlich die Holzperlenkette ab.

»Weil das, was zwischen euch passiert ist, so schlimm war, dass du nie mehr wieder in einer Anwaltskanzlei arbeiten wolltest.«

»Nicht in *einer* Kanzlei«, sagte Rose. »In dieser *bestimmten*.«

»Lenk nicht vom Thema ab. Du hast diese ... diese Vergangenheit. Und ich weiß gar nichts darüber.«

»Jeder hat eine Vergangenheit. Du bist mit jemandem namens Lopey befreundet, worüber man mich ruhig früher in Kenntnis hätte setzen können ...«

»Aber ich weiß nichts von deiner Vergangenheit!«

»Was willst du wissen?«, fragte sie. »Warum ist das so wichtig?«

»Weil ich wissen will, wer du bist!«

Rose schüttelte den Kopf. »Simon, es ist ja nicht so, als ob ich ein großes Rätsel wäre. Ich hatte eine ...« – sie suchte nach dem am wenigsten anstößigen Wort –, »eine Beziehung mit diesem Kerl. Sie ging nicht gut zu Ende. Und sie ist vorbei.«

»Wie ging sie zu Ende?«, fragte Simon wieder.

»Er hat etwas getan«, begann Rose. »Mit jemandem ...« Sie schluckte schwer.

»Wenn du so weit bist, es mir zu sagen, höre ich dir gerne zu«, sagte Simon kühl und ging ins Badezimmer.

Rose hörte, wie er die Tür zuknallte und die Dusche aufdrehte. Sie ging ins Wohnzimmer, um die Post aufzuheben, über die sie beim Hereinkommen gestiegen waren. Rechnung, Rechnung, Kreditkartenangebot, ein Umschlag mit ihrem Namen in einer vertrauten, großen, verschnörkelten Handschrift.

Rose sank auf die Couch. Ihre Hände zitterten, als sie den Umschlag öffnete und ein Blatt aus einem Notizblock auseinander faltete.

*Liebe Rose,* las sie. Einzelne Worte sprangen ihr ins Auge. *Großmutter. Leid. Florida. Ella. Versöhnung.*

»O mein Gott«, hauchte Rose. Sie zwang sich dazu, das Ganze zweimal zu lesen, dann lief sie ins Schlafzimmer, wo Simon mit ernstem Gesicht, ein Handtuch um die Hüfte gewickelt, vor dem Bett stand. Wortlos reichte ihm Rose den Brief.

»Meine … Großmutter«, sagte sie. Das Wort fühlte sich seltsam an. »Er ist von Maggie. Sie ist bei meiner Großmutter.«

Jetzt wirkte Simon noch verärgerter. »Du hast eine Großmutter? Siehst du, was ich meine, Rose? Ich habe nicht einmal gewusst, dass du eine Großmutter hast!«

»Ich auch nicht«, sagte Rose. »Ich meine, ich wusste, dass ich eine habe, aber ich weiß gar nichts über sie.« Sie fühlte sich, als würde sie plötzlich unter Wasser gezogen, als würde alles in Zeitlupe vor ihr ablaufen. »Ich muss … Ich sollte sie anrufen.« Sie fühlte sich schwindlig und sank aufs Bett. Eine Großmutter. Die Mutter ihrer Mutter. Die offenbar nicht in einem Seniorenheim wohnte, wie Rose immer geglaubt hatte, es sei denn, man ließ jetzt auch knapp dreißigjährige Vagabundinnen dort wohnen. »Ich sollte sie anrufen. Ich sollte …«

Simon starrte sie an. »Du hast wirklich nicht gewusst, dass du eine Großmutter hast?«

»Nun, ich meine, ich wusste, dass meine Mutter irgendwo hergekommen sein muss. Aber ich dachte, sie wäre … Ich weiß nicht. Alt oder krank. In einem Heim. Mein Vater sagte, dass sie in einem Heim sei.« Rose starrte auf den Brief und fühlte, wie sich ihr Magen verkrampfte. Ihr Vater hatte sie angelogen. Warum?

»Wo ist das Telefon?«, fragte sie und sprang auf.

»Hey, warte! Wen willst du anrufen? Was willst du sagen?«

Rose legte den Hörer wieder hin und nahm die Autoschlüssel. »Ich muss gehen.«

»Wohin?«

Rose antwortete nicht. Sie lief mit wild rasendem Herzen zur Tür, zum Aufzug und dann die Straße hinunter zu ihrem Auto.

Zwanzig Minuten später war Rose genau dort, wo sie und ihre Schwester knapp ein Jahr zuvor gestanden hatten – auf der Schwelle zu Sydelles Haus, in der Hoffnung auf Einlass. Sie lehnte sich gegen die Türglocke. Der Hund jaulte. Endlich gingen die Lichter an.

»Rose?« Sydelle stand in der Tür und blinzelte sie an. »Was ist los?« In dem künstlichen Licht sah das Gesicht ihrer Stiefmutter irgendwie seltsam aus. Als Rose genauer hinsah, bemerkte sie, dass es nur das Übliche war – ein weiteres Augenlifting. Sie hielt ihrer Stiefmutter Maggies Brief unter die Nase. »Erklär du's mir«, sagte sie.

»Ich habe meine Brille nicht hier«, parierte Sydelle, wickelte sich fest in ihren spitzenbesetzten Bademantel und sah mit spitzem Mund zu der Stelle, wo Maggie im November zuvor den Strauch ausgerissen hatte.

»Dann lass mich dir helfen«, sagte Rose. »Dieser Brief ist von Maggie. Sie wohnt bei meiner Großmutter. Meine Großmutter, von der ich nichts wusste.«

»Oh«, sagte Sydelle. »Oh. Äh …«

Rose starrte sie an. Falls ihrer Stiefmutter jemals vorher die Worte gefehlt hatten, dann konnte sie sich jedenfalls nicht daran erinnern. Doch jetzt wusste sie eindeutig nicht mehr weiter, und ihre Gesichtsmuskeln zuckten nervös unter ihrer Gesichtscreme und den frischen Narben.

»Lass mich rein«, sagte Rose.

»Natürlich!«, sagte Sydelle mit einer seltsam zwitschernden Stimme und trat zur Seite.

Rose ging an ihr vorbei zum Treppenabsatz. »Dad!«, schrie sie.

Sydelle legte ihre Hand auf Roses Schulter. Rose schüttelte sie ab. »Das war deine Idee, nicht wahr?«, sagte sie und funkelte ihre Stiefmutter wütend an. »›Aber, Michael, sie brauchen keine Großmutter. Sie haben ja mich!‹«

Sydelle wich zurück, als hätte Rose ihr eine Ohrfeige verpasst. »Das stimmt nicht«, sagte sie mit zittriger Stimme. »Ich habe nie geglaubt, dass ich ein Ersatz sein könnte für … für alles, was ihr verloren habt.«

»Ach? Wie war es dann?«, fragte Rose. Sie fühlte sich, als würde sie vor Wut gleich explodieren. »Sag's mir!«

Da kam Michael Feller die Treppe heruntergeeilt. Er trug eine Jogginghose und ein weißes T-Shirt und polierte seine Brille mit einem Taschentuch. Sein dünnes Haar schwebte wie feiner Nebel über seiner Stirnglatze. »Rose? Was ist los?«

»Das ist los. Ich habe eine Großmutter, sie ist nicht in einem Heim, Maggie wohnt bei ihr, und niemand hielt es für nötig, mir das zu sagen.«

»Rose«, sagte Sydelle und streckte die Hand nach ihr aus.

Rose wirbelte herum. »Rühr mich nicht an!«

Sydelle zuckte zusammen.

»Das reicht!«, sagte Michael.

»Nein«, sagte Rose. Ihre Hände zitterten, ihr Gesicht war feuerrot. »Nein, tut es nicht. Es reicht nicht einmal für den Anfang. Wie konntest du nur?«, schrie sie Sydelle an, die sich in eine Ecke ihrer frisch tapezierten Diele drückte. »Ich weiß, dass du uns nie gemocht hast. Aber uns unsere Großmutter vorzuenthalten? Das hätte ich nicht mal dir zugetraut.«

»Es war nicht ihre Schuld«, sagte Michael Feller und nahm

Rose bei den Schultern. »Es war nicht ihre Idee. Es war meine.«

Rose starrte ihn mit offenem Mund an. »Unsinn«, sagte sie. »So etwas würdest du nie ...« Sie starrte ihren Vater an, seine hellgrauen Augen und seine hohe weiße Stirn, ihren traurigen, gutmütigen, einsamen, alten Vater. »Du würdest nie ...«

»Setzen wir uns«, sagte Michael Feller.

Sydelle sah Rose an. »Ich war es nicht«, sagte sie mit tonloser Stimme. »Und es tut mir Leid.« Rose starrte ihre Stiefmutter an, die ihr plötzlich gar nicht mehr wie ein Ungeheuer, sondern Mitleid erregend vorkam. Ihr Gesicht wirkte trotz des Permanent-Make-up-Lippenstifts und der straffen Haut klein und verletzlich. Rose versuchte sich zu erinnern, ob sie jemals zuvor von Sydelle diese Worte gehört hatte, ob Sydelle sich jemals für etwas entschuldigt hatte. Wenn ja, konnte sie sich nicht daran erinnern.

»Du weißt nicht ...« Sydelle atmete zittrig ein. »Du weißt nicht, wie es mir ging. Du weißt nicht, wie es sich anfühlte, jahrelang nie gut genug zu sein. Nie die erste Wahl zu sein, nie diejenige zu sein, die wirklich geliebt wurde. Nie das Richtige zu tun.«

»Mir kommen gleich die Tränen«, sagte Rose in einem patzigen Tonfall, der von ihrer kleinen Schwester hätte sein können.

Sydelle sah Rose wütend an. »Nichts, was ich tat, war jemals gut genug«, sagte sie und blinzelte mit den frisch genähten Augen. »Du und Maggie – ihr habt mir nie eine Chance gegeben. Keine von euch.«

»Sydelle«, sagte Michael sanft.

»Na los«, sagte Sydelle. »Sag's ihr. Erzähl ihr alles. Es ist an der Zeit, dass sie Bescheid weiß.«

Rose starrte ihre Stiefmutter an und sah zum ersten Mal die Verletzlichkeit hinter all dem Make-up, dem Botox, den Diätratschlägen und der herablassenden Art. Sie sah den leblosen, ausgemergelten Körper einer Frau über sechzig, deren Gesicht wie eine grausame Karikatur wirkte. Sie sah die Traurigkeit, mit der Sydelle jeden Tag leben musste – ein Ehemann, der noch immer seine verstorbene erste Frau liebte, ein Exmann, der sie verlassen hatte, eine Tochter, die erwachsen und flügge geworden war.

»Rose«, sagte ihr Vater. Rose folgte ihm ins Wohnzimmer. Dort standen neue Veloursledersofas mit Schonbezügen, aber wie die alten Ledersofas waren auch sie schneeweiß. Sie setzte sich an ein Ende der Couch, ihr Vater an das andere.

»Es tut mir Leid wegen Sydelle«, begann er und sah hinaus in die Diele. Er wartet auf sie, dachte Rose. Er wartet, dass sie kommt und die Drecksarbeit erledigt.

»Sie macht gerade eine schlimme Zeit durch«, sagte ihr Vater. »Marcia macht es ihr im Moment nicht leicht.«

Rose zuckte die Achseln. Sie brachte weder für Sydelle noch für Meine Marcia sonderliches Mitgefühl auf. Meine Marcia hatte noch nie viel Zeit oder Interesse für ihre Stiefschwestern übrig gehabt, außer um sicherzugehen, dass sie ihre Sachen nicht anrührten, wenn sie während des Semesters nicht zu Hause war.

»Sie ist den Juden für Jesus beigetreten«, sagte er und wandte den Blick ab.

»Das ist nicht dein Ernst.«

»Nun, am Anfang haben wir auch gedacht, dass sie Spaß macht.«

»O Gott«, sagte Rose. Sydelle, die praktisch an jeder Tür des Hauses einschließlich der des Badezimmers Mezuzahs angebracht hatte und jeden Weihnachtsmann im Einkaufszentrum böse anfunkelte, musste Höllenqualen ausstehen. »Also ist sie jetzt Christin?«

Ihr Vater schüttelte den Kopf. »Wir haben sie letztes Wochenende besucht. An ihrer Tür hängt ein großer Weihnachtskranz.«

»Ho ho ho«, sagte Rose düster.

»Rose«, sagte ihr Vater warnend. Rose sah ihn wütend an.

»Also, jetzt zu den wichtigeren Themen. Meine Großmutter.«

Michael Feller schluckte schwer. »Hat sie dich angerufen? Ella?«

»Maggie hat mir geschrieben«, sagte Rose. »Sie schreibt, dass sie bei dieser ... bei Ella wohnt. Also, was hat es damit auf sich?«

Ihr Vater schwieg.

»Dad?«

»Ich schäme mich«, sagte Michael schließlich. »Ich hätte dir schon vor langer Zeit davon ... von Ella erzählen sollen.« Er verschränkte die Hände um seine Knie und schaukelte vor und zurück. Er wünschte sich offensichtlich einen Jahresbericht oder wenigstens das *Wall Street Journal* als Hilfestellung. »Die Mutter deiner Mutter, Ella Hirsch, ist vor langer Zeit nach Florida gezogen. Nachdem ...« – er stockte –, »nachdem deine Mutter gestorben war.«

»Du hast uns gesagt, sie wäre in einem Heim«, sagte Rose.

Michael Feller ballte seine Hände zu Fäusten und legte sie auf seine Oberschenkel. »Das ist sie«, sagte er. »Nur nicht die Art Heim, die ihr euch wahrscheinlich vorgestellt habt.«

Rose starrte ihren Vater an. »Was meinst du damit?«

»Nun, sie war in einem Heim. Ihrem Heim.« Er schluckte schwer. »Mit Ira, nehme ich an.«

»Du hast uns angelogen«, sagte Rose tonlos.

»Es war eine Notlüge«, sagte ihr Vater. Offensichtlich hatte er sich diesen Satz vor langer Zeit ausgedacht und ihn seit Jahren insgeheim geprobt. Michael holte tief Luft. »Nachdem deine Mutter ...« Er verstummte.

»Gestorben war«, half Rose aus.

»Gestorben war«, wiederholte Michael. »Nachdem sie gestorben war, war ich sehr wütend. Ich ...« Er hielt inne und starrte auf Sydelles gläsernen Couchtisch.

»Wütend auf Mamas Eltern? Wütend auf Ella?«

»Sie haben versucht, mir von Caroline zu erzählen, aber ich

wollte nichts hören. Ich war so in sie verliebt …« Der Schmerz in der Stimme ihres Vaters ließ Rose zusammenzucken. »Ich war so in sie verliebt. Und ich war so wütend auf Ella und Ira. Deine Mutter nahm Lithium, als ich sie kennen lernte. Sie war stabil. Aber sie hasste die Nebenwirkungen. Ich habe ihr zugeredet, damit sie es nahm, und ihre Mutter auch, und eine Weile ging es ihr gut, und dann …« Er atmete aus und nahm die Brille ab, als könnte er ihr Gewicht in seinem Gesicht nicht mehr ertragen. »Sie liebte euch. Sie liebte uns alle. Aber sie konnte …« Michaels Stimme versagte. »Es spielte ja auch keine Rolle. Es änderte nichts an meinen Gefühlen für sie.«

»Wie war sie?«, fragte Rose.

Ihr Vater sah sie überrascht an. »Erinnerst du dich nicht?«

»Du hast nicht gerade einen Altar für sie errichtet oder etwas in der Art.« Sie zeigte mit einer ausladenden Handbewegung auf Sydelles makelloses Wohnzimmer – die weißen Wände und der weiße Teppich, die Bücherregale, auf denen keine Bücher standen, nur Glasobjekte und ein zwanzig-mal-dreißig-Zentimeter großes Hochzeitsfoto von Meiner Marcia. »Es gibt keine Bilder von ihr. Du hast nie über sie gesprochen.«

»Es tat zu weh. Die Erinnerung war zu schmerzhaft. Es tat weh, ihr Gesicht zu sehen. Ich dachte, dir und Maggie würde es genauso gehen.«

»Ich weiß nicht«, sagte Rose. »Ich wünschte mir …« Sie blickte auf ihre Füße auf dem weißen Teppich. »Ich wünschte mir, du hättest kein Geheimnis aus ihr gemacht.«

Michael schwieg. »Ich erinnere mich, als ich sie das erste Mal gesehen habe. Sie schob lachend ihr Fahrrad über den Campus der Universität von Michigan, und es war, als würde in meinem Kopf eine Glocke zu läuten beginnen. Sie war die schönste Frau, die ich je gesehen hatte. Sie hatte einen pinkfarbenen Schal ins Haar gebunden …« Ihr Vater verstummte.

Rose konnte sich nur bruchstückhaft an ihre Mutter, ihre wohlklingende Stimme, ihre weiche Wange erinnern. *Träum süß, mein Mädchen. Schlaf gut, mein Schatz.* Und alle hatten gelogen und Dinge verheimlicht. Ella hatte ihren Vater über Caroline belogen – das heißt, sie hatte ihm die Wahrheit gesagt, aber er hatte sie nicht hören wollen. Und ihr Vater hatte die Mädchen über Ella belogen – oder vielmehr hatte er ihnen teilweise die Wahrheit gesagt und den Rest verschwiegen.

Sie stand auf, die Hände zu Fäusten geballt. Lügen, Lügen, Lügen, und was war die Wahrheit? Ihre Mutter war verrückt gewesen, dann tot. Ihr Vater hatte eine böse Hexe geheiratet und ihr die Erziehung seiner Töchter überlassen. Ihre Großmutter war in einem Kaninchenbau verschwunden, und Maggie hatte sie aufgestöbert. Und sie wusste nichts, rein gar nichts.

»Du bist sie einfach losgeworden. Ich erinnere mich an kein einziges Bild von ihr, keine Sachen, gar nichts.«

»Es tat einfach zu weh«, sagte Michael. »Es war schlimm genug, euch beide ansehen zu müssen.«

»Danke.«

»Aber nein, so habe ich das nicht gemeint.« Er nahm Roses Hand, eine Geste, die sie sprachlos machte. Sie konnte sich nicht erinnern, dass ihr Vater sie jemals berührt hatte, seit sie damals an jenem katastrophalen Tag mit zwölf aus dem Badezimmer kam und flüsterte, dass sie ihre Periode bekommen hatte. Im äußersten Fall hatte er ihr einen Kuss auf die Wange gegeben. »Ihr habt mich nur so sehr an sie erinnert. Ich musste bei allem, was ihr getan habt, immer an Caroline denken.«

»Und dann hast du sie geheiratet«, sagte Rose mit einem Kopfnicken in Richtung der Diele, wo sich ihre Stiefmutter vermutlich noch immer aufhielt.

Ihr Vater seufzte. »Sydelle hat es immer gut mit euch gemeint.«

Rose lachte auf. »Ja, sicher. Sie ist wunderbar. Sie hat mich und Maggie lediglich gehasst.«

»Sie war eifersüchtig«, sagte Michael.

Rose war verdutzt. »Eifersüchtig? Auf was? Auf mich? Du machst Witze. Wo doch Meine Marcia in allem überlegen ist. Und selbst wenn sie eifersüchtig war, entschuldigt das nicht, wie sie uns behandelt hat. Und du hast es ihr durchgehen lassen!«

Ihr Vater zuckte zusammen. »Rose ...«

»Rose was?«

»Ich muss dir etwas geben. Es ist zu spät, aber ...«

Er eilte nach oben und kam mit einer Schuhschachtel zurück. »Die sind von deiner Großmutter. Sie ist in Florida und hat jahrelang versucht, mit mir – mit dir und Maggie – Kontakt aufzunehmen. Aber ich habe es nicht zugelassen.« Er nahm einen zerknitterten, verblichenen Umschlag mit der Aufschrift »Miss Rose Feller« aus der Schachtel. »Das war die letzte Karte, die sie geschickt hat.«

Rose fuhr mit dem Daumen unter die Lasche, die sich leicht öffnen ließ, weil der fünfzehn Jahre alte Klebstoff nicht mehr klebte. In dem Umschlag befand sich eine Karte mit einem Blumenstrauß auf der Vorderseite. Die Blumen waren lila und pink und mit Goldglitzer übersät, das auf Roses Fingerspitzen glitzerte. »ALLES GUTE ZUM SECHZEHNTEN GEBURTSTAG« stand in silbernen Lettern über den Blumen. Als Rose die Karte aufklappte, flatterten ihr ein Zwanzig-Dollar-Schein und ein Foto in den Schoß. »AN MEINE ENKELTOCHTER«, stand da in schiefer Handschrift. »ICH WÜNSCHE DIR ALLES LIEBE UND GUTE ZU DEINEM GEBURTSTAG.« Gefolgt von einer Unterschrift, einer Adresse und einer Telefonnummer. Und einem PS: »Rose, ich würde mich freuen, von dir zu hören. Du kannst mich jederzeit anrufen!!!« Es waren die drei Ausrufezeichen, die ihr das Herz brachen. Sie besah sich das Foto. Es war das Bild eines kleinen Mädchens – mit rundem, ernstem Gesicht, braunen Augen, zwei ordentlichen, mit roten Schleifchen gebundenen Zöpfchen und Ponyfransen –, das auf dem Schoß einer älteren Frau saß. Die Frau lachte. Rose drehte den Schnappschuss um. *Rose und Oma, 1975*, stand da, in der gleichen blauen Tinte, der gleichen schiefen Schrift. 1975. Da war sie sechs Jahre alt gewesen.

Rose stand auf. »Ich muss gehen.«

»Rose«, rief ihr Vater hilflos hinterher. Sie achtete nicht auf ihn und verließ das Haus. Dann saß sie mit geschlossenen Augen hinterm Steuer ihres Autos, die Karte in der Hand, und erinnerte sich an die Stimme ihrer Mutter, ihren rosa Lippenstift, ihr Lächeln, einen gebräunten Arm voller Armreifen, der hinter der Kamera hervorkam. *Lächeln, Liebling! Mach doch nicht so ein Gesicht! Lächle für mich, Rosie Posy. Lächle, mein Schatz!*

## 49

»Lies weiter!«, sagte Maggie.

»Ich kann nicht«, beteuerte Lewis und blickte sie über Ellas Esszimmertisch hinweg betont würdevoll an. »Damit würde ich gegen alle journalistischen Grundsätze verstoßen.«

»Ach, komm schon«, bat Ella. »Nur die ersten paar Sätze. Bitte!«

»Das kann ich nicht«, sagte er und schüttelte traurig den Kopf. »Ella, ich bin überrascht, dass du so etwas von mir verlangst.«

»Das ist mein schlechter Einfluss«, sagte Maggie stolz. »Verrat uns wenigstens, was Irving bestellt hat.«

Lewis warf in gespielter Resignation die Hände in die Luft. »Also gut«, sagte er. »Aber ihr dürft es niemandem erzählen.« Er räusperte sich. »›Irving und ich machen uns nichts aus französischem Essen‹, begann Mrs. Sobels jüngste Restaurantkritik. ›Die Gerichte sind viel zu schwer für uns. Wir haben außerdem festgestellt, dass viele französische Restaurants laut und düster sind, was romantisch sein soll, aber was es schwierig macht, die Speisekarte zu entziffern, geschweige denn das Essen zu sehen.‹«

»Arme Mrs. Sobel«, murmelte Ella.

Lewis schüttelte den Kopf und las weiter. »›Die meisten Köche wissen nicht, wie man ein gutes Omelett zubereitet. Ein Omelett sollte leicht und locker sein, der Käse gerade geschmolzen. Und ich muss leider sagen, dass das Bistro Bleu keine Ausnahme darstellt. Mein Omelett war zu lange gebraten und zäh. Die Kartoffeln waren nicht so heiß, wie sie sein sollten, und sie waren mit Rosmarin gekocht, was Irving nicht mag.‹«

»Wieder Irving«, sagte Ella.

»Was ist mit Irving?«, fragte Maggie.

»Irving ist allergisch. Gegen alles«, erklärte Lewis. »Er ist allergisch gegen Dinge, von denen ich nicht einmal wusste, dass man gegen sie allergisch sein kann. Weißes Mehl, Schalentiere, alle Samen und Nüsse ... die Kritiken seiner Frau handeln zur Hälfte davon, wie lange es dauert, bis sie etwas gefunden haben, das Irving essen kann, und ein weiteres Viertel dreht sich darum, dass ihm das, was er gegessen hat, nicht gut bekommen ist.«

»Redet ihr von Irving Sobel?«, fragte Mrs. Lefkowitz, die an den Tisch geschlurft kam. »Oje. Er kam einmal zu einer Party in meiner Wohnung und hat keinen Bissen gegessen!«

Maggie verdrehte die Augen. Mrs. Lefkowitz, ihr Dinnergast, hatte schlechte Laune. Sie trug ein pinkfarbenes Sweatshirt, mit dem Argument, dass man es darauf nicht sehen würde, falls sie beim Borschtschessen kleckerte, und gelbbraune Polyesterhosen. Sie hatte keine Erklärung für die Hose, aber wenn es nach Maggie ging, konnte es der Hose nur gut tun, falls sie sie bekleckerte.

Mrs. Lefkowitz setzte sich mit einem leisen Stöhnen, nahm eine koschere Dillgurke und begann, sich über das nahe gelegene Einkaufszentrum auszulassen. »Hooligans!«, sagte sie mit vollem Mund. Maggie räumte ihre Bücher für das Theater-Make-up-Seminar, für das sie sich am örtlichen College eingeschrieben hatte, weg und deckte den Tisch.

»Ich glaube, es heißt Houlihan's«, sagte sie.

»Nein, nein, Hooligans«, sagte Mrs. Lefkowitz. »Rüpel! Rowdys! Teenager! Überall! Das Einkaufszentrum ist voll von ihnen, und wenn man etwas zum Anziehen sucht, findet man nur noch diese winzigen kleinen Dinger mit ... mit Rüschenärmeln. Miniröcke! T-Shirts, durch die man hindurchsehen kann! Hosen«, fuhr sie fort und funkelte Maggie böse an, »aus Leder. Wo gibt's denn so was?«

»Tja ...«, begann Maggie.

Ella verkniff sich ein Lächeln. Sie wusste, dass Maggie eine Lederhose – und einen Lederminirock – besaß. »Warum waren Sie dort?«, fragte sie stattdessen. »Wonach haben Sie gesucht?«

Mrs. Lefkowitz wedelte abschätzig mit der Hand über den Suppentassen. »Mein Sohn. Erinnern Sie sich? Der Versicherungsmathematiker? Mister Aufregung? Ruft er mich doch an und sagt: ›Mama, ich werde heiraten.‹ Ich sage: ›In deinem Alter? Du brauchst eine Frau genauso sehr wie ich ein Paar Stepptanzschuhe.‹ Er sagt, dass er sich entschieden hat und dass sie ein wunderbares Mädchen ist. Ich sage, dass er mit dreiundfünfzig kein Recht hat, sich mit Mädchen herumzutreiben, und er sagt, ich soll mir keine Sorgen machen, sie sei sechsunddreißig, aber sehr reif für ihr Alter.« Sie funkelte Ella und Maggie wütend an, als seien sie dafür verantwortlich, dass sich ihr Sohn in eine sehr reife Sechsunddreißigjährige verliebt hatte. »Dass ich das noch erleben muss«, schloss sie und nahm sich eine Scheibe Roggenbrot. »Also brauche ich jetzt was zum Anziehen. Und ich finde natürlich nichts.«

»Wonach suchen Sie denn?«, fragte Maggie.

Mrs. Lefkowitz zog eine graue Augenbraue hoch. »Die Prinzessin spricht!«

»Ich kann reden!«, schrie Maggie beleidigt. »Und zufällig bin ich Expertin, was Einkaufen angeht!«

»Na gut, was würden Sie mir dann für die dritte Hochzeit meines Sohnes vorschlagen?«

Maggie sah Mrs. Lefkowitz prüfend an – ihre zerzausten stahlgrauen Locken, ihre hellblauen, forschen Augen, den pinkfarbenen Lippenstift, den sie bis in den nach unten hängenden Mundwinkel schmierte. Sie war nicht unbedingt fett, aber sie hatte auch nicht direkt eine Figur. Ihre Taille war etwas aus der Form geraten, und sie hatte Hängebrüste.

»Hmm«, sagte Maggie, während sie nachdachte.

»Sie sieht mich an wie ein wissenschaftliches Projekt.«

»Sch«, sagte Ella, die diesen Blick an Maggie kannte. So sah sie aus, wenn sie nachts mit einem Gedichtband auf der Couch lag und so konzentriert las, als wolle sie sich selbst hypnotisieren.

»Was mögen Sie am liebsten?«, fragte Maggie plötzlich.

»Vanilleeis mit Schokoladensoße«, antwortete Mrs. Lefkowitz wie aus der Pistole geschossen. »Aber das darf ich nicht mehr essen. Nur noch Joghurteis«, sagte sie und verzog das Gesicht. »Und diesen künstlichen Schokoladenüberzug, den sie nicht einmal mehr so nennen dürfen, weil es keine Schokolade ist«, sagte sie und schüttelte fassungslos den Kopf.

»Ich meinte, Ihr liebstes Kleidungsstück.«

»Kleidungsstück?« Mrs. Lefkowitz sah an sich herab, als wäre sie überrascht, überhaupt Kleidung zu tragen. »Och, ich mag's wohl eher leger.«

»Was war Ihr absolutes liebstes Kleidungsstück überhaupt?«, sagte Maggie und band sich die Haare zu einem Pferdeschwanz hoch. Ella saß auf der Kante eines Esszimmerstuhls, gespannt, wo das hinführen würde.

Mrs. Lefkowitz öffnete den Mund. Maggie hob die Hand. »Denken Sie zuerst nach«, sagte sie. »Denken Sie an alles, was Sie jemals getragen haben, und sagen Sie mir dann, was Sie davon am liebsten mochten.«

Mrs. Lefkowitz schloss die Augen. »Mein Flitterwochenkostüm«, sagte sie.

»Ihr was?«

»Mein Flitterwochenkostüm«, wiederholte sie.

»Sie meinen, was man nach der Hochzeit auf dem Weg zum Flughafen trägt, wenn man in die Flitterwochen fährt«, erklärte Ella.

»Genau«, nickte Mrs. Lefkowitz. »Es war ein blau-weiß kariertes Kostüm, und der Rock war sehr auf Taille gearbeitet.« Sie strich sich mit den Händen über die Hüften. »Und dazu habe ich schwarze Pumps getragen.« Sie schloss die Augen.

»Wie sah die Jacke aus?«, fragte Maggie.

»Kurz, glaube ich«, sagte Mrs. Lefkowitz fast träumerisch. »Mit Jettknöpfen. Es war so schön. Was wohl daraus geworden ist?«

»Was halten Sie davon, wenn wir zusammen einkaufen gehen?«, fragte Maggie.

Mrs. Lefkowitz verzog das Gesicht. »Wieder in dieses Einkaufszentrum? Ich glaube nicht, dass ich das noch einmal ertrage.«

Maggie war sich ebenfalls nicht sicher, ob sie es ertragen könnte, in Mrs. Lefkowitz' Schneckentempo von einem Geschäft zum nächsten zu kriechen. »Oder wie wär's damit?«, sagte sie. »Sie sagen mir Ihre Größe …«

»Oh, jetzt wird sie persönlich!«

»… und geben mir Ihre Kreditkarte …«

Ella konnte sehen, wie sich Mrs. Lefkowitz anschickte, den Kopf zu schütteln. Sie hielt gespannt den Atem an.

»… und ich suche Ihnen das richtige Ensemble. Mehrere. Sie haben die Wahl. Wir machen eine Modenschau, Sie probieren sie an und suchen sich aus, was Ihnen am besten gefällt, und den Rest bringe ich zurück.«

Jetzt sah Mrs. Lefkowitz Maggie neugierig an. »Wie ein privater Einkaufsdienst?«

»Ganz genau«, sagte Maggie und ging langsam um Mrs. Lefkowitz herum. »Wie viel wollen Sie denn ausgeben?«

Mrs. Lefkowitz seufzte. »Vielleicht zweihundert Dollar?«

Maggie zuckte zusammen. »Ich werd mein Bestes tun«, sagte sie.

# 50

Maggie verbrachte zwei volle Tage mit der Suche nach Mrs. Lefkowitz' Hochzeitsstaat. Was gut ist, dachte sie. Denn es hinderte sie daran, neben dem Telefon zu sitzen und zu grübeln, ob Rose ihren Brief schon bekommen hatte und ob sie anrufen würde.

Mrs. Lefkowitz stellte eine Herausforderung dar – darüber bestand kein Zweifel. Es war unmöglich, sie in ein Kostüm zu stecken, das so auf Taille gearbeitet war, wie sie es beschrieben hatte, aber es musste doch etwas zu finden sein, was Mrs. Lefkowitz die Illusion gab, noch einmal dasselbe Outfit zu tragen. Ein Kostüm ginge in Ordnung, und der Rock könnte sogar eher kurz sein – soweit sie beurteilen konnte, hatte Mrs. Lefkowitz ganz passable Beine –, aber eine kurze Jacke kam nicht in Frage. Eher eine hüftlange, mit eleganten Verzierungen, wie etwa diese Jettknöpfe. Sie hatte so eine Jacke schon einmal gesehen, aber wo? Macy's? Saks? Schließlich fiel es ihr ein – nicht in diesen Kaufhäusern, sondern in Roses Schrank. Rose besaß so eine Jacke.

Maggie schluckte schwer und suchte weiter in Kaufhäusern, Secondhandläden, auf Flohmärkten und in der Kostümabteilung des Community College, nachdem sie dem Institutsvorstand versprochen hatte, bei der demnächst bevorstehenden Inszenierung von *Hedda Gabler* beim Make-up zu helfen. Schließlich hatte sie drei Outfits zur Auswahl. Das erste hatte sie reduziert im Outlet Store von Nordstrom's gefunden – ein knielanger, taillierter, aber nicht zu enger pastellrosa Leinenrock, reich verziert mit altrosa und roten Stickereien, dazu ein dezentes Top und darüber ein bestickter Cardigan. Mrs. Lefkowitz befühlte den Stoff skeptisch. »Das sieht aber gar nicht aus wie mein Flitterwochenkostüm«, sagte sie. »Und ein Rock mit einem Top? Ich weiß nicht. Ich hatte eher an ein Kleid gedacht.«

»Wir suchen nicht das Kostüm von damals«, sagte Maggie, »wir suchen das Gefühl.«

»Das Gefühl?«

»Das Gefühl, das Sie in Ihrem Flitterwochenkostüm hatten. Das Kostüm selbst können Sie ja nicht mehr tragen, oder?«

Mrs. Lefkowitz nickte.

»Also suchen wir Ihnen ein Outfit ...« – Maggie rang nach Worten –, »in dem Sie sich wieder genauso fühlen wie in dem Kostüm, das Sie damals getragen haben.« Sie reichte Mrs. Lefkowitz die Kleiderbügel mit den Sachen sowie einen pinkfarbenen, breitkrempigen Hut, den sie aus der Kostümabteilung des Colleges mitgenommen hatte. »Probieren Sie's einfach an«, sagte sie und führte Mrs. Lefkowitz in ihr Schlafzimmer, in dem sie einen großen Spiegel aufgestellt hatte.

»Ich komme mir lächerlich vor!«, rief Mrs. Lefkowitz, während sich Ella und Lewis auf das Plaudersofa setzten und auf den Beginn der Modenschau warteten.

»Zeigen Sie's mir einfach«, sagte Maggie.

»Muss ich wirklich diesen Hut tragen?«

»Nun kommen Sie schon!«, rief Ella.

Mrs. Lefkowitz trat langsam aus dem Schlafzimmer. Maggie sah sofort, dass ihr der Rock zu lang, der Cardigan und das Top zu groß waren.

»Heutzutage macht man Klamotten für Riesen«, beschwerte sich Mrs. Lefkowitz und schüttelte ihre geballte Hand, die in den Ärmeln des Cardigan verschwand, in Maggies Richtung. »Sehen Sie sich das an!«

Maggie trat ein paar Schritte zurück und inspizierte das Outfit. Dann ging sie zu Mrs. Lefkowitz und rollte den Bund ein, bis der Rock die Knie frei ließ. Sie schlug die Ärmel des Cardigan ein, zog am Top, bis es einigermaßen saß, und setzte Mrs. Lefkowitz den Hut auf den Kopf. »So«, nickte sie und schickte sie noch einmal zum Spiegel. »Sehen Sie sich jetzt an.«

Mrs. Lefkowitz öffnete schon den Mund zum Protest, um

zu sagen, wie schrecklich sie diesen Aufzug fände und dass das keine gute Idee gewesen war. Stattdessen hauchte sie nur ein »Oh!«

»Sehen Sie es jetzt?«, fragte Maggie.

Mrs. Lefkowitz nickte langsam. »Die Farbe«, begann sie.

»Genau!«, sagte Maggie. Ella hatte sie noch nie so aufgeregt und lebhaft und glücklich gesehen. »Es ist nicht perfekt, aber die Farbe passt zu Ihren Augen, und ich weiß, dass Sie Pink mögen.«

»Nicht schlecht, nicht schlecht«, sagte Mrs. Lefkowitz weder sarkastisch noch nörgelnd, sondern regelrecht entzückt über ihr eigenes Spiegelbild, ihre blauen Augen und das pastellfarbene Pink. Maggie fragte sich, was sie wohl gerade sah. Vielleicht sich selbst als junge, frisch getraute Ehefrau, auf den Stufen der Synagoge, an der Hand ihres frisch gebackenen Ehemanns.

»Also das ist Nummer eins«, sagte Maggie und zog Mrs. Lefkowitz sanft vom Spiegel weg.

»Das nehm ich!«, sagte sie.

»Nein, nein«, lachte Maggie. »Sie müssen sich ansehen, was ich noch gefunden habe.«

»Aber ich will das!«, sagte sie und drückte sich den Hut auf den Kopf. »Ich will nichts anderes anprobieren, ich will das!« Sie sah auf ihre nackten Füße hinab. »Welche Schuhe ziehe ich dazu an? Können Sie mir auch helfen, Schuhe zu finden? Und vielleicht eine Halskette?« Sie fuhr sich mit der Hand übers Schlüsselbein. »Mein erster Mann hat mir einmal eine Perlenkette geschenkt …«

»Nächstes Ensemble«, sagte Maggie und schob Mrs. Lefkowitz ins Schlafzimmer. Nummer zwei war ein langes, ärmelloses Schlauchkleid aus einem fließenden schwarzen synthetischen Material, das die Linien des Körpers anmutig umspielte. Sie hatte es bei Marshalls unter den Sonderangeboten gefunden und es mit einem schwarz-silbernen Fransenumhang kombiniert.

»O la la!«, rief Mrs. Lefkowitz, als sie, kokett mit den Zipfeln des Umhangs herumwedelnd, aus dem Schlafzimmer gehüpft kam. »Gewagt! Ich fühle mich richtig kess!«

»Echt gewagt!«, rief Ella.

»Es ist nett«, sagte Maggie und sah sie prüfend an. Das Kleid fiel locker um Taille und Hüften und erweckte somit den Anschein, als hätte Mrs. Lefkowitz noch eine Figur. Zu diesem Kleid müsste sie allerdings hochhackige Pumps tragen, und Maggie war nicht sicher, ob das für eine Sechsundachtzigjährige ratsam war. Ballerinas vielleicht?

»Was kommt als Nächstes?«, fragte Ella und klatschte in die Hände.

Nummer drei war Maggies Lieblingsoutfit, vermutlich, weil es am schwersten zu finden gewesen war. Die Jacke hatte sie in einem Secondhandladen in einem absolut trendigen Viertel in South Beach gefunden. »Handgenäht«, hatte ihr die Verkäuferin versichert – was wohl das Einhundertsechzig-Dollar-Preisschild rechtfertigen sollte. Auf den ersten Blick war es eine ganz normale hüftlange schwarze Jacke – nichts Besonderes. Aber die Ärmel waren mit schwarzen Stickereien verziert, und die ebenfalls bestickten Jackentaschen waren so geschickt aufgesetzt, dass sie optisch eine Taille herbeizaubern. Das Beste an der Jacke war jedoch ihr wunderschönes lila Innenfutter, also hatte Maggie es mit einem langen lila Rock und einem schwarzen Top kombiniert.

»Hier«, sagte sie und reichte Mrs. Lefkowitz die drei Teile auf einem Kleiderbügel, damit sie sich das Ensemble vorstellen konnte.

Mrs. Lefkowitz sah es kaum an, sondern riss Maggie die Sachen einfach aus der Hand und eilte zurück ins Schlafzimmer. Bildete es sich Ella nur ein, oder summte sie vor sich hin?

Als sie wieder ins Wohnzimmer kam, hüpfte sie beinahe – insofern das möglich war für jemanden, der unlängst einen Schlaganfall gehabt hatte. »Sie haben es geschafft!«, sagte sie und drückte Maggie zärtlich einen Kuss auf die Wange. Ella strahlte übers ganze Gesicht. Maggie sah Mrs Lefkowitz an. Der Rock saß nicht richtig, das Schwarz traf nicht genau den Ton der schwarzen Jacke, und das Top war okay, mehr nicht, aber die Jacke war einfach toll. Sie machte Mrs. Lefkowitz größer, kurviger und …

»Einfach wunderbar«, sagte Mrs. Lefkowitz und sah sich prüfend im Spiegel an. Sie schien nicht zu bemerken, dass ihr der linke Mundwinkel herabhing oder ihre linke Hand immer noch seltsam angewinkelt am Körper anlag. Sie betrachtete einen Moment lang ihr Spiegelbild, dann nahm sie den pinkfarbenen Hut von Outfit Nummer eins und setzte ihn auf.

»Um Himmels willen, nein«, lachte Maggie.

»Aber er steht mir!«, sagte Mrs. Lefkowitz. »Ich will ihn haben. Kann ich ihn behalten?«

»Er ist eine Leihgabe des College«, sagte Maggie.

»Oh«, sagte Mrs. Lefkowitz und machte ein so trauriges Gesicht, dass Ella lachen musste.

»Also, was nehmen Sie?«, fragte Maggie. Mrs. Lefkowitz, die noch immer die handbestickte Jacke anhatte, sah sie an, als sei sie verrückt.

»Was glauben Sie, alle natürlich«, sagte sie. »Ich werde das Pinkfarbene zum Gottesdienst tragen, das lange Schwarze zum Empfang, und das hier«, sagte sie und sah sich an, »ziehe ich zu meinem nächsten Termin bei Dr. Parese an.«

Ella brach in Gelächter aus. »Was?«, fragte sie. »Warum?«

»Weil«, sagte Mrs. Lefkowitz, »er absolut schnuckelig ist!«

»Ist er allein stehend?«, fragte Maggie.

»Och, er ist ungefähr zwölf Jahre alt«, sagte Mrs. Lefkowitz, winkte ab und hielt in der Bewegung inne, um die Stickerei auf dem Ärmel zu bewundern. »Danke, Maggie. Das haben Sie toll gemacht.« Sie ging ins Schlafzimmer, um sich umzuziehen. Maggie fing an, die Kleidungsstücke auf die Bügel zu hängen.

Ella sah ihr eine Weile zu. »Ich habe eine Idee«, sagte sie. »Du solltest das auch für andere Leute tun.«

Maggie, die gerade den pinkfarbenen Cardigan aufhängte, blickte auf. »Was meinst du damit?«

»Es gibt doch viele alte Damen, denen es schwer fällt, einkaufen zu gehen, und noch schwerer, etwas Schönes zu finden. Aber jede braucht schließlich eine Garderobe für die unterschiedlichsten Anlässe: Hochzeiten, Schulabschlussfeiern, Hochzeitstage …«

»Ich habe das nur aus Gefälligkeit getan«, sagte Maggie. »Ich habe genug mit dem College und dem Bagelshop zu tun und überhaupt.«

»Ich wette, dass sie dich dafür bezahlen würden«, sagte Ella.

Maggie hielt im Zusammenfalten inne. »Wirklich?«

»Natürlich«, sagte Ella. »Oder willst du umsonst arbeiten?«

»Wie viel könnte ich deiner Meinung nach dafür verlangen?«

Ella legte einen Finger an die Oberlippe und sah an die Decke. »Einen bestimmten Prozentsatz der Gesamtsumme vielleicht?«, sagte sie.

Maggie runzelte die Stirn. »Ich bin nicht gut im Prozentrechnen.«

»Oder eine Pauschalsumme«, sagte Ella. »Das ist wahrscheinlich ohnehin besser, denn wenn du eine Beteiligung an der Gesamtsumme verlangst, werden die Knauser nur denken, dass du sie dazu überreden willst, teure Sachen zu kaufen. Wie lange hast du gebraucht, bis du das alles gefunden hast?«

Maggie knabberte nachdenklich an ihrer Lippe. »Vielleicht zehn Stunden?«

»Also dann verlangst du, sagen wir, fünfzehn Dollar pro Stunde.«

»Wirklich? Das ist doppelt so viel wie das, was ich im Bagelshop verdiene.«

»Das hier ist ja auch ein bisschen schwieriger als Bagels aufzuschneiden und zu toasten, meinst du nicht auch?«, fragte Ella.

»Und glaub mir, die Frauen hier können es sich leisten«, sagte Mrs. Lefkowitz, die mit gerötetem, zufriedenem Gesicht in ihrem pinkfarbenen Sweatshirt zurückkam. »Obwohl sie ständig darüber jammern, dass sie kein Geld haben, werden sie für ein so wunderschönes Outfit gerne zahlen.«

Ella sah, wie die Augen ihrer Enkeltochter aufleuchteten. »Ob ich das wirklich könnte?«, fragte sie. »Denkt ihr, dass das funktionieren würde? Ich müsste Werbung machen, und ich bräuchte ein eigenes Auto.«

»Fang erst einmal klein an und schau, ob es dir Spaß macht«, sagte Ella. »Spring nicht gleich ins kalte Wasser.«

»Ich weiß jetzt schon, dass es mir Spaß machen wird«, sagte Maggie. »Ich gehe gern einkaufen, ich mag es, für andere Leute die Garderobe zusammenzustellen. Ich kann nur nicht glauben … Glaubt ihr wirklich, dass man mich dafür bezahlen würde?«

Mrs. Lefkowitz lächelte, öffnete ihre koffergroße Handtasche, zog ihr Scheckbuch heraus und stellte Maggie Feller in ihrer schwerfälligen, zittrigen Schrift einen Scheck über einhundertundfünfzig Dollar aus. »Ich glaube schon«, sagte sie.

## 51

Im Nachhinein dachte Rose, dass die Mimosas keine gute Idee gewesen waren.

Sie versuchte das Amy zu sagen, brachte aber nur ein champagnertrunkenes Gemurmel zu Stande. Amy, die offenbar einwandfrei verstanden hatte, nickte heftig und signalisierte dem Barkeeper.

»Noch zwei Mimosas«, sagte sie.

»Kommt sofort, meine Damen.«

Ab wann war alles schief gelaufen?, fragte sich Rose. Wahrscheinlich, als sie die Einladung zu der Geschenkparty erhalten hatte, die Sydelle Feller für sie geplant hatte, einige Wochen, bevor sie Maggies Brief und die Nachricht von der Existenz ihrer Großmutter bekommen hatte. Sydelle hatte die Einladung auf schwerem, cremefarbenem Papier mit Goldrand drucken lassen, in einer derart verschnörkelten Schrift, dass der Text praktisch unleserlich war.

»Wer organisiert die Sache?«, fragte Amy. »Lord und Lady Spreizhausen?«

»Ich wollte nicht mal hingehen«, sagte Rose. »Ich will nach Florida fliegen und meine Großmutter kennen lernen.«

»Hast du angerufen?«, fragte Amy.

»Noch nicht. Ich weiß immer noch nicht, was ich sagen soll.«

»Also, wenn die Großmutter rangeht, sagst du ›Hallo‹«, sagte Amy. »Und wenn Maggie rangeht, sagst du ihr, dass du ihr den knochigen Arsch von hier bis Elizabeth, New Jersey, versohlen wirst, falls sie jemals wieder mit deinem Freund schläft. Pass nur auf, dass du die Sprüche nicht durcheinander bringst.«

»Zuerst die Geschenkparty, dann die Großmutter«, sagte Rose. Sie hatte an dem festgesetzten Tag all ihren Mut zusammengenommen, sich die Beine rasiert und sich zur festgesetzten Stunde in dem von Sydelle ausgewählten Restaurant eingefunden, wo genau eine Freundin von ihr und drei Dutzend Freundinnen von Sydelle darauf warteten, die zukünftige Braut hochleben zu lassen.

»Rose«, sagte Sydelle vornehm und stand auf, um sie zu begrüßen. Jegliche Spur der Verletzlichkeit, die Rose in jener Nacht auf dem Gesicht ihrer Stiefmutter entdeckt hatte, war verschwunden, wie üblich versteckt unter mehreren Schichten Make-up, Designerklamotten und ihrer zur Schau getragenen Arroganz.

»Komm und begrüß meine Freunde«, sagte Sydelle und begleitete Rose zu ihren Freundinnen, die anscheinend alle die gleichen Pagenkopffrisuren und frisch gelifteten Augenlider hatten. *Sie müssen den gleichen Schönheitschirurgen und Friseur haben,* dachte Rose, während Sydelle sie vorstellte. »Und hier ist Meine Marcia«, verkündete sie und führte Rose zu ihrer Stiefschwester, an deren Hals ein riesiges diamantbesetztes Goldkreuz hing. Marcia begrüßte Rose mit sauertöpfischer Miene und einer flüchtigen Handbewegung, um sich dann weiter bei der Bedienung darüber zu erkundigen, ob die Pfannkuchen raffinierten Zucker enthielten, während ihre vier Jahre alten Zwillingssöhne, Jason und Alexander, unter dem Tisch einen Ringkampf austrugen.

»Wie geht es dir?«, fragte Rose höflich.

»Ich bin gesegnet«, sagte Meine Marcia. Sydelle zuckte zusammen. Rose trank ihren Mimosa aus, ließ sich nachschenken und flüchtete zu Amy. »Rette mich«, flüsterte sie, während sie Sydelle sagen hörte: »Ich hätte noch mehr Freundinnen von Rose eingeladen, aber ich glaube, sie hat nicht mehr!«

Amy reichte ihr noch einen Drink. »Lächeln«, flüsterte sie. Rose grinste. Sydelle drückte ihre zappelnden Enkelsöhne an ihre magere Brust, stand auf und verkündete: »Diejenigen von uns, die Rose kennen, sind überglücklich, dass dieser Tag gekommen ist!« Zu Roses Entsetzen rollten zwei Kellner einen Fernseher herein. »Was kommt denn jetzt?«, flüsterte sie Amy zu, die nur mit den Schultern zuckte, als Sydelle ein strahlendes Lächeln aufsetzte und die Fernbedienung auf den Bildschirm richtete. Und da war Rose in der sechsten Klasse, mit fettigen Haaren und glitzernder Zahnspange, wie sie eine Grimasse in Richtung Kamera schnitt. Ein unbehagliches Gelächter ging durch den Raum. Rose schloss die Augen.

»Wir hatten unsere Zweifel«, fuhr Sydelle breit lächelnd fort. »Wir sahen mit an, wie sie die High School und das Studium absolvierte: mit den Haaren im Gesicht und der Nase in den Büchern.« Sie drückte erneut auf die Fernbedienung, und da war Rose in den ersten Semesterferien; die sieben Kilo, die sie im ersten Studienjahr zugenommen hatte, waren ihr in der knappen Jeans deutlich anzusehen.

»Natürlich hatte Rose Verehrer …« Das nächste Bild zeigte Rose auf ihrer High-School-Abschlussfeier, in einem unvorteilhaften pinkfarbenen Etuikleid aus Spitze, neben einem längst in Vergessenheit geratenen Mitschüler, der eine Klasse unter ihr gewesen war und mit einem schiefen Lächeln den Arm um ihre Taille gelegt hatte. »Aber aus Gründen, die wir nie verstanden haben, ist nie etwas daraus geworden.« Klick. Rose auf einer Bar Mizwah, als sie sich gerade ein Mini-Éclair in den Mund steckte. Klick. Rose, der die Hamburgersoße über die Arme lief. Klick. Rose im Profil, mit den charakteristischen Schulterpolstern der späten achtziger Jahre, in denen sie wie ein Footballprofi aussah. Klick. Rose an Halloween, als Vulkanierin verkleidet, die Finger zu einem Mr.-Spock-Gruß gespreizt.

»O Gott«, flüsterte Rose. »Meine ›Vorher‹-Bilder.«

»Was?«, flüsterte Amy zurück.

Rose fühlte, wie ein hysterisches Lachen in ihr aufstieg. »Ich glaube, Sydelle hat jahrelang ›Vorher‹-Bilder gesammelt, damit sie genug Vergleichsfotos hat, falls ich jemals eine Diät machen und tatsächlich abnehmen sollte.«

»Ich kann's nicht glauben, dass sie das tut!«, sagte Amy, während Sydelle ein Foto nach dem anderen zeigte – eine pummelige Rose, eine schlecht gelaunte Rose, Rose mit einem besonders auffälligen Pickel auf der Nase.

»Mama, was stimmt denn nicht mit der Dame?«, fragte Jason beziehungsweise Alexander. Marcia zischte sie an, ruhig zu sein.

»Bring mich um«, bat Rose ihre beste Freundin.

»Wie wär's, wenn ich dich für ein paar Stunden k. o. schlage?«, flüsterte Amy.

»Also lasst uns das Glas erheben und auf das Wunder der Liebe trinken!«, schloss Sydelle.

Noch mehr unbehagliches Gelächter, gefolgt von halbherzigem Applaus. Rose starrte auf den Berg von Geschenken und hoffte insbrünstig, dass das Messerset darunter war, das sie und Simon sich gewünscht hatten, damit sie sich auf der Damentoilette umbringen konnte.

»Rose?«, fragte Sydelle mit ihrem immer noch eingefrorenen Lächeln. Rose stand auf und ging hinüber zu dem Geschenketisch, wo sie die nächste Stunde damit verbrachte, so zu tun, als würde sie sich über die Salatschüsseln und Küchenmixer, das Porzellan und die Weingläser und die supermoderne Lebensmittelwaage von Sydelle freuen. Die Waage war mit einer Karte versehen, auf der stand: »Wir hoffen, dass sie dir von Nutzen sein wird«, wobei das Wort *Nutzen* doppelt unterstrichen war.

»Tupperware!«, sagte Rose in einem Ton, als hätte sie ihr ganzes Leben lang darauf gewartet, dass ihr jemand ein fünfzehnteiliges Set aus Kunststoffbehältern mit Deckeln schenkte. »Wie wunderbar!«

»Und so praktisch!«, sagte Sydelle lächelnd und reichte Rose das nächste Geschenk.

»Eine Salatschleuder!«, rief Rose und lächelte über das ganze Gesicht, bis ihr die Muskeln schmerzten. *Das überleb ich nicht,* dachte sie.

»Salatschleuder«, wiederholte Amy, die jedes Geschenk mit der dazugehörigen Spenderin in eine Liste aufnahm, und befestigte die Schleife an dem Pappteller für das Schleifenhütchen, das Rose, das wusste sie jetzt schon, auf keinen Fall aufsetzen würde.

»Wie nett!«, sagte Sydelle. Wieder ein scharfer Blick, wieder eine verpackte Schachtel. Rose schluckte tapfer und machte weiter. Nach einer halben Stunde hatte sie drei Kuchenformen, ein Schneidebrett, fünf Gedecke und zwei Kristallvasen ausgepackt und sechs verschiedenen Frauen erzählt, dass sie und Simon nicht planten, in nächster Zeit Kinder zu bekommen.

Endlich war das letzte Geschenk ausgepackt, die letzte Schleife am Teller angebracht, und das ganze Arrangement auf Roses Kopf gebunden.

Amy ging auf die Toilette. Als sie zurückkam, sah sie aus, als hätte sie einen Geist gesehen.

»Was ist?«, fragte Rose und nahm das Schleifenhütchen herunter.

Amy packte Rose am Arm, schnappte sich zwei frische Mimosas und zog ihre Freundin in eine Ecke.

»Diese Frau«, sagte Amy, »stillt.«

»Welche Frau?«

»Marcia!«

Rose sah Marcia an, die gerade mit Jason und Alexander im Schlepptau von den Toiletten zurückkam. »Machst du Witze? Sie sind vier.«

»Ich weiß, was ich gesehen habe«, sagte Amy.

»Was, hat sie die Milch auf ihre gezuckerten Cornflakes gepresst?«

»Erstens glaube ich, dass diese Knaben nie auch nur in die Nähe von gezuckerten Cornflakes kommen«, sagte Amy. »Jesus würde das nicht gutheißen. Und zweitens weiß ich, wie Stillen aussieht. Brust. Kind. Mund.«

Rose nahm noch einen Schluck Champagner mit Orangensaft. »Na ja, wenigstens weiß sie, dass es Biokost ist.«

Genau in dem Moment rauschte Sydelle Feller heran.

»Danke, dass du das hier organisiert hast«, sagte Rose. Sydelle hatte ihre Arme um sie gelegt und beugte sich dicht heran.

»Du könntest ausnahmsweise mal dankbar sein«, zischte sie.

Rose wich zurück. »Was?«

»Ich hoffe, dass du die Hochzeit bekommst, die du verdienst«, sagte Sydelle, machte auf dem Absatz kehrt und ging. Rose stolperte niedergeschlagen und auch etwas verängstigt zu ihrem Stuhl. »O mein Gott«, flüsterte sie. »Sie muss gehört haben, wie wir über Marcia, die Milchbar, gesprochen haben.«

»O nein«, sagte Amy. »Es tut mir so Leid.«

Rose schlug die Hände vors Gesicht. »Junge, von solchen

Glückwünschen stand nichts in meinem Buch über *Moderne jüdische Hochzeiten.*«

»Beachte sie einfach nicht«, sagte Amy und nahm die Lebensmittelwaage. »Hey«, sagte sie, »wusstest du, dass mein Daumen einhundertdreizehn Gramm wiegt?«

Später beluden sie ein Taxi mit Roses Geschenken, verstauten diese in ihrem Wohnzimmer und gingen in eine Bar in Roses Straße, wo sie ihren Schmerz mit noch mehr Mimosas ertränkten und zu erraten versuchten, wie lange Sydelle all diese schrecklichen Bilder gesammelt hatte und ob sie eine ähnliche Diashow parat hatte, falls Maggie jemals heiratete. Als Rose nach Hause kam, fand sie eine Nachricht von Simon vor, dass er mit Petunia Gassi und einkaufen gegangen war. Sie stand in der Küche und schloss die Augen.

»Ich vermisse meine Mutter«, flüsterte sie. Und es stimmte, wenn auch auf eine nicht näher definierbare Art. Sie vermisste nicht *ihre* Mutter, sie vermisste *eine* Mutter. Mit einer Mutter wäre dieses Fiasko nicht annähernd so schlimm gewesen. Eine Mutter hätte Rose in die Arme geschlossen und Sydelle in die schwefligen Niederungen zurückgeschickt, aus denen sie gekommen war. Eine Mutter hätte Rose mit ihrem Zauberstab auf den Kopf getippt, und Roses tristes Gewand hätte sich in das perfekte Hochzeitskleid verwandelt. Eine Mutter hätte gewusst, wie man mit all dem umgeht.

»Ich vermisse meine Mutter«, sagte sie wieder. Aber indem sie es laut sagte, merkte Rose, dass sie Maggie noch mehr vermisste. Auch wenn Maggie keinen Zauberstab und kein Hochzeitskleid hatte, hätte sie Rose wenigstens zum Lachen gebracht. Rose musste lächeln, als sie sich vorstellte, welchen Toast Maggie nach zu vielen Mimosas ausgebracht hätte, oder wie sie Meine Marcia gefragt hätte, ob sie ein bisschen Muttermilch für ihren Kaffee haben könnte. Maggie hätte gewusst, wie man sich in dieser Situation verhielt. Und so wahr ihr Gott helfe, Maggie war alles, was sie hatte.

»Ich muss hier weg«, flüsterte sie. Sie holte ihren Koffer

aus dem Schrank und packte Sachen ein, von denen sie annahm, dass sie sie in Florida brauchen würde – Shorts und Sandalen, einen Badeanzug und eine Baseballkappe, das Exemplar von *Keusche Reise*, das ihr Simons Mutter geliehen hatte. Zehn Minuten im Internet, und sie hatte ein Ticket für zweihundert Dollar nach Fort Lauderdale. Dann nahm sie den Hörer und wählte die Nummer, die in Maggies Brief gestanden hatte – und die sie, wie sie erst jetzt bemerkte, auswendig konnte. Als ihre Schwester abhob, vergaß sie, was Amy ihr eingebläut hatte, und sagte einfach nur: »Maggie? Ich bin's.«

## 52

»Okay«, sagte Maggie. »Jeder auf seinen Platz!«

Mrs. Lefkowitz stand links vom Flugsteig, Lewis genau davor und Ella neben ihm. Maggie fuhr in Mrs. Lefkowitz' Motorroller vor ihnen auf und ab und sah sie prüfend an. »Schilder!«, sagte sie. Die drei streckten ihre selbst gemachten Pappschilder in die Luft. Auf dem von Mrs. Lefkowitz stand in Rosa »Willkommen«, auf Lewis' Schild »in Florida«, und auf Ellas Schild, dessen Herstellung Maggie persönlich überwacht hatte, »Rose«. Maggie selbst trug ein Poster mit einer Collage von Rosen, die sie aus Mrs. Lefkowitz' Gartenzeitschriften ausgeschnitten hatte.

»Flug 512 aus Philadelphia ist soeben gelandet«, verkündete die Stimme der Lautsprecheranlage. Maggie trat so fest auf die Bremse, dass sie fast vom Motorroller gefallen wäre.

»Wisst ihr was?«, sagte sie. »Ich glaube, es wäre besser, wenn ihr an der Gepäckausgabe warten würdet.«

»Was?«, fragte Ella.

»Was hat sie gesagt?«, fragte Mrs. Lefkowitz.

Maggie drehte ihr Schild in den Händen. »Es ist nur ....« Sie sprach hastig. »Bevor ich weg bin, hatten Rose und ich einen

Streit. Und vielleicht wäre es besser, wenn ich zuerst allein mit ihr rede.«

»In Ordnung«, sagte Ella und ging mit Lewis und Mrs. Lefkowitz in Richtung Gepäckausgabe. Maggie atmete tief durch, straffte die Schultern, hielt ihr Schild hoch und musterte die Passagiere, die aus dem Flugzeug kamen.

Ältere Dame ... ältere Dame ... Mutter mit Kind ... wo war Rose? Maggie stellte ihr Schild ab und wischte sich die Hände an ihren Shorts ab. Als sie sich wieder aufrichtete, kam Rose gerade durch die Tür. Sie wirkte größer, als Maggie sie in Erinnerung hatte, sie war braun gebrannt und hatte ihre langen Haare mit Hilfe von zwei Cloisonnéspangen gebändigt. Sie trug ein langärmeliges pinkfarbenes T-Shirt und Khakishorts, und als Rose auf sie zuging, konnte Maggie die Muskeln an den Beinen ihrer Schwester sehen.

»Hallo«, sagte Rose. »Schönes Schild.« Sie schaute über den Kopf ihrer Schwester hinweg. »Also, wo ist die geheimnisvolle Großmutter?«

Maggie gab es einen kleinen Stich. Wollte Rose nicht wissen, wie es ihr ging? War es ihr egal? »Ella ist an der Gepäckausgabe. Lass mich deinen Rucksack nehmen«, sagte sie. »Ist das alles, was du dabei hast? Du siehst wirklich gut aus. Bist du im Fitnessstudio gewesen?«

»Ich bin Fahrrad gefahren«, sagte Rose. Sie ging so schnell durch die Halle, dass Maggie Mühe hatte, Schritt zu halten.

»Hey, nicht so schnell!«

»Ich will die Großmutter sehen«, sagte Rose, ohne Maggie eines Blickes zu würdigen.

»Sie geht ja nicht weg«, sagte Maggie. Sie blickte auf Roses Füße, um zu sehen, welche Schuhe sie anhatte, und sah etwas an Roses linker Hand blitzen – einen Platinring mit einem viereckig geschliffenen Diamanten. »O mein Gott! Ist das ein Verlobungsring?«

»Ja«, sagte Rose, den Blick weiterhin starr nach vorne gerichtet.

Maggie fühlte, wie ihr Herz aussetzte. So viel war passiert, seit sie weg war, und sie wusste von gar nichts! »Ist es ...«

»Ein anderer«, sagte Rose. Sie erreichten die Gepäckausgabe. Ella und Lewis und Mrs. Lefkowitz sahen unsicher zu Maggie. Lewis hob sein Schild hoch.

»Da ist sie!«, rief Ella und eilte auf ihre Enkelinnen zu. Lewis und Mrs. Lefkowitz folgten ihr.

Rose machte ein paar Schritte nach vorne, nickte und musterte Ellas Gesicht. »Hallo«, sagte sie.

»Es ist so lange her. Zu lange«, sagte Ella. Sie machte ebenfalls ein paar Schritte nach vorne, und Rose ließ es zu, dass sie sie steif umarmte. »Willkommen, Liebes! Ich bin so froh, dass du hier bist!«

Rose nickte. »Danke. Es ist alles etwas seltsam.«

Ella besah sich ihre Enkeltochter sorgfältig. Unterdessen hatte sich Maggie wieder auf Mrs. Lefkowitz' Motorroller gesetzt und bombardierte ihre Schwester mit Fragen und Kommentaren, während sie im Kreis in der Halle herumfuhr. »Wen heiratest du? Wo hast du diese Haarspangen her? Deine Haare gefallen mir.« Sie fuhr Rose direkt vor die Füße und blickte auf Roses Turnschuhe. »Hey, sind das nicht meine?«

Rose blickte ebenfalls nach unten und lächelte leicht. »Ich hab sie bei mir in der Wohnung gefunden. Ich dachte, du brauchst sie nicht. Und ich wusste ja nicht, wo ich sie hinschicken sollte. Außerdem passen sie.«

»Komm schon«, sagte Maggie und sprang vom Roller. »Erzähl mir alles. Wer ist der Glückliche?«

»Sein Name ist Simon Stein«, sagte Rose. Sie schloss zu Ella auf, sodass Maggie, Lewis und Mrs. Lefkowitz, die hinter ihnen gingen, sich anstrengen mussten, etwas von ihrer Unterhaltung mitzubekommen. Rose hatte sich so verändert! Sie war nicht blass oder zickig oder tat so, als wäre ihr eine Laus über die Leber gelaufen. Ihre Klamotten hätten von Maggie ausgesucht sein können, und sie ging schnell, aber entspannt. Rose wirkte nicht dünner, aber kräftiger, so als hätte sich ihr

Gewicht anders verteilt. Sie schien sich, vielleicht zum ersten Mal in ihrem Leben, in ihrem Körper total wohl zu fühlen, und Maggie fragte sich, was diese Veränderung bewirkt haben mochte. Vielleicht Simon Stein? Der Name kam ihr irgendwie bekannt vor. Maggie kramte in ihrem Gedächtnis, bis ihr der Abend in Dave and Buster's wieder einfiel, an dem dieser kraushaarige Typ in Anzug und Krawatte versucht hatte, ihre Schwester für das Softballteam der Kanzlei anzuwerben.

»Hey, Rose!«, rief sie und schloss zu Rose und Ella auf, die die Köpfe zusammengesteckt hatten und sich leise unterhielten. Maggie gab es einen Stich – sie schluckte. »Also dieser Typ, den du heiratest. Er arbeitet auch in deiner Kanzlei, richtig?«

»Meiner früheren Kanzlei«, sagte Rose.

»Was? Hast du die Firma gewechselt?«

»Oh, ich habe noch mehr gewechselt«, sagte Rose und drehte ihr dann wieder den Rücken zu. Maggie sah ihr traurig und frustriert hinterher ... aber auch mit dem Gefühl, dass sie es nicht anders verdient hatte. Hatte sie wirklich gedacht, dass ihre Schwester angerannt kommen würde, bereit zu vergeben und vergessen, nach allem, was sie ihr angetan hatte? Sie seufzte, schulterte Roses Rucksack und trottete hinterher.

## 53

Rose Feller fühlte sich wie ein Astronaut nach einer Bruchlandung auf einem fremden, noch unerforschten Planeten. Planet Oma, dachte sie und wischte sich über die Stirn. Es musste weit über dreißig Grad Außentemperatur haben. Wie konnte man das nur aushalten?

Sie seufzte, setzte die Schirmmütze auf, die Ella ihr geliehen hatte, und verließ hinter Maggie die Wohnung. »Vergesst die Sonnencreme nicht!«, rief ihnen Ella hinterher.

»Nei-ein!«, schrie Maggie zurück und holte die Tube aus ihrer Tasche, um sie Rose zu zeigen. Wie seltsam, dachte Rose, während sie auf dem kochend heißen Gehsteig an den perfekt manikürten (wenn auch etwas kleinen) Rasenstücken von Golden Acres vorbeigingen. Aber seit sie sich vor einigen Monaten das letzte Mal gesehen hatten, schien sich ihre kleine Schwester irgendwie in ein passables Abziehbild einer verantwortungsvollen erwachsenen Person verwandelt zu haben. Noch mysteriöser war, dass sie sich mit alten Leuten angefreundet hatte. Das verstand Rose überhaupt nicht. Ihre eigene Erfahrung mit Menschen über fünfundsechzig beschränkte sich auf die gelegentlichen Wiederholungen der *Golden Girls*, und es machte sie ein wenig nervös, wie ihre Großmutter sie manchmal anstarrte und schniefte und dauernd den Tränen nahe schien, wenn sie sie nicht gerade mit Tausenden von Fragen bombardierte. Wie sah ihr Apartment aus? Wie hatten sie und Simon sich kennen gelernt? Was war ihr Lieblingsessen? Mochte sie Katzen, Hunde, beides, oder keins von beiden? Welche Filme hatte sie in letzter Zeit gesehen? Welche Bücher hatte sie gelesen? Es ist wie bei einem Blind Date, aber ohne Aussicht auf eine Romanze, dachte Rose. Es war aufregend und anstrengend zugleich.

Eine kleine alte Dame auf einem riesigen Dreirad kam auf sie zugeradelt. »Maggie!«, rief sie.

»Hallo, Mrs. Norton. Wie geht's Ihrer Hüfte?«

»Ganz gut«, sagte die alte Frau. Rose blinzelte in die Sonne und versuchte, sich einen Reim zu machen auf das, was sie sah und hörte, aber die beste Erklärung, die ihr einfiel, war, dass sich ihre Schwester einer Gehirnwäsche unterzogen hatte oder von Außerirdischen entführt worden war und sich jemand anders ihres Körpers bemächtigt hatte. Wie hielt sie es bloß aus ohne ständigen Zustrom an Männern ohne Herzschrittmacher und Urenkel? Mit wem flirtete sie, wer spendierte ihr Drinks, wer gab ihr Geld für ihre Kosmetika, machte ihr Komplimente und bestätigte ihr Selbstbild? Rose schüttelte ungläubig den Kopf, nickte Mrs. Norton und ihrer Hüfte zu und folgte ihrer Schwester zum Swimmingpool. Sie hatte vorgehabt, auf Maggie wütend zu sein, aber jetzt war sie nur verwirrt, so als würde der Mensch, den sie hatte umbringen wollen, nicht mehr existieren.

»Also, erklär's mir noch einmal«, sagte sie.

»Das sind meine Poolfreunde«, sagte Maggie. »Dora kann man sich leicht merken, weil sie die einzige Frau ist und praktisch ununterbrochen quasselt.«

»Dora«, wiederholte Rose.

»Sie war eine meiner ersten Kundinnen«, fuhr Maggie fort.

»Kundinnen?«, fragte Rose. »Was bietest du an? Massagen?«

»Nein, nein«, sagte Maggie. »Einen privaten Einkaufsdienst.« Sie zog eine Visitenkarte aus ihrer Tasche, die Mrs. Lefkowitz auf ihrem Computer gezaubert hatte: *Maggie Feller, Personal Shopper. Your Favorite Things.* »Das ist mein Slogan«, sagte Maggie. »Ich frage alle meine Kunden, was ihr absolutes Lieblingskleidungsstück war, und dann versuche ich für sie das Gefühl zu reproduzieren, das sie hatten, als sie es getragen haben. Wenn dein allerliebstes Kleidungsstück zum Beispiel ein blaues Leinensommerkleid gewesen ist, besorge ich dir nicht notwendigerweise ein blaues Leinensommerkleid, sondern versuche, etwas zu finden, in dem du dich so fühlst wie in diesem Kleid.«

»Toll«, sagte Rose. Sie musste zugeben, dass es sich gut anhörte. Wenn es etwas gab, was Maggie schon immer gut gekonnt hatte, dann war es, Klamotten zusammenzustellen. »Also, wen werde ich noch kennen lernen?«

»Da ist noch Jack, der sich, glaube ich, ein bisschen in Dora verguckt hat, er redet sie nämlich die ganze Zeit blöd an. Er war mal Buchhalter, also hilft er mir in geschäftlichen Dingen. Und Herman«, fuhr Maggie fort. »Er redet nicht viel, aber er ist sehr nett ... und er ist völlig verrückt nach Tätowierungen.«

»Hat er selbst welche?«, fragte Rose.

»Ich glaube nicht«, sagte Maggie. »Ich habe es ja nicht gerade überprüft. Aber sie wissen alles über dich.«

Rose fragte sich, was das bedeutete. Was hatte Maggie über sie erzählt? »Zum Beispiel?«

»Na, du weißt schon, wo du wohnst, was du beruflich machst. Ich hätte ihnen ja erzählt, dass du verlobt bist«, sagte sie, »aber das wusste ich ja selbst nicht. Wann ist die Hochzeit?«

»Im Mai.«

»Und wie läuft's mit den Vorbereitungen? Alles im grünen Bereich?«

Rose versteifte sich. »Ja«, sagte sie kurz angebunden. Maggie wirkte verletzt, doch anstatt wütend zu werden oder beleidigt davonzumarschieren, zuckte sie nur leicht die Achseln.

»Falls du Hilfe brauchst«, sagte sie. »Ich bin jetzt Profi.«

»Ich werde darüber nachdenken«, sagte Rose. Und dann waren sie am Pool, und Jack, der groß war und einen Sonnenbrand hatte, blinzelte zu ihnen hinüber, und Dora, die klein und rundlich war und redete wie ein Wasserfall, winkte ihnen wie wild zu, und Herman inspizierte sorgfältig Roses Arme und Beine, zweifelsohne auf der Suche nach Tätowierungen. Maggie winkte und marschierte auf sie zu. Rose schüttelte ungläubig den Kopf und breitete ein Handtuch über einem der quietschenden Metallliegestühle aus. Entspann dich, befahl sie sich, dann setzte sie ein Lächeln auf und ging über den heißen Beton, um Maggies neue Freunde zu begrüßen.

»Werdet ihr zwei auch genug Platz haben?«, fragte Ella. Die Ausziehcouch, die für Maggie groß genug gewesen war, schien für zwei Leute zu klein.

»Mach dir keine Sorgen«, sagte Rose und breitete ein frisches Laken über das Bett. Sie war noch immer leicht benommen und groggy (und hatte außerdem einen leichten Sonnenbrand). Nachdem sie und Maggie vom Pool nach Hause gekommen waren, waren sie mit Lewis, der sehr nett war, und Ella, die sie auf beunruhigende Art und Weise anstarrte, früh essen gegangen. Nach dem Essen hatten sie noch eine Stunde ferngesehen, und jetzt standen sie in dem kleinen Schlafzimmer. Rose bemerkte, dass Maggie sich hier genauso selbstverständlich ausgebreitet hatte, wie sie es bei ihr zu Hause getan hatte. Das Schlafzimmer und der Wintergarten dienten als provisorisches Büro und Boudoir in einem. Auf einem Kartentischchen lagen Skizzen, Notizblöcke und Tipps für Existenzgründer. Über einer Schaufensterpuppe, die Maggie auf dem Flohmarkt erstanden hatte, hingen verschiedene Stoffe – eine Bahn elfenbeinfarbener Satin mit Fransen, ein Stück pflaumenfarbenes Chiffon. Aber neben den vertrauten Bergen von Klamotten und Kosmetika stapelten sich – Bücher! Rose nahm eins in die Hand und blätterte in dem mit Eselsohren und vielen Randbemerkungen versehenen Buch. *Reisen* von W. S. Merwin. Sie hatte es während des Studiums gelesen.

»Du liest Gedichte?«, fragte sie.

Maggie nickte stolz. »Es gefällt mir«, sagte sie und zog ein Buch aus dem Stapel. »Das hier ist von Rilki.«

»Rilke«, korrigierte Rose.

Maggie winkte ab. »Egal.« Sie räusperte sich und trug dann das Gedicht vor.

Zum Einschlafen zu sagen.

Ich möchte jemanden einsingen,
bei jemandem sitzen und sein.
Ich möchte dich wiegen und kleinsingen
und begleiten schlafaus und schlafein.
Ich möchte der Einzige sein im Haus,
der wüßte: Die Nacht war kalt.
Und möchte horchen herein und hinaus
in dich, in die Welt, in den Wald.
Die Uhren rufen sich schlagend an,
und man sieht der Zeit auf den Grund.
Und unten geht noch ein fremder Mann
und stört einen fremden Hund.

Dahinter wird Stille. Ich habe groß
die Augen auf dich gelegt;
und sie halten dich sanft und lassen dich los,
wenn ein Ding sich im Dunkel bewegt.

Sie nickte zufrieden, während Rose sie mit offenem Mund anstarrte.

»Wie bist du …? Wo hast du …?« Sie blinzelte ihre Schwester an. *Das ist nur ihr Körper,* dachte sie wieder. Irgendjemand hatte Maggies habgierige, obsessive, schuhklauende, ruhmsüchtige Seele ausgesaugt und sie durch Rilke ersetzt.

»Mir gefällt vor allem die Zeile mit dem Hund«, sagte Maggie. »Sie erinnert mich an Honey Bun.«

»Sie erinnnert mich an Petunia«, sagte Rose. »Den kleinen Mops, den du zurückgelassen hast.«

»Ach ja, richtig«, sagte Maggie. »Wie geht es ihr?«

»Gut«, sagte Rose kurz angebunden. Sie musste wieder daran denken, wie Maggie sie mit dem Hund und dem Chaos und dem unauslöschlichen Bild von sich im Bett mit Jim Danvers zurückgelassen hatte. Sie putzte sich die Zähne, wusch sich das Gesicht und legte sich dann, mit dem Rücken zu ihrer Schwester, an den Rand der Matratze.

»Komm mir ja nicht zu nahe«, warnte Maggie. »Ich könnte beißen.«

»Kein Problem«, sagte Rose. »Gute Nacht.«

»Gute Nacht.«

Stille, bis auf das Quaken der Frösche. Rose schloss die Augen.

»Also!«, sagte Maggie fröhlich. »Du heiratest also Simon Stein!«

Rose stöhnte. Sie hatte vergessen, dass wenn Maggie ins Bett ging, die Lichter ausmachte, gähnte, sich reckte, Gute Nacht sagte und den Eindruck erweckte, dass sie es ernst meinte mit dem Schlafen, und man selbst gerade am Einschlafen war, sie wieder zu reden anfing.

»Wir haben doch beim Abendessen darüber gesprochen.«

Maggie ignorierte sie. »Ich erinnere mich an ihn von der Party«, sagte sie. »Er war süß! Klein, aber süß! Erzähl mir, was für eine Hochzeit ihr plant.«

»Eine kleine«, sagte Rose. Je kürzer ihre Antworten, desto besser. »Sydelle kümmert sich um die Organisation.«

»O nein! Dann ist die Katastrophe vorprogrammiert. Erinnerst du dich an die Hochzeit von Meiner Marcia?«

»Vage«, sagte Rose. »Ich war nur bei der Trauung dabei.« Sydelle, rücksichtsvoll wie immer, hatte die Hochzeit Meiner Marcia für das Wochenende von Roses Juraabschlussexamen angesetzt. Rose war bis zu den Treueschwüren geblieben und dann wieder nach Hause gefahren, um weiterzubüffeln.

»O. Mein. Gott«, hauchte Maggie. »Man hätte ein Fernseh-Special draus machen können. *Amerikas schlimmste Hochzeiten.*«

»Ich habe Fotos gesehen. Es sah schön aus.« Aber Rose hatte das dumpfe Gefühl, dass auf der Hochzeit Meiner Marcia irgendetwas vorgefallen war, über das ihr Vater und Sydelle nie hatten sprechen wollen.

»Ist dir aufgefallen«, fragte Maggie, »dass auf keinem der Fotos die Füße der Leute zu sehen sind?«

Rose erinnerte sich nicht.

»Ich sag dir, warum«, sagte Maggie. »Der Hochzeitsempfang fand auf dem Gelände dieses noblen Country Club statt, erinnerst du dich?«

»Silver Glen.«

»Silver Glen, Silver Lake, Silver Irgendwas«, sagte Maggie ungeduldig. »Und es war wirklich hübsch – die Gärten, der Rasen, alles –, nur dass es drei Tage lang ununterbrochen geregnet hatte und das Zelt keinen festen Boden hatte. Der Schlamm war fünfzehn Zentimeter tief. Die Tische sanken ein, und es war eiskalt.«

»Du machst Witze.«

»Tu ich nicht!«, sagte Maggie schadenfroh. »Meine Marcia

weinte sich in der Toilette die Augen aus.« Maggie trällerte hysterisch. »›Mein Hochzeitstag ist ruiniert! Ruiniert!‹«

»O Gott«, sagte Rose in einem Anflug von Übelkeit – und Mitleid mit Meiner Marcia.

»Ach, das ist noch nicht alles«, sagte Maggie. »Sydelle hatte vergessen, sich um die Parkerlaubnis zu kümmern, also mussten alle während des Empfangs hinausrennen, um ihre Autos umzuparken. Dann schalteten sich plötzlich mitten im ersten Tanz die Sprinkler ein, und alle stoben auseinander. Und«, schloss sie, »man hatte vergessen, mir einen Platz zu reservieren, also musste ich bei der Kapelle sitzen. Wir bekamen Fresspakete anstelle des Hochzeitsmenüs.«

Rose dachte, dass Maggies Platz wahrscheinlich nicht zufällig gefehlt hatte, beschloss aber, nichts zu sagen.

»Es war die reinste Horrorshow«, schloss Maggie glücklich. »Aber es gab eine offene Bar. Der einzige Lichtblick. Ich habe mir einige Cocktails genehmigt.«

»Natürlich.«

»Es gab eine Cocktailparade, und ich war der Großmarschall.«

»Warst du damals schon einundzwanzig?«

»Nicht ganz«, sagte Maggie. »Also, was gibt's noch Neues?«

»Da gibt's nicht viel zu erzählen«, sagte Rose langsam. Das stimmte zwar nicht, aber warum sollte sie Maggie von ihrer katastrophalen Geschenkparty, dem Streit mit ihrem Vater, dem Wiedersehen mit Jim Danvers erzählen? Es war noch nicht der richtige Zeitpunkt. Sie musste erst noch herausfinden, was für die wundersame Verwandlung ihrer Schwester in eine verantwortungsbewusste, bescheidene, berufstätige, seniorenfreundliche Einwohnerin von Golden Acres verantwortlich war.

»Erzähl mir mehr über die Hochzeit! Wirst du Brautjungfern haben?«

Ein kurzes, angespanntes Schweigen. »Nur Amy«, sagte Rose. »Und dich, vermute ich. Falls du das möchtest.«

»Möchtest du, dass ich Brautjungfer bin?«

»Mir ist es egal«, sagte Rose. »Wenn du es machen willst, kannst du's tun.«

»Es ist deine Hochzeit. Es sollte dir nicht egal sein.«

»Das sagen alle.«

»Na dann«, sagte Maggie steif. »Gute Nacht.«

»Gute Nacht.«

»Gute Nacht.«

Schweigen.

»Rose?«, sagte Maggie. »Hey, Rose, könntest du mir ein Glas Wasser mit einem Eiswürfel holen?«

»Hol dir dein Wasser selbst.« Aber noch während sie das sagte, schwang sie ihre Beine aus dem Bett. Auch das hatte sie vergessen: Sie holte Maggie vor dem Schlafengehen immer ein Glas Wasser. Sie hatte das gemacht, als sie klein gewesen waren, und sie hatte es gemacht, als Maggie bei ihr gewohnt hatte. Und wahrscheinlich würde sie es noch mit achtzig tun, wenn ihre Ehemänner schon tot waren und sie im Golden Acres des Jahres 2060 wohnten.

Als Rose wieder ins Bett kam, glitzerte etwas auf ihrem Kissen. Zuerst dachte sie an einen Käfer, und sah es prüfend an. Aber es war ein kleines Schokoladenquadrat in Silberfolie. »Wie in den feinen Hotels«, sagte Maggie.

»Schlaf jetzt«, sagte Rose.

»Ja, ja«, sagte Maggie. Aber bevor sie die Augen schloss, legte sie die Schokolade auf den Nachttisch, damit es das Erste war, was ihre Schwester am nächsten Morgen sehen würde.

In ihrem Schlafzimmer stieß Ella den Atem aus – sie hatte nicht einmal gemerkt, dass sie ihn anhielt – und sank aufs Bett. In ihrem Kopf drehte sich alles. Wer war Sydelle? Wer war Meine Marcia? Warum redete Rose nicht wirklich mit Maggie? Warum schien Maggie so wild darauf, ihrer älteren Schwester alles recht zu machen? Würde Rose wirklich ohne Maggie heiraten? Würde sie Ella zur Hochzeit einladen?

Sie biss sich auf die Lippe und schloss die Augen. Irgendetwas war passiert. Dessen war sich Ella sicher. Es gab einen Grund, warum Maggie bei Rose ausgezogen und nach Princeton gegangen war, einen Grund, warum sie seit zehn Monaten keinen Kontakt mehr zu ihrer Schwester gehabt hatte. Gib ihnen Zeit, hatte Lewis gesagt. »Ich versuche es«, flüsterte sie und hauchte zwei Küsschen in Richtung der Wand, hinter der ihre Enkelinnen schliefen.

## 54

Rose griff mit einer behandschuhten Hand in einen Topf, holte einen gekochten Truthahnschenkel aus dem Wasser und begann, das Fleisch vom Knochen zu lösen.

»Danke, dass du mir hilfst«, sagte Ella, die neben ihr stand und Karotten schälte. Sie befanden sich in dem Saal der Synagoge, wo Ella jeden Freitag Obdachlosen ein Mittagessen servierte. »Ist das auch wirklich in Ordnung?«

»Ja«, sagte Rose. »Besser als Zwiebeln schälen, oder?«

»Unbedingt!«, sagte Ella und ihr eigener zu lauter, enthusiastischer Tonfall ließ sie zusammenzucken. Sie beugte sich wieder über die Karotten und versuchte, ihre Enkelin nicht anzustarren. Rose war jetzt seit drei Tagen in Florida, und war für Ella nach wie vor ein Rätsel. Sie beantwortete höflich alle Fragen und stellte selbst viele, die meisten davon so geschickt, dass Ella merkte, dass sie damit ihr Geld verdiente. Beziehungsweise verdient hatte, denn laut eigenem Bekunden nahm Rose gerade eine Auszeit.

»Was meinst du damit, eine Auszeit?«, hatte Maggie gefragt.

»Das, was ich gesagt habe. Eine Auszeit«, antwortete Rose, ohne ihre Schwester anzusehen. Ella wusste, dass zwischen den beiden etwas Schlimmes vorgefallen war. Aber sie hatte keine Ahnung, was, und Maggie verlor darüber kein Wort, während sie ihrer Schwester wie ein verirrtes Hündchen überall hinterhertrappelte.

Rose zog die Handschuhe aus, stemmte die Arme in die Hüften, reckte sich und rollte den Kopf. Sogar mit einem Haarnetz war ihre Enkelin wunderschön, dachte Ella. Rose sah aus, wie sie sich eine Heldin aus der Bibel vorstellte – groß und kräftig und ernsthaft, mit breiten Schultern und tüchtigen Händen.

»Alles in Ordnung?«, fragte sie.

Rose seufzte. »Nun, ich bin fertig mit dem Truthahn.«

»Lass uns eine Pause machen«, sagte Ella. Sie gingen hinüber zu Mrs. Lefkowitz, die an einem Kartentisch in der Ecke saß und die neueste Ausgabe von *Hello!* las (weil, wie sie sagte, der Klatsch aus England immer viel interessanter war).

»Die zukünftige Braut!«, begrüßte sie Rose. Rose lächelte und setzte sich auf einen Klappstuhl.

»Also erzählen Sie uns von der Hochzeit«, sagte Mrs. Lefkowitz. »Haben Sie schon ein Kleid?«

Rose zuckte zusammen. »Die Hochzeit. Äh. Nun, Sydelle organisiert das meiste.«

»Was ist ein Sydelle?«

»Meine Stiefmutter«, sagte Rose. »Die Cruella de Vil von Cherry Hill.« Sie sah Ella an. »Wie war die Hochzeit meiner Mutter?«

»Klein«, sagte Ella. »Sie hatten alles selbst geplant. Sie haben an einem Donnerstagnachmittag im Arbeitszimmer eines Rabbi geheiratet. Ich wollte helfen und eine richtige Hochzeit organisieren, aber Caroline wollte das nicht, und dein Vater war in allem Carolines Meinung.«

»Kommt mir bekannt vor«, sagte Rose. »Mein Vater ist nicht …« Sie verstummte. »Er ist nicht sehr willensstark.«

*Außer wenn es darum geht, mich aus eurem Leben zu verbannen,* dachte Ella. Stattdessen sagte sie: »Er hat deine Mutter geliebt. Jeder, der die beiden zusammen gesehen hat, wusste das. Er hat versucht, sie glücklich zu machen.«

»Ich will über Ihre Hochzeit sprechen!«, sagte Mrs. Lefkowitz und legte den Bericht über Fergies jüngste Liebelei beiseite. »Erzählen Sie mir alles!«

Rose seufzte. »Da gibt's nicht viel zu erzählen. Im Ernst. Sie wird von einem Monster geplant, das absolut keine Rücksicht auf Simons und meine Wünsche nimmt. Stattdessen versucht sie uns ihre Ideen aufzuzwingen.«

»Eine Zitrone«, sagte Mrs. Lefkowitz und nickte.

»Wie bitte?«

»Denken Sie an Obst. Was bekommen Sie, wenn Sie eine Orange auspressen?«

Rose lächelte. »Schwierigkeiten?«

»Nein, nein, Fräulein Neunmalklug. Sie bekommen Orangensaft. Keinen Grapefruitsaft, keinen Apfelsaft, keine Milch. Sondern Orangensaft. Jedes Mal. Mit den Menschen ist es das Gleiche. Sie können dir nur geben, was in ihnen steckt. Also wenn Ihnen diese Sydelle so viele Probleme macht, dann deshalb, weil sie selbst voller Probleme steckt. Sie gibt das, was in ihrem Herzen ist, ans Universum weiter.« Mrs. Lefkowitz lehnte sich mit sichtlich zufriedener Miene zurück.

»Wo haben Sie das gelernt?«, fragte Ella.

»Dr. Phil«, sagte Mrs. Lefkowitz.

Ella nahm sich vor herauszufinden, wer Dr. Phil war.

»Also, welches Obst ist Maggie?«, fragte Rose.

»Ein süßes«, sagte Mrs. Lefkowitz.

Rose lachte. »Dann kennen Sie meine Schwester nicht sehr gut.«

»Ist sie nicht süß?«, fragte Ella.

Rose stand auf. »Sie klaut«, sagte sie. Endlich, dachte Ella, während Rose anfing, auf und ab zu gehen. Endlich dringen wir zum Kern der Sache vor und finden heraus, was schief gelaufen ist. »Sie nimmt sich alles«, fuhr Rose fort. »Hast du das nicht gemerkt? Meine Schwester hat ein gewisses Anspruchsdenken. Sie beansprucht alles, was einem gehört. Klamotten, Schuhe, Bargeld, Autos ... und so weiter.«

*Und so weiter,* dachte Ella.

»Sag bloß, dass du in der ganzen Zeit, in der sie bei dir ist, nicht gemerkt hast, dass irgendetwas fehlt?«

»Ich glaube nicht«, sagte Ella.

»Wir haben nichts, das sie will«, sagte Mrs. Lefkowitz.

Rose schüttelte den Kopf. »Das hätte ich mir denken können«, sagte sie. »Sobald sie mit mir fertig ist, wandelt sie auf dem Pfad der Tugend.«

*Und so weiter,* dachte Ella wieder. »Was hat dir Maggie genommen?«, fragte sie.

Roses Kopf fuhr herum. »Wie bitte?«

Ella wiederholte die Frage. »Ich glaube, sie hat dir etwas genommen, das dir sehr viel bedeutet hat. Was war es?«

»Nichts«, sagte Rose. Jetzt hörte sie sich nicht nur verärgert, sondern wütend an. Auf Maggie, dachte Ella. Und vielleicht auch auf sie. »Nichts, was mir letztendlich so viel bedeutet hat.«

»Liebes«, sagte Ella und streckte ihre Hand aus. Rose achtete nicht auf sie. »Ich glaube, dass Maggie in Ordnung ist«, sagte Ella. »Ich weiß, dass sie Geld spart, und ich glaube, dass ihr Einkaufsdienst eine gute Idee ist. Soviel ich weiß, hat sie schon eine ganze Reihe von Leuten eingekleidet. Ihre Freundin Dora, meine Nachbarin Mavis Gold …«

»Sei vorsichtig«, sagte Rose. »Wenn sie bis jetzt noch nichts genommen hat, heißt das nicht, dass sie es nicht noch tun wird. Sie sieht vielleicht lieb und nett aus, aber sie ist es nicht. Nicht immer.« Ella saß wie gelähmt mit offenem Mund da, als Rose davonging.

## 55

Zwei Tage später beobachtete Maggie Rose, die neben ihr auf dem Liegestuhl lag und schlief.

»Sie ist müde«, bemerkte Dora.

»Deine Einsichten sind schier überwältigend«, sagte Jack.

»Sie scheint nett zu sein«, sagte Herman, einer seiner wenigen Kommentare, die sich nicht auf Tätowierungen bezogen.

»Sie *ist* nett«, sagte Ella.

Maggie seufzte. »Ich glaube, sie fliegt bald wieder nach Hause.« Als sie am Morgen aus der Dusche gekommen war, hatte sie Rose leise telefonieren gehört; sie musste mit Simon gesprochen haben. Sie hatte sich entschuldigt und ihn gebeten, ihr einen Rückflug nach Philadelphia zu besorgen.

Aber Rose konnte nicht gehen. Nicht so. Nicht, bevor Maggie sie überzeugen konnte, dass sie sich wirklich geändert hatte, dass sie ein besserer Mensch geworden war und dass es ihr aufrichtig Leid tat.

Sie drehte sich auf die Seite und dachte nach. Rose brauchte ihre Ruhe, und Maggie hatte dafür gesorgt, dass sie jeden Tag ein Nickerchen machte, am Pool ihre Ruhe hatte und nach dem Abendessen spazieren ging. Sie hatte dafür gesorgt, dass Ella Roses Lieblingsessen, inklusive Erdnussflips und Eiscreme, zu Hause hatte. Beim Fernsehen überließ sie ihrer Schwester immer die Fernbedienung, und sie beschwerte sich nicht, wenn Rose in ihren Büchern aus der Bücherei nach Gedichten suchte, an die sie sich aus Studienzeiten erinnerte. Doch nichts davon schien Wirkung zu zeigen. Rose wich nicht von Ellas Seite, stellte ihr Fragen über ihre Mutter, sah sich Fotos an und begleitete sie überallhin. Die beiden waren wie Pech und Schwefel, ein perfektes Zweiergespann. Und Rose schien nicht geneigt, Maggie einen Platz einzuräumen. Sie hatte Maggie, soviel stand fest, nicht verziehen. Maggie wusste nicht, was sie tun sollte, außer ihr zu sagen, dass es ihr Leid tat. Was sie immer und immer wieder getan hatte. Aber es musste doch etwas geben, das sie Rose geben, das sie tun konnte, um ihre Schwester zu überzeugen, dass es ihr Leid tat und dass sie von jetzt an ein besserer Mensch sein würde.

Nun ja, dachte sie und drehte sich auf den Bauch, wenigstens hatte Rose wieder einen Freund. Einen Verlobten. Und sie plante die Hochzeit wahrscheinlich mit der gleichen rücksichtslosen Effizienz, mit der sie ihre Karriere geplant hatte. Maggie stellte sich die Gästeliste auf einem Faltplan vor. Eine computererstellte Sitzordnung. Ein Florist, der die perfekten Blumen für ihr Bukett züchtete. Aber was war mit dem Hochzeitskleid? Maggie setzte sich so abrupt auf, dass sie ihr Wasser ausschüttete. Dora kreischte, Jack schimpfte, und Ella reichte ihr ein Handtuch.

»Hey, Rose!«, rief sie. Rose schreckte auf und sah sie verschlafen an. »Hast du schon ein Hochzeitskleid?«

Ihre Schwester schloss die Augen wieder. »Ich bin noch am Suchen.«

»Schlaf weiter«, sagte Maggie. Perfekt! Wenn sie für Rose das richtige Hochzeitskleid finden könnte, dann ... nun, dann würde nicht alles sofort wieder in Ordnung sein, aber es wäre ein Anfang. Mehr noch, es wäre ein Zeichen – ein Zeichen, dass es Maggie ernst war und dass sie es gut meinte.

Außerdem, je länger sie darüber nachdachte, es wäre symbolisch, das perfekte Kleid für ihre Schwester zu finden. Sie erinnerte sich an das Seminar über die Entstehung von Mythen. Der Professor hatte darüber gesprochen, dass in vielen Mythen der Held in die Welt hinausziehen und mit etwas zurückkommen muss – einem Schwert, einem Kelch, einem gläsernen Schuh oder verzauberten Bohnen. *Gawain und der Grüne Ritter. Jack und die Bohnenstange. Der Herr der Ringe.* Und was symbolisierten diese Gegenstände?, hatte der Professor gefragt. Wissen. Erst wenn der Held dieses Wissen erlangt hat, kann er glücklich leben. Nun, sie war keine Heldin, und sie war sich nicht sicher, dass sie das ganze Zeug über Selbsterfahrung und Symbolismus verstanden hatte, aber sie war eine großartige Einkäuferin. Mit Mode kannte sie sich aus. Was wichtiger war, sie kannte ihre Schwester, und sie würde für Rose ein Kleid finden.

Sie schlug ihren Terminkalender auf. Sie hatte ziemlich viel zu tun, die Liebermans feierten bald goldene Hochzeit, und

Mrs. Gantz ging auf eine Kreuzfahrt, aber sie könnte ihren Terminplan umkrempeln. Wo sollte sie anfangen? In der Brautmodenabteilung von Saks. Wahrscheinlich würden sie nichts in Roses Größe dahaben, aber sie könnte sich zumindest inspirieren lassen. Wenn sie dann erst einmal eine Idee hatte, würde sie in ihre drei Lieblingssecondhandläden gehen. Sie hatte in allen dreien Hochzeitskleider gesehen. Sie hatte sie nicht weiter beachtet, weil sie nach anderen Sachen gesucht hatte, aber sie wusste, dass es sie gab, und …

»Hey, Rose«, rief Maggie so beiläufig wie möglich. »Wie lange bleibst du voraussichtlich noch?«

»Bis Montag«, sagte Rose und stand auf. Sie ging langsam zum Becken und machte einen Kopfsprung ins Wasser. Das waren noch vier Tage. Konnte Maggie in vier Tagen ein Hochzeitskleid – das richtige Hochzeitskleid – finden? Sie war sich nicht sicher. Sie würde sofort damit anfangen müssen.

»Was war eigentlich deine Lieblingsklamotte?«, fragte Maggie ihre Schwester. »Welches Kleidungsstück hast du am liebsten getragen?«

Rose schwamm an den Rand des Pools und legte ihre Arme über den Beckenrand. »Ich mochte mein blaues Kapuzensweatshirt. Erinnerst du dich daran?«

Maggie nickte, und ihr Mut sank. Sie erinnerte sich sehr gut an das blaue Kapuzensweatshirt, das Rose in der sechsten Klasse praktisch ununterbrochen getragen hatte. »Ich mag es«, hatte sie stur gesagt, als ihr Vater sie dazu bringen wollte, es auszuziehen, damit er es waschen konnte.

»Du hast es getragen, bis es auseinander fiel«, sagte Maggie.

Rose nickte. »Das gute alte blaue Sweatshirt«, sagte sie liebevoll, als würde sie von einer Person oder einem Hund sprechen. Maggies Zuversicht sank noch mehr. Wie um alles in der Welt sollte sie auf der Basis eines zerschlissenen blauen Sweatshirts mit Reißverschluss ein Hochzeitskleid finden?

Sie würde bei Null anfangen müssen. Und wenn sie nur vier Tage Zeit hatte, würde sie Hilfe brauchen. Während Rose ihre

Bahnen schwamm, winkte Maggie Dora, Ella und Lewis zu sich heran. »Ich brauche eure Hilfe«, flüsterte sie.

Dora rückte ihren Stuhl mit glänzenden Augen näher heran. »Das hör ich gern!«, sagte sie.

»Wollen Sie nicht erst mal wissen, worum es geht?«, fragte Maggie.

Dora sah Lewis an. Lewis sah Ella an. Dann sahen sie alle drei zu Maggie und schüttelten feierlich die Köpfe.

»Uns ist langweilig«, sagte Dora. »Geben Sie uns etwas zu tun.«

»Lass uns helfen«, sagte Ella.

»Also gut«, sagte Maggie, schlug ihren Notizblock auf und legte sich in Gedanken ihre Vorgehensweise zurecht. »Wir machen es folgendermaßen …«

## 56

»Fertig?«, fragte Ella und zupfte nervös an dem Ordner herum. »Vielleicht möchtest du dich setzen?«

»Ich bin alt«, sagte Lewis. »Ich möchte mich immer setzen.« Er nahm hinter seinem Schreibtisch im Büro der *Golden Acres Gazette* Platz und sah Ella erwartungsvoll an. Ella räusperte sich und sah zu Maggie. Maggie lächelte ihr aufmunternd zu, und Ella fing an, das Gedicht vorzutragen, das sie und Maggie zusammen verfasst und »Das Geheul der Rentner« genannt hatten.

Ich sah die besten Köpfe meiner Generation
vom Rentnerdasein zerstört,
  magenkrank, vergesslich, polyesterbekleidet,
um vier Uhr nachmittags sich zu den Behinderten-
  parkplätzen schleppen,
auf der Suche nach einer günstigen Mahlzeit.

»Ach du liebe Güte«, sagte Lewis, der Mühe hatte, ernst zu bleiben. »Wie ich sehe, habt ihr beide Allen Ginsberg entdeckt.«

»Haben wir«, nickte Maggie stolz. »Und ich will natürlich als Verfasserin genannt werden.«

»Mitverfasserin«, sagte Ella.

»Wie du meinst«, antwortete Maggie.

»Wie läuft's mit der streng geheimen Mission?«, fragte Lewis.

Maggie machte ein langes Gesicht. »Es ist schwerer, als ich dachte«, sagte sie. »Aber ich glaube, ich werde es schaffen. Sie helfen mir doch nach wie vor, oder?«

»Natürlich«, sagte Lewis. Maggie nickte, hüpfte von der Schreibtischkante und nahm ihre Handtasche.

»Ich muss los«, sagte sie. »Mrs. Gantz wartet auf ihre Badeanzüge. Wir treffen uns um vier zu Hause.«

Ella sah ihr lächelnd hinterher.

»Also, meine Liebe«, sagte Lewis. »Wie ist das Großmutterdasein?«

»Gut«, sagte Ella. »Das heißt, besser. Für Maggie läuft es bestens. Sie bekommt immer mehr Aufträge. Sie ist gut beschäftigt.«

»Und Rose?«, fragte Lewis.

»Nun, ich glaube, dass sie ihre Hochzeit ein bisschen nervös macht. Und Maggie auch. Sie bedeuten sich so viel. Da bin ich mir sicher.« Ella erinnerte sich noch gut daran, wie Rose immer wieder in Maggies Erzählungen aufgetaucht war – nie namentlich, sondern immer als »meine Schwester«: »Meine Schwester und ich sind mit meinem Vater immer zu Footballmatches gegangen.« Oder: »Meine Schwester und ich mussten uns ein Zimmer teilen, weil mich Sydelle die Schreckliche bei Rose einquartiert hat, als sie das Haus neu einrichten ließ.« Ella schätzte jede Erwähnung, jede noch so kleine Information, die ihr einen Einblick in das Leben der beiden Mädchen gewährte. Manchmal konnte sie sie förmlich sehen, in dem

Zimmer mit den zwei Betten, Rose bäuchlings auf dem Boden, die Nase in einem – hm? Nancy-Drew-Buch, beschloss Ella. Das schien zu passen. Und Maggie, ein winziges kleines Ding in – hm? Roten Overalls, dachte Ella. Maggie sprang hin und her und hin und her, bis ihre roten Beine und braunen Haare nur noch ein undeutlicher Schatten waren, und schrie: »Der schnelle! Braune! Fuchs! Springt über! Den! Faulen Hund!«

»Ich wünschte mir«, sagte Ella und verstummte. Was wünschte sie sich? Was wollte sie? »Ich wünschte, ich könnte zwischen ihnen alles richten. Ich wünschte, ich könnte Maggie das Leben ermöglichen, das sie sich wünscht, und Rose sagen, wie sie mit ihrer Stiefmutter umgehen soll. Ich wünschte …« – sie schwenkte die linke Hand, als würde sie einen Zauberstab halten –, »ich könnte die Dinge geradebiegen. Alles wieder einrenken.«

»Na, dafür sind Großeltern aber nicht da«, sagte Lewis.

»Nein?«, fragte Ella betrübt.

Lewis schüttelte den Kopf.

»Wofür sind Großeltern dann da?«, fragte Ella flehend, betrübt über all die verlorenen Jahre, in denen sie die Antwort hätte lernen sollen.

Lewis blickte nachdenklich an die Decke. »Ich glaube, um sie bedingungslos zu lieben und zu unterstützen und ihnen gelegentlich etwas Bargeld zuzustecken. Du gibst ihnen einen Ort, an dem sie jederzeit willkommen sind, du versuchst, ihnen keine Vorschriften zu machen, denn von denen bekommen sie schon genug von ihren Eltern. Und dann lässt du sie selbst rausfinden, wo's langgeht.«

Ella schloss die Augen. »Ich frage mich, ob Rose mich hasst«, sagte sie so leise, dass Lewis sie kaum verstand. Sie hatte es ihm nicht gesagt – auch Maggie nicht, niemandem, aber als sie Rose das erste Mal getroffen hatte, war sie überglücklich gewesen, und gleichzeitig hatte sie schreckliche Angst gehabt. Ein Teil von ihr wartete immer noch darauf, dass Rose die Fragen stellte, die sie nicht beantworten konnte.

»Wie könnte dich jemand hassen?«, fragte Lewis liebevoll. »Du machst dir zu viele Gedanken. Sie sind intelligente Mädchen. Sie werden dir nicht die Schuld für etwas geben, das nicht deine Schuld ist, und sie können nicht von dir erwarten, dass du die Dinge geradebiegst. Das kann niemand.«

»Ist es ein Fehler, dass ich es trotzdem versuchen will?«, fragte Ella.

Lewis lächelte sie an und nahm ihre Hand. »Nein«, sagte er. »Dafür liebe ich dich nur umso mehr.«

## 57

Wie Maggie am nächsten Vormittag feststellte, bestand das erste Problem bei der Suche nach einem Hochzeitskleid von der Stange darin, dass es sie nur in zwei Größen gab, und keine von beiden war die ihrer Schwester. »Probiergrößen«, hatte die gelangweilte Verkäuferin erklärt, als Maggie darum gebeten hatte, etwas zu sehen, das nicht Größe 36 oder 38 hatte. »Sie probieren sie an, sehen, was Ihnen gefällt, und wir bestellen es in Ihrer Größe.«

»Aber was, wenn man nicht Größe 36 oder 38 hat?«, fragte sie.

»Wir stecken sie ab, falls sie zu groß sind«, sagte die Verkäuferin.

»Und wenn sie zu klein sind?«, fragte Maggie, die nur hinlangen musste, um zu sehen, dass die Kleider ihrer Schwester nie im Leben passen würden. Die Verkäuferin zuckte mit den Achseln und kritzelte einen Namen und eine Adresse auf ein Blatt Papier. »Dort gibt es auch Übergrößen«, sagte sie.

Der Laden – die Filiale einer riesigen Brautmodenkette – führte in der Tat Übergrößen in seiner euphemistisch benannten »Diva«-Abteilung. »Erwarten die etwa, dass man mit eigenem Gefolge erscheint?«, hatte Ella gefragt. Maggie war sich nicht sicher, aber sie fand die Kleider schrecklich.

»Ich weiß nicht«, sagte Ella und zeigte Maggie das zigste Empirekleid. Das Dekolleté war mit gebauschten Seidenblumen verziert.

»Das ist in Ordnung«, sagte Maggie. »Aber ich will etwas finden, das perfekt ist, und ich bin mir nicht sicher, ob das hier der richtige Ort dafür ist.« Sie seufzte und lehnte sich gegen eine Glasvitrine mit im Preis herabgesetzten Strapsen. »Ich bin mir nicht einmal sicher, was das richtige Kleid ist. Ich würde es erkennen, wenn ich es sehe, aber ich weiß nicht, ob das jemals der Fall sein wird.«

»Was gefällt Rose denn?«, fragte Ella.

»Sie weiß nicht, was ihr gefällt«, sagte Maggie. »Ihr Lieblingskleidungsstück war ein blaues Kapuzensweatshirt mit Reißverschluss.« Sie seufzte. »Ich sollte wohl besser anfangen, mich mit Schneiderinnen zu unterhalten.« Sie schüttelte den Kopf. »Vielleicht haben wir ja Glück.« Sie blickte sich in dem Laden um. »Hier jedenfalls nicht. Wo ist Lewis?«

Wie sich herausstellte, war Lewis im Ankleideraum, wo er zukünftigen Bräuten mit Rat und Tat zur Seite stand.

»Ich weiß nicht«, sagte eine winzige Rothaarige in einem bauschigen Kleid. »Finden Sie nicht, dass es zu sehr aufträgt?«

Lewis sah sie genau an. »Probieren Sie noch einmal das dritte an, das mit dem tiefen Rückenausschnitt«, sagte er. »Das gefällt mir nach wie vor am besten.«

Eine junge Afroamerikanerin mit Muscheln und Perlen in ihren Haarzöpfen tippte ihm auf die Schulter und drehte sich ein paarmal um die eigene Achse.

»Wie für Sie gemacht«, sagte Lewis und nickte beifällig.

»Lewis!«, rief Maggie. »Wir gehen!«

Aus einem halben Dutzend Ankleidekabinen drangen entrüstete Rufe. »Nein! Noch nicht! Nur noch ein Kleid!«

Lewis lächelte. »Scheint, als ob ich ein Talent dazu habe. Maggie, vielleicht sollten Sie mich auf Honorarbasis einstellen.«

»Wird gemacht«, sagte Maggie. »Aber Rose fliegt in zwei Tagen nach Hause, und wir haben noch immer kein Kleid, also müssen wir weitersuchen. Gehen wir!«

In jener Nacht fuhren Maggie und Ella durch die vom Zirpen der Grillen erfüllte feuchte Nachtluft enttäuscht zurück nach Golden Acres. Das Kleid, das sie sich angesehen hatten, hatte sich als eine einzige Katastrophe entpuppt – das Polyesterseidengemisch zu glänzend, der Ausschnitt zu tief, der Perlenbesatz am Saum so locker, dass sich ein paar der Perlen lösten und über den Linoleumboden der potenziellen Verkäuferin kullerten. Als Maggie meinte, dass es nicht ganz das Richtige war, antwortete die Frau, sie würden ihr einen Gefallen tun, wenn sie es einfach mitnähmen.

»War es Ihres?«, fragte Maggie.

»Es sollte meins sein«, sagte sie.

Also baumelte das Kleid jetzt vom Haltegriff über dem Rücksitz wie ein Geist hin und her, und Maggie war sauer und fühlte Panik in sich hochsteigen.

»Was soll ich bloß tun?«, fragte sie.

Sie war überrascht, als Ella antwortete. »Weißt du, was ich denke? Ich denke, dass das ein klassischer Fall ist, bei dem der Gedanke zählt.«

»Sie kann aber keinen Gedanken zur Hochzeit tragen«, entgegnete Maggie.

»Da hast du Recht, aber indem du dir so viel Mühe gibst, beweist du, wie sehr du sie liebst.«

»Nur dass sie nicht weiß, dass ich das tue«, sagte Maggie. »Und ich möchte wirklich etwas finden. Es ist wichtig. Es ist wirklich wichtig.«

»Nun, du musst das Kleid nicht finden, bevor Rose abfliegt. Du hast fünf Monate Zeit. Du kannst weiter nach etwas suchen, das dir gefällt, und es bestellen. Oder du könntest ihr selbst ein Kleid nähen.«

»Ich kann nicht nähen.« Maggie klang bedrückt.

»Aber ich«, sagte Ella. »Das heißt, ich konnte es. Es ist lange her, aber ich habe mal alles Mögliche selbst genäht: Tischdecken, Vorhänge, Kleider für deine Mutter, als sie noch klein war.«

»Aber ein Hochzeitskleid … Ist das nicht schwierig?«

»Sehr schwierig«, stimmte Ella zu. »Aber wir könnten es gemeinsam angehen, wenn du erst einmal weißt, wie es aussehen soll.«

»Ich glaube, ich weiß, wie es aussehen soll«, sagte Maggie. Nachdem sie mehr als hundert Kleider im Original und fünfhundert weitere auf Abbildungen gesehen hatte, bekam sie langsam eine Vorstellung davon, was Rose stehen würde. Allerdings hatte sie das richtige Kleid bisher nur in Gedanken gesehen. Ein Ballkleid, dachte sie. Rose hatte eine passable Figur und eine genügend schlanke Taille, um darin gut zur Geltung zu kommen. Ein Ballkleid mit einem tiefen, aber nicht zu tiefen U-Ausschnitt, die Kanten vielleicht mit einer Reihe Perlen oder Staubperlen besetzt, nichts zu Auffälliges und vor allem nichts Kratzendes. Und mit dreiviertellangen Ärmeln. Das wäre die schmeichelhafteste Länge, besser als kurze Ärmel, die irgendwie matronenhaft wirkten, und ärmellose Kleider, die Rose, das wusste sie, nie tragen würde. Und ein weiter Rock, eine Art Märchenrock, wie der von Glinda der guten Hexe im *Zauberer von Oz*, aber ohne einer Verkleidung zu ähneln, und unbedingt eine Schleppe, wenngleich nur eine kurze. »Und ich glaube, Rose würde mir vertrauen.« Was nicht ganz stimmte, gestand Maggie sich ein. Sie *hoffte*, dass Rose ihr vertrauen würde.

»Wenn man es selbst näht«, fragte sie, »braucht man dann ein exaktes Schnittmuster von dem, was man machen will?«

»Normalerweise schon.«

»Und was, wenn es dafür kein Schnittmuster gibt?«

»Hm«, sagte Ella und tippte sich mit dem Finger an die Unterlippe. »Dann würde ich wahrscheinlich versuchen, Schnittmuster von einzelnen Teilen zu finden und sie zusammenzusetzen. Es wäre nicht einfach. Und auch nicht billig, wenn man den ganzen Stoff zusammenrechnet, den man braucht.«

»Einige hundert Dollar?«, fragte Maggie kleinlaut.

»Mehr als das, glaube ich«, sagte Ella. »Aber ich habe das Geld.«

»Nein«, sagte Maggie. »Ich möchte dafür bezahlen. Ich will, dass es von mir ist.« Sie fuhr durch die finstere Nacht und hörte in der Ferne Donnergrollen, während sich der Himmel über Florida anschickte, seinen allnächtlichen Regenguss abzulassen. Jede alte Unsicherheit, jede spöttische Bemerkung von Mitschülern, jeder Boss, der sie je gefeuert hatte, jeder Vermieter, der sie auf die Straße gesetzt hatte, jeder Kerl, der sie jemals dumm genannt hatte, fiel ihr wieder ein. Du kannst es nicht, sagten sie. Du bist dumm. Du schaffst das nie.

Ihre Hände umklammerten das Lenkrad fester. Ich kann es!, dachte sie. Sie erinnerte sich daran, wie sie in Golden Acres überall ihre Flugblätter mit einer Zeichnung von einem Kleid auf einem Kleiderbügel und den Worten YOUR FAVORITE THINGS und MAGGIE FELLER, PERSONAL SHOPPER verteilt hatte, und wie das Telefon daraufhin zwei Wochen lang nicht mehr stillgestanden hatte, sodass sie sich schließlich ihren eigenen Anschluss zugelegt hatte. Sie dachte daran, wie sie ihr Budget mit Jack durchgegangen war, wie er ihr immer und immer wieder mit wahrer Engelsgeduld erklärt hatte, dass, wenn sie auf einen eigenen Laden sparen wollte, sie es sich so vorstellen sollte, als wäre ihr Geld ein Kuchen, von dem sie das meiste selbst essen müsse, um zu überleben – das war ihr Budget für Miete und Lebensmittel und Benzin und so weiter –, aber wenn sie einen kleinen Teil beiseite legen konnte, jeden Monat eine dünne Scheibe, dann hätte sie zu guter Letzt (»Nicht bald«, hatte er gesagt, »aber zu guter Letzt«) genug beieinander, um ihr großes Ziel zu verwirklichen. Sie würde alles noch einmal nachrechnen und für Roses Kleid eine Scheibe von ihrem Kuchen abschneiden.

Und sie dachte an den kleinen, seit drei Monaten leer stehenden Laden um die Ecke vom Bagelshop mit der hübschen grün-weiß gestreiften Markise und der fliegenverdreckten Glasfront. Sie war in der Pause daran vorbeigegangen und stellte sich vor, wie sie das Fenster putzen, die Wände cremefarben streichen und das Hinterzimmer durch weiße Baumwoll- und Gazevorhänge in Ankleidekabinen unterteilen würde. Sie würde in jede Kabine eine gepolsterte Bank stellen, damit sich die Kunden hinsetzen konnten, und Konsolen anbringen, auf denen sie ihre Tasche ablegen konnten, und sie würde die Flohmärkte nach alten Spiegeln absuchen und nur runde Preise, inklusive Mehrwertsteuer, verlangen. Es war nicht Hollywood, aber es war das, was sie gut konnte. Was sie am besten konnte. Ihre Lieblingssache. Bisher lief es gut, und es gab keinen Grund, warum nicht auch ein Laden gut laufen sollte. Sie würde nicht straucheln und Hilfe brauchen. Stattdessen würde sie anderen helfen.

»Können wir es versuchen?«, fragte sie. Das Kleid auf dem Rücksitz schaukelte sanft vor und zurück, als würde es tanzen.

»Ja«, sagte Ella. »Ja, Liebes, natürlich können wir das.«

## 58

»Die Steins, Simon am Apparat.«

»Wissen sie, dass du dich so am Telefon meldest?«, fragte Rose und rollte sich auf den Bauch. Es war zehn Uhr vormittags. Ella war im Krankenhaus und kümmerte sich um Crackbabys, und Maggie war unterwegs in streng geheimer Mission, weshalb Rose alle vier Zimmer der Wohnung für sich allein hatte.

»Ich wusste, dass du es bist. Rufnummererkennung«, sagte Simon. »Wie geht's? Erholst du dich?«

»Gewissermaßen«, sagte Rose.

»Sonne, Strand und Meer, fruchtige Drinks, ab und zu ein Cabañajunge?«

Rose seufzte. Simon machte seine üblichen Späßchen, aber er hörte sich nicht wie sonst an. Die Sache mit Jim, dachte sie. Und die Geschichte mit der lang verschollenen Großmutter und ihre plötzliche Abreise nach Florida. Sie würde bald nach Hause fliegen und die Dinge wieder ins Lot bringen müssen. »Die hiesigen Cabañajungs sind achtzig Jahre alt und haben Herzschrittmacher.«

»Gib Acht«, sagte Simon. »Gerade die Alten haben es faustdick hinter den Ohren. Geht es dir gut?«

»Ja. Ella ist in Ordnung. Und Maggie ...« Rose runzelte die Stirn. Maggie hatte sich verändert, und Rose war sich nicht sicher, ob sie der Sache trauen konnte. Sie stand auf und ging mit dem Telefon in Ellas Wohnzimmer. »Maggie ist eine richtige Geschäftsfrau geworden«, sagte sie. »Sie betreibt einen privaten Einkaufsdienst, was tatsächlich die ideale Tätigkeit für sie ist. Sie hat einen großartigen Geschmack. Sie weiß immer, was man zu welchem Anlass tragen sollte und was einem am besten steht. Und viele der Leute hier fahren nicht mehr Auto oder tun sich einfach schwer mit Einkaufszentren.«

»Ich tu mich auch schwer mit Einkaufszentren«, meinte Simon. »Das ist Veranlagung. Das letzte Mal, als meine Mutter in Franklin Mills war, rief sie die Polizei an, weil sie dachte, man hätte ihr das Auto geklaut. Dabei hatte sie nur vergessen, wo sie es geparkt hatte.«

»Uff«, sagte Rose. »Also deshalb hat sie zwanzig Stofftiere auf dem Rücksitz und all diese Bänder an ihrer Antenne?«

»Nein«, sagte Simon. »Sie mag die Bänder und Stofftiere einfach.« Schweigen. »Weißt du, ich war wütend auf dich, als du einfach so verschwunden bist.«

»Wegen der Sache mit Jim Danvers?« Rose schluckte, obwohl sie es erwartet hatte.

»Ja«, sagte Simon. »Ich bin nicht wütend, dass es passiert ist. Ich möchte nur das Gefühl haben, dass du genug Vertrauen hast, um mir alles zu erzählen. Alles. Ich werde bald dein Ehemann sein. Ich will, dass du dich mir anvertrauen kannst. Ich möchte, dass du dich verabschiedest, bevor du irgendwohin fliegst.« Rose hörte ihn am anderen Ende der Leitung schlucken. »Als ich nach Hause kam und du nicht da warst ...«

Rose schloss die Augen. Sie erinnerte sich nur zu gut an das Gefühl, wie es ist, nach Hause zu kommen und festzustellen, dass die Person, die man liebt, ohne ein Wort verschwunden ist.

»Es tut mir Leid«, sagte Rose. »Ich werd's versuchen.« Sie schluckte schwer und ging zum Bücherregal, auf dem Fotos standen. Von ihr und Maggie und von ihrer Mutter in ihrem Hochzeitskleid, deren Lächeln von dem Wissen zeugte, noch das ganze Leben vor sich haben und zwar eines voller Glückseligkeit. »Es tut mir Leid, dass ich einfach so gegangen bin und dass ich dir nicht von Jim erzählt habe. Du hättest nicht auf diese Weise davon erfahren sollen.«

»Wahrscheinlich nicht«, sagte Simon. »Aber ich war auch zu hart mit dir. Ich weiß, dass du wegen der Hochzeitsvorbereitungen gestresst bist.«

»Na ja«, sagte Rose. »Schließlich bin ich diejenige, die Zeit dafür hat.«

»Ach, weil wir gerade davon sprechen«, sagte Simon. »Gestern Abend hat ein Headhunter angerufen.«

Roses Puls beschleunigte sich. Als sie noch bei Lewis, Dommel & Fenick gearbeitet hatte, hatte sie jede Woche mehrere Anrufe von Headhuntern erhalten, von Leuten, die in irgendeinem Anwaltsverzeichnis über ihren Namen und ihren Lebenslauf gestolpert waren und sie für eine andere Firma abwerben wollten, wo sie zweifelsohne noch länger und härter würde arbeiten müssen. Aber seit sie sich hatte beurlauben lassen, hatte niemand mehr angerufen.

»Vom Verband für weibliche Alternativen.«

»Wirklich?« Rose versuchte sich zu erinnern, ob sie schon

von diesem Verband gehört hatte und wofür er eintrat. »Wie sind die an meinen Namen gekommen?«

»Sie brauchen eine Hausanwältin in Festanstellung«, sagte Simon, ohne auf ihre Frage einzugehen, was für Rose Antwort genug war – Simon hatte angerufen. »Sie engagieren sich für Frauen mit geringem Einkommen. Sorgerecht, Unterhaltszahlungen, Besuchsrechte, solche Sachen. Wahrscheinlich müsstest du viel Zeit am Gericht verbringen und die Bezahlung ist nicht so toll, weil es zunächst nur eine Teilzeitstelle wäre, aber ich dachte, das könnte dich interessieren.« Er hielt inne. »Aber wenn du noch nicht so weit bist …«

»Nein! Nein«, sagte Rose und versuchte, nicht zu schreien. »Es hört sich … ich meine, ich bin sehr … haben sie eine Nummer hinterlassen?«

»Ja«, sagte Simon, »aber ich habe ihnen gesagt, dass du gerade Urlaub machst, also eilt es nicht. Lass es dir gut gehen! Zieh deinen Badeanzug an, auf dass die alten Männer einen Herzinfarkt kriegen, wenn sie dich sehen!«

»Zuerst muss ich noch Amy anrufen. Sie hat mir bisher jeden Tag auf Band gesprochen, seit ich hier bin, aber irgendwie verpassen wir uns immer.«

»Ah«, sagte Simon. »Amy X.«

Rose grinste. »Du weißt, dass sie sich nur drei Wochen lang im College so genannt hat.«

»Ich dachte, im College nannte sie sich Ashante.«

»Nein, das mit Ashante war in der High School«, sagte Rose und erinnerte sich daran, wie ihre beste Freundin nach einigen Monaten Geschichtsunterricht bei Mr. Halleck ihrem »Sklavennamen« abgeschworen hatte.

»Richte ihr beste Grüße von mir aus«, sagte Simon. »Was in ihren Augen wahrscheinlich nicht gut genug sein wird.«

»Amy mag dich.«

»In Amys Augen ist keiner gut genug für dich«, sagte Simon. »Und sie hat ja Recht, aber im Großen und Ganzen bin ich nicht schlecht. Und weißt du was?«

»Was?«

Simon schaltete um auf Flüsterton. »Ich liebe dich sehr, meine zukünftige Braut.«

»Ich dich auch«, sagte Rose und legte auf. Sie lächelte, als sie sich Simon an seinem überladenen Schreibtisch vorstellte, und rief dann ihre beste Freundin an.

»Mädchen!«, rief Amy. »Erzähl mir alles! Wie ist die Großmutter? Magst du sie?«

»Ja«, sagte Rose zu ihrer eigenen Überraschung. »Sie ist gescheit und nett und … glücklich. Ich glaube, sie war lange Zeit wirklich traurig, und jetzt ist sie überglücklich, weil Maggie und ich hier sind. Was mich als Einziges stört, ist, dass sie mich oft so komisch anstarrt.«

»Warum?«

»Ach, du weißt schon«, sagte Rose unangenehm berührt. »Weil sie mich und Maggie nicht hat aufwachsen sehen. Ich habe ihr gesagt, dass sie nicht viel verpasst hat.«

»*Au contraire,* Schwester. Sie hat verpasst, wie du all diese Wissenschaftspreise gewonnen hast. Sie hat verpasst, wie du dich drei Jahre hintereinander an Halloween als Vulkanierin verkleidet hast.«

Rose zuckte zusammen.

»Sie hat uns in Stulpen und zerrissenen Sweatshirts verpasst«, sagte Amy. »Okay, ich geb's ja zu, das hätte ich auch gern verpasst.«

»Wir waren ›in‹!«, sagte Rose.

»Wir waren zum Heulen«, korrigierte Amy. »Lass mich mit Großmama reden! Ich kann ihr ein paar Geschichten erzählen.«

»Vergiss es«, sagte Rose lachend.

»Also … kommt Maggie zur Hochzeit?«

»Ich glaube schon.«

»Wird sie meine Stelle einnehmen?«

»Auf keinen Fall! Deine Gesäßschleife ist in Sicherheit.«

»Gut«, sagte Amy. »Trink eine Piña Colada auf mich.«

»Und du sorg dafür, dass unser Trinkwasser rein bleibt.« Rose legte auf und überdachte den heutigen Tag. Keine Hunde, die sie Gassi führen musste, keine Hochzeitskrise, die es zu lösen galt. Sie ging ins Wohnzimmer und nahm von einem Stapel auf dem Couchtisch ein Fotoalbum mit der Aufschrift »Caroline und Rose«. Sie schlug das Album auf, und da war sie, einen Tag alt, eingewickelt in eine weiße Decke. Sie hatte die Augen fest zusammengekniffen, und ihre Mutter lächelte scheu in die Kamera. Gott, dachte Rose, sie war so jung gewesen! Rose blätterte in dem Album. Sie als Baby, als Kleinkind, auf einem Dreirad, dahinter ihre Mutter mit einem Kinderwagen, in dem Maggie wie Kleopatra in ihrem Prunkwagen thronte. Rose blätterte langsam weiter und sah sich und ihre Schwester älter werden.

## 59

Maggie lehnte sich zurück, zog geschäftsmäßig an ihrem Pferdeschwanz und nickte. »Ich glaube, ich hab's.« Sie bat Ella und Dora zu sich an den Tisch im Hinterzimmer des Stoffladens. »Dieser Rock«, sagte sie und zeigte ihnen das Schnittmuster. »Dieses Oberteil«, sagte sie und legte vorsichtig ein zweites Muster auf das erste. »Und diese Ärmel«, sagte sie und zeigte ihnen ein drittes Muster. »Dreiviertellang.«

»Wir fertigen es zuerst aus Musselin«, sagte Ella. »Wir haben Zeit. Wir schaffen es.« Sie raffte die Schnittmuster zusammen. »Lass uns gleich morgen früh damit anfangen.«

Maggie lehnte sich zurück und lächelte stolz. »Es wird toll werden«, sagte sie.

Als Maggie an diesem Abend nach Hause kam, nachdem sie im Anschluss an ihre Schicht im Bagelshop noch drei Badeanzüge hatte zurückbringen müssen, die Mrs. Gantz nicht gefallen hatten, standen die gepackten Taschen ihrer Schwester neben der Wohnungstür. Der Anblick versetzte ihr einen Stich. Sie hatte versagt. Rose flog wieder ab und wusste nicht einmal, wie viel Mühe sich Maggie gegeben hatte, ein Kleid für sie zu finden. Sie wusste nicht, wie Leid es Maggie tat. Ihre Schwester redete nach wie vor kaum mit ihr und sah sie kaum an. So hatte sie sich das nicht vorgestellt.

Maggie ging in Richtung Schlafzimmer und hörte Roses und Ellas Stimmen aus dem Wintergarten.

»Man könnte denken, die kleinen Hunde wären einfacher«, sagte Rose. »Aber in Wirklichkeit sind sie von allen am stursten. Und sie bellen auch am lautesten.«

»Hattet ihr zwei jemals einen Hund?«

»Ein einziges Mal«, sagte Rose. »Einen Tag lang.«

Maggie ging in die Küche, um für ihre Schwester Abendessen zu kochen. Das wäre wenigstens etwas, eine kleine, aber bedeutsame Geste, etwas, das Rose zeigte, dass Maggie sie gern hatte. Sie nahm Schwertfischsteaks aus dem Kühlschrank, bereitete einen Salat aus roten Zwiebeln, Avocados und Babytomaten zu und stellte den Brötchenkorb direkt neben den Teller ihrer Schwester. Rose lächelte, als sie das sah.

»Kohlenhydrate!«, sagte sie.

»Nur für dich«, nickte Maggie und reichte ihrer Schwester die Butter.

Ella sah sie neugierig an. »Mein Stiefmonster«, murmelte Rose mit vollem Mund. Sie schluckte. »Sydelle. Sydelle hasst Kohlenhydrate.«

»Außer wenn sie gerade eine Süßkartoffeldiät macht«, sagte Maggie.

»Richtig«, sagte Rose und nickte ihrer Schwester zu. »Dann hasste sie rotes Fleisch. Aber egal, welche Diät sie gerade machte, sie hat mich nie Brot essen lassen.«

Maggie riss ihr den Brotkorb weg und blähte ihre Nasenlöcher so weit wie möglich auf. »Rose, du wirst dir den Appetit verderben!«, sagte sie.

Rose schüttelte den Kopf. »Als ob das passieren könnte.«

Maggie setzte sich und nahm ihren Salat in Angriff. »Erinnerst du dich an den reisenden Truthahn?«

Rose schloss die Augen und nickte. »Wie könnte ich das vergessen?«

»Was ist der reisende Truthahn?«, fragte Ella.

»Na ja …«, sagte Rose.

»Es war ein …«, begann Maggie.

Sie grinsten sich gegenseitig an. »Erzähl du«, sagte Rose.

Maggie nickte. »Okay. Wir waren also beide in den Frühlingsferien zu Hause, und Sydelle war gerade wieder auf Diät.«

»Einer von vielen«, sagte Rose.

»Hey, wer erzählt jetzt die Geschichte? Du oder ich?«, fragte Maggie. »Wir kommen also nach Hause, und was gibt es zum Abendessen? Truthahn.«

»Truthahn ohne Haut«, sagte Rose.

»Nur Truthahn«, sagte Maggie. »Keine Kartoffeln, keine Füllung, keine Soße.«

»Gott bewahre!«, sagte Rose.

»Nur Truthahn. Zum Frühstück gab's poschierte Eier und zum Mittagessen wieder Truthahn. Den gleichen Truthahn.«

»Es war«, sagte Rose, »ein sehr großer Truthahn.«

»Es gab ihn auch noch zum Abendessen. Und am nächsten Tag zum Mittagessen. Am selben Abend waren wir bei einer Freundin von Sydelle zum Essen eingeladen, und wir freuten uns so, weil wir dachten, dass wir endlich etwas anderes bekommen würden. Aber als wir dort ankamen, stellten wir fest, dass Sydelle …«

»… den Truthahn mitgebracht hatte!«, schlossen Rose und Maggie wie aus einem Mund.

»Wie sich herausstellte«, sagte Rose und strich sich Butter auf ihr Brötchen, »machte diese Freundin gerade genau dieselbe Diät wie Sydelle.«

»Wir aßen alle Truthahn.«

»Den reisenden Truthahn«, sagte Rose. Ella lehnte sich zurück und spürte, wie sich große Erleichterung in ihr breit machte, als ihre Enkelinnen zu lachen anfingen.

In dieser Nacht lagen Maggie und Rose zum letzten Mal nebeneinander auf der dünnen Matratze der Bettcouch, lauschten dem Quaken der Frösche, dem Rauschen des warmen Windes in den Palmen, und dem gelegentlichen Quietschen der Bremsen, wenn sich eine Einwohnerin oder ein Einwohner von Golden Acres unsicher auf den Nachhauseweg machte.

»Ich bin pappsatt«, stöhnte Rose. »Wo hast du so gut kochen gelernt?«

»Von Ella«, sagte Maggie. »Ich habe ihr zugesehen. Es war gut, nicht wahr?«

»Köstlich«, sagte Rose und gähnte. »Also, was denkst du? Wirst du hier bleiben?«

»Ja«, sagte Maggie. »Ich meine, ich mag Philadelphia. Und ich denke auch noch manchmal an Kalifornien. Aber mir gefällt es hier. Ich habe meine Arbeit. Ich werde mir etwas aufbauen. Und Ella braucht mich.«

»Wozu?«

»Nun, vielleicht braucht sie mich nicht«, gab Maggie zu. »Aber ich glaube, sie hat mich gerne hier. Und mir gefällt es irgendwie auch. Ich meine, nicht direkt hier«, sagte sie und zeigte auf das Zimmer, wobei sie die Wohnung und Golden Acres im Allgemeinen meinte. »Aber in Florida. Jeder hier kommt von woanders her, ist dir das schon mal aufgefallen?«

»Ich schätze, du hast Recht.«

»Das gefällt mir. Wenn jeder woanders in die Schule gegangen ist, läuft man nicht ständig Leuten über den Weg, die man von der High School oder vom College her kennt. Also kann man sich auch verändern, wenn man das will.«

»Du kannst dich überall verändern«, sagte Rose. »Schau mich an.«

Maggie stützte den Ellbogen auf und sah ihre Schwester

an – das vertraute Gesicht, die Haare –, und was sie sah, war keine Bedrohung, niemand, der sie schimpfte oder ihr andauernd sagte, dass sie alles falsch machte, sondern eine Verbündete. Eine Freundin.

Einen Augenblick lang lagen die beiden Schwestern schweigend nebeneinander. In ihrem Schlafzimmer reckte Ella den Kopf und lauschte atemlos.

»Ich werd's schaffen«, sagte Maggie. »Your Favorite Things. Eines Tages werde ich einen Laden eröffnen. Ich weiß sogar schon, wo.«

»Ich komme zur Eröffnungsfeier«, sagte Rose.

»Und ich wollte dir sagen ...«

»Dass es dir Leid tut«, leierte Rose herunter. »Und dass du dich geändert hast.«

»Nein! Nun, ich meine, ja. Es stimmt.«

»Ich weiß«, sagte Rose. »Ich weiß, dass es stimmt.«

»Aber das ist es nicht, was ich dir sagen will. Ich wollte dir sagen, dass du dir kein Kleid kaufen sollst.«

»Was?«

»Kauf dir kein Hochzeitskleid. Das wird mein Hochzeitsgeschenk für dich sein.«

»O Maggie ... ich weiß nicht.«

»Vertrau mir«, sagte Maggie.

»Du willst, dass ich in einem Kleid heirate, das ich nie zuvor gesehen habe?« Rose lachte nervös, als sie sich vorstellte, was für ein Kleid Maggie finden würde – tief ausgeschnitten, mit einem hohen Schlitz, ärmellos, rückenfrei und mit Fransen.

»Vertrau mir«, sagte Maggie. »Ich weiß, was dir gefällt. Ich zeig dir Bilder. Du kannst es vorher anprobieren. Ich komme nach Philadelphia. Wir können Anproben machen.«

»Wir werden sehen«, sagte Rose.

»Aber du lässt es mich versuchen, ja?«, fragte Maggie.

Rose seufzte. »In Ordnung. Versuch's und tu dein Bestes.«

Wieder Schweigen.

»Ich liebe dich, weißt du das?«, sagte eins der Mädchen. Ella war sich nicht sicher, wer von den beiden. Rose? Maggie?

»Bitte«, sagte die andere. »Werd nicht kitschig.«

Ella hielt den Atem an und wartete. Aber es kam nichts mehr. Als sie Stunden später langsam die Tür zu ihrem Gästezimmer aufmachte, lagen beide Schwestern auf der linken Seite, die linke Hand unter die Wange geschoben, und schliefen. Sie beugte sich hinab, wobei sie kaum wagte zu atmen, und küsste sie auf die Stirn. *Glück*, dachte sie. *Liebe*. Alles, was euer Herz begehrt. Dann stellte sie so leise wie möglich zwei Gläser Wasser mit je einem Eiswürfel auf das Nachttischchen und ging auf Zehenspitzen wieder aus dem Zimmer.

## 60

»Halt still«, sagte Maggie zum achtzehnten Mal und beugte sich zu Rose vor, die zusammenzuckte. »Wenn du nicht locker bist, schaff ich das nie.«

»Ich kann nicht locker sein«, sagte Rose. Sie trug einen dicken weißen Frotteebademantel. Ihre Haare hatten sich dank der stundenlangen Fürsorge von Michael von *Pileggi* in ein kunstvolles Gebilde aus Locken, Haarklemmen und winzigen weißen Blüten verwandelt. Die Grundierungscreme war aufgetragen und ihre Lippenkonturen nachgezogen. Amy, die in ihrem einfachen marineblauen Etuikleid, das sie mit einer Gesäßschleife von der Größe eines Bettkissens verziert hatte, einfach toll aussah, suchte die Caterer und die versprochene Sandwichplatte, und Maggie versuchte gerade erfolglos, Rose die Wimpern zu formen.

»Hallo!« Michael Feller, der einen neuen Smoking trug und seine dünnen Haare kunstvoll über die Stirnglatze drapiert hatte, steckte den Kopf zur Tür herein. »Alles in Ordnung?« Er zuckte zurück, als er die Wimpernzange sah. »Was ist das?«, fragte er ängstlich.

»Eine Wimpernzange«, sagte Maggie. »Rose, ich tu dir nicht weh. Ich verspreche es. Sieh mich an! Halt deinen Kopf ruhig ... da! Ich hab sie!«

»Au«, sagte Rose und zuckte zusammen. »Au, das tut weh.«

»Tu deiner Schwester nicht weh!«, sagte Michael Feller streng.

»Es ... tut ... nicht ... weh«, sagte Maggie und zog den Wimpernformer vorsichtig über Roses Wimpern. »Da! Perfekt! Jetzt noch das andere Auge!«

»Gott steh mir bei«, sagte Rose und sah auf ihre Füße. Sie musste zugeben, dass sie sehr hübsch aussahen, obwohl sie der Sache mit der Pediküre etwas skeptisch gegenübergestanden hatte. »Ich bin kein Pediküretyp«, hatte sie gesagt. Aber Maggie war in den Monaten, seitdem die *Fort Lauderdale-Sun Sentinel* einen Artikel über Your Favorite Things gebracht hatte, extrem gebieterisch geworden und akzeptierte kein Nein.

»Kein Mensch wird meine Füße sehen«, protestierte Rose, aber Maggie entgegnete, dass Simon ihre Füße sehen würde, oder etwa nicht? Also gab Rose nach.

Maggie bearbeitete auch noch die Wimpern des anderen Auges mit der Wimpernzange und trat dann einen Schritt zurück, um ihr Werk zu begutachten. »Hast du meinen Freund gesehen?«, fragte sie. »Ich meine, ich weiß, dass das dein großer Tag ist und überhaupt, aber ...« Sie verstummte und blickte ihre Schwester an.

»Maggie!«, rief Rose aus. »Du wirst ja richtig rot!«

»Werd ich nicht«, sagte Maggie. »Ich weiß nur, dass er sich vielleicht unter Druck gesetzt fühlt, weil ich ihn gleich zu einer Hochzeit eingeladen habe.«

»Charles scheint sich sehr wohl zu fühlen«, sagte Rose. Ehrlich gesagt schien Charles perfekt zu sein, die Art Mann, die sie sich immer für Maggie gewünscht hatte, sollte diese jemals ihre Schwäche für arbeitslose Bassgitarristen-Bindestrich-Barkeeper überwinden. Sie wusste, dass er jünger war als Maggie und dass sie ihn in Princeton kennen gelernt hatte, obwohl Maggie nicht so recht mit den Einzelheiten rausrücken wollte. »Und er ist verrückt nach dir.«

»Glaubst du?«, fragte Maggie.

»Eindeutig«, sagte Rose. Maggie ging, als Amy mit einer Platte Sandwiches über dem Kopf hereinkam.

»Ich hab das Essen gefunden!«, verkündete sie.

»Wo?«, fragte Rose und winkte ihrem Vater hinterher.

»Bei Sydelle, wo sonst?« Amy wickelte vorsichtig ein halbes Truthahnsandwich in eine Serviette und reichte es Rose. »Sie hat die Mayonnaise vom Brot gekratzt. Und Meine Marcia fragte gerade den Rabbi, ob sie das Vaterunser sprechen könnte.«

»Du machst Witze, oder?«

Amy nickte. Rose nahm einen Bissen und legte dann das Sandwich beiseite. »Ich kann nichts essen. Ich bin zu nervös«, sagte sie, als Maggie mit einem großen, in eine weiße Plastikfolie eingewickelten Bündel in den Armen zurück ins Zimmer kam.

»Bereit für dein Kleid, Aschenputtel?«, fragte sie.

Rose schluckte schwer und nickte. Innerlich starb sie fast vor Nervosität. Was, wenn das Kleid nicht das Richtige war? Sie sah sich in Gedanken den Mittelgang hinuntergehen, wie sie die Fäden hinter sich herzog, die Nähte halb offen. *O Gott,* dachte sie. Wie hatte sie nur so dumm sein können, Maggie zu vertrauen?

»Mach die Augen zu!«, befahl Maggie.

»Nein«, sagte Rose.

»Bitte.«

Rose seufzte und schloss vorsichtig die Augen. Maggie öffnete langsam den Reißverschluss der Plastikhülle und nahm Roses Kleid vom Bügel.

»Trara!«, sagte Maggie und wirbelte das Kleid durch die Luft.

Zuerst sah Rose nur den Rock – Lagen über Lagen von Tüll.

Dann, als Maggie das Kleid hochhielt, sah sie, wie wunderschön es war – das cremige Seidenmieder mit winzigen Staubperlen, die eng geschnittenen Ärmel, der Ausschnitt, der genau die richtige Form und Größe hatte. Maggie hatte Wort gehalten und Bilder geschickt, und sie war einmal zur Anprobe nach Philadelphia gekommen. Aber das fertige Produkt war viel schöner, als Rose es sich je erträumt hatte.

»Wie lange habt ihr daran gearbeitet?«, fragte Rose und stieg in das Kleid.

»Das geht dich nichts an«, sagte Maggie und machte die Dutzende von Knöpfen zu, die sie eigenhändig angenäht hatte.

»Wie viel hat es gekostet?«, fragte Rose.

»Das geht dich auch nichts an. Es ist mein Hochzeitsgeschenk«, sagte Maggie, zupfte an dem Ausschnitt und drehte ihre Schwester zum Spiegel.

»Oh«, keuchte Rose, als sie ihr Spiegelbild sah. »Oh, Maggie!«

Und dann trat Amy zu ihnen mit Roses Strauß aus rosa Rosen und weißen Lilien, und der Rabbi steckte lächelnd seinen Kopf durch die Tür und sagte, dass es Zeit wäre, und Ella kam mit einer Schuhschachtel in der Hand ins Zimmer gelaufen.

»Du siehst wunderschön aus«, sagten Ella und Maggie wie aus einem Mund, und Rose starrte ihr Spiegelbild an und wusste, dass das Kleid perfekt war, dass sie nie hübscher aussehen oder glücklicher sein würde als in diesem Augenblick, mit ihrer Schwester zur Rechten und ihrer Großmutter zur Linken.

»Hier«, sagte Ella und machte die Schuhschachtel auf. »Die sind für dich.«

»Aber ich habe schon Schuhe ...« Rose lugte in die Schachtel und sah das perfekteste Paar Schuhe der Welt – elfenbeinfarbene Seide, mit flachen Absätzen und bestickt mit dem gleichen Garn wie ihr Kleid. »O mein Gott, sie sind wunderschön! Wo hast du sie gefunden?« Sie starrte Ella an und fragte: »Haben sie meiner Mutter gehört?«

Maggie hielt den Atem an und sah ebenfalls zu Ella.

»Nein«, sagte Ella. »Mir.« Sie wischte sich mit einem Taschentuch über die Augen. »Ich weiß, ich sollte dir wahrscheinlich Ohrringe oder eine Halskette oder etwas in der Art geben, falls du noch etwas Geliehenes brauchst, aber ...«

»Sie sind perfekt«, sagte Rose und zog die Schuhe an. »Und sie passen!«

Ella schüttelte den Kopf, Tränen in den Augen. »Ich weiß«, flüsterte sie.

»Noch nicht weinen!«, sagte Lewis und steckte den Kopf durch die Tür. »Es hat noch nicht einmal angefangen.« Er grinste Rose an. »Sie sehen wunderschön aus. Und ich glaube, es kann losgehen, wenn Sie so weit sind.«

Rose umarmte Ella und streckte dann die Arme nach ihrer Schwester aus. »Danke für mein Kleid. Es ist unglaublich. Es ist das schönste Kleid, das ich je gesehen habe!«

»Gern geschehen«, sagte Ella.

»Nicht der Rede wert«, sagte Maggie.

»Seid ihr fertig?«, fragte Rose, und Maggie und Ella nickten. Der Caterer riss die Türen auf, und die Gäste sahen Rose lächelnd entgegen. Kameras blitzten. Mrs. Lefkowitz schniefte. Michael Feller lüftete Roses Schleier. »Du siehst wunderschön aus«, flüsterte er ihr ins Ohr. »Ich bin so stolz auf dich.«

»Ich liebe dich«, sagte Rose und drehte sich um. Am Ende des Mittelgangs lächelte Simon sie liebevoll aus seinen blauen Augen an, die Jarmulke auf seinen sorgfältig gestutzten Löckchen. Seine Eltern, die neben ihm standen, strahlten übers ganze Gesicht.

Ella packte Maggies Hand und drückte sie. »Du hast es geschafft«, flüsterte sie, und Maggie nickte glücklich, während sie beide Rose ansahen. *Wir lieben dich,* dachte Ella und lächelte und wünschte Rose nur das Beste ... und Rose, die im selben Augenblick durch ihren Schleier zu ihnen hinübersah, lächelte zurück.

»Und jetzt«, verkündete der Rabbi, »wird Maggie Feller, die Schwester der Braut, ein Gedicht vortragen.«

Maggie fühlte die Anspannung, als sie nach vorne ging und ihr Kleid glatt strich (salbeigrün und ärmellos, aber ohne den Schlitz oder tiefen Ausschnitt, von dem sie wusste, dass er ihre Schwester nur nervös gemacht hätte). Sydelle und ihr Vater erwarteten sicher, dass sie etwas vortrug, das mit »Es war einmal ein Mädchen aus Nantucket« begann. Nun, sollten sie sich überraschen lassen!

»Ich bin so glücklich für meine Schwester«, sagte Maggie. »Als wir klein waren, hat sich Rose immer um mich gekümmert. Sie hat sich immer für mich eingesetzt und wollte immer das Beste für mich. Ich bin glücklich, weil ich weiß, dass Simon jetzt dasselbe für sie tun wird und dass jede von uns immer einen Platz im Leben der anderen haben wird. Wir werden immer füreinander da sein und uns lieben, denn dafür sind Schwestern da.« Sie lächelte Rose an. »Rose, das hier ist für dich.«

Maggie holte tief Luft, und obwohl sie das Gedicht von e.e. cummings ein Dutzend Mal im Flugzeug geübt hatte und es seit langem auswendig konnte, zitterte sie leicht vor Aufregung. Ella reckte ihr Kinn in die Luft, genauso wie es auch Rose und Maggie manchmal taten, und Charles lächelte sie stolz von seinem Platz in einer der hinteren Reihen an. Maggie atmete aus und nickte ihrer Großmutter zu. Dann sah sie Rose an, in dem wunderschönen Kleid, das sie und Ella genäht hatten, und begann:

ich trage dein herz bei mir(ich trage es in
meinem herzen)ich habe es stets dabei(wohin
ich gehe,gehst du,meine teure;und was auch getan
von mir ganz allein ist dein tun,meine liebe)
                                                  ich fürchte
kein schicksal(denn du bist mein schicksal, mein schatz)
   mir fehlt

keine welt(denn schöne du bist meine welt,meine wahre)
und du bist wofür ein mond auch immer stand
und was eine sonne auch immer singt bist du

Maggie schnürte es die Kehle zu. Lewis, der neben Ella in der ersten Reihe saß, nickte ihr zu, und Ella lächelte sie mit Tränen in den Augen an, und ihr Vater schob seine Brille hoch und wischte sich über die Augen, und die versammelten Gäste sahen sie erwartungsvoll an. Rose stand mit großen Augen und zitternden Lippen unter der Chuppah, und Maggie stellte sich vor, dass der Geist ihrer Mutter in der letzten Reihe saß, mit hellrotem Lippenstift und goldenen Ohrringen, und über ihre Töchter wachte und wusste, dass beide trotz allem tapfer und intelligent und schön geworden waren, dass sie füreinander da waren, Freundinnen waren und dass Rose immer das Beste für Maggie wollte und Maggie immer das Beste für Rose. *Atmen,* dachte Maggie und fuhr fort:

hier ist das tiefste geheimnis,das keiner kennt
(hier ist die wurzel der wurzel,die knospe der knospe
und der himmel des himmels eines baums genannt leben;
  der wächst
noch höher als seele hoffen,als geist verbergen kann)
und dies ist das wunder,das sterne in bahnen hält

ich trage dein herz(ich trage es in meinem herzen)

Sie lächelte in die Menge und sie lächelte ihre Schwester an, und es war, als könnte sie die Zukunft vor ihren Augen sehen – das Haus und die Babys, die Rose und Simon haben würden, wie Rose sie und Ella in Florida besuchen würde, wie sie zusammen schwimmen gehen würden, Rose und Maggie und Ella und Roses Babys, in einem großen blauen Pool unter der Sonne, und wie sie sich nachts in Ellas Bett zusammenrollen und einschlafen würden.

»Von e. e. cummings«, schloss sie. Sie wusste, dass sie es geschafft hatte, dass alle Augen auf sie gerichtet waren, und dass sie jedes Wort perfekt ausgesprochen hatte. Sie, Maggie Feller, hatte alles richtig gemacht.

## Danksagung

Dieses Buch würde nicht existieren ohne die Hilfe und harte Arbeit von drei unglaublichen Frauen. Meine Agentin, die himmlische Joanna Pulcini, ist meine unermüdliche Fürsprecherin und eine fantastische Leserin. Liza Nelligans Leidenschaft und Engagement (zusammen mit ihren eigenen Geschichten über Freud und Leid des Schwesterndaseins) halfen mir mehr, als ich sagen kann. Greer Kessel Hendricks nahm mich unter ihre Fittiche und willigte nicht nur ein, mich zu veröffentlichen, sondern ernannte sich auch zur inoffiziellen Präsidentin meines Fanklubs und de facto zu meiner persönlichen Pressechefin. Keine Schriftstellerin könnte sich genauere Leser und tatkräftigere Fürsprecher wünschen, und ich habe das große Glück, sie zu Kolleginnen und Freundinnen zu haben.

Teresa Cavanaugh und Linda Michaels sorgten dafür, dass Rose und Maggie die Welt kennen lernten. Joannas Assistentin, Anna deVries, und Greers Assistentin, Suzanne O'Neill, haben immer prompt auf meine Anrufe reagiert. Laura Mullen bei Atria kann Wunder vollbringen und ist darüber hinaus noch unglaublich cool. Mein Dank an sie alle.

All den Schriftstellern und Schriftstellerinnen zu danken, die mich inspiriert und ermutigt und mir so unglaublich großzügig mit Rat und Tat zur Seite gestanden haben, würde ein ganzes Buch füllen, also möchte ich an dieser Stelle nur Susan Isaacs, Anna Maxted, Jennifer Crusie, John Searles, Suzanne Finnamore und J. D. McClatchy erwähnen.

Danke an all die Mitglieder meiner Familie, von denen ich

Liebe, Unterstützung und Material für meine Romane bekomme. Ein besonderer Dank geht an meine Schwester, Molly Weiner, den schnellen braunen Fuchs, für ihr Verständnis und ihren Sinn für Humor.

Danke an meine Freunde, für ihre Nachsicht und ihre Unterstützung, dafür, dass sie lachten, als sie Passagen des Buches zu hören bekamen, und taktvoll davon absahen, den katastrophalen Zustand meines Hauses und meiner Wenigkeit zur Sprache zu bringen, als ich bis über beide Ohren in Überarbeitungen steckte. Danke auch dafür, dass ich mir Teile ihres Lebens von ihnen ausborgen durfte. Danke vor allem an Susan Abrams, Lisa Maslankowski, Ginny Durham und Sharon Fenick.

Ich will, dass die ganze Welt weiß, dass Wendell, der König aller Hunde, noch immer meine Muse und mein Ehemann, Adam, noch immer mein Weggefährte, erster Leser und ein rundum fabelhafter Kerl ist.

Am meisten möchte ich all den Lesern danken, die zu meinen Lesungen kamen oder schrieben, dass sie *Gut im Bett* mochten und die mich anspornten, mich mit diesem Buch hier zu beeilen. Ich bin ihnen dankbarer, als ich mit Worten ausdrücken kann. Ich danke ihnen für ihre Liebenswürdigkeit und ihre großzügige Unterstützung, und dafür, dass sie sich die Zeit genommen haben, mir zu schreiben, dass ich mit meinen Geschichten einen Nerv getroffen habe. Ich freue mich darauf, ihnen in Zukunft noch mehr Geschichten zu erzählen. Meine Website ist www.jenniferweiner.com, und Sie sind alle eingeladen, mal reinzuschauen und Hallo zu sagen!

Danke fürs Lesen!
– Jen